Robert Corvus
Herr

Zu diesem Buch

Bren glaubte, die Unsterblichkeit sei das Ziel seiner Träume. Nun liegt sein Herz in der Hand des Schattenkönigs, der ihn an die Front gegen die mysteriösen Fayé befiehlt. Bren muss sich mit den Nachtsuchern und Dunkelrufern des Kults einlassen, um die finsteren Pfade der Magie zu erkunden. Allein diese kann ihn vor Lisanne schützen, der übersinnlich schönen Schattenherzogin, die in den Nächten von Jahrtausenden Macht ansammelte – um nun ihren hasserfüllten Blick auf Bren zu richten. Doch die Schatten sind unerbittliche Lehrmeister. Um sich ihrer Kraft zu versichern, zahlt Bren mit seiner Seele. Brens Unsterblichkeit ist der Beginn eines Albtraums.

Robert Corvus, 1972 geboren, lebt in Köln. Der Diplom-Wirtschaftsinformatiker war in verschiedenen internationalen Konzernen als Strategieberater und Projektleiter tätig. Corvus ist Metalhead, Kinofan und Tänzer. Er veröffentlichte zahlreiche Romane in den Reihen »Das schwarze Auge« und »BattleTech« sowie einen apokalyptischen Vampirthriller. »Herr« ist der dritte Teil seiner großen High-Fantasy-Trilogie »Die Schattenherren«. Weiteres zum Autor unter: www.robertcorvus.net

Robert Corvus

·HERR·
DIE SCHATTENHERREN

Piper München Zürich

Entdecke die Welt der Piper Fantasy:

 Piper-Fantasy.de

Von Robert Corvus liegen bei Piper vor:
Feind. Die Schattenherren
Knecht. Die Schattenherren
Herr. Die Schattenherren

 MIX
Papier aus verantwortungsvollen Quellen
FSC® C083411

Originalausgabe
Februar 2014
© 2014 Piper Verlag GmbH, München
Umschlaggestaltung: Guter Punkt, München/www.guter-punkt.de
Umschlagabbildung: Guter Punkt, unter Verwendung von Motiven von Shutterstock
Karte: Daniel Ernle
Satz: C. Schaber Datentechnik, Wels
Gesetzt aus der Dante
Papier: Munken Print von Arctic Paper Munkedals AB, Schweden
Druck und Bindung: CPI books GmbH, Leck
Printed in Germany   ISBN 978-3-492-26957-5

*Mit Dank an
Dieter Steinseifer,
Johannes van Aaken
und
Werner Fuchs,
meine Förderer*

PROLOG

HINGABE

Chialla kannte Tasor nicht als brutalen Freier, aber jetzt nahm er sie mit solcher Gewalt, dass ihr Unterleib schmerzte. Er presste ihre Brüste, als wolle er sie zerquetschen, und als er sich in sie ergoss, schlug er seine Zähne in ihre Schulter. Das konnte sie nicht dulden, ihre Schönheit sicherte den Zuspruch der Männer, die von ihrer Lust in den *Roten Pilz* gespült wurden. Wie eine Katze wand sie sich unter seinem muskulösen Körper hervor.

Widerstrebend gab er sie frei, drehte sich auf den Rücken und blieb heftig atmend liegen. Die untergehende Sonne schien durch die dünnen Vorhänge und spielte auf dem krausen Haar, das seine Brust überall dort bedeckte, wo keine Narben ihre Schneisen zogen. Davon hatte Tasor ein ganzes Dutzend, mehr als die meisten Gardisten, die Chialla besuchten. Eigentlich waren die vergangenen Jahre friedlich gewesen, aber manche Männer mussten sich messen. Oft waren diese Raufbolde dann umso zärtlicher, wenn sie mit einer Frau allein waren. Aber nicht heute.

»Du bist die Beste«, murmelte Tasor. »Von allen Huren Orgaits besteige ich keine so gern wie dich.«

»Danke.« Chialla bemühte sich um einen mädchenhaften Tonfall. Das sprach den Beschützerinstinkt an, der in Kriegern noch stärker ausgeprägt war als in anderen Männern.

Da er ermattet liegen blieb, vermutete sie, dass seine Aggressivität abgeflaut war. Vorsichtig hockte sie sich neben ihn auf das Bett und strich über seine Brust. »Soll ich dich nachher noch einmal reiten? Dann hast du etwas Schönes, an das du auf deiner Reise denken kannst.«

Seine Hand schnappte mit der Schnelligkeit einer Giftschlange zu. Sie schrie auf, weil er ihr Handgelenk so sehr quetschte, als wolle er die Knochen zerdrücken.

Er lockerte den Griff. »Woher weißt du, dass ich fortgehe?«

Sie zeigte auf den Reisesack neben der Tür. »Du hast Gepäck dabei.«

Er grunzte unverständlich, ließ sie los und nahm das Kissen vom Boden auf, um es sich unter den Kopf zu schieben. Seine dunklen Augen schienen jeden Zoll ihres Körpers aufsaugen zu wollen, während sie aufstand.

Chialla verbarg, dass ihr Handgelenk schmerzte, und entschied, dass es wohl doch besser wäre, sich anzukleiden, anstatt ein Kupferstück für einen weiteren Ritt zu verdienen. Sie zog ihr knielanges Hemd über den Kopf. »Du bist aufgewühlt«, stellte sie fest. Die meisten Männer wollten noch ein wenig reden, nachdem sie sich ausgetobt hatten.

»Bück dich!«, verlangte er.

Sie tat ihm den Gefallen, stellte sich so, dass das Licht ihre Rundungen zur Geltung brachte.

»Was würdest du sagen, wenn ich nicht mehr wiederkäme?«, fragte er.

Sie zog einen Schmollmund. »Niemand füllt mich so aus wie du.«

Er lachte. »Nein, wirklich.«

»Warum solltest du mich nicht mehr besuchen? Hat man dich nach Süden befohlen? An die Front?« Halb Orgait sprach von den Fayé, die Kriegsbanner aus dem Schatten ihres Waldes führten. Die andere Hälfte der Stadt hatte den Thronwechsel noch nicht verwunden und spekulierte über SCHATTENKÖNIG GERGS Prioritäten.

Er schnaubte. »Ich war in der Garde, nicht im Heer.«

»Du warst?«

»Ich habe meinen Sold genommen. Jetzt will ich ein neues Leben beginnen.«

Chialla beherrschte sich, um nicht auf das Schwert zu schielen, das neben dem Bett lehnte. Sie hatte noch nie von einem Gardisten gehört, der seinen Dienst beendet hatte. Wer zu alt war, unterrichtete die Jüngeren. Selbst wenn ein Abschied möglich gewesen wäre, glaubte Chialla nicht daran, dass man Tasor die Waffe gelassen hätte. Und noch weniger das schwarze Kettenhemd, das schließlich als Erkennungszeichen der Garde galt.

»Komm mit mir, Chialla!«, bat Tasor plötzlich. Er setzte sich auf. Sie ließ zu, dass er ihre Hände in seine nahm. Erstaunlich, wie zärtlich diese Pranken auf einmal sein konnten. »Wir gehen nach Westen, wo kein Krieg ist.«

»Durch das Eis?«

»Viel weiter. Bis nach Naitera. Ich kann ein Schreiner werden. Mit Holz bin ich geschickt. Und du eine Wäscherin.«

Sie lachte. »Du foppst mich!«

»Nein, wirklich.« So ernst war sein Gesicht noch nie gewesen. »Du bist die beste Hure von Orgait, aber da ist noch mehr zwischen uns. Das spüre ich.«

»Rede nicht so.«

»Du fühlst es doch auch! Ich war schon hier und habe zwei Stunden auf dich gewartet, weil du belegt warst. Ich hätte dem Bock am liebsten die Eier abgerissen! Einmal bin ich sogar wieder gegangen, unverrichteter Dinge, weil du nicht da warst. Ich will nicht ohne dich sein, Chialla! Komm mit mir!«

»Und warum bleibst du nicht in Orgait? Waschweiber und Schreiner braucht man auch hier.«

Sein Blick bettelte um Verständnis. »Ich muss fort, Chialla. Ich darf nicht mehr in ihre Nähe kommen.«

»Lisanne«, sagte sie. Er flüsterte den Namen der Schattenherzogin im Schlaf, seit er ihr zugeteilt worden war.

Er sah zu Boden.

Sie zog die Finger aus seinen kraftlosen Händen. »Ich will mich waschen.«

»Komm mit mir«, sagte er schwach.

Sie warf sich das Obergewand über, schlüpfte in die Pantoffeln und zwinkerte ihm zu, als sie aus der Tür huschte.

Lustschreie hallten durch den Flur im ersten Stock. Henate übertrieb wieder. Aber viele Freier wollten so verzweifelt an den Zauber ihres Stabs glauben, dass sie immer gern genommen wurde. Auf der Treppe hörte Chialla das Gemurmel der Gäste, die sich verabschiedeten. Die meisten von ihnen arbeiteten für den Kult oder die Schattenherren selbst, sodass ihr Dienst nach Sonnenuntergang begänne. Die Handwerker, die das Tageslicht brauchten, würden bald kommen und die Tische wieder füllen.

»Stell die Flasche für uns zurück«, wies ein alter Gardist den Schankjungen an. Chialla kannte seinen Namen nicht, er war einer von Henates Freiern. Sie hatte er nur einmal ausprobiert. Wahrscheinlich waren ihm ihre Brüste zu klein.

Aber das störte Chialla jetzt nicht. Sie schmiegte sich an ihn, als wolle sie ihn verführen, stellte sich auf die Fußballen und flüsterte ihm ins Ohr: »In meinem Zimmer ist ein Abtrünniger! Ein Gardist auf der Flucht!«

Der Mann starrte sie an. »Weißt du, was du sagst, Hure?« Sein grauer Kinnbart sah aus wie ein Dolch aus Eis.

»Sucht man einen von Lisannes Männern?«

Er schlug ihr ins Gesicht. »Diesen Namen sollst du nicht leichtfertig gebrauchen!«

Sie hielt sich die schmerzende Wange, richtete sich aber wieder auf. »Wenn es wahr ist, was ich sage, will ich meine Belohnung!«

Er schnaubte.

Eine Handvoll anderer Gardisten näherte sich. »Gibt es ein Problem?«, fragte einer von ihnen.

»Wir müssen uns oben etwas ansehen«, knurrte der Mann, den sie angesprochen hatte. »Zeig uns den Weg, Hure.«

Für den Fall, dass Tasor misstrauisch geworden wäre, ließ sie einen der Gardisten die Tür öffnen. Aber Tasor lag noch immer nackt auf dem Bett. Er hatte sich ziemlich verausgabt. Er brauchte einen Augenblick, bis er die Situation erfasste, setzte an, aufzuspringen, begriff dann aber wohl, dass er damit nur seine Schuld eingestanden hätte. So verlegte er sich aufs Reden, quasselte von einem Auftrag, einem Geheimnis, einer dringlichen Angelegenheit.

»Aber nicht zu dringlich, um es sich bei einer Hure bequem zu machen?«, fragte Eisbart.

Tasor schwieg mit zusammengepressten Lippen.

Jemand warf ihm seine Kleidung zu. »Gehen wir in den Königspalast. Wenn alles seine Ordnung hat, wird es nicht lange dauern.«

Maßlose Enttäuschung lag in dem Blick, mit dem Tasor Chialla bedachte.

»Was ist mit meiner Belohnung?«, zischte sie in Eisbarts Ohr.

»Darüber kann ich nicht entscheiden. Vielleicht ist ja gar nichts vorgefallen.«

Sie sah auf Tasors Reisesack. Wenn er wirklich hatte fliehen wollen, hatte er sicher auch daran gedacht, genug Goldmünzen für ein neues Leben einzustecken. »Dann komme ich mit, bis die Sache entschieden ist.«

»Du beginnst, mir auf den Geist zu gehen!«

»Wird man Euch nicht fragen, warum Ihr ihn anschleppt? Ich könnte berichten, was er mir erzählt hat.« Trotzig starrte sie ihn an.

»Die Schatten mögen mich vor der Gier einer Hure bewahren! Also gut, komm mit.«

Chialla war noch nie im Palast des SCHATTENKÖNIGS gewesen. Auf dem Weg zu dem dunkel dräuenden Gebäude mit seinen vielen Schatten werfenden Aufsätzen wurden ihre Knie weich. Sie fröstelte nicht nur, weil ihr Mantel so dünn war. Konnte sie jetzt noch umkehren? Aber dann würde sie in den

Roten Pilz zurückkehren und erklären müssen, warum sie die Unruhe in das Haus gebracht hatte. Gardisten, die vor aller Augen einen Freier abführten, waren schlecht für das Geschäft.

Sie gaben Tasor in einer Wachstube ab, wo man ihn vorsorglich ankettete, und ließen auch Chialla dort warten. »Ich habe dich geliebt«, raunte er ihr zu.

Sie setzte sich so weit weg wie möglich. Das brachte sie neben den Kamin, sodass ihr wenigstens warm wurde. Während sie auf die Rückkehr der Gardisten wartete, überlegte sie, was wohl in dem Reisesack war, der neben Tasor stand. Vielleicht hatte er außer Gold noch andere brauchbare Sachen darin. Sicher einen warmen Mantel, weil er über das Eis hatte gehen wollen. Sie hätte nachsehen können, wenn die Wachen nicht gewesen wären. Sie schenkten ihnen zwar kaum Beachtung, da sie damit beschäftigt waren, den Zugang zum Palast zu beobachten und außerdem wild darüber zu spekulieren, wie der Krieg gegen die Fayé verlaufen würde, aber Chialla wollte nicht zu dreist sein. Sie musste die ergebene Untertanin mimen, dann hätte sie die besten Aussichten auf eine Belohnung.

Damit, dass ein Osadro kam, um den Gefangenen abzuholen, hatte sie nicht gerechnet. Überrascht sank sie vor dem beleibten Mann in dem weinroten Gewand auf die Knie.

»Schattenfürst Velon!«, rief Tasor. »Ich will alles gestehen! Gewährt mir einen schnellen Tod!«

Der Unsterbliche musterte ihn schweigend, dann wanderte sein Blick zu Chialla. »Du bist die Hure, die uns diesen Verräter bringt?«

»Ich bin kein Verräter!«, rief Tasor.

Eisbart, der mit Velon gekommen war, ging mit schnellen Schritten zu ihm und schmetterte ihm die Faust ins Gesicht. »Du hast den Eid der Garde verraten!«

»Und sie hat den Verräter verraten«, flüsterte Velon, der noch immer Chialla ansah. »Ist das Gerechtigkeit?«

Sie wagte nicht zu atmen, senkte den Blick.

»Bringen wir ihn zu den anderen!«, befahl Velon.

Die Gardisten lösten Tasors Fessel und zogen ihn hinaus. Sie nahmen auch seinen Reisesack. Keiner beachtete Chialla, aber ihr verwehrte auch niemand, sich der Gruppe anzuschließen.

Sie hatten es nicht weit bis zu einem Innenhof, aus dessen Kies drei Pfähle ragten, auf denen tote Gardisten steckten. Ihre Köpfe waren auf die Brust gesunken, ansonsten erzwangen die Pfähle eine aufrechte Haltung. Bei einem war die Spitze knapp neben dem Hals aus der Schulter getreten, die anderen waren noch nicht so weit abgesackt.

»Nehmt einen spitzen Pfahl!«, schrie Tasor. »Ich bitte euch!«

Während seine Kameraden ihn auf den Boden drückten, seinen Gürtel zerschnitten und die Hose von den Beinen zerrten, legte Eisbart eine Hand auf Chiallas Hüfte. Sie ließ es geschehen. Es war gut, einen Beschützer zu haben.

Velon sah auf Tasor herab. »Du hast die letzten Nächte in Furcht verbracht, oder?« Seine Stimme war die eines väterlichen Freundes. »Das hättest du dir ersparen können. Alles könnte schon vorbei sein. Jetzt halt still. Dein Gezappel macht es unwürdig.«

Als die Gardisten Tasor brutal in Position brachten, wandte sich Chialla ab. Sie lauschte den unartikulierten Schreien. Eisbart knabberte an ihrem Läppchen.

»Wird sie kommen?«, rief Tasor. »Darf ich Lisanne noch einmal sehen?«

»Wenn du lange genug lebst«, beschied Velon. »Sollen wir doch einen stumpfen Pfahl nehmen?«

»Nein! Alles, nur das nicht!«

Fragend sah Chialla Eisbart an. Sie merkte, dass sie wieder zitterte. Ein Teil von ihr wollte fortrennen, aber die Predigten des Kults wogen schwer in ihrem Herzen. Grausamkeit und Stärke waren eins. Wer Zeuge von Grausamkeiten wurde, auf den strahlte ihre Stärke ab.

»Ein spitzer Pfahl durchstößt die Organe«, murmelte Eisbart. »Ein stumpfer drückt sie zur Seite. Dadurch dauert es viel länger, bis der Tod eintritt. Manchmal eine ganze Woche, wenn man die Vögel verscheucht und für Wasser sorgt.«

Als die Gardisten das Marterinstrument heranbrachten, fehlte Chialla die Ruhe, auf die Beschaffenheit der Spitze zu achten. Ihr Magen rebellierte. Sie fürchtete, sich übergeben zu müssen. Eisbarts kräftige Hand spürte sie kaum, obwohl er ihren Hintern im Takt der Hammerschläge massierte und dabei von Mal zu Mal fester wurde. Um sich von Tasors gurgelnden Schreien abzulenken, suchte sie den Reisesack. Schließlich sah sie ihn an einer Säule lehnen.

»Vorsicht!«, rief Eisbart.

Chialla sah wieder zu Tasor. Er steckte jetzt auf dem Pfahl. Drei Gardisten richteten ihn auf, drohten aber, dabei aus dem Gleichgewicht zu geraten. Tasor schrie sich die Seele aus dem Leib, während er wie eine Strohpuppe hin und her pendelte. Seine Brust hing in einem merkwürdigen Winkel nach vorn, als wolle er sich zu einem Bocksprung anbieten. Allzu tief konnte das Holz also noch nicht gedrungen sein. Fluchend wuchteten die drei ihn bis zu dem Loch, in das sie den Pfahl schoben. Er ruckte einen halben Schritt tief, dann schlug er auf etwas Festes. Tasor rutschte ein Stück weiter. Die Gardisten verkeilten den Pfahl.

»Werde ich …«, gurgelte Tasor, »… noch einmal Lisanne sehen?«

»Ich bin hier«, sagte eine Stimme, vollkommener als der Gesang des großen Chors, wenn er in der Tiefe der Kathedrale erklang.

Chialla brauchte einen Moment, um zu begreifen, dass sie niedergekniet war, wie auch die anderen Menschen. Nur Velon stand noch. Er verbeugte sich vor der Frau, die jetzt ins Sternenlicht trat.

Tränen trübten Chiallas Sicht. Sie hatte von Lisannes Schönheit gehört, aber vor ihrem Anblick endete das Denken. Ihre Gestalt überforderte den Verstand. Die Linien, die unter dem nachtschwarzen Kleid zu erkennen waren, verhöhnten in ihrer Perfektion alles, was Götter geschaffen haben mochten. Die

Haut war makellos wie Schnee. Die Züge ihres Gesichts waren von unnahbarer Vollkommenheit, die Augen ... oh, wenn sie sie ansähen, müsste Chialla sterben! Sie war so unwichtig, so nichtswürdig ...

Lisanne sah zu Tasor hinauf. »Wo warst du, als Bren Helion erschlug?«

»Ich hatte Freiwache«, gurgelte er. »Ich war unter jenen, die Bren in Gewahrsam nahmen!«

»Zur rechten Zeit warst du nicht dort, wo du einen Wert gehabt hättest«, stellte Lisanne fest. »Du hast versagt.« Damit wandte sie sich ab.

Die Menschen erhoben sich erst, als die Schattenherzogin wieder im Dunkel des Palasts verschwunden war.

Mit sichtlicher Mühe drehte Tasor den Kopf, bis er Chialla anstarren konnte. »Bringt sie um!«, röchelte er. »Ich will sie sterben sehen!«

Eisbart zog sie zu sich. Sie schmiegte sich an seinen Arm, sodass er ihre Brüste spüren musste. Ihr Herz tönte so laut in ihren Ohren wie die Hammerschläge zuvor.

Velon schüttelte den Kopf. »Die Ergebenheit zu den Schatten hat sie zur Verräterin gemacht. Und die Gier. Ich habe wohl gesehen, wie sie deinen Besitz mustert. Solche Untertanen wünschen wir uns. Sie ist ein Vorbild für das Volk.«

»Nein! Lasst ihre Hoffnung zunichte werden! Reißt ihr die Gedärme aus dem Bauch!«

Lächelnd schüttelte Velon den Kopf. »Schweig jetzt. Du hast genug von unserer Zeit beansprucht. Es gibt andere, denen Lisanne ihre Aufmerksamkeit zu schenken wünscht.«

»Wenn du nett zu mir bist«, raunte Eisbart Chialla zu, »sollst du außer den Waffen alles haben, was in seinem Sack ist.«

Sie küsste seinen faltigen Hals.

Nun blieb Tasor nichts mehr. Nichts, als seinen Schmerz in die Nacht hinauszuschreien, so schön er konnte, in der Hoffnung, dass Lisanne seinen letzten Gesang hörte.

Abenddämmerung

Bücher konnten gefährlicher sein als Waffen. Die zentralen Lehren des Kults waren im Buch der Schatten aufgezeichnet, dessen Lektüre jede Nacht Zehntausende tiefer in die Finsternis zog. Die Bibliotheken der Osadroi waren gefüllt mit Büchern, in denen Wissen lauerte, das die Götter niemals hatten enthüllen wollen. Pfade zu Kräften, die der Harmonie der Natur Hohn sprachen, ihre Gesetze brachen und dem Willen der Magier unterwarfen, die nur allzu begierig ihre Seelen gegen Macht tauschten.

Macht, das wusste Nalaji, war die Möglichkeit, andere zu zwingen, Dinge zu tun, die sie nicht tun wollten. Zum Beispiel ihre Lebenskraft zu nehmen und sie dafür zu verwenden, einen Berghang abrutschen zu lassen oder einen Rappen in ein Schattenross zu verwandeln.

Doch es gab auch Bücher, deren Gefährlichkeit weniger von dem ausging, was in ihnen geschrieben stand, als von dem Umstand, dass die Herrschenden angeordnet hatten, jedem die Augen auszustechen, der sie las. Die Schriften, die Nalaji und Narron im dürftigen Licht rußender Talgkerzen studierten, gehörten dazu. Nalaji hätte die Mondmutter um milde Strahlen von Silions silberner Helligkeit bitten können, die sich dann gleichmäßig aus der gewölbten Decke der kleinen Kammer ergossen hätten, aber das wäre leichtsinnig gewesen. Orgait, die Metropole der Schattenherren, wimmelte von Wesenheiten, die die Wunderkraft der Götter schon deswegen aufspüren konnten, weil sie ihnen körperliche Schmerzen bereitete. Auch mit siebzig Jahren war Nalaji noch nicht lebensmüde.

Ihre Hände zitterten, wenn sie die Seiten umblätterte. Andere Frauen in ihrem Alter zitterten ständig, vor allem hier im Norden, wo die Kälte in die Knochen kroch. Aber ihr und ihrem Gemahl hatte die Göttin ihre Güte erwiesen. Nur sanft hatten sich Falten in ihr Gesicht gemalt, und sie brauchte noch nicht einmal einen Stock, wenn sie Treppen stieg.

Während sie an den verklebten Seiten nestelte, huschte ihr Blick zu Narron. Ihr Mann war ihr ein paar Jahre voraus, aber die Kraft seiner Jugend hatte ihn nie ganz verlassen. Wenn sie nachts den Kopf auf seine Brust legte, spürte sie die Muskeln. Seit der Schlacht um Guardaja, bei der er den rechten Arm verloren hatte, war er nicht mehr mit dem Schwert in den Kampf gezogen. In seinem Herzen war er dennoch stets ein Krieger der Mondschwerter geblieben. Einer, der kämpfte. Keiner von denen, die verwalteten und in den Amtsstuben Ilyjias das Wohlwollen der Mächtigen erwarben, indem sie Zahlen züchteten. Wärme füllte Nalajis Brust, als sie an die fünf Jahrzehnte ihrer Ehe dachte. Sie hatte Narron versorgt, als er von der Front gekommen war. Nicht nur die Wunde am Schultergelenk, wo der Arm abgetrennt worden war. Es war die innere Wunde gewesen, der verlorene Stolz, für die ihre Liebe die beste Medizin gewesen war. Viele Veteranen lebten in der Gosse, aber Narron hatte sein Schicksal angenommen und es mit dem Nalajis verbunden. Er war niemals zum Paladin geweiht worden, aber den Kampf gegen die Schatten führte er sein Leben lang. Dieser Krieg hatte sie hierhergebracht, nach Orgait. Und die Bücher, die sie aus den Tiefen des Archivs entwendet hatten, waren Waffen in diesem Kampf.

Nalaji fühlte ein Lächeln auf ihrem Gesicht, als sie sich wieder der Schrift zuwandte. Was sie tat, war gefährlich, aber sie tat es gemeinsam mit Narron, und sie wollte nirgendwo anders sein als an seiner Seite. Hätte ihr jemand die Möglichkeit geboten, den verschlungenen Pfad, den ihr Leben genommen hatte, zu ändern, so hätte sie darauf verzichtet, trotz all der Entbehrungen. Jetzt und hier war sie zusammen mit dem Mann, den sie liebte. Sie war glücklich. So glücklich, dass sie sich ab und zu bei jenem Wunsch ertappte, der einer Priesterin keinesfalls gut anstand: dass dieses Leben ewig andauern möge. Aber Unsterblichkeit war nur um den Preis des Fluchs zu haben, mit dem dieses Begehren von allen Göttern belegt worden war. Die Mondmutter war gütig, sie milderte die Last des Alters und heilte Krankheiten, aber sie war auch weise. Ewigkeit war den Menschen nicht zugedacht. Würden alle ewig leben, so hätten sich immer mehr Bewohner in den Städten gedrängt, bis die Häuser jeden Flecken Erde bedeckt hätten. Kein Platz wäre mehr gewesen für Äcker, Wälder, die weiten Ebenen und die raue Schönheit der Berge. Irgendwann wäre das letzte Tier erlegt, das letzte Korn gegessen gewesen. Die Menschen hätten untereinander Krieg führen müssen, schon um den bloßen Boden, auf den sie ihre Füße hätten stellen können. Wären also alle Menschen unsterblich gewesen, hätte das in großes Unglück geführt. Wenn Unsterblichkeit aber nur für einige gewesen wäre, so hätte niemand mit aufrechter Gesinnung ein Urteil darüber treffen wollen, wem sie zustand und wem sie verwehrt wurde.

Hier, in Ondrien, teilte man diese Bedenken nicht. Es lag an den Schattenherzögen, zu entscheiden, wer ein Osadro werden sollte. Die Erwählten wurden in die Finsternis geführt, und das in mehrfacher Hinsicht. Man erwartete, dass sie nach Vervollkommnung in der dunklen Kunst strebten, die ihre Existenz ermöglichte. Ihr Dasein fand nach ihrer Berufung nur noch im Dunkel statt, sie mieden das Licht der Sonne, das sie in Starre versetzte, und auch das der drei Monde, das ihre widernatürlichen Kräfte dämpfte. Vor allem aber fielen ihre Seelen in die Dunkelheit. Niemals wurde ein Rechtschaffener in die Schatten geholt, aber nach einigen Jahrzehnten des Unlebens waren alle Osadroi zu Taten bereit, die auch den hartgesottensten Söldnern den Schlaf geraubt hätten. Schon ihre Ernährung war Grausamkeit, bestand sie doch aus menschlicher Lebenskraft. Vielen schmeckte diejenige von Kindern besonders gut.

»Ich habe etwas!«, rief Narron und sah triumphierend auf die Zeilen, die er mit dem Zeigefinger markierte.

Nalaji ging um den Tisch herum und kuschelte sich an seine Seite. An die nordische Kleidung hatte sie sich schon lange gewöhnt. Hier in Orgait musste man Wolltuniken unter den Stoffbahnen, die sie als Ilyjier kenntlich machten, tragen. Sie hatten immer einen Geruch nach leichtem Stock, weil sie in der Kälte niemals vollständig trockneten.

»›… entriss Gerg den Regenpriestern in den dampfenden Dschungeln Anjatas das Wissen um den Fluss der Kräfte im Körper des Menschen‹«, las er vor, wobei er die Glaslinsen zwischen Brauen und Wangen einklemmte. Das schuf eine Grimasse, die Nalaji noch immer komisch fand, obwohl sie sie unzählige Male gesehen hatte. »›Dieses Wissen war der Schlüssel, der die Tore des Zirkels für Gerg öffnete. Es umfasste die starken Pulse ebenso wie den tiefen Strom, den Kraftbogen von Befruchtung zum Tod und die kurzen Zyklen, die die drei Monde an- und abschwellen lassen. Auch der Einfluss der Nähe anderer Menschen und der belebten Natur war beinhaltet in dem Wissen, das Gerg dem Zirkel brachte. Es war sehr wertvoll für die Erschließung der dunklen Kunst, die eifersüchtige Götter uns vorenthalten wollten.‹« Narron sah sie an. Seine Augen wurden durch die Linsen vergrößert, als wollten sie Nalaji aus größerer Nähe betrachten, als die Entfernung des Kopfes erlaubte. »Gerg gehörte zum ersten Zirkel.«

Nalaji nickte. »Zu den Magiern, die die ersten Schattenkönige wurden.« Es war umstritten, ob aus den späteren Osadroi noch Herrscher Ondriens hervorgegangen waren. Die Quellen widersprachen sich in diesem Punkt, aber sicher war, dass es in den letzten zehn Jahrtausenden nicht zu einem solchen Ereignis gekommen war. Die Schattenkönige, wie viele es auch geben mochte, schliefen in der Burg der Alten, einem unauffindbaren Ort im Ewigen Eis, oder vielleicht auch in einer anderen Wirklichkeit. Da kein Lebender von dort zurückgekehrt war, gab es nur Gerüchte, oft vom Brodem klerikaler Floskeln überdeckt. Nur *ein* Schattenkönig wachte und herrschte. Solange sich Nalaji zurückerinnern konnte, war das Elien Vitan gewesen, aber seit zwei Wochen schrieb man das Jahr Eins nach Gerg.

»Das ist interessant, aber es hilft nicht im Krieg. Wenn sich die Reiche der Menschen gegen die Schatten vereinen sollen, brauchen wir etwas, das ihnen Hoffnung auf den Sieg gibt. Wir müssen eine Schwäche finden, eine Stelle, an der Gerg verwundbar ist.« Er nahm die Linsen von der Nase.

Sie strich ihm über den Kopf. »Geduld, Liebster!«, flüsterte sie. »Und Hoffnung! Die Fayé haben sich gegen die Schatten erhoben. Das ist noch nie geschehen. Sie marschieren nach Norden, und ganz Orgait ist in Aufruhr.« Sie küsste ihn.

Er wirkte nicht überzeugt. Narron war zwar immer ein Kämpfer gegen die Schatten gewesen, hatte aber zeitlebens nur gehofft, die Ausdehnung ihrer Herrschaft verzögern und den Ländern im Süden ein wenig mehr Zeit verschaffen zu können. Ein vollständiger Sieg war ihm niemals möglich erschienen.

Sie zog ihn zu sich herunter, bis ihre Lippen an seinem Ohr waren. »Beinahe zehn Jahre sind wir schon hier. Hast du die Schattenherren jemals so unruhig gesehen? Ihre Diener huschen durch den Palast wie Rattenschwärme, die vor Bluthunden davonrennen. Lisanne ist zurück, und niemand weiß, ob sie die Macht im Süden an sich ziehen oder in der Bedeutungslosigkeit versinken wird. Man hat Bren Stonner zum Osadro erhoben, obwohl sie ihn hasst, und Schattengraf Gadior ist zu Widaja übergelaufen. Aus allen Reichsteilen ziehen sie ihre Krieger zusammen, um die Fayé aufzuhalten.«

»Ja.« Narrons Gesicht nahm einen grimmigen Zug an. Wann immer die Sprache auf das Heerwesen und die Kriegführung kam, übernahm ein besonderer Teil seines Charakters die Zügel und drängte alle Bedenken zurück, um der Leidenschaft für den Kampf Raum zu geben. Der Teil, der ein Paladin hatte werden wollen und der dafür gesorgt hatte, dass Narron in seinem Herzen mehr ein Mondschwert war als die meisten, die Silber auf ihrer Rüstung trugen. »Sie entblößen ihre Grenzen. Das ist eine Gelegenheit, wie es sie niemals gegeben hat. Das müssen die Fürsten doch sehen!« Er ballte seine Hand.

Sie küsste seine Wange und ging zu ihrem Bücherstapel zurück. »Wir suchen besser weiter.«

Bislang hatten sie herausgefunden, dass Gerg zuletzt vor zwölfhundert Jahren geherrscht hatte. Da die Regentschaft eines Schattenkönigs selten weniger als zwei Jahrhunderte umfasste, lag dies nur wenige Thronwechsel zurück. Schon damals hatten seine feingliedrigen Proportionen und die hohe Stirn für Verwunderung gesorgt. Wie alle Osadroi war auch er einmal ein Mensch gewesen, aber sein Volk musste vor langer Zeit ausgestorben sein. Über seine letzte Herrschaft hatten sie leider nur dürftige Auskünfte gefunden. Er hatte einen Krieg geführt, der den Nordosten unter die Schatten gezwungen hatte, so viel war sicher. Der Grund dafür war offenbar nicht primär die Expansion des Herrschaftsgebiets gewesen. Die ondrischen Krieger hatten nach etwas gesucht, hatten Frauen mit Missbildungen an den Fingern verschleppt und in vielen Fällen die Städte geschleift, aus denen sie sie geraubt hatten. In jedem Fall war Gerg ein Schattenkönig, der bewiesen hatte, dass er einen Krieg zu führen verstand. Eine Nachricht, die man besser nur ausgewählten Empfängern übermittelte.

Die Tür der Klause zersplitterte unter dem Schlag einer mit blaugrüner Haut überspannten Pranke. Sie verharrte einen Moment in der erzwungenen Öffnung, bevor sich die knotigen

Finger entfalteten, in der Luft tasteten und sich dann mit so viel Kraft zurückzogen, dass sie ein weiteres Brett aus dem Verbund rissen.

»Ghoule!«, rief Narron und stellte sich zwischen den Tisch und die Tür.

Nalaji machte zwei Schritte rückwärts und stieß gegen die Wand, bevor ihre Gedanken die Lähmung überwanden. Wie hatte man sie gefunden? Ein Verräter? Vielleicht der Besitzer der kleinen Unterkunft? Sie waren nicht so leichtsinnig, gefährliches Material wie diese Bücher in ihre eigenen Räume zu bringen. Erst recht nicht, da diese im Palast lagen, wo es einen speziellen Bereich gab, in dem die Gesandtschaften untergebracht waren, und der deswegen der besonderen Überwachung der Ondrier unterlag.

Natürlich hatten sie darauf geachtet, einen Raum mit zwei Ausgängen anzumieten. Sie konnten fliehen, aber die Bücher mussten sie zurücklassen. Nicht nur ginge ihnen damit das Wissen verloren. Ihre Feinde würden auch Beweise für ihr Treiben finden.

Aber das ließ sich vielleicht noch verhindern. Während ein weiterer Schlag durch die Tür brach, trat Nalaji wieder an den Tisch und kippte die Kerzen um, sodass sich das heiße Wachs auf die Seiten ergoss und die Flammen am Pergament leckten. Viel zu langsam fing es Feuer. »Komm!«, rief sie Narron zu. »Wir müssen fort!«

Sie hatten gehofft, in einem Fall wie diesem wenigstens vorgewarnt zu werden und einige Augenblicke Vorsprung zu bekommen. Nalaji drängte den Gedanken an ihren Sohn zurück. Er hatte Wache gestanden. Sie vermochten ihm jetzt nicht zu helfen und mussten sich selbst retten. Trotz der Segnungen der Mondmutter konnten sie nicht mehr so schnell rennen wie in jungen Jahren.

Auch im Kampf hätten sie den Schergen des Kults nichts mehr entgegenzusetzen. Das hinderte Narron nicht daran, einen

Stuhl gegen die Ghoulklaue zu schleudern, die wieder zum Vorschein kam, und ein abgebrochenes Bein des zersplitterten Möbelstücks aufzunehmen, um es als Knüppel bereitzuhalten.

Wider alle Vernunft bewunderte sie seine Tapferkeit. »Komm!«, rief sie dennoch. Zögerlich wich er zur zweiten Tür zurück.

Der nächste Schlag traf nahe am Schloss und sprengte den Eingang auf. Die bucklige Gestalt eines Ghouls stapfte durch die Öffnung. Jetzt, da sie ihr Werk getan hatten, hingen die monströsen Fäuste wie Mühlsteine an den dürren Armen. Die kleinen Augen des Leichenfressers fanden das noch immer viel zu zaghaft brennende Feuer auf dem Tisch offenbar interessanter als die beiden Menschen. Hätte sie dem Eindringling mehr Verstand zugetraut, hätte Nalaji in dem Mahlen der gewaltigen Kiefer einen Ausdruck der Nachdenklichkeit vermutet.

Hastig fummelte Nalaji an dem kleinen Schlüssel herum, der in der Hintertür steckte. Es konnte auch von Nachteil sein, wenn die Göttin die Kraft bis ins Alter erhielt. Der Schlüssel brach ab. Nalaji schrie auf, zerrte an der Klinke, obwohl sie um die Nutzlosigkeit dieser Bemühung wusste. Narron erfasste die Situation mit einem grimmigen Blick, packte seinen Knüppel so fest, dass sich die Knöchel weiß hervorhoben, und stellte sich vor seine Frau.

Mit entschlossenem Schritt trat ein untersetzter Mann in den Raum. Das Schwarz seiner Kleidung wäre auch für einen Kleriker des Kults angemessen gewesen, aber er trug keine Robe, sondern ein Wams aus Samt, das nicht zu den kniehohen, polierten Stiefeln passen wollte. Den Schädel hatte er kahl rasiert bis auf einen langen Zopf, in den Kupferringe geflochten waren. Sein Grinsen entblößte angefeilte Zähne. »Entschuldigt mein rüdes Eindringen«, sagte er mit dünner Stimme. »Aber ich musste fürchten, dass mich die Spione des fernen Ilyjia nicht aus freien Stücken empfangen würden.«

»Damit hättet Ihr ganz richtig gelegen!«, rief Narron, holte mit dem Knüppel aus und warf sich auf den Gegner.

Der Ghoul war überraschend schnell für einen Vertreter seiner Art. Seine Pranke schoss vor wie die Kelle am Wurfarm eines Katapults. Sie hatte auch nur unwesentlich weniger Kraft. Narron flog durch die Luft wie eine Strohpuppe. Seine Knochen krachten, als er gegen die Wand prallte.

Nalaji schrie und wollte zu ihm stürzen.

Die erhobene Hand ihres Besuchers stoppte sie. Anders als die Rechte steckte seine Linke nicht in einem Handschuh. Dafür hätte er auch eine Spezialanfertigung benötigt. Aus dem Handballen wuchs ein zweiter Daumen. »Ich bitte Euch«, säuselte er. »Es gibt Wichtigeres als diesen Menschen.«

Ein weiterer Ghoul trat durch die Tür, während der erste nun, da die Gefahr von seinem Herrn abgewendet war, wieder verträumt in die Flammen starrte.

»Ihr seid der, den sie den Fayé nennen«, stellte Nalaji fest.

Er zog einen Schmollmund. »Ich denke, es wäre angebrachter, wenn Ihr mich ›Ghoulmeister Monjohr‹ nennen würdet. Dieser Titel hat mich viele Mühen gekostet.«

Und viele Eurer Konkurrenten das Leben, dachte Nalaji. Narron lag hustend an der Wand. Immerhin lebte er.

»Ich sagte doch, er ist jetzt unwichtig«, tadelte Monjohr. »Wir sollten erst einmal das Feuer löschen. Wie wäre es, wenn Ihr Wasser aus der Decke regnen lassen würdet?«

Sie starrte ihn an.

»Ja, ich weiß, wer Ihr wirklich seid. Eine Priesterin der Mondmutter. Warum wollt Ihr es uns so schwer machen? Ich bin nicht gekommen, Euch in den Kerker zu werfen. Das würden andere tun. Nun macht schon, ich habe noch nie ein Wunder gesehen. Einer tapferen Priesterin wie Euch sollte das doch nicht schwerfallen.«

»Ich bin keine Attraktion Eurer sogenannten Festtafel.«

Monjohr seufzte. »Ich merke schon, das wird mühsam. Andererseits würde der Regen sicher die Schriften verderben, die dem Kult so wertvoll sind.«

Er löste den Mantel von seinen Schultern, breitete ihn über die Bücher auf dem Tisch und drückte mit den flachen Händen darauf. Nalaji hoffte, dass der Stoff Feuer finge, aber dafür schien das Gewebe zu fest zu sein und die Flammen zu niedrig. Es wurde dunkel in dem Raum, in dem jetzt nur noch die beiden Kerzen rußten, die in Wandhalterungen steckten.

Bei dieser spärlichen Beleuchtung waren die beiden Ghoule kaum zu erkennen, die nun mit einer Kiste von den Abmessungen eines Sargs in den Raum kamen. Sie hatten Schwierigkeiten, ihre Last durch die enge Tür zu bewegen. Einer von ihnen schmatzte unentwegt, was Nalaji befürchten ließ, dass sie tatsächlich eine Leiche beförderten. Der Geschmack der Untoten war kein Geheimnis.

Da der Ghoul, der den Raum als Erster betreten hatte, seinem Herrn Platz gemacht hatte, stand er nun zwischen Nalaji und Narron. Sie wagte nicht, sich zu ihrem Mann zu begeben. Die Kraft des Untoten hatte sie gesehen, und sie bezweifelte, dass er intelligent genug war, um zwischen harmloser Annäherung und Angriff zu unterscheiden. »Geht es dir gut?«, rief sie.

»Sorge dich nicht um mich, mein Mondfalter.« Er versuchte, sich aufzurichten, sackte aber ächzend zurück. Blut konnte Nalaji nicht erkennen, doch das mochte auch an der dürftigen Beleuchtung liegen. Sie fühlte ihr Herz pochen. *O gütige Monde, nehmt ihn nicht von mir!*

Monjohr faltete seinen Mantel zusammen und legte ihn auf den Boden. »Wir brauchen den Platz auf dem Tisch«, sagte er. »Mit Kerzen seid Ihr etwas ungeschickt, wie mir scheint, also will ich mich darum kümmern, dass wir es etwas heller haben. Ihr sollt Euch ja wohlfühlen. Derweil könntet Ihr die Bücher vom Tisch schaffen. Und seid so gut, achtet darauf, dass die Seiten nicht verknicken.« Er folgte ihrem Blick. »Je eher wir hier fertig sind, desto schneller könnt Ihr Euch um Euren Gatten kümmern. Also seid nicht störrisch.«

Mit spitzen Fingern sammelte er die Talgkerzen ein, drehte sich dann um und entzündete die erste an einer der Kerzen an der Wand. Nalaji trat an den Tisch und umfasste seine Kante. Die Wut gab ihr die Kraft, ihn mit einem Ruck anzuheben, sodass die Bücher auf der anderen Seite herunterrutschten und polternd auf den Boden fielen. »Fertig«, stellte sie fest.

Missbilligend sah Monjohr auf den chaotischen Haufen.

»Ich bin aber auch ungeschickt«, säuselte Nalaji. Der Schalk verwehte, als Narron hinter ihr stöhnte. *Ich darf mich nicht hinreißen lassen.*

Der schmatzende Ghoul und sein Kumpan hatten unbewegt gestanden, das Gewicht der Kiste schien sie nicht zu belasten. Auf Monjohrs Befehl stellten sie sie auf dem Tisch ab.

Nalaji erkannte, dass es sich tatsächlich um einen Sarg handelte, wenn auch um einen grob gezimmerten, wie ihn einfache Bürger verwendeten. Wer es sich leisten konnte, gönnte den verstorbenen Angehörigen Eisenbeschläge, um ihre sterbliche Hülle zumindest ein wenig vor dem Zugriff eben solcher Unkreaturen zu schützen wie jener, die nun von dem Tisch zurückschlurften.

Auf einen Deckel hatte man verzichtet. In dem Sarg lag eine Frau, aber sie war nicht tot, wie Nalaji erkannte, als Monjohr Wachs auf die Kante tröpfelte und eine Kerze darauf befestigte. Ihr Gesicht war gelb angelaufen. Schweiß stand darauf und verklebte ihr rotes Haar – sie war so durchnässt, als sei sie durch ein schweres Unwetter getragen worden und zitterte am ganzen Körper. Ihre Augenlider flatterten. Ein edles Korsett lag locker um ihren Oberkörper, sodass jemand seine Schnürung zerschnitten haben musste. Wenn sie ein Ballkleid getragen hatte, hatte man es ihr ausgezogen. Von der Hüfte abwärts war sie lediglich mit einem dunklen Unterrock bekleidet, die Füße waren nackt.

»Wundfieber«, sagte Nalaji und zeigte auf den Stumpf, wo einmal die rechte Hand gewesen war. Er war verbunden und abgeschnürt worden. Offenbar hatte man die Bandagen sogar gewechselt, aber sie bluteten bereits wieder durch, färbten sich rot und eitergelb und, was am meisten Anlass zur Besorgnis gab, dunkel violett.

Monjohr nickte. »Leider kann ich niemanden von der Schwelle des Nebellands zurück ins Leben holen. Ich verstehe mich lediglich auf die andere Richtung.« Er grinste.

Da sie nicht antwortete, fuhr er fort: »Deswegen komme ich zu Euch. Ihr seid doch eine Heilpriesterin, nicht nur eine Spionin. Nun glotzt nicht so!« Er kicherte. »Bei mir ist Euer kleines Geheimnis sicher. Ich gehöre nicht zum Kult, und Eure Enttarnung würde mir weniger einbringen als Eure Heilkunst. Also schlage ich vor, Ihr folgt den Geboten der Mondmutter und bemüht Euch um diese Bedürftige.«

»Wer ist sie?«

Er zuckte mit den Schultern. »Sie heißt Kiretta. Das Liebchen des jüngsten Osadro. Bren Stonner. Ihr habt von ihm gehört?«

Stumm nickte sie, während Narron hinter ihr stöhnte.

»Ich könnte sie zur Untoten machen.« Wieder kicherte er. »Sie würde einen hübschen Ghoul abgeben.« Seine sechsfingrige Hand streichelte ihre Wange, wischte etwas Schweiß von der Stirn, den er ableckte. Er legte den Kopf schräg, als wollte er den Geschmack bestimmen. Dann zuckte er die Schultern. »Aber das ist leider nicht gewünscht. Man will sie lebend. Vielleicht. Jedenfalls hat man mehr Möglichkeiten, wenn sie lebt. Töten kann man sie immer noch, wenn sich das als nützlich erweisen sollte. Wer aber ins Nebelland entkommen ist, der kehrt nicht wieder zurück. Jedenfalls nicht so, dass man etwas mit ihm anfangen könnte.« Seine spitzen Zähne blitzten.

»Ist sie der Grund für den Hass zwischen Bren und Lisanne?«

Er runzelte die Stirn. »Warum interessiert Euch das?«

»Ich bin neugierig, wie Ihr schon erkannt habt.«

»Neugierig genug, damit Ihr darüber die Sorge um Euren Gatten vernachlässigt?«

Sie ballte die Faust hinter dem Rücken. »Also ist diese Frau der Grund?«

Die Kupferringe an seinem Zopf klingelten, als er den Kopf schüttelte. »Es geht um einen Paladin aus Eurer Heimat. Helion hieß er, wenn ich nicht irre. Er war in Stasis, jetzt ist er tot, und das betrübt die Schattenherzogin.«

Monjohr schwatzte weiter, aber seine Worte entgingen Nalaji. *Helion!* An diesen Namen erinnerte sie sich. Sie war eine Adepta gewesen, vor einem halben Jahrhundert. Helion hatte Narron in der Roten Nacht besiegt, als man die Paladine erwählt hatte. Helion hatte die Weihe empfangen, und wie man später erfahren hatte, hatte er mit dem Magier Modranel gegen die Schatten gekämpft. Er hatte Lisanne töten wollen, hatte sogar mehrere Hundert Ritter in den Nachtschattenwald geführt, wo sie gegen die Fayé gefallen waren. Dennoch war er ein Held des Silberkriegs gewesen, vielfach besungen, so wie Modranel. Von Ajina war nur die Rede, weil man sie als Modranels Tochter kannte. Aber für Nalaji war sie viel mehr gewesen. Die beste Freundin ihrer Jugend. Ajina hatte sie in ihrem Liebeskummer getröstet, als Narron nach Guardaja in dieselbe Schlacht gezogen war, in der Helion zum Helden und er selbst zum Krüppel geworden war. Und Ajina war Helions Geliebte gewesen, wie Narron zu berichten wusste. Deswegen hatte Nalaji lange auf die Rückkehr des Rubins gehofft, der in Helions Schwertknauf eingearbeitet gewesen war. Diesen Rubinen vertrauten die Paladine ihre Gedanken an, und sicher hätte Nalaji daraus etwas über die letzten Tage ihrer Freundin erfahren. Aber er war niemals aufgetaucht, verschollen wie sein Besitzer.

Und jetzt erfuhr sie, dass Helion hier gewesen war! Bei Lisanne, als diese nach Orgait zurückgekehrt war! Das Leben war seltsam …

»Helion«, flüsterte sie, als könne sie es eher glauben, wenn sie den Namen aus dem eigenen Mund hörte.
Beleidigt starrte Monjohr sie an. »Das sagte ich doch, oder? Es geht um diesen Paladin, nicht um Kiretta.«
Nalaji netzte die Lippen. »Also gut. Ich werde sie untersuchen.«
»Tut das. Ich bin gleich wieder da.«
Er ließ die Ghoule zurück, als er den Raum verließ.
Nalaji tastete den Körper ab. Der Puls war unregelmäßig, der Schweiß kalt, die Lippen rissig. Kiretta röchelte. Vielleicht versuchte sie auch, im Fiebertraum Worte zu formen. Der Verband war nicht von einem Arzt angelegt worden, aber wer immer diese Aufgabe übernommen hatte, hatte sich zumindest Mühe damit gegeben. Die Schlaufen lagen so, dass sie überflüssige Druckstellen vermieden. Als Nalaji die Verschnürung löste, trat ein Schwall übel riechender Flüssigkeit aus, aber danach tröpfelte es nur noch aus dem Gewebe. Verbluten würde die Patientin nicht. Nalaji befühlte das entzündete Fleisch. Elle und Speiche waren auf halber Länge gesplittert, ein Drehbruch. Offenbar hatte jemand die Hand und ein Stück des Unterarms abgerissen. Das war nicht das Werk einer Klinge. Vielleicht ein Unfall mit einem Ghoul, aber die Leichenfresser zerquetschten die Glieder ihrer Gegner eher oder rissen so ungestüm daran, dass sich der komplette Arm vom Körper löste. Dies hier sah nach dem Werk eines Osadro aus. *Oder einer Osadra. Lisanne selbst?*

Monjohr kehrte mit einem Gefangenen zurück. Die Arme des Mannes waren gefesselt, ein Knebel steckte in seinem Mund. »Das ist Euer Sohn, oder?«

Nalaji krampfte die Hände um die Kante des Sargs, um ihr Zittern zu verbergen.

»Keliator«, stammelte Narron. Leugnen wäre ohnehin zwecklos gewesen.

»Erstaunlich, wie leichtsinnig die Leute sind«, stellte Monjohr fest. »Sicher ein guter Schwertkämpfer, Euer Sohn, wenn ich seine Muskeln betrachte. Doch wer Wache steht, sollte keinen Trunk von einem hübschen Mädchen annehmen. Man weiß nie, was hineingemischt wurde.« Das Kichern schien ihm so sehr zu Gewohnheit geworden zu sein, dass er es nicht mehr bemerkte. »Aber Euer Sohn muss wirklich gut in Form sein. Er ist schneller wieder erwacht, als ich erwartet hätte. Ich kam gerade rechtzeitig, um ihn abzuholen.«

Offensichtlich schämte sich Keliator. Er wagte nicht, den Kopf zu heben, um seine Eltern anzusehen.

»Ich kann sie heilen«, wechselte Nalaji das Thema. »Aber nicht hier und nicht jetzt. Ich brauche meine Arzneien, vielleicht sogar die Gnade der Mondmutter, und es wird seine Zeit dauern.«

»Wie lange?«

»Eine Woche. Wenigstens.«

Keliator warf sich zur Seite und rammte Monjohr die Schulter in die Brust.

Stöhnend stolperte der Ghoulmeister zurück.

Keliator trat ihm in den Bauch. Das Gift wirkte aber noch nach, sodass er selbst ins Taumeln geriet und rückwärts gegen die Wand torkelte.

Monjohr hielt sich die getroffene Stelle. »Tapfer, aber dumm!«, rief er. »Ich habe drei Ghoule bei mir. Sie werden Euch und Eure Eltern zerreißen, wenn Ihr so weitermacht, das verspreche ich Euch!«

Tatsächlich näherte sich der Schmatzer ihrem Sohn.

Keliator schüttelte den Kopf, wohl, um die Gedanken klar zu bekommen oder den Schwindel zu verscheuchen.

»Soll ich sie jetzt heilen oder nicht?«, fragte Nalaji scharf.

Monjohr starrte Keliator an. Als dieser keine Anstalten machte, einen neuen Angriff zu starten, richtete er sich murrend auf. »Den Raufbold nehme ich mit mir. Wir können dann in einer Woche tauschen. Ihr kriegt Euren Sohn, ich eine muntere Kiretta.«

Nalaji schüttelte bedächtig den Kopf, obwohl ihre Nerven flatterten. Sie hatte gelernt, ihre Empfindungen gut zu verbergen. »Das würde Aufsehen erregen. Die Verletzungen meines Mannes können wir erklären. Ich werde behaupten, er sei von einer Treppe gefallen. Aber wenn Keliator nicht mehr bei uns ist, wird man Fragen stellen.«

»Wer sollte denn fragen?«

»Oh, da fallen mir viele ein. Die Gesandtschaften treffen sich momentan jeden Tag. Dies sind aufgeregte Zeiten. Der Thronwechsel, der Angriff der Fayé. Es geschieht viel. Die Gesandten der anderen Reiche werden wissen wollen, wo unser Sohn steckt. Sicher auch die Diener des Kults, sie sind immer misstrauisch. Vielleicht sogar der eine oder andere Schattenbaron.«

Monjohr verzog das Gesicht. »Na gut. Behaltet ihn. Ihr wisst, dass ich Euch finden kann, wann immer es mir beliebt. Ihr werdet nicht so dumm sein, mich hintergehen zu wollen.« Er schob Keliator an den Ghoulen vorbei. »Außerdem«, grinste er, »dürft Ihr dieses bescheidene Präsent als Zeichen meiner Zuneigung und Samen unseres gegenseitigen Vertrauens begreifen.«

Brens Schlaf war traumlos. »Wie spät ist es?«, fragte er den Seelenbrecher, als er erwachte und sich in dem weichen, von einem Baldachin überspannten Bett aufrichtete. Die Decken lagen so glatt, als hätte eine Zofe sie soeben geordnet. Osadroi wurden zu reglosen Leichen, wenn sie ruhten.

»Die Sonne ist soeben untergegangen, Herr.« Der junge Mann mochte zwanzig Jahre zählen, sein Name war Bren unbekannt. Er interessierte ihn auch nicht. Für die unteren Ränge des Kults war es eine Ehre, einem Schattenherrn nach dem Erwachen die ersten Wünsche der Nacht zu erfüllen. Manche sehnten sich danach, ihre eigene Essenz anzubieten, um die während des Tagschlafs erlahmten Kräfte aufzufrischen. Dieser hier präsentierte stattdessen einen Kristall, den er mit komplizierter Geste auf allen zehn Fingerspitzen hielt. Silbriges Glitzern bewegte sich darin. »Dürstet Euch, Herr?«

Bren schüttelte beiläufig den Kopf, als er aufstand. Er hatte seine Kleidung nicht gewechselt. Da er nicht mehr schwitzte und sich in der vergangenen Nacht nirgendwo aufgehalten hatte, wo sie schmutzig hätte werden können, hatte er keinen Sinn in einem Nachtgewand gesehen.

»Gibt es Nachrichten für mich?«

»Die Gardisten wurden benannt, aus denen Ihr Eure Leibwache wählen könnt. In einer Stunde werden sie sich im Hof der Eisernen Strenge einfinden, um von Euch inspiziert zu werden.«

»In einer Stunde erst?«

Der Seelenbrecher blinzelte, als er den Kristall in einem Samtbeutel an seinem Gürtel verstaute. »Soll ich nach ihnen schicken, damit sie sofort kommen?«

Bren schüttelte den Kopf. Für einen Osadro war er ungewöhnlich früh erwacht. Zum Teil war das ein Verdienst seiner Jugend. Schattenherren, die hundert Jahre und älter waren, schliefen oft ganze Nächte durch, um erst in der darauffolgenden zu erwachen. Die SCHATTENKÖNIGE ruhten Jahrtausende zwischen den Perioden IHRER Herrschaft. Wobei manche wissen wollten, dass SIE in der Burg der Alten auf eine fremde Art bei Bewusstsein waren, sogar in Kontakt miteinander standen. Aber die SCHATTENKÖNIGE waren ohnehin Wesenheiten, die sich jedem Vergleich entzogen.

Obwohl die Wände von Brens Kammer mit aus Gold geschmiedeten Intarsien veredelt waren, bewohnte er ein für die Verhältnisse eines Osadro bescheidenes Gemach. Kein Wunder, schließlich hatte er noch kein Gefolge um sich gesammelt. GERG hatte ihn zum Baronet über Guardaja ernannt, aber Guardaja war fern, und hier in Orgait hatte er in Lisanne eine Feindin, wie sie mächtiger kaum vorstellbar war. Wer sich ihm anschloss, ging ein unwägbares Risiko ein. Einen Osadro durfte auch eine Schattenherzogin nicht ungestraft töten. Für sein Gefolge galt jedoch kein vergleichbarer Schutz.

Rote Kristalle sandten ein Leuchten in den Raum, das ihn angenehm erhellte. Angenehm für Brens neue, scharfe Sinne. Dem Seelenbrecher musste es wie beinahe vollkommene Dunkelheit vorkommen. Bren sah, dass seine Pupillen sich so sehr geweitet hatten, dass die Iriden nur mehr haardünne Kreisbahnen waren.

Der Mensch wartete stumm darauf, dass er einen Wunsch äußerte. Bren trat zu der kleinen Truhe, die auf einem runden Tisch neben dem Bett stand. Ihren Inhalt zu betrachten war das Letzte gewesen, was er vor dem Einschlafen getan hatte. Es sollte auch der Beginn der neuen Nacht sein. Mit den eisenharten Krallen, die zu seiner gewandelten Natur gehörten, streichelte er über den Deckel. Als Bren das Behältnis öffnete, quietschten die Scharniere. Das Platin hatte sich verzogen, als die Truhe auf steinernen Boden gefallen war. Er sollte es richten lassen.

Auf dem Futter lag Kirettas Haken. Bren erinnerte sich daran, dass er ihn in den ersten Tagen monströs gefunden hatte. Man musste Daumen und kleinen Finger spreizen, um die Krümmung abzumessen. Das Ende bog sich auf den letzten zwei Zoll nach außen und war so spitz, wie die umlaufende Schneide scharf war. Er hatte gesehen, wie seine Geliebte diese Waffe eingesetzt hatte, etwa gegen die harten Panzer der Chaque, die der Haken ebenso mühelos durchschlagen hatte wie ein Dolch aus gehärtetem Stahl. Die Zärtlichkeit, mit der er den stählernen Bogen aus der Truhe nahm, passte nicht zu der wuchtigen Erscheinung.

Eine eiserne, wellenförmige Einlegearbeit umlief die Halbkugel aus hartem Holz, die auf dem Armstumpf gesteckt hatte. Tatsächlich war sie mit den Knochen von Elle und Speiche verschraubt gewesen, so fest, dass diese gebrochen waren, als

Lisanne den Haken von Kirettas Arm gerissen hatte. Stücke von ihnen steckten noch in dem Fragment. An den ausgefransten Enden war leicht zu erahnen, mit welcher Gewalt die Knochen gesplittert waren. Behutsam drückte Bren seine Lippen auf das Einzige, was ihm von seiner Geliebten geblieben war. Ihre Leiche war unauffindbar. Es quälte Bren, sich vorzustellen, was Lisanne damit getan haben mochte. Wann immer er einen Ghoul durch die Gänge des Palasts schlurfen sah, beschlich ihn eine grausige Ahnung.

Als Bren den Haken zurücklegte, fragte er sich, ob er geweint hätte, wenn er noch ein Mensch gewesen wäre. Er hatte niemals einen Osadro weinen sehen. Die Unsterblichen konnten lachen, herablassend oder höhnisch, ihr Gesicht konnte eine Grimasse des Hasses sein. Aber weinen? Vielleicht war das zu menschlich. Er klappte den Deckel zu.

»Führe mich zu den Gardisten«, befahl er dem Seelenbrecher.

Einen Augenblick zögerte der Mann, dann verbeugte er sich und ging voran.

Die Unterkünfte der Osadroi lagen unter der Erde, wo kein Sonnenstrahl sie finden konnte. Sie waren schwer zugänglich und sorgfältig bewacht. Zwar begegneten sie wegen der frühen Stunde keinen Unsterblichen, dafür aber vielen Gardisten, die sich respektvoll vor Bren verneigten, ohne dabei in ihrer Wachsamkeit nachzulassen. Nie sank ein Kopf so tief, dass der Blick die Füße des Gegenübers verloren hätte, und die Hände blieben stets in der Nähe der Schwerter.

Der Seelenbrecher führte ihn einige Treppen hinauf und durch den Wandelgang am Westtor, wo das Sternenlicht statt auf Säulen auf Statuen von Osadroi fiel, die so alt waren, dass Bren die Namen der meisten nicht kannte. Sie standen kerzengerade, ihre steinernen Köpfe stützten die Überdachung. Wiehern erfüllte die Luft, eine Schwadron sammelte sich. Bren erkannte die Stimme des Hauptmanns, der seine Krieger aufforderte, die Halterungen von Waffen und Kampfschilden an den Sätteln zu überprüfen.

»Warte!«, befahl Bren dem Seelenbrecher und trat unter dem Dach hervor. Seine Schuhe knirschten auf dem Kies. Das Geräusch war laut in seinen unsterblichen Ohren, und doch überlagerte es weder das Schnauben der Pferde noch das Knacken der Lederriemen oder das metallische Klappern der Rüstungen. Die Sinne eines Osadro gehorchten anderen Regeln als die eines Menschen. Das galt auch für Brens Nase, die den Schweiß von Tieren und Männern deutlich zu unterscheiden vermochte, während er auf den Befehlshaber des Trupps zuging. Bren atmete von Nacht zu Nacht seltener, aber ganz hatte er es sich noch nicht abgewöhnt.

»Reicht es dir nicht, über die Grenze der bekannten Welt hinausgefahren und zurückgekehrt zu sein, Boldrik?«, fragte er. »Zieht es dich schon wieder fort?«

Erst jetzt bemerkten ihn die Krieger. Sie ließen sich auf die Knie nieder.

»Ich bin ein Mann des Schwerts, General.« Boldrik zuckte zusammen, als er den Fehler in seiner Anrede bemerkte. »Schattenherr.«

»Ja«, sinnierte Bren. »Es ist seltsam, dass es solche wie uns immer wieder zur Gefahr zieht.«

»Ihr sagt es, Herr.«

Bren lächelte wehmütig. Er trug seinen Morgenstern über der Schulter, wie er es gewohnt war, obwohl das der höfischen Kleidung schlecht bekam. »Sprich frei, Hauptmann. Wir haben gemeinsam den Seelennebel durchquert.«

Boldrik ließ den Blick über den Boden wandern, während er nach Worten suchte. »Alles wird unwichtig, wenn man einem Gegner mit dem Schwert in der Hand gegenübersteht, Herr. All die Grübeleien werden bedeutungslos, all die Gedanken an ein Gestern oder ein Morgen verblassen beim Anblick eines Hiebs, der auf das eigene Leben zielt.«

»Ich verstehe dich gut, Boldrik. Wenn der Moment den Unterschied zwischen Leben und Tod macht, werden Pläne und Erinnerungen sinnlos.«

Boldrik sah aus seiner knienden Position auf und blickte ihm in die Augen. »Ja, Herr.«

Wovor läufst du weg, Boldrik?, dachte Bren. *Vor den undurchsichtigen Intrigen bei Hofe? Oder vor deinen Ängsten? Vor dem Wissen um deine eigene Sterblichkeit? Du bist zu alt. Niemand wird dich jetzt noch in die Schatten führen.*

»Du schließt dich dem Heer gegen die Fayé an?«

»Dort kann mein Schwertarm von Nutzen sein, Herr.«

»Eine gute Wahl. Nicht umsonst nennt man Widaja den Tod der Unsterblichen. Hast du schon einmal einen Fayé erschlagen, Boldrik?«

»Ich bedaure, dass es mir bei unserer Reise durch den Nachtschattenwald nicht vergönnt war.« Zu spät bemerkte er seine lockere Rede und senkte wieder den Kopf. »Ich hoffe, diesmal nützlicher sein zu können.«

»Du hast deine Sache gut gemacht, damals. Ich zweifle nicht daran, dass die Schatten auch diesmal zufrieden mit dir sein werden.« *Nur nicht zufrieden genug, um die Sterblichkeit von dir zu nehmen.*

Bren bemerkte, dass er die Truppe aufhielt. Alle knieten und warteten darauf, dass er sie entließe, damit sie die letzten Vorbereitungen abschließen und aufbrechen konnten. Er fand keine Abschiedsworte, die nicht schwülstig geklungen hätten, also ging er schweigend zurück unter das Dach und nickte dem Seelenbrecher zu, damit dieser wieder die Führung übernahm.

Was mochte Boldrik von Bren halten? Monatelang waren sie quer durch die bekannte Welt gereist, hatten die Grenze überschritten, hinter der der Wahnsinn lauerte, um Lisanne zurückzubringen. Sie hatten große Opfer für den Erfolg gebracht, sich in Gefahren begeben, die viele ihrer Mitstreiter das

Leben gekostet hatten, hatten etwas vollbracht, das keinem Sterblichen vor ihnen gelungen war. Und dann hatte er, Bren, Lisanne verraten, indem er ihren Geliebten getötet hatte. Jetzt waren Lisanne und er unversöhnliche Feinde. Wem hätte Boldrik das Banner gehalten, wenn er seine Seite hätte wählen dürfen? Was sah er in Bren? Einen General oder einen Verräter?

Mit Widerwillen betrachtete Bren den Rücken des Seelenbrechers. Der Mann hatte schmale Schultern und ging leicht vorgebeugt. Das häufige Sitzen war ungeeignet, Muskeln zu stärken. Bren kannte Mädchen, die ihn im Armdrücken bezwungen hätten. Für diesen Mann war ein Krieger wahrscheinlich ein Trottel, weil er sich Klingen entgegenstellte, die ihn schwer verletzen konnten, während ein Verräter ein kluger Mann war, dem man Anerkennung zollte, solange er Erfolg hatte. Für einen Moment überlegte Bren, umzudrehen und sich Boldriks Trupp anzuschließen. Er umfasste den Griff seines Morgensterns, aber das Holz fühlte sich anders an als früher.

Bren hörte das Klirren der Übungsschwerter lange, bevor der Seelenbrecher beinahe entschuldigend erläuterte, dass sich die Gardisten in der Fechthalle in Form hielten. Der Saal war weit und für die Verhältnisse des Palasts nüchtern eingerichtet. In ihren Gestellen an der Wand warteten Klingen und Spieße auf Benutzung. In der Mitte erhob sich ein quadratisches Podest bis auf Brusthöhe. Es bot den Übenden einen federnden Holzboden. Zwischen den straff gespannten Seilen, die ein Herunterfallen verhinderten, maßen sich zwei Kämpfer in den schwarzen Kettenhemden der Garde. Sie waren mit zwei Spann großen Handschilden und geraden Klingen identisch bewaffnet. Das Volumen ihrer ausladenden Helme erlaubte einen angenehmen Fluss der Atemluft, wofür mehr Angriffsfläche und Nachteile im Sichtfeld hingenommen wurden.

Um das Podest herum standen zwei Dutzend Kameraden, die mit lauten Rufen die Begeisterung für ihren Favoriten kundtaten oder Ratschläge erteilten. Ein Riese überragte sie alle. Der Rüstmeister musste so viel Eisen für seinen Panzer aufgewendet haben wie für zwei andere. Die schwarze Mähne wurde von einem Band aus der Stirn gehalten, sodass Bren das Funkeln der beinahe farblosen Augen gut erkennen konnte.

»Er stammt aus Bron«, murmelte Bren.

Der Seelenbrecher erlaubte sich ein Kichern. »Ein Barbar, ja. Auch in so fernen Landen kündet man von der Macht der Schatten. Sein Name ist Dengor.«

Als die Gardisten Bren bemerkten, wandten sie sich ihm zu und neigten die Häupter. Dengor war anzusehen, dass seine Wildheit ihm diese Geste der Unterwerfung erschwerte. Er vollzog sie erst, als die Kämpfer sich bereits voneinander gelöst hatten und die Verschnürungen der Helme öffneten.

»Nein«, sagte Bren und hob die Linke. »Fahrt fort. Ich weiß einen guten Kampf zu schätzen.«

Die Kontrahenten nahmen das Gefecht wieder auf, aber die Gardisten verhielten sich nun still. Manche musterten Bren verstohlen, andere beobachteten ohne die vorherige Erregung den Kampf. Dengor presste die Kiefer aufeinander. Offensichtlich brannte das kriegerische Blut in seinen Adern.

»Als Baronet stehen Euch dreizehn Gardisten zu«, flüsterte der Seelenbrecher. »Wenn Ihr aus diesen weniger wählt, könnt Ihr die Reihen Eurer Bewaffneten zu einem späteren Zeitpunkt auffüllen.«

Als Bren das Podest erreichte, sah einer der Kämpfer ihn für einen Augenblick an, anstatt seinem Gegner die schuldige Aufmerksamkeit zu widmen. Dieser nutzte die Ablenkung, um ihm einen Fuß wegzutreten. Laut schlug er auf die Bretter, ein tief hallender Ton, verstärkt durch den Hohlraum unter dem Schwingboden. Das Übungsschwert war an seiner Kehle, bevor er sich wegdrehen konnte. Zum Zeichen der Niederlage ließ er Schild und Waffe fallen.

Unterdrückter Jubel raunte durch die Gardisten. Sicher hätten sie laut gebrüllt, wäre kein Osadro hier gewesen.

»Ein fähiger Streiter, scheint mir«, dozierte der Seelenbrecher mit nasalem Ton.

»Die Qualität eines Kämpfers zeigt sich erst bei einem Gegner, der ihn an seine Grenzen bringt.«

Der Seelenbrecher trug die Nase so hoch, dass er an ihr vorbeischielen musste, um die Gardisten zu mustern. »Sollen wir Dengor gegen ihn antreten lassen?«

»Ich habe eine bessere Idee.«

Der Morgenstern war keine Übungswaffe. Bren legte ihn auf den Boden, dann kletterte er unter den Seilen auf das Podest. Mit fordernder Hand ließ er sich das Schwert des Unterlegenen geben. Es war wenig mehr als platt geschmiedetes Eisen, wies weder die Wellen einer guten Klinge noch eine geschliffene Schneide auf.

Sein Gegner zögerte nur kurz, bevor er Kampfhaltung einnahm.

»Aber Herr, Ihr könnt Euch doch nicht mit einem Gemeinen messen!«, rief der Seelenbrecher.

Bren fixierte ihn. »Gut, dass du dabei bist. Da weiß ich immer, wen ich um Erlaubnis fragen muss.«

Beschämt sah der Kleriker zu Boden.

»Lass uns mit dem Eisen sprechen«, forderte Bren seinen Gegner auf.

Der Mann griff zögerlich an, bis Bren ihm einen schmerzhaften Schlag auf den Oberschenkel versetzte. Das weckte seine Wut, was den Hieben Kraft verlieh. Dennoch sparte er hohe Attacken aus, wohl, weil Bren keinen Helm trug. Bren ärgerte sich über die Schonung, spürte aber die Lust des Kampfes von seinen Muskeln Besitz ergreifen. Zwei Wochen lang hatte er keine Waffe mehr gegen einen Gegner geführt. Seit jener Stunde, als er sich zu Helion durchgekämpft hatte, um ihn in seinem Sarkophag zu erschlagen. Natürlich war es kein Kampf gewesen, mit dem Morgenstern einen leichenstarren Körper zu zertrümmern, aber die Wachen hatten sich gut gewehrt. Viel besser als dieser Mann jetzt.

Bren wusste schon nach einem kurzen Schlagabtausch, dass dieser Gardist noch viel lernen müsste, bevor man ihn einen guten Fechter nennen könnte. In einer Schlachtreihe hätte er sich vielleicht passabel geschlagen, er hatte Mut, Kraft und Auge, aber Gardisten kämpften nicht in Schlachtreihen. Nicht wie die Krieger des Schwarzen Heeres. Für einen Einzelkämpfer fehlte diesem Mann jedoch die Fähigkeit zu kombinieren, mit einer geschickten Finte einen Angriff vorzubereiten, mit einer klugen Abwehr den Gegner in eine verletzliche Position zu bringen.

Bren spielte eine Weile mit ihm, dann beschloss er, dass es an der Zeit war, die Lektion zu beenden. Er trieb ihn in eine Ecke auf einen der Eisenpfosten zu, an denen die Seile festgebunden waren. Im letzten Moment erkannte der Mann, welche missliche Lage ihm drohte, und versuchte, seitlich auszuweichen. Er war jedoch zu langsam, um dem Schlag gänzlich zu entgehen. Bren stieß das Schwert seines Gegners herunter. Es war dem Gardisten hoch anzurechnen, dass er es nicht fallen ließ. Um ihn doch noch zu entwaffnen, riss Bren seine eigene Klinge in einem engen Bogen herum und ließ sie von oben nochmals gegen die seines Gegners prallen.

Der Mann hielt krampfhaft fest, aber die Spitze seiner Waffe donnerte auf den Eisenpfahl.

Sicher hatte es mit der Mühe zu tun, die es Bren bereitete, die Kräfte seines untoten Körpers richtig einzuschätzen. Manchmal scheiterte er daran, eine vergleichsweise leichte Last zu bewegen, bei anderen Gelegenheiten riss er beinahe eine Tür aus den Angeln. Jetzt lag so viel Wucht in seinem Hieb, dass das gegnerische Eisen brach.

Bren war so überrascht, dass er dem scharfkantigen Bruchstück nicht auswich, als es auf sein Gesicht zuflog. Es bohrte sich durch seine Wange, durchschlug den Oberkiefer und blieb tief in seinem Schädel stecken.

Bren spürte den Schmerz, aber noch stärker nahm ihn sein Erstaunen gefangen. Hätte er nicht sein gesamtes Leben auf Schlachtfeldern verbracht, hätte er wohl das Schwert fallen gelassen. So aber sicherte er damit den Rückzug gegen den erstarrten Gegner. Die Gardisten riefen wild durcheinander.

Bren betastete das Eisenstück, das aus seinem Gesicht ragte. Sein Kopf schmerzte, aber es ließ sich aushalten. Die Wunde, die einen Menschen wahnsinnig vor Pein gemacht, wenn sie ihm nicht das Bewusstsein geraubt hätte, beeinträchtigte ihn kaum mehr als ein Schnitt in den Finger.

Fasziniert wandte er sich ab und kletterte von dem Podest. Der Seelenbrecher konnte seine Aufregung nicht verbergen. Bren ließ sein Geplapper unbeachtet und zog das Eisenstück aus dem knirschenden Knochen. Lautes Knacken übertrug sich in seine Ohren und übertönte alle anderen Geräusche. Blut war an dem Metall, weiteres floss aus der Wunde, aber es versiegte schnell.

Der Vorgang faszinierte nicht nur Bren selbst, sondern auch die Gardisten. Die meisten sahen verschämt zur Seite, als er ihre Aufmerksamkeit bemerkte, aber Dengor hielt seinem Blick stand. Sogar den Hauch einer Herausforderung vermeinte Bren in den Augen des Barbaren zu erkennen. Unwillkürlich straffte er sich.

Der Seelenbrecher hielt ihm den Kristall auf die gleiche Weise entgegen, wie er es schon bei Brens Erwachen getan hatte. »Die Essenz wird Euch helfen, die Wunde zu schließen, Herr«, behauptete er.

Schon in den wenigen Nächten, die er in den Schatten verbracht hatte, war Bren klar geworden, dass sein untoter Körper oftmals dann am besten arbeitete, wenn er darauf verzichtete, ihn bewusst zu steuern, und einfach den Instinkten ihren

Lauf ließ. Er breitete die Arme aus, schloss die Augen und legte den Kopf in den Nacken.

Er spürte die Essenz in dem Kristall. Lebenskraft, vom Kult gesammelt. Dazu war notwendig, dass die Menschen, die sie gaben, Gefühle auf die Osadroi richteten. Je stärker die Emotion, desto ergiebiger war die Ernte. Ob es sich um Abscheu, Furcht, Hass oder Hingabe handelte, war ebenso belanglos wie das konkrete Objekt, auf das sie sich richtete. Sie konnte einem speziellen Schattenherrn gelten, einer Statue oder den Meistern Ondriens in ihrer Gesamtheit.

Bren rief die Essenz zu sich. Er spürte ihr Knistern, als sie sich in einem kontinuierlichen Strom aus ihrem Gefäß löste und zu ihm schwebte, fühlte das Prickeln in seiner Nase, als er sie einatmete. Sie füllte seine Stirn aus, strahlte warm vom Platz hinter den Augen bis in den Rachen. Von hier aus strömte sie in den Körper, durch die herzlose Brust, den Bauch, die Arme und Beine bis in die Spitzen von Zehen und Fingern. Nur das Ausatmen, wenn die Luft, die er mit der Essenz einsog, die Lungen gefüllt hatte, erforderte eine bewusste Entscheidung.

Essenz war nicht nur Genuss, sie war auch Kraft. Bren spürte die Stärke in jeder Faser seines Körpers, war versucht, sich eine schwere Last zu suchen und sie zu heben, aus keinem anderen Grund, als dass er es konnte, oder mit einem Stier zu ringen und ihm die Hörner zu brechen.

So sehr nahm ihn die Erfahrung gefangen, dass ihm beinahe entgangen wäre, was mit der Wunde geschah. Als er sich darauf konzentrierte, hörte er das Knacken der Knochensplitter, die an ihre alten Plätze zurückwanderten, sich wieder zusammenfanden und verbanden. Sie gaben Hitze ab, als sie miteinander verschmolzen, schwitzten weiteres Knochenmaterial aus, um zu ersetzen, was er mit dem Eisenstück herausgezogen hatte. Auch Fleisch und Haut regten sich, überdeckten die Wunde.

Als keine Essenz mehr nachkam, öffnete Bren die Augen. Der Kristall war leer und durchsichtig wie meisterhaft geblasenes Glas. Der Seelenbrecher ließ die Hände sinken. »Wünscht Ihr, Euch von mir weiter zu nähren, Herr?«

Bren spürte die Verbindung zu dem Menschen. Der Sterbliche fühlte etwas für Bren, und das wäre wohl stark genug, um als Brücke für die Lebenskraft zu dienen. Aber er schüttelte den Kopf.

Seine tastenden Finger bestätigten, dass sich die Wunde geschlossen hatte. Der Knochen hatte noch nicht die alte Festigkeit, er gab unter dem Druck nach, und die Haut fühlte sich an wie nach einem Sonnenbrand, aber es gab keine Öffnung mehr. Mit der Zunge tastete er die Zähne ab und fand sie alle an ihrem Platz.

»Die Heilung wird bald abgeschlossen sein«, sagte der Seelenbrecher. »Nach dem Tagschlaf werdet Ihr bemerken, dass die Stelle …« Er runzelte missbilligend die Stirn, als hinter Brens Rücken ein Schrei erklang.

Bren wandte sich um. Dengor hatte den Arm des Mannes, gegen den Bren gefochten hatte, so heftig gegen einen der Eisenpfosten geschlagen, dass er unterhalb des Ellbogens gebrochen war.

»Was tust du?«, rief Bren.

Dengor hielt inne und sah ihn mit seinen eisklaren Augen an.

»Dieser Gardist hat einen Osadro verletzt, Herr«, erklärte der Seelenbrecher. »Das schuldige Glied wird bestraft.«

»Aber ich bin doch bereits wieder hergestellt.«

Der Seelenbrecher trat neben ihn. »Hat die Strafe Euer Missfallen erregt?«

Besorgnis huschte über Dengors Züge.

Dies war einer der Momente, in denen Bren bewusst wurde, was es bedeutete, ein Schattenherr zu sein. Er gehörte nun zu den Meistern Ondriens. Wenn sich ein Welpe in den Stiefeln seines Herrn verbiss, dann trat man ihn, egal, ob die Milchzähne das Leder zu durchdringen vermochten oder nicht.

Bren schüttelte den Kopf. »Nein, aber hiermit soll es genug sein. Bringt den Mann zu einem Medikus, er hat tapfer gekämpft.«

»Und was soll mit Dengor geschehen?«, lauerte der Seelenbrecher.

Die Bewegungen des Barbaren offenbarten, dass die Muskeln bei aller Kraft ihre Geschmeidigkeit bewahrt hatten. Bren musste ihn nicht kämpfen sehen, um sein Geschick mit dem Schwert zu erkennen.

»Er soll meine Leibwache anführen«, flüsterte Bren, dessen Augen noch immer diejenigen Dengors festhielten. »Und er soll auch meine anderen Gardisten auswählen. Ich bin sicher, er kennt die Männer und wird klug entscheiden.«

Vejata wurde oft unterschätzt, weil er der kleinste der drei Monde war. Doch Nalaji wusste, dass sein hellblaues Licht ebenso viel Kraft hatte wie das Rot Stygrons oder das Silber, in das Silion die nächtliche Landschaft tauchte, wenn er voll am Himmel stand.

Obwohl sie sich außerhalb der Stadt befanden, wagten sie keine lauten Gesänge. Das Dutzend Gläubige summte Lieder, um die Milde der Mondmutter zu preisen und ihre Gnade für Kiretta zu erflehen, die unter drei Wolldecken in der Mitte des Kreises lag. Auch auf Feuer verzichteten sie, nur in einer Handvoll Messingbecken glühten Kohlen. Die Hänge, die sich um die Senke erhoben, verbargen den Lichtschein vor Beobachtern, die auf der Ebene unterwegs waren. Sie hatten lange gebraucht, einen geeigneten Hügel zu finden. Dieser besaß auf der Spitze eine beinahe kreisrunde Einbuchtung, als hätte einmal eine riesige Steinkugel auf ihm gelastet.

Eine knappe Wegstunde südwestlich von Orgait trafen sie sich bei jedem Vollmond, ganz gleich, welcher der drei Söhne der Mondmutter sein Antlitz gänzlich enthüllte. Mitten im Land der Schattenherren hielten sie den Göttern die Treue, eine verschworene Gemeinschaft.

Oder auch nicht. Während sie hellen Dampf in die Kälte atmete, fragte sich Nalaji zum hundertsten Mal, wie Monjohr von ihnen erfahren hatte. War ein Verräter unter den Menschen, die sich hier fromm vor- und zurückwiegten und die heiligen Gesänge summten?

Nicht Ungrann, der Gardist. Das wäre zu offensichtlich gewesen. Ein Gegenspion hätte eine bessere Tarnung. Außerdem hatte Ungrann so oft das vertrauliche Gespräch mit Nalaji gesucht, ihr von den Qualen berichtet, die es ihm bereitete, den Dienst in der Garde zu tun, dass sie sicher war, dass er sie nicht belog. Wer einmal in die Garde eintrat, konnte sie nur noch durch das Grab wieder verlassen. Ungrann weinte bittere und aufrichtige Tränen wegen der leichtfertigen Begeisterung, die ihn als halbes Kind den Eid der Kultkrieger hatte schwören lassen. Immerhin musste er keinem der ganz Alten dienen. Man sagte, die Bosheit nähme mit den Jahrzehnten zu. Ungrann war letzte Nacht Bren zugeteilt worden, dem jüngsten der Schattenherren.

Dem Geliebten Kirettas, deren vor Fieber zitterndem Körper die Mühen dieser Nacht galten. Auch dabei konnte es sich nur um einen Zufall handeln. Nalaji tupfte Kirettas Stirn ab und murmelte den Segen des Blauen Heils – ein gutes Gebet, wenn Vejata seine Kraft ausgoss. In den vergangenen zwei Tagen hatte sie das Fieber im Körper ihrer Patientin angefacht. Jetzt ging es darum, es herauszuziehen, zumindest den Teil, der ihre Kräfte überstieg. Etwas Feuer wollte Nalaji in den Adern belassen, es würde die Entzündung ausbrennen, die von der Wunde in das Fleisch geschwemmt war. Der Arm war ihre größte Sorge. Er war unklug behandelt worden. Sie hatte die scharfen Bruchkanten abgestumpft und die Splitter herausgeholt, damit nicht noch mehr Schaden angerichtet wurde. Vielleicht war es dennoch zu spät für das Glied.

Nalaji sah Narron an, der sie aber nicht bemerkte, weil er gänzlich in sein Gebet vertieft war. Er war der Einzige in dem Kreis der Gläubigen, der mit dem Gesicht zu Kiretta und ihr saß. Die anderen wandten ihnen die Rücken zu. Keliator stand an einem verwachsenen Baumstamm, sodass er für einen Beobachter aus der Ebene nicht als eigenständige Silhouette erkennbar war. Er hielt Wache und würde sie alarmieren, sobald sich jemand näherte.

Nalaji zog die Decken zur Seite, dann entkleidete sie die Verwundete. Die Kälte verbündete sich mit dem Fieber und schüttelte den zitternden Körper, ließ die Haut aussehen wie die einer gerupften Gans und die Brustwarzen erhärten. Flehend hob Nalaji die Hände, erbat Vejatas Kraft.

Die Mondmutter zeigte sich gnädig. Kirettas Körper beruhigte sich, als sich ein sanftes, blaues Licht wie dünnes Tuch über ihn breitete. Die Anzeichen der Kälte verschwanden.

Nalaji spürte die Verbindung zu ihrer Patientin. Den Schmerz in ihrem rechten Unterarm, wo die Wunde brannte, noch mehr aber ein Ziehen in den Resten von Elle und Speiche, als stochere jemand mit langen Nadeln im Knochenmark herum.

Nalajis Achtung vor Kiretta wuchs, als ihr bewusst wurde, welchem Schmerz diese Frau seit einer Woche standhielt. Sie musste sehr stark sein. Eine Seefahrerin, wenn zutraf, was Narron in Erfahrung gebracht hatte.

Nalaji nahm so viel von Kirettas Pein in sich auf, wie sie wagte, und sandte sie zu Vejata empor, wo sie irgendwo in der Kälte des Nachthimmels erstarren und vergehen würde. Das Ritual zehrte an ihren eigenen Kräften. Sie musste darauf achten, den Kontakt zum Kreis der Gläubigen zu halten, um bei Bewusstsein zu bleiben.

Bevor ihre Aufmerksamkeit verebbte, sandte sie ihren Geist tief in den verwundeten Körper, suchte die Stellen, an denen der Fluss der Lebenskraft blockiert war, und beseitigte die Hindernisse. Sie fühlte Kirettas Atem nach, folgte der Luft, wie sie von den Lungen aufgenommen wurde und ihre Kraft an das Blut übergab, das den Körper versorgte. An manchen Stellen brannte es zu heiß, schädigte damit Kiretta selbst. Nalaji zog die Hitze dort ab und leitete sie an andere Orte, wo sie segensreich wirkte.

Je besser sie Kiretta kennenlernte, desto mehr entdeckte sie die innere Stärke der Frau. Als sie das Ritual beendete und ihre Sinne in die Welt des Greifbaren zurückholte, war sie überzeugt, dass sie den Arm würde retten können.

Die Gläubigen bemerkten, dass ihre Priesterin die heilige Handlung abgeschlossen hatte. Mit Dankesformeln schlossen sie die Andacht. Narron kam zu ihr und zog Kiretta ihre Kleidung wieder über den nackten Körper, den das blaue Leuchten nun verlassen hatte. Anschließend breitete er die Decken über sie.

Nalaji fand in einen schwankenden Stand und ging zu Keliator hinauf.

»In dieser Nacht sind viele Krieger unterwegs«, flüsterte ihr Sohn. »Zwei Reiterschwadronen auf der Straße, danach Fußkrieger, wenigstens einhundert Bewaffnete mit Trosswagen.«

»Futter für den Krieg«, sagte Nalaji.

Keliator nahm sie in den Arm. Er war ebenso stark wie Narron es früher gewesen war. Sicher vermisste er sein Schwert, aber es war unmöglich, eine Mondsilberklinge nach Orgait zu bringen. Sie wartete in der Hütte des Schäfers Peross auf ihn, einem Anwesen nahe Akene. Da man sich selbst in Ilyjias Hauptstadt nicht sicher sein konnte, wem man trauen durfte, trafen sich die verschworenen Feinde der Schatten gern außerhalb. Peross gehörte seit Jahrzehnten zu ihnen.

»Kiretta macht einen guten Eindruck«, stellte Narron fest, als er sich zu ihnen gesellte.

Nalaji nickte. »Sie ist schwach, aber sie wird überleben.«

Keliator atmete tief. »Wir müssen eine Botschaft von dem, was hier vor sich geht, nach Hause bringen.«

»Wir brauchen noch mehr Informationen«, widersprach Nalaji.

Sanft strich Narron eine Strähne aus ihrer Stirn. »Glaubst du wirklich? Wir wissen bereits einiges über Gerg, sogar über den Krieg gegen die Fayé. Das bleibt nicht bei einer einzelnen Stadt, es geht auch nicht um eine Baronie oder zwei. Die Fayé haben alle Unterhändler getötet, die der Schattenkönig ihnen geschickt hat. Wir wissen sogar, wo Widaja sie aufhalten will.«

»Aber wir haben noch keinen Schwachpunkt gefunden.«

»Das stimmt, aber wir dürfen nicht zu lange zögern!« Nur mühsam beherrschte Keliator seine Stimme. »Die Menschheit muss sich vereinen! Jetzt! Niemals waren die Schatten so verwundbar wie heute.«

Nalaji wusste, dass die beiden auf ihr Einlenken warteten, aber sie sagte nichts.

»Ich könnte die Gefallen einfordern, die man uns schuldet«, tastete sich Narron vor. »Das könnte uns Silber bringen. Silber für Waffen.«

»Warum die Eile?«, fragte Nalaji matt.

Narron küsste sie sanft. »Du weißt, dass wir entdeckt sind. Solange er dich braucht, um Kiretta zu heilen, wird Monjohr uns in Ruhe lassen. Aber wir sind nicht mehr sicher, und wenn sich seine Herren umentscheiden, kann er jederzeit mit seinen Ghoulen wiederkommen.«

Nalaji sah in die Senke hinab, wo sich die Gläubigen zum Aufbruch bereit machten. »Ich traue keinem mehr. Jeder von ihnen könnte ein Verräter sein.«

»Deswegen können wir ihnen die Botschaft nicht anvertrauen«, sagte Keliator. »Ich werde sie überbringen.«

Nalaji spürte in sich hinein. Sie erschrak nicht. Sie hatte gewusst, dass es so kommen würde.

»Und ich werde unsere Gefallen einfordern«, kündigte Narron an.

Die beiden Männer umfassten ihre Unterarme und schüttelten sie, wie es gerüstete Paladine oft taten, nur dass sie wegen Narrons Verkrüppelung die linken Hände nehmen mussten. Nun spürte Nalaji doch Tränen aufsteigen. Ihr Mann hatte einen Arm im Kampf gegen die Schatten verloren, ihr ältester Sohn war gefallen. Die Frage durchzuckte sie, ob nicht doch jene weise handelten, die sich aus all dem heraushielten, solange es ging. Noch hundert Jahre mochten vergehen, bis die Schattenherren ihre Truppen nach Ilyjia schickten, wenn man sich dort ruhig verhalten würde. Genug Zeit, damit Keliator sich eine Frau suchen, eine Familie gründen und seine Kinder ein langes, erfülltes Leben würden leben können. Für wen kämpften sie hier eigentlich? Für die Kinder der Kinder ihrer Kinder? Oder doch für ihre Göttin?

Sie verscheuchte den Gedanken. »Was auch geschieht: In Peross' Schäferhütte können wir uns immer wiederfinden. Vergiss das nicht!« Sie wandte den Blick ab, zwinkerte ihre Tränen fort. »Wir kommen nach, sobald wir können.«

———

»Ihr hasst mich, aber ich bin nicht Eure Feindin«, behauptete Jittara. Sie kniete auf dem blanken Steinboden vor Bren nieder. Als Nachtsucherin hatte sie einen der höchsten Ränge des Kults inne, was die Exzentrik ihrer Kleidung erklären mochte. Beinahe alle Roben der Kleriker waren schwarz, Reichtum und Status der Träger zeigten sich lediglich im Schnitt und darin, ob grobe oder fein gewebte Stoffe Verwendung fanden. Einige wenige Kleriker, vor allem aus den östlichen Kathedralen, mischten dunkles Grau hinzu, um Schatten anzudeuten. Jittaras Robe aber hatte knochenweiße Applikationen, sogar eine Borte, die die funktionslosen Aufsätze und die Pelerine betonte – umso mehr, da diese Elemente bei jeder Bewegung flatterten. Auch jetzt brauchten sie eine Weile, um auf der knienden Gestalt zur Ruhe zu kommen, als zögerten sie, sich auf dem fahlen Körper niederzulassen. Jittara war in einer Nacht des dreifachen Neumonds geboren worden. Das Fleisch unter ihren Fingernägeln, die Kanten ihrer Augenlider, ihre Lippen, alles war von der gleichen Helligkeit, das Haar dagegen kohlschwarz.

»Du magst verzeihen, dass ich als einfacher Mensch gelebt habe. Als Krieger. Für mich gibt es Kameraden und Feinde, und dazwischen nur wenig. Für eine Kameradin warst du bislang sehr kühl.«

Jittara sah ihm nicht ins Gesicht. Ihr Blick war auf seine Stiefel gerichtet, die ihm in diesem Moment geckenhaft vorkamen. Er hielt sich zurück, um sich nicht vorzubeugen und das weiche Wildleder zu beäugen. Er fühlte die Feuchtigkeit hindurchdringen. In der Kathedrale war es nicht warm, aber es reichte aus, um den Schnee zum Schmelzen zu bringen, der sich auf dem Weg vom Palast hierher festgesetzt hatte.

»Das war, als Ihr noch ein Mensch wart, Schattenherr.«

Er nickte. Vielleicht hätte er Jittara loswerden können. Vielleicht auch nicht. Trotz ihrer Unterwürfigkeit hatte eine Nachtsucherin in Ondrien einen erheblichen Status. Keinesfalls hätte er sie ungestraft töten dürfen, was sie von den meisten Menschen unterschied. Zudem war ihr Einfluss auf ihn zwar nicht bestimmend, aber in den nächsten Jahren einigermaßen sicher. Wegen seiner kriegerischen Erfahrung hatte der SCHATTENKÖNIG Bren zum Burgherrn von Guardaja ernannt. ER hatte alle mit dem Wappen überrascht, das ER Bren übergeben hatte. Nicht wegen des Motivs, das Einhorn mit den Reißzähnen war unverändert geblieben. Aber es war in Blau gemalt, nicht in dem Schwarz, in dem alle anderen ondrischen Wappen prangten. Eine Sitte aus der Zeit, in der GERG zuletzt auf dem Schädelthron gesessen hatte? Oder ein Zeichen SEINER Gunst für Schattenherzogin Widaja, die helle Farben hoffähig gemacht hatte? Guardaja gehörte zum Lehen Schattengraf Gadiors, der Widaja verbunden war, aber jeder rechnete damit, dass Lisanne ihr früheres Einflussgebiet zurückfordern würde. Selbst wenn man den Krieg außer Acht ließ, war damit unklar, wer in einem oder zwei Jahren die weltliche Herrschaft über den Süden und damit auch über Brens Festung hätte. Im geistlichen Bereich stellte sich die Lage anders dar. Karat-Dor lag so nahe an Guardaja, dass keine andere Kathedrale Anspruch würde erheben können. Jittara war die Nachtsucherin von Karat-Dor. Schon die Tatsache, dass sie einen so hohen Rang erreicht hatte, war ein eindrucksvoller Beweis dafür, dass sie zum Überleben neigte. Selbst kniend behielt sie ihren Stolz. Den Stab mit dem polierten Kinderschädel an der Spitze umklammerte sie fester als mancher Bannerträger sein Feldzeichen.

»Vielleicht neidete ich Euch die Stärke, die ich bereits in Eurem sterblichen Sein spürte«, fuhr sie fort. Sie sprach leise. Es gab keinen Grund, die Stimme zu heben. Brens Sinne waren so fein, dass ihm kein Flüstern entgangen wäre. Zudem drangen die Verse der Gemeinde, die sich im Hauptschiff versammelt hatte, nur als gedämpftes Murmeln bis hierher vor. Möglich, dass Jittara sie überhaupt nicht hörte.

Sie befanden sich im hinteren Teil von Orgaits Kathedrale, wo das Volk keinen Zutritt hatte. Hier waren die Kapellen untergebracht, in denen sich die Ränge des Kults in Verehrung übten, wo die Adepten zu Seelenbrechern geformt wurden, man Seelenbrecher zu Dunkelrufern erhob. Hier wurden auch störrische Bürger von der Unbezweifelbarkeit der dunklen Lehre überzeugt. Oftmals war dies die letzte Einsicht, die sie in ihrem Leben erlangten – durch Schmerzen, deren Dauer nur vom Einfallsreichtum jener abhing, in deren Hände sie gefallen waren. Meist gingen ihre Familien ihnen voraus. Bei einem Hochverräter, der einen Anschlag gegen Schattenherzog Ponetehr geplant hatte, hatten alle Menschen, die ihn von seiner Geburt bis zum Zeitpunkt der Tat zu Gesicht bekommen hatten, sein Schicksal geteilt. Das war hier geschehen, in der Kathedrale von Orgait, und es galt noch heute, eineinhalb Jahrhunderte später, als vorbildliche Tat, hatte es doch seitdem keine nennenswerte Rebellion mehr im schwarzen Herzen des Imperiums gegeben.

»Wenn es mir gestattet ist, wage ich anzufügen, dass ich Euch schon vor Eurer Erwählung die Hand reichte.« Noch immer hielt Jittara den Blick gesenkt. »Wir begegneten uns im Palast, wenn Ihr Euch erinnern mögt. Ihr wart in Begleitung einiger Ghoule.«

Bren nickte. »Unmittelbar vor dem Mord, den ich beging.«

»Ob es Mord ist oder eine Heldentat, wird die Zukunft offenbaren.«

Die Morde, die in diesem Raum begangen worden waren, waren sicher keine Heldentaten. Jedenfalls nicht in Brens Augen. Dazu wäre notwendig gewesen, sich selbst einer Gefahr auszusetzen. Die Ketten und Schellen an den Wänden machten aus jedem, der unter anderen Umständen ein Gegner hätte sein können, ein hilfloses Opfer. Jetzt war er mit Jittara allein, aber die Blutrillen, die sich durch den Boden bis zu einem gezackten Stern zogen, in dessen Zentrum Jittara kniete, reichten aus, um sich vorzustellen, was hier geschah, wenn die Fesseln ihrer Bestimmung gemäß angewandt wurden. Obwohl Götterverehrung im Reich der Schattenherren verboten war, gab es hier Bildnisse von Myriana der Fruchtbringenden, Terron dem Stier und einigen anderen. Kerben, Dellen und getrocknetes Blut wiesen darauf hin, dass sie benutzt wurden, um die Schwäche der Gefallenen zu demonstrieren und die Verzweiflung der Gequälten zu steigern. Eiserne Halterungen, die klauenbewehrten Händen nachgebildet waren, mochten Essenzkristalle aufnehmen. Jetzt waren sie leer, im Gegensatz zu den Gestellen, in denen Zangen verschiedener Größen, Peitschen und dornenbestückte Stöcke auf ihre Benutzung warteten. Drei Kohlebecken und eine grün züngelnde Flamme sorgten für Helligkeit und Schatten gleichermaßen.

Bren ging im Raum umher. Selbst seinen Sinnen gelang es nicht, zu bestimmen, wie viele Ecken er hatte. Formte er sich aus sieben Flächen oder aus neun? Oder mal aus sieben und einige Augenblicke später aus neun, dann wieder aus sieben? Die Wände verschoben sich nicht, und doch war die Form in Bewegung.

Jittara erriet seine Gedanken. »Dieser Raum existiert in mehr als nur einer Wirklichkeit«, erklärte sie. »In allen sieht er ein wenig anders aus, aber seine wesentlichen Eigenschaften sind annähernd gleich.«

»Welche Eigenschaften sind wesentlich?«

»Dass er die Ströme der Magie spürbarer macht und ihre Anwendung absorbiert. Dies ist ein Übungsraum.«

»Das dachte ich mir schon.«

»Natürlich, Schattenherr.«

Hörte er einen Hauch von Spott?

Die grüne Flamme loderte eine Elle weit aus dem Zentrum einer verschlungenen gusseisernen Konstruktion, die an einen beinahe runden Tisch erinnerte. Oftmals bildete ondrische Kunst gequälte Gesichter nach oder Menschen, die von Lasten niedergedrückt wurden, aber hier konnte Bren keine gegenständlichen Formen erkennen. Vielleicht, weil er auch bei diesem Objekt lediglich eine einzige Wirklichkeit erfasste? Kirettas Haken hingegen war Realität. Etwas, das sich berühren ließ. So grausam auch war, woran er Bren erinnerte. Er öffnete die Kiste, die er in sicherer Entfernung vor der Flamme abgestellt hatte, und tastete über das kühle Metall. Er schwitzte nicht mehr, seine Haut sonderte keine Öle oder Fette mehr ab. Er brauchte nicht mehr befürchten, den glänzenden Stahl mit Abdrücken zu besudeln.

»Warum habt Ihr ihn mitgebracht?«, fragte Jittara.

»Das geht dich nichts an.«

»Ihr seid hier, damit ich Euch in die Magie einführe. Ein Fokus kann dabei hilfreich sein.«

Wenn Bren die Andachten des Kults häufiger besucht hätte, hätte er vielleicht gewusst, was sie unter einem Fokus verstand. So konnte er nur raten, dass es ein Gegenstand war, der dazu diente, die Konzentration zu sammeln. Doch ein Fokus in dem Sinne, dass der Haken Bren dabei geholfen hätte, sich auf Einweisungen in die Magie zu konzentrieren, war der Haken nicht. Wenn er die Kiste öffnete, dachte er daran, was Lisanne ihm angetan hatte, und Hass füllte die leere Stelle in seiner Brust, wo einmal sein Herz gewesen war. Bei längerer Betrachtung konnte er sich in der Tat konzentrieren, aber nur auf Dinge, die mit Kiretta zu tun hatten. Wie er sie zum ersten Mal gesehen hatte, im Verlies von Flutatem. Wie sie unter dem Rumpf der *Mordkrake* gekielholt worden war. An den Glanz ihrer Haut im Licht der Leuchtpflanzen von Tamiod. Daran, dass sie wie eine Königin ausgesehen hatte, ganz gleich, welche Kleidung sie getragen hatte. Er lächelte bei der Erinnerung an ihre Marotte, jeden Tag ein anderes Gewand zu wählen. Aus Beutestücken hatte sie immer Kleidung gefordert, hatte sie erzählt. Bren klappte die Kiste zu. »Beginnen wir.«

Erst jetzt stand Jittara auf. Ihre Robe raschelte, als sie zu ihm kam.

»Warum setzt du auf mich, nicht auf Lisanne?«, fragte Bren.

»Ihr seid der Baronet von Guardaja. Ich bin die Nachtsucherin von Karat-Dor.«

»Du hast keine Wahl.«

Diesmal sah sie ihn direkt an. Sie mochte ihn respektieren, aber Angst hatte sie nicht. Gut möglich, dass auch der Respekt nur gespielt war. »Ich rate Euch davon ab, forsch gegen Lisanne vorzugehen. Ihr habt nun eine Ewigkeit Zeit. Es wäre unklug, etwas zu übereilen.«

Bren tastete über die Verzierungen der Kiste. »Sie ist eine mächtige Gegnerin«, flüsterte er.

»Ich bin hier, um Euch die Macht besser verstehen zu helfen, über die sie gebietet.«

Nickend löste Bren die Finger. »Was soll ich tun?«

»Ein Schattenherr tut, was ihm beliebt.«

»Mir beliebt, mehr über die Kräfte der Magie zu erfahren.«

Sie erlaubte sich, die dünnen Lippen zu einem Lächeln zu verziehen. Ihre Augen lachten nicht mit. Echte Freude war selten in den Reihen des Kults. Ihre Mimik kündete von Befriedigung. »Was spürt Ihr in diesem Raum?«

Fragend sah er sie an.

»Es mag helfen, die Lider zu schließen. Das reduziert die Ablenkung.«

Er kam sich vor wie ein Junge, der mit einem Holzstock anstatt mit einem Schwert üben musste, aber er folgte ihrem Rat. Wie er es als Krieger gelernt hatte, erspürte er zunächst seinen eigenen Körper. Atem und Herzschlag hatte er nicht mehr, aber die Stelle in seiner Wange, wo der Eisensplitter eingedrungen war, konnte er fühlen. Da war kein Schmerz, aber die Haut spannte ein wenig, war noch zu straff. Er konnte auch den Knochen erspüren, und er fühlte sich falsch an.

Er tastete durch sein kaltes Fleisch, spürte die Muskeln, die nun schon deutlich mehr Kraft hatten, als ihm zu Lebzeiten zur Verfügung gestanden hatte. Noch wurde er mit jeder Nacht stärker und schneller. Er fühlte die Kleidung auf seiner Haut, den harten Boden unter den dünnen Sohlen.

Es dauerte eine Weile, bis er etwas anderes bemerkte. Etwas, das nicht von den Sinnen übermittelt wurde, die er gewohnt war. Ein … Ziehen. Ein Prickeln. Als striche jemand mit einer in Honig getunkten Eulenfeder über seine Brust, zugleich hauchzart und doch klebrig. Aber außer seiner Kleidung war nichts auf seiner Haut.

Bren drehte sich, richtete sich an dem Zug aus, bis er längs über die Brust lief, knapp unterhalb der Warzen. Unwillkürlich atmete er ein und war enttäuscht, weil keine Essenz in seine Nase stieg. Die Aufnahme des ätherischen Stoffs, der die Untoten im Leben hielt, kam seinem Empfinden am nächsten.

»Ein Astralstrom«, flüsterte Jittara neben ihm. »Vier davon queren diesen Raum. Bahnen der Kraft. Bei Weitem nicht so stark, dass sie von sich aus etwas bewirken könnten, aber genug, um damit zu arbeiten, wenn man sich darauf versteht.«

Bren ärgerte die Herablassung in ihrer Stimme, aber er entgegnete nichts. Er war hier, um zu lernen. Ohne magische Fertigkeiten würde er in der Gesellschaft der Osadroi stets ein Unterlegener sein.

»Spürt Ihr einen Druck in Eurem Schädel, Schattenherr?«

Bren schüttelte den Kopf, hielt dann aber inne.

»Ja, nicht wahr? Ihr fühlt es. Am Hinterkopf. Aber kein Druck von außen, keine Last wie ein schwerer Hut oder eine Krone. Es ist innen.«

Sie hatte recht mit dem, was sie wisperte. Es war ein sehr schwaches Gefühl, aber jetzt, da er seiner gewahr wurde, war es unangenehm. Als drücke jemand direkt auf sein Hirn. Er stellte sich eine Hand vor, die sich daraufgelegt hatte. Auf dem Schlachtfeld hatte er mehr als einmal einen aufgebrochenen Schädel gesehen und die gräuliche Masse darin, wie eine übergroße Walnuss. Sie war weich, man konnte mit einem Finger darin herumrühren. Ein Schattenherr hätte das sicher überlebt, aber der Gedanke widerte ihn an.

»Geh aus meinem Verstand!«, forderte er.

Jittara kicherte. »Das bin ich nicht. Ihr spürt Vejata. Der blaue Mond ist noch beinahe voll, seit zwei Nächten erst nimmt sein Schein wieder ab. Sein Licht dämpft die Magie.«

Bren legte den Kopf in den Nacken, drehte ihn zur Seite. Das änderte nichts daran, wo er den Mond spürte.

»Wenn Ihr weiter fortgeschritten in der dunklen Kunst wäret, könntet Ihr auch Silion und Stygron spüren, an anderen Stellen. Heute sind sie noch zu schwach für Euch.«

»Und wenn wir nach draußen gingen?«

Wieder kicherte sie. »Das würde keinen Unterschied machen. Gebäude dämpfen die Kraft der Monde nicht. Wolken vermögen das, auch manche Höhlen. Aber nichts von Menschenhand Geschaffenes.«

Er hörte, wie sie um ihn herumging, wollte aber die Augen nicht öffnen, weil er befürchtete, dann sein Gespür zu verlieren. Ihr Stab klackte auf den Boden.

»Die Monde sind am deutlichsten zu spüren, aber auch die Kraft der Sterne leitet die Magie. Die meisten Machtlinien gehen von ihnen aus, deswegen nennen wir sie Astralströme. Darum gibt es Zeiten starker und solche schwacher Magie, und man kann sie vorausberechnen. Die Sterne haben kurze und längere Zyklen, manche dehnen sich über Jahrhunderte. In Eurer neuen Existenz habt Ihr genügend Zeit, sie zu erforschen.«

Nun öffnete er doch die Lider, um ihre Reaktion zu beobachten, als er fragte: »Höre ich Neid in deiner Stimme?«

Sie zuckte die Schultern. »Neid ist ein starkes Gefühl, ein Antrieb, der zu Großem führen kann.«

»Hebe dir die Predigt für die Gläubigen auf.«

»Ihr habt gefragt.«

»Nicht nach den Floskeln des Kults, sondern nach der Wahrheit.«

Lächelnd legte sie den Kopf schräg, fasste ihren Stock, als wolle sie sich darauf stützen, während sie ihn ansah. »Was ist der Unterschied? Die Schatten sind allmächtig. Alles, was der Kult sagt, ob Lüge oder nicht, dient letztlich dem einen Zweck, diese letzte Wahrheit zu verkünden.«

»Machen wir weiter«, forderte Bren.

Sie nickte zu der grünen Flamme. »Feuer aus dem Schweif eines Kometen. Ich hätte gern etwas davon in Karat-Dor, aber die Kathedrale von Orgait hütet es mit Argwohn und in Æterna ist der Preis zu hoch. Das größte brennt tief unter uns, dies ist nur ein Ableger, aber für unsere Zwecke reicht er. Nehmt die Eisenscheibe und legt sie über die Öffnung, aus der es steigt.«

»Aber dann wird es verlöschen.«

»Richtig.«

»Ist es wieder der Neid, der dich treibt?«

»Der Neid ist eine Kraft, die mir oft half. Aber sorgt Euch nicht um die Kathedrale. Diese Flamme ist dazu da, erstickt zu werden. Das gehört zur Ausbildung. Sie ist nur ein Ableger, den man bei Bedarf wieder entzünden wird, indem man frisches Feuer aus der Tiefe holt.«

Bren griff nach der Scheibe. Sie war dünn wie ein Blech, aber massiv, die Ziselierungen durchbrachen sie nicht. Mit einer raschen Bewegung schob er sie über die Flamme.

»Spürt Ihr das Verlöschen des Lichts?«, fragte Jittara.

»Nein«, behauptete Bren. In Wirklichkeit war unverkennbar, dass der Astralstrom, in dem er stand, sprunghaft an Kraft zunahm, aber er gönnte Jittara den Triumph nicht, jede seiner Erfahrungen voraussagen zu können.

»Wie bedauerlich. Ich habe auf mehr gehofft. Der Glaube des Volkes, der natürliches Licht der Finsternis entgegensetzt, ist von Übertreibung geprägt. Aber Kometenfeuer ist besonders, es durchquert unvorstellbare Entfernungen in Leere und Dunkelheit. Wenn sein Licht erlischt, sollte man das erspüren können. Aber Ihr seid ja noch jung.«

Sie war ihm zuwider.

Es wurde Zeit, dass er ihr ins Gedächtnis rief, dass er ein Unsterblicher war und sie nur eine Dienerin der Osadroi. An den Namen Jittara würde sich in ein paar Jahrzehnten niemand mehr erinnern. »Wir enden für heute«, bestimmte er.

Kurz nur zuckte Jittaras Gesicht, dann verbeugte sie sich. »Wie Ihr wollt. Schickt nach mir, wenn Ihr die Unterweisung fortzusetzen wünscht.«

Wortlos griff er die Kiste mit Kirettas Haken und verließ den Raum, von dem er noch immer nicht zu sagen vermochte, wie viele Wände er hatte.

Bren stieg eine Treppe hinauf und folgte einem Gang, dem durch viele schattenwerfende Vorsprünge ein gewundener

Verlauf aufgezwungen wurde. Er gelangte in den Hauptraum der Kathedrale. Die hohe Decke verlor sich im Dunkel. Zwischen überlebensgroßen Obsidianstatuen knieten etwa hundert Gläubige. Ein dünner Nebel glitzernder Essenz stieg von ihnen auf und wanderte zu Kristallen, die ihn einsogen. In den Kapellen bearbeiteten einige Seelenbrecher kleine Gruppen. Manche wurden in den Weisheiten der Schwarzen Bücher unterwiesen, andere durften versuchen, ihre Schwäche zu überwinden, indem sie unter Aufsicht Gefangene folterten und dabei ihr eigenes Mitleid niederrangen. Verstohlene Blicke folgten Bren, dem Erwählten, dem Osadro.

Er verließ die Kathedrale durch ein Nebentor, trat einige Schritte weit eine frische Spur in den Schnee, hielt dann inne und sah zu den Sternen auf. Tatsächlich war Vejata beinahe vollkommen rund.

»Was willst du, Dunkelrufer?«, fragte er fest, ohne sich umzudrehen.

Der Mann, der ihm hinausgefolgt war und dessen Atem ebenso unüberhörbar war wie sein Herzschlag, machte einen Bogen um Bren, bis er vor ihm angelangte und auf die Knie sank. Er drückte beide Fäuste in den Schnee und beugte das Haupt. »Meine Wünsche sind ohne Bedeutung, Herr.«

»Es liegt nicht an dir, zu entscheiden, was von Interesse für mich ist.«

Der Mann hob das Gesicht. »Ich hoffte, Ihr würdet Euch an mich erinnern.«

Bren runzelte die Stirn. Die Robe zeigte seinen Rang im Kult. Bren hatte sie in der Kathedrale gesehen, wo der Mann als Einziger nicht erstarrt oder respektvoll zurückgewichen war. Jetzt war das rituelle Gewand beinahe vollständig unter einem dicken Fellmantel verborgen. Sein brünettes Haar trug er schulterlang, die grünen Augen glommen in einem Gesicht, das zwar bei Weitem nicht so bleich war wie Jittaras, aber auch nicht oft von der Sonne geküsst worden war.

»Vor der Festtafel«, murmelte Bren. »Du hast mir geöffnet, als Velon mich zu sich rief.«

Der Dunkelrufer lächelte. »So ist es. Ich heiße Attego. Zu Euren Diensten, Baronet. Ich freue mich, dass Ihr Euch meiner entsinnt.«

»Nicht immer ist Erinnerung für mich eine Freude«, gestand Bren, bevor er begriff, was er sagte. »Nichts gegen dich«, fügte er hinzu.

Nachdenklich nickte Attego. »Ich weiß, wie es mit der Erinnerung ist.«

Einen Moment sah Bren ihn an. »Steh auf und geh ein Stück mit mir.«

Vor Attegos Mund wurde der Atem zu einer hellen Wolke. Brens Körper dagegen hatte schon jetzt das bisschen Wärme verloren, das er in der Kathedrale aufgenommen hatte. Er tastete an dem Bärenfellumhang. »Mir müsste kalt sein«, sagte er.

»Einem Menschen ist kalt. Aber Ihr seid kein Mensch mehr.«

»Nein«, sagte Bren und wunderte sich darüber, wie wenig Zufriedenheit in seiner Stimme lag.

»Nun seid Ihr von den Beschränkungen der Sterblichkeit befreit, Herr. Nicht nur, was Eure Lebensspanne angeht. Ihr könntet auch das Ewige Eis durchqueren, wenn dies Euer Wunsch wäre.«

»Um die Burg der Alten zu suchen?«, fragte er. »Warum sollte ich den Schattenkönig erzürnen?«

»Davon sprach ich nicht«, beeilte sich Attego. »Vergebt meine Neugier, aber ist dies nicht, was Ihr immer wolltet? Unsichtbar für das Alter zu werden, den Schmerz, die Schwäche?«

»Ja, das war, was ich immer wollte«, sagte Bren.

Eine Weile gingen sie schweigend nebeneinander her.

»Und wollt Ihr es noch immer?«, fragte Attego.

»Natürlich.« Er horchte diesem Wort nach. Es hatte ein hohles Echo in seiner leeren Brust.

»Und doch fehlt etwas?«

»Was weißt du schon?«

»Nichts. Vergebt mir. Ich hörte nur von der Macht der Erinnerung.«

Bren schnaubte. »Ein Mythos.«

Wieder schwiegen sie.

»Was tragt Ihr in dieser Kiste?«

Bren sah ihn an, antwortete aber nicht.

»Niemand bleibt von der Erinnerung verschont, wenn er in die Schatten tritt«, behauptete Attego. »Im Kult haben wir viele Aufzeichnungen darüber. Ich habe sie studiert. Man lehrt, dass es unklug ist, sich zu sehr dagegen zu wehren. Manche erinnern sich an den Geschmack eines Festmahls, andere an Menschen, die ihnen etwas bedeuteten oder den Reiz echter Gefahr auf dem Schlachtfeld. Wieder andere an die Sonne, wie sie sich warm auf die Haut legt, oder Träume von Kindern, die sie hätten gebären oder zeugen können. Die Nachwehen eines Menschenlebens. Sie werden vergehen, aber in den ersten Jahren können sie den Mut eines Unsterblichen tragen wie eine Welle, die an einem Strand ausläuft.«

»Du redest von Dingen, die du nicht verstehst.«

Attego verbeugte sich im Gehen. »Wer wäre ich, Euch zu widersprechen? Ihr werdet noch sein wie heute, wenn ich nur noch Staub sein werde, der im Wind treiben wird. Mir schien nur, es könnte Euch gefallen, über diese Dinge zu sprechen. Mit Eurer Erlaubnis werde ich mich zurückziehen, bevor ich Euch erzürne.«

Bren entließ ihn mit einem Wink.

Später wanderte er ziellos durch den Palast des Schattenkönigs. Inzwischen waren die Gänge von der üblichen Betriebsamkeit erfüllt. Er nutzte sein übermenschliches Gehör, um Begegnungen zu vermeiden.

Erst als er auf die Turmplattform trat, wurde ihm bewusst, dass er jenen Ort aufgesucht hatte, an dem ihm Lisanne ihr Geschenk überreicht hatte. Kirettas Haken, den er auch jetzt bei sich trug.

Er stellte die Kiste auf einer Zinne ab, öffnete sie und betrachtete das Sternenlicht, wie es auf dem Stahl glitzerte gleich Essenz, wenn sie ein Opfer verließ. Sein Blick war ungetrübt von Atemdampf. Auch Tränen verwischten ihn nicht. Er fragte sich, ob er geweint hätte, wenn er ein Mensch gewesen wäre. Er hatte nie dazu geneigt, aber er war auch noch nie wirklich verliebt gewesen. Oder wirklich einsam.

Der Schnee auf der Plattform war unberührt, abgesehen von den Spuren, die er selbst hineingedrückt hatte. Stimmen drangen herauf, sicher hätte er verstehen können, was sie sagten, wenn es ihn interessiert hätte. Stattdessen sah er einem Raben zu, der auf dem böigen Wind segelte.

Plötzlich überkam ihn eine merkwürdige Sehnsucht nach einfachen menschlichen Wahrnehmungen. Er zitterte, aber nicht vor Kälte, sondern vor Aufregung, weil er keine Kälte mehr empfinden konnte. Er legte seine Kleidung ab, stellte sich nackt in die Nachtluft. Nichts.

Er dachte an die vergangenen Nächte, auch an die gegenwärtige. Mit Dengor hatte er einen Barbaren zum Befehlshaber seiner Leibgarde gemacht. Er war ein Bronier, und die galten als unberechenbar. Jittara war ihm zuwider, wie sie den Kult mit all ihrer Arroganz verkörperte, die man oberflächlich betrachtet als Hingabe auslegen konnte. Aber sie wäre in der Lage, ihm mit dem Unterricht zu helfen, den sie über Magie zu erteilen vermochte. Und sie würde ihm helfen, obwohl sie ihn vermutlich noch immer verachtete.

Bren lachte freudlos, als er sich bei dem Wunsch ertappte, er hätte Attego nicht fortgeschickt. Sein Blick, zuvor auf den dunklen Horizont gerichtet, fiel wieder auf den Haken.

Was hatte er heute zu Jittara gesagt? – »Für mich gibt es Kameraden und Feinde, und dazwischen nur wenig.« Das war schon immer Wunschdenken gewesen.

Das Wundfieber hatte Kiretta Kraft gekostet, aber es war überstanden. Nalaji hielt sie in einem Heilschlaf. Nur dreimal am Tag holte sie ihre Patientin an den Rand des Wachens, um ihr eine kräftigende Suppe einzuflößen. Selbst dann war sich Kiretta ihrer Umwelt kaum bewusst. Manchmal fantasierte sie, gefangen in ihren Albträumen. Es waren Bilder von Flucht und Schmerz, Angst vor einer übermächtigen Gegnerin. Auch jetzt, im Schlaf, furchte Kiretta die Stirn. Sie bewegte sich träge, deutete Armbewegungen an, die der Versuch sein mochten, den Kopf vor Schlägen zu schützen. Es wirkte hilflos, vielleicht, weil die rechte Hand fehlte. Wenigstens schwitzte Kiretta nicht mehr.

»Quält dich die Erinnerung?«, murmelte Nalaji. Sie kannte eine Liturgie, mit der man Silions gnädiges Silberlicht erflehte, um die Erregung eines träumenden Verstands zu dämpfen. Konnte sie es wagen, hier eine Anrufung durchzuführen?

Sie lächelte über sich selbst, als sie den Kopf schüttelte. Natürlich nicht. Nicht in Orgait, und erst recht nicht in ihren eigenen Räumlichkeiten, die sich im Diplomatenflügel des Palasts des Schattenkönigs befanden. Das wäre so, als würde man auf freiem Feld in finsterster Nacht einen Scheiterhaufen entzünden. Kiretta würde warten müssen, bis sie sich das nächste Mal außerhalb der Stadt versammelten.

»Auch mir rauben dunkle Gedanken den Schlaf«, seufzte Nalaji. »Es ist schwer, in einem Krieg zu sein und nicht kämpfen zu können.«

Aber das stimmte nicht. Sie kämpfte ja, mit ihren Mitteln. Doch die Voraussetzung dafür war, unauffällig zu bleiben. »Auch wenn sich der Gemahl mit einem Schattenherrn trifft und der Sohn durch Wildnis und Kriegsgebiet reist.«

Kiretta war auf ihre Art schön. Man sah es nicht sofort, wenn man die gepflegten Gesichter der Hofdamen gewohnt war. Kiretta war nicht mit Puderquasten, Salben und maßvoller Magie verschönert worden. Bei ihr hatten die Elemente alles Überflüssige weggeschnitzt. Ihre Züge hatten etwas Entschlossenes. Das unterschied sie von Orgaits Hofdamen.

»Hast du Kinder?« Einen Moment wartete Nalaji, als hätte Kiretta antworten können. »Ich hatte zwei. Eines habe ich verloren, meinen älteren Sohn. Ajjor war ungestüm, wie sein Vater. Er wollte ein Paladin werden, aber die Ausbildung überforderte seine Geduld. Es zog ihn in den Kampf. Er suchte Gerechtigkeit und fand den Tod. Eine Seeräuberin wird kaum verstehen, wie man für etwas kämpfen kann, das keinen Reichtum verspricht. Aber jede Mutter kann nachfühlen, wie es ist, das eigene Kind zu begraben. Eine unscheinbare Wunde streckte Ajjor nieder. Ein Pfeil ist in seinen Unterleib gedrungen. Seine Kameraden sagen, er hat sich gar nicht darum gekümmert, hat weiter gefochten. Hätte er sich vom Schlachtfeld tragen lassen, hätte der Pfeil ihm vielleicht nicht den Darm zerrissen. Dann würde er noch …«

Sie lächelte freudlos, als sie bemerkte, dass sie Kirettas Hand ergriffen hatte. Wollte sie der Verwundeten Trost spenden oder suchte sie selbst Halt?

»In Keliator brennt das gleiche Feuer. Nicht so verzehrend, nicht so hell, aber genauso heiß. Ich hoffe, er lässt sich nicht hinreißen. Er muss nach Ilyjia zurück, zur Dreifach Gepriesenen, zu seinem Ordensmarschall und zur Königin. Der Geleitbrief der Schattenherren wird ihm helfen, aber wenn er in die Hände der Fayé fällt … Auch du bist in die Hände eines Fayé gefallen, willst du sagen? Ja, aber nicht in die eines echten. Nicht in die eines Unsterblichen. Für jene, die ewig leben, sind wir nicht mehr als Tiere. Manchmal sind sie gut zu uns, hätscheln einen Menschen wie einen niedlichen Hund. Aber am Ende zählen wir nicht.«

Sie griff sich ans Herz, fühlte die Schnelligkeit seines Schlags.

»Mein Gemahl trifft sich gerade mit einem von ihnen, weißt du? Natürlich mit einem Osadro, nicht mit einem Fayé. Manche von ihnen sind unzufrieden. Der Sohn eines sterblichen Grafen kann hoffen, seinen Vater eines Tages zu beerben, aber die Schattenherren sind unsterblich. Hier ist die Zeit kein Gärtner, der ab und zu ausdünnt. Auch der niederste Schattenbaron ist ewig. Eine Ewigkeit als Untertan eines missgünstigen Grafen findet nicht jeder erstrebenswert.«

Anderen war nicht recht, wie mit den Menschen in Orgait umgegangen wurde. Nalaji wusste von keinem Osadro, der sich jemals für eine mildere Behandlung eingesetzt hätte, aber in der anderen Richtung gab es viele Stimmen. Diese forderten meist auch eine zügigere Eroberung der noch freien Welt.

Aus welchen Gründen auch immer Schattenbaron Lukol unzufrieden sein mochte, er war bereit, den Menschen Zugang zu einem der schwer bewachten Silberlager zu gewähren, und deswegen traf sich Narron mit ihm.

»Aber er sollte längst zurück sein«, flüsterte Nalaji. Zwei Kerzen waren seit seinem Aufbruch vollständig heruntergebrannt, eine dritte zur Hälfte.

Kiretta mochte eine Liturgie brauchen, um ihre Albträume zu vertreiben. Bei Nalaji würde ausreichen, wenn Narron sie in den Arm nähme.

»So ist es immer schon gewesen. Für mich ist er der stärkste Ritter der Welt. In seiner Gegenwart fliehen alle meine Sorgen.« Alle bis auf die eine, ihn verlieren zu können.

Nalaji überlegte, ob sie Kiretta einen warmen Umschlag für die Brust machen sollte. Die Kräuterdämpfe würden ihr vermutlich nicht helfen, zumal das Fieber schon überstanden war, aber die Beschäftigung würde sie ablenken.

Sie stellte gerade einige Scheite zusammen, um das Feuer für den Kessel vorzubereiten, als es klopfte. Erlöst nahm sie die Öllampe und eilte zur Tür.

Doch sie verharrte. Narron würde nicht klopfen, er hatte einen Schlüssel, und er wusste nicht, dass sie noch wach war.

Ihre Hand zitterte, als sie nach der Klinke griff. Sie sah über die Schulter. Der Vorhang war vor den Durchgang in das Zimmer gezogen, in dem Kiretta lag. Sie öffnete.

Ein Gardist stand vor ihr, voll gerüstet mit Helm und dunkelgrauem Kettenhemd. Glücklicherweise einer, den Nalaji gut kannte. »Ungrann!«, rief sie.

Etwas stimmte nicht. Ganz und gar nicht. Sein Gesicht war hart wie Stein.

»Warum kommst du mitten in der Nacht zu mir?«

Stumm sah er zu Boden. Seine Hand griff nach dem Schwertknauf, zögerte, fand keinen rechten Platz und verschwand hinter seinem Rücken.

»Willst du hereinkommen?« Ihre Stimme kratzte.

Er setzte an, den Kopf zu schütteln, nahm dann aber den Helm ab und folgte ihrer einladenden Geste.

Sie schloss die Tür.

Nicht Narron! Mondmutter, lass nicht zu, dass Narron etwas zugestoßen ist. Er ist mein Leben. Ich brauche ihn so sehr!

Ungrann stand im Raum wie eine Ankleidepuppe, deren Besitzer verstorben war.

»Quält dich wieder dein Gewissen?«, fragte Nalaji. Der Gardist haderte mit den Entscheidungen seiner Jugend, aber abtrünnige Gardisten wurden von ihren Kameraden gejagt und gerichtet. Nächtelang hatte Nalaji Ungrann zugehört, ihn getröstet, Möglichkeiten erkundet, wie er die Finsternis in seinem Innern eindämmen konnte. Aber Nalaji hatte ihn nie belogen. Mit seinen Eiden gegenüber dem Kult hatte er einen Fluch auf sich geladen, den er niemals würde tilgen können. Im Nebelland würden die Götter seine Seele quälen, während seine Opfer Frieden finden mochten.

Ungrann schüttelte so langsam den Kopf, dass es wirkte, als wolle er sich in dem kleinen Zimmer umsehen. Seine Augen huschten umher, vermieden den Blickkontakt. »Es geht nicht um mich.«

Nalaji zwang sich zu atmen. »Narron. Sag es. Du bringst Kunde von Narron.«

Er schluckte. »Meine Kameraden haben einen Einarmigen gefunden.« Er starrte auf ihre Füße. »Die Leiche eines Einarmigen. Er blutete aus den Augen.«

Nalaji schlug die Hand vor den Mund.

»Er ist tot«, sagte Ungrann.

»Ist das sicher?«

»So wurde es mir berichtet, von mehr als einem Kameraden. Man will keinen Aufruhr, aber viele Gardisten wurden auf ihre Posten gerufen. Auch diejenigen, die beim SCHATTENKÖNIG Dienst tun.«

Alles in Nalaji wollte schreien, aber wenn man jahrelang im Verborgenen lebte, lernte man, sich zu beherrschen. Sie musste nachdenken. Nur Nachdenken konnte ihr jetzt helfen. Und sie musste sich beeilen.

»Glaubst du, er ist zufällig jemandem in den Weg gekommen?«

»Möglich. Aber die blutenden Augen …«

»… bedeuten, dass sie Essenz von ihm genommen haben.« Nalaji ging auf und ab wie ein gefangenes Tier. Ihre Öllampe schuf eine wandernde Kugel aus Licht, die Ungrann mal streifte, mal vollständig in die Helligkeit holte. »Vielleicht, um sie gegen ihn selbst zu wenden. Um in seinem Kopf herumzuschnüffeln. Herauszuholen, was man dort finden konnte.«

»Wenn sie wissen, dass er der Mondmutter gehuldigt hat, hier, in Orgait …«

»Wenn es nur das wäre!«

»Was denn noch?«, fragte Ungrann erschrocken.

Nalaji starrte ihn an. Natürlich, für ihn, den Gardisten, konnte schon das ein Todesurteil sein. Wenn wirklich ein Osadro Narrons Wissen an sich gerissen hatte, dann wusste dieser Schattenherr womöglich auch davon, dass Ungrann an den Andachten teilgenommen hatte.

»Ich glaube nicht, dass sie viel gefunden haben«, flüst Nalaji.
»Der Kraft der Schatten vermag nichts zu widerstehen.«
»Nichts außer Silber.«
Ungrann hob die Augenbrauen.
»Man hat Narron und mir kleine Silberbarren in den Schädel appliziert. Einige Osadroi wissen davon. Es gefällt ihnen nicht, aber sie verstehen, dass sich Diplomaten in Ondrien vor Magie schützen müssen.«
»Dann ist die Aufregung vielleicht doch nur wegen Schattenbaron Lukol.«
»Was weißt du von Lukol?«, rief Nalaji.
Ungrann runzelte die Stirn.
Sie schlug mit der flachen Hand auf den Kettenpanzer vor seiner Brust. »Was ist mit Lukol?« Die eigene Stimme hörte sich für die Greisin an wie die eines Mädchens.
»Seine Gardisten wurden in Gewahrsam genommen. Er scheint in Ungnade gefallen zu sein.«
Nalaji merkte, wie ihr der Verstand entglitt. Trotz der Gefahr der Entdeckung schloss sie die Augen und betete den Vers der Silbernen Ruhe. Die Spannung in ihren Armen ließ ein wenig nach.
»Bist du wirklich sicher, dass Narron tot ist?«
»Ich habe ihn nicht gesehen, aber nach der Beschreibung meiner Kameraden ... Und da Lukol etwas damit zu tun zu haben scheint ...«
Was hätte Narron gewollt? Was von ihr erwartet? Eine Bestattung, wie sie der Mondmutter gefiel?
Es zerriss Nalajis Herz, dass sie ihm diese letzte Ehre nicht würde geben können. Dazu hätte sie nicht nur in den Besitz der Leiche kommen, sie hätte sie auch aus Orgait herausbringen müssen. Und weiter, viel weiter bis in ein Land, das den Göttern die Treue hielt. In dem sein Grab nicht geschändet werden würde. Wo er keine Speise für Ghoule wäre.

Aber das überstieg ihre Möglichkeiten.

Etwas in ihr schrie, an der Hoffnung festzuhalten. Doch es gab nicht viele Einarmige im Palast, und wenn es sich bei dem Toten nicht um Narron handelte, wenn Narron noch lebte, wo blieb er dann so lange? Die Behandlung von Lukols Gardisten war sicher auch kein Zufall.

Nalajis Hand zitterte, als sie sie von den Lippen löste, gegen die sie die geballte Faust gepresst hatte. Ihre Stimme jedoch war so ruhig, als gehörte sie einer Fremden. »Du und ich, wir müssen fort von hier. Sofort.«

»Wohin wollt Ihr Euch wenden?«

»Ilyjia.«

»Dahin wären wir mehrere Monate unterwegs!«

Sie hob die Öllampe, um sein Gesicht anzuleuchten, und sah ihm in die Augen. »Wenn wir hierbleiben, erwartet uns ein schneller Tod. Nur in Ilyjia sind wir sicher.«

»Aber Ihr sagtet doch, dass sie vermutlich nichts aus dem Verstand Eures Gemahls ziehen konnten.«

»Sie müssen vorher schon Verdacht geschöpft haben. Wahrscheinlich wissen sie noch nicht alles, und zunächst werden sie sich um die Verräter in den Reihen der Osadroi kümmern, aber bald werden sie das Umfeld untersuchen. Wir müssen fort.«

»Wenn ich mich nicht bald bei meiner Einheit melde, wird man misstrauisch werden.«

»Sie sind schon misstrauisch.« Nalaji legte eine Hand auf die harten Eisenringe an Ungranns Schulter. »Es ist deine Entscheidung. Aber ich glaube, dass wir einen Verräter in unserem Zirkel haben. Er wird von deiner Verehrung für die Mondmutter wissen. Wir sind nicht mehr sicher. Auch du nicht.«

»Seit wann hegt Ihr diesen Verdacht?«

Einen Moment zögerte sie, dann ging sie zu dem Vorhang und zog ihn beiseite. »Du hast die Frau nicht erkannt, für deren Heilung wir bei der letzten Zusammenkunft zu Vejata flehten?« Sie beleuchtete Kirettas Körper. Noch immer krampften die Glieder der Kranken. »Seit der Fayé mir Brens Geliebte brachte, ist mir klar, dass ein Verräter unter uns ist. Sie wissen von meinen Heilkünsten.«

Ungrann war ihr gefolgt. Jetzt machte er einen Schritt zurück und griff an sein Schwert.

»Wenn du zurückbleiben willst, so ist das deine Entscheidung. Aber ich glaube, dass es hier gefährlicher für dich sein wird, als wenn du dich mir anschließt. Und ich könnte dich gut gebrauchen. Solange alle noch durcheinander sind, kannst du uns an den Wachen vorbeibringen. Und vielleicht auch ein Packtier besorgen.«

»Was wollt Ihr denn mitnehmen?«

Nalaji sah Kiretta an. »Nicht was. Wen.«

Nicht GERG auf SEINEM Schädelthron war Mittelpunkt der allgemeinen Aufmerksamkeit, sondern Lisanne. So war es immer, selbst unter den Schattenherren. Manche betrachteten sie unverhohlen, andere aus den Augenwinkeln. Ihr gerader Wuchs, die helle Haut, die blauen Augen mit dem grauen Hauch darin, das hüftlange, schwarze Haar, bei dem keine Locke die Ordnung brach, die schimmernden Krallen – alles wirkte so, als sei sie das Ideal, nach dem alle Osadroi gestaltet wurden, das aber keiner je erreichte. Dazu kam die Art, wie sie sich bewegte. Den schwebenden Gang teilte sie mit einigen anderen Unsterblichen, aber nur bei ihr wirkte es so, als erfülle sie einen Plan, die Harmonie des Universums betreffend, wenn sie einen Fuß setzte. So, als vervollkommne sie die Ästhetik des jeweiligen Augenblicks. Wie ein Tanz, bei dem das Schicksal den Taktstock führte.

Obwohl Bren ihre Schönheit mit den Sinnen eines Osadro deutlicher wahrnahm, als dies in seinem menschlichen Leben der Fall gewesen war, und immer nur Perfektion in Perfektion fand, wie genau er auch hinsah, fehlte der Drang, sich ihr zu unterwerfen. Dieses Charisma schien sie nur auf Sterbliche auszustrahlen. So konnte Bren sie bewundern, wie sie mit Schattenfürst Velon flüsterte, und sich zugleich bewusst bleiben, dass sie eine Feindin war, die seinen Untergang betrieb. Sie wollte keinen schnellen Tod für ihn, sondern einen, dem eine lange Qual vorausging, während der er alles verlor, das er liebte. So hatte sie es ihm erklärt, auf der Plattform des Turms, als sie ihm Kirettas Haken überreicht hatte.

Bren suchte seinen Platz neben Gadior. Immerhin lag Guardaja, Brens Festung, in dessen Grafschaft.

»Wisst Ihr, was der Anlass dieser Zusammenkunft ist, Bren Stonner?« Gadiors jugendliche Gestalt und sein schulterlanges Blondhaar konnten Bren schon lange nicht mehr täuschen. Äußerlichkeiten ließen nicht auf das wahre Alter von jemandem schließen, über den die Zeit keine Macht hatte.

»Man gab mir keine Auskunft, als man mich rief. Ich hoffte, Ihr könntet mir etwas sagen.«

Gadior zuckte mit den Schultern. Er sah zum Schädelthron, auf dem GERG unter SEINER rot funkelnden Krone brütete. »Man wird es uns wohl früh genug wissen lassen.«

»Vor dem Thronsaal drängen sich die Gardisten. Sie sind genauso ratlos wie wir.«

»Wenn es SEINER MAJESTÄT gefällt, wird ER uns die Schatten deuten.« Er netzte seine Lippen. Gadior sprach niemals laut, dennoch war er stets gut zu verstehen. Das war schon so gewesen, als Bren noch mit den vergleichsweise tumben Ohren eines Menschen gehört hatte. »Ihr konntet Euch noch nicht entschließen, Euch zu der neuen Macht im Süden zu bekennen?« Demonstrativ musterte Gadior Brens Kleidung.

Bren war in Schwarz gewandet, wie es nicht nur die Edlen und Kleriker Ondriens trugen, sondern wie es auch der Tradition der Osadroi entsprach. Das Gefolge Schattenherzogin Widajas brach damit, indem es sich durch hellen Stoff von den anderen Unsterblichen absetzte. Gadior etwa trug ein sanftes Taubenblau.

»Ich verstehe noch zu wenig von solchen Dingen«, murmelte Bren. »Dies ist die Kleidung, die man für mich bereitlegte.«

»Jeder Schneider könnte Euch leicht …«

Die Etikette gebot gedämpfte Gespräche in Gegenwart des SCHATTENKÖNIGS, auf dass keine SEINER Äußerungen ungehört bliebe. Deswegen waren die unwilligen Rufe, die in den Saal drangen, deutlich zu vernehmen. Ständig trafen weitere Osadroi ein, aber derjenige, der nun hereingezerrt wurde, wehrte sich mit allen Kräften. Menschliche Büttel hätte er sofort abgeschüttelt, aber es waren drei Osadroi, die ihn hielten. Sie trugen Silberklingen an den Gehängen, wie Bren sie von den Wachen an der Kammer der Unterwerfung kannte.

»Schattenbaron Lukol«, flüsterte Gadior.

Fünf Schritt vor dem Thron zwangen seine Begleiter den Mann zu Boden.

GERGS Lippen zuckten. SEINE Mimik war von der ungewöhnlich hohen Stirn geprägt, die zwei Drittel des Gesichts einnahm. »Du scheinst keine Sehnsucht nach deinem Herrn zu verspüren«, sagte ER.

Lukol verstummte. Hatte er bislang versucht, sich loszureißen, erstarrte er nun in seiner knienden Position. »Mein SCHATTENKÖNIG«, hauchte er.

GERG erhob sich.

Jetzt herrschte vollkommene Stille. Alle Augen waren bei Lukol und GERG, der jetzt die Stufen vom Thron herabstieg, den Blick fest auf den Knienden gerichtet.

»Er nennt mich seinen Schattenkönig. Man sollte meinen, das bedeutet, dass er sich meinem Willen unterwirft. Wir müssen also nicht befürchten, dass er wegläuft, wenn wir ihn loslassen.«

Mit einer fahrigen Geste brachte ER die Büttel dazu, Lukol freizugeben und sich so weit zurückzuziehen, dass ER um den Knienden herumgehen konnte.

»Der Kult lehrt, dass Trotz wider die Schatten ein Frevel sei.« Er ließ den Blick über die versammelten Osadroi schweifen. »Denkst du das auch, Lukol?«

»Ja, Majestät.«

Gerg ging einige weitere langsame Schritte. »Ich glaube das nicht. ›Frevel‹ ist eine hilflose Floskel. Priester verwenden sie, wenn sie nicht mehr argumentieren können, warum eine Handlung ihnen missfällt. ›Frevel‹ ist eine Ausrede, etwas, womit man alles begründen kann, ohne den Beweis für die Richtigkeit antreten zu müssen.«

Beiläufig zog Er das Silberschwert aus dem Gehänge eines Büttels.

»Den Schatten zu trotzen ist kein Frevel. Es ist Dummheit.«

Er drückte die flache Seite der Klinge gegen Lukols Wange. Ein Wimmern zitterte von den Lippen des Gefangenen. Viele Osadroi zeigten ihr Unbehagen, indem ihre Augen schmal wurden, manche verschränkten die Arme. Obwohl Bren noch kein Silber berührt hatte, seit Xenetor ihn in die Schatten geführt hatte, fühlte auch er ein unangenehmes Ziehen im Zwerchfell. Sein untoter Körper hatte einen Instinkt dafür, was ihm gefährlich werden konnte.

»Hast du denn keinen Verstand, Lukol? Bist du noch ein Kind? Aber nein – jedes Kind weiß, dass nichts und niemand gegen die Schatten zu bestehen vermag.«

Er benutzte die Schwertspitze, um Lukols Wange zu ritzen. Brens übermenschlich scharfe Augen sahen eine feine Rauchfahne emporkräuseln. Lukol stöhnte.

»Das tut dir doch nicht weh, oder? Das bisschen hältst du doch nicht für Schmerz?« Er wandte sich an einen der Büttel. »Hilf meinem getreuen Diener Lukol. Halte seinen Kopf fest, damit er nicht zuckt.«

Untote Hände legten sich auf Kinn und Hinterkopf, ein Griff, den Bren schon angewandt hatte, um ein Genick zu brechen. Das hätte allerdings bei einem Osadro kaum einen Effekt gehabt. Im Gegensatz zu der Silberklinge, mit der GERG nun durch die Wange stach und langsam wie ein Liebhaber, der vorsichtig den Körper der Geliebten erkundete, einen Zahn aus dem Oberkiefer brach.

GERG wartete, bis Lukols Schreie leiser wurden. »Mir scheint, du gehst kaputt«, sagte ER dann. »Aber auch das schmerzt kaum. Was sind schon ein paar Wunden, ein paar Zähne oder Knochen in deinem unwerten Körper? Nur Tand. Was dich betrübt, ist doch, dass du mich enttäuscht hast, Lukol.«

»Ja!«, schrie er. Seine Stimme hatte einen merkwürdigen Klang, wohl wegen der offenen Wange. »Ich bereue! Ich will nicht mehr ungehorsam sein! Ich knie in EUREM Schatten!«

GERG wandte sich von ihm ab. Das Schwert lag so locker in SEINER Hand, als wolle ER es jeden Moment fallen lassen, während ER durch den Thronsaal schritt und die Osadroi betrachtete. Dann aber, nahe dem Eingang, blieb ER stehen und hob die Klinge an.

»Das Silber funkelt wie Silions Licht. Man kann seinem Glanz erliegen. Jedenfalls, wenn man schwach ist. Oder wenn man vergisst, was es anzurichten vermag.«

Selbst Brens unsterbliche Augen sahen nur einen verwischenden Schemen, so schnell bewegte sich GERG zurück zu Lukol. Dessen Schrei ließ Brens Knochen erzittern, noch bevor er den Anlass dafür erkannte. Ein Streifen Blut verdunkelte die Silberklinge. Weiteres sickerte träge aus Lukols Schulter, besudelte das schwarze Gewand. Als der Schrei zu einem Wimmern sank, starrte Lukol unverständig auf den abgetrennten linken Arm, der tot neben ihm auf dem Boden lag.

»Wunden, die nicht heilen. Hast du das vergessen, als du das Silber an die Menschen verschachern wolltest?«

Ein Raunen ging durch die Menge. Seit dem Silberkrieg waren alle Vorkommen des Mondmetalls in der Hand der Schatten. Was die Ondrier an Silbergegenständen bekommen konnten, wurde schwer bewacht – egal, ob es sich um Geschmeide oder Waffen handelte. Bei jeder Stadt, die Bren erobert hatte, war größte Aufmerksamkeit darauf verwandt worden, alles Silber aus den Häusern zu reißen. Für diese Aufgabe kamen sogar Osadroi an die Front und spürten das Mondmetall mit ihren Zaubern auf. Auch Guardaja, Brens Feste, schützte ein Tal mit Silberminen.

»Wozu braucht ein Verräter zwei Arme?«, fragte Gerg. »Jetzt, wo ich darüber nachsinne … Wozu braucht er überhaupt einen Arm?« Den Schlag, mit dem Er die zweite Schulter durchtrennte, führte Er so langsam, dass Bren der Bewegung folgen konnte. Dann ließ Er das Schwert fallen.

Die Menge verstummte.

Gerg legte die Hände seitlich an Lukols Kopf und hob dessen Gesicht an, sodass sie sich in die Augen sahen. »Die Verdammnis kann ewig dauern, aber auch jeder Augenblick der Verdammnis kann eine Ewigkeit sein. Ich verdamme dich, Lukol! Hörst du? Ich, dein Schattenkönig, verdamme dich!«

Finsternis waberte aus Gergs Händen. Es war das erste Mal, dass Bren eine solch intensive Manifestation mit seinen neuen Sinnen erfasste. Als Mensch sah man nur Flächen, die schwärzer waren als schwarz – die unvollkommene Deutung eines begrenzten Verstands für etwas Unbegreifliches. Für Bren, den Osadro, waren sie noch immer finster, aber es war, als ob sie sich ihm öffneten. Von den Händen des Schattenkönigs entfaltete sich eine Wirklichkeit, die die Götter aus ihrer Schöpfung hatten fernhalten wollen. Bren wurde in eine Tiefe gezogen, die die Abmessungen des Thronsaals bei Weitem übertraf. Zunächst war er fasziniert, auch wenn er nicht verstand, was genau Gerg gerade tat. Dann bemerkte er, dass er seine Wahrnehmung nicht beliebig weit in die Finsternis wandern lassen konnte. Die Verbindung drohte zu reißen wie eine überspannte Bogensehne. Er befahl seine Sinne zurück. Sie gehorchten nur zögernd, gleich Kindern, die einen verbotenen Garten entdeckt hatten, den sie nicht wieder verlassen wollten.

Als Bren sich wieder im Thronsaal orientierte, hörte er Lukols unmenschliche Schreie. Sie erreichten Höhen, die ein sterbliches Ohr nicht hätte wahrnehmen können, und schwangen sich in einem Singsang ein, als suchte seine Stimme sich vom gequälten Körper zu lösen und in weite Ferne zu fliehen. Lukols armloser Rumpf war so schlaff, dass Bren vermutete, er wäre zu Boden gesunken, hätte GERG nicht noch immer den Kopf mit beiden Händen fixiert. Der SCHATTENKÖNIG stand über Lukol gebeugt und hatte SEIN Gesicht so nah herangebracht, als wolle ER das, was ER zu wissen begehrte, aus der Augenhöhle SEINES Opfers saugen.

Die übrigen Osadroi beobachteten den Vorgang andachtsvoll. Bren ließ den Blick über die Versammelten wandern, um zu erkennen, ob sich vielleicht einige der grausamen Faszination entzogen. Er fand keinen Einzigen, sah aber Schattenherzogin Widaja den Raum betreten. Sie wirkte größer, als sie tatsächlich war, weil sie ihr brünettes Haar zu einer turmartigen Frisur drapiert hatte. Noch auffälliger war das hellrote Kleid, umweht von Schleiern in edlem Rosé. Sie trug eine Schatulle, ein würfelförmiges Behältnis mit einer Kantenlänge von zwei Handspannen, gefertigt aus schwarzem Holz, beschnitzt mit verschlungenen Symbolen. Was immer sich darin befand musste sehr wertvoll sein. Brens Einschätzung erhärtete sich, als sich Widaja nicht etwa zu den anderen Osadroi an den Rand des Saals begab, sondern über die freie Fläche in der Mitte auf den SCHATTENKÖNIG zuschritt. Erst knapp vor IHM verharrte sie. Ihre Schleier brauchten Zeit, um zur Ruhe zu kommen, dann stand sie wie ein Bildnis aus Marmor.

GERG zeigte nicht, ob ER sie bemerkt hatte. ER starrte weiterhin SEIN Opfer an. Schließlich richtete ER sich auf, wobei ER Lukol wie eine zerbrochene Puppe mit sich zog. Noch immer sickerte dunkles Blut aus den klaffenden Schulterwunden.

Gerg öffnete die Arme, als beabsichtige Er, sich gleich einem Nachtvogel in die Luft zu erheben. Sein Opfer stürzte zu Boden wie ein Mantel, den man fallen ließ. So viel Schaum stand vor seinem Mund, dass sein Gewand über der Brust nass war.

Als Widaja die Schatulle öffnete, sah Bren, dass Lukols Herz dennoch heftig schlug. Der zitternde Muskel, der in einem Drahtgestell in dem Behältnis lag, konnte nichts anderes sein.

»Ich sollte ihm ein Jahrhundert voller Qualen bereiten, wie Dämonen sich keine schrecklicheren ausdenken können«, flüsterte Gerg. Das einzige Geräusch außer Seinen Worten waren die Schläge von Lukols Stiefeln auf dem Boden. Hilflose Zuckungen rissen an seinem Körper.

Gerg ging um ihn herum. Er nahm das Herz aus der Halterung. Es pumpte heftig und unregelmäßig, als versuche es verzweifelt, einen Zustand zu finden, in dem es keine Schmerzen litte.

»Aber er wüsste die Pein nicht zu würdigen«, fuhr der Schattenkönig fort. »Sein Verstand weilt nicht mehr unter uns.«

Er hielt das Herz vor sich, betrachtete es sinnend. Sein Blick wirkte abwesend, als schaue Er durch Seine Hand hindurch, während Er begann, die Finger zu schließen.

Als Seine Krallen in das Herzfleisch schnitten, schlug Lukol seinen Hinterkopf so heftig auf den Boden, dass der Schädelknochen brach. Dessen ungeachtet drückte er sich hoch, sodass sich die Schulterblätter vom Boden lösten.

Gerg beachtete ihn nicht. Beständig presste Er weiter. Das Herz pulsierte noch immer, drückte sich durch Gergs Finger. Altes Blut, kaum mehr flüssig, quoll hervor.

Lukol riss den Mund in einem stummen Schrei auf. Er ähnelte einer Schlange, die den Unterkiefer aushängen wollte, um eine große Beute zu verschlingen.

GERG zerquetschte das Herz, indem ER die Faust schloss.
Lukol kippte zur Seite, dann lag er bewegungslos.

Der SCHATTENKÖNIG schüttelte die Hand aus, um sie von den Fleischfetzen zu reinigen. »Bring mir die Herzen von Surrior und Schisenna. In Lukols Geist lernte ich Dinge über sie, die mich betrüben. Ich habe nicht die Langmut, sie nach Orgait zu befehlen. Sollen sie dort sterben, wo sie sich verkrochen haben.«

Widaja verneigte sich. Mit gebeugtem Haupt ging sie dreizehn Schritte rückwärts, erst dann wagte sie, ihrem SCHATTENKÖNIG den Rücken zuzukehren. Sie schloss die leere Schatulle und verließ den Saal mit schnellem Gang.

GERG musterte die Osadroi. SEIN Blick blieb an Gadior hängen. »Breche in dein Lehen auf, Schattengraf. Auch über die Menschen habe ich Unschönes erfahren. Ich dachte, sie hätten mehr über unsere Macht gelernt. Sie sind wohl zu kurzlebig, um sich an Lektionen zu erinnern, die wir ihnen vor einer Generation erteilt haben. Ich will, dass du ein Auge auf die Südgrenze meines Reiches hast. Ich werde keine Frechheiten dulden.«

»Gardist! Komm her!«

Durch die tief ins Gesicht gezogene Kapuze hörte Nalaji den Ruf nur gedämpft. Ungrann hob die Hand, wie es wohl unter Kriegern üblich war, um anzuzeigen, dass ein Trupp stehen bleiben sollte. Nalaji fasste das Zaumzeug des Esels, über dessen Rücken sie den Sack geworfen hatten, in dem Kiretta steckte. Sie musste einige Kraft aufwenden, damit das Tier im einmal begonnenen Trott innehielt.

Ungrann kniete nieder. Nalaji tat es ihm gleich und senkte den Kopf, damit der Schein der Laterne nicht auf ihr Gesicht fiel.

»Komm her, sage ich!«

»Ich darf nicht säumen, Nachtsucherin! Mein Herr hat mir aufgetragen, mich zu beeilen.«

Das Klacken eines Stocks begleitete die sich nähernden Schritte. Die Frau, zu der sie gehörten, konnte nicht allzu schwer sein. In der Tat steckten die Füße, die in Nalajis Blick traten, in zierlichen Seidenpantoffeln. Sie waren ebenso schwarz wie das weit fallende Gewand. Auf der knochenweißen Borte waren Zeichen angebracht, die Nalaji nicht lesen konnte. Der Kult machte ein Geheimnis aus der Schrift, mit der er die Schatten beschwor.

»Auch ich bedarf deiner. Du sollst eine Adepta holen, die ich für unwürdig befunden habe, zur Seelenbrecherin erhoben zu werden. Nun will sie ihr letztes Opfer bringen.«

»Ich bitte um Vergebung, Nachtsucherin. Mein Herr war deutlich bei seiner Anweisung.«

Der sauber lackierte Stab kam in Nalajis Blickfeld. »Und wer ist dein Herr?«

Ungrann zögerte.

»Ich habe dir eine Frage gestellt!«

»Baronet Bren, Nachtsucherin.«

»Ah! Und in welcher Angelegenheit bist du für Bren unterwegs?«

»Das zu sagen ist mir nicht erlaubt.«

»Ich bin ohnehin auf dem Weg zu seinen Gemächern. Er wird es mir sicher verraten, wenn die Zusammenkunft beim SCHATTENKÖNIG endet.«

»Daran zweifle ich nicht, Nachtsucherin, aber mir ist es verwehrt.«

Nalaji wagte, den Kopf kurz zu heben. Sie sah den Schweiß auf Ungranns Stirn glänzen und seine Unterlippe zittern. Sie hatte sich also nicht getäuscht, als sie das Schwanken in seiner Stimme gehört hatte. Er war nervös. Gerne hätte sie einen Vers gegen die Unruhe gebetet, wenn der Grund für ebendiese nicht gerade die Nachtsucherin gewesen wäre, die in unmittelbarer Nähe stand. Derlei Wirken göttlicher Gnade würde die Frau ebenso sicher spüren, als wenn ihr jemand einen Fuß in den Bauch rammte. Nalaji erlaubte sich einen schnellen Blick auf die Klerikerin. Sie war von mittlerer Größe, aber zierlich gebaut, was sie zerbrechlich hätte wirken lassen, wäre da nicht der herrische Ausdruck auf ihrem Gesicht gewesen. Ihre Haut war bleich wie die eines Osadro, die Lippen kaum heller. Das schwarze Haar lag um ihren Kopf wie dunkle Tinte, die um einen weißen Knochen floss. Sie war eindeutig ein Kind des dreifachen Neumonds. Während solcher Nächte wachte die Mondmutter nicht über die Menschen. Jene, die in ihnen geboren wurden, waren der Wucht der magischen Ströme ungeschützt ausgesetzt, was die meisten in den Wahnsinn trieb. Wer genug Kraft in sich hatte, um bei halbwegs klarem Verstand zu bleiben, war für den Kult und seine dunklen Praktiken wertvoll.

Nalaji kannte die Frau nicht, was verwunderlich war angesichts der hohen Position, die sie im Kult bekleidete. Vermutlich stammte sie nicht aus Orgait, sondern war aus einer der entfernteren Kathedralen angereist, um der kürzlich vollzogenen Thronwechselzeremonie beizuwohnen.

»Bren hat sich also eines lästigen Menschen entledigt«, murmelte die Nachtsucherin und tippte mit ihrem Stab gegen den Sack. Ein Kinderschädel zierte seine Spitze. »Wessen Leiche mag das wohl sein?«

Sie ging um den Esel herum. Nalaji schluckte trocken. Was, wenn dies die letzten Augenblicke ihres Lebens waren? Oder zumindest die letzten, in denen sie frei von Folterqual einen Gedanken fassen konnte? Wäre dann nicht ein stummes Gebet an die Mondmutter angemessen? Stattdessen dachte sie an Narron. An sein Lächeln. An den Geruch, der ihr in die Nase gestiegen war, wenn sie sich an ihn gekuschelt hatte. Den Druck seines einen Arms, wenn er ihn um sie gelegt hatte. Das Gefühl, sich an die Seite zu schmiegen, an der der Arm fehlte. Nachts hatte sie immer dort gelegen.

Nalaji fasste unauffällig Ungranns zitternde Hand. Die Garde wurde ständig auf ihre Loyalität zum Kult getrimmt. Alles in ihm musste danach schreien, sich der Nachtsucherin zu unterwerfen und ihr zu Willen zu sein. Das wäre ihrer beider Tod. Das gleiche Schicksal mochte sie erwarten, wenn die Klerikerin herausfände, dass Kiretta in dem Sack steckte. Die Rivalität zwischen Lisanne und Bren hatte in den vergangenen Tagen vielen Gerüchten Nahrung gegeben.

Die Nachtsucherin legte eine Hand auf den Sack, berührte Kirettas Rücken. Zum Glück übersah sie das kurze Zucken der Füße auf der anderen Seite des Esels. Kiretta war betäubt, aber nicht völlig bewusstlos.

Warum zögerte die Nachtsucherin? Wirkte sie etwa eines der Rituale des Kults, um den Gegenstand ihres Interesses zu erforschen?

Nalaji fühlte ihren Puls im Hals pochen.

Nein. Die verdorbenen Kräfte der Magie hätte Nalaji gespürt, ebenso wie der Klerikerin kein Gebet verborgen geblieben wäre.

»Du willst mir wirklich nichts verraten, Gardist?«

Ungrann stand erstarrt.

»Es ist keine Frage des Wollens«, raunte Nalaji ihm zu. Sie bohrte die Fingernägel in sein Handgelenk.

»Ich muss ...« Seine Stimme versagte.

»So sei es. Ich will deine Treue nicht auf die Probe stellen. Wie gesagt, ich bin auf dem Weg zu Bren. Ich stehe auf seiner Seite, auch wenn er es nicht begreift. Und es freut mich, dass er seinen Weg in die Schatten weitergeht. Soweit ich weiß, ist dies der erste Sterbliche, der seinen Zorn zu spüren bekam. Ich frage mich nur, warum er ihn auf diese Weise aus dem Weg räumt. Nun ja, nicht jeder kann in die Schatten tauchen wie jemand, der von einer Klippe in die Wogen eines schwarzen Meers springt.«

»Ich danke für Eure Weisheit, Nachtsucherin.«

Die bleiche Hand winkte ihn fort. »Das Opfer der Adepta hat Zeit, sie kann noch eine Nacht warten. Geh und tu den Willen der Schatten.«

Übergangslos wechselte Bren vom Schlaf zum Wachen. Das war schon zu Lebzeiten so gewesen. Auf einem Feldzug konnten die Momente, die man in allmählichem Auftauchen aus den Träumen verbrachte, die letzten sein. Aber heute gab es keine Bedrohung. Die Zeit war erreicht, die Sonne war in den westlichen Eisfeldern versunken. Bren richtete sich auf.

Diesmal erwartete ihn kein einfacher Seelenbrecher, sondern Jittara persönlich. Sie hatte eine junge Frau bei sich.

»Was soll das?«, fragte Bren, als er aufstand. Sein Blick fand den Morgenstern in der Halterung, an die er ihn vor dem Sonnenaufgang gehängt hatte. Eine weitere Gewohnheit aus seiner Zeit als Krieger. Er machte sich keine Sorgen, dass Jittara ihm übelwollen könnte. Jedenfalls nicht in so direkter Art, dass die Waffe von Nutzen gewesen wäre.

»Ich grüße Euch, Schattenherr.« Sie neigte das Haupt, während die Frau neben ihr auf die Knie fiel. Sie war sehr jung, keine zwanzig Jahre. Ihr Gewand war schwarz, wie es dem Kult gefiel, ähnelte aber weder in Schnitt noch Stoff Jittaras voluminöser Robe. Es bestand ausschließlich aus Schleiern und offenbarte mehr, als es verhüllte. Die Frau hatte kleine, feste Brüste, die noch nicht einmal eine Männerhand ausgefüllt hätten. Ihre Hüften waren weiblich gerundet, ihre Scham geschoren.

»Du hast meine Frage nicht beantwortet. Brauchen wir sie, um meine Ausbildung fortzusetzen?«

»Euer Fleiß beeindruckt, Schattenherr. Aber bedenkt: Ihr habt Jahrhunderte vor Euch. Die letzte Nacht hat unglaublichen Frevel offenbart. Ich bin sicher, Ihr seid über den Versuch, den Nichtswürdigen Silber zukommen zu lassen, ebenso empört wie wir alle. Da mag es für das Gleichgewicht des Gemüts hilfreich sein, wenn Ihr Euch ein wenig Vergnügen gönnt. Gerade für junge Osadroi ist die Schwermut selten weiter als eine Armlänge entfernt.«

»Meine Schwermut geht dich gar nichts an!«, zischte er.

Sie lüpfte eine Braue, während sich ihre Lippen zu einem dünnen Lächeln verzogen. »So seht Ihr also zornig aus. War das der letzte Anblick, den der Mann gestern mit in das Nebelland nahm?«

»Welcher Mann?«

Nun hob sich auch die zweite Braue. »Oder war es eine Frau? Damit hätte ich nicht gerechnet. Nach allem, was ich von Euch hörte, seid Ihr milde zum schönen Geschlecht.«

»Ich weiß nicht, wovon du redest.«

»Ein alter Feind? Jemand, der Euch kürzlich enttäuschte? Oder nur jemand, der zum falschen Zeitpunkt Euren Weg kreuzte? Vielleicht, weil Ihr erzürnt wart von dem, was die Zusammenkunft vor dem Schädelthron notwendig machte?« Ihr Schulterzucken schickte Wellen durch die Pelerine. »Ihr seid mir keine Rechenschaft schuldig.«

»Sehr richtig.« Demonstrativ nahm er den Morgenstern an sich.

»Vielleicht sollte ein Schneider ein passenderes Gewand für Euch anfertigen. Dieses ist schon zerschlissen, dort, wo die Stachelkugel zu ruhen kommt.«

»Ich bin sehr froh, dass du mir immer sagst, was ich zu tun habe«, spottete er, wurde sich aber im selben Moment bewusst, dass er wie ein trotziges Kind redete.

Jittara verbeugte sich. »Verfahrt mit ihr, wie es Euch beliebt. Sie wird nicht mehr gebraucht.« Damit entfernte sie sich.

Bren hätte den Raum auch gern verlassen, aber das hätte so ausgesehen, als ob er der Nachtsucherin nachgelaufen wäre. Er ärgerte sich, weil ihn solche Bedenken kümmerten, blieb aber dennoch neben dem Bett stehen.

»Ich sehe dich zittern«, sagte er.

»Nichts bleibt den Schatten verborgen«, hauchte sie. »Sie wohnen in jedem Herzen. Sie warten in jedem Winkel. Sie legen sich über die Welt, wenn es ihnen beliebt.«

»Bist du eine Seelenbrecherin?«

Ihre Schultern sanken. »Ich wurde für unwürdig befunden.«

»Von wem? Von Jittara?«

»Ich bin zu unwichtig, als dass sich die erhabene Nachtsucherin mit mir beschäftigt hätte.«

»Immerhin hat sie dich zu mir gebracht.«

»Eine unverdiente Gunst. Ich war so unverschämt, darum zu bitten, einen Unsterblichen nähren zu dürfen.«

Der Gedanke erschien Bren so absurd, dass er auflachte.

Erschrocken sah die Frau ihn an. »Weist Ihr mich zurück?« Ihre Augen waren groß und dunkel. Sie hatte sie mit schwarzem Strich nachgezogen.

Wie ist solche Ergebenheit in dein Herz gekrochen?, fragte sich Bren. Auch Krieger waren loyal, zu ihrer Heimat, zu ihren Kameraden, zu ihrem Feldherrn. Das lag an den Härten, die man gemeinsam durchstand. Der eigene Schild konnte nicht überall sein. Auf dem Schlachtfeld verdankte man sein Leben schnell dem Mann, der rechts von einem stand. Im Kult kämpfte man nicht mit Waffenstahl, und zumeist auch nicht mit vereinten Kräften, sondern gegeneinander. Intrige und Verrat wurden erwartet, der Listigste und Skrupelloseste setzte sich durch. Und doch warfen die Kleriker ihr Leben bedenkenlos weg, wenn sie sich davon versprachen, die Schatten zu verdunkeln. Ihre Schlachten wurden im Herzen geschlagen, und dort war die Finsternis unüberwindlich. Warum war diese Frau gescheitert? Hatte sie den Welpen nicht erwürgen können, den sie genährt hatte? Oder war es eine weniger harmlose Prüfung gewesen? Vielleicht auch die erfolgreiche Intrige eines anderen Aspiranten.

»Wie heißt du?«, fragte er und wusste im gleichen Moment, dass es ein Fehler war. Wenn man den Namen kannte, war ein Mensch nicht mehr irgendwer. Er wurde zu einer Person.

Sie schien eine ähnliche Überlegung zu haben. Die Hoffnung, für einen Schattenherrn bedeutsam zu sein, zeigte sich auf ihrem Gesicht. »Quinné.« Sie hielt den Atem an, als erwarte sie eine besondere Reaktion von ihm.

Bren wandte sich ab. Außer dem leeren Waffenständer bot nichts seinem Blick Halt. Er hatte sich noch nicht damit befasst, seine Räumlichkeiten einzurichten, zumal er damit rechnete, bald nach Guardaja befohlen zu werden.

»Hasst Ihr mich?«

Bren hörte die geflüsterten Worte nicht nur klar und deutlich, er nahm auch das Zittern darin wahr. Quinnés Unsicherheit hätte er auch ohne dieses Signal erfasst. Osadroi hatten ein Gespür für Emotionen, die auf sie gerichtet waren. Schon diese milde Angst vor Zurückweisung hätte ausgereicht, um die Essenz aus ihrer Brust zu rufen.

»Warum sollte ich dich hassen?«

Er hörte sie schlucken. »Dann ist es vielleicht nicht Hass, sondern Verachtung. Weil ich versagt habe.«

Bren überlegte, ob er sie nun fragen sollte, worin ihr Versagen bestand. Aber der Kult hatte ihn schon immer angewidert. Er hatte kein Verlangen danach, Erzählungen von seinen Riten zu lauschen. Die Kleriker behaupteten, einen wertvollen Dienst für die Schatten zu leisten, aber was sie wirklich trieb, waren die Gier, selbst Macht anzusammeln, und die Lust an den Schmerzen anderer.

Er wandte sich um. »Steh auf.«

Sofort gehorchte sie. Im Glanz ihrer Augen hielten sich Unsicherheit und Hoffnung die Waage. Ihre Pupillen waren in der Dunkelheit weit geöffnet. Bren aber sah sie deutlich vor sich. Die Schleier lagen wie Rauch um ihren schlanken Körper.

Er bemerkte nicht, wie lange er sie betrachtete, bevor sie fragte: »Sehe ich so aus wie sie?«

»Wie wer?«

Sie schlug die Augen nieder. »Wie die Frau, die Ihr liebtet, bevor Ihr in die Schatten tratet.«

»Nein!« Heftig zuckte ein Schmerz durch Brens leere Brust. Er wusste nicht, ob seine Antwort ihrer Frage galt oder ihrer Aussage selbst. Er hatte Kiretta nicht nur geliebt, solange er ein Mensch gewesen war. Er hatte sie auch später noch geliebt. Er liebte sie jetzt noch!

Oder?

Er überlegte, zu der Truhe zu gehen und ihren Haken zu betrachten, aber es kam ihm falsch vor, solange Quinné hier war.

»Dann gefalle ich Euch nicht?«

»Jede Hofdame wäre zufrieden mit einem Körper wie deinem.«

»Aber Ihr findet mich widerlich.«

»Nein, das tue ich nicht.«

Mit einer fließenden Bewegung führte sie die Hände zu den Schultern, wo sie die Schleifen lösten. Der Stoff raschelte zu Boden. Erst jetzt sah Bren, dass ihre Knospen und die Lippen zwischen ihren Beinen mit roter Farbe hervorgehoben waren.

Nach kurzem Zögern ging Quinné auf ihn zu. Der süße Geruch ihres Duftwassers stieg in seine Nase.

»Benutzt mich«, flüsterte sie und ging vor ihm in die Knie, wobei ihre Fingerspitzen sanft an ihm hinabstrichen, an seinem Gürtel hängen blieben. »Zerstört mich.«

Bren war verwirrt. Auch als General hatte er die Attraktivität der Macht besessen, aber niemals war die Hingabe einer Frau von einem solchen Nimbus des Sakralen umgeben gewesen. *Was ist aus mir geworden?*, fragte er sich, als sie die Koppel löste. *Wer bin ich geworden?*

Er sah ihr zu, wie sie seine Hose öffnete und befühlte, was sie darin fand. Er spürte ihre warme Hand, sanft und fordernd zugleich. Aber sein Glied blieb schlaff. Männliche Triebe beherrschten ihn nicht länger. Etwas anderes erregte ihn. Die Selbstaufgabe dieser Frau. Sie war erfüllt von dem einzigen Wunsch, ihm, Bren, zu gefallen. Sie musste sich der Gefahr bewusst sein. Er war unerfahren darin, Essenz zu rufen. Wenn er die Kontrolle über sich verlöre, könnte er leicht mehr an sich reißen, als sie zu geben vermochte.

Sie schluckte. »Wenn Ihr mich berührt, wird die Verbindung stärker sein«, erklärte sie, was sie im Kult gelernt hatte. »Dann werdet Ihr meine Essenz angenehmer finden.«

Er legte den Morgenstern auf einen Stuhl, griff zu ihr hinunter und zog sie hoch. War es Zufall, dass er dabei ihre kleinen Brüste fasste? Die Knospen erhärteten sofort in seinen Handflächen.

»Ihr seid stark«, hauchte sie.

»Ich könnte dich zerreißen.«

»Tut es, wenn Euch danach ist.«

Er fasste sie an den Schultern und schob sie auf Armlänge von sich. »Ich will das nicht.«

Sie blinzelte. »Wenn Ihr aus Kristallen nehmt, warum nicht von mir? Ich gebe Euch willig, was von anderen erzwungen wird.«

»Das ist es nicht ...«

»Ich bin hässlich!« Eine einzelne Träne löste sich und lief über ihre Wange.

»Nein. Aber ich habe noch nie direkt von einem Menschen genommen.«

»Ich weiß, wie es geht. Ich habe alles darüber gelernt. Ich kann Euch helfen, um es leichter für Euch zu machen.«

Mit der Kralle an seinem linken Daumen fing er ihre Träne auf. »Warum willst du das tun?«

»Damit ich nicht nutzlos bin.«

»Du bist so jung! Werde eine Schneiderin, eine Zofe, was auch immer! Dein Leben liegt vor dir!«

»Die Schatten sind unser Schicksal. Nur, wer ihnen dient, hat einen Wert.«

»Hat deine Dunkelruferin dich das gelehrt?«

»Nein. Meine Eltern.« Die Stimme blieb klar, obwohl ihre Augen überliefen.

»Dienen sie im Kult?«

Schwach schüttelte Quinné den Kopf. »Sie sind Edle in Kalliograd.«

Bren erinnerte sich dunkel an diese Stadt. Er hatte dort einmal Rekruten ausgehoben. »Dann geh zurück zu ihnen.«

»Verlangt das nicht von mir, Schattenherr!« Er ließ zu, dass sie wieder auf die Knie sank. »Ich könnte nicht ertragen, ihnen mit meinem Versagen unter die Augen zu treten.«

Wer dem Kult verfallen ist, kennt keine Liebe für seine Kinder. Oft brachten fromme Eltern ihre Erstgeborenen im Alter von vier oder fünf Jahren in einen Tempel, auf dass sich die Schattenherren an ihrer Essenz labten.

»Euer Körper ist jetzt Eurem Willen unterworfen«, sagte Quinné. »Auch hier.« Sie griff an seine Hoden.

Bren konnte sich der Faszination nicht vollständig erwehren, während er zusah, was geschah, als er das Blut in die Schwellkörper befahl. Nicht mehr als ein bewusst gedachter Wunsch war dazu nötig.

Quinné begrüßte seine Erektion mit Küssen. Als sie sein Glied in den Mund nahm, fuhr Bren mit den Fingern durch das Haar, das sie ungewöhnlich kurz trug. Die Strähnen fühlten sich hart an, bestimmt waren sie mit einem Öl oder einer Salbe behandelt worden. Sie löste sich nicht von ihm, als sie seine Hose gänzlich abstreifte. Er spürte den Tanz ihrer Zunge und auch ihr Saugen, aber nur die Intensität ihrer Gefühle versetzte ihn in einen Rausch. Sein Sichtfeld verengte sich, bis er kaum anderes als sie wahrnahm.

Mühelos schob er sie fort. Angstvoll sah sie zu ihm auf, und auch ihre Furcht bestürmte ihn, weckte seinen Hunger, seine Gier. Er hob sie hoch und warf sie auf das Bett.

Die Furcht hatte sich anders angefühlt als die Hingabe. Beides brannte, aber es war wie der Unterschied zwischen einem frostigen Windstoß und einer heißen Flamme. Und er, Bren, konnte bestimmen, was geschah!

»Zerstört mich!«, hauchte Quinné wieder.

Er drückte ihre Knie auseinander und drang tief zwischen die rot bemalten Schamlippen.

Ihr Körper spannte sich. Sie legte den Kopf zurück, sodass ihr Hals wie ein gebogener Ast erschien.

Bren zog sich zurück, drang wieder vor. Er spürte, was er tat, aber sein Unterleib interessierte ihn kaum. Es war, als schaute er einem anderen zu. Doch Quinnés Reaktion faszinierte ihn. Ihre Gefühle wirbelten durcheinander. Angst? Stolz? Lust? Trotz? Triumph? Schmerz? Bren vermochte es nicht zu sagen. Zu unerfahren war er im Umgang der Osadroi mit Menschen. Er erinnerte sich daran, wie er Schattenfürst Velon während ihrer Expedition Frauen zugeführt hatte, war aber selten zugegen gewesen, wenn die Essenz geflossen war. Hatte sich auch Velon Lust zunutze gemacht, um an die Lebenskraft zu gelangen?

Eine Woge der Euphorie begrub die Frage, als sich Bren weit über Quinnés Körper beugte, die Nase in den Schweiß zwischen ihren Brüsten drückte.

Quinné ließ nun alle Zurückhaltung fallen. »Nehmt mich!«, kreischte sie. »Macht mich kaputt!«

Er stieß härter zu und nahm einen tiefen Atemzug. Er brauchte nicht bewusst nach der Essenz zu rufen, im Gegenteil, er hätte seinen unsterblichen Körper zwingen müssen, seinen finsteren Trieben nicht zu folgen. Die Lebenskraft strömte in ihn hinein, erfüllte den Kopf, den Hals, flutete durch den Hohlraum in seiner Brust, in die Arme. In süßer Qual atmete er aus und richtete sich dabei auf.

»Weiter!«, bettelte Quinné. »Bitte hört nicht auf!«

Funken tanzten vor Brens Augen. Er war gefangen in ihrer Hingabe, als hätte sie ein Netz über ihn geworfen. Mühsam nur dämpfte er die Kraft, mit der er ihre Brüste drückte. Seine Krallen schnitten in ihre Haut, aber das waren nur Kratzer.

Quinné schrie. Laute der Lust, nicht des Schmerzes.

Bren konnte nicht anders. Er atmete ein. Diesmal war er weit genug entfernt, um zu sehen, wie sich die Essenz gleich silbrigem Schaum aus der Brust seiner Gespielin löste. Als ob ihr erregtes Herz ihm ihr Leben entgegengepumpt hätte.

Wieder atmete er ein.

Und wieder.

Und wieder.

Er schwelgte in ihrem Leben. Trieb im Strom ihrer Hingabe, ihrer Gefühle. Ihrer Jugend. Er begriff, wie stark sie war, auch wenn sie selbst nichts davon ahnte. Willig lieferte sie ihm ihre Kraft aus.

Plötzlich begriff Bren, was er anrichtete.

Er riss sich los, wich mit schnellen Schritten zurück, bis er gegen die Wand krachte.

Verwirrt richtete sich Quinné auf. Ihr Körper war von einem glänzenden Schweißfilm bedeckt, als hätte man ihn mit Olivenöl bestrichen. »Habe ich etwas falsch gemacht?«, fragte sie zwischen zwei heftigen Atemzügen. »Stimmt etwas nicht?«

Bren kam sich dumm vor. Er antwortete das Erste, das ihm in den Sinn kam: »Ich hatte keinen Erguss.«

»Die Umwandlung …« Sie setzte sich auf die Bettkante. »Ihr habt keinen Samen mehr. Alles Leben ist aus Eurem Körper gewichen.«

Er nickte. Waren diese Falten schon in ihrem Gesicht gewesen, als er erwacht war? Vielleicht sorgfältig mit einer Salbe überdeckt?

Nein. Sie ist gealtert. Wie viele Jahre habe ich ihr genommen?

»Wollt Ihr weitermachen?«, tastete sie.

Oft erholten sich Menschen von so einer Begegnung. Wenigstens körperlich. Viel Schlaf war nötig, dann konnte die Erschöpfung …

Aber sie sah sehr mitgenommen aus, und in ihren Augen erkannte er die dunkle Sucht, die in ihr Herz gekrochen war. Sie würde für den Rest ihres Lebens danach streben, die Erfahrung zu wiederholen, die sie gerade gemacht hatte. Dadurch würde es ein sehr kurzes Leben werden. Noch drei oder vier Begegnungen wie diese, und sie würde sich nicht mehr regenerieren können. Erfahrene Osadroi beherrschten sich, schonten ihre Opfer. Dadurch konnten sie sich Jahre, manchmal Jahrzehnte von ihnen nähren. Diese Menschen wurden Sklaven der Sehnsucht nach ihren Schattenherren, hündisch ergeben, ohne Interessen jenseits des einen – ihr Leben für ihren Meister zu geben.

Bren wandte sich ab. Er wusste nicht, ob er von dem abgestoßen war, was er in Quinnés bittenden Augen sah, oder von sich selbst. Vielleicht sollte er sie töten, jetzt und hier. Das wäre schnell, sauber. Sie würde die Bewegung noch nicht einmal sehen, wenn er ihr Genick bräche. Und wenn sie ohnehin stürbe, könnte er vorher vielleicht noch einmal …

»Geh!«, rief er. »Verschwinde!«

Sie fand einen schwankenden Stand. Wie eine Schlafwandlerin beugte sie sich nach ihrem Schleiergewand.

Bren hatte gerade seine Hose aufgenommen, als ein Dunkelrufer in den Raum hastete und sich zu Boden warf, ohne die nackte Frau oder Brens entblößten Unterleib zu beachten. Bren musste kurz nachdenken, bis er darauf kam, woher er den Mann kannte. Ohne wetterfeste Kleidung wirkte er deutlich schmächtiger.

»Dunkelrufer Attego. Was willst du von mir?«

»Ich begebe mich ganz in Eure Gnade und bitte um eine angemessene Bestrafung.«

»Wofür?«

Neben ihm stieg Quinné in das Kleid und zog es mit trägen Bewegungen über ihren Körper. Bren roch ihren Schweiß und die Flüssigkeit an ihrer Scham. Er riss die Gedanken davon los und konzentrierte sich auf den Mann, der vor ein paar Nächten behauptet hatte, er habe Verständnis für den Schmerz, den die Erinnerung an die vergangene Menschlichkeit hervorrief. Wusste er auch, was es bedeutete, zu entdecken, zu was für einem Monstrum man in den Schatten wurde?

»Ich wollte Euch große Freude bereiten, Baronet, und jetzt werde ich Euch betrüben!«

»Sprich endlich!« Er wollte an etwas anderes denken als an Quinné, die es nach nichts stärker verlangte als danach, ihm ihr Leben zu opfern.

»Wie Ihr befehlt, Herr. Eure Kiretta lebt!« Die letzten Worte schrie er, als würden sie ihm von einem Foltermeister entrissen.

»Was sagst du?«, rief Bren.

»Sie hat Lisannes Angriff überlebt. Die Schattenherzogin kümmerte sich nicht weiter um sie, nachdem sie ihr den Haken genommen hatte. Sie wäre verblutet, aber wir fanden sie und brachten sie zu einer Heilerin.«

Quinné hatte wohl nicht zugehört. Sie schwelgte noch in ihrer Nähe zu Bren, drückte ihren warmen, weichen Körper an seine Seite und küsste seinen Hals.

Er stieß sie auf das Bett, was sie klaglos geschehen ließ. Hastig stieg er in seine Hose.

»Bring mich zu ihr! Sofort!«

Attego sah ihn an. Seine Unterlippe zitterte. »Die Heilerin ist verschwunden, und Kiretta mit ihr. Der Ghoulmeister hat ihre Spur am Südtor gefunden. Danach verliert sie sich.«

Bren griff seinen Morgenstern. »Es gibt nicht viele Orte, die als Ziele infrage kommen, und die dunkelsten Stunden der Nacht liegen noch vor uns. Wir brechen sofort auf!«

NACHTSTURM

»Du scheinst dich für Türpfosten zu interessieren, Oma.« Ungrann benutzte diese Anrede zu häufig, ein Fehler, den viele machten, die das erste Mal abtauchten. Er war etwas jünger als Keliator und so hatte Nalaji beschlossen, dass es am unauffälligsten sei, wenn der Gardist sie wie ein Enkel behandelte, der seine Großmutter und seine schwachsinnige Schwester nach Süden begleitete.

Die stumpf vor sich hin stierende Geisteskranke, das war Kiretta. Viermal täglich drehte Nalaji Pillen für sie, damit sie in diesem Zustand blieb. Sie konnte sich gerade noch mit ihrer verbliebenen Hand am Sattel festhalten, der ihr den Ritt auf dem Esel ermöglichte. Stumpfsinnige waren häufig anzutreffen in Ondrien, die Rituale des Kults erschufen sie gleich dutzendweise.

»Auch für die Markthütten, obwohl sie geschlossen sind«, fügte Ungrann hinzu.

Nalaji seufzte in sich hinein. Der Gardist versuchte seine Rolle zu spielen, aber die Verunsicherung war unübersehbar.

»Ist es so offensichtlich, dass ich etwas suche?«, flüsterte Nalaji.

Offenbar war auch sie nicht mehr so unauffällig wie in ihren besten Tagen. Sie schmunzelte schmerzlich, als sie sich vorstellte, wie es gewesen wäre, wenn sie Narron bei sich gehabt hätten. Hätte er, die Linse vor das Auge geklemmt, tastend über das rissige Holz gestrichen, um ihr beim Suchen zu helfen?

Die Mondmutter milderte die Schmerzen des Alters, sie dämpfte seine Auswirkungen, beseitigte sie aber nicht gänzlich. Nalajis Augenlicht schien nicht mehr so hell wie noch vor fünf oder gar vor zehn Jahren. Sie konnte noch recht gut lesen, wenn sie eine helle Kerze hatte, aber an diesem trüben, wolkenverhangenen Tag ...

»Also gut, leih mir deine Augen«, sagte sie. *Du weißt ohnehin schon zu viel. Es wird uns sehr schaden, wenn du zum Verräter wirst, daran ändert das hier auch nichts mehr.*

Nalaji wich an eine Hauswand zurück, als ein Trupp von zehn Speerträgern nahte. Diese Stadt, Wetograd, war die größte Siedlung seit Orgait. Da hier einige Landstraßen zusammenliefen, wimmelte es von Kriegern, die sich auf den Zug gegen die Fayé vorbereiteten.

Als die Bewaffneten vorüber waren, führte Nalaji ihre Gefährten zu den Prangern. Drei davon standen unmittelbar hinter dem Stadttor, daneben angespitzte Pfähle, für den Fall, dass den Herren der Sinn einmal nach härteren Strafen stand. Offensichtlich verunsicherte ihr Anblick Ungrann.

»Hast du selbst einmal jemanden gepfählt?«, fragte sie.

Er nickte. »Schon bevor die Verurteilten auf den Pfahl kommen, sind sie verloren, Oma. Man benutzt scharfe Messer, um den Ringmuskel am Anus zu zerschneiden, sonst geht der Pfahl nicht hinein. Damit kommt dann aber auch der ganze Dreck in die Wunde, wenn sie ...«

»Ich weiß.« Vor solchen Verletzungen kapitulierte auch die Kunst einer gesegneten Heilerin.

»Ein schrecklicher Tod«, fuhr Ungrann fort. »Obwohl manche ihn natürlich verdient haben. Dummköpfe zum Beispiel.«

»Dummköpfe?«

»Die zu dämlich sind, sich vor einem Osadro zu verbeugen, wenn er ihren Weg kreuzt. Selbst dann, wenn ihm Standarten vorangetragen werden. Solche Idioten werden dumm geboren und sind ihren Familien nur eine Belastung. Gut für alle, wenn sie weg sind.«

Nalaji runzelte die Stirn. In Ilyjia bemühte man sich, Schwachsinnige so normal wie möglich zu behandeln, solange sie keine Gefahr darstellten. Es galt als Gnade der Mondmutter, wenn einer Familie ein tumbes Kind anvertraut wurde. Aber Ungrann war in Ondrien aufgewachsen. Barmherzigkeit galt hier als Verbrechen. Unmöglich konnte er alles vergessen, was man ihn gelehrt hatte, nur, weil er aus der Garde floh.

»Schau dir den linken Pfosten am ersten Pranger an«, sagte Nalaji. »Du musst dich etwas bücken. Für mich befindet sich das Zeichen auf Augenhöhe.«

Ungrann sah nach links, dann nach rechts, versuchte, die gesamte Menge der Vorbeieilenden zu erfassen. Nalaji schloss die Augen, um sie nicht zu verdrehen. Dann lehnte sich Ungrann betont lässig an den Pfosten und tat so, als betrachte er seine rissigen Fingernägel. »Ist das eine Schnitzerei?«, fragte er.

Nalaji nickte. »Ein Vogel.«

»Wo soll das denn ein Vogel sein?«

»Bemühe deine Vorstellungskraft. Die drei Bögen rechts sind die Schwanzfedern. Er hat kurze Flügel, aber einen langen Schnabel. Ein Sonnenvogel.«

Ungrann runzelte die Stirn und beäugte das Zeichen nun so intensiv, dass er mit der Nase keine Handspanne mehr vom Holz entfernt war.

Nalaji räusperte sich.

Ungrann zuckte zurück. »Das könnte tatsächlich ein Sonnenvogel sein«, räumte er murmelnd ein.

»Es ist einer. Das Zeichen jener, die die Sonne herbeisehnen, weil sie unter den Schatten leiden.«

Ungrann brauchte drei Herzschläge. »Rebellen?«, fragte er und griff sich sofort an die Lippen, als könne er das Wort noch zurückholen.

Nalaji schlenderte ein paar Schritte fort und nickte dabei. »So findet man Freunde in einer fremden Stadt. Das nächste Zeichen wartet in der Richtung, die uns der Schnabel weist.«

»Da habt Ihr doch gerade gesucht!«

Sie drückte seinen Unterarm, eine Ermahnung dafür, dass er sie falsch angeredet hatte. »Sicher, *Enkel*, aber meine Augen sind nicht mehr so gut wie deine.«

»Natürlich nicht, Großmutter!«

Sie nahm ihm die Zügel des Esels ab. »Wir brauchen Geduld. Es ist nicht sicher, wann das nächste Zeichen kommt. Sieh dich einfach ein wenig um.«

»Ist es immer in Holz geschnitzt?«

»Meistens. Manchmal auch auf Stein gemalt. Halt nach den drei Schwanzfedern Ausschau, die sind das Auffälligste.«

Wenn sein Gebaren auch alles andere als das eines Meisterspions war, so musste Nalaji ihm doch lassen, dass er in schneller Folge drei weitere Sonnenvögel ausmachte und sie so zu einem Hufschmied führte.

»Dieser hier hat fünf Schwanzfedern«, stellte er fest und meinte damit die Schnitzerei an einem Trog vor dem Haus.

»Dann haben wir unser Ziel erreicht.« Nalaji betätigte den Klopfer, einen kleinen Hammer, der gegen eine Metallplatte schlug.

Sie hörte Schritte. »Wer da?«, rief eine tiefe Stimme durch die geschlossene Tür.

»Drei müde Reisende auf der Suche nach Obdach. Deine Tante schickt uns, sie ist sicher, du wirst uns für eine Nacht aufnehmen.«

Nur ein Spalt öffnete sich. »Woher kommt ihr und was ist euer Begehr?«

Nalaji runzelte die Stirn. Der Vogel diente als Erkennungszeichen für den Hausbesitzer, ›drei‹, ›müde‹ und ›Nacht‹ waren die entscheidenden Worte, um den Besucher auszuweisen. Eigentlich hätte das reichen sollen.

»In Wetograd finden wir nicht leicht Freunde«, sagte Nalaji.

»Ihr seid nur zu dritt?«

»Wenn du unser treues Tier mitzählen willst, sind wir vier. Es braucht aber nur ein wenig Heu, uns dagegen hungert nach etwas Warmem.«

»Der Kerl soll einen Schritt zur Seite machen, damit ich ihn sehen kann.«

Ungrann gehorchte.

Endlich schob der Mann die Tür auf. In der Linken hielt er ein Stemmeisen, das er jetzt an die Wand lehnte.

»Sehr vorsichtig«, lobte Nalaji, als sie eintrat. »Hast du kürzlich schlechte Erfahrungen gemacht?«

»Ich nicht«, murmelte der Mann, während er misstrauisch nach draußen spähte, wo Ungrann Kiretta aus dem Sattel half. »Aber jemand anderes.«

Nalaji wartete, bis Kiretta im Haus war. Ungrann führte noch den Esel zum Stall. Der Schmied schloss die Tür.

»Ich bin Herst«, stellte er sich vor. »Ihr seid …?«

»Du kannst mich Ajina nennen«, sagte Nalaji. Diesen Namen wollte sie verwenden. In Orgait kannte ihn niemand, aber sie würde immer auf ihn reagieren, denn er hatte der besten Freundin ihrer Jugendtage gehört.

»Und sie?« Er musterte Kiretta.

»Unwichtig.«

»Haben die Schatten sie so zugerichtet?«

Nalaji zuckte mit den Schultern. »Sagen wir, sie begleitet uns nicht ganz freiwillig.«

»Eine Gefangene? Oder Geisel?«

»Möglich.«

»Ich soll nicht zu viel wissen. Schon gut.«

Nalaji hoffte, dass er in dem schwachen Licht, das aus dem nächsten Raum in den kurzen Gang und die sich rechts öffnende Schmiede schien, ihr entschuldigendes Lächeln erkennen könnte. »Es würde dir nicht helfen. Aber dennoch muss ich dich meinerseits um dein Wissen bitten. Kennst du einen Weg in den Süden, der direkter und nicht so offensichtlich ist wie die Heerstraße nach Zorwogrod?«

»Es gibt Pfade durch die Wildnis, sicherlich, aber nichts für eine alte Frau.«

»Ich bin zäh.«

Er rieb sich den Hinterkopf, eine seltsam hilflose Geste bei einem so kräftigen Mann. Dabei sah er zum Lichtschein.

»Wir sind nicht die Ersten, die bei dir Zuflucht suchen, oder, Herst? Ist da drin derjenige, von dem du sagtest, er habe schlechte Erfahrungen mit den Schatten gemacht?«

»Glaubt mir, das habe auch ich. Alle drei Kinder haben sie uns genommen, eines das Schwarze Heer, eines die Garde und das Letzte der Kult. Das war am härtesten, als sie Alandr dieses Flackern in die Augen gesät und ihn am Ende doch erdrosselt haben.«

Sie legte ihm eine Hand auf die massige Schulter. »Wir haben alle unseren Grund.«

Herst schluckte und sah erneut in Richtung des Raumes. »Der da drin auch. Jetzt mehr denn je. Erstaunlich, dass er es bis zu uns ...«

Ein dreimaliges Klopfen kündigte Ungrann an. Herst ließ ihn ein und wies ihm in der vom Dämmerlicht des Tages spärlich erhellten Schmiede einen Platz für das Gepäck an. Nalaji würde ihn bitten, das Kettenhemd besser einzuwickeln, es klirrte, als er es absetzte.

Küche und Schlafzimmer bildeten einen einzigen Raum. Der Herd stand an der Wand zur Schmiede. Eine dralle Frau von etwa fünfzig Jahren mühte sich mit einigen Binden ab, die sie durch einen Bottich mit heißem Wasser zog und wohl verwenden wollte, um die Wunden auszuwaschen, die im Körper des mittelalten Mannes auf dem Bett klafften.

»Gütige Monde, steht uns bei!«, rief Nalaji und eilte zu dem Verletzten. Seine weit aufgerissenen Augen starrten gegen die

Balken, die die Decke stützten. An der rechten Seite hatte er wohl nur die halbe Hand verloren, vom Mittelfinger auswärts, aber links hatte es ihn übel erwischt. Der Brustkorb war tief eingedrückt, sodass sich die Rippen vorschoben – als steckte ein Schiff in ihm, dessen Bug aus ihm herausbrach. Der Arm hatte knapp unter der Schulter einen Hieb mit einer scharfen Waffe erhalten, der mit so großer Kraft geführt worden war, dass er den Knochen zersplittert hatte. Das Glied hing nur noch an etwas Fleisch. Der linke Oberschenkel war an mehreren Stellen aufgerissen, der Muskel verletzt. Zwar nicht besonders tief, aber allein diese Wunden hätten ausgereicht, um einen Mann für zwei oder drei Wochen aufs Krankenlager zu werfen.

»Sein Name ist Ferron«, erklärte Herst. »Wir kennen ihn seit Jahren. Er hat einige in Ungnade Gefallene aus Ondrien hinausgeschmuggelt.«

Dann kennt er auch für uns einen Weg, dachte Nalaji und schämte sich sofort dafür, zuerst an sich selbst zu denken und nicht an jemanden, der ihrer Hilfe bedurfte.

Sie nahm der Frau die Binden ab. »Mach uns etwas zu essen. Ich kümmere mich um ihn. Ich bin Heilerin.«

Als die Frau sie skeptisch musterte, fügte Ungrann hinzu: »Meine Großmutter ist eine Priesterin der Mondmutter.«

Unwillkürlich schüttelte Nalaji den Kopf. Hoffentlich würden sie lange genug leben, damit Ungrann lernen konnte, welche Informationen man besser für sich behielt.

Immerhin tat die Frau nun, worum Nalaji sie gebeten hatte.

»Kannst du mich verstehen?« Nalaji legte Ferron die Hand auf die Stirn. Sie fühlte kein Fieber. Hatte sein Körper etwa schon aufgegeben?

»Schmerzen.« Er stöhnte nicht, seine Worte kamen ganz klar. »Nehmt mir die Schmerzen.«

Nalaji netzte ihre rissigen Lippen. »Das kann ich tun, aber erst musst du mir sagen, wo es schmerzt. Wenn ich dich betäube, kannst du mir nicht mehr helfen, alle Stellen zu finden, an denen die Kraft der Monde gebraucht wird.«

»Überall. Mein Körper ist eine einzige Wunde!«

Nalaji zählte die Stellen auf, die sie erkannte. »Noch mehr?«

»Bitte! Macht, dass der Schmerz weggeht!«

Sie seufzte. Einem Tier in diesem Zustand hätte man den Gnadenstoß gegeben. Einem Gardisten der Schattenherren wohl auch. Es war schon verwunderlich, dass dieser Mann noch bei Verstand war.

»Wie heißt du?«, fragte sie die Frau.

»Jeeta, Herrin.«

»Ich brauche ein paar Dinge, Jeeta. Wenn du kochst, benutzt du doch sicher Kräuter? Und um Fleisch haltbar zu machen? Gut. Bring mir, was du hast. Und ein rundes, festes Holz, auf das er beißen kann. Herst, mach eine Klinge heiß. Sie soll möglichst scharf sein. Wir müssen den Arm abnehmen.«

Ferron wimmerte.

»Es geht nicht anders«, erklärte sie. »Er würde dich vergiften. Danke der Göttin, dass du den rechten behalten wirst.«

Mit einem Zeigefinger und einem Daumen.

Eine Weile schwiegen sie. Nalaji suchte aus den Kräutern das, was sie brauchen konnte, und streute es in die Wunden, während sie stumm die Gnade der Mondmutter erflehte. Jeeta wärmte eine Suppe auf. Kiretta war ausreichend bei Bewusstsein, damit man sie nicht füttern musste.

»Drei von ihnen habe ich selbst ins Nebelland geschickt«, sagte Ferron. »Fünf die anderen. Haben nicht damit gerechnet, dass wir uns so teuer verkaufen würden.«

»Was war deine Mission?«

»Ein Dorf in den Wetterbergen zu evakuieren. Aber wir sind auf einen Trupp Ondrier gestoßen.«

»Weshalb wolltet ihr dieses Dorf evakuieren?«

»Wir bringen alle Menschen von der Küste fort. Ich habe mich freiwillig gemeldet, um das Dorf in den Bergen aufzusuchen.«

»Fürchtet ihr, die Menschen könnten von den Kämpfen in Mitleidenschaft gezogen werden, die Ondrier und Fayé sich liefern werden?« Er zeigte keine Reaktion, als sie die Wunden austupfte. Das Wunder, das sie erfleht hatte, um seine Schmerzen einzuschläfern, wirkte gut.

»Die Fayé kommen von Süden herauf, und sie werden uns an ihrer Seite dulden. Wir müssen sie verstärken!«

Herst gab ihr das glühende Messer.

»Aber dann solltet ihr zu ihnen eilen, nicht von ihnen fort.«

»Einen Moment noch!«, rief Ferron und stützte sich auf. »Ihr seid eine Priesterin, nicht wahr?«

Sie zögerte, bevor sie antwortete. »Ich diene der Mondmutter.«

»Dann geht nach Osten, ich flehe Euch an! Über die Wetterberge, zum Meer der Erinnerung! Wir brauchen Euch dort.«

»Nun, zunächst brauchst du mich, will mir scheinen.«

»Bitte! Alle Priester! Niemals wart Ihr so vonnöten wie jetzt! Es gilt, neue Verbündete zu sammeln.« Sein Blick huschte zu Herst, dann zurück zu Nalaji. »Beugt Euch zu mir«, bat er.

Sie brachte ihr Ohr neben seine Lippen und lauschte darauf, was er ihr zuflüsterte.

»Wenn das gelänge …«, murmelte sie.

»Es wird gelingen. Es muss! Alle Flotten im Meer der Erinnerung haben sich zusammengetan, um die Menschen fortzubringen. Ihr werdet keine Schwierigkeiten haben, ein Schiff zu finden.« Er sah sie an, als sei sie seine letzte Hoffnung. Wahrscheinlich war sie das auch.

»Es ist jetzt gut.« Sanft drückte sie ihn zurück auf das Lager.

»Halt ihn fest«, sagte sie zu Herst und nahm die glühende Klinge. Ihre Hand zitterte, aber das hatte nichts mit dem Messer zu tun oder der Behandlung, die sie damit durchführen würde.

»Bist du nun der Kommandant dieser Stadt oder nicht?«, schrie Bren.

Der Hauptmann duckte sich unter seinem Zorn. »Mir wurde die Koordination der Truppen in Wetograd anvertraut, Herr.«

»Dann sollte es dir nicht schwerfallen, einhundert Speerträger auszusenden! Bilde Trupps zu zehn und schicke sie in alle Richtungen!«

»Erbarmen, Herr, aber Schattenherzogin Widaja hat anderes befohlen. Alle Krieger sollen ausgerüstet, gruppiert und nach Zorwogrod gebracht werden, um sich dem Feind zu stellen.«

»Auch wir verfolgen einen Feind!«

»Ich zweifle nicht, dass Ihr in der Gnade der Schatten handelt, Herr. Aber meine Treue muss der Herzogin gelten.«

Bren wandte sich ab, um den vor ihm knienden Mann nicht zu schlagen. Wenigstens war er keiner von diesen fetten Günstlingen, von denen es in Orgait viel zu viele gab. Er war ein Krieger, eine knochige Gestalt, die sich dennoch unter der Last des Kettenhemds so natürlich bewegte, dass er es offensichtlich ständig trug. Er hatte sich auch kein luxuriöses Quartier genommen, sondern war in den Turm neben dem Stadttor gezogen, von wo er das Zeltlager vor der Mauer überblicken konnte. Dort behandelten die Heiler die wunden Füße der im Eilmarsch herangeführten Truppen. Attego, auf den Brens Blick jetzt fiel, hätte sich bestimmt auch gern in Behandlung begeben, wenngleich wohl nicht bei einem grobschlächtigen Feldscher, sondern bei den kundigen Fingern einer wohlgestalten Frau, die ihm den Wolf aus den Schenkeln hätte reiben können. Er war ein lausiger Reiter.

»Dann gib mir fünfzig«, lenkte Bren ein. »Zehn Trupps zu fünf.«

»Vergebung, Herr, aber darum müsstet Ihr Schattenherzogin Widaja ersuchen. Ihr Befehl bindet mich.«

»Widaja ist aber nicht hier!«, brüllte Bren. Wie sollte er Kiretta finden? Wenn sie überhaupt noch lebte …

Aber das war wahrscheinlich, redete er sich ein. Wenn diese Nalaji sie hätte töten wollen, hätte sie das schon in Orgait getan und die Leiche zurückgelassen. Sie musste wissen, dass er die Verfolgung nicht abbräche, solange er die Möglichkeit hatte, seine Geliebte wiederzufinden. *Die einzige echte Liebe meines Lebens.* Er sah durch das Fenster auf die Lagerfeuer. *Lisanne habe ich nicht geliebt. Dieses Gefühl kam nicht aus mir selbst heraus. Es ist eine Kraft, die von ihr ausströmt und jeden Sterblichen erfasst.* Selbst Kiretta hatte sich zu der übersinnlich schönen Osadra hingezogen gefühlt.

»Was für einen Unterschied würden fünfzig Speere schon machen?«, fragte er schwach. »Oder zwanzig, wenn das zu viele sind.«

»Das zu entscheiden liegt nicht an mir. Aber keiner, der heute noch atmet, hat gegen die Fayé gefochten. Ihre Bögen schießen weit, und sie kämpfen mit der Erfahrung von Jahrhunderten.«

»Sie müssen den Schatten ihrer Bäume verlassen. Schnee und Eis sind nicht ihr Gelände.«

»Eure Weisheit ist mir überlegen, Herr. Viele Dinge geschehen, die ich nicht begreife. Gerade deswegen bedarf ich der Führung der Schattenherzogin.«

»Was für Dinge?«

Das Kettenhemd rasselte, als er die Schultern zuckte. »Die Menschen im Osten fliehen. Die Truppen, die aus den Türmen in den Wetterbergen eintreffen, berichten davon, dass ganze Dörfer verwaist sind, und auf dem Meer der Erinnerung sollen mehr Schiffe kreuzen als je zuvor. Aber sie landen keine Krieger an, sondern nehmen die Menschen auf.«

»Und wohin bringen sie sie?«

»Ich weiß es nicht, Herr. Ich bin nur ein einfacher Krieger, der den Schatten dient.«

Bren ballte die Faust. Die Krallen schnitten in seine Handfläche, aber diese kleinen Wunden würden schneller verheilen, als er bräuchte, um die Treppe hinabzusteigen. »Was muss ich tun, um an die Bewaffneten zu kommen?«

»Verzeiht, Herr, aber dafür müsstet Ihr mich töten.«

»Du bist ein guter Krieger«, knirschte Bren und verließ den Raum so schnell, dass Attego Mühe hatte, ihm die Stufen hinunter zu folgen. Der Dunkelrufer schnaufte, als sie auf den überfrorenen Matsch der Straße traten. Silion schickte in dieser Nacht das hellste Licht, deswegen überhauchte ein Silberschimmer den Schnee auf den spitzen Dächern.

»Der Mond drückt auf mein Gemüt«, murmelte Bren. Sein Atem malte nur dünne Wolken in die Kälte, während Attegos auch einem Dampfkessel hätte entstiegen sein können.

Der Mensch zog den Pelzmantel eng um seine Brust. »Das ist merkwürdig. Eigentlich sollte die Magie freier fließen als noch letzte Nacht. Zwar nahm Silion zu, doch Stygron und Vejata werden beide schwächer.«

»Verstehst du viel von zauberischen Kräften?«

»Ich wollte Euch nicht belehren, Herr. Die Anstrengung unseres Ritts ließ mich die Form vergessen.«

Bren winkte ab. »Beantworte einfach meine Frage.«

»Der Kult lehrte mich, vielerlei Rituale vorzubereiten. Ich vermag Zauberzeichen zu setzen und Knochenasche in einem sauberen Kreis zu streuen. Natürlich habe ich auch die Schriften studiert, derer man mich für würdig befand. Gibt es etwas, das Ihr wissen wollt?«

Bren schüttelte den Kopf und trat ein paar Schritte auf den kleinen Platz hinter dem Tor hinaus, wo sich Bewaffnete sammeln konnten, wenn sie einen Ausfall vorbereiteten. Jetzt lag er leer im Silberlicht. Bren sah seinen Schatten auf dem grauweißen, gefrorenen Schlamm. Er drehte sich um die eigene Achse und schloss die Augen. »Glaubst du, es gibt hier eine Machtlinie? Einen Astralstrom?«

»Spürt Ihr denn etwas, Herr?«

»Es fühlt sich anders an als damals in der Kathedrale mit Jittara.«

»Die Nachtsucherin war mit Euch in einer Kammer, wo die Magie außergewöhnlich geordnet ist. Hier draußen mag es anders sein.«

»Es ist in der Tat anders. In der Kathedrale fühlte ich, wie mich Kraft durchströmte. Hier ist es eher, als … nun, als stünde ich in einem Raum, in dem sich viele Menschen unterhalten. Von überall hört man Geräusche, nur aus einer Richtung nicht. Dort steht eine Wand, die den Lärm abhält.«

Attego kam mit knirschenden Schritten näher. »So habe ich es noch niemanden beschreiben hören. Ein Astralstrom kommt aus der Ewigkeit und geht in die Ewigkeit. Wer sich in ihn stellt und ein Gespür dafür hat, fühlt ihn auf beiden Seiten.«

Zögerlich schüttelte Bren den Kopf. »Es ist …«, er zeigte zu drei Prangern und einigen Eisenpfählen, »… nur dort.«

»Ihr seht mich ratlos«, versicherte Attego, und seine Miene bestätigte die Worte.

Bren griff den Morgenstern, den er seiner alten Gewohnheit folgend über der rechten Schulter trug. »Dann lass uns nachsehen.«

An den Prangern war nichts Besonderes festzustellen. Kinder hatten ein paar Kritzeleien hineingeschnitzt. »Hier ist es nicht«, sagte Bren. »Es ist noch weiter in dieser Richtung.«

»Nimmt das Gefühl zu?«

»Schwer zu sagen. Sehen wir nach.«

Sie folgten den Gassen, bis sie vor einer Schmiede angelangten. Hier war Brens Magiegespür so taub, wie er es nur bei drei Vollmonden am Himmel erwartet hätte.

»Sollen wir ein paar Krieger zur Verstärkung holen?«

Bren schnaubte. »Die sollen schön ausschlafen. Wir haben doch gehört, wie nötig Widaja sie braucht.«

Er trat an die Tür und betätigte den Klopfer. Das tat er noch zweimal, bis ein gedrungener, kräftiger Mann öffnete, der sogleich auf die Knie fiel, als er erkannte, dass ein Unsterblicher vor ihm stand.

»Die Schatten senken sich auf mein Heim. Ich hoffe, ihnen nützlich sein zu können. Soll ich Eure Waffe richten? Oder das Eisen Eures Pferdes?«

»Ich will mich nur ein wenig in deinem Haus umsehen.«

»Aber dies ist kein Ort für einen hohen Herrn!«

Attego trat neben Bren, die Hand an dem gewellten Zeremonialdolch. »Er verbirgt etwas. Ich habe viele wie ihn gesehen.«

»In deinen Folterkammern, nehme ich an?«

»In den Räumen, die der Kult zur Erziehung der Schwachen vorgesehen hat«, bestätigte Attego.

Bren roch den Schweiß, der dem Schmied trotz der Kälte aus den Poren brach. »Es ist ein ganz unwürdiges Haus. Aber wenn Ihr es wünscht, überlasse ich es Euch gern. Ich bitte Euch nur: Gebt mir eine Stunde Zeit, um es zu säubern und für Euch herzurichten.«

»Und um *was* zu verstecken?«, zischte Attego. »Mach Platz!«

Als der Schmied nicht gehorchte, trat Attego ihm in den Bauch. Der kniende Mann war viel muskulöser als der Dunkelrufer, der sein Leben in Studierstuben und Tempeln verbracht hatte, aber er wehrte sich nicht. Die Kraft des Kults ragte hinter seinen Besuchern auf. Sein einziger Widerstand bestand darin, dass er noch immer unbewegt in der Tür kniete.

Mühelos schob Bren ihn zur Seite. Er hörte die Atemzüge von zwei Menschen im nächsten Raum und roch Blut. Die Magie war hier so abwesend wie Dunkelheit in einem Lagerfeuer.

Eine Frau, etwa so alt wie der Schmied, stand im Nachthemd vor einem Bett, auf dem ein Verwundeter schlief, dessen Brust vollständig mit Leinentüchern umwickelt war. Sein linker Arm fehlte, der Stumpf knapp unterhalb der Schulter war sorgfältig verbunden.

»Das ist die Arbeit von jemandem, der sich auskennt«, sagte Bren. »Hat einer der Heiler des Heeres die Zeit gefunden, sich um diesen Mann zu kümmern?«

»Ja, ganz recht!«, rief der Schmied, der nun hinter ihnen in den Raum kam.

»Und wer ist er?«

»Unser Sohn!«

»Er lügt«, sagte Attego verächtlich. »Jeder Adept könnte das erkennen.«

»Er ist Vattalji, unser Neffe!«, rief die Frau.

»Ach.« Bren lüpfte eine Braue. »Und wieso sagt dein Mann, er sei euer Sohn?«

Die beiden tauschten einen schnellen Blick.

Bren trat an das Lager. Der Mann schlief ruhig, er atmete regelmäßig. »Was habt ihr ihm gegeben?«

»Nur meine gute Brühe.«

»Schläfst du auch immer so fest, wenn du deine Brühe gelöffelt hast? Bei dem Lärm, den wir hier veranstalten, müsste er doch längst erwacht sein.«

»Die Verletzung hat ihn erschöpft.«

»Wie kam es überhaupt dazu?«

»Er ist Holzfäller. Nicht immer findet die Axt das rechte Ziel.«

»Ja. Erstaunlich. Er schlägt sich den eigenen Arm ab.«

»Es war einer der anderen Arbeiter, dessen Schlag fehlging.«

»So, so. Und was ist mit der Brust passiert?«

»Auf die ist ein Baum gefallen.«

»Nachdem ihn erst die Axt getroffen hat? Muss ein wahrer Pechvogel sein, euer Vassiljew.«

»Ja, das war er immer schon.« Die Alte nickte heftig. »Schon als Kind.«

»Und hieß er da auch schon Vassiljew?«, fragte Bren scharf. »Oder doch Vattalji, wie du gerade sagtest?«

Tränen quollen in ihre Augen, als sie sich abwandte.

Bren strich mit den Krallen über den Verband am Arm, löste die Schlaufen. »Saubere Arbeit«, sagte er. »Alle Knochensplitter entfernt, die Wunde ausgebrannt, und sie heilt bereits gut.«

Attego trat neben ihn. »So etwas habe ich noch nie gesehen. Und ich habe viele Verletzungen gesehen.«

»Nicht wenige davon wirst du selbst verursacht haben.«

Er schaute gleichmütig. »Der Kult hält es für nützlich, uns den Aufbau des menschlichen Körpers studieren zu lassen.«

»Diese Taubheit ... wenn ich die Wunde berühre, spüre ich meine Hand kaum noch.«

Attego versuchte es selbst. »Ich merke nichts.«

»Auch hier«, fuhr Bren fort, als er über den Brustverband strich. »Und hier«, als er die rechte Hand nahm, die ebenfalls in Leinen gewickelt war. Er wandte sich an den Hausherrn. »Wie lange ist dieser Mann schon hier?«

Wimmernd fiel der Schmied auf die Knie. »Wir haben die Gebote der Schatten gebrochen, Herr! Aber ich weiß, dass ein Osadro sein Wort hält. Ich will alles gestehen, aber bitte macht meine Jeeta und mich nicht zu Ghoulen! Alles, nur das nicht!«

»Herst!«, rief die Frau. »Sei ruhig!«

»Nein«, sagte Bren und sah ihr fest in die Augen. »Du bist ruhig. Und dein Mann«, er wandte den Kopf, »redet jetzt besser.«

»Euer Versprechen, Schattenherr!«

Attego schnaubte. »Er kann das Wissen aus deinem kümmerlichen Verstand reißen, wie es ihm beliebt!«

Ich wünschte, ich könnte es, dachte Bren. *Aber das hat man mich noch nicht gelehrt.*

»Mag sein, aber es wird seine Zeit dauern, und mit jedem Herzschlag sind sie weiter weg!«

»Wer?«, grollte Bren. »Wer ist weiter weg?«

Der Schmied glotzte ihn an. »Ihr wisst es nicht, oder?«

»Eine Frau, der eine Hand fehlt, war dabei, nicht wahr?«

Herst nickte mit noch immer offenem Mund.

»Wohin haben sie sich gewandt?«

»Ich weiß es«, sagte Herst. »Ein schneller Tod für Jeeta und mich ist mein Preis.«

»Du sollst ihn haben! Sprich!«

»Ich warne dich!« Attego trat nah heran. »Du weißt, dass ich merke, wenn du lügst.«

Der Schmied schluckte. »Sie waren zu dritt. Die Frau, der die rechte Hand fehlt, ein junger Mann und die Priesterin der Mondmutter.«

»Herst!«, rief Jeeta noch einmal.

»Wir kennen sie«, sagte Bren. »Damit hat dein Gemahl kein Geheimnis verraten. Sie heißt Nalaji und ist eine alte Frau.«

»So hat sie sich nicht genannt. Sie sagte, ihr Name sei Ajina.«

Bren sah Attego an, der seinen Blick ratlos erwiderte. Vielleicht ein falscher Name.

»Das ist ohne Bedeutung. Was haben sie hier gewollt?«

»Ausrüstung. Und einen sicheren Weg aus Ondrien hinaus, vorbei an den Truppen.«

»Wohin habt ihr sie geschickt?«

»Sie hat Ferron geheilt, dann sind sie sofort aufgebrochen. Nach Osten, über die Wetterberge.«

»Moment«, hakte Attego ein. »Die Priesterin der Mondmutter hat hier drin ihre Göttin angerufen und ein Wunder erfleht, um diesen Mann zu heilen?«

»Vor weniger als vier Stunden.«

Attego starrte Bren an. »Ihr erspürt das göttliche Wirken, das den Strömen der Magie entgegensteht«, sagte er ehrfürchtig. »Aber das ist unmöglich. Dafür seid Ihr zu jung, Herr.«

»Mir soll es recht sein.«

»Aber das würde bedeuten, Euer Talent für die Magie wäre stärker ausgeprägt als bei manchem Schattengrafen!«

»Darüber soll Jittara eine Lehrschrift verfassen, wenn es ihr beliebt. Ich habe jetzt keine Zeit dafür. Herst! Sage mir alles, was du über den Weg weißt, den diese Priesterin genommen hat.«

Leider war das nicht viel. Ein paar Wegmarken kannte Herst, und wenn er recht verstanden hatte, wollte Nalaji zur Küste jenseits der Berge. Das passte zu den Berichten von den Schiffen, die dort anlegten, um die Menschen fortzubringen.

»Wir brechen sofort auf!«, bestimmte Bren. »Ich will die letzten dunklen Stunden nutzen!«

»Ja, Herr! Aber die beiden müssen sterben. Ein Osadro bricht niemals sein Wort.« Attegos Grinsen widerte Bren an.

»Erledige das. Und mach schnell.«

Die gewellte Klinge war so lang wie Attegos Unterarm.

Der Sturm hatte sich gelegt, vor dem Eingang der Höhle fiel der Schnee jetzt beinahe lotrecht auf den Rücken des Esels. Nalaji wendete einige der Zweige neben dem Feuer, damit sie auch von der anderen Seite trockneten und später besser brennen würden.

»Warum bringst du mich nicht einfach um?«, fragte Kiretta.

»Sollte ich das denn tun?«

»Ich verstehe nicht, was ihr mit mir wollt. Gut, ich verstehe auch nicht, warum wir Feinde sind, aber um jemanden umzubringen, braucht man auch keinen großen Grund. Wenn ein kurzer Streit nicht ausreicht, kann man eine Flasche Branntwein dazunehmen. Doch wenn man jemanden gefangen nimmt, dann macht das eine Menge Mühe. Man muss ihn durchfüttern. Und du versuchst dich auch noch als Heilerin an mir, so viel habe ich mitbekommen, auch wenn ich in den letzten Tagen kaum bei mir war.« Hier, in der Wildnis, war es unnötig, ihren Verstand zu vernebeln. Sie waren seit zwei Tagen niemandem näher als zweihundert Schritt gekommen.

»Warum sollte ich dich umbringen, wo ich dich schon so lange pflege?«

»Wie lange?«

»Man hat dich vor etwa zwei Wochen zu mir gebracht. Du hattest deine Hand verloren.«

Kiretta lachte. »Da hast du dich ein wenig verschätzt. Das ist schon zehn Jahre her. In Alante mag man Diebinnen so sehr, dass man ihre Hände sammelt.«

Nalaji runzelte die Stirn. »Vor zehn Jahren? Da warst du doch noch ein Mädchen.«

»Kleine Hände passen auch in enge Taschen. Nur sind sie manchmal nicht flink genug.«

Nalaji zerbrach einen Zweig und schob ihn ins Feuer. »Ich meinte auch den Haken. Den hat man dir abgerissen.«

Kiretta hob ihren Stumpf in den Lichtschein. »Merkwürdig. Jetzt, wo er fort ist, bilde ich mir ein, ich könne meine Finger wieder fühlen.«

»So ist das manchmal.«

Kiretta sah aus der Höhle. »Wo ist der Mann, mit dem wir unterwegs sind?«

»Ungrann erkundet den Weg. Er wird zurück sein, bevor es dunkel wird.«

»Wo sind wir?«

»Ist das wichtig?«

Kiretta zuckte mit den Schultern. »Ihr seid keine Freunde der Schatten.«

»Wie könnte ein Mensch das sein, ohne sein Herz zu verraten?«

»Mein Herz ...« Kiretta starrte in die Flammen.

»Du glaubst, du liebst ihn? Diesen Bren?«

»Ich weiß es.«

»Das denken viele, denen die Schatten in den Verstand gegriffen haben. Aber solche Gefühle sind nicht echt. Die Osadroi gaukeln sie dir vor, um an deine Lebenskraft zu kommen.«

»Ich liebte Bren schon, bevor er ein Osadro wurde.«

Richtig! Bren war erst in die Schatten getreten, nachdem Gerg den Schädelthron bestiegen hatte. Alles war so schnell geschehen.

»Wie ist das eigentlich passiert, mit deiner Verletzung? Erinnerst du dich daran?«

Kiretta schauderte. »Lisanne«, sagte sie nur.

»Ein Name, der für Jahrzehnte nicht ausgesprochen werden durfte.«

»Ich habe sie zurückgebracht, mit Bren zusammen.«

»Und zum Dank hat sie dir das da angetan?«

»Es ging nicht um mich, denke ich. Sie wollte Bren treffen. Er hat ihren Geliebten erschlagen. Aber danach war er für die Unsterblichkeit erwählt, und deswegen durfte sie sich nicht direkt an ihm rächen.«

»Also haben dich die Schatten benutzt.«

»Tust du das nicht auch?«

»Vielleicht wirst du mir bald dankbar sein, dass ich dich aus Ondrien herausbringe.«

»Darf ich das selbst entscheiden?«

»Nein. So, wie du auch nicht entscheiden durftest, dass ich dich gerettet habe. Du warst dem Nebelland näher als die meisten, die noch atmen. Und jetzt, da ich deine Pflege übernommen habe, bin ich für dich verantwortlich.«

»Von dieser Last entbinde ich dich gern.«

»Das kann nur die Mondmutter.«

»Diese Göttin aus Ilyjia?«

»Ja, genau die.«

»Mit der habe ich nichts zu schaffen.«

»Zu welchen Göttern betest du?«

»Ich bete nie. Manchmal streite ich mit Myratis.«

»Da du eine Seefahrerin bist, freut dich bestimmt, dass wir bald am Meer sein werden.«

»Ein paar Planken unter den Füßen wüsste ich zu schätzen, wenn ich das Kommando hätte.« Ihre Stimme wurde träge. Das Gespräch strengte sie an.

»Du stammst nicht aus Ondrien, oder?«
»Ich sagte doch, in Alante endete meine Kindheit.«
»Was findest du dann an den Schattenherren? Bren muss ihnen schon zuvor gut gedient haben, da sie ihn erhoben haben. Sie knechten die ganze Welt!«
»Was weiß ich schon von der Welt? Meine Welt ist ein Schiff.«
»Und meine Welt ist Ilyjia. Dort wartet mein Sohn auf mich.«
»Dorthin gehen wir also?«
Nalaji nickte langsam. Etwas in ihr drängte sie, Kiretta mehr von Keliator zu erzählen. Davon, zu was für einem wundervollen Mann er herangewachsen war. Immerhin waren die beiden etwa im gleichen Alter. Sie setzte gerade zu sprechen an, als die Erinnerung an Narron sie überfiel wie der Schatten eines Raubvogels, der sich auf ein Kaninchen legte. Was war mit der Leiche ihres Mannes geschehen? Das Beste, worauf sie hoffen durfte, war, dass man sie unbeachtet und ohne Segen verscharrt hatte. Aber dafür hätte jemand bezahlen müssen. Man brauchte Spitzhacken, um den gefrorenen Boden um Orgait aufzubrechen. Auch eine Feuerbestattung hätte Münzen gekostet. Dagegen brachte es etwas ein, Leichen an jene zu verkaufen, die Verwendung für totes Fleisch hatten. Sie schauderte, als sie an Ghoulmeister Monjohr dachte.
»Glaubst du, dass die Starken das Recht haben, die Schwachen zu knechten?«, fragte Nalaji.
»Niemand sollte sich knechten lassen. Wenn andere Macht über dich haben, dann hast du sie ihnen gegeben.«
»Eine seltsame Sicht.«
»Die Fessel ist immer etwas, das du willst und das der andere hat. Nur das gibt ihm Macht. Du willst Gold? Der reiche Kaufmann kann es dir geben, und dafür wirst du zu seinem Affen. Du begehrst einen Mann? Er gibt sich dir hin oder nicht, und dafür tust du etwas für ihn. Du hängst an deinem Leben? Wer

es dir nehmen kann, beherrscht dich. Trenne dich von deinen Wünschen, und du zerschneidest deine Fesseln.«

»Warum gehst du dann nicht einfach dort hinaus in die Wildnis?«

Sie grinste. »An diesem Feuer ist es gemütlicher als im Schneegestöber.«

Nalaji lächelte. »Wenn du versprichst, nicht fortzulaufen, kann ich die Reise etwas angenehmer für dich gestalten.«

»Also gut. Ich verspreche es.«

»Ich habe noch nie eine schlechtere Lügnerin als dich getroffen.«

Kiretta grinste. »Einen Versuch war es wert.«

»Was hindert dich, diesen Handel zu machen? Hier in der Wildnis würdest du dich sowieso verirren und in ein paar Tagen verhungern.«

»Mag sein. Und ich bin wirklich erfreut darüber, wie sorgsam du dich um mich kümmerst. Als Lisanne zu mir kam und mir den Haken aus dem Arm brach, sah ich in ihren Augen solche Finsternis, dass ich mich wundere, jetzt wieder ins Licht blicken zu können. Ich habe also Glück, dass deine Natur die einer Heilerin ist.« Ihr Gesicht erhärtete. »Aber wenn wir am Meer sind und ich ein Schiff unter die Füße bekomme, dann werde ich jedem, der mich noch halten will, zehn Zoll Stahl zwischen die Rippen jagen und mich davonmachen, so schnell es mir möglich ist. Denn meine Natur ist die einer Freien.«

Bren stürzte aus dem Sattel. Er merkte kaum, wie er auf den Boden schlug. Zu gewaltig war der Schmerz in seiner Brust. Sofort war die Erinnerung an die Nacht wieder da, in der Schattenherzog Xenetors Hand ihm mit einem brutalen Griff der kalten Finger das Herz aus dem Körper gerissen hatte.

So schnell schon, dachte Bren noch, dann spülte die Qual alle Überlegungen davon.

Seine Sicht klärte sich nur allmählich.

Attego hockte neben ihm und sah mit unverhohlener Neugier zu ihm herab. Was hatte er erwartet? Kleriker weideten sich an der Pein anderer. Die Fähigkeit, Mitleid zu empfinden, warfen sie gleich einem Rucksack voller Steine ab, wenn sie zu Seelenbrechern wurden. »Was ist geschehen, Herr?«, fragte er.

»Ein Angriff?«

»Nein.« Brens Stimme klang nicht angeschlagen. *Keiner, von dem du wissen solltest,* fügte er in Gedanken hinzu.

Der Schmerz war fort, als hätte es ihn niemals gegeben.

Bren wusste genau, was geschehen war. Zu Beginn der Nacht, am Wehrturm, wo sie sich danach erkundigt hatten, ob drei Reisende mit einem Esel auf dem Weg nach Osten gesichtet worden waren, hatte ihn der Befehl erreicht. Alle Osadroi im Umkreis von einhundert Meilen hatten sich in Zorwogrod einzufinden, bei Widajas Heer. Er hatte den Raben mit der Nachricht am Fuß Richtung Orgait davonfliegen sehen, als sie ihren Weg in die Wetterberge fortgesetzt hatten. *Er kann nicht länger als eine Stunde dort sein. Dann noch der Abstieg in die Kammer der Unterwerfung, wo mein Herz ruht ... Der SCHATTENKÖNIG zögert nicht, mir SEIN Missfallen kundzutun.* Hatte ER selbst das Herz gequetscht? Oder hatte ER jemand anderen geschickt? Lisanne hätte diese Aufgabe sicher mit Freuden übernommen.

»Herr?«, fragte Attego. »Hört Ihr mich?«

Vorsichtig stand Bren auf. Er fühlte keine Schwäche mehr in seinem untoten Leib. Aber er spürte noch diese Taubheit, die ihn auch in Wetograd zu dem Ort geführt hatte, an dem Nalaji das Wunder ihrer Göttin gewirkt hatte. Das Gefühl war schwächer, doch das wurde dadurch ausgeglichen, dass es in den Bergen kaum etwas gab, das ihn ablenkte. Hier draußen lebte kein Mensch, erst recht nicht, seit die Truppen nach Zorwogrod beordert wurden. Selbst die Monde störten in dieser Nacht kaum, Wolken hatten sich davorgeschoben. Dafür nahm Bren den beständig nieselnden Schnee gern in Kauf.

Entschlossen schwang er sich in den Sattel. »Weiter!«

Nachdem Attego zum zweiten Mal vom Pferd gerutscht war, wurde der Pfad auch für Bren zu steil zum Reiten. Sie saßen ab und führten die Tiere am Zügel, was Attego zunächst erlöst aufseufzen ließ, weil die Innenseiten seiner Oberschenkel, wie er sagte, ›brannten, als wären sie in Nesseln gewickelt‹. Bald jedoch ächzte er unter der Anstrengung des Fußmarschs. Wenigstens jammerte er Bren nicht die Ohren voll, dafür hatte er offenbar zu viel Respekt vor dem Osadro. Oder zu viel Furcht. Im Kult war das dasselbe.

Bren sah zu den Sternen auf. Die Hälfte der Nacht war bereits vorüber. Seine Jugend erlaubte ihm, bis kurz vor der Dämmerung bei Bewusstsein zu bleiben, aber dann würden sie wieder das Loch im Boden ausheben und das schwarze Zelttuch darüberbreiten müssen. Attego würde es mit Erde bewerfen, und Bren würde darin ruhen, bis die Dunkelheit zurückkehrte. Und in all den Stunden dazwischen würde sich Kiretta weiter entfernen. Wären die Flüchtigen auch jetzt unterwegs? Oder warteten sie in einem Nachtlager? Bren hoffte, dass auch sie rasten mussten, trotz der Gnade der Mondmutter, die auf ihr Unterfangen scheinen mochte.

Und die seine beste Möglichkeit darstellte, sie aufzuspüren. Er fand sich immer sicherer in das Gespür hinein, das ihm die Richtung zur Wunderkraft der Göttin zeigte. Wenn er älter gewesen wäre, die Kräfte der Osadroi beherrschen gelernt hätte, dann hätte er sich mit augenverwirrender Geschwindigkeit bewegen oder Zauber wirken können, die seine Beute aufgestöbert hätten. Eine Schattenherzogin wie Lisanne hätte die Bäume auf diesem Berghang vielleicht in Rauch aufgehen lassen und die Flüchtlinge so jeder Deckung beraubt.

Als Feldherr hatte Bren gelernt, die Kräfte zu nutzen, die ihm zu Gebote standen, anstatt mit Unzulänglichkeiten zu hadern. Also konzentrierte er sich auf sein Gespür. Er wusste, dass die grobe Richtung stimmte. Die Göttin wirkte im Osten, genauer gesagt in Ostsüdost. Manchmal spürte er sie stärker, manchmal schwächer. Möglicherweise rief Nalaji von Zeit zu Zeit die Mondmutter an, was dem göttlichen Wirken Einlass in die Welt des Greifbaren verschaffte. Aber warum blieb dann Brens Gespür beständig lebendig? Nur Nachwehen der Wunderkraft? Oder war Nalaji als Priesterin selbst für ihn spürbar? Wenn das so war, warum hatte man sie so lange in Orgait geduldet? Attego behauptete, ihr klerikaler Hintergrund sei nur sehr wenigen bekannt gewesen. Allen anderen habe sie als Botschafterin Ilyjias ohne Rückhalt in ihrer Heimat gegolten. Auch dem SCHATTENKÖNIG? Hatten die wenigen Wissenden wirklich gewagt, den Herrscher auf dem Schädelthron im Unklaren zu lassen, um ihren eigenen Vorteil im Netz der Intrigen zu suchen? So wie Attego?

Bren sah zu seinem schnaufenden Gefährten, fragte ihn aber nicht. Zweifellos hatte er von Kirettas Lage gewusst. Bren würde sich alle Einzelheiten zu Attegos Rolle dabei holen, aber das musste warten. Er wollte nicht riskieren, die Beherrschung zu verlieren und den Dunkelrufer hier in der Wildnis zu erschlagen. Er sollte ihm noch bei der Jagd helfen.

Bren sandte seine Sinne aus. Während er auf Attego wartete, der zwei Dutzend Schritt hinter ihm war, schloss er die Augen und tastete nach der genauen Richtung. Er stellte sich vor, er sei eine Kompassnadel, die mal ein wenig nach links zitterte, mal ein wenig nach rechts, sich letztlich aber immer nach Norden einpendelte.

Es misslang.

Sein Gespür war nicht mit einem Kompass zu vergleichen, es war eher wie ein Schatten, der von einer Säule geworfen wurde. Wie ein Kegel ging es von ihm aus, streute und wurde unschärfer, je weiter er in die Ferne forschte. Unruhe erfasste ihn, als er überlegte, was geschähe, wenn sie sich für den falschen Pass entschieden. Mit einem Berg zwischen sich und Kiretta würde die Beute entkommen!

Sein Körper war zu langsam, erst recht, wenn er auf Attego wartete. Er musste eine Möglichkeit finden, seinen Geist auszusenden.

So wie damals, als er GERG im Thronsaal beobachtet hatte, als der SCHATTENKÖNIG in den Verstand des Verräters gegriffen hatte. Bei diesem Ereignis hatte Bren seine Sinne gleich Kundschaftern ausgeschickt, um die Finsternis zu erforschen. Was er einmal hatte tun können, das konnte er auch wiederholen.

Sicher, die Aufgabe, vor der er jetzt stand, war etwas anderes als die Beobachtung des Wirkens von Magie, aber wer kannte schon seine Grenzen, wenn er sie nicht erprobte?

Bren löste seine Aufmerksamkeit von seinem Körper. Bald hatte er den Eindruck, auf eine fremde Art zu sehen. Nicht mit den Augen, aber dennoch formte sich ein Bild in seinem Kopf. Von den Bäumen um ihn herum, die ihm als Hindernisse erschienen, um die Strudel grauen Wassers waberten. Überhaupt fehlten die Farben. Die Bäume waren schwarz, und sie hatten keine klar umrissene Form. Sie waren eher wie die Kreise in einem Teich, in den man einen Stein geworfen hatte, verzerrten das Grau um sich herum, das seinerseits Wellen warf wie Wasser auf seinem Weg ins Tal. Aber es floss nicht bergab, es quoll aus dem Berg heraus, strömte aus dem Boden und in die Luft hinein, verschwand in Felsen, kam wieder daraus hervor, wich den Bäumen aus. Bren hörte den Schrei einer Eule, erfasste auch sie. Oder erfasste sie eben nicht und konnte an dem Loch in seiner Wahrnehmung erkennen, wo sie flog. Die mit dem Tier wandernden Strudel waren intensiver als jene, die zwischen den Bäumen waberten.

Etwas anderes hatte große Festigkeit, eine nahezu strahlende Klarheit für ihn: Kirettas Haken, der sorgfältig in seiner Truhe verpackt auf dem Pferd verschnallt war. Obwohl das Behältnis, in dem er ruhte, zusätzlich in ein gewachstes Tuch eingeschlagen war, konnte Bren ihn klar erkennen. Das stählerne

Glied schwebte in dem Nebel wie eine Daune, die von einem unsichtbaren Spinnennetz gehalten wurde.

»Herr!«, drang von Ferne Attegos Stimme zu ihm. Der Mensch atmete heftig. »Was tut Ihr? Warum verwandelt Ihr Euch?«

Verwandeln? Was meinte der Dunkelrufer damit?

Verwirrt spürte Bren in sich hinein.

Er war hier, wie immer.

Nein. Nicht so wie immer.

Er spürte die Nachtluft nicht mehr auf seiner Haut.

Eigentlich spürte er überhaupt nichts mehr auf seiner Haut.

Auch der Zügel war ihm entglitten.

Es fühlte sich an, als zöge er sich zusammen, kehrte zurück, von wo auch immer.

Er sah Attego an, der ihn mit offenem Mund anstarrte. »Was ist geschehen?«

»Nebelform«, stammelte Attego. »So früh!« Er fiel auf die Knie.

»Ich habe mich in Nebel verwandelt?«

»Ihr wart dabei, Herr. Euer Kopf und die Hände waren in Auflösung begriffen.« Scheu sah er zu ihm auf. »Ihr seid viel zu jung dafür.«

Bren sah den Berg hinauf. »Das zu entscheiden liegt nicht an dir.« Wieder schloss er die Augen.

Die Eindrücke, die ihn erreichten, glichen am ehesten einem Tasten. Aber nicht so, als glitten seine Finger über einen Gegenstand, sondern wie das Gefühl von Regen auf nackter Haut – verteilte, schnelle Reize, die sich über den gesamten Körper legten. Er wusste, dass da draußen etwas war.

Nein.

Nicht etwas.

Vieles.

Eine Unzahl von Dingen, die er entdecken konnte. Jeder Ast, jeder Farn, jeder Fels. Eichhörnchen, die erstarrten, um der Aufmerksamkeit der Eule zu entgehen. Ein Fuchs, der am Bau einer Maus schnüffelte. Dieses Geschehen von Jagd und Flucht, in dem sich die Begegnung von Leben und Tod ankündigte, war für ihn leicht zu erspüren.

Noch deutlicher aber blieb Kirettas Haken. Er war so etwas wie ein Anker, an dem er seine Aufmerksamkeit festhalten konnte. Er war so deutlich, als sähe er ihn mit seinen körperlichen Augen.

Warum?

Weil er zu Kiretta gehörte, die ihm so viel bedeutete?

Aber Kiretta war dort draußen, irgendwo in den Bergen ...

Er spürte auch Attego, der offenbar noch immer kniete. Brens Wahrnehmung umfloss ihn, tastete über das Gesicht, die Wangen, die er auch in der Wildnis noch sorgfältig schabte, die kleine, freie Stelle am Nacken, zwischen Pelzmütze und Mantel, den er nun umfloss. Er merkte, dass Attego das Atmen Mühe machte, und Bren selbst fühlte die Atemzüge, als fasste jemand mit Zeigefinger und Daumen ein Stück Haut an seinem Arm und höbe es an. Nicht schmerzhaft, aber deutlich.

Ich bin Nebel, erkannte er. *Er atmet mich zu einem kleinen Teil ein, aber der Nebel, in den sich ein Schattenherr verwandelt, ist unteilbar. Aus ihm lösen sich keine Schwaden, also muss er sich mit der Luft begnügen, die es durch meine verteilte Substanz schafft.*

Einen Moment lang überlegte Bren, ob er sich so dicht um den Kopf des Dunkelrufers legen könnte, dass dieser erstickte. Er würde ihm nicht dabei zusehen können, aber die Vorstellung, dass sein Kopf unter einer Maske aus dichtem Nebel violett anliefe, er sich an die Kehle griffe, schließlich hintenüber sackte ... Diese Vorstellung war interessant.

Doch das war nicht Brens Anliegen. Er löste sich von Attego, dem Haken, den Pferden, seiner eigenen Kleidung, die kaum wahrzunehmen war, die er aber mit einiger Konzentration als auf dem Boden zusammengefallenen Haufen ausmachte, und breitete sich aus. In seiner Vorstellung verteilte sich der Nebel, der er selbst war, zwischen den Bäumen, kroch den Hang hinauf. Er umfloss einen Felsen, vereinigte sich hinter ihm wieder, erst dann löste er sich vor ihm auf. Wenn er auch weit zerfaserte, Nebelfinger über Dutzende Schritt aussandte, riss doch niemals die Verbindung ab. Als zusammenhängendes Gebilde kroch er hinauf, unbeeinflusst von Wind und Schneefall. Er allein bestimmte die Richtung. Und auch die Geschwindigkeit. Als er begriff, wie es ging, bewegte er sich mit der Schnelligkeit eines galoppierenden Pferdes.

Seine Wahrnehmung reichte noch viel weiter als das Gebiet, das er mit seiner Nebelform bedeckte. Wie ein Mensch Geräusche hören konnte, die Meilen von seinem Standort entfernt entstanden, nahm sein neuer Sinn Ereignisse in weiter Ferne wahr. Besonders auffällig blieb Kirettas Haken, den er noch spürte, als er Attego schon lange verloren hatte. Aber auch in der Wildnis gab es Dinge, die viel deutlicher waren als ihre Umgebung. Er wunderte sich über eine Quelle, die kristallklar aus einem Felsen brach. Sie war viel mehr als nur Wasser. Da war etwas in ihr, das lebte und fühlte und dachte und diesen Ort beschützte. Dieses Etwas stellte sich ihm entgegen. Bren konnte seine Verzweiflung spüren, es schien davon auszugehen, dass die Stärke des Schattenherrn um ein Vielfaches überlegen war. Und es schien ihn als eine Bedrohung für die ... Heiligkeit? ... der Quelle anzusehen.

Ja. Heiligkeit. Das war es. Hier, in der Wildnis, war die von den Göttern geschaffene Natur besonders stark. Möglich, dass es hier auch Geschöpfe gab, Geister, die von den Göttern gesandt waren. So wie eine Nymphe, die eine Quelle beseelte.

Da Bren keinen Grund hatte, den Kampf mit ihr zu suchen, zog er seine Nebelgestalt auseinander und vereinte sie erst weit hinter der Quelle wieder. Zur Beruhigung der Kreatur trug dies nicht bei, sie fühlte sich wahrscheinlich umzingelt, bis Bren sich bergab öffnete.

Es gab ähnliche Erscheinungen, wenn auch selten so stark wie an der Quelle. Immer fühlte Bren den Impuls, diese Verkörperungen göttergewollter Ordnung zu zerstören, und er war sicher, dass es diesen Wesenheiten umgekehrt ebenso erging. Dies war eine elementare Feindschaft, wie zwischen Magma und Eis. Am Ende konnte nur eine dieser Kräfte überdauern. Aber dieses Ende war noch weit entfernt, und Kiretta war nah.

Bren war nicht mehr wie ein Mann, der etwas suchte. Er war wie hundert Männer. Eine Kette, die den Berg hinaufschritt und nach einem Signalfeuer Ausschau hielt. Was man rechts in der Suchformation übersehen konnte, entdeckte man links, und alles schwenkte, wurde von dem Willen, der die Marschordnung lenkte, neu ausgerichtet. Einen Hang hinauf, über ein flaches Stück, senkrecht eine Felsflanke hinan, durch ein Dickicht aus Tannen, die so eng standen, dass sich ihre Zweige verflochten. Nichts konnte Brens Vordringen verlangsamen.

Dann spürte er das Nachtlager. Floss über einen Menschen, der aufrecht stand. Über ein Feuer, das er nur schwach spürte. Über einen weiteren Menschen, von dem eine gewaltige Kraft ausging, viel stärker noch als die der Quellnymphe. Über ein Tier. Zu Kiretta.

Er erkannte sie sofort. Sie lag bewegungslos auf dem Boden. Schlief sie? War sie verletzt? Oder gar tot?

Solange er Nebel war, konnte Bren nichts greifen und nur undeutlich sehen. Er musste in seine feste Gestalt zurückkehren. Nur so würde er erfahren, wie es um Kiretta stand. Nur so konnte er sie befreien!

Er sammelte die weit verstreuten Teile, all die Myriaden von feinsten Tröpfchen, die ihn ausmachten. Rief sie zusammen, von den Felsen, die sie netzten, von den Tannennadeln, aus dem Gras, dem Boden, aus der Luft herab. Er verdichtete sie, presste sie zusammen, zwang sie in die Form seines Körpers, zu einem Torso, einem Kopf, Armen, Beinen. Es ging so unendlich langsam, war viel schwieriger als der umgekehrte Vorgang.

Mit der Sicht seiner körperlichen Augen, noch getrübt durch einen hellen Schleier, kamen auch die Geräusche zurück, zunächst nur als Fetzen.

Das Rufen einer Frau. »…sicht! Er ist …tzen! Mit deinem Eisen wirst du ihn nicht …«

Ein Mann. »… den Rücken! Ihr müsst ent… …de Euch decken, so lange …«

Bren durfte sich nicht von diesen Eindrücken ablenken lassen! Er musste seinen Geist weiter konzentrieren, um seinen Körper zurück in die Festigkeit zu zwingen. Er tat es mit solcher Entschlossenheit, dass es schmerzte. Als er endlich die verkrampften Muskeln spürte, schrie er.

Mit seitlichen Schritten stellte sich der Mann so, dass er das mit beiden Händen gefasste Schwert auf seine Kehle ausrichten konnte.

Bren fasste an seine Schulter, aber der Griff des Morgensterns fehlte. Er war vollständig nackt, wenn auch nicht unbewaffnet. Seine Krallen glänzten im Schein des Feuers, das unter einem überhängenden Felsen brannte. Daneben setzte sich Kiretta auf. Sie schien zu schläfrig, um ihre Umgebung klar wahrzunehmen. Neben ihr stand eine alte Frau, so zierlich, dass die schwere Winterkleidung sie beinahe erdrückte. Das musste Nalaji sein.

»Du hältst ein Schwert der Garde«, sagte Bren zu dem Mann. »Dein Gesicht kommt mir bekannt vor. Ich sehe dich nicht zum ersten Mal.«

»Ich diene nicht länger den Schatten, Bren Stonner!«

Bren fühlte die Angst. Sie war wie eine Einladung zu einem Festmahl. Gerade recht, nach der Anstrengung der Suche.

»Jetzt weiß ich es wieder. Du bist einer meiner eigenen Gardisten!«

Die Schwertspitze zitterte.

»Du bist ihm nicht gewachsen, Ungrann!«, rief Nalaji. »Du kannst nicht gegen ihn kämpfen!«

»Aber wie wollen wir davonlaufen? Er ist …«

Kiretta war so schwach, dass es ihr nicht gelang, sich aufzurichten. Sie fiel zurück auf die Seite. Ihr Kopf schlug gegen einen Ast, der als Brennholz bereitlag.

Bren schrie auf. Wild griff er nach Ungranns Angst, riss daran die Essenz aus seiner Brust. Panik erfasste den Mann, als er spürte, wie Lebenskraft aus seinem Körper brach. Sie glitzerte in der Dunkelheit wie ein Strom aus tausend Sternen, deren Funkeln verlosch, als sie zu dem Osadro rasten wie fallende Kometen. Bren atmete einen kleinen Teil ein, der Rest diffundierte in der Nacht. Für Ungrann machte es keinen Unterschied. Er ächzte, während sich Falten in sein Gesicht gruben, als schlüge sie jemand mit einem Beil hinein, und sich das Fleisch von den Zähnen zurückzog.

Wahrscheinlich hätte Bren ihn auf diese Art töten können, aber das ging ihm nicht schnell genug. Er sprang vor, wischte das Schwert zur Seite und stieß die Krallen durch die Wollkleidung in den Unterleib seines Gegners. Er presste nach, bis die Finger ganz eingedrungen waren. Dann schloss er die Faust und riss sie wieder heraus.

Ungrann zuckte noch auf dem Boden sein Leben aus, als Bren schon auf Nalaji zuschritt.

»Ihr seid ein mächtiger Zerstörer, Schattenherr«, sagte die Alte, und nur ein leichtes Zittern verriet ihre Angst. Merkwürdigerweise konnte Bren dieses Gefühl nicht spüren. Die Gnade ihrer Göttin mochte sie schützen. »Aber wenn Ihr jetzt nicht innehaltet, werdet Ihr verlieren, was Ihr liebt.«

Bren zögerte. »Woher willst du wissen, was ich liebe?«

Hinter ihm gurgelte Ungrann ein letztes Mal Blut auf den Schnee.

»Wenn Ihr sie nicht liebtet, wärt Ihr nicht hier.« Sie sah ihm nicht ins Gesicht, sondern starrte die Narbe unter seiner Brust an. Dort hatte Schattenherzog Xenetor sein Herz entnommen. »Und diese Liebe ist wohl das Beste in Euch. Verratet sie nicht.«

Bren lachte auf. »Mehr hast du nicht zu bieten? Ich werde dich töten, etwas langsamer vielleicht, als ich es bei dem Verräter getan habe, und Kiretta mit mir nehmen.«

»In dem Moment, in dem Ihr mein Leben beendet, verdammt Ihr auch sie zum Tod.«

Er runzelte die Stirn. »Ich habe nie davon gehört, dass die Mondmutter Wunder des Todes wirken würde.«

»Das tut sie nicht. Aber seht sie an.«

Kiretta trug die Kleidung einer Magd, robust und unauffällig. Ihre roten Locken waren mit einem einfachen Lederband im Nacken zusammengebunden. Auf halber Länge schloss der rechte Unterarm mit einem Verband ab, der genauso kundig gebunden war, wie Bren es bei dem Verwundeten in Wetograd gesehen hatte. Das war die einzige körperliche Verletzung, die er erkennen konnte, aber ihre Benommenheit war nicht dadurch zu erklären, dass sie erschöpft oder plötzlich aus dem Schlaf aufgeschreckt sein mochte. Sitzend tastete sie um sich herum, ihr Blick fand keinen Fokus und das Gleichgewicht konnte sie kaum halten.

»Was ist mit ihrem Verstand?«, fragte er.

»Ihr liebt sie wirklich. Das Zittern in Eurer Stimme verrät Euch.« Nalaji gönnte sich ein Lächeln, was ihrem alten Gesicht, wie sich Bren widerwillig eingestand, mehr Schönheit verlieh als den mit Salben und Pudern herausgeputzten Zügen der meisten Hofdamen. »Die Mondmutter schadet keinem Menschen, das ist wahr. Aber ich bin nicht die Mondmutter. Als ich lernte, welche Kräuter die Heilung bringen, blieb mir auch nicht verborgen, welche den Verfall befördern. Ich habe sie vergiftet. Nicht so, dass ich es nicht rückgängig machen könnte. Es gehört sogar zu ihrer Behandlung. Ich muss ihr nur zur rechten Zeit, wenn das Gift die Reste des Wundfiebers in ihr getötet hat, das Gegenmittel geben. Ihr könnt vieles zerstören, Schattenherr, und Ihr könnt mich töten. Aber sie zu heilen, diese Kraft ist Euch nicht gegeben.«

»Dann nehme ich euch beide mit!«

Ihr Lächeln wurde breiter. »Seht mich an. Womit könntet Ihr mir drohen? Ich bin eine alte Frau, habe sieben Jahrzehnte gesehen. Was denkt Ihr, wie viel sind mir meine letzten zwei oder drei Jahre wert, einsam, ohne den Gemahl, den Ihr mir nahmt? Mehr als meine Freiheit?«

»Ich könnte dir ein Leben in Reichtum verschaffen. Du weißt, dass ein Osadro zu seinem Handel steht.«

»Wenn mich nach Reichtum gelüstete, hätte ich ein anderes Leben gewählt. Nein, Truhen von Gold können mich nicht verführen. Zu mir wird der Tod als ein Freund kommen. Ich werde mich nicht fürchten. Ich werde ihn lächelnd erwarten. Ich hoffe nur, dass ich noch einmal den Retadar sehe.« Etwas Verträumtes huschte über das alte Gesicht. »Einmal noch in Akene auf der Atredes-Brücke stehen und dem Gluckern der Wellen lauschen. Im Tempel der Mondmutter unter meinesgleichen sein, wenn ich ins Nebelland aufbreche.« Sie sah Bren in die Augen und zuckte mit den Schultern. »Ihr seht, ich habe nichts Großartiges mehr vor. Meine letzten Wünsche brauchen Freiheit, keine Münzen.«

Wieder kippte Kiretta auf ihre Seite.

Bren musste die zusammengepressten Zähne mit einer willentlichen Anstrengung lösen, bevor er fragte: »Wirst du sie heilen?«

»Ich bin eine Priesterin der Mondmutter. Ich würde mich versündigen, täte ich es nicht.«

»Schwöre bei den Monden, dass du sie heilen wirst, wenn ich dich ziehen lasse!«

Sie blickte zum Himmel. »Bei Silions silberner Gnade, bei Stygrons roter Kraft, bei Vejatas blauem Segen: Ich werde diese Frau heilen, wenn es in meiner Macht steht.« Sie sah ihn an. »Wenn dieser Osadro binnen sieben Herzschlägen verschwindet und mich ziehen lässt.«

Bren war zu aufgewühlt, um etwas zu entgegnen. Er machte einige schnelle Schritte zu Kiretta, nahm ihr Gesicht in die

Hände und küsste sie.»Ich liebe dich, und wir werden wieder zusammen sein.«

Unter Nalajis wachsamem Blick ließ er sie los, ging rückwärts, wandte sich schließlich um und schritt in das Dickicht. Hinter sich hörte er das Protestieren des Esels, als Nalaji ihm die Lasten aufbürdete.

Bren brauchte mehrere Versuche, um in seine Nebelform zurückzufinden. Deutlich spürte er Kiretta hinter sich und auch die blinde Stelle, die Nalaji umgab. Er konnte sich kaum davon lösen, aber in der anderen Richtung fand er schnell Kirettas Haken, auch wenn er weit entfernt war. Bei seiner Rückkehr verteilte er seine Nebelform nicht mehr so weit, sodass es leichter fiel, feste Gestalt anzunehmen, als er noch ein Dutzend Schritt von Attego entfernt war. Nackt schritt er auf seinen Begleiter zu.

Der Dunkelrufer warf sich auf den Boden. »Ihr habt Einzigartiges getan, Herr! Wenn ich Euch nicht selbst noch als Sterblichen erblickt hätte, ich müsste Euch für einen Schattengrafen halten!«

»Steh auf.«

»Wart Ihr siegreich?«

Bren betrachtete seine Rechte, aber das Blut des Abtrünnigen war nicht mehr daran. Alles, was nicht zum Körper eines Osadro gehörte, blieb bei der Verwandlung zurück. Nur unter den Krallen fand sich etwas Rot, wohl, weil sein Leib es an allen Seiten umschloss. »Nein.«

»Aber Ihr wisst, wo wir die Nichtswürdigen suchen müssen?«

»Wir kehren um und begeben uns in Widajas Feldlager.«

»Aber warum …?«

Bren starrte ihn an, was Attego abrupt verstummen ließ. »Es ist der Wille des SCHATTENKÖNIGS.«

»Nein! Ihr müsst die Leinen vollständig lösen!«, schrie Kiretta über die Brise, in der sich die *Südwinds Braut* bedenklich auf die Seite legte.

Nalaji klammerte sich am hinteren Mast fest. Die Segel waren eingeholt worden, sodass nichts ihren Blick auf die grauen Wolken verstellte. Irgendwo darüber mussten Vejata und Silion über den Taghimmel wandern. Am Morgen hatte Nalaji die Kraft der Monde genutzt, um die Seekrankheit der einfachen Leute und das wunde Zahnfleisch des Kapitäns zu heilen.

Mit Kirettas Genesung dagegen hatte die Kraft der Mondmutter wenig zu tun. Natürlich hatte Nalaji weiterhin den Segen auf die Piratin herabgerufen. Seit sie an Bord waren, hatte sie auch den Heiltrunk abgesetzt, der die Sinne vernebelte. Der größte Effekt kam aber wohl vom Meer selbst. Kiretta schien für das Leben auf den Planken geboren. Obwohl ihr eine Hand fehlte, bewegte sie sich selbst bei diesem Seegang sicher auf dem schwankenden Deck. Wind, Wellen und ein unverstellter Horizont weckten ihre Lebensgeister. Sie konnte sogar so gewinnend sein, dass Nalaji ihr Münzen gegeben hatte, mit denen sie einigen Flüchtlingen überzählige Kleidung abgekauft hatte. Jetzt trug sie kniehohe Stiefel, die unter einem blauen, weit fallenden Rock verschwanden. Eine Lederweste lag über einer bauschigen, weißen Bluse. Die in den breiten Gürtel eingearbeitete Messerscheide blieb allerdings leer.

»Legt die Seile ordentlich ab!«, wies Kiretta die Seeleute an, die ein weiteres Beiboot zu Wasser lassen wollten. Offenbar reichte die Fachkunde, die sie ausstrahlte, aus, damit man ihr gehorchte.

Auch Nalaji hatte ihre Kleidung gewechselt. Was sie in den Bergen getragen hatte, war nur noch für ein Feuer gut gewesen. Die sauberen Binden ihrer Toga flatterten jetzt um sie herum. Auch ihr Haarknoten löste sich, die ersten Strähnen tanzten bereits vor ihren Augen.

»Haltet euch bereit!«, schrie Kiretta. Das Schiff legte sich auf die Seite, an der die Bootsmannschaft stand. Kiretta wartete, bis es beinahe den weitesten Punkt der Pendelbewegung erreicht hatte. »Jetzt! Ablassen!«

Die Seeleute ließen die Taue schießen. Das Beiboot fiel hinter die Reling, sodass Nalaji es nicht mehr sehen konnte. Da die Matrosen sich auf die Schultern schlugen, schien es wohlbehalten auf den Wellen angekommen zu sein. Man warf ein weitmaschiges Netz über die Reling. Die Seeleute benutzten es, um hinunterzuklettern.

Die Entfernung zu dem längsseits liegenden Schiff, der *Blauen Welle*, konnte Nalaji kaum schätzen. Die bewegte See, der Regen und das Fehlen von Vergleichspunkten erschwerten die Orientierung. Jedenfalls hatte das andere Beiboot, voll mit Flüchtlingen beladen, sein Ziel beinahe erreicht. Männer, Frauen, Kinder, sogar zwei Kälber drängten sich dort. Offenbar hatte man Schwierigkeiten, an den Riemen den Takt zu halten.

Kiretta eilte einem Matrosen zu Hilfe, der versuchte, eine über das Deck schlitternde Kiste einzufangen. Sie kamen gerade rechtzeitig, um zu verhindern, dass sie in eine Gruppe Flüchtlinge krachte.

Als Nalaji ihre Aufmerksamkeit wieder dem Beiboot zuwandte, stockte ihr der Atem. Eine Welle rollte zwischen den Schiffen hindurch, hob das Boot an und schmetterte es gegen die Bordwand der *Blauen Welle*. Die Brise übertönte das Splittern des Holzes ebenso wie die Schreie der Menschen. Mehrere fielen ins Wasser.

Nalaji hastete zur Reling. Beinahe wäre sie auf den schwankenden Bohlen gefallen, aber eine wettergegerbte Hand hielt sie. »Immer mit der Ruhe, altes Mädchen!« Aus einem faltigen Gesicht unter einem Dreispitz schlug ihr der Geruch von Rum entgegen.

»Wir müssen ihnen helfen!«

Als der Mann aus vollem Hals lachte, wurde der Atem so heftig, dass Nalaji die Luft anhielt. »Erste Seemannsregel: Immer die Ruhe bewahren, auch wenn Myratis bockt wie eine Hure, die merkt, dass du sie mit bemaltem Blech bezahlt hast! Wir können ihnen nicht helfen. Aber die Kameraden auf der *Blauen Welle* haben gesehen, was passiert ist.«

Obwohl auch der Seemann den Herbst seines Lebens erreicht hatte, bot er Nalaji festen Halt auf dem letzten Stück zur Reling. Die Leute machten der Heilerin Platz, sodass sie sehen konnte, wie man vom anderen Schiff Taue ins Wasser warf. Das Beiboot war zwar zerdrückt, schwamm aber noch. Man warf die Kälber in die Wellen, um das Gewicht zu reduzieren. Strampelnd gingen die Tiere unter. Die Menschen dagegen blieben bemerkenswert ruhig. Sie folgten den Anweisungen der Seeleute, um ihr Boot an dem Schiff zu vertäuen und einer nach dem anderen an Bord zu klettern. Fast alle im Wasser Schwimmenden erreichten die Rettungsseile, die letzten beiden wurden von dem zweiten Beiboot herausgefischt.

»Diese ganze Aktion ist Wahnsinn!«, knirschte Nalaji. »Warum müssen wir die Passagiere umladen?«

»Weil die Flüchtlinge nach Süden müssen, und die *Südwinds Braut* muss nach Osten.«

»Und warum können sie nicht mitkommen nach Osten?«

»Dort wäre niemand sicher«, behauptete der Mann.

Sie musterte ihn genauer. Er hatte rissige Lippen und gelbe, unterlaufene Augen. »Du bist ein Trinker.«

Er lachte, was einen weiteren Schwall Alkoholdunst in Nalajis Nase blies. »Man braucht ordentlich Seegang, um der Herrin der Wellen nahe zu kommen!«

Blinzelnd wandte sich Nalaji ab. Sie sah zu, wie man das nun leere, angeschlagene Boot an Bord der *Blauen Welle* zog. »Wie heißt du?«, fragte sie.

»Jicke. Einfach Jicke. Das reicht.«

»Gut, Jicke. Was weißt du über unser Ziel?« Der Kapitän hatte immer wieder die Wichtigkeit ihrer Mission beteuert, sich aber ansonsten ausgeschwiegen.

»Etwas Geduld noch. Ich will ohnehin mit Euch darüber sprechen.«

Die Passagiere des zweiten Boots kletterten jetzt auf das andere Schiff. Über ihnen an der Reling standen einige Männer, die sich Bänder um die Schultern geschlungen hatten, sodass sie sich vor der Brust kreuzten. Nalaji erkannte die Ritualkleidung.

»Otas-Trommler!«, rief Nalaji. »Sollen die etwa auf unser Schiff?

»Auch sie sind Teil des Bündnisses. Sie sind Göttertreue.«

Nalaji schnaubte. »Otas ist ein Spötter! Seine Diener verhöhnen jedes Königtum.«

»Sie tun noch Schlimmeres. Ihre Trommeln beschwören Winde herauf, die Schiffe auf die Klippen ihrer Inseln drücken.«

»Ihnen ist nicht zu trauen.«

»Wem ist schon zu trauen?« Etwas Verschwörerisches lag in Jickes Stimme.

Als der letzte Flüchtling das Boot verlassen hatte, kletterten die Trommler herab.

»Kiretta sollte auch gehen«, meinte Jicke.

Nalaji starrte ihn an. »Du kennst sie?« Eigentlich hätte sie das nicht wundern sollen. Sie hatte Kiretta volle Bewegungsfreiheit an Bord gewährt. Wahrscheinlich hatte sie inzwischen mit jedem auf der *Südwinds Braut* gesprochen. Wenn auch nicht immer freundschaftlich. Ihre Raubzüge mussten einigen der Seeleute in die Quere gekommen sein.

»Sicher. In Flutatem kennt jeder die beste Navigatorin auf dem Meer der Erinnerung.«

»Du stammst auch aus dem Piratennest?« Das konnte alles verändern! Was, wenn Kiretta hier echte Freunde hatte? Ohne Ungrann war Nalaji der Möglichkeit beraubt, Kiretta mit Gewalt festzuhalten. Vor allem, wenn Bewaffnete ihr zu Hilfe kämen. Sicher, Nalajis Heilkunst mochte ihr einige verpflichtet haben, aber die meisten davon wechselten jetzt auf die *Blaue Welle*. Wie viel wöge die Dankbarkeit des Kapitäns dafür, dass sie ihm die Zähne gerettet hatte? Er machte einen ehrbaren Eindruck, aber er war auch ein Raubein. Vielleicht war die Verbundenheit unter Seefahrern größer als der Respekt vor einer Priesterin. Nalaji bekam starke Zweifel daran, ob es richtig gewesen war, Kirettas Rauschkräuter abzusetzen. Als Heilerin durfte sie Kiretta nicht ständig in einem Delirium halten, das auf Dauer den Verstand zersetzte. Aber auch die Mondmutter hätte nicht von Nalaji verlangt, sich selbst in Gefahr zu begeben.

»Nun schaut nicht so entsetzt!«, bat Jicke. »Wir sind einander ähnlicher, als Ihr denkt. Auch in Flutatem braucht man Priester. Ich stehe dem dortigen Myratis-Tempel vor.«

Sie schluckte. »Dann vergebt mir meine unangemessen vertrauliche Anrede.«

Er lachte. »Ich sagte doch: Jicke reicht. Einfach Jicke.«

Sie fasste seinen Unterarm. »Verratet mir endlich, worum es hier geht!«

»Geduld!«, lachte er.

»Treibt nur weiter Eure Scherze. Ich kann Euch beim Lachen keine Gesellschaft leisten.«

Er versuchte den Arm um ihre Schultern zu legen. Sie entzog sich ihm.

»Warum so spröde, altes Mädchen?«

»Ich habe siebzig Jahre gesehen!«

Er grinste. »Dafür habt Ihr Euch aber gut gehalten.«

Sie schloss die Augen. Warum nur war Narron gestorben? Sie hätte darauf bestehen sollen, Orgait früher zu verlassen. Als auch Keliator gegangen war. Dann hätte Narron diesen unangenehmen Kerl zurechtgewiesen.

Aber Narron war nicht hier. Er war tot. Die Tränen, die in ihre Augen stiegen, waren nicht allein der Wut geschuldet.

»Ich bin nicht Euer Mädchen. Wenn Ihr mir nicht die Antwort gebt, die ich verdiene, werde ich Kiretta nehmen und zur *Blauen Welle* übersetzen.«

Der Schalk wich aus Jickes Augen. »Na gut. Gehen wir in die Kapitänskajüte.«

»Müssen wir dazu nicht um Erlaubnis fragen?«

Er tat ihre Frage mit einem Schnauben ab und ging voran. Sie sah zu Kiretta hinüber. Diese schien mit dem Entwirren von Tauwerk beschäftigt. Zur Sicherheit bat Nalaji einen Bauern, den sie von seinen Hühneraugen kuriert hatte und der ganz hinten in der Reihe für den Transfer stand, sie sofort rufen zu lassen, sollte ihre Gefangene Anstalten machen, zur *Blauen Welle* überzusetzen.

Wieder wäre sie beinahe auf den schwankenden Schiffsboden gefallen, als sie Jicke folgte, aber sie gönnte ihm die Genugtuung nicht, die er sicherlich verspürt hätte, wenn sie um Hilfe gebeten hätte. Sie seufzte erlöst, als sie sich endlich auf den Sessel des Kapitäns fallen lassen konnte. Jicke begnügte sich mit einem Schemel.

»Wozu also Otas-Trommler?« Sie hätte gern mehr Strenge in ihre Stimme gelegt.

»Weil wir sie brauchen. Wir brauchen jede Hilfe, die wir kriegen können, um dieses Schiff über das Meer zu bringen.«

Sie ahnte, dass er nicht die *Südwinds Traum* meinte. »Ich weiß, dass alle Menschen gegen die Schatten stehen. Aber fahren wir dafür nicht in die falsche Richtung? Was wollen wir im Osten, wenn die Heere westlich der Wetterberge aufeinanderprallen werden?«

Jicke leckte die rissigen Lippen. »Alle Menschen stehen gegen die Schatten? So einfach ist das nicht. Auch das Heer der Ondrier besteht aus Menschen.«

»Bedauernswerte und Fehlgeleitete«, behauptete Nalaji, bevor sie darüber nachdachte. So stark waren die Lehren ihrer Jugend in ihr, dass sie die Menschen noch immer entschuldigte. Aber in Ondrien hatte sie es besser gelernt. »Hassende. Und Grausame.« Wer im Imperium der Schatten aufwuchs, der lernte, dass die Finsternis der Seele belohnt, Mitleid und Güte aber bestraft wurden. Der Kult hatte Jahrtausende Erfahrung, Menschen zum Bösen zu erziehen. Und doch ließ sich nicht leugnen, dass die Finsternis in jedem Herzen eine Heimat hatte. Wie viel Bosheit kam von außen, wie viel von innen?

Oft hatte sie mit Narron darüber gestritten. Doch nun war er ihr genommen worden, von eben jenen Menschen, die sie ständig entschuldigte.

»Die Feinde der ondrischen Krieger sind unsere Freunde«, fuhr Jicke vorsichtig fort. »Stimmt Ihr zu?«

»Sicher.«

Er holte eine Flasche Rum, entkorkte sie, während er sich setzte, und nahm einen tiefen Schluck. »Ich nehme an, Ihr wollt nichts?« Halbherzig hielt er ihr den Trunk hin.

Sie winkte ab.

»Wir fahren nach Osten. Zu den Feinden unserer Feinde.«

»Und die sind im Osten?«, zweifelte Nalaji. »Da endet die Welt. Oder wollt Ihr den Bug nach Südosten wenden, zu den Landen, die vom Seelennebel frei sind?« Dort gab es einige Enklaven von Festland. Wie die Inseln waren auch sie Handelspartner für die Küstenstädte.

»Nein. Wir fahren nach Ejabon.«

»Davon habe ich noch nie gehört.«

»Färbt man bei Euch keine Stoffe? Ejabon ist eine kleine Insel. Von dort kommt guter Alaun.«

Fragend sah sie ihn an.

»*Ejabon.*« Seine gelben Augen weiteten sich, als wolle er sie damit verschlingen. »Ejabon-vor-dem-Nebel.« Er hielt seinen Hut fest, als er den Kopf in den Nacken legte, um noch einen Schluck zu nehmen.

»Ejabon-vor-dem-...« Nalaji sprang auf, wurde aber durch das Schwanken des Schiffs wieder in den Sitz geworfen. »Das kann nicht Euer Ernst sein! Es sind die Feinde der Götter! Auch die Feinde Eurer Göttin!«

»Eher Rebellen als Feinde.« Noch ein Schluck. »Manchmal löschen zwei Wellen, die aufeinander zulaufen, einander aus.«
»Ihr sprecht vom Seelennebel!«
»Von den uralten Geistern der Fayé, die darin gefangen sind.«
»Da mache ich nicht mit! Diese Fayé wurden von den Göttern zurückgewiesen! Sie sind verflucht!«
»Na gut!«, brüllte Jicke heftig. »Dann halten wir unser Gewissen rein und lassen die Welt in die Schatten fallen!«
Nalaji presste die Hände um die Lehnen des Sessels. Ihre Zähne knirschten.
Jicke verweigerte ihr den Gefallen, weiterzusprechen. Stattdessen nahm er ab und zu einen Schluck, behielt sie aber im Auge.
»Wie sollen sie uns nützen?«
Er erklärte es ihr. Und trank weiter. Als die Flasche leer war, entkorkte er eine zweite.
Nalaji fühlte sich allein wie selten zuvor. Narron fehlte ihr so sehr! Sie hoffte, dass Jicke ihre Tränen im Dämmerlicht der Kajüte nicht sah. Was hätte Narron ihr geraten? Er hatte dafür gelebt, die Heimat zu schützen und einen Weg zu finden, den Schatten zu schaden. Jetzt, da die Fayé den Nachtschattenwald verließen, bot sich eine einmalige Gelegenheit.
Würde Nalaji damit leben können, wenn sie nicht geholfen hätte, einen weiteren Stein in die Waagschale gegen Ondrien zu legen?
Was, wenn das Schwarze Heer nach Süden vorrückte, Ilyjia verwüstete? Keine noch so überwältigende Übermacht könnte Keliator davon abhalten, sich Ondriens Kriegern entgegenzustellen. Er hatte gesehen, was sie unterworfenen Menschen antaten.
Nalajis Herz fühlte sich an, als dränge ein Schwert hindurch, als sie sich vorstellte, wie jemand Keliators toten Leib auf ihren Schoß bettete.

Nicht mein Sohn. Nicht auch noch mein Sohn ...

»Gibt es wirklich keinen anderen Weg? Die Götter werden uns zürnen.«

»Vielleicht müssen wir damit leben, dass sie uns zürnen, wenn das die einzige Möglichkeit ist, ihren Willen zu tun. Wer soll ihnen Gaben darbringen, wenn ihre Tempel geschleift werden? Wer soll ihr Lob singen, wenn die Kleriker des Kults die Seelen brechen?«

»Sind wir denn sicher, dass es ihr Wille ist?«

»Unser Ritual?« Er zuckte mit den Schultern. »Nein. Nichts ist gewiss in dieser seltsamen Zeit. Aber dass die Schattenherren eine Blasphemie sind, dass die Welt den Menschen versprochen wurde und nicht den Magiern, die sich Unsterblichkeit anmaßen, das steht in allen heiligen Schriften.«

»Ich habe mit dem Wind nichts zu schaffen«, murmelte Nalaji so schwach, dass Jicke sie bat, ihre Worte zu wiederholen.

»Nicht mit dem Wind, aber mit dem Schutz. Ihr seid eine unserer erfahrensten Priesterinnen, und die einzige der Mondmutter dazu. Wenn Ihr uns schützt, können sich mehr Trommler um den Sturm kümmern.«

Nalaji wusste, dass Untätigkeit oft die größte Sünde war. Und dass sie Keliator schützen musste, auch wenn er tausend Meilen entfernt war.

Niemand war von Brens Ankunft in Zorwogrod überrascht. Attego hatte ihm berichtet, dass Kundschafter sie tagsüber in der Kate aufgespürt hatten, die offenbar einem Köhler gehörte, der sie aber verlassen hatte. Ihr Keller hatte Bren vor den quälenden Sonnenstrahlen geschützt.

Sie passierten drei Wachkreise, bevor sie am Nordosttor ankamen. Das Heer hatte mit Zelten und behelfsmäßigen Hütten seine eigene Stadt geschaffen, deren Grundfläche viel größer war als Widajas Regierungssitz. Dennoch blieb der Palast der Schattenherzogin so imposant, dass sein Anblick alle anderen Eindrücke verdrängte.

»Bei Tag lastet sein Schatten auf allen Häusern. Die Stadtmauer darf nicht weiter gezogen werden, als seine Dunkelheit zwei Stunden vor dem höchsten Sonnenstand reicht, und einige Häuser gibt er bis zum Einbruch der Nacht nicht mehr frei. Die Hügel im Westen schlucken die Helligkeit, bevor sie diese Gebäude erreichen könnte.«

»Ist das dort hinten der Tempel des Kults?«

»Zwei Jahre lang wurde ich dort ausgebildet.«

»Ihn trifft das Licht also nie.«

»Es gilt als große Ehre, ein Haus zu besitzen, auf dem beständig der Schatten der Herzogin ruht.«

Es muss kalt und feucht dort sein. An der Ostseite schloss die Stadt an einer fünfzig Schritt hohen Steilwand ab, von der aus ein Überhang etwa doppelt so weit über die Stadt hinausragte, wie ein Dach, das nur an einer Seite gestützt wurde. Der Tempel presste sich an den Steilhang. Er wies die für klerikale Gebäude übliche Vielzahl an Vorsprüngen und herausragenden Zacken auf. Für gewöhnlich sollten sie Schatten werfen. In Zorwogrod würde ihnen diese Aufgabe schwerfallen, da kein Licht sie erreichte.

Bren verspürte eine Art von Erschöpfung, die ihm zuvor fremd gewesen war. Sein Geist war scharf, er bemerkte die gespannte Erwartung der Krieger, die zur Wache eingeteilt waren, ebenso wie die Nervosität der wenigen Bürger, denen sie zu dieser späten Stunde kurz nach Mitternacht begegneten. Auch sein Körper folgte den Befehlen seines Geistes ohne Widerspruch. Die Eskorte, die sie zum Palast brachte, zeigte keine Ungeduld, also bemerkte sie wohl nichts Auffälliges. Dennoch fühlte sich Bren erschöpft. Nein, eher … taub. Wie jemand, der einen lauten Knall gehört hatte und dem danach für eine Weile leise Geräusche entgingen. Es betraf weder

Augen noch Ohren, sondern jenen Sinn, den Bren gerade erst entdeckte und entwickelte. Wenn er zu den Monden aufsah, spürte er ihre Kraft ebenso wenig wie die Astralströme, die sie zweifellos ab und zu auf ihrem Weg kreuzten. Hatte er sein magisches Talent überfordert? War es nur eine vorübergehende Erschöpfung, von der er sich nach einiger Zeit erholen würde? Er hätte Attego danach fragen können, aber der machte einen ratlosen Eindruck. Der Dunkelrufer hatte sich noch nicht von der Überraschung über das erholt, dessen Zeuge er geworden war.

Flaschenzüge waren die einzige Möglichkeit, von der Stadt in den Palast der Schattenherzogin zu gelangen. Vielleicht gab es vom Gebirge aus einen weiteren Zugang. Bren hätte zumindest einen Fluchtweg dort oben angelegt, damit die Residenz nicht ausgehungert werden könnte. Eine Dame von Widajas Rang unterhielt einen großen Hofstaat, der versorgt werden musste. Auch jetzt waren sieben Gondeln auf dem Weg nach oben. Attego und Bren gaben die Pferde einem Burschen, stiegen in eine achte und betätigten das Signalseil. Sofort ruckte die glockenförmige Konstruktion an.

Während sie hinaufgezogen wurden, fiel Bren die gute Übersicht auf. Sollte es eine Schlacht um Zorwogrod geben, hätte man als Feldherr vom Palast aus mehr Informationen zur Verfügung, als er selbst sie jemals gehabt hatte. *Ich bin auch ohnedies siegreich gewesen.* Dennoch, oft hatte er sich gewünscht, genau zu wissen, wo die verschiedenen Truppenteile standen. Die Nacht setzte auch seinen Augen Grenzen, aber trotzdem konnte er die Lager sehen, die sich jenseits der Stadtmauer erstreckten. Die aus Ästen gefertigten Hütten der Barbaren aus Bron, die sie an der Peripherie passiert hatten, danach die Haufen der Pikeniere und Speerträger, die Geschützmannschaften beinahe ganz innen. Ihr Gerät war noch zerlegt, sie würden die Katapulte, Rammen und Türme erst zusammensetzen, wenn ihr Einsatz befohlen würde. Allein die kleinen Ballisten für den

Gebrauch in Feldschlachten waren einsatzbereit. Das Licht einiger Lagerfeuer beschien doppelt mannshohe Strohballen, an denen bei Tageslicht Zielübungen durchgeführt wurden.

Ein merkwürdiges Stöhnen drang an Brens Ohren. Zuerst glaubte er, es rühre von der Anstrengung jener, die an den Winden Dienst taten, aber als sich ein Schmerzensschrei hineinmischte, verwarf er diesen Gedanken.

Hauptmann Boldrik erwartete sie in dem Raum, in den sie durch ein rundes Loch im Boden gezogen wurden. Man schob eine Platte darüber und schwenkte den Haltearm der Gondel zur Seite, um sie dann abzusetzen. Boldrik kniete nieder, als Bren den Sicherungsbolzen löste und die Tür öffnete.

»Euer Bote sagte mir, Ihr habt nach mir verlangt, Herr.« An Boldriks Tonfall war nicht zu hören, ob ihm das angenehm war. Es war Bren auch gleich. »Weil ich weiß, dass du mir keinen Unsinn erzählen wirst, wenn ich dich nach der Lage frage.«

»Wenn Ihr Offenheit wünscht, werde ich sie Euch geben.«

»Ich wünsche. Erhebe dich. Wartet man schon auf uns?«

»General Bretton ist im Süden beim Heer. Schattenherzogin Widaja schläft, wir rechnen nicht damit, dass sie heute Nacht noch erwacht.«

Der Fluch des Alters, dachte Bren.

»Ich schlage vor, dass wir uns dennoch in Räumlichkeiten begeben, in denen wir uns angenehmer unterhalten können.«

»Das soll mir recht sein«, sagte Bren und bemerkte den erlösten Ausdruck auf Attegos Gesicht. Wahrscheinlich übertraf dieser wenige Tage lange Ausflug in die Wildnis alle Anstrengungen, die er bisher auf sich genommen hatte. Kleriker stählten ihren Geist, nicht ihren Körper.

Das Stöhnen begleitete sie auf dem Weg durch den Palast. Bren unterschied wenigstens ein Dutzend Stimmen, hörte aber keine Schmerzensschreie mehr. Boldrik führte sie in einen Raum in einem vielzackigen Turm oben auf dem Felsen. Auf drei Seiten erlaubten Fenster einen Blick in die Ferne. Im Zentrum stand ein ovaler Tisch, auf dem zwei schwarze Kerzen mit niedriger Flamme brannten. Dieses Licht reichte aus, um Brens Augen alle Einzelheiten der Einrichtung zu enthüllen, von den geschnitzten Lehnen der Sessel über die in einem verwirrenden Muster gefügte Steindecke bis zu den Wappen zwischen den Fenstern, allesamt ondrisch, schwarz, die Motive mit umlaufenden grauen Linien dargestellt. Jedenfalls war das der Stil aller ondrischer Wappen gewesen, bevor Bren die blaue Wappenzeichnung auf der Urkunde gesehen hatte, mit der GERG ihn zum Herrn über Guardaja gemacht hatte.

Attego war anzusehen, dass er sich gern gesetzt hätte, aber natürlich war das undenkbar, solange der Osadro stand. *Warten wir noch ein wenig mit den Annehmlichkeiten,* entschied Bren. »Wo stehen die Fayé?«

»Unbekannt«, meldete Boldrik. »Sie stoßen immer wieder vor, ziehen sich dann aber sofort zurück, bieten keine Front.«

»Die letzten Schlachten, an denen sich Fayé beteiligt haben, fanden im Silberkrieg statt«, sagte Bren. »Damals haben sie sich den Nachtschattenwald geholt. Sie haben alle getötet, die sich hineintrauten und keine Nebel in den Augen hatten.«

»Diesmal brennen sie gern Dörfer nieder. Manche von denen sind schon von den Menschen verlassen. Viele ziehen über die Wetterberge, die anderen nach Norden und Westen.«

»Habt ihr von den Flotten auf dem Meer der Erinnerung gehört? Uns hat man in Wetograd davon berichtet.«

»Wir wissen davon, aber der Sinn ist uns unklar. Sie landen keine Truppen an, aber für Kundschafter sind sie zu viele und die meisten Schiffe sind zu groß. Die Flüchtigen, die wir abgefangen haben, berichten von Predigern oder Herolden, die in ihre Dörfer gekommen sind und sie beschworen haben, nach Osten zu gehen. Dort brächte man sie in Sicherheit.«

Bren runzelte die Stirn. »Was ist das für ein Stöhnen? Ich höre es schon die ganze Zeit.«

»Gefolterte Fayé«, antwortete Boldrik lakonisch.

Natürlich, mittlerweile musste es Kriegsgefangene geben.
»Was haben sie über die Pläne König Ilions verraten?«
»Nichts. Man hat sie nicht gefragt. Man nennt Widaja den Tod der Unsterblichen. Sie spricht nicht mit ihnen, sie erfreut sich an den Lauten ihrer Qual.«
»Aber heute Nacht schläft sie doch.«
»Möge es ihre Träume versüßen«, sagte Boldrik mit Resignation in seiner Stimme. »Wisst Ihr, man kann Unsterbliche viel ausgiebiger foltern als …«

Es klopfte. Beinahe gleichzeitig wurde die Tür geöffnet. Bren erkannte die bleiche Frau mit dem von einem Kinderschädel gezierten Zeremonialstab sofort. »Nachtsucherin Jittara«, begrüßte er sie mit einem Nicken.

Sie kniete nieder.

»Setz dich«, sagte er und nahm nun auch selbst Platz, was für Attego willkommener Anlass war, ebenfalls von den strapazierten Beinen zu kommen.

»Widaja würde Euch sicher empfangen, wenn …«, begann Jittara.

Bren winkte ab. »Ich wusste nicht, dass du hier bist. Wirst du in Orgait nicht mehr gebraucht?«

»In Orgait hat sich einiges getan. Ghoulmeister Monjohr ist tot.« Sie fixierte Attego. Monjohr war wohl eine Figur in dem Intrigenspiel gewesen, das sich innerhalb des Kults großer Beliebtheit erfreute, und nun war diese Figur geschlagen worden. Jittara bestätigte Brens Vermutung. »Man munkelt, er habe von Dingen gewusst, die den falschen Leuten gefährlich wurden.«

Attego schlug die Augen nieder. »Wenn Ihr es sagt, Nachtsucherin.« Seiner Stimme fehlte jede Betonung. Der Kult lehrte, Gefühle zu verbergen. Wenige Dinge waren tödlicher als Gefühle.

Boldrik räusperte sich. »Kann ich gehen?«, fragte er.

»Ich will dich nicht von deinen Aufgaben abhalten«, bestätigte Bren. Es waren Dinge, denen er sich jetzt auch gern gewidmet hätte. Truppen inspizieren, Befehle ausarbeiten, Strategien überprüfen. Aber Jittara war nützlich, wie er widerwillig eingestand. Vielleicht konnte sie ihm mehr über die Nebelform sagen und wie er künftig die Erschöpfung vermeiden könnte, die ihm jetzt ein Gefühl der Hilflosigkeit aufzwang.

»Lasst die Tür auf!«, rief Jittara Boldrik nach. Sie sah Bren in die Augen. »Ich habe ein Geschenk für Euch, damit Ihr wisst, dass ich Euch stets zu gefallen suche.« Zweimal klatschte sie in die Hände.

»Eine weitere Lustsklavin?«, fragte Bren und versuchte, gelangweilt zu klingen, als eine Frau den Raum betrat und sich sogleich zu Boden warf. Aber sie war nicht in durchsichtige Schleier gehüllt wie Quinné in Orgait, sondern in eine schwarze Robe, wie sie im Kult üblich war. Da sie auf dem Bauch lag, die Hände ehrerbietig unter die Stirn gelegt, konnte Bren ihre Rangabzeichen nicht erkennen.

»Wenn Ihr sie als Gespielin wollt, dann soll es so sein, aber ein solcher Wunsch würde mich überraschen.« Jittara stieß ihr den Stab in die Seite. »Sieh ihn an!«

Die Frau war gut sechzig Jahre alt. Ihr Gesicht kam Bren vage bekannt vor.

»Ich bin Ehla«, brachte sie mit zittriger Stimme vor, während sie sich in eine kniende Position erhob. »Ich war Eure Mutter, als Ihr noch ein Mensch wart.«

Bren schluckte, was ein trockenes Reiben in seinem Hals erzeugte. Solche Regungen befielen Osadroi nur, wenn sie sich aus irgendeinem Grund an ihr sterbliches Leben erinnerten. *Wie etwa, wenn die Frau vor mir auftaucht, die mich mit Freuden verstieß, als der Kult von ihr verlangte, dass sie sich von ihrem einzigen Kind trennen solle, auf dass nichts sie auf ihrem Weg in die Schatten zurückhalte.* Jittara hatte ihm tatsächlich einmal angeboten, seine Mutter ausfindig zu machen, als sie erfahren hatte, wie sehr sie seine Einstellung zum Kult geprägt hatte.

»Du *warst* meine Mutter, sagst du? Was bist du dann jetzt?«

»Die Schatten haben Euch neu geschaffen«, sagte sie so andächtig, dass sie schwankte, als wiege sie sich in einem Choral. »Sie haben fortgenommen, was schwach an Euch war. Ich habe die Larve geboren, aus der nun ein Nachtfalter geschlüpft ist.« Tränen glänzten in ihren Augen.

»So nennst du das? Du hast mich fortgeschickt, gerade als in mir das Verstehen erwachte, dass es mehr Menschen in der Welt gibt als die Kinder, mit denen ich spielte, und dass sich jenseits der Stadtmauern eine Weite erstreckte, die man nicht an einem Tag durchwandern konnte.«

Sie versuchte, die Feuchtigkeit fortzuwischen, aber die Tränen kamen zu schnell nach. »Der Kult machte mir klar, dass ich mich entscheiden musste.«

»Zwischen mir und der Möglichkeit, eine Dunkelruferin zu werden?«

»Ja. Zwischen meiner schwächlichen Anhänglichkeit, einer Zuneigung, die eher einem Tier anstand als einem Menschen, der sich in der Gewalt hat, und auf der anderen Seite der unendlichen Macht der Schatten, die sich jenen auftut, die die Fesseln des Gewissens zu sprengen vermögen.«

Bren schnaubte. »Auch außerhalb des Kults kann man es zu etwas bringen.«

»Zweifelt nicht, dass ich mit Stolz verfolgte, was Ihr erreicht habt! Ein siegreicher Krieger, von dessen Geschick mit der Waffe man voller Anerkennung sprach. Ein Offizier. Der General der westlichen Dunkelheit. Und jetzt ...« Ihre Stimme versagte, sie drückte die Stirn auf den Boden.

»Ich war bei Vater, als er zu einem sabbernden Idioten wurde.« Er starrte die Frau an, die ihn geboren hatte. Er wartete. Attego lehnte sich zurück und verschränkte die Arme, Jittaras Hand öffnete und schloss sich um ihren Stab. »Dazu hast du gar nichts zu sagen?«, fragte Bren schließlich.

»Niemand hat Euch befohlen, bei ihm auszuharren, als er schwach wurde.«

»Er war dein Gemahl. Mein Vater.«

Sie richtete sich wieder auf. »Die Schatten fallen oft unerwartet. Ich bin froh, dass Ihr am Ende seine Schwäche überwunden habt.«

Bren brauchte sich ihr nicht zu nähern, um ihr Gesicht zu studieren. Ja, das war sie. Seine Mutter. Ganz sicher. Auch die Art, wie sie sprach, passte zu seiner Erinnerung.

Jittara ging zwischen ihnen hindurch, umrundete den Tisch, stellte sich neben Bren. Bei jedem zweiten Schritt klackte der Zeremonialstab auf den Steinboden. »Was soll mit ihr geschehen, Herr?«

Für Jittara war Brens Mutter ohne Bedeutung. Sie war eine Dunkelruferin, wie ihr Hunderte unterstanden. Jittara würde alles tun, was Bren vorschlüge, denn der einzige Wert dieser Frau bestand darin, dass Jittara durch sie Brens Dankbarkeit erwerben könnte. Sie würde ihr die Fingernägel ausreißen oder die Hände mit duftenden Salben pflegen lassen, würde sie blenden oder ihr einen Palast mit Bediensteten zur Verfügung stellen. Alles hing allein von Brens Wünschen ab.

Dies war die Frau, die Bren das Leben geschenkt und es anschließend zerstört hatte. Aber sie war auch die Frau, die ihn zu dem geformt hatte, was er jetzt war.

»Ich habe mich noch nicht entschieden. Schaff sie mir aus den Augen, aber behalte sie in der Nähe.«

Attego erhob sich, als Bren selbst den Raum verließ. Er wollte allein sein. Allein mit den Schatten dieser Nacht und denen lange zurückliegender Nächte.

Der Palast war festlich hergerichtet. Hunderte von Kerzen beleuchteten in Öl gemalte Bilder von stolzen Schiffen und selbstbewusst blickenden Damen. Durch die aufgeklappten Türen der Südwand konnte man auf die Bucht hinaussehen, wo sich Stygrons Licht mit dem der beinahe schon untergegangenen

Sonne mischte und die bedächtig tanzenden Wellen rot färbte. Mehrere Dreimaster und eine Galeere aus Eskad hatten an den Kais keinen Platz mehr gefunden und weiter draußen Anker geworfen. Sie waren als dunkle Silhouetten zu erkennen.

Nalaji beobachtete die Gesellschaft, die sich zur Hälfte aus den Edelsten Ejabon-vor-dem-Nebels und Priestern aus aller Herren Länder zusammensetzte. Nur der ondrische Schattenkult war nicht vertreten. Seinen Klerikern hätte nicht gefallen, was man heute Nacht versuchen würde.

Ein Priester des milirischen Stiergottes Terron und ein Diener des Rabenköpfigen führten ihre Debatte so hitzig, dass es Nalaji nicht gewundert hätte, wenn sie mit körperlicher Gewalt aufeinander losgegangen wären. Stritten sie sich über das Ausmaß des Frevels, den zu begehen sie alle gemeinsam beschlossen hatten? Manche taten ihren Plan auch als simple Notwendigkeit ab. In Zeiten wie diesen würde ein Zaudern nur zeigen, dass die Menschen es nicht wert seien, die Welt zu besitzen.

Der Milirier schnaubte, als hätte er selbst die Nüstern eines Stiers, und senkte den Kopf, als würde es ihm auch an den Hörnern nicht fehlen. Den Geboten seines Gottes folgend, kräftigte er seinen Körper, was seinem schwellenden Nacken den passenden Umfang gab.

Auf den meisten Anwesenden lastete jedoch Stille. Die Musikanten hatte man fortgeschickt, Haussklaven mühten sich, Wein und Gebäck von ihren überfüllten Tabletts zu bekommen. Mit dem Rebensaft hatten sie halbwegs Erfolg, mancher versuchte, seine Nerven zu beruhigen.

Sogar Kiretta machte einen unruhigen Eindruck. Inzwischen zeigten die Rauschkräuter, mit denen Nalaji sie betäubt hatte, kaum noch Nachwirkungen. Auf der *Südwinds Braut* hatte sich die starke, neugierige ... lebendige Piratin Respekt verschafft.

Aber jetzt, in Ejabon, hatte die Lebendigkeit Nachdenklichkeit Platz gemacht. Offenbar sorgte sich auch Kiretta wegen des bevorstehenden Rituals. Seit nur noch jene an Bord geblieben waren, die dem Krieg dienen wollten, bestand kein Grund mehr für Geheimhaltung. Kiretta war zu klug, um nicht zu begreifen, welcher Gefahr sie sich aussetzten, indem sie etwas versuchten, das noch kein Sterblicher gewagt hatte.

»In hundert Meilen Umkreis gibt es keinen sichereren Platz als diesen Saal«, raunte Nalaji ihr zu. Eigentlich war Kiretta kein schlechter Mensch. Nalaji ertappte sich immer wieder bei der Frage, ob sie eine geeignete Partnerin für Keliator geworden wäre, hätte sie ihre Kindheit in Ilyjia verbracht und nicht in einer Stadt, wo sie sich als Diebin hatte durchschlagen müssen. Dass sie zu einer Figur im Spiel der Schatten geworden war, musste nicht ihre Schuld gewesen sein. Kaum jemand verfügte über genügend Kraft und Erfahrung, um sich erfolgreich zu wehren, wenn es darauf ankam.

»Sicherheit hat mich noch nie interessiert.« Kiretta schwenkte das Weinglas in ihrer Linken. »Wer etwas erleben will, muss hinaus dorthin, wo er sich nicht auskennt. Dort ist es immer gefährlich. Das Meer hält viele Wunder bereit, aber nichts für die Feiglinge.«

»Dann sorgst du dich, weil du das Steuerrad nicht in der Hand hast? Weil du nur zusehen kannst und anderen vertrauen musst?«

Sie zuckte die Schultern, wegen ihrer heutigen Kleidung eine deutlich sichtbare Geste. Sie trug eine blaue Weste mit ausladenden Polstern über einem hellblauen Hemd, dessen Ärmel sich bauschten, als seien sie geblähte Segel. »Auf einem Schiff muss man sich ständig auf andere verlassen.«

»Aber man kennt die Mannschaft. Hier kennst du nicht viele.«

Sie nickte zu Flutatems Myratis-Priester. »Jicke und ich haben uns schon gegenseitig unter den Tisch gesoffen.«

»Wenn ihm der Trunk hilft, die Gemeinschaft mit der Göttin der Wellen zu finden, bin ich die Letzte, die ihm den Rum verwehren will. Wenn die Geister wehen, werden wir jeden Beistand gebrauchen können.«

»Sagt das diesen Schnepfen, die sich die Haut bleich pudern, um jenen zu ähneln, die Ihr zu bekämpfen wünscht.«

Die Sitte, sich die Haut aufzuhellen, war so selbstverständlich für die Wohlhabenden und Mächtigen, dass Nalaji erst jetzt, als Kiretta sie darauf hinwies, wahrnahm, wie viele ihr folgten. »Nur eine leere Geste«, versuchte Nalaji sich selbst einzureden, aber ihr wurde unwohl, als sie sah, dass selbst der Terron-Priester dieser Gewohnheit folgte. Jeder versuchte, wie ein Osadro auszusehen, weil Schatten und Erfolg, Schatten und Macht so offensichtlich eins zu sein schienen. *Vielleicht können wir das heute Nacht ändern.*

Auch die Hausherrin hatte ihr Gesicht weiß geschminkt. Ihr Kleid bedeckte nur die rechte Brust, die linke strahlte bronzen, die Knospe gar in hellem Rot. Den Hals herunter und bis zur Brust flossen goldene und kupferne Farbtöne ineinander.

»Gildenmeisterin Nerate!«, rief Nalaji. »Ich bin noch gar nicht dazu gekommen, Euch dafür zu danken, dass Ihr uns Eure Insel zur Verfügung stellt.«

Doch die Edle beachtete die Priesterin nicht. Sie starrte Kiretta an. »Ich hatte Euch nicht so bald zurückerwartet. Ihr wart auch nicht eingeladen.«

»Man sollte eben vorsichtig damit sein, wem man Zutritt zu seinem Haus gewährt. Manche lernen das früher, andere später.«

»Habt Ihr die Seiten gewechselt?«

»Ich stand schon immer nur auf einer Seite. Meiner eigenen.«

Nerate bebte, auch wenn der Grund dafür Nalaji unbekannt war. Kiretta hatte sich bereits so gut erholt, dass die andere Frau neben ihr schwächlich wirkte. »Wir sind doch nicht hier …«, setzte Nalaji an, aber Nerate unterbrach sie.

»Ohne Euren Haken habt Ihr wohl keinen Appetit mehr auf Süßgebäck, Seeräuberin?«

»Mir scheint, wir haben alle etwas eingebüßt.«

»Barea war kein ›Etwas‹!«, kreischte Nerate so laut, dass sich alle Blicke ihnen zuwandten. »Bis Ihr uns heimgesucht habt, war sie eine der fähigsten Gildenmeisterinnen, die diese Stadt jemals regiert haben!«

»Ihr habt ihr ja auch einen Ehrenplatz eingeräumt.« Mit ihrem Stumpf zeigte Kiretta auf ein Bild in der Mitte der Galerie. »Ist die Farbe schon trocken? Konnte der Künstler sie aus dem Gedächtnis so gut malen? Als ich sie das letzte Mal sah, war sie deutlich gealtert. Sie hatte Blut auf den Wangen, glaube ich.«

»Das Werk Eurer Meister!«, quetschte Nerate heraus.

»Ich glaube, ich erwähnte schon, dass ich keines Meisters Magd bin.«

»Nicht?« Nerate lachte. »Dann seid Ihr diesmal aus freien Stücken hier? Seid Ihr keine Gefangene? Dass Ihr keine Eisen tragt, heißt nicht, dass Ihr frei seid.«

Das Weinglas knirschte in Kirettas Hand. »Niemand schlägt mich in Eisen«, sagte sie bedrohlich leise.

»Natürlich nicht. Das wäre Verschwendung, wo Ihr doch so viel leichter zu binden seid, nicht wahr? Das Lächeln eines Schattenherrn, der betörende Sermon einer Priesterin … Was ist es, das Euch den Verstand raubt und Euch Eure Freunde verraten lässt?«

»Ich habe niemanden verraten.«

»Ach, dann weiß dieser Schattenfürst Velon, wo Ihr gerade seid? Und dieser Osadro, der wie ein Jüngling aussieht … Gadior, wenn ich mich nicht irre? Er ist sicher sehr erfreut darüber, dass Ihr uns Gesellschaft leistet. Und wie heißt noch dieser General, der mit dem Morgenstern …«

Kirettas Schlag kam so schnell, dass er auch Nalaji überraschte. Das Weinglas splitterte, als die Faust traf. Die Piratin war gewohnt, sich mit handfesten Argumenten durchzusetzen. Nerate dagegen hatte eine solche Behandlung wohl noch nie erfahren. Die Wucht riss sie weit herum, bevor sie auf den Boden schlug. Sofort eilten einige Edle hinzu, um sich schützend vor sie zu stellen.

»Haltet ein!«, rief Nalaji und hob eine Hand. Sie lauschte auf die Trommelschläge, die von den Hügeln im Osten herüberdrangen. »Es beginnt.« Als sie auf den Balkon hinaustrat, sah sie, dass die Sonne nun gänzlich im Meer hinter den beiden Festungen, die die Durchfahrt bewachten, untergegangen war. Sie blickte über die Schiffe im Hafen und hinauf zum Himmel, an dem Stygron voll und rot prangte, umgeben von unzähligen Sternen. Einige wurden von zerfaserten Wolken verdeckt, die träge nach Südosten zogen. *Das wird sich bald ändern.*

Silion und Vejata verbargen sich unter dem Horizont. Nalaji konnte sich ganz auf Stygron konzentrieren. Sie griff um das Geländer und wandte den Blick nicht mehr von der roten Scheibe. Sie ließ sich vom Mondlicht baden, das so viel gnädiger war als das der Sonne, die man am höchsten Stand ihres Laufs nicht lange ansehen konnte, ohne zu erblinden. Die Mondmutter hatte Verständnis für den Wankelmut der Menschen, dafür, dass es viele Umstände gab, die ein Leben beeinflussten. Stygron, Vejata, Silion. Die Monde begleiteten jeden Menschen durch die Nächte seines Lebens, und auch wenn sie unsichtbar am Taghimmel wanderten, beeinflussten sie die Gezeiten. Sie waren unbeständig, nahmen zu und ab und waren sich nur selten einig, befanden sich kaum einmal alle in der gleichen Phase.

In dieser Nacht regierte Stygron. Es war eine Rote Nacht, eine Nacht, in der in Nalajis Heimat neue Paladine für die Mondschwerter erwählt werden konnten. In einer solchen Nacht war Narron von Helion besiegt worden, in einer späteren hatte Keliator triumphiert. Es war eine Nacht, in der die Wut stark war, in der sich die Kraft Bahn brach. Eine Blutnacht, wie geschaffen für eine Schlacht.

Ein letztes Mal zögerte Nalaji. War wirklich rechtens, was sie nun tat? War das der Wille der Mondmutter, die doch so bitterlich über den Frevel weinte, den die Magie darstellte? Ja, es war eine Nacht für einen Kampf, aber es wären Leute wie Keliator, die in den Schlachtreihen stünden. Menschen, die nicht viel von den Plänen der Strategen wussten. Sogar Unschuldige, die geopfert wurden. So war es in jedem Krieg. Nalaji war nicht bei Narron gewesen, als dieser gestorben war. Würde auch ihr Sohn ohne sie sterben? Nach allem, was sie vermuten konnte, wäre er nicht dabei. Nicht in dieser Nacht. Wenn alles nach Plan verlaufen war, befand er sich viel weiter im Süden. Aber die Söhne anderer Mütter würden sterben, mit herausgerissenen Gedärmen verbluten, sich mit zerschmetterten Knochen über den Boden ziehen, um Hilfe zu erflehen, die unerreichbar bliebe.

Doch Nalaji wusste, dass sie sich bereits entschieden hatte. Jetzt verließen sich alle auf sie. Sie konnte nicht mehr zurück. Sie konnte nur noch helfen, dass möglichst wenige von denen starben, die auf ihrer Seite standen. Jene schützen, die gegen die Osadroi kämpften, gegen die Schattenherren, die Narron getötet hatten.

Sie fühlte ihren Geist emporgehoben zu dem roten Mond, der den Himmel beherrschte. Seine Oberfläche war ungleichmäßig. Narben waren darauf zu sehen, Schatten von Gebirgen, die gewaltig sein mussten. Abhandlungen waren darüber geschrieben worden. Nalaji hatte sie alle gelesen. Manche Gelehrte wollten Flüsse auf Stygron entdeckt haben oder riesige Wälder, andere behaupteten, er gliche eher den Wüsten der Arriek, nur dass kein Wind seine Dünen bewegte. Vor zweieinhalb Jahrzehnten hatte ein Blitz sein Rot erhellt, danach hatte man für Wochen einen dunklen Fleck gesehen. Stygron hatte sich verdunkelt und nach zwei Zyklen zu neuer Fülle gefunden. Nalaji umschwebte jetzt den Mond. Aber nicht so, wie er dort am Himmel stand, sondern so, wie er in ihrem Herzen seine Bahn zog. Sie sah zu ihm auf und zugleich in sich hinein. Sie fühlte den behütenden Blick der Mondmutter voller Wohlwollen auf sich ruhen. Die Göttin war mit ihr, trotz der Ungeheuerlichkeit, an der sie sich beteiligte. Gedämpft nur drangen die Gesänge und das Gerassel der anderen Priester zu ihr, die ebenfalls ihre Götter anriefen. Der Stiergehörnte, der Kapitän der Galeeren, die auf dem Meeresgrund fuhren, der Meister der Wolken, sie alle hatten eines gemein: Sie hatten die Welt den Menschen gegeben, nicht den Osadroi. Mochten sie auch in anderen Fragen zerstritten sein, ihr Hass auf die Schatten einte sie. Alle Priester dienten den Göttern, und die Götter waren betrogen worden. Um die Welt, die sie geschaffen und den Menschen überantwortet hatten.

Nalaji fühlte die Kraft, die die Natur durchströmte, die im ständigen Pulsieren von Werden und Vergehen alles verband. Geburt und Sterben, Reifen und Vergehen, Wachsen und Verwesen, das Licht und die Dunkelheit. Aber nicht die Finsternis. Die Finsternis hatte hier, in der göttergewollten Wirklichkeit, keinen Platz. Sie war eine Kraft, die sich gewaltsam Einlass verschaffte, wo immer Magier den Lauf der Welt aus jenen Grenzen drängten, die dem Willen der Götter entsprachen.

Mit jedem Herzschlag vereinte sich Nalaji mehr mit dem Wollen der Götter, tanzte mit dem roten Mond, ließ sich von seinem Wesen durchdringen – warm, tatkräftig, entschlossen, manchmal ungeduldig. Dies war nicht die Zeit, nachzudenken und abzuwägen. Dies war eine Nacht, um zu handeln. Auch der Wind gehorchte den Göttern, denn er war Teil ihrer Schöpfung. Die Trommelschläge der Priester in den Hügeln ließen ihn drehen. Zuerst erkannte Nalaji es am Zug der Wolken, die nun nach Westen trieben, bis sie dem Blick entschwanden und einen sternklaren Himmel offenbarten. Nalaji breitete die Arme aus, als die Böen kamen und an Haar und Toga rissen. Die Zipfel ihres Gewands wurden über die Brüstung des Balkons hinausgeweht, als wollten sie über die Bucht davonfliegen. Hinter ihr im Saal stimmten die Priester ihre Gesänge an, manche sprachen auch nur Gebete.

»Gütige Mutter, die durch die Monde über uns wacht, schütze uns!«, betete sie. »In dieser Nacht stehen wir auf gegen die Blasphemie der Schatten. Wir senden die Dunkelheit gegen die Finsternis, um das Joch der Osadroi zu brechen. Deine Gnade und die deiner Geschwister hat die Aufrührer erreicht, nun beschirme uns, wenn wir danach trachten, ihre Schwerter zu stärken! Wer sollte eure Hymnen singen, wenn wir nicht mehr wären? Wir brauchen die Dunkelheit dieser noch jungen Nacht, um den Preis zu gewinnen, den ihr Götter uns verspracht. Helft uns, das Feuer auf den Feind zu schleudern, ohne selbst darin zu verbrennen!«

Zumindest den ersten Teil dieser Bitte erhörten die Unendlichen. Der Ostwind wurde zu einem Sturm, und er hatte seinen Ursprung nur zum Teil in der Welt des Greifbaren. Sein Rauschen drang an ihre Ohren, aber es toste auch durch Nalaji hindurch, denn diesem Orkan bot ihr Körper nur unvollständig Widerstand. Er raste durch ihre Seele. Dort hörte sie das Kreischen, das so anders war als die Anrufungen der Priester. Die Worte, die man jetzt schrie, waren älter als die Liturgien menschlichen Glaubens. Und keine Kehlen brüllten sie, sondern Seelen.

Die Seelen der Fayé, der Verdammten, die im Seelennebel östlich von Ejabon gefangen gewesen waren. Und die der von göttlicher Macht entfachte Sturm nun aus ihrem Verlies riss.

An der gesamten Küste gab es Schauergeschichten von einzelnen Geistern, die auf dem Ostwind geritten waren und Kinder ins Verderben gezogen hatten. Ob diese zutrafen oder nicht, konnte Nalaji nicht beurteilen, aber was in dieser Nacht geschah, hatte mit Sicherheit noch kein menschliches Auge geschaut.

Weiß wie Milch jagten sie über den Himmel. Den Ersten sah Nalaji klar und deutlich, wie einen großen, fallenden Stern.

Er hatte die Gestalt eines Kopfes, der die Merkmale der Fayé aufwies: tropfenförmige, leere Augenhöhlen, ein Gesicht wie ein Keil, ein kleiner Mund, Ohrmuscheln, die so langgezogen waren, dass sich ihre Spitzen beinahe am Hinterkopf berührt hätten. Die Lippen waren leicht geöffnet. Aus ihnen mochte ein Stöhnen dringen, das sich mit dem alles übertönenden Schreien vermischte.

Dem ersten Kopf folgten weitere. Sie waren wie ein Heuschreckenschwarm. Die meisten Fayé rasten mit der Gewalt des Orkans nach Westen, wirbelten hinauf und herunter, flogen kurze Spiralen gleich heißem Rauch, der um das Gebälk eines Dachstuhls wallte. Einige fielen heulend vom Himmel, als schleuderten die Götter sie zu Boden. Doch es war nicht der Wille der Unendlichen, der ihr Handeln bestimmte. Es war der in Jahrtausenden gewachsene Hass auf die Menschen, jene, die von den Göttern bevorzugt wurden. Einige Geister schüttelten den Zwang ab, dem die Gebete der Priester sie zu unterwerfen suchten, brachen aus und fielen über die menschlichen Seelen her, derer sie habhaft werden konnten, auf den Schiffen oder in den Häusern der Stadt.

»Mondmutter, schütze uns!«, flehte Nalaji. Jener Teil ihres Selbst, der bei Stygron war, schöpfte rotes Licht und goss es zwischen die Fayé, die jetzt dicht wie ein Teppich flogen, und das Dach des Palasts, in dem sich die Edlen und Priester versammelt hatten. Nalajis Bewusstsein löste sich von den menschlichen Sinnen. Sie sah den Schutz nicht mehr, den sie über die Menschen breitete. Sie war selbst dieser Schutz, rot und göttlich und fest wie der Mondsilberschild eines Paladins. Sie fühlte die Wut der Fayé, die dagegenprallten wie Speere, die an einer Mauer abglitten. Jene, denen der Verstand entglitten war, waren die leichteren Gegner. Sie erkannten in dem Schutz ein Bollwerk der Götter, das die verhassten Bevorzugten schützte. Das brachte sie zur Raserei. Sie stürzten sich darauf, um das Hindernis zu zerschmettern. Dadurch attackierten sie den stärksten Bereich, dort, wo in der greifbaren Welt Nalajis fleischlicher Körper stand. Hier ließen sie sich so mühelos abwehren wie Bienen, die gegen eine Stahlplatte prallten. Irgendwann konnten sie sich dem Orkan nicht mehr widersetzen und wurden Richtung Westen mitgerissen. Gefährlicher waren jene, deren Hass abgekühlt war. Sie verfügten über die Ruhe zu beobachten, wie die anderen Verfluchten ihre Kräfte verschwendeten, und zu erkunden, wie weit Nalajis Schutz reichte. Sie hatte ihn über die gesamte Stadt und die Schiffe in der Bucht gebreitet, aber an den Rändern wurde er dünn. Über den Vierteln der Armen, den Festungen an der Durchfahrt und den Schiffen, die am weitesten draußen ankerten, war er nicht stark genug, um die Geister zurückzuhalten, wenn sie sich zu dritt oder viert zusammentaten. So brachen sie an mehreren Stellen durch. Nalaji spürte die Verzweiflung, der selbst die stärksten Männer verfielen, als die Fayé ihre Seelen tranken, sich an ihnen berauschten und sie auf immer um die Gnade brachten, die sie bei ihrer Einkehr ins Nebelland hätte erwarten mögen. Sie gingen auf in den verfluchten Geistern der Fayé, deren Jubel noch tiefer in Nalajis Herz stach als das Vergehen ihrer Opfer.

Nalaji konnte ihren eigenen Körper in diesem Moment nicht spüren, aber sie vermutete, dass sie weinte.

»Eine Stunde seit Sonnenuntergang, Herr«, sagte Dengor, der Hüne, der Brens Leibwächtern vorstand. Die Gardisten waren vorletzte Nacht eingetroffen und bewachten nun seinen Tagschlaf. Sie hatten auch seinen neuen Kampfschild mitgebracht. Er zeigte das Wappen Guardajas, das blaue Einhorn mit tollwütigem Blick, wallender Mähne und Reißzähnen.

Bren hatte nur wenig Zeit gefunden, mit Jittara über die magische Kraft zu sprechen, die er in den Bergen in sich gefunden hatte, denn Schattenherzogin Widaja hatte ihn zu taktischen Besprechungen befohlen, wo er seine Erfahrung im Heerwesen eingebracht hatte. So war er seit einigen Nächten an der Front, während die Kleriker in Zorwogrod geblieben waren. Jittaras Verwirrung ob seiner und Attegos Schilderungen des Geschehenen war unübersehbar gewesen. Sie wartete auf die Schriften, die sie aus Orgait angefordert hatte, um nach Berichten von einem vergleichbaren Gespür zu forschen, das Bren in der Nebelform zeigte. Da er noch nicht gewillt war, sich mit seiner Mutter zu befassen, ging Ehla der Nachtsucherin bei diesen Studien zur Hand. Einig waren sich beide darin, dass die Suche in den Bergen die Ursache für Brens Erschöpfung war und dass sich diese mit der Zeit legen würde. Darauf deuteten auch die vergangenen Nächte hin. Er würde vermutlich bald wieder früher erwachen, wenn die Sonne ihre letzten Strahlen über den Horizont geschickt hätte.

»Erhebe dich«, befahl Bren seinem Hauptmann und stand selbst auf. Südlich von Zorwogrod waren die Wetterberge von genug Höhlen durchbohrt, um den Schattenherren, die mit dem Heer zogen, bei Tage sicheren Schutz zu gewähren. Sogar weiche Betten wurden mitgeführt, obwohl Osadroi im Schlaf nichts spürten, sich noch nicht einmal bewegten. Der an vier Stangen aufgespannte Baldachin hielt immerhin das Tropfwasser ab, das beständig aus der Höhlendecke kam.

Dengor überragte Bren um mehr als einen Kopf. »Die Kämpfe haben begonnen, Herr.«

»Ich weiß.« Schon zu Lebzeiten hatte Bren ein Gespür dafür gehabt, wann sich Heere gleich ausgehungerten Wölfen ineinander verbissen. Es war eine kaum zu erklärende Gabe, die von Erfahrung genährt und verfeinert wurde. Die meisten fähigen Offiziere besaßen sie. Sie ermöglichte, an einer meilenlangen Front die Stelle zu finden, an der man den Widerstand des Feindes brechen konnte. Doch was Bren jetzt fühlte, hatte mit dem Gespür eines Feldherrn nichts zu tun. Um ihn herum war Essenz, Lebenskraft, die den Schatten zugedacht war. Weniger intensiv, als wenn man sie direkt aus einem Kristall oder einem Menschen zog, wie Bren es bei Quinné getan hatte. Das ähnelte Wasser aus einer Amphore, die man über dem Kopf ausleerte. Dies hier jedoch glich Nebel, nasser Luft, die einen überall umgab. »Unsere Krieger sterben«, murmelte er. »Ihre letzte Hingabe gilt den Schatten.«

»Nicht nur die Unsrigen lassen das Leben, Herr. Auch die Fayé lernen, was Sterblichkeit ist.«

Die Lebenskraft des Volkes aus dem Nachtschattenwald ließ sich nicht durch die Osadroi verwerten, doch die menschlichen Verbündeten des Feindes stärkten mit ihrer Furcht die Schatten.

Bren zog die Lederhandschuhe straff und legte den Morgenstern über die Schulter. »Lass uns nachsehen, wie unsere Sache steht.«

Der erste Schritt aus der Höhle drückte eine Last auf Bren, als habe jemand einen Sack mit Kies auf seine Schultern gelegt. Seine Knie drohten nachzugeben, aber er drückte sie mit einer bewussten Willensanstrengung durch. Er sah zum wolkenlosen Himmel, an dem Stygrons Rot in perfektem Rund stand. »Verfluchte Monde«, zischte er. So wie jetzt hatte er sich gefühlt, als er das erste Mal eine Eisenrüstung getragen hatte. Auch an diese Belastung hatte er sich gewöhnt, bis er den Schuppenpanzer schließlich kaum noch gespürt hatte.

Das Mondlicht war nicht die einzige Macht, die in dieser Nacht wirkte. Da war auch die gegensätzliche Kraft, der finstere Strom der Magie, und diese war so stark, dass Bren sich ihr intuitiv zuwandte.

Die Schlacht war noch eine Meile von der Bergflanke entfernt, in der Brens Höhle lag. Kampfrufe und Kriegshörner klangen aus der Masse von Tausenden Leibern, die aufeinander zuströmten wie Flüsse, dort wild schäumend, wo sie zusammentrafen. Das Licht von Sternen und Stygron schimmerte auf Helmen und Klingen, doch Bren sah noch ein anderes Bild, das über dem Gewimmel lag, ohne es zu verdecken – klaffende Wunden, die Zauber in die Wirklichkeit geschlagen hatten. Er blickte in Welten, die aus feurigem Tosen bestanden oder in denen Schmerz ein Geschmack war und Leid ein süßer Duft. Und er sah die Nachwehen dieser Wirklichkeiten, wie sie die Wesenheiten umwaberten, die die Fayé von dort gerufen hatten. Die körperlichen Gestalten, die sie in der greifbaren Welt annahmen, waren nicht viel mehr als Schatten ihres wahren Seins. Oft blieben sie unförmig, gleich Maden oder Würmern, die sterbliche Augen nicht vollständig erfassen konnten, sodass ihre Konturen verschwammen, wie es auch bei Schattenrossen der Fall war. Manche tauchten in Schwärmen zu Abertausenden auf, die wie Brecher die ondrischen Linien überspülten, in alle Körperöffnungen der Krieger krochen und sie von innen heraus aufplatzen ließen. Andere waren so groß wie ein Oberschenkel, wieder andere bewegten sich wie Tausendfüßler auf Dutzenden von Beinen und sahen den Axtschwingern in die Augen, wenn sie sich aufrichteten. Einige wenige waren auch so riesig, dass man hätte glauben können, Hügel hätten sich erhoben und schöben sich durch den vom Blut matschig gewordenen Schnee. Die menschlichen Söldner der Fayé waren gezeichnet, damit die Dämonen ihrer Herren nicht über sie herfielen – Bren sah es als vielzackige, unwirkliche Sterne aus purer Finsternis, die mit den Standarten dieser Einheiten zogen.

»Wie lange geht das schon so?«, fragte er.

»Um die Mittagsstunde begannen sie ihren Angriff«, erklärte Dengor. Brens Gardisten fanden sich zusammen, ordneten Rüstungen, nahmen Schilde und Waffen auf. »Ihre Dämonen sind erst mit der Dämmerung gekommen.«

»Auch sie scheuen das Sonnenlicht.« Bren schritt den Berg hinab. »Wo kämpft Boldriks Einheit?«

Dengor deutete so mühelos mit dem Breitschwert, als sei es ein Degen. »Man hat seine Reiterei dorthin befohlen. Das Gebiet ist im Sommer ein Sumpf. Jetzt ist es gefroren und bietet festen Halt. Nur wenige Inseln ragen heraus und behindern die Sturmritte.«

»Hoffen wir, dass das Eis fest genug ist für ein gepanzertes Ross.«

Flammende Geschosse zischten über sie hinweg und zerplatzten in den Reihen der vorrückenden Gegner.

»Wo stecken die Fayé?«, fragte Bren.

»Zweimal haben sie mit Bogenschützen eingegriffen, aber sie kamen nie so nah, dass wir sie hätten stellen können. Sie bleiben hinter ihren Söldnern.«

»Sie schießen weit, sagt man.«

»General Bretton hat versucht, sie festzunageln. Er hat nichts erreicht und vier Kompanien verloren.«

Bren runzelte die Stirn. Dass die Fayé Scheinangriffe führten, um die Ondrier in die Falle zu locken, konnte er sich leicht vorstellen. Aber dass sie sich nun so weit vom Geschehen zurückgezogen hatten, dass sie die Lage nicht mehr überblicken und den Ausgang der Schlacht gänzlich ihren Untergebenen überlassen würden, wollte er nicht glauben. »Sie müssen hier irgendwo sein«, murmelte er.

»Was meint Ihr, Herr?«

»Auch du verbindest deine Augen nicht, wenn du in den Kampf gehst. Sie werden sich eine Position gesucht haben, von der aus sie erkennen können, was vorgeht. Gerade jetzt, nach dem Sonnenuntergang, wo sie vermuten müssen, dass ihre stärksten Gegner erwachen.«

»Aber man sagt, dass die Fayé selten selbst kämpfen.«

Bren lachte. »Wer will so etwas wissen? Sie sind seit Jahrzehnten nicht mehr in den Krieg gezogen, und davor haben sie nur um ihren verfluchten Wald gekämpft. Jetzt fordern sie das mächtigste Reich der Welt heraus, das ändert alles.«

»Wie Ihr meint, Herr.«

Bren verdrehte die Augen. »Ich sage ja nicht, dass wir in den vorderen Linien nach Fayé suchen müssen. Obwohl ich mich nicht wundern würde, wenn einige ihrer Magier nahe bei den Dämonen blieben, die sie beschworen haben. Sie müssen den Unsrigen nicht selbst die Gurgel aus dem Hals reißen. Aber sie müssen sehen, wo wir stehen, um ihre Truppen befehligen zu können. Du musst deinem Gegner auch nicht mit der Stirn die Nase brechen, und doch brauchst du deinen Kopf, wenn du kämpfst!« Bren wunderte sich immer wieder, wie wenige Krieger in der Lage waren, die Ähnlichkeiten zwischen einem Kampf Mann gegen Mann und einer Schlacht Heer gegen Heer zu erkennen.

Bren überlegte, wo er sich positioniert hätte, wäre er der feindliche Feldherr gewesen. Der gefrorene Sumpf schuf eine vergleichsweise freie Fläche zwischen den Hügeln, die zum Vorgebirge der Wetterberge gehörten. Dort unten konnte man wenig sehen, aber von einem der angrenzenden Hänge aus hätte man gutes Sichtfeld.

Brens Augen kamen besser mit der Dunkelheit zurecht und auch die Entfernung wirkte sich schwächer aus, als dies bei Sterblichen der Fall war. Er suchte die entfernten Hänge ab. Auf den meisten von ihnen standen Truppen, manche in die Kämpfe verwickelt, andere in Reserve gehalten. Wo die dämonischen Wesenheiten massiv auftraten, ächzte die Natur. Bäume und Hügel wanden sich, um die blasphemischen Unkreaturen abzuschütteln.

Bren brauchte eine Weile, um eine Formation von Pikenieren auszumachen, die vollkommen reglos stand. Selbst bei disziplinierten Truppen war das ungewöhnlich, schließlich war dies ein Schlachtfeld und kein Paradegrund. Bren konzentrierte sich auf seine übernatürlichen Sinne. Überall nahm er das Wirken von Magie wahr, dazu kam das Glitzern der Essenz, die von den Sterbenden ausging. Dadurch sah Bren die mystischen Kräfte am entfernten Hang nur wie durch dichten Regen. Dennoch erkannte er den finsteren Nebel, der in einer anderen Wirklichkeit darüber lag.

»Es ist eine Illusion«, murmelte er. »Dort stehen keine Pikeniere. Das sind die Fayé!«

»Wovon sprecht Ihr, Herr?«

»Folgt mir!« Bren lief den Hügel hinunter.

»Wenn Ihr etwas entdeckt habt, sollten wir dann nicht der Heerführung Bescheid geben?«

Widerwillig hielt Bren inne. »Also gut. Schickt zwei Melder ab. Sie sollen dafür sorgen, dass die Katapulte den Hügel dort unter Beschuss nehmen.«

»Und was habt Ihr vor, Herr?«

»Ein paar Fayé-Schädel zerschlagen.«

Trotz des blutdürstigen Flackerns in seinen Augen wandte Dengor ein: »Es ist unüblich, dass sich Schattenherren in die Schlacht begeben. Für gewöhnlich schützen wir sie, während sie hinter den Linien die Befehle erteilen.«

Bren grinste. »Dann wird mein Auftauchen den Feind sicher überraschen!«

»Wie Ihr befehlt, Herr.«

Brens Eingreifen überraschte nicht nur den Feind, sondern auch die eigenen Truppen. Der bleiche Körper des Osadro in ihrer Mitte weckte neuen Kampfesmut, auch wenn bald ein halbes Dutzend Pfeile in ihm steckte und ein milirischer Ritter ihm die Seite mit einer Lanze aufriss. Unter der Kraft dieser Attacke ging er sogar zu Boden. Ein Sterbender griff nach ihm und röchelte mit letzter Kraft: »Nehmt mein Leben, Herr, auf dass es die Schatten stärke!«

Der Wunsch, die Wunde zu heilen, war so beherrschend, dass Bren keine bewusste Überlegung brauchte, um die Essenz des Kriegers einzuatmen. Sie spülte durch seinen Körper wie reinigendes Eiswasser. Er verschmierte die blutigen Tränen auf dem ins Greisenhafte gealterten Gesicht, als er die Augen zudrückte.

Bren hielt Ausschau nach dem Ritter, von dem er den Lanzenstoß empfangen hatte. Er war leicht zu erkennen, weil sein

Helm von ausladenden Stierhörnern geziert wurde, aber inzwischen war er schon wieder unerreichbar hinter den feindlichen Reihen, wo sein Knappe die gebrochene Lanze gegen eine neue tauschte.

Bren hatte seine Wunde geschlossen, aber sie schmerzte noch. Einen solchen Treffer konnte auch ein Unsterblicher nicht auf die Schnelle vollständig ausheilen.

Der Feind führte weitere Reihen in die Schlacht, was Bren in der Vermutung bestärkte, dass der Hügel, den er als Ziel auserkoren hatte, von Wichtigkeit war. Neben ihm brüllte Dengor. Sein Breitschwert zerteilte einen Gegner an der Hüfte, nur um kurz darauf durch die Brust eines weiteren zu stoßen. Bei seiner Kraft brauchte er nicht die übliche Vorsicht eines Fechters walten zu lassen, der vermeiden wollte, dass sich seine Klinge zwischen den Rippen verkantete. Er war ein Barbar. Immer wieder nutzte er die Linke, um mit bloßer Hand eine Gurgel zu zerquetschen oder mit dem Ellbogen ein Gesicht zu zertrümmern. Schon der Gebrauch einer Waffe schien ein Zugeständnis an die Zivilisation zu sein, das er nur widerwillig machte.

Schließlich traf auch Boldrik bei ihnen ein. »Herr!«, rief er und machte Anstalten, aus dem Sattel zu springen.

»Keine Zeit für Ehrbezeigungen!«, rief Bren und schlug den Morgenstern um eine Lanze, um sie ihrem Besitzer mit einem Ruck zu entreißen. »Wir müssen hier durchbrechen!«

Boldrik stellte sich in den Steigbügeln auf, konnte die Illusion aber offensichtlich nicht durchschauen. »Wir rücken gegen die Pikeniere vor?«

»Das sind keine Pikeniere!«

Wie zur Bestätigung quollen schwarze, schneckenartige Leiber zwischen den reglosen Kriegerillusionen hervor. Sie wälzten sich bergab den Ondriern entgegen, wobei sie ineinanderflossen. Die Körper vereinigten sich, wuschen zusammen wie Flüssigkeit, die an den Rändern einer Schüssel herablief und immer größere Tropfen bildete, die sich weiter zu Lachen verbanden. Bald sahen sie sich Schnecken gegenüber, die so groß waren wie Scheunen und immer weiter verschmolzen, bis sie zu einem lebendigen Wall wurden, der sich zwischen die Ondrier und den Hügel legte. Aber nicht nur die Angreifer sperrte er aus, sondern auch die vorderen Reihen der eigenen Truppen. Schwarz glänzendes Fleisch pulsierte, und wo ein Mensch es berührte, klebte er daran fest, wurde hineingesogen, wie eine Statue, die in Morast versank. Wahnsinn verzerrte die Gesichter der so Gefangenen. Das ließ die Kampfmoral der Einheit zusammenbrechen. Vor sich die ondrischen Reihen, hinter sich den lebenden Wall, versuchten die Krieger an den Seiten zu entkommen. »Lasst sie nach Osten ziehen, in die Wetterberge!«, befahl Bren. Einem Gegner musste man einen Ausweg bieten, sonst kämpfte er bis zum letzten Atemzug. So aber warfen die Fliehenden Schilde und Waffen fort, um schneller laufen zu können und wenigstens das Leben zu retten.

Dengor war mit Blut bedeckt. Das meiste musste von seinen Gegnern stammen, denn sonst hätte er nicht mehr so aufrecht stehen und wie ein Wolf grinsen können. Soweit Bren wahrnahm, hatten sich die Gezeiten der Schlacht gewendet. Hinter ihrem Wall konnten die Fayé den Kampf nicht mehr mit der gleichen Sicherheit lenken wie zuvor, die Ondrier rückten vor und drückten den Feind nach Süden. Zudem waren weitere Osadroi erwacht, die die Finsternis auf den Feind herabbeschworen.

»Was nun, Herr?«, fragte Boldrik, als er sein Pferd zum Stehen brachte.

Bren studierte die vom Wahn zerfressenen Gesichter der Menschen, die in dem pulsierenden Wall zu sehen waren. »Holt Ghoule heran«, befahl er. »Möglichst viele.«

Die Leichenfresser hatten Pranken, größer als Schaufelblätter, und in ihren knochendünnen Gliedern steckte genug Kraft für einen Ochsen. Sie waren tumb, deswegen brauchte man

Treiber mit dornengespickten Peitschen, um sie dazu zu bringen, Katapulte und Belagerungstürme vor feindliche Mauern zu schieben. Ihr Mangel an Empfindsamkeit konnte die gegnerischen Bogenschützen zur Verzweiflung treiben. Bren hatte einen Ghoul gesehen, dem ein Pfeil durch den Hals gedrungen und am Nacken wieder ausgetreten war. Noch mit seitlich herabhängendem Kopf hatte er die Ramme an das Stadttor gebracht. Um einen Ghoul unschädlich zu machen, musste man ihn zerstückeln oder verbrennen. Am besten beides.

Boldrik hatte lange genug unter Brens Befehl gestanden, um zu verstehen, dass die Kraft der Untoten diesmal nicht gebraucht wurde, um Belagerungsgerät zu bewegen. Aus unterschiedlichen Stellungen führte er die meist kahlköpfigen Wesen heran und ließ sie hinter den aus dem Eis ragenden, verschneiten Sumpfinseln in Deckung gehen. Jene, die noch vergleichsweise viel Verstand durch die Umwandlung gerettet hatten, lugten mit den kleinen, tief liegenden Augen in die Dunkelheit, die sie besser durchdringen konnten als Menschen, wenn auch nicht so gut wie ein Schattenherr. Es dauerte eine Stunde, bis an die hundert von ihnen zusammengezogen waren. In dieser Zeit führte Bren selbst das Kommando am dämonischen Wall, schlug halbherzige Angriffe zurück und befahl seinerseits Attacken, um die Aufmerksamkeit des Feindes zu binden. Die Fayé schickten missgestaltete Vögel über das Hindernis, um die Lage zu erkunden. Sie waren aus Finsternis geboren, so dunkel, dass sie auch in einem lichtlosen Raum noch schwärzer als schwarz erschienen wären. Brens Sinne erkannten in ihnen Geier in unterschiedlichen Stadien des Verfalls, mit verbrannten Federn und Knochen, die durch ihre Haut brachen. Dennoch konnten sie über der Schlacht kreisen, denn der Wind, der sie trug, wehte aus einer anderen Wirklichkeit herüber. Um die eigenen Fernkämpfer zu beschäftigen, befahl er, einige von ihnen vom Himmel zu holen. Immerhin war genug Stofflichkeit in ihnen, dass sie sich von Armbrustbolzen beeindrucken ließen.

»Wir haben die Ghoule zusammen«, meldete Boldrik schließlich.

»Peitscht sie gegen den Wall!«

Boldrik schien nicht überrascht, als er den Befehl an die Treiber weitergab. Wenn sich ein barmherziger Kamerad fand, jagte er einen Pfeil in die Brust eines im Wall mit dem Wahnsinn ringenden Ondriers. Aber Barmherzigkeit war keine verbreitete Tugend im Schwarzen Heer. Boldrik wählte eine Stelle mit mäßigem Anstieg, um den Angriff der Ghoule dorthin zu lenken.

»Werden sie nicht ebenso in diesem Dunkel enden wie die anderen?«, fragte Dengor.

»Ich denke nicht«, erwiderte Bren. »Dieses Ding greift in den Verstand seiner Gegner. Wo kein Verstand ist, oder nur ein Nachwehen davon, wird es sich schwertun.«

Er behielt recht. Der Wall erwies sich als ein Ziel wie für Ghoule geschaffen. Ihre Trägheit machte es ihnen schwer, die Klingen menschlicher Gegner zur parieren. Der Wall aber bewegte sich nur äußerst langsam, wie ein pulsierendes Herz, das durch Ausdehnen und Zusammenziehen ein wenig seine Lage verändern konnte. Er war beinahe wie eine Stadtmauer, und das Zerstören von Bollwerken war eine Aufgabe, für die man Ghoule gern einsetzte. Wenn sie begriffen, dass sie diesmal in eine Wand aus Fleisch statt aus Stein hieben, sah man es ihnen nicht an. Bei jedem Schlag blieben sie an der klebrigen Masse hängen, manchmal sog der Wall auch an ihren Armen, aber meist behielt ihre unnatürliche Kraft die Oberhand. Brocken um Brocken rissen sie aus der schwarzen Masse. Wo ein solcher Fetzen auf den Boden schlug, zischte er und verrauchte, als läge er auf einer glühenden Herdplatte.

»Bereit machen!«, rief Bren den Kriegern zu. »Sturmformation einnehmen!«

Die Kämpfer stellten sich eng auf, Schild an Schild, die Speere ausgerichtet. Noch aus der dritten Reihe stachen die Spitzen vorn heraus.

Ein unkundiger Beobachter hätte meinen können, die Ondrier wollten die Ghoule an der Flucht hindern. Aber solche Gedanken kamen den Leichenfressern gar nicht. Sie hatten eine Aufgabe erhalten, die sie verstehen konnten, und führten sie aus. Nur wenige mussten mit Peitschenhieben von den Gefallenen gelöst werden, deren Fleisch ihnen wohl verlockend erschien, obwohl es kaum erkaltet war. Einige dieser Toten hatten Bren im Sterben die Kraft gegeben, die Lanzenwunde vollständig auszuheilen.

Das Kampfgeschehen beanspruchte Bren so sehr, dass er den Orkan erst bemerkte, als er die Bäume auf den Sumpfinseln knickte und ihre Äste davonschleuderte. Sie flogen nach Westen, was bedeutete, dass der Wind von den Hängen der Wetterberge abfiel. Auf seinem Weg riss er auch Holz und Steine los, die einzeln oder in Lawinen zu Tal rumpelten. Der Abschnitt am Wall war nur ein kleiner Teil der Front, und er war vergleichsweise schwach betroffen. An anderen Stellen zermalmte das Geröll Kämpfer beider Seiten. Der Wind schwoll weiter an, sodass sein Rauschen bald die Verständigung erschwerte. Doch er brachte keine Wolken mit sich, Stygrons rotes Licht schien noch immer ungehindert auf Tötende und Sterbende.

Die Ghoule blieben ihrem Befehl treu. Sie hatten Verluste, doch schließlich klaffte eine Wunde im Wall. Ihre zitternden Ränder lagen zunächst nur einen Schritt weit auseinander, aber wie man die Öffnung in einem Verteidigungsring erweiterte, war etwas, das man Ghoulen immer wieder einprügelte.

Bren erkannte die ausladenden Stierhörner am Helm eines der Ritter, die mit eingelegter Lanze auf der anderen Seite des Durchbruchs warteten. »Vorrücken!«, befahl Bren.

»Für die Schatten!«, brüllten die Offiziere, und die Krieger nahmen den Ruf auf. Augenblicklich spürte Bren die Essenz, die durch diese Hingabe von den Truppen ausging. Hätte er es gewollt, hätte er über diese Brücke sehr viel mehr rufen können, aber das hätte seine Kämpfer geschwächt. So beschränkte er sich darauf, einzuatmen, was ohnehin verweht wäre.

Der Feind hatte Zeit gehabt, sich auf diesen Moment vorzubereiten. Drei dichte Pfeilschauer gingen auf die Ondrier nieder, bis die Ersten den Durchbruch passiert hatten. Söldner stellten sich ihnen Schild an Schild entgegen. Inmitten seiner Gardisten beobachtete Bren, wie die hinteren Reihen über die gefallenen Kameraden stiegen, um den Gegner zurückzuzwingen. Einige wurden in die Wunden des Walls gedrängt, klebten wie Fliegen in einem Spinnennetz und schrien ihrem zerfetzten Verstand hinterher.

Bren spürte, wie sich im Norden eine große Macht erhob. Unwillkürlich wandte er den Blick. Auf einem Hang, mehrere Meilen entfernt, materialisierte Finsternis, die aus der kalten Leere zwischen den Sternen fiel. Sie verdichtete sich, sammelte sich in einem Punkt. Zugleich entfaltete sie sich in Brens anderer Wahrnehmung zu einem wahren Labyrinth, das um die eigene Achse wirbelte, ähnlich einem Strudel, der Galeeren in die Tiefe riss, wenn sie ihm zu nahe kamen. Bren bedeckte die Augen mit den Händen, um sich abwenden zu können. Das musste Schattenherzogin Widaja sein, die sich dort inmitten des Sturms erhoben hatte. Er war bei Weitem zu wenig geschult, um den Anblick ertragen zu können, den ihre Magie bot. Noch war die Natur, die die Götter ihm mitgegeben hatten, zu stark in ihm. Noch war er zu sehr Mensch, geboren von einer Frau. Von seiner Mutter, die jetzt in Zorwogrod auf Nachricht von seinem Sieg wartete. Er drängte den Gedanken an Ehla beiseite.

»Was sind das für Laute, Herr?«, fragte Dengor. Er klammerte sich an sein Schwert, als wolle er sich daran festhalten, und sah mit großen Augen die Wetterberge hinauf. Es war ein bizarrer Anblick, den riesenhaften Barbaren so furchtsam zu sehen.

Erst dachte Bren, Dengor nähme Widajas Wirken auf andere Weise wahr als er selbst. Dann hörte Bren es auch.

Klagende Laute, länger gezogen, als der Atem eines Menschen es vermocht hätte. Nur zum kleineren Teil drangen sie an das Ohr, wesentlicher war, was im Innern des eigenen Schädels zu erklingen schien, durch den Kopf vibrierte und die Wirbelsäule hinab, das Mark in den Rippen zum Schwingen brachte. Er kannte diese Geräusche, war ihnen bereits näher gekommen, als sich ein Mensch wünschen konnte.

»Der Seelennebel …«, murmelte er.

Als hätte sein Erkennen selbst sie beschworen, sah er sie die Flanke der Wetterberge herabstürzen. Knochenweiß ritten sie auf dem Orkan, die Gesichter der verfluchten Fayé, die er schon bei der Fahrt hinter das Ende der Welt geschaut hatte. Es waren nur Köpfe, aber die meisten von ihnen waren so groß, dass sie vom Kinn zur Stirn mehr maßen als ein Mann, der die Arme in die Höhe streckte. Ihr Geheul übertönte den Sturm. Überall auf dem Schlachtfeld wandten sich die Menschen ihnen zu, verwirrt und angsterfüllt.

Die Geister der Fayé stürzten sich auf sie, tranken ihre Seelen, zerrieben ihren Verstand. Bren konnte nicht genau erkennen, wie es vor sich ging, aber er sah, wie die Essenz der Opfer in alle Richtungen spritzte gleich dem Blut eines Froschs, den man unter dem Stiefel zermalmte. Die Geister machten keinen Unterschied zwischen Ondriern und Söldnern der Fayé, aber da die Schattenherren mehr menschliche Truppen in die Schlacht geschickt hatten und die dämonischen Wesenheiten der Fayé ausgespart blieben, traf der Angriff das Schwarze Heer bedeutend härter. Zudem konnte man gegen diesen Gegner, der aus dem Himmel herabstieß, keine Verteidigungsformation bilden, und stählerne Waffen zeigten kaum Wirkung. Chaos war die Folge. Die Schlachtreihen lösten sich auf.

Brens Gardisten blieben in seiner Nähe, aber auch sie konnten sich der Verwirrung nicht gänzlich erwehren. Dengors Ruf warnte ihn gerade früh genug, damit er herumwirbeln und den Ritter mit dem Stierhelm heranpreschen sehen konnte. Ausweichen konnte er ihm nicht mehr.

Der Lanzenstoß traf ihn in den Bauch, zerfetzte die Leber und trat am Rücken wieder aus. Den Galopp des Angreifers verlangsamte das kaum. Bren wurde mitgeschleift, als sei er ein aufgespießter Nachtfalter. Der Schuppenpanzer schützte ihn einigermaßen vor dem rauen Untergrund, aber die Hose wurde ihm in wenigen Augenblicken von den Beinen gerissen. Den Morgenstern verlor er noch früher. Der Kinnriemen des Helms schnitt in seinen Hals. Wäre er noch auf Atem angewiesen gewesen, hätte er ihn erdrosselt. Eisbrocken, Steine und Zweige schlugen gegen den Helm.

Irgendwann verfing sich die Lanzenspitze an der Wurzel eines großen Baums. Der Schaft brach, was Bren von der Tortur erlöste.

Aber dadurch war er weder den Teil der Lanze los, der in ihm steckte, noch die Schürfwunden oder den tiefen Schnitt, den ihm das Lederband am Hals beigebracht hatte. Er wälzte sich auf die Seite und versuchte aufzustehen, aber seine Beine gehorchten nicht. Er hörte das metallische Klappern einer Vollrüstung. Mit Mühe wandte er den Kopf, spürte dabei, wie Blut aus seiner Halswunde strömte.

Er sah den Ritter mit dem Stierhelm über sich aufragen wie einen Dämon, der ihn für seine Untaten zur Rechenschaft ziehen wollte. Sein Schild war der eines Reiters, vergleichsweise klein. Die Axt dagegen, die er in seiner Rechten hielt, hätte einem Bronier gefallen können. Er kämpfte mit dem Gewicht des gewaltigen Blattes, aber da sich Bren kaum bewegen konnte, war abzusehen, dass diese Waffe ihn wie eine Rinderhälfte zerlegen würde. »Der Sieg ist mein!«, rief der Gegner.

Triumphgefühl.

Genauso gut wie jede andere Emotion, die sich auf einen Osadro richtete.

Bren griff danach und riss Lebenskraft aus der Brust des Ritters. Seine Vollrüstung schützte ihn nicht, dazu hätte sie Elemente aus Silber aufbieten müssen. Ungehindert brach der glitzernde Strom der Essenz aus dem Mann heraus, schoss auf Bren zu, der sie in einem tiefen Zug einatmete. Während der Feind zurücktaumelte, merkte Bren, wie sein Körper an der Halswunde arbeitete. Das Lederband wurde aus dem Schnitt hinausgedrückt, als das untote Fleisch wieder zusammenwuchs.

Bren wälzte sich herum, sodass er seinen Gegner im Sichtfeld behielt. Die abgebrochene Lanze schlug auf den Boden, bewegte sich schmerzhaft in der Wunde. »Was denn? War das schon alles, Sterblicher? Traust du dich nicht mehr?«

Der Ritter fand in einen festen Stand, hob seine Axt und schritt wieder auf Bren zu.

»Bist du ein Säugling, dass du mich nicht zu töten vermagst?«, schrie Bren.

Wut. Auch die war brauchbar.

Diesmal konzentrierte sich Bren stärker auf die Essenz, die er seinem Gegner rauben wollte. Die Lebenskraft brach mit noch größerer Wucht aus der Brust. Die Knie des Ritters knickten ein, er fiel zu Boden. Angst mischte sich in seinen Zorn und bewahrte die Stärke des Flusses. Bren war sicher, dass der Milirier unter seinem Helm aus den Augen blutete.

Auf den Ellbogen zog sich Bren zu ihm, starrte auf den sich in seiner Rüstung windenden Feind. Er nahm die Essenz in sich auf, atmete in tiefen Zügen. Frische Haut wuchs über seine Beine, Sehnen verbanden sich wieder mit Muskeln, die neue Kraft gewannen. Er konnte die Knie unter den Körper bringen, sich in eine hockende Position aufrichten.

Aber sein Bauch heilte nicht, solange die Lanze darin steckte.

»Jetzt stirbst du, Ritter!«, brüllte er über das Tosen des Sturms. »Merkst du es? Dein Tod stärkt mein Leben! Ich schmecke deine Existenz, und das ist das Letzte, was in dieser Welt von dir bleibt!«

Verzweiflung.

Bren griff den gesplitterten Schaft mit beiden Händen. Es war eine Kriegslanze, also hatte ihre Spitze Widerhaken. Er konnte sie nicht nach vorn herausziehen, er musste sie vollständig hindurchstoßen. Er sammelte sich, schloss die Augen. Dann riss er sich weiter auf das Holz. Die Splitter bohrten sich in seinen Bauch. Diejenigen, die in der Haut stecken blieben, waren weniger schlimm als jene, die sich in Organen und Gedärmen verfingen. Bren spürte den Drang, sich zu übergeben, gestattete seinem Körper aber nicht, ihm zu folgen. Das war ohnehin nur eine Erinnerung an seine Zeit als Lebender.

Er musste mit der Linken hinter seinem Rücken tasten wie jemand, der ein verlorenes Schmuckstück in trübem Wasser suchte, bis er die Lanze zu fassen bekam. Sie war klebrig von seinem Blut. Mit der Rechten griff er in die Bauchwunde, schob dort nach, während er hinter dem Rücken zog. Knirschend löste sich das Holz aus seinem Körper.

Heftig atmend brach Bren zusammen, stützte sich mit einer Hand auf der Rüstung seines Gegners ab. Der Ritter war noch nicht tot, er konnte das Leben in ihm noch fühlen, aber seine Gedanken lösten sich schon aus der greifbaren Welt und damit auch von Bren. Das war schlecht. Die Gefühle mussten sich auf die Schatten richten, damit sie als Brücke für die Lebenskraft taugten.

»Heh!«, schrie Bren. Er fasste vor den Sichtschlitz des Helms, drehte die zylindrische Konstruktion nach links und nach rechts. »Hier bin ich! Ich bin dein Untergang, dein Tod, derjenige, der dein Leben raubt! Und ich werde das Schwarze Heer nach Süden führen, bis nach Milir! Ich werde das Leben der Deinen trinken, deiner Frau, deiner Kinder!«

Das entfachte die Angst genug, damit Bren die Essenz wieder zu fassen bekam. Er rief sie, so stark er konnte. Er spürte, wie die Holzsplitter aus seinem Bauch gedrückt wurden, wie die zerrissenen Darmschlingen wieder zueinanderfanden, die zerstörte Leber zumindest ungefähr wieder ihren Platz einnahm. Zu mehr reichte das Leben nicht, das noch in dem Mann war. Die Wunde blieb offen, träge nässte dunkles Blut heraus.

Bren stand schwankend, als Dengor und die Handvoll Gardisten, die die Schlacht bisher überlebt hatten, zu ihm eilten.

»Unsere Sache ist verloren, Herr!«, meldete Dengor. »Wir müssen uns zurückziehen!«

Bren sah sich um. Die weißen Geisterköpfe waren überall um sie herum, fuhren in dichte Reihen von Pikenieren und rissen ihre Opfer in die Höhe, um sie in wahnsinnigen Schreien wieder zu Boden stürzen zu lassen. Dämonische Kreaturen, schwärzer als die Nacht, brachen aus dem Boden, wimmelten um die Füße der Krieger, begruben sie unter sich. Sogar Fayé waren jetzt zu sehen, in ihrer seltsamen Kleidung aus lebendem Blattwerk, die sich ihrem Träger anpasste und fest war wie Kernleder. Sie boten einen merkwürdigen Anblick, wenn sie mit den zwei Ellbogengelenken an jedem Arm die übergroßen Bögen spannten. Merkwürdig und tödlich. Trotz des Sturms fanden viele ihrer Pfeile ihr Ziel.

»Herr, die Osadroi müssen in Sicherheit gebracht werden!« Dengor wagte, ihn an der Schulter zu fassen.

Bren sah ihn an.

»Herr, Ihr seid unsterblich. Euch bleibt eine Ewigkeit, um diese Niederlage zu rächen. Aber für die heutige Nacht ist dieses Feld verloren.«

Abwesend nickte Bren und ließ sich in den Sattel heben.

Krieg

Die Holzschwerter knallten aufeinander. General Zurresso war zu ungeschickt, um die Wucht abzulenken, die in Brens Hieb lag. Er nahm sie voll entgegen, sodass sein schwabbeliger Arm sie in den Rumpf übertrug und auch das Kinn, dessen Fettringe vierfach über den Riemen seines Helms hingen, auf und nieder schwappte. Andere Kämpfer klagten darüber, dass die Ritzen ihres Visiers so eng seien, dass sie ihre Sicht behinderten. Das wäre eine Sorge, die Zurresso kaum teilen würde. Seine Lider waren so fett, als hätte ihm jemand das Gesicht mit Faustschlägen massiert. Bren wunderte sich, dass der Mann überhaupt etwas sah.

Der Kampf war ebenso unbefriedigend wie sein Gegner. Um als Kämpfer zu wachsen, brauchte man gleichwertige Kontrahenten. Diesem hier hätte Bren schon mit acht Jahren den Wanst aufgeschlitzt. Die größte Leistung, die der General bisher vollbracht hatte, bestand darin, dass er das Übungsschwert am richtigen Ende angefasst hatte. Seitdem hatte er es ein Dutzend Mal verloren. Seine langsamen Angriffe hätten nicht einmal als Aufwärmübungen getaugt. In ganz Guardaja war keine Rüstung aufzutreiben gewesen, in die der General gepasst hätte. Daher trug er das Paradestück, das er wohl auch sonst anlegte. Es bestand aus schwarzem, gehärtetem Leder, das beinahe unter den vielen Goldapplikationen verschwand. Sie zeigten fauchende Raubtiere und nackte

Frauen. Bis heute hatte Bren den General der südlichen Dunkelheit nur vom Namen her gekannt. Da sie nun an derselben Front standen, wollte er das ändern. Er fand sich darin bestätigt, dass eine Fechthalle der beste Ort war, um einen Mann einzuschätzen.

Bren schlug noch einmal von oben zu. Ob Zurressos Rückwärtsbewegung der Versuch einer ausweichenden Taktik war oder nur hilfloses Gestolper, war nicht zu entscheiden. Bren führte das Schwert in einem weiten Kreis und schmetterte es nah am Heft gegen die Waffe seines Gegners. Erwartungsgemäß konnten die Wurstfinger den Griff nicht länger halten. Mit diesem Manöver hatte Bren schon gute Fechter überrascht.

Schnaufend vollführte Zurresso eine Mischung aus Bücken und Knien, um die Waffe wieder aufzunehmen. Er schwitzte ständig, nicht nur, wenn er sich bewegte. Offenbar machte seine Masse schon das Atmen zu einer Anstrengung. Bren dagegen vermisste die Anzeichen seines eigenen Körpers, die darauf hingewiesen hätten, dass er sich forderte. Schweiß, Atem und Pulsschlag waren Dinge, die er im Ritual der Umwandlung hinter sich gelassen hatte. Die Leidenschaft für den Kampf regte sich noch. Aber bei einem solchen Gegner blieb sie unbefriedigt.

»Wann willst du dem Feind entgegenziehen?«

Zurresso schnaufte dankbar für die Unterbrechung. »Die Truppen werden hier in Guardaja bleiben. Die Unholde im Silbertal verstärken den Falkenpass zusätzlich. Damit schützen wir das ondrische Kernland am wirkungsvollsten.«

»Was ist mit unseren Gebieten südlich von hier?«

Bren brauchte einen Moment, um zu erkennen, dass Zurresso nicht nur geschluckt, sondern mit den Schultern gezuckt hatte. »Elastische Defensive. Sollen sie die paar Baronien besetzen. Wir werden uns das Land zurückholen, wenn unsere Truppen nicht mehr im Osten gebunden sind.«

Die Fayé hatten inzwischen Zorwogrod und den größten Teil der Wetterberge überrannt. Widaja hatte ihren Sitz verloren, traute sich aber nicht nach Orgait, wo sie dem SCHATTENKÖNIG in die Augen hätte sehen müssen. So lebte sie in einem Feldlager. Eine Vorstellung, die kaum zu der arroganten Schattenherzogin passte.

»Aber wir müssen doch wissen, was der Feind plant.«

»Spione, Herr. Und Verräter. Es gibt immer genug, die für Gold erstaunliche Dinge tun.«

Lustlos führte Bren einige Angriffe, hauptsächlich, um Zurresso wieder zum Schnaufen zu bringen. »Auch wenn die Hauptschlacht im Osten geschlagen wird, dürfen wir die Menschen nicht unterschätzen.«

»Ganz recht, Herr.« Zurresso wankte zurück, hoffte wohl auf eine weitere Pause.

Bren tat ihm den Gefallen.

Der Fechtraum bot nur ein paar Hocker, von denen keiner das Gewicht des Generals ausgehalten hätte. Also lehnte sich Zurresso gegen die gewaltigen Steinquader, aus denen die Wände gefügt waren. »Die Milirier halten die Schwertkunst in hohen Ehren.«

Im Gegensatz zu dir, dachte Bren.

»Ihre Ritter sind stolz. Sie werden auch den Tod nicht scheuen, wenn sie die Möglichkeit sehen, einen Sieg zu erringen.«

»Du glaubst, sie sind unsere stärksten Gegner im Süden?«

Zurresso fummelte ein Tuch aus dem Gürtel, mit dem er sich das Gesicht abtupfte. »Ihr Gott verlangt Stärke. In Terrons Tempeln versuchen sich die Gläubigen an Gewichten, um die Muskeln zu kräftigen. Mir wurde berichtet, dass ein milirischer Ritter sogar Euch verletzte, in der Schlacht an den Wetterbergen.«

»Das stimmt, aber davon ist nichts mehr zu spüren.« Die Wunde war vollständig verheilt. Auch von der Erschöpfung durch die Verwandlung, die er bei Nalajis Verfolgung in den

Wetterbergen vollzogen hatte, hatte er sich erholt. Ab und zu wechselte er sogar in die Nebelform, um seine Wahrnehmung in dieser Gestalt zu schärfen. Dennoch fühlte er sich schlapp. Der Grund dafür war offensichtlich. »Nicht mehr lange, und alle drei Monde stehen voll am Himmel. Erwartest du, dass der Feind Verstärkung aus Ilyjia anfordern wird?«

»Das Herrscherhaus dort ist schwach. Unsere Agenten haben den König und seine Frau vergiftet. Jetzt regiert die Tochter, ein Kind.«

»Vergisst du etwa die Mondschwerter?«

Zurresso patschte eine wegwerfende Bewegung in die Luft. »Wie viele Paladine könnten die ins Feld schicken? Zweihundert? Zweihundertfünfzig?«

»Sie hätten Klingen aus Silber.«

»Sollen sie kommen, dann nehmen wir sie ihnen ab. Sie werden niemals bis zur Festung durchdringen, also wird ihr Silber auch nicht in die Nähe eines Unsterblichen gelangen.«

»Und wenn sie ihre Priesterinnen mitbringen? Aus dem Tempel der Mondmutter?«

»Dann haben meine Krieger ein paar Mädchen, mit denen sie spielen können.«

»Vielleicht solltest du doch einige Truppen zusammenstellen und nach Süden ziehen, um den Feind daran zu hindern, seine Aufmarschpläne umzusetzen.«

Zurresso schmatzte unwillig. »Ich tausche täglich Nachrichten mit General Bretton. Vermutlich wird er noch mehr Truppen anfordern, um den Fayé Einhalt zu gebieten. Wenn ich weitere Einheiten aus Guardaja abziehe, schwäche ich unsere Stellung.«

»Erwäge es.« Bren traf Zurresso dreimal auf Arme und Bauch, bevor dieser sein Holzschwert wieder in eine Kampfhaltung brachte. »Du weißt, ich bin in diesen Dingen nicht ganz ohne Erfahrung. Ich war der General der westlichen Dunkelheit.«

»Natürlich. Ich habe Eure Erstürmung von Naitera studiert. Ein Meisterstück. Gern werde ich über Euren Vorschlag nachdenken.«

Brens nächste Aktion war als Finte gedacht, aber bei der langsamen Reaktion seines Gegners verschwendet. Zurresso erkannte die Richtung des Schlags zu spät, und danach bewegte er sich zu langsam, als dass er die Öffnung so rechtzeitig geboten hätte, wie Bren es geplant hatte. Aber das war auch unnötig. Er hielt die Waffe dermaßen ungeschickt, dass Bren sie ihm mühelos aus der Hand prellte.

Schnaufend nahm Zurresso sie wieder auf.

»Du bist wirklich kein Kämpfer«, stellte Bren fest. »Wie lange hast du als Knappe gedient?«

»Das blieb mir erspart. Ich erlernte Strategie und Taktik an der Akademie.«

»Bist du besser mit der Axt oder der Lanze als mit dem Schwert?« Nach dem Bogen fragte Bren gar nicht erst. Solche Leibesfülle würde die Handhabung unmöglich machen.

Zurresso tippte gegen seinen Kopf. »Ich schlage meine Schlachten hiermit. Wenn Ihr eine Partie Gracht mit mir spielen wolltet, würdet Ihr einen respektablen Gegner in mir finden.«

»Ich neige nicht zu Spielen«, stellte Bren fest.

Der Mann war ihm zuwider. Wahrscheinlich hatte er niemals so nah vor einem bewaffneten Feind gestanden, dass sein Leben in Gefahr gewesen wäre. Vielleicht hatte er getötet, aber nur Wehrlose. Sein Aufstieg war ganz anders verlaufen als der Brens, der in Feldlagern aufgewachsen war und sich als Einzelkämpfer bewährt hatte, bevor ihm der Befehl über andere Männer angetragen worden war. Zurressos Stellung war sicher schon entschieden gewesen, als er in die Akademie eingetreten war. Solche Männer entstammten einflussreichen Häusern. Gut möglich, dass seine Eltern im Kult waren.

Noch immer unterschätzte Bren die Kraft seines neuen Körpers, wenn er nicht bewusst daran dachte. Sein Holzschwert schlug so heftig gegen Zurressos Unterarm, dass die Elle vernehmlich knackte. Wimmernd ließ der General die Übungswaffe fallen, hielt sich das verletzte Glied und ging in die Knie.

Bren senkte sein Schwert. Er sah auf den Gegner hinab und fühlte sich leer. »Das wird dich doch nicht behindern?«

»Ich kämpfe mit dem Kopf, nicht mit dem Arm, Herr.«

Ein bekanntes Flüstern drang an Brens Ohr. »Merkwürdige Vergnügungen habt Ihr«, sagte Gadior. Der jugendlich wirkende Osadro war hell gekleidet, wie es bei Widajas Gefolgsleuten Sitte war. Sein Gewand schimmerte im Kerzenlicht und schwang durch seinen weiten Schnitt bei jeder Bewegung. »Sollten wir das Verkrüppeln unseres Generals nicht unseren Gegnern überlassen?«

Bren neigte das Haupt. »Ich war im Überschwang begriffen, Schattengraf.«

Gadior seufzte. »Entferne dich und lass das versorgen, Zurresso.«

»Ja, Herr!« Der Fettwanst war überraschend schnell auf den Beinen. »Danke, Herr!«

Als er gegangen war, schlenderte Gadior zu Bren herüber. »Menschen können anstrengend sein, nicht wahr? Sie sind so jung und haben so wenig Zeit vor sich. Deswegen ist für sie alles so wichtig, jedes Jahr, manchmal jeder einzelne Tag. Ihre Ungeduld kann einem auf das Gemüt schlagen. Fällt Euch Jittara auch so auf die Nerven wie mir? Ja, ich weiß. Aber was soll man machen? Als Nachtsucherin ist sie eine recht fähige Person.«

»Wie Ihr meint, Schattengraf.«

»Sie scheint besorgt. Wegen Euch und wegen Eures Verhältnisses zu ihr. Sie glaubt, Ihr weicht ihr aus.«

»Wie Ihr sagtet: Sie kann einem auf das Gemüt schlagen.« Jittara hatte Bren nach dem Grund gefragt, warum er mit Attego Hals über Kopf aus Orgait verschwunden war. Sie wusste nichts davon, dass Kiretta lebte, aber sie vermutete etwas. Ihm gegenüber gab sie sich damit zufrieden, dass die Erinnerung ihn zu einer merkwürdigen Anwandlung getrieben habe, zu dem Drang, sich allein der Wildnis zu stellen. Nur passte dann Attego nicht ins Bild. Bren war sicher, dass der Dunkelrufer ihr nichts aus freien Stücken verraten würde, die Rivalität zwischen den beiden war überdeutlich. Aber Jittara verfügte sowohl über handfeste als auch über magische Mittel, jemandem gegen seinen Willen zu entreißen, was er wusste. Sie würde kaum riskieren, Attego grundlos zu verstümmeln, aber sie hatte eine Spur. Sie wusste, dass Monjohr, der Ghoulmeister, ermordet worden war. Vielleicht wusste sie auch von Nalajis Flucht aus Orgait. Attego, Monjohr, Nalaji ... Sie alle hatten etwas mit Kirettas Überleben zu tun. Aber sie waren nur minderwertige Figuren in diesem Spiel. Wie Gadior gesagt hatte: Menschen mit kurzer Vergangenheit und wenig Zukunft. Am Ende ging es immer um die Unsterblichen. Aber welcher Unsterbliche hätte ein Interesse daran, dass Kiretta überlebte, nachdem Lisanne ihr den Haken vom Arm gerissen und sie verblutend zurückgelassen hatte? Das war das Rätsel, das Bren lösen musste. Dann wäre er einen Schritt näher daran, zu verstehen, wer sein Feind und wer sein Freund war. Sofern Osadroi Freunde haben konnten.

»Schon vor dem Angriff der Fayé gab es einige Unruhe in Orgait«, tastete Bren.

Gadior lächelte schief. »Es geschieht nicht jede Nacht, dass eine verlorene Schattenherzogin reumütig zurückkehrt und dass ein neuer SCHATTENKÖNIG den Schädelthron besteigt.«

»Es gab auch Streit zwischen den Osadroi.«

»Daran wart Ihr nicht unbeteiligt, wenn ich mich recht entsinne.« Seufzend legte er ihm die Hand auf die Schulter, eine Berührung, so sanft wie eine Rabenfeder. »Das Ungestüm der Jugend. Der Kult warnt davor, aber ich sage Euch, Ihr werdet es vermissen, wenn es erst fort ist. Die Erinnerung wird selbst zu einer Erinnerung, wenn niemand mehr lebt, der Euch sah, als Euer Herz noch in Eurer Brust schlug.«

Bren nahm das Holzschwert auf, das Zurresso entfallen war, und befestigte es neben seinem eigenen im Ständer. Die Schweißspur auf dem Boden zeigte den Weg, den sein Gegner zurückgelegt hatte.

»Was habt Ihr mit Ehla vor?«, fragte Gadior. »Eurer Mutter?«

Bren hatte sie ein paarmal getroffen. Er fand es schwierig, mit ihr zu reden, aber es war nicht ohne Reiz, sie zu beobachten, wie sie von der Verehrung für das überwältigt wurde, was aus ihrem Sohn geworden war. Immer wieder stockte ihr der Atem, wenn sie ihn ansah. »Ich habe noch nicht entschieden, was mit ihr geschehen soll.«

»Nehmt die Erinnerung wichtig«, sagte Gadior. »Glaubt mir, die Zeit wird kommen, da werdet Ihr den Möglichkeiten nachtrauern, die Ihr mit jenen hattet, die Euch schon als Mensch begleitet haben.« Er zuckte mit den Schultern. »Sei es Zerstörung oder Pflege. Nur genutzte Macht ist echte Macht.«

Unwillkürlich wanderte Brens Blick zu der Kiste, in der er Kirettas Haken verwahrte.

———

Kiretta hatte ihre Hände zu einer Schale geformt, als hätte sie damit Quellwasser geschöpft. Bren war zu weit entfernt, um zu erkennen, was sie dort so vorsichtig hielt, aber er sah das Licht, das davon ausging. Sein Orange wärmte Kirettas Gesicht, entzündete ihr rotes Haar, floss ihren schlanken Hals hinab, beleuchtete die Wölbungen ihrer Brüste, bis es vom schwarzen Stoff eines Kleids geschluckt wurde. Bren wunderte sich darüber, dass Kiretta zwei gesunde Hände hatte. Bei ihrem Kennenlernen war bereits der messerscharfe Haken an ihrem rechten Arm gewesen. Als er ihr das letzte Mal begegnet war, hatte sie dort einen Verband über ihrem Stumpf getragen.

Man sagte, dass die Träume von Schattenherren unbegreiflich für einen menschlichen Verstand waren. Dennoch mussten diese deutlichen Bilder, die Bren sah, ein Traum sein. Er blickte in Kirettas lächelndes Gesicht. Die Lippen waren voll und frisch. Er erinnerte sich an ihren Geschmack. Einmal hatte sie einen Schluck Rum im Mund gehabt, als sie ihn geküsst hatte. Er hatte den Brand in seiner Kehle ausgehalten, während sie die feurige Flüssigkeit in ihn hineingepresst hatte. Auch jetzt sah er den Schalk in ihren Augen funkeln.

Dieses Traumbild war genauso viel oder wenig rätselhaft wie jene, die Bren als Mensch gehabt hatte. Das einzig Ungewöhnliche mochte sein, dass er wusste, dass er träumte. Träumte wie ein Mensch.

Wie viel Menschliches war noch in ihm?

Was hielt Kiretta dort vor ihrem Gesicht? Das Licht sah so warm aus, als könne es im härtesten Nordwind vor dem Kältetod bewahren, und zugleich so milde, dass man sich unmöglich daran hätte verbrennen können. Schließlich barg Kiretta es in den bloßen Händen.

Vielleicht versuchte etwas oder jemand, Bren zu zeigen, wo sich Kiretta befand? Aber außer Kiretta selbst war nichts zu erkennen, kein Hinweis auf ihren Aufenthaltsort. Sie schwebte in samtener Dunkelheit. Wie in einem Nachthimmel, an dem sie der einzige Stern war. Die einzige Möglichkeit, sich in der Finsternis zu orientieren.

Kiretta lächelte breiter. Ihre Zähne kamen zwischen den roten Lippen zum Vorschein, weiß wie Perlen.

Doch dann verdunkelte sich die Vision, als zögen Nebel oder feine Wolken zwischen Bren und Kiretta auf. Das Leuchten wurde schwächer, Kirettas Miene undeutlicher.

Bren spürte den Verlust. Wie damals, als seine Mutter ihn weggegeben hatte. Oder später, als er hatte erkennen müssen, dass sein Vater zu einem sabbernden Idioten geworden war. Oder dann, als er Helion gemordet und dadurch Lisannes Gunst verloren hatte.

Entschlossen wandte er sich Kiretta zu, konzentrierte sich darauf, ihr näher zu kommen. Aber diese Kraft hatte er in seinem Traum nicht. Das Licht in Kirettas Händen wurde beständig schwächer. Noch immer lächelnd sank sie weiter und weiter in die Dunkelheit.

Dann war plötzlich alles hell. Bren sah seine Umgebung deutlich, das schwarz bezogene Bett, auf dem er lag, die Öllampen, die Jittara und seine Mutter in den Händen hielten und auch Dengors wuchtige Gestalt, auf die ihr Licht ebenfalls schien. Den jungen Mann, der sich an der Wand krümmte, kannte Bren nicht. Er erbrach Blut auf den Boden, sein linker Arm war unnatürlich verdreht und der Brustkorb eingedrückt.

Es dauerte eine Weile, bis Bren begriff, dass das Knurren, das er hörte, aus seiner eigenen Kehle kam. Er senkte den Blick und sah auf seine Rechte, deren Finger versteift waren wie gebogene Dolche. An den Krallen der mittleren drei glänzte Blut.

Er schloss den Mund und sah Jittara an.

»Wir mussten Euch wecken, Herr«, flüsterte sie. »Verzeiht, aber wir bedürfen Eurer Führung.«

Dengor kannte weniger Zurückhaltung. Die tiefe Stimme des Barbaren dröhnte durch den Raum. »Guardaja wird berannt.«

Bren erhob sich. Sein Schädel fühlte sich an wie bei einem Zecher nach einer harten Nacht. »Der dreifache Vollmond steht am Himmel«, stellte er fest.

»So ist es, Herr«, bestätigte Jittara.

»Dann waren die Menschen doch besser vorbereitet, als General Zurresso glaubte.«

»Sein Bote brachte die Meldung, dass Zurressos Heer sieben Wegstunden südlich eingeschlossen ist. Sie haben ihm eine Falle gestellt.«

Der Boden zitterte. Das musste nicht viel bedeuten, bei einem dreifachen Vollmond kam es beinahe so häufig zu Beben wie bei einem dreifachen Neumond. Aber der Donner über ihren Köpfen rührte nicht von einer Naturerscheinung. Das war ein Wurfgeschoss, das gegen die Festungsmauer prallte.

Bren legte sich den Morgenstern über die Schulter und nahm den Kampfschild mit dem blauen Einhorn von der Wand. Er zeigte zu der Kiste, in der er Kirettas Haken aufbewahrte. »Dengor, nimm das.«

Ohne Regung nahm der Hauptmann seiner Garde den Schatz an sich.

Der Adept hustete noch immer Blut auf den Boden. Er schien sich nicht zum Sterben durchringen zu können. Seltsam, dass noch niemand eine Methode gefunden hatte, einen Schattenherrn zu wecken, ohne ihn direkt zu berühren. Vielleicht fand der Kult die Vorstellung unwürdig, einen Unsterblichen aus sicherer Entfernung mit einer Stange zu stoßen, und bestimmt half auch die Nähe lebender Essenz beim Erwachen, aber irgendeine ungefährlichere Lösung hätte sich doch finden lassen müssen.

Jittara folgte seinem Blick. »Man wird sich um ihn kümmern.«

Wieder zitterte der Boden.

»Wie ernst ist die Lage? Wenn die Wurfmaschinen so nah sind, muss der Feind das Silbertal bereits genommen haben.«

Jittara lächelte freudlos. »Die Unholde, die es bewachten, sind zum Feind übergelaufen.«

Fragend sah er sie an.

»Wir wissen noch nicht, wieso, aber die Unholde haben die Menschen nicht nur passieren lassen. Sie streifen durch die Festung. Die Mauern bieten ihnen keinen Widerstand. Sie trinken den Verstand unserer Krieger und treiben sie in den Wahnsinn.«

»Sie sind Geschöpfe der Finsternis. Haben die Menschen so mächtige Magier, dass sie ihnen befehlen könnten?«

»Uns sind keine bekannt«, gestand Jittara.

»Dann müssen Fayé hier sein.«

Dengor neigte den Kopf seitlich. »Ein paar vielleicht, aber kein ganzes Heer. Dafür binden sie Widajas Truppen im Osten zu stark.«

»Ein Dutzend Zauberer, die sich auf die dunkle Kunst verstehen, könnten ausreichen.«

Wieder krachten Wurfgeschosse gegen die Mauern.

»Herr, da General Zurresso nicht zugegen ist und einige Offiziere weniger Verstand haben als Säuglinge, nachdem die Unholde sie geküsst haben, brauchen wir jemanden, der entscheidet, was zu tun ist.« Ob Jittara wohl bleich geworden wäre, wenn sie nicht ohnehin so fahle Haut gehabt hätte? Bren spürte ihre Verunsicherung trotz der Schmerzen, die in seinem Kopf dröhnten.

»Wie beurteilst du die Lage?«, fragte er Dengor, während sie die Treppen nach oben stiegen.

»Die Krieger, die Zurresso begleiten, fehlen uns.«

Und ich habe ihn dazu gedrängt, sie nach Süden zu führen, dachte Bren. *Verwünscht soll ich sein! Warum habe ich meinen Stolz nicht im Zaum gehalten? Zurresso kennt die Verhältnisse hier seit Jahren!*

»Die in Richtung Silbertal vorgelagerten Festungen waren nur schwach bemannt«, fuhr Dengor fort. »Sie sind gefallen.«

»Alle?«, rief Bren.

»Vielleicht klammert sich in einer von ihnen noch ein wackerer Krieger an sein Schwert, aber sie können den Vormarsch nicht mehr verzögern.«

Von den Zinnen aus betrachtet blieb kein Zweifel am Ausmaß der Katastrophe. Nicht nur im Süden, auch an den Hängen im Osten brannten Feuer. Gemeinsam mit den drei Monden beschienen sie die Truppen, die nun mit Katapulten und Rammen gegen die Hauptfestung vorrückten. Die feindlichen Panzerreiter standen in geordneten Formationen außerhalb der Reichweite der Bogenschützen, die die Schießscharten besetzt hielten. Für die Ritter gab es derzeit nichts zu tun, das Feld gehörte ihnen bereits, die Ondrier befanden sich hinter Guardajas dicken Mauern. Diese zu brechen war Aufgabe der Fußkämpfer, aber auch von denen wartete der größte Teil ab. Dort unten waren viel mehr Krieger zusammengeströmt, als es Platz an den Geräten gab. Für Leitern und Wurfanker waren die Mauern zu hoch, auch wenn gerade jetzt ein Quader, den man aus einer der kleineren Festungen gerissen hatte, geworfen von einem Katapult, eine Zinne wegschlug. Bren sah spitze Helme, runde und zylindrische, wallende Gewänder, Lederrüstungen, solche aus Kettengliedern und welche, die aus Metallschuppen zusammengesetzt waren. Ein Stamm Barbaren aus Dengors bronischer Heimat hatte sich eingefunden, Axtschwinger aus Ublid, eskadische Speerkämpfer. »Die ganze Welt will die Schatten weichen sehen«, murmelte Bren.

»Die ganze Welt wird unter die Schatten fallen«, sagte Jittara. Es klang auswendig gelernt.

»Eure Befehle, Herr?«, fragte Dengor.

Bren musterte ihn und die sieben Gardisten, die ihm geblieben waren. Ihr Atem schuf nebligen Dunst. Er sah weniger Entschlossenheit in ihren Augen als blinden Glauben. Sie würden jede Entscheidung, die er treffen mochte, durch die Festung tragen. Er war ihr Schattenherr, und das war nicht viel weniger als ein Gott.

Er sah hinauf zu den drei Monden. Ihr Licht stach wie Stricknadeln in seine Augen. Sie waren so weit gewandert, dass die halbe Nacht vorüber sein musste. Wäre er nicht geweckt worden, hätte er bis zur nächsten Abenddämmerung geschlafen. Dies war eine schlechte Zeit für Osadroi und ihre Diener.

»Wir geben Guardaja auf.« Die Worte hörten sich an, als spräche sie ein anderer. Für einen Moment herrschte Stille auf dem Schlachtfeld, dann donnerten wieder Wurfgeschosse gegen die Mauern. »Wir ziehen uns nach Karat-Dor zurück, solange das noch geordnet möglich ist.«

Jittara verneigte sich mit flatternden Gewandaufschlägen. »Wie Ihr befehlt, Herr. Sollen wir uns zu Schattengraf Gadior begeben?«

Gadior, der um ein Vielfaches älter war als Bren, würde in einer solchen Nacht nichts aufwecken können. Falls doch, würde er wie ein tollwütiger Löwe rasen. Sie mussten ihn schlafend transportieren.

Bren nickte und bedeutete der Nachtsucherin, voranzugehen.

»Es ist doch nur ein vorübergehender Rückzug, Herr?«, fragte seine Mutter mit bettelnden Augen. Sie nannte ihn jetzt immer ›Herr‹. Er wandte sich von ihr ab.

Der letzte Blick zwischen den Zinnen hindurch bestätigte seine Vermutung, dass Fayé ihre dämonischen Verbündeten in diese Schlacht befahlen. An vier Stellen warf sich die Erde auf, wie bei einer Wühlmaus, die einen Gang durch den Boden grub. Nur hätten diese Wühlmäuse so groß wie Ochsen sein müssen. Bren erinnerte sich an die schneckenartigen Unkreaturen, die die Fayé ihnen an den Wetterbergen entgegengestellt hatten. Diese hier bewegten sich schneller, und sie hielten auf die Mauer zu wie Sappeure, zweifellos um sie zu untergraben und zum Einsturz zu bringen. Glücklicherweise schienen Fayé wenig von Festungen zu verstehen, die aus Stein gefügt waren. Ihre Diener müssten viel tiefer graben, um unter die Fundamente zu gelangen.

»Gehen wir«, sagte Bren.

Der schnellste Weg hinab führte über die Wehrgänge nahe der Außenmauer. Bren überlegte, Jittara anzuweisen, eine andere Strecke zu wählen, denn wo immer sie passierten, hielten die Krieger inne und bezeugten ihre Ergebenheit gegenüber dem Schattenherrn. Dadurch hatten sie zwar an allen Engstellen Vorrang und kamen ihrem Ziel schnell näher, behinderten aber auch die Bemühungen der Verteidiger. Bren konnte sich dennoch nicht entschließen, den Weg durch die Säle und Hallen im Innern zu wählen. Die Neugier des Feldherrn war zu groß. Er wollte sehen, wie es um die Schlacht stand, und die Fähigkeiten, die das ondrische Heer bewies, machten ihn stolz.

Über einem Tor, das die Angreifer mit einem Rammbock bestürmten, beobachtete er einen Trupp, der zwei Kessel mit siedendem Öl zu dem vorgeschobenen Gang trug, dessen Boden mit fingerdicken Löchern durchsiebt war. Diese Öffnungen waren zu klein für Pfeile, aber groß genug, um kochende Flüssigkeit auf ungebetene Gäste gießen zu können. Bren hielt inne und bedeutete den Kriegern mit einem Wink, sich nicht durch seine Anwesenheit beirren zu lassen.

Mit der Ruhe gut ausgebildeter Kämpfer warteten die Ondrier ab, bis beide Kessel in Position und die Angreifer so weit unter dem Vorbau waren, dass die Ramme gegen das Tor stieß. Erst dann kippten sie ihre Last aus.

Sofort stiegen die Schreie der Verbrannten zu ihnen auf. Jetzt, so wusste Bren, war ein fester Eisenharnisch eine Todesfalle. Das siedende Öl lief durch die Ritzen, ließ die Haut darunter Blasen werfen. Der Gepanzerte hatte keine Möglichkeit, sich seines fatalen Schutzes zu entledigen, um die kochende Flüssigkeit abzuwischen oder, noch besser, sich im Sand zu wälzen und sie dadurch abzulöschen. Dies war eine der wenigen Situationen, in denen ein Kämpfer froh war, wenn er nur ein wollenes Wams trug.

Bren hörte, wie der Rammbock zu Boden polterte. Seine Ohren ermöglichten ihm sogar, in dem Gekreische das Brechen von Knochen zu vernehmen. Ein paar Schienbeine waren wohl in ungünstigen Positionen gewesen, als die Kameraden beschlossen hatten, ihre Last fallen zu lassen, um im Wortsinne ihre Haut zu retten.

Die Ondrier hielten sich nicht mit Betrachtungen auf. Sie hoben die leeren Kessel an, um sie von Neuem zu füllen.

Doch die Angreifer waren offenbar nicht gewillt, den Trupp ungestraft davonkommen zu lassen. Bren ahnte, dass sterbliche Augen die Gestalt, die sich nun durch die Außenwand drückte, lediglich als schwarzen Schemen wahrnähmen. Er selbst jedoch erkannte ein Gewimmel kleiner, knochenfarbener Spinnen, die so über- und umeinander herkrochen, dass sie eine menschliche Gestalt nachahmten, deren Kopf einem

Totenschädel glich. Die leeren Höhlen mussten dennoch etwas erkennen können, denn sie fixierten den ihnen nächsten Krieger. Das Wesen stieß einen Laut aus, wie er auch in den Hallen der Verdammten erklingen mochte. Es spreizte die Arme und stürzte sich auf den Mann, dessen Ausweichbewegung als hilflos stolpernder Versuch endete.

»Unhold!«, rief Bren.

Einige der Spinnen wuselten über den Krieger, als die Gestalt, die sich nun vollständig aus der Wand gelöst hatte, ihn umarmte. Er öffnete den Mund zu einem Schrei, der aber zu einem Gurgeln verkam, als der Unhold ihm den Arm in den Hals rammte. Die vorquellenden Augen des Mannes zeigten pures Entsetzen, das sich auf den Gesichtern seiner Kameraden spiegelte. Sie ergriffen die Flucht.

Der Unhold ließ sein Opfer sinken und machte Anstalten, ihnen nachzusetzen, verharrte aber, nachdem er einige Schritt weit geschwebt war, und ruckte herum. Ehla stand etwas abseits von den anderen, was sie zu einem einfachen Ziel machte. Die Unkreatur schnellte auf sie zu.

Ohne Zögern warf sich Bren dazwischen. Er schlug durch die wimmelnden Spinnenkörper. Obwohl sie ihm kaum Widerstand boten, bemerkte der Unhold die Attacke und wandte sich nun ihm zu. Die dürftige Mimik des aus übereinander krabbelnden Leibern gebildeten Gesichts zeigte Verwirrung. Hatte Brens Gegner Mühe, ihn wahrzunehmen?

Bren schlug erneut zu. Seine Klaue drang am Bauch in den Unhold ein und wischte aufwärts, um an der Schulter wieder auszutreten. Ein paar Spinnen flogen davon, sonst gab es keinen sichtbaren Effekt. Aber Bren hatte etwas in der Brust des Gegners gefühlt. *Er hat ein Herz, und ich kann es greifen!*

Der Unhold erkannte die Gefahr, die ihm drohte, und wich zurück.

Bren ließ den Einhornschild fallen und setzte nach, schlug jetzt mit beiden Händen gezielt in die Brust. Das Herz, wenn es denn eines war, musste sehr klein sein, nicht größer als eine Perle, denn Bren verfehlte es mehrmals. Dann aber traf er auf etwas Festes und schleuderte den Unhold gegen die Außenmauer der Festung. Anders als einem Gegner aus der greifbaren Welt boten die Quader ihm jedoch kaum Widerstand. Die Wand nahm ihn auf, wie Dunst es mit einem fleischlichen Körper getan hätte. Wütend sprang Bren hinterher, aber er konnte die Steine nicht durchdringen, während der Unhold klug genug war, auf einen erneuten Vorstoß zu verzichten.

Als Bren sich wieder seinen Gefährten zuwandte, sah er, dass der angegriffene Krieger wie unter heftigem Frost zitternd auf dem Boden hockte. Seine Augen huschten hin und her, was ein gutes Zeichen war. Hätte der Unhold seinen Verstand zerstört, dann hätte der Mann nur noch geistlos vor sich hin starren können.

Ehla kniete mit einem feierlich gefassten Gesichtsausdruck nieder. »Ich danke für die Gnade, von Euch gerettet worden zu sein, Herr«, sagte sie und verbeugte sich tief.

Bren wunderte sich darüber, dass es ihn befriedigte, dem Unhold Einhalt geboten zu haben. Viele Dinge verwirrten ihn derzeit, was für sein Alter normal war, wie Jittara und noch mehr Attego ihm stets versicherten. Die Gefühle für seine Mutter gehörten dazu. Er hätte gedacht, dass sie ihm gleichgültig wäre oder, wenn schon nicht das, dass dann Hass oder Verachtung die vorherrschende Emotion hätte sein müssen. Aber sie hatte diese Augen, mit denen sie ihn schon als Jungen angesehen hatte. Niemals liebevoll, aber dennoch ... Bren wusste nicht, was er für sie empfand.

Jetzt war nicht der rechte Zeitpunkt, um in Grübeleien zu verfallen. »Holen wir Gadior.«

Jittara verneigte sich und übernahm wieder die Führung. Das Donnern der Wurfgeschosse begleitete sie auf dem Weg hinab. Wenn Bren sich nicht täuschte, hörte er auch das Splittern eines Tors.

Gadiors Schlaf wirkte täuschend leicht. Das lag nicht nur an den jugendlichen Zügen und an dem feinen, fast weißen Stoff seines Gewands, das auch einem Mädchen gut angestanden hätte, sondern auch an der Gestaltung seines Lagers. Die Bettdecke war kaum zu erkennen, wurde sie doch von einer Flut aus Rosen bedeckt. Ihre Farben reichten von Rot über ein zartes Lila bis zu einem hellen Gelb. Die meisten von ihnen waren voll erblüht und wirkten so frisch, als seien sie erst vor einer Stunde geschnitten worden. Auf manchen Blättern glänzte sogar noch Tau. Angesichts der Tatsache, dass die Krieger draußen erst eine Eisschicht zerstoßen mussten, um an Wasser zu kommen, konnte das nur bedeuten, dass dieser Schmuck Gadior so viel wert war, dass er magische Kräfte aufbot, um ihn zu ermöglichen. Da die Blumen gleichmäßig auf dem Laken angeordnet waren, das Gadior bis zur Brust reichte, sodass er die Arme darüber hatte legen können, musste ein Diener mit der Aufgabe betraut sein, sie zu drapieren, nachdem sich sein Herr zur Ruhe begeben hatte. Alte Osadroi entwickelten häufig seltsame Vorlieben, die dazu führten, dass unsinniger Aufwand in Dinge gesteckt wurde, die kaum Nutzen hatten. Wer sah schon Gadiors Arrangement? Normalerweise sorgten seine Gardisten dafür, dass ihn niemand während seines Schlafs besuchte. Nur Brens Anwesenheit ermöglichte es in dieser Nacht. Gab es eine Erinnerung irgendwo tief in Gadior, ein hartnäckiges Bild aus der Zeit, als noch warmes Blut durch seine Adern geflossen war, das ihm diese Rosen kostbar machte?

Bren hatte keine Zeit, darüber zu spekulieren. »Macht die Kutsche bereit«, befahl er Gadiors Gardehauptmann. »Der Schattengraf und ich werden die Festung verlassen.«

Einen Moment zögerte der Offizier, dann verbeugte er sich. Als er den Raum verließ, ging er schnellen Schrittes. Wohl nicht nur, um Brens Wunsch nachzukommen, sondern auch, weil er fürchtete, jemand könne auf den Gedanken verfallen, ihm zu befehlen, er solle Gadior wecken.

Aber Bren hatte nicht vor, den anderen Osadro aus dem Schlaf reißen zu lassen. Schon er selbst spürte die drei Vollmonde wie Felsbrocken auf sich lasten. Gadior könnte unmöglich einen klaren Gedanken fassen, er wäre keine Hilfe. Bren zog die rosenbestreute Decke kurzerhand vom Bett, schob die Arme unter den steifen Körper des Osadro und nahm ihn auf.
»Wir werden am schnellsten sein, wenn ich ihn trage.«
Die Sterblichen neigten das Haupt.
Die Kutsche war gut vorbereitet, vier Schattenrosse waren angespannt. Menschliche Augen konnten die Tiere nicht fixieren. Selbst Bren blieben ihre Umrisse unklar, wenn sie auch nicht im Nebel lagen. Die Flammen, die aus ihren Augen schlugen, setzten sich an ihren Körpern fort, brannten aber schwarz, als gierten sie danach, ihre Umgebung mit Finsternis zu verbrennen.
Bren schnallte Gadior auf einer Liege fest. Es würde eine stürmische Fahrt werden. Auch die Truhe mit Kirettas Haken sicherte er durch einen Gurt.
Üblicherweise ritten Gardisten auf schwarzen Pferden, aber in der Eile hatte man wohl nicht genügend Rappen auftreiben können, sodass sich auch zwei Füchse, drei Braune und sogar ein Apfelschimmel unter den Reittieren fanden. Bren wählte das hellste Pferd und erstickte damit den beginnenden Streit darüber, wer am meisten Anrecht auf schwarzes Fell habe.
»Kommt Ihr nicht zu uns in die Kutsche, Herr?«, fragte Jittara, die sich mit Ehla und Attego bei Gadior einrichtete. Die Roben des Kults waren nicht für einen Sattel geschneidert.
»Ich habe mein Schicksal lieber selbst in der Hand, sollte es zu einem Kampf kommen.«
Dengor grunzte beifällig, Jittara schloss die Tür und verriegelte von innen.
In Ondrien galt die erste Sorge stets dem Wohl der Schattenherren. Deswegen hatte man auch in Guardaja Flucht-

tunnel angelegt, die breit genug für die Gefährte waren, die Osadroi für gewöhnlich benutzten. Die Peitsche knallte, lautlos bäumten sich die Schattenrosse auf, dann ruckte die Kutsche an. Eine halbe Meile hallten das Rumpeln der eisenbeschlagenen Räder und der Hufschlag der Pferde von den gewölbten, aus den für ganz Guardaja üblichen Quadern gefügten Wänden des Gangs wider, dann waren sie im Freien. Bren hatte sich darauf eingestellt, dass das Licht der drei Monde ihn hier stärker schmerzen würde, aber das war nicht der Fall. Das Stechen in seinem Kopf war auch so schlimm genug.

Gadiors Gardisten formierten sich um die Kutsche, während Brens ihren Herrn schützten. Sie waren gute Reiter, Bren brauchte sich nicht zurückzunehmen, als er den Apfelschimmel antrieb. Er genoss den Wind auf seinem Gesicht und das Beben der Muskeln unter ihm, während sie dem Pfad zwischen den nördlich vorgelagerten Festungsanlagen hinab in das Tal folgten. Hier hatte es einmal eine Stadt gegeben, von der jetzt nur noch überwucherte Ruinen zeugten. Am gegenüberliegenden Hang waren sie besonders imposant, dort hatten die Paläste der Reichen gestanden. Jetzt wohnten in diesen Häusern Fledermäuse, die sich nicht am Donnern der Schlacht am Pass störten. Ihre Silhouetten huschten vor den Monden vorbei.

Während sie sich etwas langsamer vorwärtsbewegten, damit die Pferde nicht auf den Trümmern strauchelten, spürte Bren ein Ziehen in seinem Brustkorb. Erst fürchtete er, in Orgait sei man unzufrieden mit ihm und streiche mit silbernen Klingen über sein Herz. Aber das war unwahrscheinlich. Noch war Guardaja nicht gefallen, und selbst wenn das geschähe, würde man im Palast des SCHATTENKÖNIGS noch nichts davon ahnen, geschweige denn sich eine Meinung dazu gebildet haben, wer für die Niederlage verantwortlich war. Also musste das hier etwas anderes sein.

Bren zügelte sein Pferd, was ihm einen verwirrten Blick von Dengor eintrug, der aber dennoch sofort die Gardisten in einer Verteidigungsformation ausschwärmen ließ.

Dieses Ziehen war demjenigen ähnlich, das er in der Kathedrale von Orgait gespürt hatte, während der ersten Übung in Magie. Ein Astralstrom, den er zufällig kreuzte? Er ließ das Pferd langsam weitergehen, aber die Wahrnehmung änderte sich auch nach fünfzig Schritt nicht.

Das Gefühl hatte etwas mit Magie zu tun, vermutete Bren. Wenn er doch mehr von der dunklen Kunst verstanden hätte! Jemand wie Gadior oder vielleicht sogar Jittara hätte innerhalb von ein paar Wimpernschlägen analysieren können, was hier vorging. Er dagegen hatte Schwierigkeiten, sich zu konzentrieren, während ihm das Licht der drei Monde in den Kopf stach.

Brens Blick suchte die Kutsche, die noch immer vergleichsweise schnell einen Pfad entlangrumpelte, der am Nordhang anstieg. »Siehst du die Schattenrosse, Dengor?«, rief er.

Der Bronier spähte. »Zu weit entfernt, Herr.«

Dafür sah Bren umso deutlicher, dass etwas nicht stimmte. Die Finsternis um die Tiere flackerte, als gösse jemand Wasser auf die schwarzen Flammen, die sich zischend dagegen wehrten. Eine Auseinandersetzung, in der sie schnell unterlagen. Die Schattenrosse verloren die Aura, die sie mit der Welt des Magischen verband, wurden vollständig ins Greifbare gezwungen. Der Feuerschein aus ihren Augen verlosch in schmutzigem Qualm, sie waren nichts mehr als tote Körper, brachen zusammen. Die Kutsche drängte mit der ihr eigenen Geschwindigkeit vorwärts, über die Deichsel mit den Zugtieren verbunden, deren Kadaver nun zu unüberwindbaren Hindernissen wurden. Das Gefährt kippte um. Das konnten auch menschliche Augen erkennen, wie Dengors Wutschrei bekundete.

Ein Befehl wäre überflüssig gewesen. Brens Trupp gab den Pferden die Sporen und eilte zum Ort des Geschehens. Dort waren Gadiors Gardisten schnell in einen Kampf mit Gestalten verwickelt, die aus den Ruinen auftauchten. Ein Stoßtrupp des Feindes! Und er war zahlreich. Zwei Dutzend Klingen schimmerten im Blau und Silber und Rot der drei Monde.

»Bleibt zurück, Herr!«, rief Dengor ihm zu. »Das ist unsere Aufgabe!«

Bren vertraute darauf, dass sich seine Gardisten auch in diesem Kampf gut schlagen würden. Immerhin waren sie Veteranen der Wetterberge. Ob sie einer solchen Übermacht gewachsen wären, war eine andere Frage. Doch es war kein Stahl gewesen, der die Schattenrosse gefällt hatte. Dort vorn musste noch etwas anderes sein.

Bren zügelte sein Pferd und spürte in sich hinein. Der Zauber war vergangen, entsprechend war das Ziehen schwächer, aber vollständig erloschen war es noch nicht. Wie die Glut eines Feuers ließ es sich noch erfühlen, auch wenn Bren gegen seinen Kopfschmerz ankämpfen musste, um es wahrzunehmen. Er sah auf den Tumult vor sich, wo seine Gardisten den Kampf beinahe erreicht hatten, während Gadiors Wache bereits in ihrem Blut lag und die Angreifer dazu übergingen, die Kutsche aufzubrechen.

Aber dort war es nicht.

Die Monde verwehrten ihm die Nebelform, in die er sonst gewechselt wäre. Doch auch ohne diese Hilfe war er sicher, dass sich derjenige, der die Magie der Schattenrosse erstickt hatte, weiter oben am Hang verbarg. Das war ohnehin ein guter Beobachtungspunkt, eine Stelle, an der man auch Bogenschützen hätte postieren können.

Bren lenkte den Apfelschimmel in einem Bogen dorthin. Schon bald wurde das Ziehen stärker, er näherte sich der Quelle.

Zuerst sah er die sich verflüchtigende Finsternis. Dämonen, die in ihre Sphäre zurückkehrten, kaum mehr in Brens Wirklichkeit existent. Zwischen ihnen hockte eine Gestalt, die nicht aus Finsternis bestand, auch wenn dunkle Kräfte sie umwallten. Sie war hochgewachsen und schlank, der Kopf geformt wie ein auf der Spitze stehender Keil. Erst dachte Bren, der Schmerz, der in seinen Schädel stach, trübte seine Sinne, aber dann erkannte er einen Fayé vor sich!

Bren achtete nicht auf die Strudel aus übersinnlichen Energien, als er sein Pferd antrieb und mit dem Morgenstern ausholte. Der Fayé musste so erschöpft sein, dass er Bren nicht bemerkte. Er blieb völlig unbewegt, bis die stachelbewehrte Eisenkugel sein Schulterblatt zertrümmerte und ihn zu Boden schleuderte.

Bren sprang aus dem Sattel und geriet ins Taumeln. Das Mondlicht beeinträchtigte seine Körperbeherrschung so stark, dass er beinahe gestürzt wäre.

Aber sein Gegner schien zu nicht mehr fähig, als wimmernd über den Boden zu kriechen, wobei er versuchte, die gebrochene Schulter zu entlasten. Bren fasste den dünnen Hals des Fayé. »Ich grüße dich, Unsterblicher!«, rief er und hob drohend seine Waffe. »Aber deine Unsterblichkeit endet hier, wenn der Angriff auf die Kutsche weitergeht! Genau jetzt! Wie viele Jahre hast du noch leben wollen? Hundert? Tausend?«

»Ihr werdet mich ohnehin töten!«, röchelte der Fayé.

Bren würde sich wohl nie daran gewöhnen, in ein Gesicht zu blicken, in dem Nebel wallten, wo Augen hätten sein sollen, aber er ließ sich nicht von dieser Fremdheit beirren. »Osadroi stehen zu ihrem Wort, das ist in der ganzen Welt bekannt! Gebiete diesem Angriff Einhalt, und du wirst leben!«

»Alle Versprechen Ondriens enden mit seinem Schattenkönig!«

»Das wird dir genügen müssen! Wenn nicht ...« Er rammte dem Mann den Stab des Morgensterns gegen die Brust.

Ein Knochen knackte. Der Fayé hustete. »Ich will nicht sterben!«

»Wer will das schon?«, zischte Bren und zog ihn auf die Füße. Er wechselte den Griff, sodass er nun den Nacken umfasste. »Du weißt, was du zu tun hast!«

Der erste Versuch war ein Krächzen, aber dann rief der Fayé seinen Leuten zu, dass sie den Kampf einstellen sollten. Bren tat das Gleiche mit den Gardisten. Dengor mitgezählt, waren noch vier am Leben. Von Gadiors Kämpfern hatte es keiner geschafft. Die Tür der Kutsche war aufgesprengt worden.

Unsicher entfernten sich die Kontrahenten voneinander. Außer Brens Gefangenem waren alle Angreifer Menschen. Sie hatten mehr Opfer zu beklagen als die Ondrier.

Bren schleifte den Fayé zur Kutsche. Jittara starrte ihm trotzig entgegen, während Attego und Ehla verunsichert in der hintersten Ecke kauerten. Ehla schien verletzt, sie barg den linken Arm an der Brust. Gadiors regloser Körper wurde von den Gurten gehalten.

»In Ordnung«, knurrte Bren. Der kurze Kampf hatte ihn erschöpft. An einer richtigen Schlacht hätte er sich nicht beteiligen können, das Mondlicht hätte ihn in eine Ohnmacht gezwungen. »Sie sollen sich zurückziehen, oder du stirbst, Fayé!«

»Ihr habt bereits versprochen, dass ich lebe!«

»Gut, dass du mich erinnerst«, grinste Bren. »Dann machen wir es so: Für jeden von denen da, der mir noch einmal unter die Augen kommt, verlierst du einen Finger. Nach dem zwölften mache ich mit den Zehen weiter.«

Er schien an seinen Gliedern zu hängen. Seine Stimme überschlug sich, als er den Stoßtrupp beinahe flehentlich fortbefahl. Bren gewährte ihnen, ihre Verwundeten zu bergen, dann verschwanden sie zwischen den Ruinen.

Die Ondrier richteten die Kutsche wieder auf und tauschten die Schattenrosse gegen Pferde der gefallenen Gardisten aus. Die Tiere waren nicht gewohnt, an einer Deichsel zu gehen, aber sie mussten reichen. Der Fayé wurde gefesselt und der Wachsamkeit von Jittaras geschwungenem Dolch anvertraut. Ehla sah Bren mit tiefster Dankbarkeit an, als er befahl, die Schnitte in ihrem Arm zu versorgen. Dann setzte sich der Zug wieder in Bewegung.

Drei Wegstunden später machten sie Rast. Bren beabsichtigte nicht, die Informationen zu ignorieren, die sich vom Feind gewinnen ließen. Das war einer von Widajas größeren Fehlern gewesen. Der Fayé hing wohl noch mehr als ein Sterblicher an seiner Unversehrtheit. Trotz Brens Versprechen war er, vielleicht wegen Jittaras Ausführungen zu den im Kult praktizierten Überzeugungsmethoden, dermaßen eingeschüchtert, dass er bereitwillig Auskunft gab. So erfuhr Bren von einem Abkommen zwischen den Fayé und den meisten Reichen der Menschen, deren Priester den Geisterwind beschworen hatten, der die Schlacht an den Wetterbergen entschieden hatte.

»Warum weinst du, Mutter?« Bren war von den widerstreitenden Regungen fasziniert, die diese Anrede noch immer auf ihrem Gesicht zum Vorschein brachte. Sie war stolz, dass ihr Schoß jemanden geboren hatte, den die Schatten für würdig befunden hatten. Zugleich grenzte der Gedanke, dass auch ein Osadro einmal ein Sterblicher gewesen war, geboren von Sterblichen, abhängig von Nahrung, Alter und Krankheit ausgeliefert, geknechtet von den Gesetzen der Götter, für eine Frau ihrer Glaubensstärke an Blasphemie.

Ehla sank ungeschickt auf die Knie. Ihr linker Arm war gut versorgt, man hatte ihn an ihrem Leib festgeschnürt, damit keine unbedachten Bewegungen die Heilung behinderten. Ihr Gesicht war nass von Tränen, die bebende Hand ihres freien Arms vermochte die Robe nicht gegen den zerrenden Nachtwind in Ordnung zu halten. »Ich sah noch nie einen Schattenherzog. In dieser Nacht werden es gleich zwei sein.«

Jittara setzte die Ankunft von Xenetor und Lisanne so gekonnt in Szene, wie man es von ihr erwartete. Bren und Ehla befanden sich auf dem Dach der Kathedrale von Karat-Dor, vor Gadiors Statue. In einiger Entfernung, über dem Zentrum des Baus, ragte noch immer Elien Vitans Bildnis auf. Der Krieg beanspruchte die Kräfte des Imperiums zu sehr, als dass man einen Austausch in Angriff hätte nehmen können.

Von hier oben hatten sie einen guten Blick über die Stadt, in der Vorläufer des Kults aus Norden und Osten kommend von Haus zu Haus gingen und die Ankunft der beiden Marschkolonnen ankündigten. Bren wusste, welche davon zu Xenetor gehörte. Ein Band bestand zwischen dem Schattenherzog und Bren, seinem Geschöpf. Sie spürten einander.

Mit der Abenddämmerung war jedes Licht entzündet worden, das sich in Karat-Dor auftreiben ließ. Das illuminierte alles – mit Ausnahme des Kathedralhügels – in einer Helligkeit, als stünde die Metropole in Flammen. Vor den hohen Gästen wurden die Lichter gelöscht. Es wirkte, als fräße die Dunkelheit das Licht, als nähme die Finsternis ein leuchtendes Herz mit zwei Krallen in die Zange, um es zu zerquetschen. Die Langsamkeit der vorrückenden Kolonnen verstärkte den Eindruck. Hier nahte ein Raubtier, das sich seiner Beute sicher war und auf Hast verzichten konnte.

An den Toren der Kathedrale warteten die Kinder, denen man schon seit Tagen von der Glorie der Schattenherzöge erzählte, damit sich ihre Furcht auf die Besucher richtete. Mit dem Eintreffen von Xenetor und Lisanne würden sie rituell erdrosselt werden, ihre Essenz sollte die beiden nach der langen Reise erquicken. Einige waren Sprösslinge der edelsten Familien Karat-Dors. Ihre Eltern hatten um die Ehre gebuhlt, die Frucht ihrer Lenden zwei Osadroi darbringen zu dürfen, deren Statuen schon länger überlebensgroß auf der Kathedrale thronten, als der älteste Bewohner der Stadt lebte.

»Gläubigen fällt es leicht, die eigenen Kinder den Schatten zu opfern«, sagte Bren.

Ehla schluckte. »Götter haben Gläubige. In den Schatten gibt es Wissende. Solche, die erkannt haben, welche Ehre darin liegt, die Schatten zu stärken. Auch wenn kein Sterblicher hoffen darf, einen Dienst leisten zu können, der im Pulsschlag der ewigen Finsternis einen Unterschied machen würde.«

Das Verlöschen des Lichts verteilte sich wie ein Pilz, der über die Stadt wucherte, um sie zu ersticken. Die Krieger, die die Herzöge mitgebracht hatten, wichen vom direkten Pfad zur Kathedrale ab, um in den Kastellen Quartier zu nehmen.

»Und wann sind es genug Opfer?«

»Das bestimmen die Schatten in ihrer Weisheit.«

»Die Schatten, denen du dein ganzes Leben gegeben hast.«

Sie runzelte die Stirn. »Ich verstehe nicht, Bren.« Auf dieser Anrede bestand er. Sie hatte ihm im Gegenzug das ›Ihr‹ abgetrotzt. »Mein Herz schlägt noch. Wenn Ihr meint, meine Lebenskraft könne Euch von Nutzen sein, dann nehmt sie.«

Er grinste freudlos. »Eines solchen Opfers bist du also würdig? Dein Leben wäre dann in die Ewigkeit verlängert, nicht wahr? Wenn man es so betrachtet. Es würde in der Kraft meines unsterblichen Körpers aufgehen, mit ihm durch die Nächte getragen werden.«

Sie schluckte. »Wollt Ihr, dass ich mich stattdessen in den Abgrund stürze, bevor die Schattenherzöge eintreffen?«

Bren schauderte. »Für dich gibt es nur die Schatten und sonst nichts. Jede deiner Handlungen, jedes deiner Worte, all deine Gedanken, dein ganzes Streben gilt nur ihnen.«

Sie verbeugte sich so tief, dass ihre Stirn den Stein berührte. »Ihr erweist mir zu viel Ehre.«

Bren warf noch einen Blick hinunter auf die Stadt des verlöschenden Lichts. »Genieße den Anblick, solange du willst.«

Er ging an den Gargoylen vorbei zu der Treppe, die ihn ins Innere führte, wandelte durch die schattenerfüllten Gänge und betrat den Raum mit den Karten, auf denen die Stellungen der Truppen an der Südfront eingezeichnet waren. Hier wollte er Xenetor erwarten, wie der Bote des Schattenherzogs es erbeten hatte. Er nahm einen Essenzkristall vom Tisch, schloss die Augen und atmete die gefangene Lebenskraft ein. Kurz berauschte ihn ein Prickeln, das durch Nase und Hals lief, um sich in der Brust zu verteilen.

Er fand es angemessen, eine der beiden Lampen zu löschen und den Docht der anderen herunterzudrehen, sodass er nur mehr glomm. Dann nahm er in dem Sessel mit der hohen Lehne Platz, um seinen Schöpfer zu erwarten. In gewisser Weise war Xenetor durch die Rolle, die er in dem Ritual übernommen hatte, so etwas wie Brens Vater. Ein Vater, der sich bis heute nicht um seinen Sohn gekümmert hatte. Zugleich war er Bren immer präsent gewesen – er spürte ihn, wenn auch auf unbestimmte Weise. Und jetzt fühlte er Xenetor nahen.

Bren saß reglos, als wäre er aus Obsidian gemeißelt wie die sieben Schattenherzöge, die sich auf den Zacken der Kathedrale erhoben. In diesem Teil des Gebäudes hielten sich keine Kleriker auf, sie waren damit beschäftigt, die Zeremonie der Ankunft würdig zu begehen. So hörte Bren die Schritte lange bevor sich die Tür öffnete.

Xenetors Gardisten blieben auf dem Gang. Der Blick des jahrtausendealten Mannes war starr wie der einer Schlange auf Bren gerichtet, die Narben in seinem Gesicht nur wenig dunkler als die beinahe kalkweiße Haut. Xenetor war mit jeder Faser seines Körpers ein Krieger. Bren hatte so viele Rüstungen gesehen, dass er mühelos erkannte, was ein hohler Panzer war und wo sich Muskeln und breite Schultern mit raubtierhafter Geschmeidigkeit unter dem Stahl bewegten, wie es bei dem Schattenherzog der Fall war. Das Haar hatte er aus der Stirn gebunden, als erwarte er einen Kampf.

»Ondrien hat so manche Schlacht verloren«, sagte Xenetor statt einer Begrüßung. »Aber niemals einen Krieg.«

Bren kniete nieder. »Die Finsternis der Schatten lässt sich nicht auf Dauer zerstreuen.«

Xenetors krallenbewehrte Hand legte sich auf Brens Nacken. Bren fragte sich, was geschähe, wenn er sie ihm ins Genick stieße. Sterben würde er daran nicht, sein Körper würde jede Wunde heilen, die nicht mit Silber geschlagen würde. Aber er litte Schmerzen. Davor hatte er keine Angst. Manchmal hatte er Schmerz sogar als Freund empfunden, der ihm geholfen hatte, die eigene Schwäche zu überwinden, indem er sich ihm gestellt hatte.

»Guardaja ist gefallen, o Herr«, sagte er. »Und mein Rat trägt dafür die Verantwortung. General Zurresso hätte unsere Kräfte hinter den Mauern gebündelt. Ich habe ihn ausgeschickt, wo er in die Falle geriet.«

Xenetor löste sich von Bren und wandte sich gemessenen Schrittes dem Tisch mit den Karten zu. »Es ist gut, dass Ihr das einseht. Erhebt Euch.« Er besah die Linien auf dem hell gegerbten Leder. Ein Mensch hätte bei diesem Licht nur eine graue Fläche erkennen können. »Man kann Zurresso leicht unterschätzen, wenn man seine aufgeschwemmte Gestalt betrachtet. Aber Ihr hättet niemals diejenigen unterschätzen sollen, die ihn in seine Position gebracht haben. Es ist der Wille der Schatten, dass er die Truppen des Südens führt.«

»Ja, Herr.« Bren trat neben ihn.

»Dennoch hat auch er einen Fehler gemacht. Er hätte nicht mit seiner gesamten Streitmacht durch dieses Tal ziehen dürfen.« Er zeigte die Stelle auf der Karte. »Er hätte eine Nachhut zurücklassen müssen, stark genug, um zu verhindern, dass ihm der Rückweg verlegt wurde. Ich habe dafür gesorgt, dass ihm sein Irrtum deutlich gemacht wird.«

Bren nickte. Zurresso hatte also einige unangenehme Nächte vor sich. Mit ihren menschlichen Gefolgsleuten hatten die Schattenherren weit weniger Geduld als mit ihresgleichen. Vielleicht würde er eines seiner Kinder verlieren, oder eine Gespielin. Der Kult wüsste genug über ihn, um empfehlen zu können, was ihn mehr schmerzen würde.

Es wäre unklug gewesen, weiter über Versagen und Strafen zu sprechen. Bren wich Xenetors Blick aus, indem er die Karte fixierte. »Man berichtet, dass Ihr mehrere Tausendschaften mit Euch führt.«

»Nicht für diese Front. Ich bringe mein Heer nach Westen.«

Bevor er sich beherrschen konnte, ruckte Brens Kopf hoch, sodass er den Schattenherzog nun doch wieder ansah. »Nach Westen? Noch eine Front?«

Xenetors Lächeln enthielt mehr Grimm als Belustigung. »Die Bronier. Mehrere Stämme haben sich vereint und die Grenzbefestigungen überrannt. Ist Euer Gardehauptmann nicht auch ein Barbar?«

»Dengor. Ja.«

»Dann wisst Ihr, dass das kräftige Burschen sind. Ihr Land ist eine öde Wildnis. Dort gibt es nichts zu gewinnen, darum haben wir unsere Truppen nie dorthin befohlen. In ihrer Uneinigkeit waren sie auch niemals eine Bedrohung.«

»Aber diese Uneinigkeit ist nun Vergangenheit.«

»So wie zwischen allen Menschenreichen. Die ganze Welt hat sich gegen uns zusammengerottet.«

»Es sind die Götter, die dahinterstecken. Ich habe einen Fayé gefangen genommen, von dem ich einiges erfahren konnte.«

»Ich habe den Bericht erhalten. Interessant, in der Tat. Lässt diese Entwicklung Euren Mut sinken?«

Bren fühlte, wie sich seine Lippen in einem wölfischen Grinsen zurückzogen. »Nun, da wir endlich einen Gegner haben, der unserer würdig ist? Was glaubt Ihr, wovon ein General träumt?«

»Auch ich war einmal ein General.« In seinen Augen schimmerte etwas Verschwörerisches. »Ich habe etwas für Euch dabei. Keine kompletten Einheiten, aber zwei Dutzend Offiziere, und nicht die schlechtesten.«

»Mit Kampferfahrung?«

Xenetor zuckte mit den Schultern. »Was man in diesen Zeiten so nennt.«

Bren fragte sich, welche blutigen Jahrhunderte der Schattenherzog durchlebt hatte. »Ich danke Euch. Sie werden eine Hilfe sein.«

Xenetor strich über die Karte. »Was habt Ihr vor, Bren? Wollt Ihr Guardaja zurückerobern?«

Bren schüttelte den Kopf und setzte zu einer Antwort an, als sich die Tür öffnete. Lisanne trug das Kinn leicht erhoben, eine Haltung, die ihrer unerreichten Schönheit angemessen war. Wenn Xenetor mit seinen Narben wie ein schartiges Breitschwert wirkte, ähnelte Lisanne einem kunstvollen Florett. Die Linien ihres Gesichts waren gerade und klar, die Kurven ihres Körpers harmonisch und fließend. Sie setzte die Füße so gleichmäßig, als schwebe sie, anstatt zu gehen – eine Illusion, die durch das schwarze Kleid mit der kurzen Schleppe noch verstärkt wurde. Die fein verästelte Elfenbeinkrone schimmerte auf ihrem blauschwarzen Haar.

Ihre Präsenz hätte das Eintreten Fürst Velons beinahe überdeckt. Der grauhaarige Schattenherr mit der voluminösen, weinroten Kleidung bedachte Bren mit einem Blick, der so etwas wie Kameradschaft ausdrückte. Auch unter Osadroi blieb man sich nicht fremd, wenn man gemeinsam über die Grenzen der bekannten Welt hinaussegelte und Seite an Seite zurückkehrte.

Bren verbeugte sich tief. Vor Lisanne konnte er nicht knien, alles in ihm sträubte sich dagegen. Sie hatte Kiretta verstümmelt und hätte sie sterben lassen, wenn nicht irgendjemand sie gerettet hätte. Velon vielleicht.

Nun waren vier der fünf Schattenherren, die sich in Karat-Dor aufhielten, in dieser Kammer versammelt. Nur Gadior fehlte. Warum? Eine Demütigung, weil er in Widajas Gefolge eingetreten war und sich so gegen Lisannes Anspruch auf den Süden gestellt hatte? Hätte Bren nicht eher eine solche Schmähung verdient? Wegen des Mords an Helion und der Niederlage von Guardaja? Doch die Schatten waren vielschichtig, und Bren war zu jung, um alles zu erfassen, was in der Dunkelheit vorging. Xenetor mochte sich für ihn ausgesprochen haben oder Velon, obwohl Letzteres unwahrscheinlich war. Velon würde alles vermeiden, was Lisanne reizen könnte, hatte er sein Schicksal doch mit dem ihren verbunden. Vermutlich gab es ganz andere Gründe, warum die Alten Bren ihre Gunst schenkten, und sie mochten in Ehrenschulden und Fehden liegen, die Jahrhunderte zurückreichten.

»Ich beabsichtige nicht, Eure Besprechung zu unterbrechen«, sagte Lisanne. Ihre Stimme war wie Samt am Futteral eines vergifteten Dolchs. »Bitte, fahrt fort.«

Bren entging nicht, dass sie ihm jede Begrüßung verweigert hatte. Anders als Xenetor war sie kein Krieger, der sich auf Tatsachen beschränkte. Bei ihr war die Missachtung der Etikette eine wohlgesetzte Spitze. Aber das war ein Schlachtfeld, dem Bren fernbleiben würde. Demonstrativ starrte er auf die Karte.

»Mit einem Angriff auf Guardaja werden sie rechnen. Er brächte uns wenig. Sie haben die Silberminen, aber die müssen sie nach all den Jahrzehnten erst wieder erschließen, um an das Erz zu kommen. Wir sollten ein paar Truppen dorthin schicken, gerade genug, um sie in der Meinung zu bestärken, sie hätten unsere Pläne durchschaut. In Wirklichkeit werde ich unsere Heere tiefer nach Ondrien ziehen, wo ihre Bewegungen unbemerkt bleiben, und dann nach Osten befehlen.« Er hatte vermutet, sein Heer durch die von Xenetor herangeführten Verstärkungen vergrößern zu können. Da der Schattenherzog seine Truppen mit nach Westen nähme, würde Bren vorsichtiger agieren müssen. Am grundsätzlichen Vorgehen änderte das nichts. »Wir umgehen Guardaja weiträumig, schlagen einen Bogen, verwüsten Eskad und stoßen durch bis nach Ilyjia.« Die Kralle seines Zeigefingers fuhr über das Leder, um die beschriebene Truppenbewegung nachzuziehen.

Lisannes Lächeln hätte den meisten sterblichen Männern den Verstand so weit geraubt, dass sie bereit gewesen wären, ihren Bruder zu erdolchen. »Habt Ihr die Mondschwerter schon immer gehasst?«

Er richtete sich auf. »In der Tat habe ich sie stets als größte Bedrohung gesehen. Sie wissen um unsere Schwächen und werden niemals aufhören, die Menschenreiche gegen uns aufzuhetzen. Als General habe ich mehrfach den Vorschlag gemacht, dieses Problem endgültig zu lösen.«

»Ich erinnere mich«, sagte Xenetor, das Eis in Lisannes Augen ignorierend. »Erzählt mir mehr von Euren Überlegungen. Ihr müsstet die Truppen durch das Gebirge führen oder durch die Ausläufer des Nachtschattenwalds, um nach Eskad zu kommen.«

»Beides. Ich denke an zwei Marschkolonnen, um unsere Stärke zu verbergen. Der Widerstand im Nachtschattenwald wird nur schwach sein. Die Fayé stehen weit im Norden.«

»Wir sollten Widaja einbeziehen, damit sie zur rechten Zeit eine Offensive startet. Das würde sicherstellen, dass die Fayé an den Wetterbergen gebunden sind.«

»Wenn das möglich wäre, würde es helfen. Wie stark sind unsere Truppen im Osten?«

»Widaja hat den Feind im Eis zum Halten gebracht. Schneestürme sind die Nebelaugen nicht gewohnt. Der SCHATTENKÖNIG hat Widaja vor dem Schädelthron eine Audienz gewährt. Hinterher hatte sie noch immer den Befehl über den Osten, also kann sie nicht vollkommen in Ungnade gefallen sein.«

»Aber die Niederlage im Geistersturm war eine Katastrophe!«

»Nach wessen Maßstäben?« Xenetor lächelte herablassend. »Wenn es GERG gefällt, wird ER Widaja in den Schlaf befehlen. Solange ER das nicht tut, kommandiert sie die Speere, die gegen die Fayé stehen.«

»Natürlich. Es liegt mir fern, die Weisheit des SCHATTENKÖNIGS in Zweifel zu ziehen.«

»Tatsächlich?«, fragte Lisanne. »Habt Ihr ein Gespür für Autorität entwickelt, seit wir uns das letzte Mal begegnet sind?«

»Nun«, sagte Xenetor, »ich kann mich erinnern, dass nicht jeder über die neuesten Orders des Schädelthrons erfreut war.«

Lisanne verschränkte die Arme, sagte aber nichts.

»Es gibt ständig Scharmützel mit den Fayé«, fuhr Xenetor fort. »Wir haben etwas mehr als einhundert von ihnen lebend gefangen genommen. Sie werden gerade in die Zellen der Kathedrale gebracht.«

»Das ist gut«, sagte Bren. »Wir können noch viel über den Feind lernen. Ich werde sie gern befragen.«

»Dann beeilt Ihr Euch besser«, warf Lisanne ein. »Ich habe anderes mit ihnen vor.«

Fragend sah Bren erst sie, dann Xenetor an.

»Die Offiziere, die ich Euch überlasse, brauchen Truppen, die sie ausbilden können.«

»Neue Truppen auszubilden wird Jahre dauern!«, rief Bren. »Wenn wir sie jetzt ausheben, wenigstens fünf!«

Lisanne lächelte wissend. »Nicht bei diesen. Das ist auch der Grund, warum der SCHATTENKÖNIG entschieden hat, dass ich mit Euch gemeinsam an dieser Front kämpfen werde. Die Truppen, die ich Euch verschaffe, kommen als Krieger in diese Welt.«

Die Tropfsteinhöhle war der älteste Teil der Kathedrale von Karat-Dor. Hier, so sagte man, hatten Stämme von Primitiven schon die Schatten verehrt, bevor das erste Haus jener Stadt errichtet worden war, die in diesen Tagen vom Wehklagen erfüllt war. Der Winter sandte als letzten Gruß Eisstürme aus dem Norden, und Xenetors Heer hatte aus den ohnehin schon beinahe geleerten Speichern requiriert, was der Schattenherzog für den weiteren Marsch nach Westen als notwendig erachtete. Niemand war so wahnsinnig, ihm dies zu verwehren. Auch dann nicht, wenn die eigenen Kinder bereits so mager waren, dass man ihre Rippen zählen konnte.

Bren schob den Gedanken beiseite. Um solche Dinge hatte er sich gekümmert, als er noch ein General gewesen war, und vor allem ein Mensch. Derlei Probleme waren unter der Würde eines Schattenherrn. Die Osadroi herrschten, und wenn ihre Untertanen Härten zu erdulden hatten, so wurde erwartet, dass sie ihre Fürsten nicht mit dem Gejammer darüber belästigten. Zudem war Karat-Dor eine Kapitale des Kults. Die Kleriker würden schon dafür sorgen, dass es immer genügend Gläubige gäbe. Zeiten wie diese eigneten sich, die Folgsamen zu belohnen und sich der Widerspenstigen zu entledigen.

Bren folgte dem Schein von Attegos Laterne. Während sich Jittara um den hohen Besuch gekümmert hatte, war es dem Dunkelrufer gelungen, die Aufsicht über die gefangenen Fayé zu erhalten. Bren hatte aus ihnen herausgeholt, was möglich gewesen war, aber sie hatten schnell begriffen, dass ihre Unsterblichkeit bald enden würde, ganz gleich, wie kooperativ sie sich zeigten. Lisanne bestand darauf, dass sie jeden Einzelnen für das Ritual brauchte, das in dieser Nacht begänne, und hatte Bren untersagt, Versprechungen zu machen, die dem entgegenstanden. Eine der kleinen Spitzen, die sie gegen ihn richten konnte, ohne den Befehl des SCHATTENKÖNIGS zu missachten. GERG hatte, wie Xenetor gleich dreimal erläutert hatte, ausdrücklich den Wunsch geäußert, dass Lisanne und Bren gemeinsam die Südfront zum Sieg führen sollten. Bren fragte sich, was Widaja wohl zu geben bereit gewesen wäre, hätte er ihr angeboten, ihre Konkurrentin ins Messer laufen zu lassen. Aber das war eine müßige Überlegung. Er war ein Krieger. Wenn er in einen Krieg geschickt wurde, tat er alles, um diesen zu gewinnen.

Hier herunter kam selten jemand. Der Boden war so weit eingeebnet, dass man nicht strauchelte, aber jeder Schmuck fehlte. Da es normalerweise keine Beleuchtung gab, standen hier auch keine Kunstwerke, die besonderen Schattenfall erzeugten. Gerade deswegen faszinierten Bren die dunklen Zacken, die die Steinzähne durch die Höhle warfen. An ihre Wände hatten die Altvorderen mit Kohle und roter Eisenfarbe ihre Bilder gemalt. Sie zeigten Tiere, deren Geister sie beschworen haben mochten, aber auch Abdrücke von Händen oder Gesichtern und, unleugbar, Schatten. Oft waren sie dunkle Wolken, die sich über an Pfähle gefesselte Gestalten legten.

Heute waren die Riten des Kults ausgefeilter.

Die Seelenbrecher stellten Kerzen auf, deren Licht die Fayé beschien, die mit Ketten an den Fels gebunden waren. Bren machte sich nicht die Mühe, sie zu zählen. Da Lisanne sie alle beansprucht hatte, würden es einhundertsiebzehn sein. Der einzige Fayé, der in Karat-Dor die Sonne aufgehen sähe, wäre derjenige, den Bren bei Guardaja selbst gefangen genommen hatte. Das damalige Versprechen schützte sein Leben. Allerdings auch nicht mehr als das. Lisanne hatte vorgeschlagen, ihn so lange zu foltern, bis er selbst um den Tod bitten und die Schatten so von ihren Versprechen entbinden würde. Jittara arbeitete gerade aus, wie sich dies am besten umsetzen ließe.

Lisanne trug heute ein weit fallendes Gewand. Vielleicht lag es an der Höhle, dass Bren beim Anblick der schwingenden Ärmel an eine Fledermaus dachte. Nur die Elfenbeinkrone entsprach der Kleidung, die er von ihr gewohnt war.

Als sie hinter einer Felssäule hervortrat, die wie geschmolzenes Wachs aussah, fiel Attego vor ihr auf die Knie. Der Steinboden war dafür wohl schlecht geeignet, wie ein schmerzerfülltes Zischen verriet. Bren beließ es dabei, respektvoll den Kopf zu neigen.

Die Andeutung eines Lächelns bog Lisannes Lippen. »Spürt Ihr die Angst unserer Gäste?«

Bren schüttelte den Kopf. »Das ist mir nicht gegeben, Schattenherzogin.«

»Ach ja. Ich vergesse immer wieder, wie jung Ihr seid. Unser Hass ist schnell gewachsen.«

»Wenn Ihr es sagt.« Er fühlte sich unwohl bei dem Gedanken daran, dass Kirettas Haken bei Dengor war. Er hatte nicht gewagt, ihn hierher mitzubringen. Das hätte zu viel Aufmerksamkeit darauf gelenkt, und wer wusste schon, ob Lisanne hätte erspüren können, dass die Frau, die diese stählerne Gliedmaße so lange getragen hatte, noch lebte? Bren war sicher, dass sie alles täte, um Kiretta in ihre Hände zu bekommen und ihr Dinge anzutun, die sich Bren nicht vorstellen wollte. Er vermied sogar so gut wie möglich, an seine Geliebte zu denken, und hoffte, dass Attego sich ebenfalls im Griff hatte. »Ich bin hier, wie Ihr es befahlt, aber ich bezweifle, dass ich Euch auf die Weise dienlich sein kann, die Ihr mir übermitteln ließt.«

»Sorgt Euch nicht. Ich weiß, was ich tue. Ihr seid genau der Richtige. In die Schatten getreten, aber stark verbunden mit der Welt des Greifbaren.«

Bren hoffte, dass er nicht zusammenzuckte. Bezog sich diese Bemerkung lediglich auf seine Jugend, oder wusste Lisanne etwas?

Sie fuhr ohne Unterbrechung fort. »Lasst die Magie meine Sorge sein. Die Pfade der Finsternis sind mir wohlbekannt.« Sie streckte den Arm aus und öffnete in einer perfekten Abfolge die Finger mit den glänzenden Krallen, als entfalte sich eine Blüte im Sternenlicht. »Vertraut mir einfach.«

»Wie könnte ich das nicht?« Er legte seine Hand in ihre und ließ sich tiefer in die Höhle führen.

Bren fand die Züge der Fayé, an denen sie vorüberkamen, undeutbar. Vor jedem von ihnen war nun eine Kerze aufgestellt, deren Schein die fremden Gesichter beleuchtete, die am Kinn so schmal und an der Stirn so breit waren. Die kleinen Münder standen bei manchen ein Stück offen, bei anderen waren die Lippen so fest zusammengepresst, dass sie nur mehr zu erahnen waren. Bei einem Menschen gaben die Augen am zuverlässigsten Auskunft über seine Stimmung, bei einem Fayé waren sie verschlossene Tore zu Geheimnissen, die kein Mensch erfassen konnte. Die farbigen Nebel in ihnen bewegten sich unablässig, boten dem forschenden Blick keinen Halt.

»Dies ist Euer Platz.« Lisanne zeigte auf einen Thron, der zwischen zwei Stalagmiten verkeilt war. Er wäre durchaus einem Baron angemessen gewesen, war aber kein Vergleich zu demjenigen, auf dem sich Lisanne mit einer fließenden Bewegung niederließ. Dieser hätte drei Herrschern von der Statur der Schattenherzogin Platz geboten, und seine Rückenlehne war so ausladend, als schlüge ein Pfau von der Größe eines Schattenrosses ein Rad aus schwarzen Federn. In den Bögen oben an der Lehne waren Essenzkristalle eingelassen, die silbern schimmerten, also gut gefüllt waren. Zudem stand Lisannes Thron zwei Schritt höher als Brens.

»Wie gesagt weiß ich nicht, ob ich ...«, begann Bren, als er sich setzte.

»Ihr wisst kaum etwas, Bren Stonner«, unterbrach ihn Lisanne, als würde sie einem Kind zum dutzendsten Mal erklären, dass die Sonne jeden Abend unterging. »Eure Aufgabe besteht darin, die Verbindung zwischen mir und der greifbaren Welt zu halten. Ich werde Euch benutzen. Lasst es einfach geschehen.«

Bren presste die Zähne zusammen, erwiderte aber nichts. Vielleicht würde es ein wenig von Lisannes Zorn nehmen, wenn er sich fügte. An diesen Fayé war ihm nichts gelegen, also konnte das Ritual ruhig so ablaufen, wie Lisanne es wünschte. Nur in seinem Verstand würde er sie nicht herumschnüffeln lassen. Sie durfte nichts von Kiretta ... *Nein! Nicht daran denken!*

Um sich abzulenken, beobachtete Bren die Kleriker. Attego dirigierte die dreizehn Seelenbrecher an ihre Positionen zwischen den Gefesselten. Der Jüngste hatte wohl erst kürzlich begonnen, sich die Wangen zu schaben, wie frische Schnitte verrieten. Der Rücken der Ältesten war krumm wie der einer verärgerten Katze. Sie stützte sich auf einen knorrigen Stock. Alle waren nervös, Bren sah die bebenden Lippen und die zitternden Hände, als sie mit Asche aus den Knochen Unschuldiger Zauberzeichen auf die hohen Fayéstirnen malten.

Ein Kribbeln strich über Brens Arm, so deutlich, dass er mit der Hand darüberwischte. Er fand nichts als Luft, aber das Gefühl einer Berührung war deutlich gewesen. Er sah zu Lisanne auf. In der Tat hatte sie mit ihrem Ritual begonnen, die Augen geschlossen, den Rücken durchgedrückt, als sei ihre Wirbelsäule ein Stoßdegen. So führte sie die Arme an den Seiten nach oben. Bren kam nicht umhin, die Wölbung ihrer Brüste unter der Robe zu bewundern. Seine Aufmerksamkeit wurde jedoch schnell auf die Hände gelenkt, die Blitze aus elementarer Finsternis auf sich zogen. Sie knisterten aus der Tiefe der Höhle, schlugen in die Krallen, legten sich als Schwärze über die Hände. Lisanne lächelte, dann stimmte sie einen Gesang an, dessen Worte nicht der Sprache der Menschen entstammten.

Wieder spürte Bren das Kribbeln, diesmal auf seiner Brust. Er schlug dagegen, traf aber nur sich selbst. Das Gefühl, auf seiner Haut tanzten hundert kleine Beine, ließ sich dadurch nicht verscheuchen. Seufzend lehnte er sich in seinem Thron zurück.

Er sollte die Verbindung zur Welt des Greifbaren halten. Wenn Lisanne also astrale Sphären mit geschlossenen Augen durchschwebte, würde er die seinen wohl besser offen halten. Die Kleriker hatten für den Moment ihre Aufgabe erledigt. Sie warteten ab. Aus der Decke fiel ein Tropfen auf eine Kerze, die zischte und flackerte, aber nicht verlosch. Die Fayé standen größtenteils unbewegt, nur eine Handvoll kämpfte gegen die Fesseln an. Noch immer war dieses Kribbeln auf Brens Haut. Stärker sogar, an mehreren Stellen. Es wanderte über seinen Rücken, über die Schenkel, den Nacken, sogar unter den Füßen spürte er es.

Erst meinte er, seine Sinne spielten ihm einen Streich, als er glaubte, in Lisannes fremden Worten einen Ruf zu erkennen, der in die Finsternis hinaus hallte. Er galt nicht ihm, Bren, aber er zog etwas aus der Tiefe einer anderen Wirklichkeit empor. Doch Bren hatte nicht die Ausbildung, um solcherlei erspüren zu können. Deswegen wollte er seine Vermutung schon als Hirngespinst abtun, als er die Bewegung im Boden sah. In der Höhle gab es keinen Humus, sie bestand aus nacktem Fels, der sich nun an vielen Stellen wellte wie die Oberfläche eines Sees, über den ein sanfter Wind strich. Doch anders als bei einem Windhauch versiegte die Bewegung nicht, wo sie einmal begonnen hatte. Im Gegenteil wurde das Kräuseln stärker. Kleine Steine brachen aus dem Fels und zitterten wie auf dem Fell einer geschlagenen Trommel.

Dann brachen Löcher auf, gerade groß genug, um einen Finger hineinzustecken. Oder groß genug für ein Insekt, um herauszukrabbeln. Und so kamen sie, folgten Lisannes Ruf, zu Hunderten, zu Tausenden.

Ameisen. Rote, schwarze, grüne.

Hornissen mit feuerroten Köpfen, die die Luft sogleich mit dem Surren ihrer Flügel erfüllten.

Mehlwürmer – die größten, die Bren je gesehen hatte –, die Hinterleiber durchsichtig, sodass die Organe zu erkennen waren.

Wespen, die Stacheln zum Stich ausgefahren.

Fette schwarze Fliegen, die sich sofort zu Schwärmen zusammenfanden.

Spinnen – zuerst nur einzelne, behaarte Beine, bis sich die Öffnungen so weit vergrößerten, dass die faustgroßen Leiber hindurchpassten.

Hirschkäfer, deren Panzer und Zangen metallen glänzten.

Ein paar Dutzend Fledermäuse flatterten aus der Dunkelheit unter der Decke. Sie schienen nicht von Lisanne gerufen worden zu sein, denn sie bedienten sich an dem Festmahl. Es machte keinen Unterschied. Immer mehr niederes Getier folgte Lisannes Locken. Der Boden war bald ein See aus glänzendem Chitin, die Luft ein Nebel schwirrender Leiber.

Lisannes Diener ignorierten die Kleriker, aber sie stürzten sich auf die Fayé, die endlich ihre Angst herausschrien, als sie unter der Flut von Beinen und frei schwingenden Kiefern begraben wurden. Unzählige Bisse rissen die Haut der sogenannten Unsterblichen auf, Rüssel von Schmeißfliegen sogen das Blut, bevor es auf den Boden tropfen konnte, Spinnen spien Säure auf das offen liegende Fleisch, um es auflösen und schlürfen zu können.

Es ging unendlich langsam. Irgendwann bildeten die Schreie der Gemarterten eine so dichte Kulisse, dass Bren sie kaum noch wahrnahm. Stattdessen spürte er die Kraft der Finsternis, für die Lisanne eine Brücke baute. Da war eine Wesenheit, nur knapp jenseits der Wirklichkeit, auf dem Weg in die Welt des Greifbaren, aber sie zögerte noch. Für sie war fremd, was Bren vertraut war. Sie war mächtig, dort, wo sie existierte, und misstrauisch, was die Lockungen Lisannes anging. Aber wer hätte schon dieser Frau widerstehen können? Lisannes Attraktivität war weit mehr als körperliche Schönheit. Lisanne war die Verkörperung der Perfektion, in ihrem Auftreten, ihrem Reden, ihrem Denken, sicher auch in den Dimensionen, die von den Sinnen der fremden Wesenheit erfasst wurden.

Lisanne klatschte in die Hände.

Attego verneigte sich tief. »Öffnet sie«, befahl er, als er sich aufrichtete.

Die Seelenbrecher griffen in ihre Gewänder und beförderten ihre Werkzeuge hervor. Eines war ein Hammer, etwa so geformt wie der eines Zimmermanns, das andere eine Art Meißel, aber mit in die Breite gedehnter Spitze, ähnlich einem Axtblatt. Jeder Kleriker begab sich zu einem Fayé und löschte die Kerze vor dem Erwählten. Die zertretenen Käfer knirschten unter den Sohlen.

Die Gefolterten bemerkten erst spät, was vor sich ging. Die Insekten beanspruchten sie zu sehr, als dass sie Aufmerksamkeit für das kalte Metall hätten erübrigen können, das in ihre Stirn schnitt, als die Seelenbrecher ansetzten.

Manche waren so geschickt oder so glücklich, dass sie den Keil mit dem ersten Schlag durch den Knochen trieben. Andere hatten das Pech, dass sich ihre Opfer wehrten und versuchten, ihrem Schicksal auszuweichen, sodass der Keil abrutschte. In jedem Fall waren die Schreie unmenschlich. Was die durch die Insekten verursachte Pein nicht hervorzubringen vermocht hatte, quetschte die Todesangst heraus.

Einige Schädel brachen so sauber auf wie Austern, die man aufhebelte. Andere mussten Stück für Stück zertrümmert werden. Das war selbst für manche Seelenbrecher zu viel. Sie übergaben sich, versuchten, zu ihrer Aufgabe zurückzukehren, mussten aber wieder ihrem Magen nachgeben. Ihr Erbrochenes war den Käfern willkommene Nahrung.

Irgendwann hatten alle dreizehn Kleriker ihr Werk vollbracht. Sie mussten die krabbelnden Folterknechte verscheuchen, um die Gehirne entnehmen und zu Lisanne tragen zu können.

Bren bemerkte, dass die Essenzkristalle leer waren, als die Seelenbrecher ihre Gaben zu Füßen der Schattenherzogin legten. War es Brens Sicht, die verschwamm, oder blutete neben Lisannes Thron die Wirklichkeit? Die Steinsäulen dort bogen sich wie Spiegelbilder auf einem bewegten Teich.

Bren spürte die Wesenheit auf der anderen Seite jetzt deutlich. Da waren Gier und Kraft und Hass.

Nein. Der Hass war nicht auf der anderen Seite. Er war hier, in Brens Wirklichkeit. Er kam von Lisanne, sie schöpfte ihn tief aus ihrer schwarzen Seele und verfütterte ihn an das Wesen, um es hervorzulocken.

Und es kam.

Es war schon zu weit gegangen, um noch umzukehren, aber noch war es nicht wirklich, noch war es mehr Albtraum als Person. Es suchte noch nach einem Körper, einer Gestalt. Tastete über die Gaben, die dreizehn Hirne, die ihm dargebracht wurden. Es erfasste, was sie zuletzt gedacht, was sie besonders gefürchtet hatten, schmeckte die Angst, den Zorn.

Lisanne sprach auf einer gewissen Ebene mit ihm, Bren auf einer anderen. Während die Schattenherzogin den Verstand betörte, war Bren das Tor für den Instinkt der Bestie, der durch ihn die Höhle wahrnahm, das Geschehen betrachtete.

Lisanne folgte der Aufmerksamkeit des Wesens, das sie gerufen hatte, und schien überrascht, Bren bei Bewusstsein zu finden. Hatte sie ihn unterschätzt?

Ja, so musste es sein! Sie musste ihn für schwächer gehalten haben. Jetzt betrachtete sie ihn neugierig.

Das durfte nicht geschehen! Sie durfte ihn nicht erforschen, nicht seine Geheimnisse lernen! Nichts von Kiretta erfahren! Mit aller Kraft, die sein Geist aufbringen konnte, stieß er sie zurück. Dabei drang er ein Stück weit in sie ein, in ihre Kommunikation mit der Wesenheit. Sie schlug ihr eine Ameise vor, die Form einer der roten Sorte, deren Kopf mit den gewaltigen Zangen ebenso groß war wie der restliche Körper. Lisanne säuselte von der kriegerischen Qualität dieser Form, sandte Visionen von besiegten Feinden, Menschenheeren, deren zerrissene Leiber im Schlamm lagen. Truppen aus neuen Chaque, größer als jene, die es in Tamiod gegeben hatte, zertraten sie voller Befriedigung.

Die Wesenheit zog Lisannes Vorschlag in Erwägung, nutzte Brens Sinne, um ihn zu prüfen.

Und wählte gemeinsam mit Bren eine andere Lösung.

Wildes Rauschen erfüllte die Höhle, als sich die Insekten zurückzogen, wie sie gekommen waren. Tausendfach schabten ihre Panzer aneinander, als sie sich an den Löchern im Boden drängten. Zurück blieb das Stöhnen jener gemarterten Fayé, denen nicht die Schädel gebrochen worden waren.

Lisanne erhob sich. Neben ihrem Thron gab es keine gültige Wirklichkeit mehr. Formloses Chaos wallte, wo zuvor die Höhle gewesen war. Es hatte keine Tiefe, und doch war es endlos, es hatte keine Farbe, und dennoch schillerte es in allen Tönen von Rot. Die Kleriker wichen zurück. Bren, der spürte, dass weder Lisanne noch die Wesenheit länger seine Dienste beanspruchten, stand auf und stellte sich neben Attego.

Knackende Geräusche kündigten die Ankunft des Wesens an. Wie Kampfschilde, die aufeinanderschlugen, knallten die Panzer der Gliedmaßen gegeneinander. Das Echo hallte durch die Höhle.

Bren war nicht sofort klar, was sich dort aus dem Chaos schob. Erst nach einem Moment erkannte er den Arm, so ungewöhnlich war seine Haltung, so monströs sein Ausmaß. Er war doppelt gewinkelt, mit dolchgroßen Dornen gespickt. Den Griff eines solchen Fangarms hätte noch nicht einmal ein ausgewachsener Keiler sprengen können.

Der zweite Arm folgte, dann der Kopf, der zur Hälfte von den seitlich sitzenden, kalten, giftgrünen Augen eingenommen wurde. Die frei schwingenden Kiefer waren beinahe so lang wie Brens Unterarm und spitz wie Degen.

Lisannes Kopf ruckte zu Bren herum. »Eine Gottesanbeterin!« Das Erstaunen in ihrer Stimme war unüberhörbar.

Bren neigte bestätigend den Kopf. »Bessere Krieger werden wir kaum finden.«

Lisanne betrachtete stumm das Wesen, wie es sich an den Hirnen gütlich tat, um sich für seine neue Welt zu stärken. Die gebogenen, spitzen Kiefer schaufelten die weiche Masse in den Mund, während die hellgrünen, kinderkopfgroßen Facettenaugen hin und her ruckten.

Das Chaos, aus dem es gekrochen war, verging.

»Das also ist die neue Königin«, murmelte Lisanne nach einer Weile. Schulterzuckend wandte sie sich Bren und Attego zu. »Dann soll es so sein. Jetzt müssen wir ihr nur noch ein Volk geben.« Fließend kam sie zu ihnen herab.

»Dunkelrufer!«, sprach sie Attego an. »Sorge dafür, dass diese Fayé überleben. Ich will keinen von ihnen verlieren. Und haltet die Zauberei dieses Ortes aufrecht, wie wir es besprochen haben.«

Noch einmal sah sie die Gottesanbeterin an.

»Oh ja, ich spüre den Hass in ihr. Wir werden hervorragende Krieger bekommen. Morgen Nacht wollen wir mit ihrer Erschaffung beginnen.«

»Wie konnte das geschehen?«

Der Leutnant wagte nicht, zu Bren aufzusehen. Stattdessen starrte er auf die insektenhaften Krieger, deren gebrochene Glieder in alle Richtungen abstanden. Aus ihren gesplitterten Exoskeletten quoll grünliches, halb flüssiges Fleisch, als sie sich in dem Bemühen bewegten, wieder auf die Beine zu kommen und ihre Waffen aufzunehmen. »Ich weiß es nicht«, gestand er.

»Welchen Befehl hast du ihnen gegeben?«

»Anzugreifen.«

Bren ruckte an den Zügeln, um seinen tänzelnden Rappen zur Ruhe zu bringen. Auch die Pferde der drei Gardisten, die ihn begleiteten, waren nervös. Sie rochen das Blut in der Luft. Die Milirier wollten die Brücke um jeden Preis halten, und wenn es ihr Leben kostete.

Die Ondrier hatten die Verteidiger am Rundturm vor der Schlucht aufgerieben und Feuer entzündet, um das Mauerwerk mürbe zu machen, als die Entsatztruppen eingetroffen waren, doch man hatte sich schnell auf die Überraschung eingestellt. Das galt auch für die Insektenkrieger. ›Razzor‹ war der Name, den Lisanne dem neu geschaffenen Volk gegeben hatte. Bren konnte schon nach diesem ersten Test sagen, dass sie agiler waren als die Chaque, bessere Kämpfer. Das lag nur zum Teil an den ungewöhnlichen Gliedmaßen, die sich bewegten wie bei einer Gottesanbeterin, was die sichelförmigen Klingen Wege nehmen ließ, die auch für erfahrene Fechter schwierig vorherzusehen waren. Der Hauptgrund war der individuellere Geist, der mehr darauf ausgelegt war, im Kampf zu bestehen und den Gegner zu töten. Lisannes Zauber war ein voller Erfolg. Sie würden Nachricht an General Bretton senden, damit er weitere gefangene Fayé von der Ostfront schickte.

Auch der Trupp, der hier vor sich hin kreuchte, hatte zu Beginn gute Arbeit geleistet und eine milirische Formation mittig durchbrochen. Rechts und links der Schneise waren die Feinde zunächst entkommen, später aber von anderen Ondriern abgefangen worden. Doch der Razzor-Trupp war ohne erkennbaren Grund von einer acht Schritt hohen Klippe gestürzt. Alle bis auf den Leutnant. Der war schließlich ein Mensch.

»Was genau waren deine Worte?«, wollte Bren wissen.

»Sie sollten durchbrechen.«

»War das alles, was du befohlen hast? Erinnere dich an die Worte. Oder soll ich selbst in deinem Geist danach suchen?«

Der Leutnant schluckte. Er wusste nicht, das Bren diese Fähigkeit trotz der Übungen, die er unter Jittaras Anleitung wieder aufgenommen hatte, noch nicht beherrschte. »›Stoßt in ihre Reihen und dringt vor, so weit ihr könnt‹, wenn ich mich recht entsinne, Herr.«

Bren nickte. »Genau das haben sie getan. Bis zur Klippe, und darüber hinaus.« Er drückte die Schenkel zusammen, um die Unruhe des Rappen endlich zu zähmen. »Sei dir bewusst, dass sie jeden Befehl befolgen werden. Wörtlich. Sie denken nur in dem Rahmen selbstständig, den die Befehle erlauben. Sie sind keine Menschen.«

»Ja, Herr. Ich bitte um eine gerechte Bestrafung.«

»Dazu besteht kein Grund. Wir sind hier, um zu lernen. Beweise mir im nächsten Kampf, dass du gelernt hast. Im Grunde bin ich erleichtert. Ich habe befürchtet, dass der Verstand der Razzor instabil sei und sie sich willentlich in die Tiefe gestürzt hätten. Stattdessen haben sie nur einen Befehl befolgt.«

»Ich verstehe, Herr.«

»Gut. Lass ein paar Feinde auf sie zutreiben. Unter den versprengten Trupps sollten sich welche finden lassen. Wenn sie in Reichweite ihrer Klingen kommen, können sich diese Razzor noch als nützlich erweisen. Danach tötet sie.«

Die Schlacht war in der Tat schon entschieden, der Wachtturm brannte bereits. Die Ondrier hatten ihre Reserve trotz der milirischen Verstärkung nicht bemühen müssen.

Bren hatte gesehen, was er hatte sehen wollen. Er schickte einen Melder mit dem Befehl ab, die Brücke einzureißen, wenn sie erobert wäre. Das würde die Milirier zusätzlich verwirren. Der Ort des Angriffs an einer strategisch wertlosen Stelle, zwölf Meilen westlich von Guardaja im Gebirge, sowie die Schilderungen der Überlebenden von den Razzor würden den feindlichen Feldherren Rätsel aufgeben. Nichts wies auf den Weg hin, den Bren die Armee führen würde, wenn sie erst ihre Sollstärke erreicht hätte. Die Ondrier würden tief in Eskad stehen, bevor die Menschen begriffen hätten, dass Milir umgangen wurde.

Auf dem Feldherrenhügel war Brens Zelt inzwischen aufgebaut, die Einhornstandarte pendelte träge im Wind. Dengor vertrieb sich die Zeit damit, den Schleifstein an der Schneide seines Breitschwerts entlangzuführen.

»Ihr habt Besuch«, meldete der Hauptmann, als er sich aus der ehrerbietigen Verbeugung aufrichtete. »Sie wartet drinnen.«

Bren gab die Zügel an einen Burschen, der den Hengst trocken reiben würde. »Normalerweise lässt du doch niemanden zu mir durch.«

Dengor grinste schief. »Ich habe sie besonders gründlich durchsucht.«

Also hatte er sie bestiegen, wer immer sie auch sein mochte. Dafür sprach zudem, dass er statt der Rüstung lediglich sein wattiertes Gewand trug. Bren war wegen des erfolgreichen ersten Einsatzes der Razzor zu guter Laune, als dass er den Barbaren dafür gerügt hätte. Er schlug den Vorhang zurück und betrat sein Zelt.

Quinné sah wieder so jung aus wie bei ihrer ersten Begegnung, bevor er von ihr genommen hatte. Ihr Körper hatte sich von dem Entzug der Lebenskraft gut erholt.

»Du hattest Sehnsucht nach mir?«, fragte Bren.

»Mehr, als ein Mann jemals empfinden kann!« Sie warf sich vor ihm zu Boden.

In der Tat spürte Bren die Stärke der Emotion, die ihm galt, während sich die schlanke Frau vor ihm wand. Er sah ihre kleinen, festen Brüste, die reifen Äpfeln ähnelten, und ihre schlanken und dennoch gerundeten Hüften. Auf allen vieren näherte sie sich ihm wie eine Katze, streckte zögerlich einen Arm vor, tastete an seinem Bein hoch, während sie ihn aus großen, mit rotem Strich betonten Augen ansah. Aber all diese Körperlichkeit kümmerte ihn nicht. Wie bei ihrer ersten Begegnung war es Quinnés Hingabe, die ihn berührte. Bei Ehla war es anders – ihre Verehrung galt den Schatten, die für sie ein allmächtiges Prinzip waren. Quinné jedoch war völlig auf ihn fixiert. Es wäre so einfach, ihre Essenz zu rufen …

Aber Bren wollte ihre Hingabe nicht. Seine Sehnsucht galt einer anderen. Unwillkürlich sah er zu der geschlossenen Kutsche, um die herum das Zelt errichtet war. In ihr würde er den Tag verbringen, die Arme über der Schatulle gekreuzt, in der Kirettas Haken lag. Er würde sie auf seine Brust legen, bevor die Starre einsetzte.

Quinné folgte seinem Blick, deutete ihn aber wohl falsch. Sie stand auf, ging zu dem Gefährt und ließ dabei ihr Kleid von den Schultern rutschen. Eine Bewegung, die auf einen

Menschen vollkommen wirken mochte, aber für Bren eine kindliche Stümperhaftigkeit aufwies, da er Lisannes Eleganz kannte. Zudem war es so kalt, dass Quinné Gänsehaut hatte. Es sprach für ihre Selbstbeherrschung, dass sie kaum zitterte, als sie ein Bein über die Deichsel schwang, sich auf das Rundholz legte und ihren Körper in eindeutiger Weise zu bewegen begann.

»Dengor!«, rief Bren.

Sofort war der Gardist im Zelt.

»Lass sie zu Jittara bringen«, sagte er. »Die wird etwas mit ihr anzufangen wissen.«

»Nein, Herr, ich bitte Euch!«, flehte Quinné, ohne in dem lasziven Tanz innezuhalten, der auf Dengor eine Wirkung entfaltete, die seine Stoffhose nicht zu verbergen vermochte. »Mein einziger Wert liegt darin, Euch zu dienen! Nehmt von mir, wann Ihr wollt und was Ihr wollt! Wenn Ihr mich nicht selbst benutzen mögt, gefällt es Euch vielleicht, mir und Eurem Hauptmann zuzusehen? Ich bitte Euch! Ich werde tun, was immer Ihr wünscht.«

Dengor zögerte. Offenbar hoffte er, dass Bren auf Quinnés Vorschlag eingänge.

Das mochte keine schlechte Idee sein. Nicht, die junge Frau an Dengors Lust zu verfüttern. Das konnte man sich als Belohnung für besondere Leistungen aufsparen. Aber Quinné war einer der wenigen Menschen, die tatsächlich allein von Bren abhängig waren. Da sie so auf ihn fixiert war, war sie für andere Schattenherren uninteressant, und im Kult galt sie als unfähig. Von niemandem außer ihm hatte sie etwas zu erwarten, und die verdrehte Logik, wie sie Brens Mutter in der Verehrung der Schatten zeigte, war ihrem Wesen fremd. Das war gut, denn Bren hatte mehrfach erlebt, dass sich solche, die ein abstraktes Prinzip verehrten, im unpassenden Moment gegen ihre Herren wandten, weil sie der Meinung waren, diese würden ihrem Ideal untreu.

»Geh wieder auf deinen Posten, Dengor«, sagte Bren. »Ich habe es mir anders überlegt.« Als der Barbar ihn anglotzte, fügte Bren schärfer hinzu: »Draußen. Vor dem Zelt.«

Dengor ballte eine Faust, verbeugte sich dann aber und stapfte hinaus, ohne Quinné nochmals anzusehen.

Bren setzte sich auf den Feldherrensessel, den man für den Fall bereitgestellt hatte, dass er im Zelt seine Offiziere empfangen wollte. »Zieh dein Kleid wieder an und nimm dir auch einen Mantel aus der Truhe.« Er wedelte mit der Hand in die Richtung. »Und dann hilf mir aus den Stiefeln.«

Seine Gedanken kehrten zu den neuen Truppen zurück. Vor seinem geistigen Auge entstanden die Karten, die das Gelände zeigten, durch das er sie zu führen beabsichtigte. Eskad und Ublid würden brennen, und wenn ihre Asche im Wind triebe, dann endlich ... Ilyjia ...

Trümmer

»Hier nennen sie es eine Rote Nacht«, sagte Lisanne. »In solchen Stunden werden die neuen Paladine bestimmt.«

»Jetzt nicht mehr.« Bren sah auf die Überreste des Tempels der Mondmutter, deren Rauch sich ölig vor die Sterne legte. Eine der zerbrochen am Boden liegenden Statuen hatte angeblich Helion gezeigt. Eine plausible Annahme, schließlich hatte sein Sieg im Silberkrieg den freien Reichen zwei Jahrzehnte erkauft. Aber Bren hütete sich, diese Vermutung mit Lisanne zu teilen. Er wollte sie nicht reizen.

Lisannes lange, schmale Finger tasteten nach der Platinkette, die in filigranen Ranken ihr Dekolleté bedeckte. Der Rubin, der einst im Schwert ihres Geliebten eingearbeitet gewesen war, schimmerte fahl im Zentrum des Geflechts. Bren wusste, dass die Paladine der Mondschwerter jeden Tag ihre Gedanken in diese Edelsteine beteten. Jetzt waren das Juwel und die darin enthaltenen Erinnerungen alles, was Lisanne von Helion geblieben war.

»Ihr habt Euch sorgfältig auf diese Nacht vorbereitet«, sagte Bren, während er neben Lisanne durch die von Trümmern gesäumten Straßen schritt. Binnen zweier Monate hatten sie die Truppen hierhergeführt. Bren hatte Festungen und wehrhafte Städte umgangen, um so schnell vorstoßen zu können. Lisanne hatte an Ritualen mitgewirkt, die alte Gefallen von Wasserdämonen im Meer der Erinnerung einforderten. Die

Priester der Menschen würden sich nicht so leicht wieder auf einer Insel versammeln können. Die Lenkung ihres gemeinsamen Feldzugs hatte sie ganz Bren überlassen. Dahinter vermutete er das Kalkül, dass der Sieg, der nun errungen war, ein gemeinsamer Erfolg war – eine eventuelle Niederlage jedoch wäre allein sein Versagen gewesen. Er fragte sich, ob Lisanne diese Möglichkeit vorgezogen hätte.

Ihr Lächeln blieb undeutbar. War es zynisch, oder kräuselte echte Wehmut die Lippen? »Ihr meint das Kleid.«

»Ja.«

Lisanne hatte ein Gewand mit ilyjischem Schnitt angelegt. Von der schmalen Taille aufwärts bestand es aus gewickelten Stoffbahnen, die die Schultern frei ließen, die Arme dagegen umwanden. Der Rock wurde von einem flexiblen Gestell gespreizt. Bren hielt einen Schritt Abstand, um nicht auf den schwarz glänzenden Stoff zu treten.

»Mir war danach, den Menschen dieses Landes zu zeigen, dass ihre neuen Herren Kultur besitzen.«

»Nun, unsere Überlegenheit auf anderem Gebiet haben wir ihnen ja bereits bewiesen.« Die Truppen waren nicht zimperlich gewesen, nachdem sie die Bresche in die Stadtmauer geschlagen hatten, und Bren hatte sie erst spät aufgehalten. Gerade früh genug, um die Brände unter Kontrolle zu bringen.

»Die Ritterhalle«, murmelte Lisanne, als sie ein an Verzierungen armes, lang gestrecktes Gebäude erreichten, das aus wuchtigen Quadern gefügt war. Ondrische Krieger waren damit beschäftigt, Waffen herauszutragen. Manche davon waren Attrappen aus Holz. Da Bren bezweifelte, dass es sich um ein Theater handelte, waren sie wohl zu Übungszwecken verwendet worden.

»Ihr wirkt nervös, Bren. Nicht bei der Sache. Beruhigt Euch. Der Kampf ist gewonnen. Es ist an der Zeit, in Augenschein zu nehmen, was nun unser ist.«

Bren sah auf den kahlen Eingang des Gebäudes. »Lasst mich raten: Hier hat sich Helion die Fechtkunst angeeignet?«

Langsam drehte sie den Kopf, bis sie ihn aus gefrorenen Augen ansah. »Ihr wisst gar nichts. Er wurde nicht in Akene ausgebildet. Hierher hat er sich zurückgezogen, um sich nach seiner Weihe zu sammeln. Kurz bevor er seinen ersten Schattenherrn besiegt hat, was noch in derselben Nacht geschah. Schattenbaron Ranomoff, von dem Ihr sicher noch nie gehört habt, Baronet. Dafür seid Ihr zu jung.« Immerhin fragte sie nicht mehr nach dem Grund für die Unruhe, derer sich Bren kaum erwehren konnte.

»Darin will ich Euch nicht widersprechen.«

»Eine lobenswerte Einstellung für jemanden, der so wenige Nächte geschmeckt hat wie Ihr. Ihr mögt ein passabler Feldherr sein, aber wer wird sich noch daran erinnern, wenn sich die Jahrhunderte über Eure Siege gelegt haben werden?«

»Ich danke Euch, dass Ihr mich an meine Aufgabe erinnert. Ich habe tatsächlich noch etwas zu tun.« Er verbeugte sich, wobei er sich einen gewissen Schalk gönnte, um seine Nervosität zu überspielen. »Als Feldherr.«

»Vielleicht sollte ein *Feldherr*«, sie betonte das Wort spöttisch, »nicht in einem Palast residieren, sondern in einem wehrhaften Bau wie diesem.«

»Ich werde meine Leute anweisen, diese Halle morgen zu erkunden und meine Sachen dorthin zu schaffen. Aber heute Nacht habe ich andere Pflichten, die meine Aufmerksamkeit erfordern.«

Sie entließ ihn mit einem beiläufigen Nicken, klappte ihren Fächer auf und wandte sich wieder der Ritterhalle zu.

Auf dem Weg zu dem Stadtpalast, den er für die Sammlung der gefangenen Priesterinnen bestimmt hatte, nahm Bren beiläufig die Plünderungen wahr. Es gab keinen Grund, dagegen einzuschreiten. Der Widerstand der Verteidiger war gebrochen, und genügend Krieger bewachten die Plätze, bereit, einzugreifen, falls sich Kampfgeist regte. Viele von ihnen waren Razzor. Die Insekten hatten weder Interesse an Geschmeide noch an weichen Frauenkörpern. Die menschlichen Krieger dafür umso mehr. Im Schwarzen Heer war es Tradition, nach der strengen Disziplin von Marsch und Kampf die Fesseln der Schatten zu lösen, die jeder Mensch in sich trug, und den siegreichen Truppen zu gestatten, sich zu nehmen, was sie begehrten. Als Sterblicher hatte sich Bren dieser Sitte manchmal entgegengestellt. Warum, verstand er jetzt selbst nicht mehr. Eine unsinnige Sentimentalität wahrscheinlich.

Der Palast war von prächtigen Gebäuden umgeben. Offenbar hatten in diesem Teil der Stadt, nahe dem Tempel der Mondmutter, die Reichen gelebt. Die heutige Nacht würde ihnen zeigen, wie tief man fallen konnte. Morgen würde Bren ihnen erklären, was sie tun müssten, um unter der neuen Herrschaft ein Leben zu führen, das dem vertrauten nahe käme. Auch das gehörte zu den ondrischen Traditionen: die Eliten der Besiegten zu bekehren und in den Dienst der Schatten zu nehmen. Wo das nicht gelang, griff man auf jene zurück, die gegen die alten Eliten aufbegehrt hatten. Meistens waren solche Querköpfe den Herrschenden überraschend ähnlich, was Klugheit und Geschick in der Menschenführung anging. Solange der Kult der Mondmutter ausgelöscht wurde, war für Bren bedeutungslos, wer Akene für die Schatten verwaltete.

Attego sah in der leichten Kleidung noch immer ungewohnt aus. Er schien der Wärme dieses Landes zu misstrauen, hatte die Tunika mit einem Schal um die Schultern verstärkt und die Ärmel geschnürt, als erwarte er jeden Moment einen eisigen Windhauch, der hineinfahren könne. Als Bren die Eingangshalle betrat, stolzierte der Dunkelrufer vor den Gefangenen auf und ab wie ein Herzog. Eine Handvoll Razzor stand in einem dunklen Winkel, ihr menschlicher Führer daneben. Schattenfürst Velon, wohl von Lisanne als Beobachter abkommandiert, lehnte zwischen zwei mit üppigen Blumengestecken geschmückten Statuen von nackten Jungfrauen, hatte die Arme verschränkt und den gleichen Gesichtsausdruck aufgesetzt, den er auch zur Schau stellte, wenn er zuhörte, wie Aufmarschpläne diskutiert wurden. Er nickte Bren zu.

»... sich die ganze Macht der Schatten wie eine Last vom Gewicht eines Gebirges auf euch herniedersenken!«, dozierte Attego gerade mit großer Geste. Er hatte die Gefangenen in eine kniende Position befohlen. Die meisten von ihnen waren Frauen, nur drei Männer waren auszumachen, sehr muskulös, aber ohne Kraft in den Augen. Tempeldiener vermutlich. »Eure schwache Göttin konnte keinen Schutz über diese Stadt legen! Manche von euch wären in ihrem heiligen Haus verbrannt, wären wir nicht so milde ...«

Bren räusperte sich.

Attego wandte sich unwillig um, erkannte ihn und verneigte sich tief. »Herr, ich erklärte diesen Unwürdigen gerade ...«

»Schon gut. Ich habe es gehört.« Mit einem Wink scheuchte er Attego zur Seite.

Er fixierte die Priesterinnen. Nach dem ersten Augenschein war Nalaji nicht darunter, aber die Alte mochte eine Maske aufgeschminkt haben. Bren hatte viel über sie nachgedacht und war zu dem Schluss gekommen, dass sie auch in Orgait weit mehr gewesen war als eine einfache Gesandte. Sicher hatte man sie auf ihre Aufgabe als Spionin vorbereitet, und dazu gehörte vor allem die Kunst des Verbergens.

Aber so genau er auch hinsah: Keines der Gesichter hatte Ähnlichkeit mit dem, in das er oben in den Wetterbergen geschaut hatte. Dabei hatte er so sehr gehofft, sie hier in Akene aufzuspüren! Er erinnerte sich gut an den sehnsüchtigen Ausdruck auf ihrem Gesicht, als sie in der Bergwildnis von Akene gesprochen hatte. Sie hatte nicht mehr viele Jahre zu leben. Falls sie ihre Heimat noch einmal sehen wollte, musste sie sich beeilen. Wenn sie Kiretta noch bei sich hätte … Jetzt, nach dem Sieg, hätte er Nalaji viel anzubieten, um seine Geliebte freizutauschen.

»Sind das wirklich alle Priesterinnen?«, fragte er Attego.

»Mehr konnten wir nicht finden. Aber die Truppen suchen noch. Morgen oder übermorgen …«

Bren brachte ihn mit einer Geste zum Schweigen. »Hört genau zu! Euer Leben mag davon abhängen, ob ihr diese Frage beantworten könnt. Kennt jemand die Priesterin Nalaji und weiß, wo sie sich aufhält?«

Unsicher sahen ihn die Gefangenen an. Er spürte Velons Blick in seinem Rücken. Der Schattenfürst würde Lisanne berichten, welche Versprechungen Bren abgab. Überhaupt würde er genau darauf achten, was Bren sagte. Deswegen durfte er nicht zu offen nach Kiretta fragen.

Einige Hände hoben sich, um anzuzeigen, wer mit Nalaji bekannt war. Aber wie konnte er diese Frauen isolieren, mit ihnen im Vertrauen sprechen, ohne dass Velon Verdacht schöpfte?

Missmutig wandte sich Bren dem anderen Osadro zu.

Hinter ihm kreischte eine Frau. Als Bren herumwirbelte, erkannte er eine füllige, etwa vierzig Jahre alte Priesterin. Sie war in ein Gewand mit einem absurd großen Kopfputz gehüllt, der wie ein losgerissenes Segel flatterte, als sie sich auf ihn stürzte. Das musste die Dreifach Gepriesene sein, die Tempelvorsteherin. Sie hielt ellenlange Haarnadeln wie Dolche in den Händen.

Bren wich mit einer Schnelligkeit zurück, der sie nicht folgen konnte. Erst recht nicht, da ihr zwei Razzor mit weiten Sprüngen den Weg abschnitten. Sie brauchten noch nicht einmal ihre Waffen zu ziehen. Fangarme schnappten und rissen die Frau heran. Säbelartige, frei schwingende Kiefer schlitzten ihren Hals auf. Bren sah sie grinsen, als das Blut zwischen ihren Lippen hervorquoll.

»Zurück!«, schrie er.

Lisanne und er hatten den Razzor einige Instinkte eingeprägt, während sie mit ihrer Züchtung experimentiert hatten. Einer der am tiefsten verankerten verbat ihnen, zuzulassen, dass ein Schattenherr zu Schaden kam. Die Dreifach Gepriesene hatte wohl auf ein solches Verhalten gehofft und sich somit einen raschen, schmerzlosen Tod erzwungen.

Auch andere Instinkte waren den Razzor zu eigen. Ein Selbsterhaltungstrieb gehörte dazu, der eine stärkere Individualität bedingte. Die wiederum erforderte Eigeninteressen, Sehnsüchte. Bren hatte ihre Begierde darauf gerichtet, zu kämpfen. Wenn sie einige Tage keine Gelegenheit dazu hatten, wurden die Razzor aggressiv wie ausgehungerte Taranteln. Bislang hatte man sie stets durch deutliche Befehle im Zaum halten können. Deren Befolgung war ein weiteres der Gesetze, die ihnen eingegeben waren. Zur Sicherheit kannten Lisanne und Bren noch ein Wort, das die Razzor tötete, sobald sie es vernahmen. Irgendwann würde auch dieser Krieg enden, und dann würde man sich ihrer entledigen wollen.

Attego stieß die Leiche der Dreifach Gepriesenen mit dem Fuß an, vorsichtig darauf bedacht, seinen Filzpantoffel nicht mit Blut zu besudeln. »Das ging zu schnell«, stellte er fest. »Für die Frechheit, die Götter zu verehren, sollte die Strafe eine andere sein. Gewährt Ihr mir die Gunst, diesen Priesterinnen die Haut vom Rücken zu ziehen?«

Bren schüttelte den Kopf. »Wir wollen nichts übereilen. Tot nützen sie uns nichts. Solange sie leben, sind sie unser Pfand dafür, dass das Volk dieses Landes Ruhe bewahrt. Sollte es zu Aufständen gegen die neue Herrschaft kommen, werde ich anders entscheiden.«

Enttäuschung und Vorfreude rangen in Attegos Mienenspiel.

»Du kannst dich an den Paladinen schadlos halten, die wir gefangen haben«, bestimmte Bren. »Aber lass dir nicht zu viel Zeit mit ihnen. Wenn ich mich vor Sonnenaufgang schlafen lege, will ich sie tot wissen.«

Velon räusperte sich. »Alle? Ist das weise?«

»Wir haben nicht viele gefangen genommen«, erklärte Bren. »Sie haben entschlossen gekämpft. Wer jetzt in Fesseln liegt, ist verwundet.«

»Dann sind sie doch wohl kaum noch eine Gefahr?«

»Die Schwerter in ihren Köpfen sind härter und schärfer als jene, die wir ihnen aus den Händen genommen haben. Sie haben ihr Leben dem Kampf gegen uns geweiht. Bei erster Gelegenheit werden sie versuchen zu entkommen und uns keinerlei Hilfe sein.«

»Vielleicht sollten wir abwarten, was aus ihnen herauszuholen ist.«

Bren schnaubte. »Der Kunde, die aus dem Mund eines Mondschwerts kommt, würde ich niemals trauen.«

Velon seufzte. »Dann bringt sie eben um.«

Bren nickte Attego zu, dann wandte er sich wieder an die Priesterinnen. Einige von ihnen weinten haltlos, verbargen das Gesicht vor der Blutlache, die sich um die Leiche der Dreifach Gepriesenen ausbreitete. »Wer von euch weiß, wo sich Nalaji aufhält?«, rief er. »Ihr Lohn wird kein geringer sein.«

»Gestern war sie noch im Tempel«, sagte eine Adepta. Zwei weitere Klerikerinnen stimmten ihr zu.

»Und jetzt? Wo ist sie jetzt?«

Niemand antwortete. In den Wirren der Kämpfe musste sie verschwunden sein. Den Belagerungsring konnte sie kaum durchbrochen haben, also befand sie sich wohl noch in der Stadt. Es sei denn, sie wäre erschlagen worden. Sicher nicht von einem menschlichen Krieger, für die war das Gold, das er für jede ergriffene Priesterin ausgelobt hatte, zu verlockend. Die Razzor kannten solche Gier jedoch nicht. Auch sie hatten ihre Befehle, aber sie konnten Menschen schlecht voneinander unterscheiden und hätten eine verkleidete Priesterin kaum erkannt.

»Was ist so wichtig an dieser Nalaji?«, wollte Velon wissen. Bren wandte sich ab, damit der Fürst nicht in seinem Gesicht las. Velon war ihm ein Rätsel. Er schien nun loyal zu Lisanne zu stehen, aber dennoch war vermutlich er es gewesen, der Bren seine ghoulischen Helfer zugespielt hatte, als es darum gegangen war, Lisannes Geliebten zu morden. Velon hatte in Kontakt mit Ghoulmeister Monjohr gestanden, dessen Ableben wahrscheinlich mit Kirettas Überleben und wohl auch mit Nalajis Flucht zu tun hatte. *Vermutlich. Wahrscheinlich. In den Schatten ist nichts gewiss.* »Sie war in Orgait. Es wäre interessant, herauszufinden, was sie dort erschnüffelt hat.«

»Order vom Hof des SCHATTENKÖNIGS, die Welt erzittere vor SEINEM Namen?«

»Nein, mein eigener Gedanke!«, blaffte Bren. Mit schnellen Schritten verließ er den Palast. Hier war nicht zu erfahren, was er wissen wollte.

Unruhig hetzte er durch die Straßen, fand aber nicht, wonach er suchte. Keine Nalaji, geschweige denn Kiretta. Später könnte er die Priesterinnen, die Nalaji gesehen hatten, fragen, ob sie eine Frau bei sich gehabt hatte, der eine Hand fehlte. Wenn Velons Interesse etwas nachgelassen haben würde. Oder, besser gesagt, das von Lisanne.

Er begab sich in das Haus, dessen Keller Quinné für seinen Tagschlaf vorbereitete. Er wies sie an, alles für seinen Umzug in die Ritterhalle am nächsten Tag vorzubereiten und postierte zwei Gardisten vor der einzigen Zugangstür, bevor er diese verschloss. Dann legte er die Kleider ab und wechselte in die Nebelform, was ihm beim gegenwärtigen Stand der Monde leichtfiel. So schwebte er aus dem Fenster und verteilte sich, so weit er konnte. Er glitt über Dächer, durch Rauch und Gassen. Seine Wahrnehmung war in den vergangenen Monaten feiner geworden. Er fand Flüchtige, die sich in einem Gebüsch verbargen, Reiche, die um ihr Leben feilschten, Krieger, die dem erbeuteten Branntwein zusprachen, Trauernde, die Tote und Sterbende beweinten, und Heiler, die Wunden abbanden. Diese Nacht gehörte dem Chaos. Nalaji jedoch hatte er nicht gefunden, geschweige denn Kiretta, als er eine Stunde vor dem Sonnenaufgang in das Zimmer zurückkehrte, seinen Körper zu Fleisch verfestigte und seine Kleidung wieder anlegte. Er öffnete die Tür und stieg in den Keller hinab.

Attego sah betreten aus, wie er neben Quinné vor dem sauber hergerichteten, mit schwarzer Seide bezogenen Bett stand.

»Was gibt es?«, fragte Bren. Er fühlte die Müdigkeit, die der Tag brachte, bleischwer in den Gliedern.

»Ich denke, Ihr wollt es von mir erfahren. Ich konnte Euren Befehl nicht ausführen.«

»Welchen Befehl?«

»Die Paladine zu töten. Sie sind entkommen. Niemand weiß, wie das geschehen konnte.«

»Hat ihnen jemand geholfen?« Schläfrig setzte sich Bren auf das Bett. Erst jetzt nahm er wahr, wie sehr ihn die Nebelform angestrengt hatte. Er wusste, dass ihn die Nachricht von den geflohenen Paladinen hätte aufregen sollen, aber er war zu ermattet.

»Ja, das ist offensichtlich. Unsere Wachen liegen in ihrem Blut.«

Bren legte sich zurück. »Bedauerlich, aber es passt zur Erfolglosigkeit dieser Nacht.« Seine Gedanken waren bei der Suche nach Nalaji und Kiretta. *Jittara.* So ungern er sie in seiner Nähe hatte, Jittara würde ihm helfen müssen.

»Was wollt Ihr finden?«

Jittaras Gesicht war so offen, wie es einer Nachtsucherin nur möglich war. Ehrlichkeit fand man in Ondrien selten und im Kult niemals. Doch alles deutete darauf hin, dass Jittara ihr Schicksal mit dem Brens verbunden hatte. Sie reiste in seinem Gefolge, bildete ihn in der Magie aus und organisierte große

Teile seines Gesindes. Sie feierte sogar Messen, in deren Zentrum die Anbetung seiner Person stand. Aber war nicht gerade diese Hingabe verdächtig? Stand Jittara am Ende doch auf Lisannes Seite, hatte den Auftrag, Bren in Sicherheit zu wiegen, auf dass er umso tiefer fiele? Und auch bei ihr war die entscheidende Frage: Was wusste sie von Kiretta?

Es war besser, vorsichtig zu sein. »Ich denke, es wäre nützlich, den Feind auszuspähen«, sagte er.

Sie nickte. Im Gegensatz zu ihm, der nackt im Kreis der magischen Runen stand, die Seelenbrecher sorgfältig mit Knochenasche ausgestreut hatten, war sie mit einem Ornat angetan, das besser zu dem Palast passte, den sie für ihre Zusammenkunft ausgewählt hatten. Bren selbst war, Lisannes Vorschlag folgend, zu Beginn der Nacht in die Ritterhalle umgezogen und hatte sich direkt zu Jittara begeben, als er sicher gewesen war, alles Nötige veranlasst zu haben.

Ihre helle Haut wurde nur von dem polierten Kinderschädel auf ihrem Zeremonienstab überstrahlt. Er glänzte im Flimmern der Essenz, die sich silbrig in den Kristallen regte, die jenseits des Zirkels aufgestellt waren. Für das anstehende Ritual wurde Lebenskraft verwendet, die Kleriker in den Tempeln des Kults geerntet hatten.

»Eure Fähigkeit ist ungewöhnlich, wir haben das bereits besprochen. Ich habe aber Aufzeichnungen von ähnlichen Fällen studiert. Das sollte uns weiterhelfen.«

»Gut.« Wenn der Zauber gelänge, würde Bren später versuchen, ihn allein zu wiederholen, um Kiretta zu finden. Hoffentlich würde ihn diese Nacht nicht zu sehr schwächen. Je mehr Zeit verstriche, ehe er die Kraft für sein eigentliches Ziel fände, desto weiter könnte Nalaji Kiretta fortschaffen. Eine Frau mit ihren Fähigkeiten fände eher früher als später einen Weg aus der Stadt.

»Wenn Ihr bereit seid, wäre es angebracht, nun in die Nebelform zu wechseln, Herr.«

Das fiel ihm inzwischen leicht. Er schloss die Augen, konnte aber dennoch bald wieder sehen, als sich die Lider in grauem Wallen auflösten. Er sah Jittara nun anders als zuvor, mit weniger Einzelheiten, jedoch umfassender, als betrachte er sie flüchtig, aber von mehreren Positionen gleichzeitig. Das war viel fortgeschrittener als die Wahrnehmung damals in den Wetterbergen, wo er sich noch von den Strömen der Magie hatte blenden lassen. Er hörte auch ihre Stimme, die Worte aus einer Sprache intonierte, die er zu seinem Ärger nicht verstand. Das bedeutete, dass er sie auch nicht allein würde nachsprechen können. Er spürte aber, was sie bewirkten. Die Zauberrunen erwärmten sich, erhoben sich in der Welt des Greifbaren, um sich in der Wirklichkeit des Magischen am Astralgitter auszurichten. Er beobachtete ihren Tanz und verlor sich für einen Moment in der Ästhetik, mit der sie sich auf das magische Muster legten, das Jittara gewoben hatte. Zweifellos war sie eine Meisterin in diesen Dingen. Was sie tat, war eine Leugnung der Natur, eine Beleidigung aller Götter. Es schöpfte seine Kraft aus der tiefsten Finsternis. In dieser Hinsicht hatte Jittara Vollkommenheit gefunden.

Obwohl Grausamkeit und Menschenverachtung aus dem gierigen Pulsieren der Zauberzeichen sprach, die Bren wie flammende Leuchtfeuer erschienen, hatte es eine fremdartige Schönheit. Eine Schönheit, in der Wahnsinn lauerte.

Er löste sich von der Faszination einer Wirklichkeit, für die sein Verstand noch nicht bereit war, und zwang seine Aufmerksamkeit zurück in die greifbare Welt.

Die starke Magie des Zauberkreises überlagerte alles, aber einige Dinge erkannte er trotzdem. Jittara war zu einem Teil in der mystischen Wirklichkeit präsent, wo sie ihren Ritus an die Wechsel in den Astralströmen anpasste, deswegen sah er sie zuerst. Dann erkannte er seinen Schuppenpanzer, ein sehr viel kunstvoller gearbeitetes Stück als jenes, das er als Sterblicher getragen hatte. Daneben lehnte der Kampfschild mit dem blauen Einhorn, den Reißzahn kampflustig entblößt. Das Wappen Guardajas, der Festung, die Bren anvertraut war.

Bren hatte auf dem Weg zu dem Treffen mit Jittara wieder eine Rüstung getragen. Jeder in Akene wusste, dass die gefangenen Paladine in der letzten Nacht entkommen waren, deswegen gab es Unruhen in der Stadt. Die Razzor schlugen sie nieder, aber dennoch fühlten sich die Ondrier wohler, wenn ihre Schattenherren sich schützten.

War das Silber, mit dem die entkommenen Paladine fochten, aus Guardaja gekommen? Seit drei Jahrzehnten wurde das Erz nicht mehr gefördert, aber über die anderen großen Minen hatten sich die Schatten noch früher gesenkt. Wahrscheinlich waren die Schwerter, die in diesen Nächten im Namen der Mondmutter geschwungen wurden, aus Silber entstanden, das wieder und wieder eingeschmolzen worden war, um neu geformt zu werden. Gut möglich, dass jede dieser Waffen etwas von dem Metall enthielt, das man in Guardaja aus der Erde geholt hatte.

Der Gedanke machte Bren wütend. Ausgerechnet aus dem ihm anvertrauten Gebiet erwuchs den Schatten Gefahr! Wie viel Erz hatte der Feind abtransportieren können, bevor die Festung wieder an Ondrien gefallen war? Gadior hatte Nachricht von seinem Sieg geschickt. Die Sichelbewegung des Heers, das Lisanne und Bren geführt hatten, hatte die Milirier so stark verunsichert, dass sie vor den vergleichsweise schwachen Verbänden des Schattengrafen zurückgewichen waren. Hatten die Monate der Besetzung ausgereicht, um neues Silber zu gewinnen? Eigentlich war daran gar nicht zu zweifeln! Der Feind wusste um den Wert des einzigen Metalls, mit dem er seinen Gegner verwunden konnte.

Hätte Bren einen festen Körper gehabt, hätte er jetzt die Fäuste geballt. So wallte seine Nebelgestalt an einigen Stellen zusammen, um sich zu verdichten.

»Konzentriert Euch auf Eure Suche, Herr«, hörte er Jittaras Stimme. »Verbleibt in Eurer jetzigen Form. Denkt an das, was Ihr finden wollt. An den Feind.«

Der Gedanke an Guardaja nahm Bren zu sehr gefangen. Hatte der Feind dort nicht erst kürzlich gestanden, um der Macht der Schatten zu trotzen? Bestimmt hatten die Milirier auch Brens Banner ins Feuer geworfen, um ihre eigenen Feldzeichen auf den Zinnen wehen zu lassen.

Waren die Mauern noch immer beschädigt? Bei der Eroberung durch die Milirier hatten Katapulte sie mürbe geschossen. Hinterher hatten die Menschen genug Zeit gehabt, um Reparaturen durchzuführen, aber wie war Gadiors Gegenschlag verlaufen? Ondrische Feldherren kümmerten sich selten um eigene Verluste, sie befahlen meist brutale Frontalangriffe. Dennoch vertraute Bren darauf, dass Gadior der Wert der Festung bewusst war und dass er sie nicht einfach zerstört hatte. Eine Burg war eine Zuflucht, nicht nur, was den physischen Schutz betraf. Ihre Steine behüteten auch den Geist der Bewohner. Vor allem, wenn es so wuchtige Quader waren wie in Guardaja. Selbst im Inneren war Guardaja ganz Festung, bot wenige Annehmlichkeiten. Bren mochte das, es entsprach seiner kriegerischen Natur. Keine Wandteppiche oder Vorhänge, die etwas verborgen hätten, stattdessen ehrlicher Stein. Das erschien ihm jetzt, da er von Intrige und undurchsichtigen Ränken umgeben war, wie ein Gruß aus einem alten Leben, in dem alles einfacher, der Feind deutlich sichtbar und die Aufträge klar umrissen gewesen waren.

Brens Vorstellungskraft ließ ihn das Klirren von Stahl auf Stahl hören. Genagelte Stiefel scharrten über steinernen Boden. Männer keuchten. Die Geräusche eines Übungskampfs. Funken schlugen aus Metall, als Klingen aufeinandertrafen.

Er spürte einen Schub, ähnlich jenem, als damals auf der *Mordkrake* die Brecher das Heck getroffen hatten. Die Zauberzeichen loderten hell. Er hatte den Eindruck, von ihnen fortgeschleudert zu werden. Sie schienen als brennender Kreis unter ihm zurückzubleiben, während er wie ein Pfeil in einen Himmel voller Schwärze stieg. Bren schwindelte. Er überschlug sich, hatte Mühe, die Runen im Blick zu behalten. Rasch wurde ihr Kreis kleiner, bis er nur noch einen hellen Punkt wahrnahm. Im dunklen Nichts war dieses Licht sein einziger Orientierungspunkt.

Plötzlich spürte er einen schmerzhaften Widerstand, und das Gefühl der Beschleunigung nahm ab. Er kam noch immer vorwärts, aber es fühlte sich an, als risse etwas an ihm – wie die Erde, über die er geschleift worden war, als der Stierritter ihn mit seiner Lanze aufgespießt hatte. Doch dieser Schmerz war anders. Bren suchte in seiner Erinnerung und wurde im Thronsaal des SCHATTENKÖNIGS fündig, wo GERG den rebellischen Osadro gerichtet hatte. Das Silberschwert, das ER dabei benutzt hatte, hatte eine Ahnung dieses Empfindens in Bren geweckt. Also spürte er Silber? Möglich, dass jemand in den Palast eingedrungen war. Die Paladine vielleicht? Doch wie sollte sich Bren wehren, wenn er nichts sah außer Dunkelheit?

Finsternis! Plötzlich nahm er sie wahr. Das Feuer der Runen hatte sich so weit entfernt, dass es kaum mehr war als eine Erinnerung, aber jetzt spürte Bren eine finstere Präsenz, wie ein Strudel in der Dunkelheit. In unzähligen Dimensionen baute sie sich als filigranes Gebilde auf, zerfiel ständig in einigen Bereichen, um in anderen aufzufächern. Bren spürte die Verwandtschaft zu seinem eigenen Wesen. Mit aller Willenskraft hielt er darauf zu, wie sich ein Erfrierender durch einen Schneesturm zu einer rettenden Höhle kämpfte.

Das Schwarz riss auf wie eine Nebelbank, in die eine Böe fuhr. Brens Sicht klärte sich.

Aber er sah nicht das Palastzimmer mit Jittara und seiner abgelegten Rüstung.

Er befand sich in einem spärlich erleuchteten Gang. Bren spürte Unregelmäßigkeiten im geebneten Steinboden unter seinen nackten Knien und Händen und roch das Erdreich, das jenseits der gewaltigen Quader sein musste, die hier die Wände und die Decke bildeten. Etwa zehn Schritt entfernt hielt eine hell gekleidete Gestalt eine Öllampe, deren Licht auf einen Mann fiel, dessen Armgelenke ihn unzweifelhaft als Fayé auswiesen. Als Bren aufstand und den leichten Schwindel wegzwinkerte, erkannte er in dem hell Gekleideten Gadior. Der Schattengraf sah ihn mit unverhohlenem Erstaunen an, als er Bren die Öllampe entgegenstreckte. Auf diese Weise geblendet, erkannte Bren die Gestalten, die jenseits von ihm und dem Fayé standen, nur undeutlich. Wenn er sich nicht täuschte, stand ein Kind bei Gadior, während sich ein paar Schritt entfernt Erwachsene versammelt hatten. Die freie Hand des Schattengrafen war erhoben – vielleicht hatte er dem Fayé Schweigen geboten. Jetzt nahm er sie langsam herunter. »Baronet Bren. Hättet Ihr Euch angekündigt, hätte ich Euch einen würdigeren Empfang in Eurer Festung bereitet.«

»In meiner Festung?«, stammelte Bren. »In Guardaja?«

»Ja, natürlich«, bestätigte Gadior so langsam, als spräche er mit einem begriffsstutzigen Schüler.

Bren fühlte den Fels unter den Fußsohlen, als er sich näherte. Wenn dies hier Guardaja war, und darauf deutete neben Gadiors Anwesenheit auch die Beschaffenheit des Gangs hin, dann hatte sich Bren viele Hundert Meilen bewegt. Das würde auch das unangenehme Gefühl von Silber erklären, er musste die Minen passiert haben. Aber wie konnte das sein?

»Ich bin also in Guardaja ...«, murmelte er.

»Ist Euch nicht wohl, mein guter Bren?«, fragte Gadior.

Bren winkte ab. »Ich bin in Guardaja.«

»Da sind wir uns alle einig.«

»In einem der unterirdischen Gänge.«

Gadior überbrückte die letzten Schritte zwischen ihnen und legte ihm eine Hand auf die Schulter. »Was ist geschehen?« Besorgnis stand in seinen Augen. »Sind wir in Ilyjia besiegt? Seid Ihr geflohen?«

»Was?« Bren schüttelte den Kopf, um die letzten Nebel daraus zu verscheuchen. »Nein. Wir haben triumphiert und errichten auf den Trümmern von Akene die Ordnung des SCHATTENKÖNIGS. Siérce, dieses Kind, das sich Königin nennt, hat kapituliert. Aber ich sollte nicht hier sein. Ich sollte ...«

Gadior schob seinen Arm um Brens Schultern, drehte ihn herum. »Gehen wir zurück in die Burg. Dort könnt Ihr mir alles in Ruhe berichten.«

»Gilt unser Handel, Schattenherr?«, rief der Fayé.

Unwillig wandte sich Gadior um. »Osadroi stehen zu ihren Schwüren.«

»Dann behaltet Ihr den Jungen und ich nehme die Meinen mit mir.«

Barsch nickte Gadior.

Bren musterte das Kind. Seine Augen waren weit aufgerissen. Offenbar hatte es solche Angst, dass es schon über das Schreien, Schlagen und Weglaufen hinaus war. Aber das Auffälligste an ihm war die helle Haut, beinahe wie die eines Osadro. Die Lippen waren farblos und das Haar kohlschwarz. Eindeutig ein Kind des dreifachen Neumonds, wie Jittara. Bren hatte gehört, dass Gadior mehr noch als andere Osadroi nach Kindern wie diesem Jungen gierte. Man sagte, sie blickten tief in andere Wirklichkeiten. Bei Jittara hatte Bren das bestätigt gefunden.

Als Gadior ihn mit sanfter Gewalt vorwärtsschob, erhaschte Bren noch einen Blick auf die Gruppe Erwachsener, die sich nun in die andere Richtung entfernte. Die Form der Schädel und die beiden Gelenke in jedem Arm verrieten, dass sie Fayé waren, ein halbes Dutzend etwa. Ihre Bewegungen ließen die Eleganz vermissen, die sonst ihrem Volk zu eigen war, und die Rücken der meisten waren gebeugt.

»Kannst du die Öllampe halten, Enog?«, fragte Gadior den Jungen.

Der sah ihn nur stumm an.

Gadior seufzte. »Heute ist alles schwierig.«

Bren spürte die finstere Kraft, die von Gadior ausging, als er in den Verstand des Jungen griff. Als zöge jemand an Fäden, die an den Gelenken des Knaben befestigt waren, hob Enog eine Hand und nahm die Öllampe entgegen. Die andere gab er Gadior, der den rechten Arm noch immer um Brens Schultern gelegt hatte. So folgten sie dem Gang, bis sie eine Treppe erreichten, die sie in die Festung brachte. Gadior übergab den Knaben einer wartenden Magd, der er auch auftrug, angemessene Kleidung für den Herrn der Burg zu beschaffen, und führte Bren in ein Zimmer, von dem aus sie eine gute Aussicht auf das Silbertal hatten. Bren kannte es von seinem ersten Besuch.

»Also, wie steht es im Süden?«, fragte Gadior mit falscher Heiterkeit.

»Wir haben gesiegt«, murmelte Bren. »Aber warum bin ich hier?«

»Das frage ich mich, ehrlich gesagt, auch.«

»Jittara sagte mir, ich solle mich auf das konzentrieren, was ich suche.«

»Dann habt Ihr Euch wohl nach Eurer Feste gesehnt.« Gadior lachte unsicher. »Oder habt Ihr mich gesucht?«

Richtig, Bren hatte intensiv an Guardaja gedacht, bevor er hergekommen war. Jittaras Ritual entfaltete offensichtlich Wirkung, aber eine andere, als Bren vermutet hatte. Und auch anders, als Jittara selbst erwartet hatte. Er rief sich die flammenden Zauberzeichen ins Gedächtnis, und sofort spürte er ihre unnatürliche Wärme so deutlich, dass er sogar die Richtung bestimmen konnte. In etwa Südosten. Dort lag Akene.

Als es klopfte, öffnete Gadior und nahm der Magd einen Stapel Kleidung ab, die mit dem blauen Einhornwappen Guardajas versehen war. Sofort schickte er die Sterbliche weg, schloss sogar hinter ihr ab.

Hemd und Hose waren heller, als es Brens Gewohnheit entsprach, aber darauf kam es jetzt nicht an. »Seid Ihr nervös, Schattengraf?«

»Warum sollte ich nervös sein?«

»Die Kälte wird Euch kaum zittern lassen.«

Gadior fuhr mit gespreizten Fingern durch sein blondes Haar. »Der Krieg ist anstrengend. Er fordert Opfer.«

»Ja«, sagte Bren gedehnt, als er das Hemd über den Kopf zog. »Viele Gefallene. Und Gefangene.«

Kaum merklich zuckte Gadior.

»Ich frage mich, warum wir Fayé freigeben.«

Gadior wandte sich ab und sah aus dem Fenster.

»Das waren doch gefangene Feinde? Dort unten in dem Gang? Ein heimlicher Ort für einen Austausch, scheint mir.« Bren ging zu dem Teppich, der mit einer Wüstenlandschaft die Wand zierte. »Mondkinder sind faszinierend, nicht wahr? Man kann kaum ausschlagen, wenn sie einem angeboten werden, könnte ich mir denken.«

»Hört, Ihr kennt …«

Als Gadior sich umwandte, hob Bren beschwichtigend die Hand, bohrte aber den Blick in die Augen seines Gegenübers. »Mir ist klar, dass kein kluger Herrscher alles Wissen mit seinen sterblichen Untergebenen teilt. Die Ewigkeit ist eine lange Zeit, aber man will sie nicht damit vertun, Unwichtigen zu erklären, was sie nicht zu wissen brauchen. Ich verstehe, dass Ihr einen diskreten Weg gewählt habt, um die Kerker zu leeren.« Er ließ ein kaltes Lächeln aufsteigen. »Und Mondkinder sind nun einmal etwas ganz Besonderes.«

»Ich danke für Euer Verständnis.« Das Misstrauen stand unübersehbar auf Gadiors Gesicht.

»Immer gern, Schattengraf. Wer bin ich schon, dass ich mich erdreisten würde, von Verrat zu sprechen, weil einige Gefangene verschwinden?«

»Das wäre wirklich eine sehr unschöne Anschuldigung.« Gadiors Finger spreizten sich kaum merklich, seine Krallen glänzten im Kerzenschein. Durch die Jahrhunderte hatte er sicher genug Kraft angesammelt, um Bren zu besiegen, aber einen Osadro zu töten war ein Verbrechen gegen den Willen des SCHATTENKÖNIGS. Gadior musste ebenso überrascht von Brens Auftauchen sein wie dieser selbst, und er konnte nicht wissen, ob Jittara oder jemand anderes Brens Spur hierher würde verfolgen können. Er musste an einer anderen Lösung interessiert sein. Jedenfalls, solange Bren ihn nicht zu sehr in die Enge trieb.

Bren setzte sich lässig in einen Sessel, rückte diesen dann so zurecht, dass er nicht frontal zu Gadior stand, vorgeblich, um einen besseren Blick auf den Wandteppich zu haben. So wirkte er weniger bedrohlich. »Jeder von uns hat seine Geheimnisse«, seufzte er.

Gadior kam zu ihm. Der Graf legte die Hände auf die Rückenlehne des Sessels, so sanft, dass sie sie kaum berührten. »Was ist Eures?«

»Mir hängt eine Schwäche aus sterblichen Tagen an«, sagte Bren zögerlich. »Es ist unangenehm, darüber zu sprechen.«

»Die Erinnerung.«

»So sagt man wohl.«

Gadior schritt um den Sessel herum, lehnte sich neben dem Teppich an die Wand. »Wollt Ihr Euch mir anvertrauen?«

Bren beobachtete ihn genau. »Ihr wisst von meiner Geliebten, Kiretta?«

»Ja. Tragisch. Aber Ihr habt Lisanne gereizt, das müsst Ihr zugeben. In einigen Jahren werdet Ihr es vielleicht so sehen können, dass Eure Liebe in den Tod ging, um Euch das Tor zur Ewigkeit zu öffnen. Hättet Ihr Helion nicht erschlagen, würde sie noch leben, aber Ihr wärt keiner von uns.«

Gadiors Mitleidsmiene war geheuchelt, aber an die Ereignisse, die er schilderte, schien er zu glauben. Bren machte noch einen Versuch: »Ich fühle, wie mein Herz in der Kammer der Unterwerfung verkrampft, wenn ich daran denke, dass sie tot ist.«

»Ich verstehe Euch, Bren, ich verstehe Euch gut. Jeder von uns hat ähnliche Verluste zu beklagen. Das ist ein Schicksal, dem Unsterbliche nicht ausweichen können. Selbst wenn Kiretta überlebt hätte, wäre sie gealtert und irgendwann gestorben. Lisanne hat Euren Abschied nur einige Jahrzehnte vorgezogen.«

Er schien tatsächlich nicht zu wissen, dass Kiretta noch lebte. Oder zumindest in den Wetterbergen noch gelebt hatte, vielleicht war sie in den Gefechten um Akene ... Nein! Daran wollte Bren nicht denken.

Wenn Gadior unbekannt war, dass Kiretta noch lebte, hatte er auch nichts mit ihrer Rettung zu tun. Ganz zu schweigen davon, dass er Informationen über ihren momentanen Aufenthaltsort hätte. Hier würde Bren nichts Neues erfahren.

»Ihr sprecht überraschend freundlich von Lisanne, dafür, dass Ihr Euch Widaja zugewandt habt.«

Gadior zuckte mit den Schultern. »Ich helfe Euch nur, Euren Schmerz zu verstehen. Sie ist eine Osadra, Ihr seid ein Osadro. Wir sind ewig. Alles andere vergeht. Auch die Erinnerung wird zurückbleiben.« In der Rolle des Lehrmeisters gewann Gadior seine Sicherheit zurück.

»Ich hoffe, Eure Erfahrung behält recht.«

»Das wird sie.« Gadior setzte an, zu ihm zu kommen, vielleicht, um ihm die Hände auf die Schultern zu legen, entschied sich dann aber doch dafür, an der Wand stehen zu bleiben. »Ich sehe die Stärke in Euch, Bren. Ihr werdet die Schwäche Eurer sterblichen Tage hinter Euch lassen. Ihr seid ein Krieger, durch und durch. Das habe ich auf unserer Reise hinter den Seelennebel erkannt.«

»Wo Ihr vom Krieg sprecht«, sagte Bren, um das Thema von Kiretta abzulenken, »wie habt Ihr Guardaja genommen?«

Er wollte verhindern, dass Gadior zu viel über Kiretta nachdachte. Da er nichts wusste, war es am besten, wenn das auch so bliebe. So hörte Bren zu, während Gadior von den Ghoulen erzählte, die sich in die unterirdischen Gänge gegraben hatten, und von den Verrätern, die Gadior unter den Sterblichen gekauft hatte. Seinerseits berichtete er von dem Feldzug gegen Ilyjia.

Doch seine Unruhe nahm während des Gesprächs beständig zu. Immer wieder spürte er dem mystischen Leuchtfeuer der Zauberrunen nach, die in Akene auf ihn warteten. Er war hierhergekommen, wie er inzwischen vermutete, weil er während des Rituals so fest an Guardaja gedacht hatte. Doch würde er auch wieder zurückfinden? Wie lange würden die Zauberrunen ihre Wirkung tun? Was, wenn sie plötzlich verloschen? Unmöglich konnte er wochenlang auf sterblichen Wegen zurückreisen, um dann Nalajis und Kirettas Spur wieder aufzunehmen. Er musste das gleiche Ritual nochmals durchführen und dabei nach Kiretta suchen. Hoffentlich erstreckte sich seine merkwürdige Fähigkeit auch auf das Auffinden von Personen, nicht nur auf Orte. Wie immer es sich verhalten mochte – Jittara war diejenige, die ihm am ehesten würde helfen können, und Akene der Ort, an dem er die Suche aufnehmen musste.

Schließlich verkündete Bren seinen Aufbruch.

»Sehr bedauerlich, dass Ihr mich schon wieder verlassen wollt«, behauptete Gadior, ohne sich die Mühe zu geben, seine Beteuerung glaubhaft klingen zu lassen. Er war so froh, Bren wieder loszuwerden, dass er nicht einmal danach fragte, wie genau er überhaupt hergekommen war. Ihm war anzusehen, dass er sich darauf freute, die restlichen Stunden der Nacht mit seinem neuen Mondkind zu verbringen.

Bren legte die helle Kleidung ab und wechselte in die Nebelform, wobei er vor seinem geistigen Auge den Palast in Akene beschwor. Er hatte befürchtet, dass ihm die Rückkehr schwerfallen würde, aber diese Bedenken erwiesen sich als unbegründet. Sofort umfing ihn tiefste Schwärze, in der er das Leuchtfeuer der Zauberzeichen mühelos ausfindig machte. Der Beginn seiner Rückreise war von Silberschmerz begleitet, aber dann ging es noch schneller als auf dem Hinweg. Ehe er sich darauf eingestellt hatte, lag er nackt und zitternd in dem Zauberkreis, aus dem er aufgebrochen war.

Die spitzen Schreie von zwei Frauen drangen an seine Ohren. Als er aufblickte, sah er nicht Jittara, sondern Ehla und Quinné. Sie weinten, klammerten sich aneinander und starrten ihn an. Als Mensch hätte er sich seiner Nacktheit geschämt, so aber stand er einfach auf.

»Ihr seid zurück!«, rief Quinné mit sich überschlagender Stimme.

»Offensichtlich«, knurrte Bren. Die zweimalige Reise hatte an seinen Kräften gezehrt, und es machte ihn wütend, dass er schwankte.

»Was ist Euch widerfahren?«, fragte Ehla.

Bevor er antworten konnte, rief Quinné: »Wir hielten Euch für verloren!«

»Das war wohl etwas voreilig«, versetzte Bren und ging zu seiner Rüstung. »Wo ist Jittara?«

»Sie berät mit Schattenfürst Velon, wie wir die Kunde von Eurem Verschwinden am besten steuern können. Versteht, Herr, Euer Nebel verflüchtigte sich, löste sich einfach auf, und Jittara glaubt, Ihr wäret jenseits der Wirklichkeit verschollen.«

»Ich werde nicht das erste Mal für tot gehalten. Sagt ihr, dass ich sie zu sprechen wünsche.«

»Hier?«

Er nickte, während er seine Hose schnürte. »Sie soll mich hier erwarten. Ich gehe nur kurz in meine Gemächer, um etwas zu holen.«

Hatte Jittara nicht selbst gesagt, Kirettas Haken könne als Fokus dienen?

Nicht nur Unruhe trieb Bren, sein Kleinod zu holen. Vielleicht konnte er mit der Hilfe dieses letzten physischen Zeugnisses, das ihm von seiner Geliebten geblieben war, eine Verbindung zu ihr aufbauen. Dieses Vorhaben wollte er noch in dieser Nacht ausführen. Die Sonne würde sich in etwa drei Stunden über den Horizont erheben. Wenn er bis dahin wüsste, wohin er seine Gardisten schicken musste, könnten diese den Tag nutzen, der anderenfalls verloren wäre.

Auf dem Weg durch Akene steigerte sich Bren in eine beinahe euphorische Erwartung. Zeigten die jüngsten Erlebnisse nicht, dass er über erstaunliche Kräfte gebot? So, wie Lisannes Charisma ihre Umgebung gleich einer Sturmwelle überspülte, hatte er ein Talent, sich seiner Nebelform zu bedienen, um Dinge zu erspüren und sich schneller zu bewegen, als es irgendwem sonst möglich war. Und wer wusste schon, welche Kräfte er noch entdecken würde! Er lachte, als er die Ritterhalle erreichte, deren Keller er sich zu Beginn der Nacht als Unterkunft erwählt hatte. Kein Osadro, noch nicht einmal der SCHATTENKÖNIG hatte geahnt, wie stark der unsterbliche Bren sein würde!

Das Lachen erstarb, als er den Hauptsaal betrat. Diese Mauern waren bestimmt Zeugen vieler Kämpfe geworden, angehende Paladine hatten hier ihre Ausbildung absolviert. Aber ein solches Gemetzel, wie es sich in dieser Nacht abgespielt haben musste, hatten die fest gefügten Quader sicher noch nie gesehen.

Feuerbecken waren umgekippt, ihr Öl brannte in Lachen auf dem steinernen Boden. Die grünen und roten Flammen beschienen die zerfetzten Körper von Brens Gardisten. Weder Schwerter noch Äxte hatten diese Wunden geschlagen, die Leiber waren aufgerissen worden. Dies war das Werk von Klauen, hart und stark genug, um Rüstungen zu durchschlagen. Hätte das allein nicht ausgereicht, um zu offenbaren, wer hier Brens Männer getötet hatte, die blutüberströmten Gesichter sprachen eine klare Sprache. Das Blut war über die Wangen gequollen, oft mit solcher Gewalt, dass es die Augäpfel ausgespült hatte. Zudem schienen die Gardisten um Jahrzehnte gealtert.

Dengors Gestalt war so zusammengefallen, dass die Rüstung Bren als einziges Erkennungsmerkmal diente. Sie war viel zu groß für die Leiche. Die verkümmerten Arme des Barbaren formten einen Kreis, als hätte er im Sterben etwas umfasst.

Drei Schritte weiter lagen die Bruchstücke der Truhe, in der Kirettas Haken geruht hatte. Von dem Schatz, den das Behältnis bewahrt hatte, war nichts zu sehen.

Bren kämpfte gegen eine Welle von Übelkeit an. Eine Erinnerung an seine Sterblichkeit – in seinem Magen befand sich nichts, was den Würgereiz hätte auslösen können. Er stützte sich an der Wand ab und zwang sich zum Nachdenken.

Dies war eindeutig Lisannes Werk. Sie war mächtig genug, um ein solches Massaker unter Elitekämpfern anzurichten, und wenn sie herausgefunden hatte, dass Kiretta lebte, hatte sie auch Grund dazu. Trotz der Monate, die sie gemeinsam verbracht hatten, war Brens Wissen um ihre Kräfte noch immer spärlich. Es war nur zu gut denkbar, dass ihre Zauber den Haken oder die noch damit verbundenen Bruchstücke von Elle und Speiche nutzen konnten, um Kiretta aufzuspüren. Bren schrie unartikuliert. Das Echo, das die Halle zurückwarf, hätte aus dem Schlund eines Dämons kommen können.

Aber sie konnte noch nicht weit sein! Das Blut war nicht geronnen. Er musste sie finden und aufhalten!

Wie ein Raubtier schritt er zwischen den Leichen umher. Wen konnte er fragen? Wer würde ihm helfen? Velon sicher nicht. Die Razzor auch nicht, Lisanne hatte bei ihrer Erschaffung alle Möglichkeiten gehabt, ihre Ergebenheit zu sichern. Außerdem konnte sie sie mit einem Wort töten. Die menschlichen Krieger? Lisannes Anblick reichte aus, um sie auf die Knie fallen zu lassen. Für Jittara, Ehla, Quinné und Attego galt das Gleiche.

Wutentbrannt schlug Bren ein Stück Stein aus der Wand. »Dann eben nur sie und ich!«

Hatte er nicht eben erst im Rausch seiner neuen Macht geschwelgt? Er musste sie nutzen! Er rannte zum Ausgang, bis ihm einfiel, dass er eine schnellere Möglichkeit der Bewegung hatte. Abrupt blieb er stehen und wechselte in die Nebelform, so plötzlich, dass es schmerzte und die Rüstung unter der unvermittelten Ausdehnung ächzte. Wie wahnsinnig raste die Schwade, zu der sein Körper geworden war, durch die Stadt, setzte über Häuser hinweg und tauchte durch ein geöffnetes Fenster in den Palast.

Der Raum mit dem Zauberkreis, dessen Runen in Brens mystischer Wahrnehmung noch immer loderten, war leer. Wo war Jittara? Hatten Ehla und Quinné sie noch nicht gefunden?

Bren sammelte sich als nebliger Wirbel in dem Zirkel, versuchte, Jittara aufzuspüren. Das sollte leichter gelingen als bei Kiretta, weil Jittara mit dem Kreis verbunden war, in dem sie selbst Magie gewirkt hatte. Wenn sie auch nichts gegen Lisanne direkt ausrichten konnte, vermochte sie ihn doch zu stärken! Vielleicht war er zu aufgeregt, vielleicht war es ihm aus irgendeinem Grund auch unmöglich. Das Gefühl für eine konkrete Richtung, das ihn nach Guardaja und zurück gezogen hatte, blieb aus.

Wenn nicht Jittara, dann Lisanne! Bren hatte so viel Zeit mit der Unsterblichen verbracht, dass ihr Bild sofort klar und deutlich in seiner Vorstellung entstand.

Unschlüssig drehte er seine Nebelgestalt, spürte in sich hinein.

Nichts! Obwohl er die finstere Stärke der Zauberrunen fühlte. Fehlten vielleicht magische Worte, die Jittara hätte sprechen müssen?

Noch ein Versuch! Wenn keine Person, dann vielleicht ein Gegenstand! Kirettas Haken, sein Kleinod!

Kaum fasste er diesen Gedanken, fühlte er Wärme aus dem Süden, wie einen Windhauch, der an einem heißen Tag aus der Sonne in ein schattiges Haus drang. Sofort folgte er diesem Gespür, verließ den Palast und fächerte auf, um die Richtung genauer erfassen zu können. Er floss über gepflasterte Straßen, Krieger, besiegte Bürger, einen Brunnen, durch eine Schneise, die seine Truppen in die Stadtmauer gebrochen hatten. Die Wärme stieg weiter an. Er konnte nun genauer eingrenzen, wo ihr Ursprung lag. Sein Ziel bewegte sich! Zwar nicht so rasch wie Bren, aber stetig.

Jetzt glaubte er auch, den Haken zu sehen. Und eine gewaltige Präsenz der Finsternis, die sich vor ihm aufbaute. *Lisanne trägt den Haken mit sich! So muss es sein!*

Aber da war noch etwas anderes. Eine Ballung von göttlicher Ordnung, wenn er es richtig deutete. Jedenfalls ähnelte der Bereich der belebten Natur, die seine Wahrnehmung trübte. Nur war er größer, wie eine Kuppel oder Glocke, die sich unregelmäßig in den Himmel wölbte. Er versuchte sich zu erinnern, ob hier ein Gebäude stand, aber er hatte die Truppen aus einer anderen Richtung an die Stadt geführt. Wenn hier etwas war, so war es den Offizieren, die ihm Bericht erstattet hatten, nicht erwähnenswert erschienen. Wahrscheinlich war es in der greifbaren Wirklichkeit unscheinbar, obwohl es für Bren in seiner jetzigen Daseinsform die Größe einer Burg hatte.

Lisanne – er war sich nun sicher, dass es die Schattenherzogin war, denn ihr Charisma strahlte auch in die Welt des Magischen aus – war noch fünfzig Schritt entfernt, als sie in dem Bereich verschwand. Bren hätte sich nicht gewundert, wenn ihre Finsternis und die göttliche Ordnung sich so rasend aufeinandergestürzt hätten wie damals die Wesenheiten des Seelennebels und der dunkle Schutzschild, der die *Mordkrake* umgeben hatte, aber eine solche Konfrontation blieb aus.

Er wollte ihr folgen, doch in seiner Wirklichkeit war der Bereich ein massives Hindernis, das seinen Nebelkörper abblockte. Aber Bren musste zu Lisanne, musste sie daran hindern, zu tun, was immer sie mit dem Haken vorhatte! Hastig glitt er an dem Hindernis entlang, um einen Zugang zu finden. Es gelang ihm nicht.

Er zog die Nebelform zusammen, verfestigte sie zu seinem Körper aus totem Fleisch. Je enger er sich zusammenzog, desto stärker näherte sich seine Sicht derjenigen an, die er von seinen körperlichen Augen gewohnt war. Er sah eine Einfriedung, die ihm bis zur Brust reichte, viel niedriger, als das Hindernis in der Wirklichkeit des Mystischen erschien. Sie warf das Sternenlicht hell zurück. Dahinter waren Bäume auszumachen, auch sie nicht außergewöhnlich, und einige verstreute Kuppelbauten.

Lisanne war sicher durch ein Tor gegangen, aber damit hielt sich Bren nicht auf. Er rannte zu der Mauer, sprang ab und setzte darüber hinweg.

Ein Friedhof! Unverkennbar, jetzt, da er die Grabsteine sah! Die Gebäude waren Krypten für Reiche und Edle, die einfacheren Bürger hatte man in die Erde gelegt.

Wo war Lisanne? Wo Kirettas Haken?

Bren wagte nicht, hier in die Nebelform zu wechseln. So schloss er die Augen und spürte in sich hinein.

Er fühlte die Präsenz von Lisannes Finsternis in der Nähe, aber die Richtung konnte er nicht bestimmen. Zu dominant war der göttliche Segen, der auf diesem Ort lag. Er bedeckte alles, wie Wasser eine versunkene Stadt. Halt!

Nicht alles ...

Er konnte etwas ausmachen.

Weder Lisanne noch Kirettas Haken, aber doch etwas, das er kannte. Das war ... Nalaji, die Priesterin! Er hatte sie in den Wetterbergen gespürt, und auch hier spürte er sie. Wenn sie hier war, dann durfte er hoffen, dass auch Kiretta hier war. Oder sollte er das fürchten? Kiretta wäre durch Lisannes Nähe in großer Gefahr!

Mit einem verzweifelten Schrei rannte er, wohin sein Gespür ihn leitete, über Gräber und Büsche hinweg.

Tatsächlich, da war die alte Frau! Sie war gestürzt, und sie hatte Silber bei sich, wie Bren mehr fühlte als sah. Es war in einem Sack, den sie auf dem Rücken getragen hatte und der ihr wohl zu schwer geworden war. Aber das Mondmetall interessierte ihn jetzt nicht.

Er hockte sich neben sie, packte sie am Arm und riss sie so hart in die Höhe, dass sie vor Schmerz aufschrie. »Sag mir, wo Kiretta ist, und du wirst leben!«, rief er.

Sie starrte ihn an.

»Wo ist sie?«, brüllte er. »Schnell!« Er verstärkte seinen Griff.

Ihr Oberarmknochen brach. Sie schrie vor Schmerz.

»Rede!«

Mit beachtlicher Willenskraft bewegte sie den gesunden Arm, bis ihr zitternder Finger auf das größte Gebäude zeigte. Es stand im Zentrum des Friedhofs. »In der Krypta der Paladine. Aber die Schattenherzogin ist dort.«

Bren schleuderte sie fort und rannte los. Hätte er sich etwas von ihrem Silber sichern sollen? Als Waffe gegen Lisanne?

Zu spät! Da war sie. Selbst in diesem Moment fand er sie überirdisch schön. Sie hielt die Augen geschlossen und den monströs erscheinenden Haken mit halb gestreckten Armen vor sich, als sei sie eine Kompassnadel, die sich auf ihr Ziel ausrichtete. So trat sie unter das säulengestützte Kuppeldach.

Beinahe gleichzeitig durchquerten sie das offen stehende Tor, Lisanne würdevoll schreitend und mit einem edlen schwarzen Kleid angetan, Bren splitternackt und so schnell rennend, wie es seine Beherrschung des Osadro-Körpers zuließ.

»Halt!«, rief er.

Lisanne ging noch zwei Schritte weiter, bevor sie stehen blieb. Sie senkte die Hände und bewegte den Kopf, bis sie Kiretta direkt anblickte.

Brens Geliebte war mit Ketten an einer Säule zwischen Vorrichtungen gefesselt, die dem Aufbahren von Särgen dienen mochten, nun aber von Silbergegenständen überquollen. Wer war so dekadent, in Zeiten, in denen kaum noch Silber verfügbar war, Leuchter und Schmuck daraus zu fertigen? Einige der mit Reliefs versehenen Platten mochten an Rüstungen Verwendung gefunden haben, aber es waren auch Ketten darunter, die eindeutig noble Hälse geziert hatten. Aberglaube, um ihre Trägerinnen vor magischer Beeinflussung oder gar den Schatten selbst zu schützen? Immerhin waren die meisten Gegenstände Silberklingen – Messer, Dolche, einige Schwerter. Die Heiligkeit dieses Ortes musste die Sinne der Osadroi wirklich vollkommen blenden, sonst hätten sie eine solche Ansammlung meilenweit gespürt.

Kiretta kämpfte sichtlich gegen den Drang an, trotz ihrer Ketten vor Lisanne auf die Knie zu fallen. »Bren!«, rief sie. Nur dieses eine Wort, und doch lag alles darin. Der Schmerz der vergangenen Monate. Die Hoffnung auf Rettung. Die Sehnsucht nach Vereinigung.

Lisanne hielt inne. Bren rannte an ihr vorbei, stellte sich vor Kiretta und breitete die Arme aus, als könne er der Schattenherzogin mit der Kraft seines lächerlich jungen Körpers Einhalt gebieten. »Ich mag nicht stark genug sein, um Euch aufzuhalten, aber ich werde es versuchen«, sagte er. »Ihr müsst mich töten, um an sie zu kommen! Der SCHATTENKÖNIG wird es erfahren.«

»Von wem?« Das Sternenlicht, das durch das offene Tor drang und von dem Silber zurückgeworfen wurde, schuf Schatten auf ihrem spöttisch lächelnden Gesicht.

»Von Euch selbst. ER weiß um unsere Feindschaft, SEINE Schatten werden in Euren Kopf greifen, und dann wird ER alles wissen.« Während er es sagte, glaubte er beinahe selbst daran. Gut möglich, dass es so käme, doch was wäre die Folge? GERG wäre nicht erfreut, aber Lisanne war Lisanne und

Bren war nur Bren. Vielleicht würde Er sie verbannen oder sie für einige Jahrzehnte in einen Schlaf zwingen. Oder sie an eine gefährliche Front befehlen. Oder auch nur im Thronsaal rügen. Aber töten würde Er sie nicht. Nicht für Bren. Also war nicht auszuschließen, dass sie den Preis zu zahlen bereit war.

»Ich sagte Euch bereits, dass ich Euch nicht töten werde. Ihr werdet leiden.« Lisanne warf Kirettas Haken auf den Boden, wo er einen scheppernden Tanz aufführte, bevor er zur Ruhe kam. »Erstaunlich, dass sie noch lebt. Ich hätte gern mit ihr gespielt. Aber so ist es mir auch recht. Jetzt habt Ihr wieder eine Stelle, an der Ihr verwundbar seid.« Sie netzte ihre Lippen. »Zuerst werde ich Euch lehren, was Sorge bedeutet, Bren. Wenn Ihr das begriffen habt, folgt Angst. Und dann Schmerz. Schmerz, der wahnsinnig macht.«

Trotzig reckte er das Kinn vor. »So wahnsinnig, dass man sich selbst die Augen auskratzt? Wie Ihr es getan habt, nach Helions Tod?«

Sie lächelte, als sie sich umdrehte und in die Nacht hinausging.

Kiretta spürte den misstrauischen Blick des Gardisten auf sich. Sein Handschuh knirschte, als er die Faust um die Schwertscheide schloss, bereit, die Waffe blitzartig zu ziehen, sollte Kiretta seinen Herrn verletzen wollen.

Sein Herr, das war seit gestern Bren. Erst in zwei Stunden würde die Sonne unter den Horizont sinken und ihn erwachen lassen. So lange läge sein Körper reglos wie eine Leiche auf dem ausladenden Bett unter der Ritterhalle. Ein Wächter stand daneben, einer an der Treppe, zwei vor dem Tor. Sie alle waren neu. Lisanne hatte Brens gesamte Garde so leicht gemordet, wie ein Kind Fliegen erschlagen hätte. Wegen ihr, Kiretta. Auch das mochte dem Mann durch den Kopf gehen, als er sie betrachtete, wie sie mit den Fingerkuppen über Brens helle Brust strich. Bren atmete nicht, und sein Fleisch war kalt. Die Gefahr, dass sie ihn wecken und damit in Raserei versetzen könnte, bestand nicht. Dafür musste man einen schlafenden Osadro energischer angehen.

»Sie sind nervös«, sagte Quinné. »Wegen Eurer Waffe.«

Die Unterwürfigkeit in der Stimme der schlanken Frau war ungewohnt für Kiretta. Sie war ein weiterer Stein, der den Berg der Unwirklichkeiten erhöhte, der Kiretta oft zu erdrücken schien. Die Ondrier waren ihr so fremd! Kiretta hatte unter den Freien Kameraden der Küste gelebt. Dort war es rau zugegangen, manchmal sogar brutal, aber Piraten sagten, was sie dachten, und taten, was sie sagten. Sie waren gierig und standen dazu, dass ihnen nichts über ein Fass Rum, ein paar feste Titten und eine Truhe voll Gold ging.

In Ondrien lag alles im Schatten. Der Kult predigte Bosheit und Verstellung als Tugenden der Starken und Klugen. Zwei Osadroi konnten Erzfeinde sein, aber die Kreise, in denen sie sich bewegten, entschuldigten keine Unhöflichkeiten. Lisanne hatte ein Dutzend Menschen bestialisch abgeschlachtet, hätte aber niemals ihre Umgangsformen vergessen.

Die letzten Monate verbargen sich vor Kiretta unter dem gleichen Nebel wie ein Traum kurz nach dem Erwachen. Die Mittel, die Nalaji ihr verabreicht hatte, waren halb Medizin und halb Droge gewesen, beeinträchtigten Wahrnehmung und Gedächtnis. Sie hätte nicht sagen können, wie viel Zeit seit Orgait vergangen war, wenn man es ihr nicht erzählt hätte. Nur beim Aufenthalt in Ejabon-vor-dem-Nebel war sie für ein paar Tage klar gewesen. Vorletzte Nacht hatte Bren sie befreit. Seitdem versuchte sie, ihren Verstand zu ordnen und wieder sie selbst zu werden.

»Das ist keine Waffe.« Sie hob den rechten Arm, bis das Kerzenlicht auf dem blank polierten Haken schimmerte. »Er ist ein Teil von mir.«

Quinné war eine merkwürdig widersprüchliche Erscheinung, mit ihren großen Augen und der unschuldigen Art, wie sie den Kopf in einer Mischung aus Frage und Aufbegehren zur Seite neigte. Sie wirkte verletzlich, aber zugleich verrucht in ihrem schulterfreien Kleid, das die kleinen, festen Brüste betonte. Weckten solche Frauen, halb Mädchen, halb Hure, Vergewaltigungsfantasien in Männern?

Unwillkürlich verglich Kiretta Quinnés Erscheinung mit ihrer eigenen. Beide trugen schwarze Kleider, aber das war für jene, die sich in den höheren Kreisen Ondriens bewegten, beinahe schon selbstverständlich. Der Schnitt war unterschiedlich, bei Quinné spannte sich der Stoff eng am sehnigen Körper, während Kirettas Robe reich an Rüschen war, die bei jeder Bewegung raschelten. Kirettas Haar war rot und in Locken gedreht, die sich nur ungern bändigen ließen, Quinnés dagegen schimmerte schwarz wie Onyx und stand in kurzen Stacheln ab. Ihre Haut war blasser als Kirettas, was wohl daran lag, dass sie seltener im Freien unterwegs war und ihr Leben überwiegend nachts stattfand. Immerhin hatte sie nicht die unnatürliche Blässe von Jittara, der unheimlichen Nachtsucherin mit dem Kinderschädel auf dem Stab. Quinné war viel schlanker als Kiretta. Wenn die Adepta eine Lilie war, war Kiretta eine Rose. Das war schon wegen ihres stählernen Dorns ein passendes Bild.

»Was Bren wohl dazu sagen wird, wenn er erwacht?«, murmelte sie. Der Haken war mit einem kunstvollen Aufsatz wieder am Arm befestigt worden. Auch an diesen Anblick würde sie sich noch gewöhnen müssen. Ihr Stumpf schloss jetzt mit einer ziselierten Glocke ab, nicht mehr mit einer hölzernen Halbkugel. Würde ihm auffallen, dass zwei Zoll fehlten? Die abgebrochenen Knochen von Elle und Speiche hatten nicht wieder verbunden werden können. Noch schmerzten die Stellen, wo der Medikus die Konstruktion verschraubt hatte, aber Kiretta wusste aus Erfahrung, dass sich das nach einigen Wochen legen würde. »Der Meister hat mir sogar eine

Lederscheide mitgegeben, damit ich niemanden versehentlich verletze.«

»Es wird ihm gefallen«, meinte Quinné und trat neben sie an Brens Bett. »Alles an Euch gefällt ihm.«

Wieder knirschte der Handschuh des Kriegers, als Kiretta mit der Spitze des Hakens die Rippenbögen nachfuhr, dann die Narbe darunter. Es hatte Bren immer erregt, das Metall über seine Haut kratzen zu fühlen.

»Erlösen wir den treuen Wächter von seiner Sorge.« Kiretta schmunzelte. »Gehen wir ein Stück.«

»Wie Ihr wünscht.«

Kiretta war oft durch Städte gegangen, die geplündert wurden. Sie kannte den Anblick brennender Häuser und das Geschrei von panischen Bürgern, wenn die Mannschaft eines Piratenschiffs zusammenraffte, was in ihrer Reichweite war. Doch Seeräuber stachen danach so schnell wie möglich wieder in See. Sie waren keine Eroberer wie die Ondrier. Kapitän Ulrik hatte schrecklich gewütet. Seine Überfälle waren für die Opfer Blitzschläge gewesen, verheerend, aber kurz. Das Schwarze Heer dagegen senkte sich wie ein Schatten auf ein erobertes Gebiet. Ein Schatten, den keine Sonne mehr vertrieb.

Auch jetzt, bei Tage, sah Kiretta die Wolken auf den Gesichtern der Besiegten. Die meisten hoben den Blick nicht vom Boden, zögerten, an den Kriegern vorbeizugehen, die schwatzend an Straßenecken standen oder angetrunken aus Tavernen taumelten. Noch schlimmer waren die Razzor, die statuenhaft Wache hielten.

Auf einer Brücke, deren Geländer mit nun zerbrochenen Bildnissen geschmückt war, hielt Kiretta inne. Sie legte die Hand auf den Sims und betrachtete die Wellen. »Wisst Ihr, wie dieser Fluss heißt?«

Quinné zuckte die schmalen Schultern. »Er ist ein Fluss wie jeder andere.« Als Kiretta schwieg, fügte sie hinzu:

»Ich kann seinen Namen in Erfahrung bringen, wenn Ihr es wünscht.«

»Irgendwo wird auch dieser Fluss ins Meer fließen.«

»Das mag so sein.«

Kiretta sah in ihre dunklen Augen. »Ich kenne niemanden hier. Können wir Freundinnen werden?«

»Ihr solltet nicht so sprechen. Ihr seid die Mätresse eines Unsterblichen. Ein allzu vertraulicher Umgang mit meinesgleichen wäre für Euch unangemessen.«

»Und wenn mir das egal wäre?«

»Das wäre unklug. Autorität muss man tragen wie einen Panzer. Wenn man sie ablegt, ist man ungeschützt.«

Kiretta dachte an Lisannes Charisma, das tatsächlich eine verheerende Waffe und zugleich eine undurchdringliche Rüstung war. Sie nickte, als sie weitergingen. Trotzdem wäre sie gern um ihrer selbst willen geachtet worden.

»Dieses Land interessiert Euch nicht, oder?«

»Es interessiert mich so sehr, wie nötig ist, um die Wünsche meines Herrn zu erfüllen.«

»Habt Ihr bei ihm gelegen, als ich fort war?«

»Einmal erwies er mir die Gnade, mich zu benutzen.«

Sie sagte das so einfach, als ob es ohne jede Bedeutung gewesen wäre! Sollte Kiretta ihr dafür die Augen auskratzen? Das wäre eine gute Gelegenheit, um auszuprobieren, ob ihr Haken auch fest saß.

»Mich benutzt er nicht!« Sie seufzte. »Aber letzte Nacht war es ganz anders als früher. Ich meine, als wir beisammen lagen. Letzte Nacht war es, als ob er mir damit einen Gefallen getan hätte. Als ob es ihm keine Freude bereitet hätte. Seine Liebkosungen trieben mich beinahe in den Wahnsinn, aber seine Augen waren so entrückt dabei.«

»Er ist nun ein Unsterblicher. Das ändert alles.«

»Er liebt mich noch!«

Quinnés Blick war lang und undeutbar.

»Was?«, schnappte Kiretta.

»Liebe ist schon unter Menschen eine Illusion. Unter Osadroi existiert sie nicht. Die Unsterblichen sind zu sehr von der Macht der Finsternis erfüllt, um einer solchen Schwäche zu erliegen.«

»Aber er sagt, dass er mich liebt! Immer wieder! Hundertmal, seit er mich befreit hat!«

Quinné hob das Kinn an. »Er ist noch zu jung, um zu verstehen, welchen Preis die Schatten für seine Unsterblichkeit gefordert haben.« Ihr überlegenes Lächeln zeugte von den Jahren, in denen sie die Finsternis studiert hatte.

Es tat Bren gut, das Gewicht des Kampfschilds an seinem Arm und den Griff des Morgensterns in seiner Hand zu spüren, als er auf das hinabsah, was von Velons Körper übrig war. Der Schattenfürst hatte nie Rüstungen getragen. Vielleicht hätte ihm das geholfen, aber Bren bezweifelte es. Schwerthiebe hatten ihn so gründlich zerhackt, dass Kleidung, Haut, Fleisch und Knochen nur schwer voneinander zu unterscheiden waren. Ein Bein lag vier Schritt entfernt an einem Karren, auf dem Silberrüstungen transportiert wurden. Das davorgespannte Maultier kaute unbeteiligt vor sich hin.

Dies war das Werk von Silberschwertern. Die Wunden waren so schwarz, als seien sie ausgebrannt worden. Silberstaub lag auf Velon und um ihn herum, einiges davon schwebte sogar noch in der Luft, der Schwerkraft spottend. Er brannte wie Funken, wenn er Brens Haut traf.

Bren beachtete ihn nicht. Er sah sich auf dem Friedhof um, dessen Schändung Lisanne befohlen hatte, um die Heiligkeit des Ortes zu vertreiben. Velon hatte die Arbeiten beaufsichtigt. Eine gute Gelegenheit, um herauszufinden, welche der Honoratioren Akenes sich genügend mit der neuen Herrschaft abgefunden hatten, um ihnen auch in Zukunft die Verwaltung der Stadt anzuvertrauen. Man hatte sie aufgefordert, der Finsternis höchstselbst Tieropfer darzubringen und mit dem unreinen Blut den Boden zu sprengen. Zwei von ihnen hatten sogar aufsässigen Gefangenen die Kehlen durchgeschnitten. Sicher waren sie nicht so dumm, zu glauben, die Ondrier würden ihre Tat geheim halten. Hass und Furcht, wie der Kult sie schätzte, ließen sich besser entfachen, wenn solche Handlungen bekannt wurden. Für die Zögerlichen war die Aufgabe geblieben, die Grabsteine umzuwerfen und die Ruhestätten aufzubrechen, um auf die Gebeine der Verstorbenen zu urinieren.

Jetzt standen die Honoratioren alle beieinander vor der Krypta der Paladine, zusammengetrieben von nervösen ondrischen Kriegern. Zwei Dutzend Kameraden lagen tot auf der Erde. Sie hatten vergeblich versucht, Velon zu schützen.

»Sie sind alle entkommen? Einfach so?«, fragte Bren den einzigen Gardisten, der es überlebt hatte, Velon in dieser Nacht zu begleiten.

»Sie waren unglaublich schnell, Herr! Sie kamen über uns wie Adler, die vom Himmel herabstoßen!«

»Vielleicht stehen sie unter einer besonderen Gnade der Götter«, murmelte Bren. »Der Mondmutter mag mehr an diesem Ort gelegen sein, als wir angenommen haben.«

Velon war ein verstörender Anblick. Nicht so sehr wegen der Wunden, solcherlei hatte Bren oft genug gesehen. Aber seine reglosen Überreste waren der Beweis dafür, dass ein halbes Jahrtausend Unsterblichkeit durch wenige Augenblicke mangelnder Vorsicht enden konnte. So schnell ... Ein einziger Fehler ...

Als er Lisannes Charisma spürte und sah, wie die Sterblichen auf die Knie fielen, wandte er sich dem Karren zu. Beim Öffnen der Grüfte entdeckte man immer wieder Grabbeigaben, sogar welche aus Silber. Meist waren es nur Ringe oder Medaillen, aber auch eine Handvoll Schwerter war dabei gewesen. Doch dies war das erste Mal, dass Bren drei komplette Rüstungen sah, auf denen Mondsilberapplikationen angebracht waren. Die Toten, denen sie gehört hatten, mussten der Priesterschaft sehr am Herzen gelegen haben. Trotzdem war es Wahnsinn, solche Waffen in einem Grab ruhen zu lassen, anstatt sie ins Feld zu führen. Noch überraschender war, dass die Angreifer sie nicht mitgenommen hatten.

Bren und Lisanne tauschten einen besorgten Blick. Die Schattenherzogin gestattete, dass man sich erhob.

»Waren auch Klingen auf dem Wagen? Schwerter?«, fragte Bren.

»Ich …«, stotterte der Gardist. Der Schweiß, der aus seinen Poren brach, stank wie der salzige Dampf, der aus einem Fass mit eingelegten Heringen stieg. »Ich weiß es nicht, Herr.«

Bren wandte sich an die Edlen. »Waren auch Silberklingen auf dem Karren?«, rief er.

Ein Mann, dessen Robe mit Opferblut besudelt war, kniete nieder. »Ja, Herr. Ich selbst habe sie aufgeladen.«

»Jetzt sind sie weg«, murmelte Bren, nur für Lisanne und den Gardisten hörbar. »Aber die Rüstungen sind noch da. Seltsam.«

»Vielleicht wollten sie sich nicht damit behindern?«, schlug der Gardist vor. »Rüstungen sind schwerer als Klingen.«

»Möglich.« Nachdenklich ging Bren zwischen den Toten umher. »Aber sie sind auch sehr wertvoll. Waren die Angreifer in Bedrängnis?«

»Natürlich eilten unsere Krieger sofort zu unserer Hilfe.«

»Viel genützt hat das nicht. Ihr habt keinen einzigen von ihnen zur Strecke gebracht.«

»Sie waren so schnell und so kraftvoll.«

»Wie waren sie ausgerüstet? Abgesehen von den Silberschwertern, meine ich?«

»Eiserne Harnische bei den meisten. Leichte Helme, kleine Schilde.«

»Sie waren unberitten, nehme ich an?«

»Ja. Oder sie haben ihre Tiere jenseits der Mauer gelassen.«

Bren blieb stehen. »Ich sehe ihre Fußspuren in der Erde. Aber nirgendwo eine Leiche, einen abgetrennten Arm, noch nicht einmal einen Finger. Habt ihr ihnen denn keinen Kratzer zufügen können?«

»Doch, aber die Gnade der Göttin muss sie so gestärkt haben, dass ...«

Obwohl Lisannes Stimme vollkommen ruhig war, ließ sie den Mann sofort verstummen und auf die Knie fallen. »Was faselst du von Göttermacht?«

»Keine andere Erklärung will mir einfallen. Ich rammte einem von ihnen mein Schwert ins Bein, aber er schüttelte mich ab, als wäre es ein Wespenstich gewesen.«

»Selbst wenn das stimmt: Wie kann es sein, dass ein Schattenfürst stirbt und einer seiner Gardisten noch lebt?«

Mit Tränen in den Augen sah der Mann zu ihr auf.

Es war das Letzte, was er tat. Lisannes zur Klaue verformte Hand schlug ihm die Krallen unter dem Kinn in den Kopf und riss ihn mit einer einzigen Bewegung ab. Wie ein angeschossener Vogel torkelte er durch die Luft, um dann mit einem dumpfen Geräusch zwischen Akenes Edle zu fallen. Der enthauptete Körper kippte zur Seite.

»Er hätte uns vielleicht noch Interessantes berichten können«, sagte Bren.

»Ich war seiner überdrüssig. Unfähige Sterbliche widern mich an.«

»Von denen da werden wir nicht viel erfahren.« Bren zeigte auf Akenes Würdenträger.

Lisannes Elfenbeinkrone schimmerte im Sternenlicht, als sie die Menschen abschätzig musterte. Mit einem solchen Blick betrachtete man die Fliegen, die sich an einem heißen Tag um die Augen eines Pferds sammelten. »Ihr Wert ist ein anderer. Ihr Tod wird den Aufrührern zeigen, was Trotz ihnen einbringt. Oder besser noch: ihr Sterben. Der Tod an sich ist eine Gnade.« Sie wandte sich ab. »Kümmert Euch darum, Baronet.«

Osadroi träumten selten. Wenn sie erwachten, gab es für gewöhnlich keine allmählich verblassenden Bilder, kein durchscheinendes Gespinst, von dem sich der Geist hätte befreien müssen, um gänzlich in der Wirklichkeit anzukommen.

Bren sah den Gardisten neben seinem Bett. Ehla stand vor dem Fußende, unbewegt in gläubiger Erwartung, dass er sich erhöbe. Kiretta dagegen zitterte vor ungeduldiger Aufregung. »Das kannst du nicht zulassen!«, rief sie. »Sie häuten die Edlen! Rette die Letzten!«

Bren setzte sich auf und betrachtete seine Geliebte schweigend.

War sie das noch, seine Geliebte? Mit seinen unsterblichen Augen nahm er die Unvollkommenheiten ihres verfallenden Körpers deutlich wahr. Die Falten in ihrem Gesicht würden sich nicht wieder glätten, wie es bei Quinné geschehen war. Bei ihr hatte das Alter, die Natur, diese Spuren gezogen, bei Quinné der Verlust der Lebenskraft, die Bren ihr genommen hatte. Von Letzterem erholte sich ein menschlicher Körper weitgehend, wenn er in Ruhe gelassen wurde, Ersterem strebte er entgegen. Aber diese Erinnerung an körperliche Schwäche und Sterblichkeit störte Bren kaum. Schlimmer war Kirettas Unverständnis. Sie begriff nichts von der Macht der Schatten, von den unausgesprochenen Geboten, deren Einhaltung der SCHATTENKÖNIG erzwang. Und sie brachte besiegten Feinden ein unangemessenes Maß an Mitleid entgegen. In diesem Moment stimmte Bren den Lehren des Kults stärker zu, als er es jemals getan hatte.

»Sie haben deine Befehle falsch verstanden«, fuhr sie etwas ruhiger fort, als er aufstand und seinen Morgenstern aus der

Halterung nahm. »Sie gehen weit über das hinaus, was du wolltest. Weshalb sollten sie sterben? Halbe Kinder sind darunter.«

Bren hörte, wie sie ihm zur Treppe folgte, während Ehla zurückblieb und die Bettstatt richtete. »Sie waren zugegen, als ein Schattenfürst starb und haben es nicht verhindert.«

»Wie hätten sie das können?« Kirettas Stimme überschlug sich.

»Das ist ihr Problem, nicht unseres. Es ist lange her, dass ein Schattenfürst starb. Der SCHATTENKÖNIG, die Welt erzittere vor SEINEM Namen, wird nicht erfreut darüber sein. ER wird Erklärungen verlangen, die Köpfe der Schuldigen und die Kunde von einer angemessenen Bestrafung aller, die bei dieser Ungeheuerlichkeit zugegen waren.«

»Aber eine solche Strafe ist maßlos!«

Die Rufe der Menge, die sich auf dem Tempelplatz versammelt haben musste, drangen in die Ritterhalle. Bren hielt inne und sah in Kirettas blaue Augen. Er erinnerte sich daran, mehr als einmal in diesen Seen versunken zu sein. Er wusste auch, dass er es genossen hatte, in ihren Armen der Zeit zu entkommen. Eine Art von Ewigkeit, die auch Sterblichen zugänglich war, in Momenten größten Glücks. War es für Kiretta noch immer so, wenn er sie liebkoste? Er war aufmerksamer und ausdauernder, als jeder atmende Mann es hätte sein können, und auch seine übermenschliche Kraft hatte er unter Kontrolle, wurde er doch selbst nicht mehr von der Lust gepackt. Er musste nur aufpassen, dass er nicht begann, Kirettas Essenz zu rufen. Auch dies war ihm bisher gelungen.

Soweit er es erfassen konnte, hätte sie glücklich sein müssen. Zumal sie durch die Nähe zu ihm in die höchsten Kreise der Macht aufstieg. Auch Bren konnte die dunkelsten Gesetze der Schatten nicht ändern. Aber selbst wenn er es vermocht hätte, hätte er es nicht für eine zeternde Frau getan, die an der Schwelle zur Hysterie stand. Wie viel einfacher war es doch, einen schweigenden Haken zu lieben, der zudem noch in einer Truhe lag, die man jederzeit schließen konnte?

Sie traten in die Nacht hinaus. Der westliche Himmel zeigte ein Nachwehen der Abenddämmerung. Silions silberne Scheibe sah auf eine Szenerie hinab, die der Mondmutter missfallen musste.

Attego dagegen hatte sichtlich Freude daran, als ein Ghoul einen weiteren der Edlen, die mit Velon auf dem Friedhof gewesen waren, auf das Podest zerrte. Die Pranken der Leichenfresser waren nicht für ihr Feingefühl bekannt, deswegen wunderte sich Bren nicht über die Schreie des jungen Mannes. Sie wurden zu einem Wimmern, als menschliche Knechte ihn übernahmen und an ein Gerüst banden, gut sichtbar für die Menge.

»Gewinne einen schnellen Tod, indem du mir sagst, wer diese Angreifer waren und wo sie zu finden sind!«, rief Attego. Der Schinder mit dem Häutermesser grinste vorfreudig. Bren hatte viele Folterknechte kennengelernt, deren Klugheit sich nicht einmal mit der eines Grottenolms hätte messen können, aber dieser hier war anders. Er war fein gekleidet, und seine Gestalt war die von jemandem, der lieber Bücher las als Holz hackte. Manchmal interessierten sich nachgeborene Sprösslinge aus edlen ondrischen Häusern für solche Tätigkeiten, vor allem, wenn sie die Lehren des Kults über Grausamkeit als Zeichen charakterlicher Stärke verinnerlicht hatten.

Attegos Opfer war nicht der Erste, der gerichtet wurde. Ein Dutzend weitere starb an den Säulen des Tempels vor sich hin. Man hatte sie mit Ketten hochgezogen. So baumelten sie stöhnend, während sich Fliegen auf ihr entblößtes, tropfendes Fleisch setzten.

»Er weiß es doch nicht«, wimmerte Kiretta.

»Natürlich nicht. Darauf kommt es auch nicht an.«

»Dann beende es!«

Sachte schüttelte Bren den Kopf. »Das waren vermutlich Mondschwerter. Paladine, die ihrer Göttin so ergeben sind, dass die Mondmutter eine besondere Gnade über ihnen ausgegossen hat. Sie werden zu allem entschlossen sein. Ihr eigener Tod bedeutet ihnen nichts, damit können wir sie nicht abschrecken. Wir wollen sehen, ob der Tod ihrer Stadt sie ebenfalls ungerührt lässt.«

»Aber die Menschen, die hier sterben, können doch gar nichts dafür!«

»Wer sagt das?« Bren hörte eine Kälte in der eigenen Stimme, die ihm selbst fremd vorkam. »Sie waren zur rechten Zeit am rechten Ort. Vielleicht haben sie den Paladinen Hinweise gegeben, vielleicht den passenden Moment ausgespäht. Jedenfalls haben sie den Schattenfürsten nicht geschützt, als sie es hätten tun können.«

»Dann tötet sie schnell und schmerzlos! Siehst du nicht, dass du den Hass der Menge schürst? So wird die nächste Rebellion geboren!«

»Wer sollte rebellieren?«

Ihr Haken wischte über die Versammelten. »Die alle hier.« Es waren Hunderte.

»Nein. Heute Nacht brechen wir ihren Willen. Und mehr als das. Je qualvoller ihre Anführer sterben, desto sicherer werden sie die Macht der Schatten erkennen.«

»Das ergibt keinen Sinn!«

»Vielleicht keinen, den du verstehst«, versetzte er. »Aber ich glaube auch nicht, dass wir hier etwas erfahren. Lass uns zu Jittara gehen, die hat die interessanteren Gefangenen.«

Brens Gardisten schlugen eine Gasse durch die Menge. Auf dem Balkon des Palastes, den sie betraten, stand Königin Siérce von Ilyjia. Sie war so jung, dass sich gerade erst die zartesten Wölbungen unter dem Stoff ihres Kleids zeigten. Königshaus, Mondschwerter und Priesterschaft hatten in diesem Land immer um die Macht konkurriert. Jetzt begruben die Schatten sie alle.

Ob die Königin verstand, dass ihr Reich für immer untergegangen war? Oder glaubte sie, dass nur ihre Konkurrenten in den Händen der ondrischen Folterer starben und sie danach, vielleicht als Statthalterin des SCHATTENKÖNIGS, die Macht zurückerhielte?

»Hat sie das Urteil verkündet, wie es vorgesehen war?«, fragte Bren.

»Siérce hat die Worte, die du ihr übermitteln ließt, gut auswendig gelernt«, bestätigte Kiretta. »Sie hat ihre Rede heute Mittag gehalten, bevor das Schinden begann.«

Bren nickte, als sie die Eingangshalle durchquerten. »Vielleicht ist sie nützlich genug, um sie am Leben zu lassen.« Sie stiegen in den Keller hinab.

»Ihr seid früh wach«, begrüßte ihn Jittara mit gesenktem Haupt, um dann Kiretta mit einem respektvollen Nicken zu bedenken.

»Kommst du gut voran?« Bren erinnerte sich an die Gesichter einiger der Frauen, die hier auf Stühle gefesselt saßen. Ihre Blicke waren nicht mehr so furchtsam wie in der Nacht, als das Schwarze Heer Akene gestürmt hatte. Jetzt waren sie entrückt. Die dunklen Schwaden, die aus den Amphoren vor ihnen aufstiegen, waren die Erklärung dafür. Bren erkannte sofort, dass sie Magie freisetzten, während sie in der Luft zerfaserten und von den Priesterinnen eingeatmet wurden.

»Viel scheinen sie leider nicht zu wissen«, antwortete Jittara. »Der Friedhof war ihnen bekannt und die Silberlager ebenfalls. Sie haben noch einige weitere preisgegeben. Ich habe eine Handvoll Seelenbrecher ausgeschickt, um sie zu leeren. Aber eine Wunderkraft der Mondmutter, die ihre Kämpfer auf diese Weise stärken könnte – dazu können sie nichts sagen.«

»Dann werden sie erst recht nicht wissen, wer die Angreifer waren.«

»Bren!«, rief Kiretta und fasste ihn an der Schulter.

Sie ließ los, als er sie ansah. Sie hatte sich wohl noch nicht an seine Kälte gewöhnt.

»Bren, wenn die Ilyjier solche Möglichkeiten hätten, dann hätten sie ihre Paladine doch schon viel früher damit gesegnet und sie in den Kampf geschickt!«

»Alles beginnt irgendwann. Der Geistersturm ist uns auch unmöglich erschienen, und dennoch ist er unseren Feinden gelungen, indem sich die Priester aller Länder gegen uns verschworen. Die Kraft und Schnelligkeit dieser Angreifer mag mit dem heiligen Boden zu tun haben, auf dem sie sich bewegten.«

»Dieses Problem ist inzwischen beseitigt.« Stolz schwang in Jittaras Stimme.

Der Anblick von Kirettas vorwurfsvollen Augen machte Bren wütend. Er sah wieder zu den Priesterinnen hinüber. »Versuche es weiter. Wenn du sicher bist, dass du alles aus ihnen herausgeholt hast, lass ihre Köpfe abschlagen und tauche sie in Teer, um sie für die Reise nach Karat-Dor haltbar zu machen.«

Entsetzt schrie Kiretta auf.

»Sie greifen uns an«, erklärte Bren mühsam beherrscht. »Wir müssen uns schützen. Mehr Razzor bedeuten mehr Schutz. Auch für dich, Kiretta. Darum schicke ich ihre Gehirne nach Karat-Dor, zur Königin. Es würde mich nicht wundern, wenn die Hirne von Leuten, durch die so viel Heiligkeit geströmt ist, ganz besondere Razzor erschaffen könnten.«

»Aber sie werden viel zu lange unterwegs sein! Sie werden verderben, auch wenn die Köpfe ihre Form behalten mögen!«

Er war das Gejammer leid. »Weiter im Norden ist es kälter, vielleicht hilft das. Wenn nicht, dann wäre das bedauerlich, aber nicht zu ändern.«

»Du bist ein Schattenherr! Du kannst alles ändern!«

Er zwang sich, die flache Hand an ihre Wange zu legen, und hoffte, dass sie das beruhigte. »Es gibt immer noch einen tieferen Schatten. Ich bin nur ein flüchtiger Schemen und den Gesetzen der ewigen Finsternis unterworfen. Begehre ich dagegen auf, so vergehe ich. Und du mit mir. Ich tue dies auch, um dich zu schützen.«

»Ich will das nicht! Es muss eine andere Möglichkeit geben!«

»Die gibt es. Jittara kann einige von ihnen vorbereiten, um sie zu Ghoulen zu machen. Solch ein Ritual hat immer eine starke Wirkung auf das Volk.«

Er fürchtete, dass Kiretta wieder schreien würde, aber das tat sie nicht. Stumme Tränen quollen aus ihren Augen. Er nahm seine Hand fort, bevor sie ihn berühren konnten. »Trage es mit Würde«, bat er leise.

»Aber sie wissen doch nichts. Genauso wenig wie die Gefangenen auf dem Platz.«

»Das mag sein.«

Abrupt wandte er sich an einen Gardisten. »Ruf die Offiziere zusammen. Wir schleifen die Stadt. Ich will, dass kein Stein auf dem anderen bleibt. Findet die Angreifer!«

»Ja, Herr!« Er eilte davon.

»Ich begreife das nicht«, sagte Kiretta tonlos. »Über wen sollen die Schatten herrschen, wenn ihr alles vernichtet und jeden tötet?«

»Genug werden überleben, um zu berichten, was geschieht, wenn ein Schattenfürst stirbt. Sie werden keine Heimat mehr haben, also werden sie sich weit über das Land verteilen, auch in jene Regionen, auf denen die Schatten noch nicht liegen. Das wird Furcht in die Herzen unserer Feinde säen.«

»Dann wird es Akene nicht mehr geben?«

»Nur noch in der Erinnerung. Über den Trümmern der Stadt wird sich ein Tempel der Schatten erheben. Vielleicht sogar eine Kathedrale. Pilger werden hierherströmen, um die Macht der Finsternis zu schauen.«

Jittara ließ sich auf ein Knie nieder. »Eure Weisheit ist schwarz wie die Leere zwischen den Sternen, Schattenherr. In ihrem Angesicht verwehen die Pläne der Sterblichen wie Asche.«

Der Zirkel, durch den Bren nach Guardaja gereist war, war nun im mystischen Sinne ausgebrannt. Die Zauberzeichen waren verwischt, wo ein Lufthauch über sie gestrichen war. Wenn nicht die dramatischen Ereignisse um Kiretta und Velon gewesen wären, hätte sie längst jemand fortgefegt. Sie waren nur noch gewöhnliche Asche.

Ganz Akene würde bald so sein. Staub, Geröll, Schutt. Asche. Von draußen drangen die Geräusche einstürzender Häuser herein, ab und zu auch Schreie der Bürger, die zusammengetrieben wurden, um sie aus der sterbenden Stadt zu bringen. Die Klugen unter ihnen benutzten ihren Reichtum, um die ondrischen Krieger zu bewegen, sie in eine Gegend zu bringen, in der sie halbwegs Aussicht auf ein auskömmliches Leben haben würden. Wer zu geizig oder zu arm war, mochte ins Ödland getrieben werden.

»Wir müssen bald hier weg«, stellte Bren fest. »Akene vermag uns nicht länger angemessene Unterkunft zu bieten.« Dieser Palast war eines der letzten unbeschädigten Gebäude. Im Saal mit den Zauberzeichen hingen sogar noch einige Bilder, die Gartenlandschaften mit sorglos spielenden Kindern zeigten. Die Kleriker hatten ihr Werk, den Palast nach ondrischen Vorstellungen zu dekorieren, nicht zu Ende gebracht. Nur ein paar schwarze Samtvorhänge teilten Ecken ab oder hingen von der Decke herunter, um Schatten zu werfen.

»Noch immer keine Nachricht aus Orgait, Herr?«, fragte Attego. Sein brünettes Haar trug er inzwischen etwas mehr als schulterlang, es war glatt gekämmt wie bei einem Pagen. In seinen grünen Augen kämpfte die geheuchelte Besorgnis, die seiner Frage entsprach, mit dem Vergnügen, das ihm seine neue Position als Foltermeister der besiegten Stadt bereitete.

»Nein. Nichts.« Natürlich hatten sie Botschaften nach Norden geschickt. Vom Sieg über Ilyjia, von Brens neu entdeckter Fähigkeit der Translokation in der Nebelform, von Velons Tod. Sie hatten auch Nachrichten empfangen, aber das waren die militärisch knappe Berichte über den Verlauf des Kriegs an den anderen Fronten gewesen. Der Palast des SCHATTENKÖNIGS schwieg. Noch.

»Ihr wirkt nachdenklich«, tastete Attego. »Bereitet Euch die Erinnerung wieder Kummer?«

»Nicht die Vergangenheit quält, sondern die Gegenwart verwirrt«, sagte Bren.

Gemächlich schritt er zwischen den schwarzen Tuchen umher. Attegos Oberlippe zitterte. Warum war der Dunkelrufer aufgeregt? Wähnte er sich auserwählt, allein in einem Raum, im vertraulichen Gespräch mit dem Schattenherrn, der das Schwarze Heer in Ilyjia befehligte? Oder hatte er Angst, weil er um seine eigene Zerbrechlichkeit wusste?

»Es ist, als gäbe es zwei Kirettas«, fuhr Bren fort. »Diejenige in meiner Erinnerung. Eine Frau voll Kraft und Leben, ohne Sorgen und entschlossen, das Leben zu genießen, egal, welche Härten es ihr entgegenstellen mag. Unter den Seeräubern hatte sie es nicht leicht, ihr Kapitän hat über sie verfügt, in jeder Hinsicht. Aber sie blieb ungebeugt, und am Ende hat sie sich durchgesetzt. Die Zeit zeigt immer die Wahrheit.«

»Nur was ewig ist, wird bestehen«, rezitierte Attego.

Bren nickte knapp. »Und dann ist da diese andere Kiretta. Nervös, beinahe scheu, zaudernd, voller Bedenken. So kann sie als Piratin nicht gewesen sein. Wenn sie Beute machte, dann musste sie die Schätze anderen abnehmen. Sie kann nicht diese Skrupel gehabt haben, die sie jetzt wie ein Banner vor sich herträgt. Sie klagt mich an.«

Attego sog angesichts dieser Ungeheuerlichkeit die Luft ein.

»Aber sie meint nicht mich, sie meint die Welt. Soll ich zu einem Schwächling werden? Damit es Schattenherzog Xenetor reut, mir die Unsterblichkeit gegeben zu haben? Damit er kommt und mir mein eigenes Haupt vor die Füße legt?« Sanft schüttelte er den Kopf. »Wieso begreift Kiretta nicht, dass sich die Schatten über die Welt legen müssen? Niemand könnte das verhindern. Wir vermögen nur Teil von ihnen zu werden und Kraft aus ihrer Stärke zu ziehen. Wer ihnen zu trotzen versucht, wird gebrochen.«

»Wie Akene«, sagte Attego. Der Widerschein der Feuer, die draußen die Stadt verzehrten, zuckte auf seinem grinsenden Gesicht.

»Oft erscheint sie mir nun so … klein. So unverständig. Und undankbar. Was ihr geboten wird, wird kaum eine Sterbliche jemals erreichen. Will sie einen Palast? Zofen? Kleider? Geschmeide? Eine Bibliothek? Nichts davon ist weiter entfernt als ein Wort von mir.« Er verschränkte die Arme. »Mehr könnte sich selbst der gierigste Seeräuber nicht erträumen. Und doch ist sie unzufrieden. Ich erkenne sie nicht wieder. Hat die Zeit mit dieser Mondpriesterin sie so sehr verändert?«

»Vielleicht ist es etwas anderes, Herr.«

»Sprich.«

Attego strich sich über das Gesicht, als könne er dort den rechten Beginn finden. »In meiner Kindheit wusste ich nur wenig vom Kult. Meine Eltern, meine Großeltern, meine Tanten und Onkel waren Bauern. Ich wuchs auf einem Gehöft auf und hatte eine Forke in der Hand, sobald ich auf den eigenen Beinen stehen konnte. Die Fahrt mit dem Ochsenkarren zum Gemüsemarkt unten im Dorf war ein Abenteuer. Meine Brüder und ich wetteiferten darum, wer mitkommen konnte, und arbeiteten uns die Buckel krumm, um von unserem Vater ausgewählt zu werden. Manchmal kamen nämlich Krieger in eisernen Rüstungen, um Verpflegung für die ondrischen Truppen einzukaufen. Unsere liebste Mutprobe bestand darin, möglichst nahe an diese Männer heranzukommen. Wir hielten das für gefährlich. Manchmal verpassten sie einem Kind eine so kräftige Maulschelle, dass es im hohen Bogen davonflog. Sie wussten, dass kleine Hände geschickt im Beutelschneiden sein können. Trotzdem gelang es mir, sogar ein Schwert zu berühren! Ich tat so, als prügelte ich mich mit einem Vetter, und ließ mich von ihm gegen den Krieger schubsen. Der Mann tat mir nichts, aber mein Vetter hatte sich in der Keilerei nicht zurückgehalten. Erst drei Wochen später verblassten meine blauen Flecken.«

»Aber du hast die Mutprobe gewonnen«, stellte Bren mäßig interessiert fest.

Attego nickte, noch immer von grimmiger Freude erfüllt. »Vom Kult sahen wir als Kinder nur Laienprediger. Eine Gruppe Pilger auf dem Rückweg von Karat-Dor war ganz erfüllt von den Zeremonien, deren Zeuge sie dort geworden war. Man hatte einige Priester zu Ghoulen gemacht. Eine Pilgerin brach in Tränen aus, als sie uns berichtete, wie die körperliche Umwandlung der Verurteilten die Kleidung zerrissen hatte. Unsere kindliche Vorstellungskraft erschuf überdeutliche Bilder in unseren Köpfen. Schwarze, eklige Zungen, die zwischen monströsen Kiefern hervorleckten. Pranken, groß genug, einen Kinderschädel zu umfassen und zu zerquetschen. Vor allem die Augen beschrieb uns die Pilgerin, sie konnte gar nicht damit aufhören. Dumpf und doch mit einem Nachglühen von Verstand darin, sagte sie. Und sie weinte dabei in einem fort. Ob vor Rührung oder vor Furcht weiß ich bis heute nicht. Wahrscheinlich mischte sich beides in ihrer Erschütterung.«

»Und wegen solcher Erzählungen bist du in den Kult eingetreten?«

»Auch, ja. Die Macht der Schatten begann mich zu faszinieren. Ich begriff, dass man entweder Hammer sein kann oder Amboss, entweder Wunden schlägt oder sie empfängt.«

Manchmal auch beides zugleich, dachte Bren.

»Dennoch musste ich die Macht der Schatten mit eigenen Augen schauen, bevor ich mich dem Kult unterwarf. Diese Gnade wurde mir gewährt, als wir nach Joquin reisten. Die Kleinstadt, in der Masirron gewirkt hat. Mein Vater pilgerte zu seinen Gebeinen. Ich durfte ihn begleiten, nachdem sich mein Bruder beim Spielen das Bein gebrochen hatte.«

»Kein Zufall, nehme ich an.«

»Euch bleibt nichts verborgen, Herr.« Selbstgefällig grinste Attego. »Jedenfalls war es in Joquin, wo ich zum ersten Mal einen Tempel des Kults sah. Von der annähernd runden Kuppel stachen Aufsätze in den Himmel, gleich Klingen, die sich drohend den Göttern entgegenreckten. Pranger säumten den Weg zu seinen abwärts führenden Treppen, an einem davon verweste eine Leiche. Verurteilte schleppten schwere Steine. Peinlich genau achteten Seelenbrecher darauf, dass sie zu einer exakten Pyramide geschichtet wurden. War das geschehen, mussten die gleichen Gefangenen sie wieder abtragen und das Baumaterial zurück in die Wildnis bringen, damit ihnen die Sinnlosigkeit ihres Daseins offenbar würde. Ich sah in die Dunkelheit im Innern des Tempels, tastete an den Statuen aus Obsidian und sog beißende Dämpfe ein, bis mir schwindelig wurde. Ich glaubte, Visionen der Finsternis erahnen zu können. Ich fürchtete mich, und zugleich war ich voller Bewunderung. Schon auf dem Rückweg sagte ich meinem Vater, dass ich ihn und Mutter verlassen würde, um Kleriker zu werden.«

»Dieser Tempel muss eindrucksvoll gewesen sein.«

»Das dachte ich auch. Immer, wenn ich mich an ihn erinnerte, war er erhaben, mächtig und finster, ein Fanal der Macht, die sich auf die Welt legt, um alles Aufbegehren zu ersticken. Noch als ich zum Dunkelrufer erhoben wurde, war mir die Vorstellung angenehm, eines Nachts nach Joquin zu kommen und den Vorsitz des dortigen Tempels zu übernehmen.«

»Stattdessen bist du in Orgait geblieben.«

Traurigkeit lag in Attegos Kopfschütteln. »Ich bin nach Orgait zurückgekehrt. Tatsächlich bin ich in meine Heimat gereist, als meine Ausbildung in Zorwogrod schon weit fortgeschritten war. Es war ein Genuss, die Furcht in den Augen meiner Geschwister zu sehen. Sie führen das gleiche erbärmliche Leben, das auch das Schicksal meiner Eltern ist. Wühlen mit den Händen im Dreck und schätzen sich glücklich, wenn die Sauen ferkeln, ohne dabei zu krepieren. Oder ihre Weiber. Einige meiner Vettern hatten mich in meiner Kindheit gefoppt und verprügelt. Sie waren immer noch kräftiger als ich, aber nun mussten sie vor mir knien. Nun ja, ich genoss meinen neuen Status und stellte eine Pilgergruppe aus meinen Verwandten zusammen, um nach Joquin zu reisen. Ich wollte ihnen die Macht der Schatten zeigen und zugleich herausfinden, welche Möglichkeiten es gäbe, den dortigen Tempel an mich zu reißen. Aber dazu kam es nicht. Ich war regelrecht erschüttert von dem kümmerlichen Anblick, den das Bauwerk bot.«

»Hat man es verfallen lassen?«

»Nein, überhaupt nicht. Im Gegenteil, man hatte es ausgebaut. Es gab jetzt eine Statue von Masirron, an ihren scharfen Kanten konnten die Verehrer kleine Tiere quälen. Die Pranger waren auch überlegter gestaltet worden, jedenfalls konnte ich mich an die Dornen nicht erinnern. Der Tempel hatte sich zum Besseren verändert. Aber ich war nicht mehr der Gleiche wie bei meinem ersten Besuch. Wie erbärmlich war ich als Kind gewesen, und welche Geheimnisse hatte ich inzwischen geschaut? Ich hatte in der Kathedrale von Karat-Dor gelebt, später in Zorwogrod, war sogar mehrmals Schattenherzogin Widaja begegnet!« Er schnaubte. »Ich hatte meine Kindheit weit hinter mir gelassen. Die Erinnerung hatte mich den Tempel von Joquin noch mit den Augen eines Kindes sehen lassen, eben als jemand, der erstmals der Macht der Schatten begegnet. Was einen Ahnungslosen vor Ehrfurcht erzittern lässt, erschien mir bei meiner Rückkehr beinahe lächerlich. Ein Tempel in der Provinz, geleitet von jenen, die man abgeschoben hat, sodass sie die Zentren der Macht nicht schauen. Und dorthin hatte ich gehen wollen? Ich geißelte mich selbst, um mir diesen schwächlichen Gedanken aus dem Fleisch zu hauen!«

»Du sagst also, dass die Erinnerung verklärt.«

»Ja, vor allem, wenn sie zu einem anderen Lebensabschnitt gehört. Zur Kindheit in meinem Fall, zu Euren sterblichen Jahren in Eurem.«

»Das stimmt«, murmelte Bren. »Sterbliche hegen viele rührselige Gedanken.«

»Mir scheint, o Herr, dass Kiretta als Person Euch nicht mehr gerecht werden kann.«

»Was meinst du damit – ›als Person‹?«

»Die Wirklichkeit ist immer unvollkommen. Es ist wie mit Schneeflocken. Man muss unsterblich sein, ohne Hitze im eigenen Körper, um sie auf die Hand nehmen und studieren zu können. Aber bei Menschen sind sie nur vollkommen, wenn man sie von Ferne betrachtet. Nimmt man sie auf, zerschmelzen sie.«

Bren schlenderte um den Zauberkreis herum, bis er Attego erreichte. »Was also rätst du mir, mit ihr zu tun?«

»Es steht mir nicht an, Euch zu raten.«

»Ich wünsche es.«

Attego drückte den Rücken durch. Er fühlte sich dermaßen geehrt, dass er fast platzte. »Als Erinnerung ist sie wertvoll. So wie der Tempel von Joquin für mich. Manchmal gelingt es mir, ihn in meinem Inneren heraufzubeschwören, wie ich ihn als Kind erlebte. Dann hilft mir dieses Bild dabei, mich tief in die Betrachtung der Schatten zu versenken. Aber ich werde ihn nie wieder besuchen.«

»Also glaubst du, ich sollte Kiretta fortschicken?«

Attego wog den Kopf. »Irgendwann vielleicht. Wenn Ihr ihrer zu sehr überdrüssig werdet. Noch kann sie Euch hier nützlich sein.«

»Auf welche Weise?«

»Sie hält einige Eurer tiefsten Gefühle wie ein Anker. Die ersten Jahrzehnte der Unsterblichkeit gleichen einem Sturm. Man hat von Osadroi gehört, die davon fortgerissen wurden. Eine starke Verbindung zur Erinnerung kann helfen.«

»Scheine ich dir denn in Gefahr, losgerissen zu werden?«
»Nein, natürlich nicht!«
»Ich kann deine Lüge riechen«, grollte Bren.
Unsicherheit flackerte in Attegos Augen. »Eure Stimmung schwankt in letzter Zeit. Ihr könnt in einem Moment großzügig zu Euren Untergebenen sein und ordnet im nächsten grausamste Züchtigungen von Gefangenen an.«
»Angemessene Strafen.«
»Gegen keine dieser Entscheidungen wird irgendjemand etwas einwenden. Ich zuletzt. Es ist die Sprunghaftigkeit, auf die man achten muss. Sie kann Vorbote dafür sein, dass die Verbindung zur Welt abreißt. Kiretta selbst ist unwichtig, aber nicht das Band zu der greifbaren Welt, für die sie steht. Ein Osadro sollte erst lernen, diese Verbindung in sich selbst zu finden. Zumal Ihr offenbar sehr stark in der Welt des Mystischen präsent seid, mit Fertigkeiten, von denen man nie zuvor hörte. In den Nebeln wartet unermessliche Macht, aber dort lauert auch der Wahnsinn.«
»Also sollte ich Kiretta in meiner Nähe behalten?«
Attego nickte eifrig. »Unbedingt. In einigen Jahren werdet Ihr Eure Zuneigung zu ihr überwunden haben. Dann mögt Ihr sie zu Eurem Vergnügen martern als Strafe für die Schwäche, die sie ...«
»Sie martern? Ich?«
»Der Gedanke wird Euch jetzt noch ungewohnt erscheinen, vielleicht sogar falsch, aber wenn Ihr erst tiefer in die Schatten gegangen seid ...«
»Daran zweifle ich.«
Attego sah beleidigt aus. »Wie dem auch sei. Im Grunde ist die Kiretta, die jetzt auf Euch wartet, ebenso bedeutungslos wie alle Sterblichen.«
»Hast du sie deswegen an Lisanne ausgeliefert?«
Entsetzt starrte Attego ihn an.
Bren hielt seinen Blick gefangen.

Attego versuchte ein Lachen. Es misslang kläglich. Alle Farbe war aus seinem Gesicht gewichen, als er zwei zittrige Schritte rückwärts machte.

»Bitte leugne es nicht. Erspare uns das. Du wusstest von ihr. Das trifft auf kaum jemanden zu. Du wusstest auch, dass ich in jener Nacht bei Jittara war und wo sich der Haken befand.«

»Aber ich bin Euer getreuer, Euer willenloser Diener! Ich begleitete Euch in die Wildnis der Wetterberge! Ich war derjenige, der Euch die Kunde brachte, dass Kiretta Lisannes Angriff überlebt hatte! Warum sollte ich mich gegen Euch wenden? Hätte ich vom Aufenthaltsort Eurer Geliebten gewusst, wäre ich zu Euch geeilt, um ihn Euch mitzuteilen.«

»Manche Leute werfen zwei Schatten. Du hast die Möglichkeit gesehen, dich mit Lisanne gut zu stellen, einer Schattenherzogin. Mich hättest du dabei nur vorgeblich geschwächt, denn in deinen Augen ist ja nur Schwäche, was ich für Kiretta empfinde. Zudem wähnst du dich als Favorit meiner Gunst, und für diese Position ist Kiretta eine Rivalin, die du beseitigen willst!«

»Aber ich habe doch selbst so große Entbehrungen auf mich genommen, um sie gemeinsam mit Euch zu suchen. Ich wusste, was sie Euch bedeutet!«

»Sagtest du nicht selbst, dass Sterbliche keinen Wert haben? Ich danke dir für das, was du mich lehrtest. Man muss flexibel sein in den Allianzen, die man schließt. Zumal wir alle unsere Feinde haben, nicht wahr?«

Bren wandte sich einem Vorhang zu, der eine Ecke des Raums abteilte. »Bist du zufrieden mit deinem Schüler, Jittara?«

Die bleiche Hand der Nachtsucherin griff um den Stoff und schob ihn beiseite. »Ihr macht große Fortschritte, Herr.« Ihr Zeremonialstab klackte auf den Boden, als sie sich darauf stützte, um sich zu verbeugen. Dabei beobachtete sie Attego, als sei sie eine Schlange.

»Du hast ihn noch nie gemocht, oder?«

Sie kniff die Augen zu schmalen Schlitzen zusammen. Während sie Attego mit schräg gelegtem Kopf musterte, wuchs ein kaltes Lächeln auf ihren Lippen.

»Nimm ihn. Ich gebe dir einen Tag, um mit ihm zu spielen.«

Bren wirbelte herum, als er hörte, wie Attego seinen Dolch zog.

Mit einem Aufschrei stürzte sich der Dunkelrufer auf ihn, die Klinge wie ein Wahnsinniger erhoben, verzweifelte Hoffnung in den Augen.

Es war die Hoffnung auf einen schnellen Tod. Als Sterblicher hätte Bren sie wohl erfüllt. Attego war kein geübter Messerkämpfer – er holte so weit aus, dass sein Ellbogen über dem Kopf war und die Waffe noch höher. Einen solchen Angriff hätte Bren mühelos unterlaufen können. Oft hatte er mit seinen Kriegern geübt, in ähnlichen Situationen die Gelenke des Gegners zu greifen, dessen eigenen Schwung gegen ihn zu wenden und die Klinge in einer bogenförmigen Bewegung in den Bauch des Angreifers zu rammen. Eine Sache, die kaum länger dauerte als ein Augenzwinkern.

Aber Bren war kein Sterblicher mehr. Er fasste das herabstoßende Handgelenk mit eisernem Griff. Er lachte, als Attego hastig die Faust hin und her drehte, dadurch die Klinge bewegte und ihm dabei tatsächlich einige Schnitte am Daumen beibrachte. Kratzer, die noch in dieser Nacht verheilen würden, selbst wenn er keine Essenz mehr zu sich nähme.

Bren schloss seine Faust unerbittlich. Attegos Schrei gellte, als das Handgelenk brach. Der Dolch fiel scheppernd auf den Boden.

»So schnell stirbst du nicht«, versprach Bren und drückte Attego auf die Knie, wo er wimmernd zusammensackte.

Bren sah Jittara an, deren Vorfreude überdeutlich war. Sie hatte sich in den vergangenen Monaten sicher schon oft ausgemalt, was sie Attego antun würde, wenn er in ihre Hände fiele. Jetzt war es so weit.

»Haben wir eigentlich inzwischen Nalaji gefunden?«, erkundigte er sich.

»Nein, sie ist fort.« Jittaras Bedauern klang so ehrlich, wie es Worten, die zwischen ihren farblosen Lippen hervorkamen, überhaupt möglich war. »Sie ist in den Wirren dieser Nächte entkommen.«

»Ganz schön zäh für eine alte Frau.« Er zuckte mit den Schultern. »Mehr als ein paar Jahre kann sie ohnehin nicht mehr haben. Hoffen wir, dass sie ihre letzte Zeit genießt und uns nicht länger auf die Nerven geht.«

»Ihr habt ihr nur versprochen, dass sie leben wird. Nicht, dass ihre letzten Jahre angenehm sein werden.«

»So ist es.«

Er hörte Jittaras Stab über Attegos Wimmern hinweg klacken, als er den Palast verließ.

An der Südfront entwickelte sich alles gut, wie Bren Zurressos Brief entnahm. Der General war auf dem Weg zu ihnen. Er hatte sich einige Scharmützel mit den Eskadiern geliefert und die Gegenden, durch die Bren das Heer bis nach Akene geführt hatte, befriedet. Das Schreiben berichtete davon, dass er auch auf Verbände von Fayé gestoßen war. Zum Beweis hatte er seinen Boten ein Dutzend Gefangene des alten Volkes mitgegeben. Jetzt fragte er, wohin er seine Streitmacht führen solle, um sich mit Bren und Lisanne zu vereinen.

»Pijelas ist eine schöne Stadt, sagst du?«, fragte Bren.

»Die schönste Ilyjias. Dichter weinen, wenn das Sternenlicht das Meer der Erinnerung küsst.« Königin Siérce war das Knien nicht gewöhnt. Ständig verlagerte sie ihr Gewicht. Ihr enges Kleid war nicht für eine solche Haltung geschneidert. Die gewickelten Stoffbahnen gingen an der Taille in einen Rock über. Trotz seiner goldenen Farbe wirkte das Kleid dunkel, weil sich Siérce bleich geschminkt hatte, als wolle sie ihren Feinden nacheifern.

Aber Siérce war ja keine Feindin mehr. Schließlich hoffte sie, ondrische Statthalterin im gefallenen Ilyjia zu werden.

»Dafür müssten wir an die Küste marschieren. Ist Pijelas stark befestigt?«

»Ich habe Order gesandt, die Stadtmauer einzureißen.«

»Und du glaubst, man wird dir gehorchen?«

»Ich bin die Königin«, sagte sie fest. »Aber vielleicht sollte ich solche Dinge besser mit der Schattenherzogin selbst besprechen?«

»Lisanne schläft«, versetzte Bren. »Die Nacht regiert schon seit drei Stunden. Sie wird heute nicht mehr erwachen.«

Unschlüssig rutschte Siérce ein Stück zur Seite. Bislang verhielt sie sich im Sinne ihrer neuen Herren, deswegen hatte man ihr ein gut gefüttertes Kissen zugestanden, anstatt sie direkt auf dem Boden knien zu lassen.

Bren saß auf einem transportablen Thron aus schwarzem Holz. Man hatte weitgehend auf Schnitzereien verzichtet, nur die Armlehnen deuteten die Formen von Schwertklingen an. Der Sitz eines Feldherrn. Sie befanden sich in seinem Zelt, auf einem Hügel außerhalb des Bereichs, der einmal eine Stadt gewesen war. Die Vorhänge am Eingang waren aufgezogen, die Glut in den Trümmern gut zu sehen.

»Auch bevor sich die Schatten auf Ilyjia senkten, war die Herrschaft des Königshauses umstritten, wenn man mich richtig informiert hat. Der Tempel der Mondmutter und die Paladine der Mondschwerter hatten mehr Macht, als andere Monarchen geduldet hätten.«

»Die Dreifach Gepriesene wurde von Euren Razzor zerrissen, und der Ordensmarschall blieb auf dem Feld, mit dem Gesicht im Staub. Es gibt nur noch mich.«

»Gefällt dir das? Allein die Zügel zu halten?«

»Die Umstände sind so bedauerlich, dass ich lieber gestorben wäre, als dies zu erleben, Schattenherr.«

»Wenn du dich nach dem Tod sehnst, lässt sich das nachholen.«

»Dadurch würde Akene auch nicht wieder aufgebaut.«

Bren lehnte sich vor. Die junge Frau schien keine Angst zu haben. War ihr der Verstand entglitten? Das wäre verständlich gewesen angesichts der Dinge, die sie in den vergangenen Tagen erlebt hatte. »Wie alt bist du?«

»Vierzehn Jahre, Herr.«

Sie wirkte älter, obwohl Bren nicht glaubte, dass Lisanne oder Velon Essenz von ihr genommen hatten. Wahrscheinlich hatte man sie gut auf ihr Amt vorbereitet, immerhin waren ihre Eltern schon vor mehr als einem Jahr gestorben. Die Last der Verantwortung zerbrach manche und ließ andere erwachsen werden.

»Wird dein Volk dich nicht für eine Verräterin halten, wenn du uns eine Stadt übergibst, ohne um sie zu kämpfen?«

»Einige werden das, aber Träume von Freiheit darf sich eine Königin in diesen Nächten nicht erlauben. Die Schatten legen sich auf die Welt. So sagt Ihr doch.«

Bren nickte langsam. »Gut, dass du das begriffen hast. Und du willst so viel von deiner Macht bewahren, wie unter diesen Umständen möglich ist. Statthalterin der Schatten zu sein ist nicht so gut wie ein unabhängiges Königreich, aber besser als nichts.«

»Wenn Ihr es sagt.«

»Und was sagst du?«

Sie sah über die Schulter durch den offenen Zelteingang auf die Trümmer Akenes. Als sie sich wieder Bren zuwandte, war ein Krächzen in ihrer Stimme. »Ich sage, dass ich gesehen habe, was mit denen geschieht, die sich zur Wehr setzen. Nichts bleibt ihnen. Nichts außer Asche. Noch nicht einmal ihre Gräber. Niemand wird sich an uns erinnern, wenn wir uns nicht beugen.«

»Wir werden dennoch alle Tempel von Pijelas schleifen, den Boden entweihen und es den Klerikern des Kults überlassen, wie sie das Volk am besten in die Schatten führen.«

»Kein Schicksal kann schlimmer sein als das, was Akene widerfahren ist.«

Führte sie ihn in eine Falle? Konnten die menschlichen Priester einen zweiten Geistersturm beschwören? Immerhin lag Pijelas am Meer der Erinnerung. Die Geister der Fayé hatten sich nicht an Land halten können, als der Orkan abgeflaut war. Soweit bekannt, waren sie alle in den Seelennebel zurückgekehrt.

Aber im Unterschied zur Schlacht an den Wetterbergen gab es kein feindliches Heer in weniger als zehn Tagesmärschen Entfernung. Im Gegenteil, Zurressos Truppen würden die Ondrier verstärken. Und auch diese Krieger bräuchten Unterkunft und Verpflegung, Dinge, die Akene niemandem mehr bieten konnte. »Also gut. Pijelas. Lass dich zu meinen Offizieren führen und hilf ihnen, den besten Weg für die Marschkolonnen festzulegen.« Er entließ die machtlose Königin mit einem Wink.

Ehla brachte Attego herein. Er folgte ihr wie ein artiges Kind. Sein Blick weilte in Gefilden, die voller Schmerz und Schrecken sein mussten. Die Robe war zerrissen, aber soweit Bren erkennen konnte, hatte Jittara ihm nur oberflächliche Verletzungen beigebracht, was das Körperliche betraf. In seinem Geist musste sie gewütet haben wie ein rasender Bär. Erstaunlich, wie viel Grausamkeit in der zierlichen Frau steckte.

»Er hat gerade noch genug Verstand, um zu begreifen, was mit ihm geschieht«, erklärte Ehla.

Wie zur Bestätigung ließ sich Attego zu Boden fallen, kroch zu Bren, küsste seine Füße und flehte: »Sterben!«

Bren bückte sich im Sitzen, griff unter sein Kinn und hob es an, um das Gesicht zu betrachten. »Du hast endlich tief in die Finsternis geschaut, der du so viele Jahre gedient hast.«

»Ja.« In dieser einen Silbe lag so starke Furcht, dass sich Bren nicht gewundert hätte, wenn Attego aufgesprungen wäre, um voller Panik davonzurennen. Aber seine Stimme verriet auch, dass es nicht die Angst vor Brens Zorn oder den Schwertern der Gardisten war, die ihn davon abhielt. Es war Verehrung, die längst die Grenze zur Selbstaufgabe überschritten hatte. Wenn Attego überhaupt noch zu Liebe fähig war – einem Gefühl, das der Kult gründlich abzutöten strebte –, dann galt diese Liebe der Finsternis und ihrer unergründlichen, schrecklichen Macht. Dass sie sich nun gegen ihn wandte, verstärkte dieses Empfinden noch, denn dadurch spürte er die Gewalt, über die die Finsternis gebot, am unmittelbarsten. In der verdrehten Logik des Kults mochte er das durchaus als Gnade verstehen.

»Was siehst du in mir?«, fragte Bren.

»Meinen Herrn und Meister.«

Die Hingabe machte es leicht, die Essenz aus seiner Brust zu rufen. Bren tat es nur langsam, maßvoll. Er schmeckte Attegos Emotionen, Verehrung, Scham, Angst, alles auf einmal, alles miteinander verbunden. Mit geschlossenen Augen spürte er der Lebenskraft nach, wie sie sich in seinem Körper verteilte, durch die leere Brust schwebte, in die Arme hinein, die Finger, die Krallen ...

»Wie kannst du das tun?«, rief Kiretta.

Bren öffnete die Lider. Ohne die schwächliche Verzweiflung in ihrem Gesicht hätte der Zorn ihr Schönheit gegeben. Offenbar war sie eilig hierhergelaufen, sie atmete heftig wegen der Anstrengung. Auch ihr Körper war nach der monatelangen Gefangenschaft nicht mehr so stark wie damals, als sie in Freiheit gelebt hatte.

Als sie auf ihn zukam, hatte die Geste, mit der sie die Arme ausbreitete, etwas Beschwörendes. »Bren, du musst doch sehen, dass dieser Mann nicht aus eigenem Antrieb gehandelt hat! Er war gefangen in diesem Irrsinn, in den sich ganz Ondrien verstrickt hat wie in einem Netz, aus dem es kein Entkommen mehr gibt. Er folgt den Lehren des Kults, der euer Land im Namen der Schattenherren beherrscht.«

»Es ist jetzt auch dein Land«, erinnerte Bren.

»Wenn ihr so weitermacht, bald das einzige Land, das es noch gibt. Aber ihr seid nicht frei, egal, wie mächtig ihr euch fühlen mögt! Die Schatten knechten euch genauso wie jene, die ihr unterwerft.«

»Wir haben sie freiwillig gewählt.«

Kiretta lachte auf. Ehla sah peinlich berührt zur Seite.

»Weißt du eigentlich, was Jittara diesem Mann heute angetan hat? Willst du es überhaupt wissen?«

»Sie wird meinen Befehl ausgeführt haben. Die Einzelheiten interessieren mich nicht.«

Ungläubig schüttelte Kiretta den Kopf. »Attego hat nur getan, was Jittara selbst getan hätte, wäre sie an seiner Stelle gewesen. Er hat versucht, durch Intrige und Gewalt nach oben zu kommen. Um die Gnade einer Schattenherzogin zu erlangen. Um zu werden, was du bist, Bren, ein Schattenherr!«

»Zu schade für ihn, dass es nicht gelungen ist.« Bren zog ihn in die Höhe und rief seine Essenz. Ein tiefer Atemzug, zwei, drei. Er achtete nicht auf Wimmern und Stöhnen. Als er losließ, fiel die Leiche eines Greises mit blutenden Augen zu Boden. »So besser?«

»Das ging wenigstens schnell.«

»Mit etwas mehr Ruhe hätte ich seine Essenz mehr genießen können.«

»Ist das alles, woran du noch denkst? Dein Genuss?«

»Was weiß jemand von Genuss, der noch nie Essenz gekostet hat?« Er stand auf. »Aber nein, es ist nicht das Einzige. Noch nicht einmal das Wichtigste. Du hast doch gerade selbst erklärt, was unsere Welt beherrscht.«

Er ging zu ihr und fasste sie sanft an den Schultern, die ihr Kleid frei ließ. »Gewalt, wie bei den Freien Kameraden der See.

Intrige ist nur eine andere Form davon. Die Herrschaft über den Geist. Einflüsterungen, die in die Seelen kriechen. Wenn die Schattenherren höflich miteinander umgehen, heißt das nicht, dass sie sich nicht umbringen wollen. Nur das Wort des SCHATTENKÖNIGS hindert sie daran, einander die Köpfe abzuschlagen. Wir sind Raubtiere, Kiretta, mehr noch als die Seeräuber, unter denen du gelebt hast.«

Sie hob den Haken, betrachtete die Rüschen, die darum raschelten, und schüttelte den Kopf. »Ihr sagt, ihr wollt die Welt beherrschen. Aber wen wollt ihr beherrschen, wenn ihr alle tötet? Sieh dir diese Stadt an! In einer Wüste gibt es mehr Leben als hier.«

Er strich eine Locke aus ihrer Stirn. »Manchmal muss man ein Feld abbrennen, um es für die nächste Aussaat vorzubereiten. In hundert Jahren wird es hier anders aussehen.«

»Das werde ich nicht mehr erleben.«

»Die Unsterblichkeit ist nur für wenige. Du musst denen vertrauen, die ewig leben.«

»Wie Velon?«

Bren runzelte die Stirn. »Das ist zu ernst, um darüber zu scherzen.«

»Ich scherze nicht.«

Er löste sich von ihr. »Lisanne scherzt auch nicht. Sie hat mich beinahe da, wo sie mich haben wollte. Bis zur Eroberung Akenes lief alles gut. Aber jetzt sind die gefangenen Paladine entkommen, und ich vermute, schon bei ihrem Ausbruch lag die Gnade der Mondmutter auf ihnen. Kurz darauf konnten sie Velon ermorden. Sie werden es gewesen sein, das ist das Wahrscheinlichste. Ich habe keine Angst vor ihnen, sie sollen nur kommen. Ich habe mehr als ein Mondschwert erschlagen, und wenigstens sind sie würdige Gegner. Aber über Velons Tod wird man in Orgait verärgert sein. Zudem wird Lisanne sicher nicht unerwähnt lassen, dass mir auch noch diese Mondpriesterin Nalaji entwischt ist, die dich entführt hatte. So wird sie Stein auf Stein in die Waagschale meines Versagens legen. Und wenn die sich senkt, wird der SCHATTENKÖNIG SEINE schützende Hand von mir ziehen.«

Er wandte sich ab. Kiretta wollte ihn nicht verstehen.

»Lisanne wird alles tun, um mich schwach dastehen zu lassen. Aber wir müssen stark sein, unseren Wert beweisen.«

»Wir? Oder du?«

»Ich. Ganz recht. Ob es dir passt oder nicht: Ich bin ein Osadro, und du bist es nicht. Ich bin der Schild, der dich schützt. Ohne mich wird sie dich töten. Begreifst du das nicht?«

»Warum duldest du dann die Razzor in deiner Nähe, die sie geschaffen hat? Glaubst du, sie kann sie nicht auf dich hetzen?«

Er dachte an das Wort, das die Razzor töten würde. Aber er konnte nicht ausschließen, dass Lisanne in ihre komplexen Zauber eine Möglichkeit eingewoben hatte, die Geschöpfe davor zu bewahren.

Bren schüttelte den Kopf. »So kann ich uns nicht schützen. Nicht mit Wachen. Auch nicht, indem ich manche Truppen fortschicke und andere in meine Nähe hole. Lisanne hat genug Zeit, genug Erfahrung und genug Macht, um das alles zu umgehen. Mich schützt keine Rüstung. Mich schützt das Gesetz der Schatten. GERG kann in ihren Verstand greifen, und das ist das Einzige, was sie fürchten muss. Ohne SEIN Einverständnis kann sie mich nicht töten, ohne selbst unterzugehen. Der SCHATTENKÖNIG ist die einzige Macht, vor der ihre Möglichkeiten enden.«

»Das ist es, nicht wahr?«, flüsterte Kiretta. »Du bist besessen von Lisannes Feindschaft. Sie hat dich schon besiegt, Bren, denn sie beherrscht vollkommen dein Denken. Und dein Handeln. Du wirst ihr immer ähnlicher, entfernst dich immer weiter aus dem Leben, gehst immer tiefer in die Schatten.«

»Viele würden das als Kompliment verstehen.«

Langsam ging Kiretta zum Ausgang. Dort drehte sie sich noch einmal um. »Was ist aus dir geworden?«, fragte sie und zeigte auf Ehla. »Das ist deine Mutter, Bren. Deine Mutter! Du behandelst sie wie eine Dienerin, nimmst sie kaum wahr.«

»Sie will es so.«

»Darum geht es nicht. Die meisten Söhne lieben ihre Mütter, mehr noch als die Töchter. Manche hassen sie auch. Aber alle empfinden etwas für ihre Mutter. Kein Mensch kann seiner eigenen Mutter gegenüber gleichgültig sein.«

»Ich bin kein Mensch mehr.«

»Weißt du überhaupt, was du verloren hast?«

Damit ging sie.

Bren sah Ehla an.

»Ihr habt nichts verloren außer Eurer Schwäche«, sagte sie mit bebender Stimme.

Er tippte mit der Fußspitze an Attegos Leiche. »Lass das wegschaffen.«

Gefährten

Befehl und Gehorsam prägten das Schwarze Heer. Das galt auch auf dem Marsch. Offiziere sagten den Kriegern, was sie zu tun hatten, diese wiederum gaben Aufträge an die unglücklichen Ilyjier, die man am Wegesrand auflas und zwangsverpflichtete.

Kiretta kam sich deplatziert vor, als sie zwischen den rufenden Arbeitern hindurchging, die das Nachtlager aufschlugen. Das lag nur zu einem geringen Teil an dem kostbaren Kleid, das sie trug. Die Schlaufen verrutschten nicht mehr, die geklöppelte Spitze stand in krassem Gegensatz zu der Kleidung der Krieger, die aus Fell, Eisen und Leder bestand.

Stärker isolierte sie die Ehrerbietung, mit der die Menschen ihr begegneten. Man fiel nicht auf die Knie vor ihr, wie man es vor Schattenherren tat, aber wenn sie verharrte, kamen die Arbeiten zur Ruhe und die Männer sahen sie an, um ihre Wünsche entgegenzunehmen.

Sie hatte keine.

Keine, die Krieger hätten erfüllen können.

Überhaupt hatte sie genug von Kriegern, vor allem von der Sorte, wie Ondrien sie heranbildete. Menschen, die den eigenen Willen aufgaben, um den der Schatten zu tun. Die ihre Gefühle töteten, weil der Kult sie lehrte, dass weiche Emotionen Schwäche seien. Unter den Seeräubern hatte der Stärkste geherrscht, aber alle anderen hatten auf den Moment gewartet, an dem sie selbst seine Position hätten einnehmen können. In Ondrien ergab man sich dem Willen der Herren. Wer aufbegehrte, starb, und selten hatte er einen angenehmen Tod.

Für Kiretta war Freiheit immer das Wertvollste gewesen. In Ondrien hielt man einen solchen Drang für gefährlich, jedenfalls bei Sterblichen. In gewisser Weise hatte Kiretta mehr Macht als jemals zuvor, aber das war nur der Tatsache geschuldet, dass sie Bren nahe war, einem Osadro.

Sie lachte auf, als sie den Hügel hinaufstieg, wo Quinné den Aufbau von Brens Feldherrenzelt überwachte. Wie nah war Kiretta Bren denn wirklich noch? Sie sah zu der geschlossenen Kutsche, von der man gerade die Schattenrosse abschirrte. Nicht mehr lange und die Sonne würde untergehen. Dann würde sich die Tür öffnen, eine neue Nacht begänne. Eine von unendlich vielen, die noch vor Bren lagen.

Quinné fauchte einen Ghoul an, der ihr zu grob mit Brens Thron umging. Sie schlug das bucklige Biest auf den Rücken, eine Geste, die angesichts ihrer zarten Arme schwächlich gewirkt hätte, wäre nicht der Zorn in ihrem Gesicht gewesen. Quinné mochte es als Klerikerin nicht weit gebracht haben, aber die Lehren des Kults wohnten dennoch in ihrem Herzen. Hass bis zur qualvollen Vernichtung, das Ausleben der Stärke gegenüber einem Unterlegenen … Kiretta dachte an Attegos Ende.

Quinné bemerkte, dass sie sie beobachtete. Sie blickte sich um, fand nichts, was ihrer sofortigen Aufmerksamkeit bedurft hätte, und kam zu Kiretta, vor der sie sich angemessen verbeugte. »Es wird nicht mehr lange dauern, bis wir eine würdige Möglichkeit geschaffen haben, wie Ihr Euch ausruhen könnt. Soweit das unter diesen Umständen möglich ist. Auch das Bett müsste gleich kommen.«

In der Umgebung brannten schon die ersten Lagerfeuer. Lisannes Zelt stand auf einer anderen Erhebung.

»Ja, sie waren schneller«, knirschte Quinné. »Das Zelt der Schattenherzogin steht schon.«

»Wird sie heute Nacht erwachen?«

Quinné zuckte mit den Schultern, was wegen ihrer schmächtigen Gestalt immer etwas Schutzbedürftiges hatte. »Niemand weiß das.«

Sie beobachteten, wie die Krieger die gefangenen Fayé Lisannes Hügel hinaufpeitschten, wo bereits ein Pferch auf sie wartete.

Kiretta musterte Quinné aus den Augenwinkeln. Wenn Bren in der Nähe war, verhielt sie sich unterwürfig, schlimmer als ein Hund, der zu seinem Herrn kroch, um von ihm getreten zu werden. Jetzt, da Bren schlief, glich sie einer Fürstentochter, die das elterliche Gut verwaltete. Die Magerkeit ihres Gesichts wirkte wie Entschlossenheit, was in Brens Nähe zart und zerbrechlich aussah, waren im tiefen Licht der untergehenden Sonne strikte Linien.

»Fühlt sich Bren zu Euch hingezogen?«, fragte Kiretta.

»Über solche Regungen ist ein Schattenherr erhaben.«

»Aber Ihr sagtet doch, er hätte bei Euch gelegen. In Orgait.«

»Einmal hat er mich genommen.«

Kiretta spürte in sich hinein. Sie fand keine Eifersucht. Nur Leere. »Er hat letzte Nacht nicht mit mir geschlafen«, flüsterte sie.

Die Lagerfeuer schimmerten in Quinnés dunklen Pupillen. »Mit mir auch nicht. Damals in Orgait war das einzige Mal.«

»Das meinte ich nicht. Ich frage mich nur … Hat er es überhaupt bemerkt? Ich vermisse ihn so sehr! Seine Nähe. Seine Wärme.«

»Er hat kein Herz mehr, das warmes Blut durch seine Adern pumpen würde.«

Kiretta wischte mit einer hilflosen Geste durch die Luft. »Ich weiß das. Aber tief in mir drin, da verstehe ich es nicht. Da sehne ich mich danach, seine warmen Hände auf mir zu spüren, seinen Atem, wie er meinen Nacken kitzelt.«

»Das sind Eigenheiten eines sterblichen Körpers.«

»Aber sprechen wir denn nicht durch unsere Körper miteinander, wenn wir uns lieben?«

Quinné konnte ihr mitleidiges Lächeln nicht verbergen.

»Ihr wollt mir sagen, dass Liebe nichts ist, was einem Starken ansteht. So viel habe ich von den Lehren des Kults bereits verstanden. Dann nehmt meinetwegen Begehren. Wir erkennen die Begierde des anderen an seinem Körper, und unsere eigene spiegelt sich darin.«

»Erzählt Ihr mir nicht, dass mein Herr durchaus Eure Begierde zu wecken versteht?«

›Mein Herr‹, dachte Kiretta. *Sie nennt Bren ›mein Herr‹. Und ich bin für sie nichts weiter als eine Mätresse, ein Anhängsel ihres Herrn.* Dennoch blieb Quinné die Einzige, mit der sie sprechen konnte. Kiretta hatte nie viele Freundinnen gehabt. In diesem Heerlager hatte sie gar keine, aber sie musste mit jemandem reden, wenn sie nicht wollte, dass ihr Kopf platzte.

»Er weiß, wie er meinen Körper berühren kann, um die Hitze in mir aufsteigen zu lassen, und er selbst erschöpft nicht mehr«, räumte sie ein. »Aber danach fühle ich mich dennoch leer.«

»War das anders, bevor er in die Schatten getreten ist?«

»Oh ja! Es war das Gegenteil. Ich war erfüllt, nicht nur befriedigt, sondern auch zufrieden. Ich lag neben ihm, wenn er schlief, und wusste: Ich wollte nirgendwo anders sein.«

Quinné zeigte auf das Bett, das in das Zelt getragen wurde. »Vielleicht gewährt er Euch die Gunst, Euch nach den Vorstellungen zu nehmen, die Ihr hegt.«

Kiretta schnaubte. »Bin ich denn eine Bettlerin? Ich will keine Almosen. Ich will, dass er es genauso genießt wie ich, dass er meine Begierde nicht nur stillt, sondern auch erwidert!«

»Ein Osadro sehnt sich nicht nach solcherlei.« Quinné strich an ihrem Brustkorb herab, über ihre Taille, den sanften Schwung ihrer Hüften. Kiretta vermutete, dass der Anblick der schlanken Frau in ihrem engen Kleid einen sterblichen Mann erregt hätte. »Der Geist der Osadroi strebt der Finsternis entgegen, Gefilden, die wir niemals zu verstehen hoffen dürfen. Wir haben nur eines zu bieten, das für sie interessant ist.«

»Unsere Lebenskraft.«

Quinné nickte. »Essenz.«

»Ihr habt ihn davon nehmen lassen, nicht wahr?«

»Ja.«

»Hat es ihm gefallen?«

»Während wir damit beschäftigt waren, dachte ich es.« Quinné sah zur Seite, blinzelte. »Aber offenbar gefiel es ihm nicht gut genug, um es zu wiederholen.«

»Wünscht Ihr Euch das denn? Dass er Euer Leben nimmt? Monate, Jahre? Bis Ihr daran sterbt?«

»Etwas von mir wird in seiner Finsternis weiterleben.«

»Das ist verrückt!«

»Mit welchem Recht sagt Ihr das?«, fauchte Quinné. »Seit Monaten grübele ich darüber, welche Emotion ihm am besten schmecken wird. Hass vielleicht, weil er ein Krieger ist? Soll ich versuchen, ihn zu hassen, wenn er das nächste Mal von mir nimmt?«

»Ihr wollt versuchen, ihn zu hassen, weil Ihr ihn liebt?« Kiretta bekam Kopfschmerzen von der verdrehten Folgerichtigkeit des Gedankens.

»Glaubt Ihr, Furcht wäre besser? Wollen Generale, dass man sie fürchtet?«

Ungläubig schüttelte Kiretta den Kopf. »Das kann nicht der Weg sein. Es muss noch einen anderen geben. Ich weiß es! Bren ist nicht immer so abweisend. Manchmal finde ich noch etwas von seinem alten Wesen in seinem Blick.«

»Erinnerung«, sagte Quinné abschätzig.

Die Tür von Brens Kutsche öffnete sich. Die bleiche Hand mit den schimmernden Krallen war zuerst zu sehen. Zielstrebig stieg er die Klappleiter herunter. Er trug bereits seine Rüstung, wahrscheinlich hatte er sie am Tag anbehalten. Der Morgenstern lag über seiner Schulter. Ein Gardist, der seinen Schild trug, trat neben ihn.

Er lächelte, als er Kiretta auf sich zukommen sah. »Hattest du einen schönen Tag?« Sanft küsste er ihre Stirn. Er umfasste ihre Hüfte nicht, zog sie nicht an sich, seine Zunge forderte keinen Einlass zwischen ihren Lippen.

»Alle hier achten darauf, dass es mir gut geht«, behauptete sie.

»Gut.« Er wandte sich an den Gardisten. »Besorge mir ein Übungsschwert und ein paar gute Fechter. Ich will meine Fähigkeiten nicht verkommen lassen.«

»Ja, Herr.«

»Du kämpfst oft mit Sterblichen«, sagte Kiretta.

Die Rüstung knirschte, als er die Schultern bewegte. »Beinahe jede Nacht. Aber es ist wirklich nur eine Übung. Ich trete gegen drei oder vier von ihnen an. Die Waffen sind Attrappen, und meine Gegner sind ordentlich gepanzert. Ihnen geschieht kein Leid.«

Kiretta nickte.

»Was ist?« Eine Spur Schärfe lag in seiner Frage.

»Nichts. Ich würde nur gern diese Nacht mit dir genießen. Die Monde sind beinahe vollständig verborgen. Wir könnten im Sternenlicht spazieren gehen.«

»Wenn es dir Freude macht, soll es mir recht sein.« Er sah den Gardisten an. »Die Männer können schon einmal anfangen. Ich werde später dazustoßen. Für wann hat sich die Gesandtschaft aus Pijelas angekündigt?«

»Sie ist schon hier«, berichtete Quinné.

»Lasst sie warten. Drei oder vier Stunden, dann werde ich Zeit für sie haben.«

Sie gingen den Hügel hinab zu dem Fluss, der wohl den Ausschlag dafür gegeben hatte, hier das Lager zu errichten. Kiretta wäre gern mit Bren allein gewesen, aber das ließ sich kaum machen. Die Zelte der beiden Osadroi waren von Kriegern umgeben. Niemand wollte riskieren, nach Velon noch einen weiteren Unsterblichen zu verlieren.

»Was siehst du hier?«, fragte Kiretta. »Mit deinen neuen Sinnen?«

»Männer, die Wasser holen und Holz sammeln«, antwortete er. Als sie schwieg, sah er sich genauer um. »Der Krieger dort, am anderen Ufer, hat eine Narbe über der Schläfe. Er muss großes Glück gehabt haben, eine Wunde an dieser Stelle ist meist tödlich.«

Der Mann war viel zu weit entfernt, als dass Kiretta eine solche Einzelheit hätte entdecken können.

»In dem Baum dort hockt eine Wildkatze. Sie versteckt sich zwischen den Blättern. Irgendwer wird sie bald entdecken und für seine Aufmerksamkeit mit einem Braten belohnt werden. Fleisch ist selten in diesen Nächten. Er wird aufpassen müssen, dass kein Stärkerer kommt und es ihm entreißt.«

»Es gibt viele Starke in diesem Heer.«

»Ja, die Truppen sind siegreich. Nicht so wild wie die Piraten, die du gewohnt bist, aber ihre Stärke haben sie bewiesen, als sie den Weg durch das Feindesland erzwungen und Akene genommen haben.«

»Nicht nur genommen. Geschleift.«

»Das hat nicht viel Stärke erfordert, der Gegner war besiegt.«

»Glaubst du, sie haben es genossen, die Ilyjier zu demütigen?«

Er ließ den Blick schweifen. »Ich glaube es nicht nur. Ich weiß es. Ich kann ihre Genugtuung in der Luft schmecken.«

»Wirklich?«, rief Kiretta überrascht.

»Ja. Wenn man einmal gelernt hat, darauf zu achten, sind die Emotionen einer so großen Menschenmenge kaum zu ignorieren.«

»Kannst du bei jedem die Gefühle spüren?«, fragte sie und näherte sich ein wenig.

»Ich bin nicht besonders gut darin. Natürlich kann ich die Essenz eines Menschen schmecken. Aber ich bin nicht Lisanne. Ihr bleibt nichts verborgen.«

»Wärst du gern wie sie?«

»Sie ist eine Todfeindin!«, rief er.

»Auch Feinde kann man achten.«

»Dennoch muss man sich vor ihnen hüten.«

Brens Wankelmut war unverkennbar. Mal stellte er Lisanne als unerreichtes Idol auf einen Sockel, jetzt betrachtete er sie als Todfeindin.

Kirettas Blick fand einen Trupp Razzor, der seine Wasserflaschen nachfüllte. Die gefalteten Arme kannten keine langsamen, fließenden Bewegungen. Sie schnappten vor und zurück, wie Bogensehnen, die man schnellen ließ. »Was ist mit denen? Was fühlen sie?«

»Ich kann das nur bei Menschen spüren. Aber ich weiß dennoch, was in einem Razzor vorgeht. Ich war dabei, als Lisanne sie erschuf. Sie fühlen mit ihrer Königin. Was ihre Mutter bewegt, das findet sein Echo in ihren Seelen.«

»Auch auf Hunderte Meilen Entfernung?«

Er lächelte sie an, als sei sie seine kleine Tochter. »So wie bei meinem Herz in der Kammer der Unterwerfung. Als ich dich in den Wetterbergen suchte, erinnerte mich jemand daran, dass ich niemals unerreichbar bin, sollte ich in Ungnade fallen. Es war ein sehr eindrückliches Erlebnis.«

»Was fühlt diese Königin der Razzor? Hat sie einen König, oder ist sie ganz allein?«

»Sie ist das einzige Wesen ihrer Art in unserer Wirklichkeit, aber sie spürt andere Wirklichkeiten, aus denen sie ihren Hass zieht.«

»Immer nur Hass.«

»Nein, die Razzor sind mehr als Gefühl. Sie haben einen Verstand, auch wenn er in engen Bahnen geführt wird. Ein Teil von Lisannes unermesslichem Intellekt wohnt in ihnen.«

Kiretta netzte ihre Lippen. »Und was siehst du noch in dieser Nacht?«

»Manchmal glaube ich, dass ich die Bahnen der Magie sehen kann. Die Astralströme, die aus der Schwärze zwischen den Sternen zu uns herabkommen. Jittara meint, das sei unmöglich, man könne sie nur spüren, nicht sehen. Aber Jittara vermag auch nicht zu erklären, wie ich nach Guardaja und zurück reisen konnte.« Er lachte.

Ich komme in seinen Gedanken überhaupt nicht vor. Kiretta verschränkte die Arme. *Er sieht mich nicht, selbst wenn ich vor ihm stehe.*

»Dein Kampf wartet«, flüsterte sie.

Er nickte, küsste sie wieder auf die Stirn und wandte sich zum Gehen. Er hielt inne und wandte sich noch einmal zu ihr um. »Lisanne hat mir aufgetragen, mit den Edlen von Pijelas zu sprechen. Es geht um die Kapitulation der Stadt. Bleib lieber weg, das würde dir nicht gefallen.«

»Und wenn ich gern in deiner Nähe wäre?«

Er seufzte. »Mach es nicht so schwer. Ich kann mir keinen Fehler erlauben. Lisanne wartet nur darauf.«

»Lisanne, immer wieder Lisanne!«, fuhr Kiretta auf.

»Ich weiß, dass sie uns vernichten wird, wenn sie kann«, sagte er in belehrendem Ton und wandte sich nun endgültig ab.

Kiretta sah ihm nach, bis er in der Dunkelheit verschwand. Dann ging sie durch das Feldlager. Die meisten Zelte waren nun aufgebaut, die Krieger sammelten sich um die Lagerfeuer. Sie hörte einem Veteranen zu, der von einer Seeschlacht berichtete. Sie bezweifelte, dass er lange auf Planken gestanden hatte, und wenn doch, konnten seine Gegner keine Seefahrer gewesen sein. Er verwechselte Luv und Lee und hatte nicht verstanden, wie man einem gegnerischen Schiff den Wind aus den Segeln nehmen konnte. Irgendwann bemerkten die Zuhörer sie. Die Runde verfiel in Schweigen, offenbar wusste hier jeder, wer sie war. Brens Mätresse, das Haustier, das er schätzte. Als sie weiterging, setzte das Gespräch hinter ihrem Rücken wieder ein.

Hatte Bren sie denn nicht so geliebt, wie sie gewesen war? Mit all ihrem unbändigen Drang nach Freiheit?

Sicher, sie hatte sich ihm angeschlossen, hatte gewusst, dass in Ondrien Regeln galten, denen auch sie sich fügen musste. Sie hatte es gern getan, es kaum bemerkt, denn Bren war in ihrer Nähe gewesen.

Jetzt war er fern. So unsagbar fern.

Aber irgendetwas von ihm musste doch noch in diesem toten Körper stecken! Oder hatte man mit dem Herzen wirklich auch die Seele aus seiner Brust gerissen?

Vielleicht verhielt er sich nur so, weil er sie schützen wollte? Sagte er nicht immer wieder, Lisanne sei eine große Gefahr?

Aber was hätte Lisanne davon, Bren zu schaden? Sicher, er hatte ihren Geliebten getötet, aber auch der konnte doch nur eine fixe Idee gewesen sein. Kiretta wusste nun aus eigener Erfahrung, wie schwer es war, jemanden zu lieben, der einmal gestorben war. Was konnte Lisanne von diesem Helion gehabt haben? Er hatte fünf Jahrzehnte in Leichenstarre gelegen und war nie wieder aufgewacht!

Und dafür wollte Lisanne, deren Klugheit weithin gerühmt wurde, den Feldherrn zu Fall bringen, der nicht nur Ilyjia in die Knie gezwungen, sondern auch alle Feinde auf dem Weg dorthin gedemütigt hatte? Dessen Kampfesmut die Erschaffung der Razzor erst ermöglicht hatte? Der so ungewöhnliche Fähigkeiten in der Magie zeigte? Der sogar in einer Nacht von Akene nach Guardaja und zurück reisen konnte?

Je länger Kiretta darüber nachdachte, desto klarer wurde ihr, dass Lisanne unmöglich ernsthaft Brens Sturz betreiben konnte. Sicher, sie hasste ihn, aber sie wäre nie in die höchsten Kreise Ondriens aufgestiegen, wenn sie sich von solchen Regungen – von irgendwelchen Regungen – hätte beherrschen lassen. Sie war eine Schattenherzogin, eine Frau, die sich vollkommen unter Kontrolle hatte und tat, was richtig war. Nicht, was ihre augenblicklichen Launen befriedigte.

Dennoch konnte sie sich verrannt haben. Ihr fehlten Gefährten, die sie auf Fehler hinwiesen. Auf der Reise nach Orgait hatte Kiretta erlebt, wie man Lisanne begegnete: mit sklavischer Unterwürfigkeit. Niemand half ihr, zu erkennen, wenn sie auf dem falschen Weg war. Dabei bräuchte es sicher nur einen kleinen, diplomatisch vorgetragenen Hinweis.

Vielleicht fühlte sich Lisanne auch selbst bedroht. Vielleicht dachte sie, ihre Feinde könnten Bren benutzen, um sie aus dem Weg zu räumen. Gierte Schattenherzogin Widaja nicht nach Lisannes Lehen? Gesundes Misstrauen war in Ondrien überlebensnotwendig. Aber wenn man Lisanne überzeugte, dass Bren trotz der Geschehnisse in der Vergangenheit ein wertvoller Verbündeter sein könnte, dann würde sie einsehen, dass es besser war, die Feindschaft zu begraben. Gemeinsam mit Bren könnte sie doch auch Widaja viel leichter auf ihren Platz verweisen!

Und dann ... Wenn Lisanne und Bren Frieden schlössen, würde wohl auch das Gefühl der ständigen Bedrohung von Bren weichen. Ilyjia war erobert, er war ein siegreicher Feldherr. Wenn Lisanne ihn stärkte, statt ihn zu bekämpfen, könnte er sich sicher fühlen. Seinen Panzer ablegen und aus der Finsternis zurückkehren. Wenigstens ein Stück weit wieder der Mensch werden, den Kiretta liebte. Sicher, sein Körper würde kalt bleiben und seine Triebe waren jetzt andere, aber das würde die Liebe überbrücken können. Kiretta würde lernen, ihm Freude zu bereiten. Ganz sicher könnte Quinné ihr dabei helfen.

Sie blinzelte, als sie merkte, wohin ihre gedankenversunkene Wanderung sie geführt hatte. Sie stand vor Lisannes Zelt. Anders als bei Bren hatte man es um die Kutsche herum errichtet. Die gefangenen Fayé waren davor eingepfercht wie Tiere.

Man hatte sogar einen Trog aufgestellt, in den ein Gardist gerade ihr Essen kippte.

Als sich der Mann umwandte, nickte er Kiretta zu. »Was ist Euer Begehr?«

Sie schluckte. *Sollte sie …?*

»Ist die Schattenherzogin erwacht?«

»Sie kleidet sich an.«

»Könnt Ihr nachschauen, wie weit sie ist, und sie fragen, ob es ihr angenehm wäre, mich zu empfangen?« Kirettas Puls hämmerte in ihrem Hals. Man musste etwas wagen, um einen außergewöhnlichen Preis zu erringen. Bisher hatte das für sie immer bedeutet, in unbekannte Gewässer zu segeln oder einen Gegner mit dem Entermesser herauszufordern. Aber in Ondrien war eben alles anders. Da konnte es das größte Wagnis sein, Frieden schließen zu wollen.

Der Mann sah sie zögernd an, dann ging er in das Zelt.

Kiretta sah den Fayé zu, wie sie die Nahrung aus dem Trog klaubten. Man hatte ihnen keine Messer gegeben, also mussten sie die Brotlaibe und das kalte Fleisch mit den Zähnen abreißen. Nur ihre Kleidung ließ ihnen einen Rest von Würde. Die Blätter, die sich an ihre schlanken Körper schmiegten, sahen noch immer frisch aus.

Die Zeltplane wurde zur Seite geschlagen. Der Gardist deutete hinein.

Sie durchquerte einen Windfang, danach kam sie in den Hauptbereich, der seinerseits mit erlesenen Seidentüchern unterteilt war. Eine Dienerin mit einer Öllampe leitete sie stumm. Wo Bren Karten, Rüstungen und Waffen aufbewahrte, gab es in Lisannes Zelt unauffällige Kunstwerke. Die gedrehte Statue einer Tänzerin, eine Flüssigkeit, die von unten nach oben an einem Faden entlanglief, der in einer Art Spinnennetz endete und funkelte, als bestünde er aus winzigen Diamanten.

Alles verblasste vor dem Anblick Lisannes, die wie eine Göttin neben ihrem Thron stand. Sofort fiel Kiretta auf die Knie.

»Was begehrst du?«, fragte Lisannes vollkommene Stimme.

»Bren«, sagte sie, denn vor Lisanne gab es keine Möglichkeit, etwas zurückzuhalten. So konnte sie nur anfügen: »Frieden. Ich wünsche Frieden zwischen Euch, Hoheit, und Bren.«

Kiretta merkte, wie sich Essenz aus ihrer Brust löste. Glitzernd floss sie durch die Luft bis zu Lisannes Gesicht. Der Atemzug war kaum hörbar.

»Ah. Hoffnung. Du setzt wirklich deine Hoffnung auf mich.«

Die Schleppe ihres Kleids raschelte, als sie zu Kiretta ging, um ihr mit den Krallen über den Hinterkopf zu streichen.

»Du dummes, dummes Menschenkind.«

»Er missfällt dir?«, fragte Bren.

»Er ist wahnsinnig«, sagte Ehla.

Das war kaum zu übersehen. Der Mann, der sich mit Bren messen wollte, war ein Arriek. Die Wüstenbewohner wickelten Stoff um ihre Köpfe, bis nur noch die Augen frei blieben, aber ein Blick in diese reichte aus, um zu erkennen, dass sich der Verstand dieses Mannes in einen entfernten Winkel seines Hirns zurückgezogen hatte.

»Ist er ein guter Fechter?«

»Davon verstehe ich nichts.«

Bren kletterte über den aus krummen Brettern zusammengenagelten Zaun. Gemeinsam mit der Hauswand begrenzte er einen fünf mal fünf Schritt großen Bereich, in dem der Bauer seine Esel gehalten hatte. Die waren jetzt als Packtiere für das Schwarze Heer requiriert, ebenso wie der Inhalt der Vorratskammer. Das Feldlager erstreckte sich so weit in allen Richtungen, dass es wirkte, als sei das Haus ein angeschlagener Kahn auf einem gnadenlosen Meer. Der Bauer beratschlagte gerade mit seiner Familie, ob sie sich der Truppe anschließen oder doch lieber auf den Hunger warten sollten. Bren wäre die Wahl leichtgefallen. Wenn ein Heer dieser Größe erst einmal die Äcker zertrampelt hatte, war die Ernte verloren.

»Willst du dich nicht aufwärmen?«, fragte er den Arriek.

Der Söldner kam zu ihm in die Absperrung und zog die beiden gebogenen Klingen aus den Scheiden auf seinem Rücken. Er ließ sie an den Armen kreisen, schwang den Oberkörper hin und her, streckte und beugte die Knie. Keine überflüssigen Bewegungen, nur solche, die einem Krampf vorbeugten. Er wusste, was er tat.

Wie die meisten Männer seines Volkes war er von sehnigem Wuchs, der Stoff seines Gewands schlackerte umher, wo er nicht mit Schnüren fixiert war. Diese mochten einem unbefangenen Beobachter als Schmuck erscheinen. Bren sah auf den ersten Blick, dass ihr Zweck darin bestand, die Bewegungsfreiheit zu erhalten und gleichzeitig zu verhindern, dass sich die Klingen in der Kleidung verfingen. Er versuchte, die Emotionen seines Gegners zu erspüren, um zu erfahren, wie weit der Wahnsinn in ihm fortgeschritten war. Es gelang ihm nicht. Das lag nur teilweise daran, dass er in diesen Dingen ungeübt war. Das nahe Silber lenkte ihn ab. Sie hatten auf dem Marsch etwas erbeutet und es in der leeren Vorratskammer des Bauernhauses eingelagert. Unwillig sah Bren in die Richtung, in der er das Mondmetall spürte. Es war hinter dem Arriek. Es fühlte sich an wie eine Drahtbürste, die mit beständigem Strich über seine Brust kratzte.

»Vielleicht sollten wir uns einen anderen Ort suchen«, meinte Ehla. Sie kannte ihn gut genug, um in seiner Mimik den Grund seines Unwohlseins zu erkennen.

Der Arriek ließ die gebogenen Schwerter um die Handgelenke wirbeln. »Warum? Ich bin bereit! Und die Zuschauer scheinen mir erwartungsfroh.«

So viele Krieger drängten zusammen, dass am Zaun kein Platz mehr war. Brens Übungskämpfe galten als ausgezeichnete Lehrstunden, zumal er, wenn er gut gelaunt war, Kniffe

erklärte. Niemand empfand es als Schande, von ihm besiegt zu werden.
»Dann nimm deine Übungsschwerter und lass uns beginnen.«
»Gerade Klingen liegen mir nicht«, gab der Arriek zurück.
»Haben wir gebogene zur Hand?«, rief Bren in die Menge.
Niemand antwortete.
»Wenn Ihr die Schärfe meines Stahls fürchtet, will ich mich gern an Euren Waffen versuchen.«
Bren lachte. Er war schneller und stärker als jeder Mensch, trug eine ausgezeichnete Rüstung und heilte seine Wunden innerhalb von Wimpernschlägen. In diesen Übungskämpfen musste er sich stets zurücknehmen, um seine Gegner nicht zu verletzen. Es war ungewöhnlich, dass er nur gegen einen Kontrahenten antrat, normalerweise stellte er sich dreien zur gleichen Zeit. Aber dieser Mann gefiel ihm. Arriek kämpften nicht für Banner, nicht für Gold und nicht für das Geschwätz von Heiligen. Sie kämpften um des Kampfes willen, und bei diesem hier sorgte der Wahnsinn dafür, dass er den Respekt beiseite ließ, mit dem man sonst einem Schattenherrn begegnete.
Bren senkte seinen Körperschwerpunkt und brachte das Schwert vor seine Achse, die Spitze auf das Gesicht des Gegners gerichtet. Die Finger der Linken berührten beinahe die Klinge. Er konnte die zweite Hand verwenden, um den Griff zu verstärken oder auch, um die Kleidung des anderen zu greifen und ihn aus dem Gleichgewicht zu ziehen, wenn sich eine gute Möglichkeit dazu böte.
Bren machte einige tastende Schritte nach links.
Der Arriek vollzog die Bewegung nach.
Bren setzte an, den Gegner zu umkreisen. Das gegenseitige Umrunden stand häufig am Beginn eines Kampfes. Es diente dazu, die Bewegungen des Kontrahenten zu studieren und herauszufinden, ob er schnell oder langsam, angemessen oder übertrieben auf die eigenen Aktionen reagierte. Duellanten

bildeten oft eine Einheit, beinahe wie in einem Tanz, nur dass es im Kampf darum ging, den Rhythmus des Gegners im entscheidenden Moment zu brechen. Oft versuchte man das, wenn er gerade einatmete. Das Einatmen machte schwerfällig. Dass Osadroi nicht atmeten, erschwerte das Fechten gegen sie.

Doch der Arriek ließ sich nicht auf das Umkreisen ein. Er blieb auf einer Linie, als wolle er Bren vom Haus fernhalten.

Das versprach ein interessantes Spiel zu werden.

Bren führte den ersten Stich. In einem echten Gefecht hätte er sofort versucht, die Entscheidung herbeizuführen, bevor sich der Gegner auf Brens Kampfweise hätte einstellen können. Bei einem so erfahrenen Kontrahenten hätte Bren kurz fintiert und dann auf Kopf oder Bauch gezielt.

Im Übungskampf waren Stiche auf das Gesicht aber nicht statthaft, auch stumpfe Klingen schlugen in dieser Trefferzone zu schwere Wunden. Außerdem wollte Bren den Arriek besser kennenlernen. Auch er kämpfte selten gegen Fechter, die zwei Klingen führten. Also platzierte er den Stich auf der linken Seite des Gegners.

Der Arriek drehte sich weg. Nur knapp stieß Brens Schwert an ihm vorbei.

Bren gab der Klinge auf dem Rückweg einen seitlichen Zug. Darin lag wenig Kraft, aber einen oberflächlichen Schnitt konnte man auf diese Weise setzen. Statt die erhobene Klinge auf der linken Seite abzukippen und so den schwachen Schlag zu blocken, führte der Arriek das Schwert von der rechten herüber. Durch den weiteren Weg hatte er mehr Kraft, aber er war zu langsam. Brens stumpfe Waffe schlug unter seinen Brustkorb.

Bren runzelte die Stirn. Hatte er die Fähigkeiten seines Gegners überschätzt?

Wenigstens zeigte sich der Arriek durch den Treffer kaum beeindruckt. Er tänzelte zurück auf seine alte Position, auf gerader Linie zwischen Bren und dem Haus.

Warum tat er das? Dachte er, der schwache Zug des Silbers würde Bren ebenso beeinträchtigen wie einen Krieger die Sonne, die blendend im Rücken eines Gegners stand? Das war nicht der Fall, zumal die Irritation die gleiche war, egal, ob er das Silber in seinem Rücken oder seitlich spürte. Wahrscheinlich wusste der Arriek das nicht. Die Wahrheiten über die Osadroi waren unter einem Berg von Mythen verborgen.

Vielleicht war der Arriek im Angriff besser. Die Kampfweise ohne Schild war auf Offensive ausgelegt. Also wartete Bren ab und ließ ihn kommen.

Sein Gegner nahm unterschiedliche Haltungen ein. Mal hob er beide Schwerter über den Kopf, mal streckte er das rechte vor und holte mit dem linken aus. Bren passte seine Verteidigungshaltung an, ein Vorgang, der nur wenig seiner Aufmerksamkeit erforderte. Er dachte an Kiretta. Sie ging ihm oft auf die Nerven, reizte ihn mit ihrem Unverständnis. Aber jetzt hätte er sie gern hier gehabt, unter den Zuschauern.

Attego hatte behauptet, dass sie nur als Erinnerung von Wert sei, aber Bren bezweifelte das. Sie vermochte Empfindungen in ihm zu wecken, die ihm die Finsternis nicht bieten konnte. Wenn er sie ansah, wollte er sie erhalten, behüten, beschützen. In gewisser Weise machte ihre Sterblichkeit jeden Augenblick mit ihr besonders wertvoll. In jedem Moment verfiel ihr Körper ein kleines Stück mehr, irgendwann würde sie an diesem Verfall sterben. Das machte jeden Moment mit ihr einmalig. Bren fragte sich, was nach diesem Krieg wäre, wenn die Fayé und die rebellischen Menschenreiche niedergerungen wären. In einem Jahr, in zweien oder fünfen. Würde er dann in Guardaja leben, gemeinsam mit Kiretta?

Wahrscheinlich. Und da er unsterblich war, verlöre er nichts, wenn er die Jahrzehnte, die Kiretta blieben, in ihrer Nähe verbrächte. Er hätte die Zeit, sie ganz neu kennenzulernen. Er würde sie ebenso gut, nein, besser verstehen, als er es zu Lebzeiten getan hatte. Damals waren sie beide Menschen gewesen – die körperlichen Instinkte hatten sie zusammengebracht, die Abgründe überbrückt, die das Verstehen nicht hatte auffüllen können. Aber dafür konnte Bren jetzt geduldiger sein. Er konnte sich weiter zurücknehmen und besser auf sie eingehen. Er würde sie neu entdecken, neu gewinnen, während die Osadroi in Orgait ihren Ränken nachgehen würden. Bei diesen Intrigen hatte er sich ohnehin nie wohlgefühlt. Er würde in Guardaja glücklich sein. Mit Kiretta.

Je länger er den Arriek studierte, desto klarer wurde Bren, dass dieser ein Problem auf der linken Seite hatte.

Es gab unzählig viele Arten, auf die man kämpfen konnte. Manche davon hatten sich über Jahrhunderte der Fechtkunst bewährt. Immer wieder tauchten auch neue Bewegungen auf, interessante Kombinationen, die das Gewohnte variierten. Wer stets nur das tat, was allen bekannt war, würde immer auf einen vorbereiteten Gegner treffen. Ein Krieger musste seinen Geist offen halten.

Darüber hinaus gab es Tausende Varianten, die sinnlos waren oder zumindest ihren Zweck weniger gut erfüllten als andere. Sie wurden selten absichtlich gewählt, meist nur dann, wenn das Geschick nicht ausreichte, die besseren auszuführen. Der Unterschied zwischen Anfänger und Meister lag primär darin, die ineffizienten Bewegungen zu vermeiden und sich auf das zu beschränken, was dazu beitrug, den Gegner zu überwinden.

Der Arriek war ein Meister, daran bestand kein Zweifel. Seine Bewegungen waren fließend, der leichte Treffer mit Brens stumpfem Schwert zeigte keine Folgen. Wenn er Schmerzen hatte, waren sie ihm nicht anzumerken. Er tänzelte leichtfüßig auf der von ihm gewählten Linie, die Schwerter folgten seinen Bewegungen so harmonisch, als seien sie Verlängerungen seiner Glieder. Aber wie er das linke Schwert bewegte, war merkwürdig. Als wolle er es aus dem Gefecht heraushalten, als Reserve verwenden.

An sich war auch das nicht ungewöhnlich. Wer mit zwei Klingen kämpfte, nutzte die eine häufig, um die Waffe des Gegners zu binden und dann mit der zweiten zuzuschlagen. Aber dazu passte nicht, dass er die Linke beinahe immer so hielt, dass er einen weit ausgeholten Schlag damit führen konnte. Er müsste das Schwert nur leicht zurücknehmen, damit es für eine kurze, schnelle Attacke bereit wäre. Hatte der Arriek vielleicht Probleme mit dem linken Arm? Eine alte Verletzung? Aber er bewegte das Glied scheinbar mühelos, nicht wie jemand, der einen krumm zusammengewachsenen Knochen oder eine verkürzte Sehne hatte.

Bren senkte sein Schwert, um den Arriek mit einer Blöße zu locken.

Er wiederholte es dreimal, dann tat ihm der Gegner den Gefallen. Der Stich mit dem rechten Schwert war eine lächerliche Finte, so zaghaft gestochert, dass die Bewegung nicht weiter beachtenswert war. Der eigentliche Angriff kam mit der linken Klinge, ein weit geführter Spalthieb.

Bren machte einen halben Schritt zurück und riss sein Schwert hoch, bis es ihn wie ein schräg gestellter Schild beschirmte.

Die gebogene Klinge seines Gegners prallte darauf – und brach!

Brens Augen brannten, als hätte jemand Pfeffer hineingestreut. Kurz darauf raste Feuer durch seine Nase. Dennoch schnappte sein Körper nach Luft, ein sterblicher Reflex, während er zusammenbrach, als hätte jemand die Sehnen in seinen Beinen zerschnitten. Bren sah das tausendfache, gleißend helle Funkeln in der Luft und wusste: Das war Silber! Eine hohle, zerbrechliche Klinge, gefüllt mit Silberstaub.

Die Krieger schrien. Auch sie mussten begreifen, was geschah. Die Ersten setzten über den Zaun, doch nicht schnell genug für die zweite Klinge. Nur mühsam konnte sich Bren aus ihrer Bahn drehen. Sie traf seine Schuppenrüstung an der Schulter und ratschte daran entlang, bis die Schneide seitlich in seinen Hals schlug. Der Schnitt brannte vielfach heißer als der Staub zuvor. Nichts anderes nahm Bren mehr von seinem Körper wahr – nur das Feuer und sein Herz, das fern in der Kammer der Unterwerfung verzweifelt pumpte.

Er konnte das Schwert nicht heben, hatte keine Kontrolle mehr über seine Glieder. Bren klammerte sich an seine mystischen Kräfte, wollte die Essenz seines Gegners rufen, ihm das Leben aus der Brust reißen. Er atmete nur brennenden Silberstaub.

Bren fühlte, wie die Klinge Muskeln und Sehnen zertrennte, bis sie zwischen zwei Nackenwirbeln stecken blieb. Er verlor das Bewusstsein.

Mit einem Schrei fuhr Bren auf.

Er roch Blut. Um ihn herum dampfte es aus dem Boden. Man hatte Runen in einen Kreis gegraben und sie damit ausgegossen. Es kochte, weil zauberische Hitze es dazu trieb.

Hinter dem Rauch sah er schemenhafte Gestalten, schwarz gewandet, eine hielt einen Stab mit einer weißen Kugel an der Spitze.

Bren röchelte, als er versuchte, sich zu erheben. Er fiel zurück. Da war Schmerz in seiner Nase, seinem Rachen, seiner Brust. Wie tausend glühende Nadeln, die ihn von innen stachen. Und in seinem Hals. Oh, in seinem Hals! Als risse jemand eine rostige Säge in der Wunde hin und her.

Er spürte die magischen Kräfte, die wie kohlschwarze Finger aus dem Kreis stiegen und versuchten, sich über ihn zu legen und seinen untoten Körper zu heilen. Aber sie erreichten ihn nicht in seinem Schmerz! Was nützte ein Verband, wenn die Pfeilspitze noch in der Wunde steckte? Er musste das Silber hinaustreiben! Es war wie ein Gift, das ihn inwendig zerfraß!

Er schloss die Augen und wandte seine Aufmerksamkeit nach innen, suchte nach dem zerstörerischen Eindringling. Aber es gelang nicht. Er war zu schwach, konnte sich nicht konzentrieren. Der Schmerz überwältigte ihn, drohte, ihn in eine neuerliche Ohnmacht zu drücken.

Auch als er die Augen wieder öffnete, konnte er nichts erkennen außer schwarzen und roten Schlieren.

Wenigstens kam sein Gehör zurück.

»… stärken«, hörte er eine Frauenstimme. »Er braucht Essenz. Dies ist die Zeit für ein Opfer!«

»Ich habe Kristalle!«

»Nein!« Das war Jittaras herrischer Tonfall. »Das Opfer muss selbst mithelfen. Die Essenz muss unbedingt ihr Ziel erreichen. Nichts darf verloren gehen! Sie darf weder zu schnell noch zu langsam abgegeben werden.«

»Ich wurde nie ausgebildet, um …«

»Stell dich nicht so an! Du weißt, dass du es kannst!«

Jemand stolperte heran. Bren fühlte, wie er an den Schultern gefasst wurde. Nein, dieser Jemand hielt sich an Bren fest. Er wäre sonst gefallen. Oder sie. »Herr«, wimmerte Quinné. Er erkannte die zarten Hände. Bren wunderte sich, dass er das spüren konnte, obwohl der Schmerz ihn so sehr beherrschte. Das Silber schien auf einer anderen Ebene zu wüten als auf der rein körperlichen. »Nehmt von mir.« Quinnés Stimme zitterte. »Nehmt, was Ihr braucht.«

Er fühlte ihre Angst und griff danach – wie jemand, der fiel und verzweifelt einen Halt suchte. Aber er bekam die Essenz nicht zu fassen! Wie konnte das sein? Er spürte Quinné. Ihre Emotion war deutlich auf ihn gerichtet. Und dennoch!

Entschlossener rief er die Essenz. Aber seine Nase war von dem Silberstaub blockiert. Möglich, dass die Lebenskraft Quinnés Brust verließ, aber er vermochte sie nicht aufzunehmen.

»Mehr Hingabe!«, forderte Jittara. »Denk an das Heil unseres Herrn!«

Quinné weinte. »Ich will nicht sterben.«

»Du bist nutzlos!« Eine weitere Stimme, die Bren nicht sogleich erkannte. »Weg von hier!«

Quinnés zitternde Hände verschwanden. Unmöglich hätte Bren sie so deutlich spüren können, wenn er noch seine Rüstung getragen hätte, also hatte man ihn wohl entkleidet.

Jemand fasste sein Gesicht, warme Hände legten sich auf seine Wangen. Sein Blick klärte sich so weit, dass er den Schemen eines Kopfs vor sich erkennen konnte.

Diesmal brauchte er die Essenz nicht zu rufen. Sie kam von allein zu ihm. Behutsam, wie die tastenden Fühler eines Nachtfalters, erkundete sie den Weg in seinen Körper hinein, die Luftröhre hinunter, durch die Brust. Ein spinnfadendünnes Gerinnsel nur. Auch hier schmeckte Bren Furcht, vor allem aber Stolz.

Vorsichtig sog er die Luft ein, doch das wirbelte den Silberstaub auf, den er in sich trug. Der Strom riss ab.

»Ruhig, mein Sohn.« Das war Ehla! »Lasst mich Euch dienen, indem Ihr es einfach geschehen lasst.« Sanft drückte sie ihn zurück, legte ihn auf den Boden. Er war weich, Gras und Erde, kein Gebäude, noch nicht einmal einer der Teppiche, mit denen die Diener sein Zelt auslegten.

Bren konzentrierte sich darauf, reglos zu verharren. Ehla war eine Dunkelruferin, sie wusste den Fluss der Essenz zu leiten. Wieder tastete sich ein Rinnsal vor, erkundete einen Weg in Brens Körper hinein, suchte eine Möglichkeit, die Lebenskraft für ihn nutzbar zu machen.

Derweil zerrte der Silberschmerz noch immer an Brens Verstand. Dieser wahnsinnige Arriek! Eine hohle Attrappe mit Silberstaub, um ihn zu lähmen, und ein Schwert mit einer Silberschneide, durch Farbe unkenntlich gemacht. Jetzt war Bren auch klar, warum sich sein Feind vor dem Haus gehalten hatte. So hatte Bren das Ziehen des Silbers auf die Beute zurückgeführt, die sie in der Vorratskammer eingelagert hatten. Jeder wusste, dass Bren einen Übungskampf mit einem guten Fechter niemals ausschlug, und so hatte dieser Köder ausgereicht, um ihn in die Falle zu locken. Aber wenn er den Arriek in die Finger bekäme, würde sich dieser wünschen, niemals geboren worden zu sein! Wenn seine Krieger ihn nur nicht bereits getötet hatten …

Brens Wut gab ihm die Stärke, lange genug durchzuhalten, bis Ehla einen Teil seiner Lunge fand, der von dem Silberstaub verschont geblieben war. Dorthin lenkte sie die Essenz.

Was für eine Wohltat! Der Zustrom gab ihm neue Kraft. Die Essenz war wie die Dunkelheit einer Winternacht, kalt genug, das Feuer des Schmerzes zu ersticken. Er sandte sie zunächst in seinen Hals, um die größte Pein zu lindern. So sehr konzentrierte er sich auf diese Aufgabe, dass er das Gefühl dafür verlor, wie viel Zeit verging. Irgendwann spürte er die Wunde am Hals – nicht mehr nur als Schmerz, sondern auch ihre Ränder, ihre Ausmaße, die Kerbe in einem Nackenwirbel, die zertrennten Fasern auf der linken Seite, als würde er sie betasten.

Sein Denken klärte sich. Dennoch hielt er die Augen geschlossen. Er brauchte mehr Essenz, viel mehr Essenz! Also folgte er ihrem Strom zurück, nutzte seine mystische Kraft, um das Silber aus seiner Bahn zurückzudrängen, den ganzen Weg hinauf bis in seinen Kopf.

Ehla begriff, was er tat. Das steigerte ihren Stolz noch, ließ die Essenz intensiver schmecken. Sie verbreitete den Zustrom und sandte ihm mehr von ihrer Lebenskraft.

Bald konnte Bren die Essenz so weit verdichten, dass sie genug Stofflichkeit besaß, um den Silberstaub bis in seinen Rachen zu bewegen. Als er die ersten Brocken davon ausspie, war es, als ob er einen Teil seines Schmerzes auf den Boden spuckte. Er musste daran würgen und fühlte sich, als ersticke er, weil es in manchen Momenten den Essenzfluss blockierte, aber irgendwann hatte er sich davon gereinigt.

Am Hals konnte er seine Hände zu Hilfe nehmen, um die Wunde zu säubern und den Staub zusammen mit den Metallspänen, die sich von der Klinge gelöst hatten, herauszuholen. Aber den Kopf konnte er nur unvollkommen bewegen. Die durchtrennten Muskeln fehlten ihm, er lag beinahe hilflos in Ehlas Händen. Eine unwürdige Situation, für die der Arriek büßen würde!

Da der Weg für die Essenz jetzt frei war, sog er sie mit tiefen Zügen ein. Nun mischte sich auch Furcht hinein, aber der Stolz blieb beherrschend. Bren sandte seinen Geist in Nase, Luftröhre und Lungen. Jetzt, da der Staub fort war, schien dort alles in Ordnung. Blieb noch die Halswunde. Er versuchte, sie zu heilen, das tote Fleisch zusammenwachsen zu lassen.

Aber es gelang nicht.

Silberwunden können wir nicht heilen.

Aber wer wusste schon, was ein Osadro, was Bren tun konnte? Hatte er nicht Fähigkeiten gezeigt, die alle überrascht hatten? Und was war mit den Kerben in Xenetors Gesicht? Viele glaubten, dass sie von Silberwunden stammten. Also hatte er sie geheilt. Zurückbleibende Narben waren für einen Krieger ohnehin keine Entstellung, sondern Ehrenzeichen.

Aber hier stieß Bren auf ein unüberwindliches Hindernis. Er konnte seinen Körper bis zu dem Schnitt hin fühlen und mit seinen Fingern von außen in der Wunde tasten. Aber dazwischen war so etwas wie eine pergamentdünne Schicht, die er nicht zu fassen vermochte. Dabei gab es dort nichts, ganz sicher jedenfalls kein Silber, sonst hätte er vor Schmerz geschrien!

Ausschlaggebend schien zu sein, dass sich das Silber dort gewaltsam Eintritt in seinen Körper verschafft hatte. Das war ein unumkehrbares Ereignis, durch nichts zu ändern, was er jetzt, in der Gegenwart, tun konnte.

Doch damit fand sich der Krieger in ihm nicht ab. Er rief nach noch mehr Essenz. Wie ein Knabe immer wütendere

Attacken gegen einen Schwertmeister führte, der ihn verspottete, so bestürmte Bren seine Wunde. Mit der gleichen verbissenen Hingabe. Und mit der gleichen Erfolglosigkeit.

Die Angst nahm weiter zu in der Essenz, die er schmeckte. Das störte ihn nicht, Angst bei anderen zu spüren ging häufig einem Sieg voraus.

Der Stolz war noch immer neben der Angst, und auch – wenngleich schwächer als diese beiden Empfindungen – Ehrerbietung sowie namenlose Bewunderung für die Schatten und die Macht der Finsternis. Ehla hatte stets danach gestrebt, sich mit ihrem ganzen Wesen dem Kult hinzugeben.

Aber dann spürte Bren etwas, das ihn zurückschrecken ließ. So unerwartet war es und so anders als alles, was er zuvor in der Essenz gefunden hatte, dass es schmeckte wie eine Pfefferschote in einem Berg aus Trauben. Hier, ganz am Grund von Ehlas Seele, begraben, beinahe erstickt unter dem Hass, dem Neid, der Selbstsucht, dem Ehrgeiz. Schlicht wie eine Kerzenflamme, die in einem nächtlichen Sturm ums Überleben kämpfte: die Liebe einer Mutter zu ihrem einzigen Kind. Immer wieder verleugnet, aber offensichtlich niemals gänzlich abgetötet.

Bren riss die Augen auf.

Er sah in ein Gesicht, mit dem verglichen eine Moorleiche jugendlich erscheinen musste. Tiefe Runzeln klafften in einer ledrigen Haut, die von dunklen Flecken gezeichnet war. Einige dieser Falten quollen von dem Blut über, das aus erblindeten Augen floss. Das Haar bestand nur noch aus vereinzelten Büscheln dünner, weißer Strähnen. Die verdorrten Lippen gaben den Blick auf drei vergilbte, schiefe Zähne frei.

»Schluss!«, rief Bren und stieß sie fort. Er unterschätzte die Kraft, die seine Muskeln schon wieder gewonnen hatten. Röchelnd fiel Ehla auf den Rücken. Sein eigener Kopf kippte zur Seite, nun, da seine Mutter ihn nicht mehr hielt. Der Essenzstrom riss ab.

Bren nahm die eigenen Hände zu Hilfe, um den Kopf zu stabilisieren, als er aufstand. Wenigstens blutete er nicht, trotz der monströsen Wunde.

Wider Erwarten befand er sich in seinem Zelt. Man hatte lediglich den Boden freigelegt, wohl weil es für Jittaras unterstützendes Ritual notwendig gewesen war. Jetzt war das Blut in den Runen erkaltet, daneben lagen geleerte Essenzkristalle. Jittara und Quinné knieten jenseits des Zirkels.

»Ich bin hocherfreut, Euch wieder unter uns zu wissen, Schattenherr«, sagte Jittara.

Quinné zitterte. Ein dunkler Fleck lag über ihrem rechten Auge.

Bren sah zu Ehla, die mühsam in eine kniende Position fand. Er konnte den Anblick der Frau, die nach diesem massiven Verlust der Lebenskraft kaum mehr als eine Woche würde erwarten dürfen, ebenso wenig ertragen wie den Gedanken an die Liebe, die sie so sehr bekämpft und doch nie besiegt hatte.

Er nahm Zuflucht zu Überlegungen, die sich mit greifbareren Dingen beschäftigten. »Kann mir jemand hiermit helfen?« Er zeigte auf die Wunde. »Ich will kein unwürdiges Schauspiel abgeben.«

»Das wäre schlecht«, bestätigte Jittara.

»Ich kann es nähen!«, rief Quinné und hatte in Windeseile eine gebogene Nadel und starken Faden in der Hand. »Die Wunde wird nicht verheilen, Ihr werdet eine Halskrause tragen müssen, um sie zu verbergen. Aber hiermit sollten Muskeln und Sehnen so weit zusammenhalten, dass Ihr sie wieder gebrauchen könnt.«

Stoisch ließ Bren Quinnés Werk über sich ergehen. Der damit verbundene Schmerz war nicht mehr als ein Mückenstich im Vergleich zu der überwältigenden Pein, die er durchlitten hatte und die jetzt schon zu einer distanzierten Erinnerung verblasste.

»Was ist geschehen?«, fragte Bren. »Wo ist Kiretta? Wo steckt dieser Arriek? Wie lange war ich hilflos?«

»Ein Osadro ist niemals hilflos, denn die Schatten sind mit ihm«, antwortete Jittara.

»Wie lange?«

»Den Rest der Nacht des Attentats, einen Tag, eine Nacht und noch einen Tag. Wir haben den Marsch angehalten. Verteidigungsstellungen wurden ausgehoben.«

»Gab es denn Angriffe?«

»Keinen großen.«

»Nur einen Überfall«, fügte Quinné hinzu, was ihr einen strafenden Blick von Jittara einbrachte.

»Die Paladine, die uns in Akene entkommen sind und die auch Velon erschlugen.«

»Ist das inzwischen geklärt?«

»Sie bewegten sich mit übermenschlicher Schnelligkeit.«

»Dann liegt der Segen der Mondmutter auch außerhalb des heiligen Bodens auf ihnen.«

»Zwei konnten zur Strecke gebracht werden. Mit Brandpfeilen und Öl, das man auf sie schleuderte. Die anderen sind wieder entkommen.«

»Was wollten sie überhaupt?«

»Sie wollten zu Euch, haben sich ins Lager geschlichen, aber einem Trupp Gardisten fielen sie auf. Als sie die Silberklingen zogen, entbrannte der Kampf.«

»Hatten wir viele Verluste?«

Jittara zuckte mit den Schultern. »Danach habe ich nicht gefragt.« Sie schien der Meinung zu sein, dass sie lange genug gekniet hatte, und erhob sich. »Jedenfalls sind sie nicht näher als einhundert Schritt an Euch herangekommen.«

Ehla wimmerte. Bren zwang sich, nicht hinzusehen.

»Was wissen wir über sie und ihre Art zu kämpfen?«

»Schattenherzogin Lisanne verhört die Überlebenden.«

»Ich muss zu ihr!«

»Nicht nötig«, hörte er die wohlvertraute Stimme aus dem Eingang des Zelts. »Ich bin hier, um nach Euch zu sehen, Bren.«

Er ließ Quinné den Faden abschneiden und bewegte vorsichtig den Kopf. Der Zug an den genähten Fasern fühlte sich merkwürdig an, aber offenbar hatte sie so etwas nicht das erste Mal gemacht. Bren wandte sich Lisanne zu.

»Was habt Ihr herausgefunden?«

»Nicht viel, leider. Dabei habe ich so gründlich in ihren Köpfen gesucht.«

»Ihr habt in den Verstand der Leute gegriffen, die uns gerettet haben?«

»Euch. Nicht uns. Und ja, es schien mir die sicherste Möglichkeit.«

Bren runzelte die Stirn. Jetzt, da die Wunde versorgt war, spürte er Silions Kraft als Druck in seinem Schädel. »Nun, da Ihr mit ihnen fertig seid – kann ich mit ihnen sprechen?«

»Sie sind nur noch sabbernde Idioten. Ihr werdet ein Gespräch kaum angenehm finden.«

Bren starrte sie an. »Ihr habt allen das Hirn zerstört, die diese Paladine gesehen haben?«

Lisanne seufzte. »Ihr seid so empfindsam mit den Sterblichen. Aber wenn es Euch beruhigt: Es war nur ein Trupp, der sie zufällig entdeckte. Die Krieger sollten das Brandöl für die Geschütze in ein neu gegrabenes Lager bringen. Gerade einmal fünf überlebten die Begegnung, und als die Verstärkung kam, waren die Angreifer bereits fort.«

»Dennoch gibt es jetzt keinen Zeugen mehr für die Begegnung? Und die beiden Angreifer, die wir bezwingen konnten, sind verbrannt?«

»Entspannt Euch. Ihr seid immer so ernst. Dabei hattet Ihr so eine nette Spielgefährtin. Ich habe mich vorhin selbst mit ihr vergnügt und fand sie ausgesprochen amüsant.«

Bren brauchte einen Moment, bis er verstand. »Wo ist Kiretta?«

»Befreien könnt Ihr sie nicht mehr, fürchte ich. Aber keine Sorge, ich habe sie nicht getötet. Das wäre ein Jammer gewesen, dann könnte sie nicht mehr so erhaben leiden, wie sie es jetzt tut.«

Mit einem Schrei wechselte Bren in die Nebelform.

Bren spürte nicht Kiretta selbst, aber er spürte ihren Haken. Er wollte sich nicht vorstellen, was Lisanne ihr angetan haben mochte. *Wenn sie ihr nur den Haken nicht abgenommen hatte! Wenn er nur nicht ertragen müsste, den metallenen Bogen zu finden, ohne zu wissen, wo Kiretta war. Nicht noch einmal!*

Er glitt durch das Lager, vorbei an Kriegern, von denen nur wenige begriffen, was sie sahen, wenn er sie als Nebel umfloss. Er selbst konnte sie deutlicher als jemals zuvor in dieser Form erkennen. Vielleicht hatte das, was er soeben durchlitten hatte, seine Kräfte noch anwachsen lassen. Die meisten Männer waren mit alltäglichen Verrichtungen beschäftigt – sie pflegten ihre Waffen, bezogen Wachposten, würfelten, schnitzten Schanzpfähle, um eine Palisade zu errichten oder legten sich schlafen. Schnell ließ er sie hinter sich und bewegte sich immer weiter dorthin, wo er den Haken spürte.

Er musste nicht lange suchen. Keine Meile vom Lager entfernt erreichte er sein Ziel, auch wenn er es nicht erkennen konnte. Zu beherrschend strahlte finstere Magie in die Wirklichkeit seiner Nebelform. In dieser Art hatte er sie noch nie gesehen. Das hier war keines jener vieldimensional verschachtelten Gebilde, die Osadroi schufen, um Astralströme zu nutzen, damit sie Effekte in der greifbaren Welt erzeugten. Es sah eher aus wie etwas Gewachsenes, das seine Wurzeln in alle Richtungen ausstreckte, bis in andere Wirklichkeiten hinein, aus denen es seine Kraft zog wie eine Pflanze das Wasser.

Als er seinen Nebel wieder zu einem festen Körper zusammenzog, stellte Bren erleichtert fest, dass die Fäden, mit denen

Quinné ihn genäht hatte, die Verwandlungen mitgemacht hatten. Anders als Kleidungsstücke und Waffen waren sie nicht zurückgeblieben, vielleicht, weil sie von seinem Fleisch umgeben waren.

Die zweite Erkenntnis betraf seine Erschöpfung. An der Silberwunde war er beinahe gestorben, der abrupte Wechsel in die Nebelform, die Suche und die Rückwandlung, das alles in Silions vollem Licht, hatten ihn so stark angestrengt, dass er sich nicht aufrecht halten konnte, sondern auf den Boden hocken musste.

Erst nach einer Weile fand er die Kraft, Kiretta anzusehen. Oder das, was aus Kiretta geworden war.

Trotz seines Entsetzens erkannte Bren Lisannes Kunstfertigkeit. Kiretta war von der Hüfte abwärts in einen Baum eingewachsen. Der Stamm des Blutahorns war so dick, dass fünf Männer die Arme ausstrecken und sich an den Händen hätten fassen müssen, um ihn zu umspannen. Seine Rinde war grau, ähnelte abplatzendem Schorf. Am Bauch sah Kirettas Haut genauso aus, wechselte aber ab dem Nabel in ihre natürliche Farbe, dunkler, als es der ondrischen Vorstellung von Schönheit gefiel. Sie war immer zu warm für das Nordschattenland gewesen.

Eine Wolke schob sich vor Silions silbrige Scheibe, was Brens Kräfte stärkte. Mühsam drückte er sich hoch. Auch Kirettas Handgelenke waren eingewachsen, was die Arme zurückzwang. Die Hand selbst und der Haken waren jedoch frei, ihre Finger zitterten. So hing sie in dem Baum wie eine Galionsfigur an einem Schiff. Hatte Lisanne diesen Effekt beabsichtigt?

»Was hat sie dir angetan, Liebste?«, flüsterte Bren.

Atemzüge hoben und senkten ihren Busen, aber sie antwortete nicht. Der Kopf lag mit dem Kinn auf der Brust. Zögernd kam Bren näher, berührte ihre Wange. Welche dämonischen Kräfte auch immer dies vollbracht hatten: Sie lebte, bildete mit dem Baum eine Einheit, die auch dafür sorgte, dass sie durchblutet wurde. Die Wärme ihrer Haut zeugte von dem Leben in ihr.

Schwankend hob sie den Kopf. Ihre Pupillen waren so weit, dass die blauen Iriden zu fadendünnen Kreisen wurden. »Die Fayé haben ihr geholfen«, hauchte sie. Und lächelte, was Bren zurücktaumeln ließ.

Fayé? Das konnten nur die Gefangenen sein, die Zurresso ihnen geschickt hatte. Sie waren Lisannes Gewalt überantwortet, also konnte die Schattenherzogin ihnen einen schnellen Tod gewähren oder einen qualvollen bereiten, sie vielleicht sogar nach Kriegsende freilassen. Bren sah ein, dass die Nebelaugen alles tun würden, um sich die Frau gewogen zu halten, die über ihr Schicksal entschied.

Er ballte die Fäuste so fest, dass seine Arme zitterten. »Halte aus, meine Liebe. Ich werde dich befreien!«

Kiretta lächelte mitleidig. »Dafür ist es zu spät. Verkennst du ihre Macht noch immer? Ich werde nicht unsterblich sein, Bren, aber ich werde Jahrhunderte in diesem Baum ...« Sie stöhnte gequält.

»Was ist mit dir?«

Tränen liefen über ihre Wangen. Sie wimmerte.

Hilflos fasste er ihre Schultern, schob sie näher an den Stamm in der Hoffnung, das Gewicht von den Armen zu nehmen und so ihre Qual zu lindern. Er erkannte, dass es ein verzweifelter Versuch war. Durch die eingewachsenen Gelenke waren ihre Muskeln verdreht. »Wir müssen dich hier herausschneiden, das ist das Wichtigste.«

»Dann sterbe ich«, säuselte sie, als setze sie an, ein Lied zu singen. »Der Baum und ich sind jetzt für immer verbunden. So, wie ich gern mit dir verbunden gewesen wäre, Bren, aber sie hat anders entschieden. Jetzt ist der Baum all mein Leben und auch all mein Schmerz.«

»Das kann nicht sein«, knirschte Bren.

»Du bist so jung«, tadelte Kiretta. »Sie hat es mir gezeigt. Solange der Baum lebt, werde auch ich leben. Wenn ich zu glücklich werde, drückt er einen Saft in meine Venen, um mich zu quälen. Dann fühlt es sich an, als zwängte sich eine Ratte durch meine Adern und nagte an meinem Herzen.«

Bren legte den Kopf in den Nacken und schrie. Einige der von Quinné genähten Fäden rissen.

»So soll es sein«, schwelgte Kiretta weiter. »Sie wünscht es.«

»Sie lügt! Es gibt einen Weg, dies ungeschehen zu machen!«

»Das könnten nur die Götter. Und die Götter sterben. Die Schatten senken sich auf die Welt.«

»Ich werde diese Götter finden! Sie werden uns helfen!«

Kiretta lachte leise. »Was, glaubst du, würden sie mit dir tun, wenn du sie fändest? Deine bloße Existenz ist ein Frevel. Sie würden dich zerquetschen.«

Bren biss die Zähne zusammen. »Dann die Fayé. Was sie getan haben, können sie rückgängig machen.«

»Wenn du eine Vase auf den Boden schmetterst, wo sie in tausend Teile zerspringt, kannst du sie auch nicht wieder zusammensetzen.«

»Sie hat dir in den Verstand gegriffen!«

»Ja, sie war so gnädig. Und dann erwies sie mir die Gunst, ihr durch meinen Schmerz Freude bereiten zu dürfen.«

Wieder stöhnte Kiretta. Diesmal schien die Qual stärker zu sein als zuvor. Sie warf ihren Oberkörper hin und her, soweit es ihr möglich war, und sackte dann bewusstlos nach vorn.

Bren umrundete den Blutahorn, berührte die Rinde, versuchte, zu erspüren, wo Kiretta endete und der Baum begann. Vergeblich. Er verstand viel zu wenig von der Zauberei, die dies gewirkt hatte. Wäre Kiretta nicht gewesen, hätte hier ein alter, aber gewöhnlicher Baum gestanden, umgeben von kleineren Geschwistern. Oder waren das seine Ableger, seine Kinder? Bren lachte irre, als er sich vorstellte, dass aus den künftigen Samen dieses Baums Nachkommen sprießen würden, die zum Teil das Erbe seiner Geliebten in sich trügen. Er setzte sich in das Gras und wartete darauf, dass Kiretta wieder zu Bewusstsein käme.

Er hörte Schritte hinter sich. Als er sich umwandte, erkannte er Lisanne, die an der Spitze einer kleinen Gruppe von Gardisten zu ihm heraufkam. Selbst jetzt noch spürte er ihr Charisma, das ihm einflüsterte, er müsse das Haupt vor ihr beugen. Stattdessen stand er auf und stellte sich so gerade und stolz hin, wie es ein nackter Mann vermochte.

»Was sagt Ihr zu meiner neuesten Kreation?«, fragte Lisanne. »Findet Ihr sie gelungen?«

»Nicht Ihr habt das geschaffen, Schattenherzogin. Ihr wart auf die Hilfe des Feindes angewiesen.«

»Ist es nicht befriedigend, wenn selbst der Feind einem zu Diensten ist?«

»Ich werde sie befreien.«

»Seid nicht albern. Ich habe Euch ein Geschenk gemacht. Wie viele Jahre hättet Ihr noch mit ihr erlebt? Vierzig? Fünfzig? Jetzt habt Ihr doppelt so viele, und sie wird keine Falten bekommen. Gut, das Holz wird an ihr emporwachsen, langsam mehr von ihrem Körper fordern, bis er gänzlich unbewegt geworden sein wird. Aber zumindest wisst Ihr jetzt immer, wo Ihr sie finden könnt, um ihren Schmerzensschreien zu lauschen. Sie kann Euch nicht mehr weglaufen.«

»Und wenn ich mich selbst töte, weil ich mit dieser Schuld nicht mehr leben will?«

»Ihr redet wie ein trotziges Kind. Wenn unsere Art an Sterblichen überhaupt schuldig werden kann, dann war es meine Tat, nicht Eure. Sie kam aus freien Stücken zu mir, und ich ließ sie an meiner Weisheit teilhaben.«

»Ihr habt ihren Verstand verbogen, wie es ein Schmied mit einem Stück Eisen tut.«

Sie blinzelte. »Ich sagte doch, ich habe mit ihr gespielt. Ich war begierig, zu erfahren, wie sie sich als folgsames Mädchen gebärden würde. Etwas langweilig, das gebe ich zu. Jetzt, als leidende Verehrerin, gefällt sie mir wesentlich besser.«

»Stimmt es, dass der Baum sie quält?«

»Nicht mehr, als sie ertragen kann. Wir wollen doch nicht, dass ihr Verstand auf immer dorthin flieht, wo ihn kein Schmerz mehr erreichen könnte. Und ihre Leidensfähigkeit wird über die Jahrzehnte zunehmen, da bin ich zuversichtlich. Dafür wird dieser Baum sorgen. Eigentlich ist es gar kein Baum, es ist ein Dämon. Oder ein besessener Baum, aber so vollständig besessen, dass der Dämon ebenso wenig von ihm zu trennen ist wie Eure Geliebte.«

Bren verschränkte die Arme. »Eine Ewigkeit in immerwährender Pein?«

»Abgesehen natürlich von Euren häufigen Besuchen, die ihr sicher eine Linderung sein werden. Sagt, werdet Ihr hier einen Schrein für sie errichten lassen? Vielleicht gewinnt sie noch andere Verehrer.« Nachdenklich betrachtete sie die Ohnmächtige. »Es würde mich nicht überraschen. Schönheit liegt in dieser Komposition.«

»Das würde Euch gefallen! Sie in ständiger Qual, die sich in mir spiegelt. Ich ständig hier, weit entfernt von Orgait oder auch Guardaja, sodass Ihr dort Euren Ränken nachgehen könnt.«

»Als müsste ich Euren Einfluss fürchten. Aber ich denke, wir werden unseren Plausch ein andermal fortsetzen. Der Himmel erhellt sich bereits.«

Stumm ging Bren zu einem Gardisten und zog dessen Schwert aus der Scheide.

Lisanne hob eine Braue.

Er ging zu Kiretta. Sie war bei Bewusstsein, jedenfalls flatterten ihre Lider. Er hoffte, dass sie ihn verstand. »Ich habe dich geliebt. Dich, nicht die Erinnerung an dich. Alles, was du warst. Alles, was du geworden wärst, wenn du deine Freiheit behalten hättest.«

Lisannes unsterbliche Ohren verstanden sein Flüstern mühelos. »Freiheit existiert nicht für Sterbliche.«

Er trat einen Schritt zurück, holte aus und trennte Kirettas Kopf mit einem sauberen Schlag vom Körper.

»Interessant.« Lisanne lächelte.

Bren saß stundenlang unbewegt in seinem Zelt, bis Jittara und Quinné kamen. Quinné trug einen in schwarzen Samt eingeschlagenen Gegenstand auf den Armen, als wiege sie ein Kind.

»Wir haben den Baum verbrannt«, berichtete Jittara. »Der Körper Eurer Mätresse begann bereits zu faulen und die Krähen waren schwer davon abzuhalten, von ihm zu kosten. Jetzt ist nur noch ein rauchender Holzstumpf übrig, von den menschlichen Überresten ist nicht mehr als Knochen geblieben.«

»Begrabt sie.«

»Wie Ihr wünscht, Herr. Das hier wollt Ihr vielleicht behalten.« Sie schlug den Samt zurück. Kirettas Haken glänzte im Kerzenschein. Offenbar hatte man ihn frisch poliert.

»Sorgt für ein angemessenes Behältnis«, bat Bren. »Und dann will ich nicht mehr gestört werden.«

»Wie lange nicht?«

»Bis ich es mir anders überlege. Eine Nacht, eine Woche, eine Dekade.«

»Das Heer bewegt sich nicht, man wartet darauf, dass General Zurresso eintrifft. Die Offiziere wollen gemeinsam nach Pijelas einrücken. Ein Vorauskommando erkundet die Lage.«

»Das macht Sinn. Da wir dieses Lager schon befestigt haben, sollte man es nicht gleich wieder aufgeben.«

»Man rechnet damit, übermorgen wieder auf dem Marsch zu sein.«

Bren zuckte mit den Schultern. »Zurresso wird wissen, was zu tun ist.«

Jittara betrachtete ihn, als wäre er ein Ackergaul, bei dem man nicht sicher war, ob er den Pflug nach dem Winter noch zöge oder ob man ihm lieber gleich den Gnadenstoß gäbe, um das Futter zu sparen.

»Soll ich nach Eurer Wunde sehen?«, fragte Quinné. »Ich habe Goldklammern anfertigen lassen, damit könnten wir die Naht verstärken.«

»Nicht nötig.«

»Habt Ihr heute schon Essenz genommen?«, fragte Jittara. Er schüttelte den Kopf.

»Bring sie herein«, wies Jittara Quinné an, die sich daraufhin entfernte.

»Ihr habt eine Ewigkeit voll Finsternis vor Euch.«

Eine Ewigkeit in Einsamkeit, dachte er. »Lisanne hat geschworen, mir alles zu nehmen, was mir Freude machen könnte. Das ist ihr gelungen.«

Jittara ging langsam durch das Zelt. Bei jedem zweiten Schritt setzte sie ihren Stab auf. Vor dem Waffenständer blieb sie stehen, strich über den Morgenstern. Ihre Hände wirkten so schwach, dass man sie sich nicht mit einer Waffe vorstellen konnte. Diese Finger hatten immer nur Seiten umgeblättert, niemals einen Schwertgriff gefasst.

»Das hier habt Ihr noch immer. Eure Freude am Kampf.«

Bren schnaubte. »Wofür soll ich kämpfen?«

Jittara zuckte mit den Schultern. »Macht?«, schlug sie vor.

»Um was zu tun?«

»Macht ist die Fähigkeit, die Welt so zu gestalten, wie Ihr es wünscht. Ihr könntet andere unter Euren Willen zwingen, Festungen errichten, Städte schleifen, treue Untergebene erheben und aufsässige in den Staub treten. Einfach, weil es Euch gefällt. Ihr seid ein Schattenherr. Ihr könnt alles tun.«

»Ich kann alles zerstören«, korrigierte er. »Zu erschaffen liegt nicht in unserem Wesen.«

»Ständig entstehen neue Dinge. Das macht die Welt ganz von allein. Ihr habt eine Ewigkeit, um abzuwarten, bis etwas dabei ist, das Ihr begehrt.«

»Was ich begehrte, werdet ihr heute begraben.«

»Sie ist nicht die einzige Frau, die Euren Weg kreuzt«, meinte Jittara ungerührt.

»Für eine solche Rede könnte ich dich töten.«

»Meine Worte würden trotzdem wahr bleiben.«

»Du verstehst nichts von Liebe.«

»Ich verstehe genug. Vor allem, dass sie jene, die ihr verfallen, in Ketten schlägt. Ein Unsterblicher, der von der Zuneigung eines Menschen abhängig ist, kann zu einem lächerlichen Anblick werden.«

»Dann ist das also noch etwas, das ich mir nicht wünschen darf?«

»Es liegt nicht an mir, zu bestimmen, was Ihr dürft und was nicht. Aber alle Entscheidungen, alle Handlungen haben Folgen. Ein Osadro, der von seinesgleichen nicht respektiert wird, lebt gefährlicher als einer, den man in den Schatten achtet.«

»Und jene, die sich mit ihm verbinden, leben ebenso in Unsicherheit.«

Sie verbeugte sich, eine beinahe spöttische Geste. »Wenn Ihr dem Beachtung schenken wollt, würde es mich freuen.«

»Vielleicht ist es deiner Aufmerksamkeit entgangen, aber du erfreust dich nicht unbedingt meiner unbegrenzten Zuneigung.«

»Gut. Dann ist Euer Verstand von solch schwächlichen Wallungen ungetrübt. Umso mehr werdet Ihr meinen Wert erkennen. Ich wäre nicht zur Nachtsucherin aufgestiegen, wenn ich die Harfe der Ränke nicht zu zupfen wüsste. Ihr dagegen habt darin kaum Erfahrung. Bedient Euch der meinigen. Mein Wissen in der Magie wird Euch ebenfalls nutzen.«

»Du bist ersetzbar.«

»Das stimmt. Aber Ihr kennt keinen anderen Magier. Und einem Unbekannten könntet Ihr noch weniger trauen als mir. Bei mir wisst Ihr immerhin, dass ich ausschließlich auf meinen eigenen Vorteil bedacht bin. Das macht mich berechenbar.«

»Du wirst mich Lisanne ans Messer liefern, wenn es dir günstig erscheint.«

»Natürlich werde ich das, aber wie sollte es zu einer solchen Konstellation kommen? Meine Kathedrale steht in Karat-Dor. Karat-Dor gehört Schattengraf Gadior, und der hat sich für Widaja entschieden, Lisannes Feindin. Ihr werdet in Guardaja herrschen, das zu Karat-Dors Einflussgebiet gehört. Karat-Dor, Guardaja, Widaja, Gadior und, ob Ihr es schon vollends begriffen habt oder nicht, auch Ihr, Bren. Das alles gehört zusammen, ist ein Machtblock.«

»In der Aufzählung hast du dich selbst vergessen, *Nachtsucherin*.«

Sie lächelte spöttisch. »Die Bescheidenheit ist eine Schwäche, die ich mir selbst noch immer nicht vollständig ausgetrieben habe. Aber ja, auch ich. Wenn wir uns gegenseitig stärken, werden wir als Ganzes stärker. Das muss unser Ziel sein. Euer Feldzug hierher war ein großer Erfolg, das wird uns helfen.«

»Ich gratuliere dir. Aber ich bin für das Schlachtfeld geschmiedet, nicht für diesen Krieg in den Schatten. Ich will nichts mehr damit zu tun haben.«

Jittara seufzte. »Sagt das nicht. Ihr könntet ...«

Sie verstummte, als Quinné zurückkam. Sie hatte eine junge Frau dabei, die Bren nicht sofort erkannte. Aber das blonde, zu einer strengen Frisur gebundene Haar ...

»Königin Siérce«, begrüßte er sie und stand auf. »Ich sehe, du versuchst dich an ondrischer Kleidung?«

Bei ihrer letzten Begegnung hatte sie goldenen Stoff getragen. Heute war es schwarze Seide. Nur kleine Rankenmuster schlängelten sich an den Säumen entlang und ließen das königliche Gold aufleuchten.

Siérce kniete nieder. »Erweist mir die Gnade, Schattenherr!«

Fragend sah Bren Jittara an.

»Siérce begehrt, etwas von der Finsternis zu spüren. Seid so gut und nehmt von ihr.«

»Ich soll ihre Essenz atmen?«

»Ich bitte Euch, Herr«, flüsterte Siérce.

»Hast du ihr in den Verstand gegriffen?«

Jittaras Gesicht glich einer wächsernen Maske. »Wir haben lediglich geredet. Siérce war beeindruckt von der schrecklichen Macht des Heers, als es ihre Stadt verwüstete. Ich erklärte ihr, dass die Macht der Schatten noch viel größer ist. Jetzt will sie sie erleben.«

»Stimmt das?«

Siérce verlagerte ihr Gewicht auf den Knien. »Ich habe noch nie Magie in mir gespürt. Das waren für mich immer nur Erzählungen.«

»Die Priester ihrer Heimat verbaten das Rufen der Finsternis, um die Schwachen in Unwissenheit zu halten.«

»Jittara sagt, ich könne Potenzial haben, aber dazu müsste ich die Finsternis erst einmal schauen.«

Ungläubig schüttelte Bren den Kopf. »Warum willst du dich mit der Kraft einlassen, die alles zerstört hat, was dein Leben ausmachte, Kind?«

Sie presste die Lippen aufeinander, bevor sie antwortete. »Ihr habt recht, Herr. Alles, was mir gehörte, ist dahin. Was von Ilyjia übrig ist, wird in den Schatten anders sein, als ich es kenne. Wie kann ich meinem Volk eine gute Herrscherin sein, wenn ich nichts über die Macht weiß, von der sein Wohl und Wehe abhängt?«

Jittara trat an sie heran, legte eine Hand auf die Schulter der Knienden. »Siérce will eine treue Statthalterin Ondriens werden. Dazu muss sie den Weg in die Schatten gehen.«

»Warum nimmst du sie dann nicht mit nach Karat-Dor?«

»Darüber haben wir auch schon gesprochen. Ein Aufenthalt von einigen Monaten in der Kathedrale würde sicher ihren Geist öffnen. Aber das liegt in der Zukunft. Sie wäre so froh, wenn ihr schon jetzt ein erster Einblick gewährt werden könnte.«

Bren begann erst zu begreifen, was die Finsternis wirklich ausmachte, seit er zu einem Schattenherrn geworden war. Das mochte daran liegen, dass er nie einem Unsterblichen seine Lebenskraft angeboten hatte, wie Siérce es jetzt tat. Tatsächlich schuf das Nehmen von Essenz ein Band zwischen dem Sterblichen und dem Unsterblichen, aber dieses musste über viele Wiederholungen wachsen. Zu Quinné, von der er nur einmal genommen hatte, fühlte Bren keine mystische Verbundenheit. Bei denjenigen, von denen sich ein Schattenherr über Jahre hinweg vorsichtig nährte, war die Bindung allerdings so stark, dass ein Osadro ihre Gefühle über große Entfernungen hinweg spürte.

»Zu meinen Pflichten gehört nicht, Mädchenträume wahr werden zu lassen.«

Der Kinderschädel auf Jittaras Stab schimmerte, als sie näher kam. »Natürlich nicht, Herr. Aber Ihr mögt selbst Gefallen daran finden.«

»Das bezweifle ich.«

Begleitet von einer schwebenden Geste der freien Hand zog Jittara eine glitzernde Wolke aus Siérces Brust. Das Mädchen seufzte, sein Oberkörper pendelte ein Stück nach hinten.

Bren wollte sich abwenden, aber er konnte den Blick nicht von der Essenz lösen, die sich ihm näherte und dabei kontinuierlich dunkler wurde, bis sie vor seinem Gesicht so grau war wie der Schatten, den ein Baum im Mondlicht warf. Kurz zögerte er noch, dann atmete er das ihm dargebotene Leben ein.

Noch nie hatte Bren willentlich von einem so jungen Menschen genommen. Doch dieser eine Atemzug reichte, um zu begreifen, warum so viele Osadroi die Lebenskraft von Kindern bevorzugten, wie man andernorts edlen Wein schätzte. Siérces Essenz war rein, sauber wie ein Schneefeld, auf dem es kaum Spuren gab, vielleicht nur die Fährte eines einsamen Kaninchens oder die Abdrücke zweier Spatzen, die nach Körnern gegraben hatten. In ihr war das Leben beinahe ohne Erstarrung greifbar, ertastbar. Jede Faser von Brens Körper begrüßte es, lechzte nach dem, was er selbst nicht mehr hervorzubringen vermochte und doch unbedingt brauchte, um seine bloße Existenz zu bewahren. Bren fühlte sich, als beobachte er sich selbst, während er seine Schritte zu Siérce lenkte.

»Nehmt«, lockte Jittara flüsternd.

Siérce sah mit weit geöffneten Augen zu ihm auf.

Er konnte nicht widerstehen. Er schloss die Lider und rief ihre Essenz.

Da war mehr als ihre jugendliche Reinheit. Etwas, das er ebenfalls noch nicht geschmeckt hatte. Sicher, sie verehrte ihn und sie hatte Angst. Das war verständlich nach dem, was sie erlebt und nach der Vorbereitung, die sie zweifelsohne von Jittara erhalten hatte. Aber da war auch ...

Er nahm einen tiefen Zug.

... Neugierde. Nicht das Streben nach Wissen, wie es einen Scholaren oder Kleriker prägt, der sich immer tiefer in ein Gebiet hineingrub. Es war das kindliche Verlangen, etwas über das Leben da draußen zu erfahren. Diese Regung hatte einst auch Bren erfasst, als er zu seinem Vater gekommen war. Er hatte wenig davon gewusst, was man mit einem Schwert machen konnte, aber die Stahlklinge, die leise sang, wenn man sie aus der Scheide zog, oder die andächtige Art, wie sein Vater die Waffe gehalten hatte – diese Eindrücke waren für ihn Verheißungen gewesen. Wie ein Lichtspalt, der unter einer Tür hindurchschien, hinter der Unbekanntes zugleich drohte und lockte.

Bei Siérce war es kein Licht, sondern die Dunkelheit der Schatten, der sie nicht widerstehen konnte. Was immer sie sich einredete, in Wahrheit konnte sie nicht ertragen, dass diese finstere Pracht ein Geheimnis für sie war. Auch Neid war dabei, Neid auf die Ondrier. Nicht auf die Stärke ihrer Truppen, sondern auf die Kenntnis von den dunklen Fundamenten der Welt, mit der sie aufgewachsen waren, während man Siérce ihr Leben lang getäuscht hatte.

Wieder atmete Bren.

Er konnte Siérces Gedanken nicht hören, aber ihr Empfinden war so ohne jede Verstellung, dass seine Vermutungen nicht gänzlich falsch sein konnten. Sie hasste, aber nicht Bren, noch nicht einmal die Ondrier, deren Stiefel Ilyjia in den Schlamm traten. Der Hass war mit Enttäuschung verbunden. Wahrscheinlich richtete er sich gegen ihre Lehrer, gegen die Höflinge, die sie erzogen hatten. Wie erklärte man die Welt einer Königin, die beinahe noch ein Kind war? Sicher hatten sie die Macht Ondriens heruntergespielt, zumal es seit dem Silberkrieg keine echte Schlacht mehr gegen die Schattenherren gegeben hatte.

Aber Neid und Enttäuschung interessierten Bren nicht. Er hatte sie schon oft geschmeckt. Das Neue, Unwiderstehliche an Siérce war die Frische, dieser Verstand, der trotz des Schrecklichen der vergangenen Wochen hoffnungsvoll der Zukunft entgegeneilte. Bren schwelgte in diesem Frohsinn. Siérce war tatsächlich glücklich, bei ihm zu sein. Sie hatte das Gefühl, etwas geschafft zu haben, weil sie zu ihm vorgedrungen war und ihn dazu gebracht hatte, von ihr zu nehmen.

Er hörte ihren Körper wimmern, aber zugleich warf sich ihr Geist ihm noch stärker entgegen. Bren war verloren wie ein Mann, der von einer geschickten Hure aufgestachelt wurde, sodass seine Lust alle Vernunft fortspülte. Er sog den Entdeckerdrang in sich hinein, den Lebenswillen, diese brennende Fackel, die sich von keinen Widrigkeiten ersticken ließ. Bren hatte seine Geliebte verloren, aber Siérce wurde Zeugin des

Todeskampfes ihres gesamten Reiches, dessen Hauptstadt nun von den Karten radiert werden musste. Dennoch strebte sie der Zukunft entgegen, und das auch noch voller Zuversicht! Bren verlor sich in einem Taumel von ungerichtetem Tatendrang, in dem die Schatten eine vage Rolle spielten. Siérce verband unergründete Möglichkeiten mit der Finsternis, und Bren fühlte sich als Teil von dieser urgewaltigen Kraft.

Irgendwann wankte er zurück, fiel auf das Bett, wo er heftig atmend liegen blieb und dem versiegten Strom der Lebenskraft nachschmeckte. In den Ellbogen, an den Fußsohlen, an einer Stelle seines Rückens fühlte er noch das Kribbeln der Essenz, bis es sich auch dort verlor.

»Schade«, sagte Jittara. »Ich hätte sie gern ausgebildet. Sie hat mir gefallen. Vielleicht hätte sie es bis zur Dunkelruferin gebracht.«

Bren setzte sich auf.

Siérce lag verdreht auf dem Boden. Dass es sich bei dem Körper mit der aschgrauen, faltigen, blutüberströmten Haut um die Königin handelte, erkannte Bren nur an ihrem Kleid. Diese Leiche hatte keine Ähnlichkeit mit der Vierzehnjährigen, die sein Zelt betreten hatte.

»Ihr seht schon viel besser aus, Herr«, meinte Quinné.

Verständnislos sah er sie an, bevor er aufstand und zu der Toten ging. »War ich das?«, fragte er und war sich sogleich bewusst, wie blöde das klang.

Jittara ersparte ihm die Antwort. »Ich lasse sie fortschaffen. Wir müssen uns Gedanken machen, wen wir jetzt zum Statthalter von Ilyjia machen wollen.«

»Was habe ich getan?«, stammelte Bren.

»Ihr habt Euch genommen, was Ihr begehrtet«, stellte Jittara fest. »Tut uns allen und auch ihr den Gefallen, es nicht einfach zu vergeuden. Nutzt das Leben, das jetzt Euer ist.« Ihr Lächeln war so kalt wie die Finsternis, die der Kult predigte.

»Ihr müsst Euch zunächst nach Süden wenden«, sagte Nalaji. »Nur dort gibt es Hoffnung.«

»Seht nach Halas' Kopf, ich bitte Euch.« Die Frau hielt ihr das Kind hin. Drei Jahre mochte es alt sein.

Der Verband war an der rechten Seite durchgeblutet, aber immerhin glänzte er nicht mehr nass, also hatte die Flüssigkeit verkrusten können. Der kleine Junge starrte vor sich hin.

»Die Monde sind noch nicht aufgegangen, und wenn sie es tun, werden sie schwach sein. Silion wird kaum über den Horizont steigen, Stygron und Vejata werden sich noch nicht einmal zur Hälfte zeigen.«

»Bitte! Ihr seid die Einzige, die uns helfen kann.«

Nalaji seufzte und setzte sich auf die Bank, die durch eine merkwürdige Laune der Angreifer heil geblieben war, obwohl die Schäferhütte ansonsten eine Ruine war. Ironischerweise hatten die Ondrier wohl nicht gewusst, dass Peross ein Mittelsmann gewesen war, der mit seiner Wolle auch Nachrichten nach Norden und von dort zurück transportiert hatte. Geschweige denn, dass er Keliators Schwert in einem Geheimfach aufbewahrt hatte, solange dieser mit seinen Eltern in Orgait gewesen war.

Auch vor der Besetzung hatten sie in Ilyjia nicht jedem vertraut. Manchem Mächtigen hatte die Vorstellung gefallen, sich durch die Gunst der Schatten die Unsterblichkeit zu erschleichen. Deswegen hatten sie nicht immer die Boten des Tempels eingesetzt, sondern manchmal Leute wie Peross. Vor langer Zeit war er Kaufmann gewesen, hatte selbst mit den Schatten kokettiert, um seinen Reichtum zu vergrößern. Dann hatte er seine Frau, seine Kinder und zwei Brüder an die Finsternis verloren. Seitdem war er ein Schäfer gewesen – zudem ein ziemlich reicher, mit mehreren Herden. Und einer, der den Hass auf die Schatten im einsamen Herzen getragen hatte. Nalaji, Narron und Keliator hatten sich manchmal hier, eine knappe Tagesreise nördlich von Akene, getroffen, um nicht belauscht zu werden. Und sie hatten verabredet, sich bei ihrem Freund zu treffen, wenn sie getrennt würden und es nicht geraten erschien, in Akene zu bleiben. Auf dieser Bank außen am Haus hatten sie oft gesessen und auf das silberne Band hinuntergeschaut, das der Bach am Fuß des Hügels malte. Ihre Hand strich über den leeren Platz neben ihr auf der Bank. Sie wusste noch nicht einmal, was mit Narrons Leiche geschehen war. Gut möglich, dass der Hunger von Ghoulen ... Sie verscheuchte den Gedanken.

Jetzt konnte niemand mehr in Akene bleiben. Die Stadt war noch gründlicher zerstört als diese Hütte. Also hatte Nalaji gehofft, Keliator hier zu treffen. Ihr Herz sagte ihr, dass er zu den Paladinen gehörte, von denen man wisperte, dass sie aus Akene entkommen waren. Er konnte nicht tot sein. Er durfte nicht!

Nicht so wie Peross, den man aufgehängt hatte, bevor man sein Haus in Brand gesteckt hatte. Ondrische Truppen waren nicht zimperlich, wenn jemand die Schafe zurückhalten wollte, die sie für die Verpflegung ihrer Krieger forderten. Nalaji hatte den Freund am Mittag begraben, eine schwere Aufgabe, nicht nur wegen ihres Alters, sondern auch, weil der Bruch ihres linken Oberarms trotz ihrer Gebete noch nicht vollständig verheilt war.

»Ich bin erschöpft«, sagte sie schwach. Dennoch betastete sie vorsichtig den Verband des Kindes. Sie hatte keine frischen Binden, um diese zu ersetzen, wenn sie sie löste.

»Wird er leben?«, fragte die Mutter. Sie war jung, fünfundzwanzig etwa. Keine Schönheit, aber auch nicht hässlich. Nur die zitternden Augen störten. Ihr Blick stand niemals still, als fürchte sie ständig, etwas zu übersehen.

»Seine Wunde blutet nicht mehr. Wir dürfen hoffen, dass sie sich schließt. Was ist mit dir selbst?«

»Sie haben mich geschändet«, sagte sie. »Nichts weiter.«

Nalaji nickte langsam. Körperlich schien die Frau nicht mehr als ein paar blaue Flecken abbekommen zu haben. Manchen gelang es, eine solche Erinnerung in einen tiefen Kerker ihrer Seele zu sperren, den Schlüssel wegzuwerfen und nie wieder daran zu denken. Aber die zitternden Augen der jungen Mutter ließen befürchten, dass dieses Monster früher oder später ausbräche.

»Gib ihn mir«, bat Nalaji und nahm den Jungen auf den Schoß. »Ich brauche Wasser. Im Haus ist ein Kessel. Geh zum Fluss und spüle ihn gründlich aus, der Ruß muss weg. Dann bring ihn hoch und benutze ihn, um Wasser abzukochen. Das Holz hier ist sicher trocken genug für ein Feuer.« Der Hausbrand hatte nicht alles verzehrt, die Streben der zerbrochenen Fensterläden würden sich eignen.

Während die Frau den Auftrag ausführte, löste Nalaji den Verband des Jungen. Er war tapfer, weinte nicht, auch als sie etwas reißen musste, um die klebenden Stellen freizubekommen. Aber er reagierte auch nicht auf ihre Stimme, als sie auf einen Vogel zeigte, der in der Nähe landete, oder auf die Wolken, die von der untergehenden Sonne angeleuchtet wurden wie Brot in einem Ofen.

Der Schädel war gebrochen. Auf ihren sanften Druck hin gab er nach und etwas Blut trat aus, aber es war nur wenig und das Hirn schien nicht geschädigt. Das war keine Wunde, die eine Waffe schlug. Vielleicht hatte man den Knaben aus dem Weg gestoßen, um ungestört bei dem zu sein, was man seiner Mutter angetan hatte. Dabei mochte er gegen eine Tischkante geprallt sein. Seine Jugend war ein Vorteil, ein junger Körper erholte sich besser von so etwas als ein alter. Vorausgesetzt, er blutete nicht innerlich. Wenn im Schädel etwas anschwoll und auf das Hirn drückte, konnte er verblöden.

Nalaji sah in den Abendhimmel und suchte die Monde. Ihr geübtes Auge fand Vejata als kleine, blaue Sichel knapp über den Hügeln im Osten. Wie ein Gott, der herbeieilte, um zu helfen, aber zu weit weg und zu langsam war, um etwas bewirken zu können.

Die Schatten senken sich auf die Welt.
Vergeblich versuchte sie, die düsteren Gedanken zu verscheuchen.

Wenn selbst eine Priesterin an den Göttern zweifelt – wie soll es dann noch Hoffnung geben?

Sie spürte die Tränen in ihre Augen steigen, wischte sie fort, bevor der Junge sie hätte sehen können.

Ihr kleines Messer war scharf, geeignet, um faulendes Fleisch präzise zu entfernen. Sie löste eine Schlaufe ihrer Toga und schnitt sie ab. Der Stoff war auch nicht sauber, aber besser als der Verband, den sie dem Jungen abgenommen hatte.

Als die Mutter zurückkam, legte sie die neue Binde in den Kessel und benutzte die alte, um das Feuer zu entfachen.

»Ihr müsst nach Süden«, wiederholte Nalaji, während sie darauf warteten, dass das Wasser zu kochen begänne. »Noch sind die Ondrier auf dem Eroberungszug, aber bald werden sie sich wieder nordwärts wenden, um den Fayé den Rest zu geben. Hier unten sind sie fertig.«

»Werden sie Ilyjia wieder freigeben?«

»Die Schatten weichen selten von einem Land, das sie unterworfen haben. Die meisten Krieger werden gehen, aber die Kleriker werden kommen. Die sind noch schlimmer. Sie fordern die Seelen der Menschen für die Finsternis. Der Kult wird Nachbarn gegeneinander aufbringen und Familien spalten. Alles, was den Göttern gefällt, ist den Dienern der Schatten verhasst.«

»Aber ich kenne niemanden im Süden.«

Freudlos lächelte Nalaji. »Du wirst viele treffen, die deine Not teilen. Ihr müsst zusammenhalten.«

»Ihr sprecht so, als kämt Ihr nicht mit uns.«

»Ich bin alt und leer.«

»Redet nicht so!«

War es nicht merkwürdig, wenn eine einfache Frau eine verdiente Priesterin zu trösten versuchte?

»Wir wollen uns um deinen Sohn kümmern. Das Wasser ist heiß genug.«

Sie tupften die Verletzung ab, was der Verwundete klaglos hinnahm. Nalaji sprach ein Gebet, aber weil die Monde so schwach waren, erhielt sie nur eine unklare Vision. Sie konnte nicht ganz sicher sein, aber wenigstens entdeckte sie auch keine Schwellung im Kopf. Also legte sie einige Heilkräuter auf die Wunde, das würde einer Entzündung vorbeugen, und wickelte den neuen Verband. Prüfend drehte sie den Kopf im Feuerschein, um den Sitz der Schlaufen zu prüfen. An einer Stelle zupfte sie den Stoff zurecht. Dabei wandte sie sich zur Seite.

War da eine Bewegung? Ein Reh vielleicht?

Oder doch Keliator? Ihr Herz setzte einen Schlag aus. *Er musste noch leben. Er musste!*

Aber die Bewegung war sehr schnell gewesen. Warum hätte Keliator rennen sollen? Es war wohl doch ein Tier, das jetzt, nach Sonnenuntergang, aktiv wurde.

Sie wandte sich wieder dem Jungen zu. »Hast du noch irgendwo Schmerzen?«

Er schwieg.

Die Mutter legte ihm die Hände auf die Knie. »Sag der ehrwürdigen Priesterin, wenn dir etwas wehtut, Halas. Du brauchst dich nicht zu schämen.«

»Du bist ein tapferer Junge«, bestätigte Nalaji.

Er schwieg dennoch.

»Dürfen wir diese Nacht hierbleiben?«, fragte die Frau. »Ich könnte kochen.«

»Ihr seid mir willkommen.« Tatsächlich kam ihr die Gesellschaft gelegen. Mit dem unvollständig ausgeheilten Andenken an die letzte Begegnung mit Bren fielen ihr auch alltägliche Verrichtungen schwer. Es würde noch zwei Tage dauern, bis sie die Schiene vom Oberarm würde lösen können.

Sie stand auf, um zu schauen, ob es in der Ruine noch eine oder zwei Decken gab, die nicht vollständig verbrannt waren.

Peross hatte eine Kiste mit solchen Sachen besessen. Inzwischen war sie vielleicht weit genug abgekühlt, um sie zu öffnen. Vorsichtig stieg sie über die Trümmer. Die dicken Balken des Dachstuhls wirkten wie der Brustkorb eines riesenhaften, dunklen Skeletts, das aus dem Sternenhimmel herabfiel. Nalaji fröstelte.

Sie hätte besser darauf achten sollen, wohin sie ihren Fuß setzte. Sie brach ein. Erschrocken schrie sie auf.

Diesmal sah sie die Bewegung besser, obwohl sie noch immer blitzschnell war. Jemand fing sie in ihrem Sturz auf. Dieser Jemand hatte eine zu bleiche Haut für einen Menschen, und sein Griff war leichenkalt.

»Flieht!«, rief sie zu der Frau hinaus. »Die Schatten sind hier!«

Sofort hörte sie schnelles Laufen. Selbst jetzt blieb der Junge stumm.

Nalaji schlug nach dem Angreifer, fingerte nach ihrem Messer. Sie konnte ihn nicht verletzen, aber wenn sie Glück hatte, tötete er sie schnell. Seine Hand näherte sich mit menschlicher Langsamkeit ihrem keuchenden Mund. Sie biss zu.

»Schon gut, Mutter.« Die Stimme drang in ihr Ohr wie ein Eiszapfen. Sie gehörte Keliator, und doch war sie ganz anders. Gar nicht mehr rau, jetzt hatte sie etwas Samtenes. Andere mochten das angenehm finden. Für Nalaji war es fremd und unheimlich, sie so verändert zu hören. »Schon gut«, wiederholte er und löste seine kalte Hand mit sanftem Zug aus ihrem erschlaffenden Mund.

Sie wollte ihn ansehen und fürchtete sich zugleich davor, war erstarrt wie eine Forelle, die in einem Tümpel eingefroren war.

Behutsam zog er ihren Fuß aus dem Hohlraum, in den er eingebrochen war. Sie schien kein Gewicht für ihn zu haben, er trug sie auf den Armen wie einen leichten Mantel und brachte sie nach draußen. Von Halas und seiner Mutter war nichts mehr zu sehen.

Zärtlich stellte er sie ab.

Ein Schaudern lief durch ihren alten Körper, als sie sich zu ihm umdrehte.

»Keliator«, flüsterte sie, und dieses Wort war wie ein Stemmeisen, mit dem sich das Undenkbare Einlass in die Wirklichkeit verschaffen wollte. Sie hob eine Hand, verharrte aber auf halbem Weg. Noch konnte sie dieses bleiche, dieses falsche Gesicht nicht berühren. Dabei war es auf perverse Art schön, aus der Sterblichkeit in eine Ewigkeit enthoben, die die Götter den Menschen verboten hatten. »Was ist mit meinem Sohn geschehen?«

»Ich bin dein Sohn.« Auf einmal wirkte dieser übermenschlich starke Unsterbliche schwach, sogar getroffen.

Diese Verletzlichkeit war es, die ihr ermöglichte, die Distanz zu überbrücken. Sie nahm seine Hand und ließ ihre Tränen darauf fallen. »Der Feind hat dich zu einem der Seinigen …« Ihre Stimme versagte, aber sie wusste, dass er sie dennoch verstand.

»Nein, Mutter, das hat er nicht. Sieh!« Er zog sein Hemd hoch.

Zunächst wusste sie nicht, was er meinte, aber dann fiel es ihr auf. »Da ist keine Narbe!« Zögerlich betastete sie die unverletzte Haut.

Er nahm ihre Hand und drückte sie flach auf seine Brust. »Spürst du mein Herz schlagen? Es ist noch in mir, nicht in der Kammer der Unterwerfung, nicht bei ihrem Schattenkönig.«

Sie schluckte. Noch verwehrte sie der Hoffnung den Zugang zu ihrem Fühlen. Sie wollte sich nicht erheben, nur um darauf umso tiefer zu fallen. »Wovon nährst du dich?«

Er wich ihrem Blick aus.

»Sage mir, dass du niemandem das Leben raubst, das die Götter ihm schenkten.«

Seine Hände schienen etwas greifen zu wollen. Schließlich ließ er sie schlaff herabhängen. »Es geht nicht anders. Nur wir stehen zwischen den Menschen und den Schatten.«

»Ihr? Dann gibt es noch mehr wie dich?«

Er ließ ihr die Zeit, selbst den richtigen Schluss zu ziehen.

»Die Paladine, von denen alle sprechen«, flüsterte sie. »Ihr habt Schattenfürst Velon erschlagen.«

Er nickte grimmig. »Und er wird nicht der Letzte gewesen sein.«

Sie barg das Gesicht in den Händen. »Aber welch schrecklichen Preis müsst ihr dafür zahlen!«

»Kein Preis ist zu hoch für diesen Sieg, Mutter. Wir müssen Bren töten. Sein Geschick als Feldherr hat den Süden in ein paar Wochen unterworfen. Wenn wir ihn nicht aufhalten, sind alle Menschen verdammt, sich unter die Schatten zu beugen.«

»Bren …«, hauchte sie. »Er hat mir den Arm gebrochen. Und was ist mit Lisanne?«

Seine Kiefer mahlten, als er ihre Schiene betrachtete. »Alles zu seiner Zeit. Bren zuerst.«

Sie löste sich von ihm und ging ein Stück in die Nacht hinaus, bevor sie sich wieder zu ihm umwandte. »Du hast mir noch nicht gesagt, wovon ihr euch ernährt.«

»Du weißt es doch.«

»Ihr …« Sie versuchte, den Gedanken zu greifen, aber er entglitt ihr.

Keliator nickte. »Lebenskraft. Essenz, wie die Ondrier sagen.«

»Ihr nehmt fremdes Leben!«

»Jeder Krieger tut das.« Er verschränkte die Arme. »Wann immer es ging, nahmen wir von den Kämpfern, die wir überwanden. Männern wie denen, die das hier angerichtet haben.« Er zeigte auf die Ruine des Schäferhauses.

»Und wenn das nicht ging?«

»Einmal brauchten wir Freiwillige.«

»Was geschah mit ihnen?«

Er sah zur Seite.

»Was, Keliator?«

»Wir hatten nicht die Zeit, zu lernen, unsere Begierde zu zähmen. Du weißt nicht, wie es sich anfühlt, wenn frisches Leben in dich hineinströmt.«

Sie wich vor seinem verklärten Gesichtsausdruck zurück. »Das will ich auch nie erfahren!« Sein Oberkörper verlor die kriegerische Spannung. »Du hast recht. Diese Gier ist niemandem zu wünschen. Aber wir müssen uns ihr stellen, um siegen zu können. Die Grenze zwischen Gut und Böse ist nicht mehr so deutlich wie einst.«

»Nein«, sagte sie und betrachtete ihren Sohn, den sie über alles liebte – und zugleich eine jener Blasphemien, die sie zutiefst verabscheute. »Ich weiß nicht mehr, was richtig ist.«

Er nahm ihre Hände, besonders vorsichtig die linke, wohl wegen der Armverletzung. Offensichtlich bewegte er sich bemüht langsam, um sie nicht zu verschrecken. »Ich freue mich, dich wiederzusehen, aber das ist nicht der Grund, aus dem ich hier bin. Wir brauchen dich, Mutter. Im Nachtschattenwald.«

Sie lachte auf. »Bei den Fayé?«

»Bei ihrer Königin. Anoga steht vor der Niederkunft, und es gibt Schwierigkeiten. Du bist die einzige Hebamme, der ich vertrauen kann.«

Nebel

Königin Anoga wimmerte. War das ein Zeichen der Besserung gegenüber den Schreien zuvor, oder ließ es befürchten, dass die Fayé das Bewusstsein verlöre?

»Bleibt bei mir, Majestät«, bat Nalaji. Sie hatte vielen Kindern ans Licht geholfen, aber alle waren von menschlichen Frauen geboren worden. Sie war so ahnungslos, was die Fayé betraf! Sie musste sich nur umsehen, um alle Zweifel daran zu vertreiben, dass sie hier eine Fremde war.

Schon tagsüber waren sie in halsbrecherischer Geschwindigkeit gereist, aber nachts, wenn die zu Osadroi gewordenen Paladine ihre geschlossenen Kutschen verlassen hatten, hatte es kein Halten mehr gegeben. Ihre unsterblichen Augen hatten den Weg mühelos in der Dunkelheit erkennen können. Im Nachtschattenwald hatten Fayé sie in Empfang genommen, und damit hatte der Albtraum begonnen. Für Nalaji, die ihr Leben lang der Mondmutter gedient hatte, war der Anblick der vergewaltigten Natur, der verdrehten Bäume und der pervertierten Tiere eine beinahe schon körperliche Qual. Öfter als einmal hatte sie sich übergeben. Drei Tage und Nächte waren sie durch den von kranken, dämonischen Hirnen geschändeten Forst unterwegs gewesen, ohne nennenswerte Pausen. Nur die Erschöpfung hatte der alten Frau auf den rumpelnden Wagen Schlaf geschenkt. Wenigstens waren die Monde gnädig genug gewesen, um den Bruch ihres Oberarms ausheilen zu lassen.

Und dann, als sie schon geglaubt hatte, inmitten der gemarterten Natur den Verstand zu verlieren – das hier: Ein Areal, das so war, wie der ganze Wald vor Jahrzehntausenden gewesen sein musste, als die Fayé noch in der Gnade der Götter gestanden hatten. Himmelhohe Bäume, aus deren Blättern Licht sickerte. Regenbogen, die sich sogar nachts über kristallenen Teichen spannten. Blumen, die glockenhell klangen, wenn ein Windhauch sie streifte. Auch der Hausbaum, in den sich Anoga zurückgezogen hatte, war von einer Schönheit, wie sie nur die fantasievollsten und unschuldigsten Menschen in einem Traum finden mochten. Der Stamm hatte freiwillig einen Hohlraum geschaffen, eine Tür, Fenster und Wände, in denen das Holz von der Decke zum Boden zu fließen schien. Leuchtende Pflanzen rankten daran wie Girlanden, sogar Wasser trat aus einem Astloch und lief in eine halbkugelförmige Ausbuchtung, ein natürlicher Brunnen. Dies war ein Haus aus einer Zeit, in der die Fayé in Harmonie mit der Schöpfung der Götter gelebt hatten. Damals hatten sie gebeten und geschmeichelt, um zu bekommen, was sie begehrten, nicht geschändet und erzwungen, wie man es im heutigen Nachtschattenwald sah.

»Ihr müsst mir helfen, Majestät. Sagt mir, was Ihr spürt.« Nalaji war froh, dass sie mit der Königin allein war. Dadurch konnte sie sich eine direkte Ansprache erlauben.

Anogas Antwort war ein unverständliches Stöhnen.

Das Gesicht der Fayé blieb für Nalaji undeutbar. Bei Menschen gaben die Augen die entscheidende Auskunft. Wenn man sich darauf verstand, konnte man an ihnen erkennen, ob ein Lachen ehrlich war, und konnte die Nervosität eines Gegenübers ebenso darin sehen wie seine Wollust oder Neugier. Bei Anoga waren die Augen nur Nebel, von der gleichen Farbe und genauso kalt und abweisend wie Gold. Sie hatte auch keine Lider, die Öffnungen waren von niedrigen Knochenwülsten eingefasst. Am ohnehin schwachen Mienenspiel nahmen sie nicht teil.

Manchmal zeigten sich leichte Falten auf der breiten Stirn oder Wölbungen in den Wangen, aber es schien, dass die Haut straffer als bei einem menschlichen Kopf um den keilförmigen Schädel gespannt war. Das trug zu dem Eindruck ewiger Jugend bei, aber es reduzierte auch die Mimik. Immerhin zitterten die Lippen von Anogas kleinem Mund.

Trotz aller Unterschiede glich sich die grundsätzliche Physis von Fayé und Menschen. Zwei Arme, zwei Beine, ein Rumpf, ein Kopf, obwohl die Fayé ein Ellbogengelenk und einen Finger mehr hatten. Und auch wenn sie androgyne Erscheinungen waren, war ihre Geschlechtlichkeit offensichtlich der menschlichen ähnlich. Anoga hatte eine Scheide und einen Busen, also wurden wohl auch junge Fayé gesäugt. Der Bauch der Königin war allerdings so monströs gewölbt, als trüge sie ein Kalb aus. Nalaji konnte nur hoffen, dass eine Geburt bei einer Fayé so ablief wie bei einer Menschenfrau.

Soweit Nalaji hatte ertasten können, lag das Kind nicht anders im Bauch als bei einem Menschen. Musste es sich auch drehen und den Kopf in Richtung des mütterlichen Beckens wenden, um gefahrlos geboren werden zu können?

Für Fragen war nach ihrer Ankunft keine Zeit gewesen, Anogas Wehen hatten sie bereits schreien lassen.

Nalajis erste Patientin war jedoch sie selbst gewesen – die Krankheit, die sie bekämpfen musste, hieß »Müdigkeit«. Sie war aus ihrer Zeit in Orgait gewohnt, ihrem Körper mit einem Kräutersud vorzugaukeln, er habe geschlafen. Aber auch das hatte Zeit aufgezehrt. Und jetzt hockte sie neben dem von lebenden Gräsern und Blättern geformten Bett und konnte wenig mehr tun, als den Schweiß von der Königin zu wischen.

Keliator brachte einen Kessel mit heißem Wasser. »Sie sind besorgt, Mutter«, sagte er.

»Ich bin auch besorgt.«

»Nicht so wie sie. Nach diesem Ereignis sehnen sie sich seit Jahrtausenden.«

Nalaji war mehr als einmal Zeugin davon geworden, was Menschen taten, wenn ihre Sehnsüchte enttäuscht wurden. Die Fayé waren seit langer Zeit Vertraute der Finsternis. Sie wären kaum mitfühlender zu einer gescheiterten Heilsbringerin.

Nalaji verbrühte sich, als sie ein Tuch in das heiße Wasser tauchte. Zischend zog sie die Hand zurück.

»Ich muss nachdenken«, sagte sie und wollte die andere Hand benutzen, doch Keliator nahm ihr das Tuch ab.

»Ich kann das machen.«

Eine Welle lief durch Anogas absurd geschwollenen Leib. Sie riss den Mund auf, aber es dauerte einen Moment, bis sich der Krampf so weit löste, dass sie schreien konnte.

»Drück sie zurück!«, rief Nalaji und fasste die Handgelenke der Königin. »Sonst verletzt sie sich selbst!«

Anoga lag schon seit Wochen in den Wehen. Wenn sie auch zunächst nicht so mörderisch gewesen waren, hatten sie sie doch geschwächt. Trotz ihres Alters und ihrer eigenen Erschöpfung konnte Nalaji sie mühelos festhalten.

»Ich weiß nicht, ob das normal ist bei einer Fayé-Schwangerschaft«, gestand Nalaji. »Was hältst du davon, einen von denen da draußen zu fragen? Vielleicht König Ilion selbst?«

Zögerlich schüttelte Keliator den Kopf. »Sie sind verzweifelt, weil sie selbst nicht wissen, was hier geschieht. Ihre Erfahrungen mit Schwangerschaften liegen in Zeiten, in denen es kaum Menschen gab. Seitdem ist die Welt eine andere geworden. Damals gab es wohl keine Schmerzen bei einer Geburt. Sie stimmten Gesänge an, um ihre Nachkommen in die Welt zu locken.«

»Ich nehme an, das haben sie schon versucht?«

»Mehr als einmal. In dieser Enklave ist die Natur zwar stark, aber die Fayé haben die Verbindung zu ihr verloren. Sie haben sich verändert.«

»Sie sind in die Dunkelheit gefallen.«

»Der Weg zurück wird lange dauern.«

Nalaji benutzte das nasse Tuch, um die Königin zu reinigen, vor allem zwischen den Beinen, wo eine bläuliche Flüssigkeit aus der Scheide trat. Zu wenig, als dass eine Fruchtblase hätte geplatzt sein können. Sie tastete den Bauch ab. Das Kind bewegte sich darin.

»Ich könnte einen Schnitt setzen.« Sie zog den Zeigefinger leicht oberhalb des Beckens von links nach rechts, um zu verdeutlichen, was sie meinte. »Aber ich weiß nicht, ob Ihre Majestät das so gut verkraften würde wie eine Menschenfrau. Auch bei uns sterben manche daran. Wenn man mich mit einem blutigen Messer über der Leiche der Königin fände, würde das unsere Lage kaum verbessern.«

»Das stimmt.«

Sie sah durch das Fenster. Das aus den Blättern schwebende Licht erhellte die Umgebung. Überall waren Fayé zu sehen. Sie schwiegen und starrten mit ihren Nebelaugen auf das Haus, hielten aber Abstand. »Ist Vejata schon aufgegangen?«

»Sehen konnte ich ihn wegen der Bäume nicht, aber ich bilde mir ein, ihn zu spüren.«

Die Erinnerung daran, dass die Monde ihren Sohn nun ebenso schwächten wie jeden anderen Osadro, versetzte Nalaji einen Stich.

»Wir müssen sie nach draußen bringen.« Nalajis Stimme klang sicherer, als sie sich fühlte. »Kannst du sie …«

Mühelos hob er sie an.

»… tragen?«

Sie öffnete ihm die Tür, deren Aufhängung aus ungeschnittenen Pflanzenfasern bestand.

»Wohin?«, fragte er über das Raunen der Menge hinweg.

Sie zeigte auf ein Moosbett am Rande der Enklave. Hier wichen die göttergewollte, harmonische Natur und die von dämonischem Wirken pervertierte Wildnis des umgebenden Waldes voreinander zurück, sodass der Himmel zwischen den

Wipfeln zu sehen war. Normalerweise behinderte ein Blätterdach die Kraft der Monde nicht, aber an diesem Ort war alles mit Magie oder göttlichem Wirken getränkt.

Mit einer Vorsicht, die sie in seinen sterblichen Tagen nie an Keliator beobachtet hatte, legte er Anoga ab. Nalaji kniete sich zwischen ihre Beine. »Eine Decke wäre gut«, meinte sie. »Wir sollten sie vor den Blicken ihrer Untertanen schützen.«

Keliator nickte.

Im Moment lag die Königin ruhig, die Schmerzen schienen sie nicht übermäßig zu quälen. Nalaji faltete die Hände und versuchte, sich in den Ritus der Ruhe zu versenken. Oft verwendete man ihn, um in der Gewissheit göttlicher Gnade einschlafen zu können, aber er hatte den Nebeneffekt, dass man schnell mit der Kraft der Mondmutter in Kontakt kam. Das war Nalajis Absicht.

Keliator war rasch mit der Decke zurück und breitete sie über den aufgedunsenen Leib. Nalaji ließ sich nicht ablenken.

Da! Sie spürte ihn. Vejata. Sein blaues Halbrund musste bald hoch genug gestiegen sein, um ihn zwischen den Wipfeln sehen zu können. Schon jetzt konnte sie sich mit seiner Kraft verbinden.

Das missfiel der Bosheit des Waldes. Wind kam auf, wurde zu einem klagenden Heulen, bei dem man nicht daran zweifeln konnte, dass es von Verstand beseelt war. Deformierte Tiere drängten heran. Ein Reh, aus dessen Beinen Dornen sprossen. Ein Keiler mit Haar aus übergroßen Igelstacheln. Schlangen mit Fangzähnen, so groß wie Dolche. Immer mehr solcher Kreaturen schoben sich zwischen den verdrehten Büschen und den krumm gewachsenen, sich wie in gelähmter Qual windenden Bäumen näher. Böen wehten schwarze Blätter heran, auf denen Blut klebte.

Die göttergefällige Enklave wehrte sich. An einigen Stellen drang das verfluchte Laub ein, aber das Licht legte sich wie Tau darauf, begann zu fließen und spülte es wieder hinaus.

Nalaji hatte nicht die Muße, dieses Treiben zu beobachten. Sie schloss die Augen, suchte mit dem Sinn einer Priesterin nach Vejatas blauem Mondlicht. Sie fand es schnell und lud es ein, in ihr Herz zu scheinen. Angenehm kühl füllte es sie aus. Ihr Pulsschlag verlangsamte sich. Die Ruhe half ihr bei der Konzentration auf das, was in Anoga vorging.

Sie hielt an dem blauen Licht fest, richtete ihre Aufmerksamkeit aber nach außen. Blind tasteten ihre Hände an Anogas Schienbeinen entlang, über die Knie hinweg, glitten über die Oberschenkel. Wie einen Kundschafter sandte sie ihren Geist voraus, in den schwangeren Körper hinein.

Anoga schrie, als stochere Nalaji mit einem Stock in ihrem Bauch herum. Dort war viel Undurchdringliches, wie dichter Qualm, schwarz und ölig. Vejatas Licht wurde zu einem Schimmern. Nalaji war, als versuche sie, sich mit einem glimmenden Span einen Überblick in einem gänzlich unbekannten dunklen Haus zu verschaffen. Sie war sich der Präsenz des Kindes bewusst. Es war voll entwickelt, eine eigenständige Person mit eigenen Gefühlen und so vielen Wünschen, wie ein Verstand auf seiner Entwicklungsstufe zu haben vermochte. Geborgenheit, Schutz, Liebe für die Mutter, die es nährte, ihren Herzschlag, den es hörte. Und … eine unbestimmte Angst vor dem Draußen, von dem es ahnte, dass es existieren musste – nicht nur wegen der Geräusche, die in den vergangenen Monaten zu ihm durchgedrungen waren, sondern auch wegen der magischen Ströme, die es auf eine intuitive Art spürte, die Menschen fremd war. Anscheinend war es nicht über eine einzige Nabelschnur mit seiner Mutter verbunden, sondern über mehrere. Dieser Umstand faszinierte Nalaji, aber sie hatte keine Zeit, ihn weiter zu untersuchen.

Es war schon schwierig genug, den grundsätzlichen Zustand von Anogas Körper zu erfassen. In den Jahrtausenden ihres Lebens hatte sie so viel Finsternis angesammelt, die nun Nalajis Versuche behinderte! Nalaji glaubte nicht, dass sich

Anoga bewusst gegen sie wehrte, dazu war sie viel zu sehr damit beschäftigt, gegen ihre Ohnmacht anzukämpfen. Aber die Finsternis in ihr stellte sich Vejatas Licht entgegen. Was immer sich Nalaji anschauen wollte – die Dunkelheit eilte herbei, um ihr die Sicht zu nehmen.

Dennoch war sie sich bald gewiss, dass es schlecht um Anoga stand. Das Leben verließ die Fayékönigin. Nalaji vermutete, dass Anoga innerlich verblutete. Ein Kind dieser Größe konnte im Bauch der Mutter Wunden reißen, wenn es sich heftig bewegte. Bei der Angst des Ungeborenen war verständlich, dass es um sich trat. Dazu kamen noch die Wellen von Schmerzen, von denen Nalaji jetzt annahm, dass sie nur zum Teil Wehen waren wie bei einer gewöhnlichen Geburt. Dieses Kind war eine Gnade der Götter, die nach Jahrtausenden gewährt worden war. Die Finsternis in Anoga wehrte sich dagegen, wie Wasser versuchte, eine Kerze zu löschen.

Der Mondmutter für ihre Gnade dankend zog sich Nalaji zurück, öffnete ihre körperlichen Augen. König Ilion stand neben ihr.

»Ich weiß nicht, ob das Licht siegen kann, ohne Anoga zu töten«, sagte sie. Ein Rest von Vejatas Ruhe lag in ihrer Stimme. »Wie soll ich entscheiden, wenn es so weit kommen sollte? Für das Kind oder für die Mutter?«

Auch die Nebel in Ilions Augen waren golden. Vielleicht zeichnete das den Hochadel der Fayé aus. Er wandte den Kopf, sah seine Königin an und schwenkte dann zu Nalaji zurück. »Ich werde weder meine Gemahlin noch mein Kind aufgeben. Wenn Eure Götter uns nicht helfen, tun es vielleicht die Verbündeten, die wir in den Jahrtausenden unseres Fluchs fanden.«

Mit den Fayé, die er nun heranwinkte, musste er vorher besprochen haben, was auf dieses Zeichen hin zu tun war. Sie hoben Anoga an und trugen sie aus der Enklave hinaus in den fluchbeladenen Wald, wo andere ein aus edelstem Material gefertigtes Bett aufstellten. Dort legten sie ihre Königin nieder.

Noch bevor Nalaji entscheiden konnte, was sie tun sollte, fand sich ein Kreis zusammen und intonierte einen Gesang, dessen Silben Nalajis Verstand nicht festhalten konnte. Es waren Worte, die für ein sterbliches Gehirn undenkbar waren. Die darin enthaltenen Blasphemien konnte die Priesterin dennoch spüren. Alles in ihr verlangte danach, sich abzuwenden und zu fliehen, irgendwohin, wo sie nicht Zeugin dieses Frevels werden musste.

Keliator hielt sie fest. Sie wusste nicht, ob er verhindern wollte, dass sie davonliefe, oder sie stützte, damit sie nicht fiele.

»Ihr seid doch eine Amme«, sagte Ilion. Einladend deutete er zu Anoga. »Ich rate Euch gut: Tut, was Ihr tun könnt!«

»Nein! So nicht! Ich weigere mich!«

»Dann muss es ohne Euch geschehen. Und ohne Eure Götter.«

»Sie sind unser aller Götter! Auch Euch gaben sie das Leben!«

Ilion hatte sich bereits abgewandt. Er stellte sich in den Kreis der Seinen. Er trug ein Blättergewand wie sie. Dennoch erschien er zwischen ihnen als helle Gestalt, denn ihre Kleidung glänzte dunkel von Opferblut. Nur das Laub, das ihn umschmiegte, war so gefärbt, dass es zur Enklave passte. Dieser Zirkel bestand sicher aus Magiern der Fayé! Hätte Nalaji Befriedigung in ihren Gesichtern erkannt, wenn sie darin hätte lesen können?

Unter die missgestaltete Natur mischten sich jetzt undeutliche, finstere Wesenheiten. Sie scheuten das Licht, das Vejata inzwischen auf den Boden warf, und wohl auch die Helligkeit, die von der Enklave ausstrahlte. Deshalb wanden sie sich in den Schatten wie Schlangen, die auf ihre Beute lauerten. Mit jedem von Nalajis Herzschlägen gewannen sie an Stofflichkeit.

»Wollt Ihr wirklich riskieren, ein Kind der Finsternis zur Welt zu bringen?«, rief sie Ilion zu. »Wer weiß, wie viel von einem Dämon in ihm wäre, wenn Ihr jene dort Hand daran legen ließet?«

»Wir sind die Finsternis gewohnt, Sterbliche.« Immerhin unterbrach Ilion seinen Singsang. Vielleicht war nicht alles in ihm so abweisend wie seine Antwort.

Keliator, der noch immer ihre Schultern hielt, brachte seine Lippen neben ihr Ohr. »Wir müssen das Bündnis mit den Fayé erhalten!«, raunte er mit mühsam unterdrückter Stimme. »Im Süden sind wir geschlagen, aber im Westen sind die Menschen stark. Mit der rohen Kraft der bronischen Stämme kommen die Ondrier nicht zurecht. Und die Fayé stehen zwei Tagesmärsche vor Orgait!«

»Ich kann nicht Teil von dem sein, was hier geschieht«, ächzte Nalaji.

»Wenn wir nicht Teil davon sind, dann sind es die Dämonen. Und die hegen keine Liebe für uns, während sie den Schattenherren zumindest nicht Feind sind. Ein halbes Jahrhundert schon gab es unter Elien Vitan ein Bündnis der Unsterblichen. Wenn es unter Gerg wieder eines gibt, wird unsere Freiheit das nicht überleben!«

Betäubt von Schrecken starrte Nalaji auf die schwarzen, konischen Gestalten, die nun die Lücken im Kreis der singenden Fayé füllten. Sie schienen keine Knochen zu haben, wanden sich an beliebigen Stellen ihrer Körper in den unheiligen Klängen. Nalaji musste sich zum Atmen zwingen, um nicht zu ersticken.

»Ich bin eine Priesterin der Mondmutter«, flüsterte sie, ohne zu wissen, wem sie diese Feststellung mitteilen wollte.

Sie befreite sich von Keliators Griff. Natürlich hätte er sie halten können, wenn er gewollt hätte, aber er ließ sie gehen. Sie floh nicht. Sie zwang ihre Schritte hinaus in die Dunkelheit. Die Fayé machten ihr Platz, als sie einen zitternden Fuß vor den anderen setzte, angeekelt von dem Geschehen, das der Güte der Götter spottete. Neben dem Bett hockte sie sich hin, darauf bedacht, nicht mehr von dem Boden zu berühren als unbedingt nötig. Graues Gewürm quoll aus dem Erdreich, als sei es bestrebt, einen zuckenden Teppich zu bilden.

»Was wollt Ihr, Majestät?«, fragte sie Anoga, die unter dem Einfluss der Magie wieder zu Bewusstsein gekommen war. Welle auf Welle lief durch ihren Bauch. »Ich kann nichts garantieren, aber es gibt eine Möglichkeit. Sie ist barbarisch. Ich werde Euren Leib aufschneiden, ohne dass die Wunderkraft der Monde Euch schützen könnte. Die Finsternis in Euch verhindert es. Vielleicht werdet Ihr nie wieder ein Kind empfangen können.« Sie schluckte. »Ich weiß sogar zu wenig von Eurem Volk, als dass ich mit Sicherheit sagen könnte, dass Ihr überlebt.«

Die Königin schloss die trockenen, aufgerissenen Lippen und schluckte. »Wird mein Kind leben?«

»Ich hoffe es. Und ich glaube es. Und es wird frei sein von dem hier.« Ihre unbestimmte Geste umfasste den Kreis aus Zauberern und dämonischen Präsenzen.

Mit Mühe und Nalajis Unterstützung gelang es Anoga, sich so weit aufzusetzen, dass sie sich auf den unteren Ellbogen abstützen konnte. Sofort eilte Ilion zu ihr.

»Bring mich zurück«, flüsterte die Königin schwach. »Es soll ein Kind des Lichts sein.«

»Aber die Gefahr!«, protestierte Ilion.

»Es ist Zeit, dass wir den Göttern vertrauen.« Damit sackte sie auf ihr Lager.

Nalaji ging zurück in die Enklave. Es war eine Erlösung, der dämonenverseuchten Aura zu entkommen und die Füße auf das grüne, lebendige Gras zu setzen. Sie stieg den sanften Hügel bis zum See hinab. Anoga beließ man auf dem Bett, das einige Fayé hinter Nalaji hertrugen und am Ufer abstellten.

Keliator war sichtlich nervös. Seine Faust krampfte sich um das Mondsilberschwert.

Lächelnd legte Nalaji ihrem Sohn eine Hand auf den Arm. »Dein Mut und deine Stärke können uns jetzt nicht helfen. In dieser Stunde liegt das Schicksal der Welt in der Hand deiner alten Mutter.«

Sie zog ihr Messer.

Noch immer verspürte Bren ein leichtes Unwohlsein, wenn er an Siérce zurückdachte. Er hatte sie als kindliche Königin kennengelernt. Gestorben war sie in einem Körper, der innerhalb von Herzschlägen ein Jahrhundert gealtert war, weil Bren ihm die Lebenskraft entrissen hatte. Dennoch fühlte er keine echte Reue. Zu stark war der vitalisierende Effekt, den Siérces Essenz auf ihn gehabt hatte und noch immer hatte. Wann war die Welt zuletzt so frisch gewesen? Es kam ihm wie eine Ewigkeit vor. Und hatte Siérce etwa nicht darum gebettelt, die Finsternis sehen zu dürfen? Ihr Wunsch war in Erfüllung gegangen.

Er dachte gern daran zurück, wie Siérces Essenz in ihn geströmt war. Inzwischen hielt er es sogar für möglich, dass er tatsächlich einen Widerschein ihrer Gedanken, ihrer Erinnerungen erfasst hatte. Hatte Lisanne nicht einmal behauptet, mit der Essenz auch das Wissen ihrer Quellen aufzunehmen? Warum hätte ihm das dann unmöglich sein sollen? Offenbar fand er sich schneller und intuitiver in den mystischen Gefilden zurecht als für einen jungen Osadro üblich.

Auch Ehlas Zeit war inzwischen gekommen. Bren war zu ihr gerufen worden, während er die Einsamkeit unter kalten Sternen gesucht hatte. Er hatte ihre letzte Bitte erfüllt und den Rest Leben eingeatmet, der noch in ihr gewesen war. Mutterliebe hatte er nicht mehr geschmeckt, nur Stolz und einen Hauch von Trotz gegen die Götter.

Vor denen galt es sie nun, nach ihrem Tod, zu schützen. Wer in den Schatten lebte, dem drohten die Ewigen unaussprechliche Qualen im Nebelland an. Niemand wusste, was dort geschah, aber kaum jemand bezweifelte, dass die Götter an jenem Ort Einfluss hatten, wohin die menschlichen Seelen gingen. Dennoch mussten sie sie erst einmal finden. Man vermutete, dass sie die Suche bei den verlassenen Körpern aufnahmen.

Bren hatte eine Beisetzung in allen Ehren befohlen. Kleriker hatten Ehlas Leib vorbereitet, eine langwierige Prozedur, die mit dem Einwickeln in schwarze Tücher endete. So glich der leichenstarre Körper einem gut verschnürten Paket, als man die Höhle erreichte und ihn vom Karren nahm.

»Dies ist ein guter Platz«, versicherte Jittara. »Eine natürliche Höhle, tief genug, damit weder Sonne noch Monde bis an ihr Ende scheinen. Zudem verläuft hier ein Astralstrom, der die Kräfte der Natur eindämmt. Hier werden die Götter sie nicht aufspüren können.«

Bren nickte zustimmend. Lisannes Anwesenheit irritierte ihn. Sicher war sie nicht hier, um Ehla das letzte Geleit zu geben. In der Tat musterte sie schon die ganze Zeit nur ihn, Bren. Dass er seine Geliebte eigenhändig getötet hatte, schien ihr Interesse noch gesteigert zu haben. Als sei er ein Schüler, dessen Fortschritte sie beobachtete.

Das Loch war bereits ausgehoben. Keine leichte Aufgabe bei dem steinigen Grund, aber der Stumpfsinn machte Ghoule geduldig und ihre Pranken hatten die nötige Kraft. Inzwischen waren die Leichenfresser fort, ihr Anblick hätte die Würde der Zeremonie gestört. Ganz abgesehen davon, dass sie wohl zu sabbern angefangen hätten, war Ehlas Leiche doch schon zwei Tage alt und demnach für sie eine lieblich duftende Speise.

Das Loch durchmaß einen halben Schritt und reichte vier in die Tiefe. Die beiden Seelenbrecher, die sie schon vom Karren gehoben hatten, banden ein Seil um Ehlas Füße und ließen sie mit dem Kopf voran hineingleiten.

»Der Finsternis hast du gelebt«, intonierte Jittara, »der Finsternis übergeben wir dich. Deinen Erfolg haben wir dir geneidet, vor deinem Hass uns gefürchtet, deiner Gier ausgeliefert, was sie verlangte. Möge dein Name mit Furcht geflüstert werden, wohin immer du kommst.«

Quinné nahm einen kleinen Stein vom Aushub. Es war ein Zeichen der Ehrerbietung, etwas aufzubewahren, das aus der Dunkelheit gekommen war, in der nun ein Verstorbener ruhte.

Als die Seelenbrecher das Loch zugeschüttet hatten, schickte Jittara sie mit dem Karren hinaus zu den wartenden Gardisten. Jetzt waren sie nur noch zu viert in der beinahe vollständigen Dunkelheit der Höhle, Jittara, Quinné, Bren und Lisanne. Sie gaben dem Schweigen Raum, während die schwach flackernde Laterne in Quinnés Händen immer neue Schatten aus den Felsen schuf.

Obwohl Jittara und Quinné zu Brens Gefolge zu rechnen waren, dominierte Lisanne ihre Umgebung mühelos. Ihr Charisma lastete auf der kleinen Versammlung wie ein Joch auf einem Zugtier. Den beiden Menschen war anzusehen, dass sie immer wieder gegen ihren Drang ankämpfen mussten, vor der Schattenherzogin auf die Knie zu fallen, und sich selbst ertappte Bren dabei, das Haupt zu neigen. Lisanne schmunzelte.

Bren überlegte, wie lange sie noch an Ehlas Grab stehen sollten, bevor sie sich auf den Rückweg nach Pijelas begäben. Dort gab es eine Menge zu regeln, die Hafenstadt würde die Versorgung des vereinigten Heeres von Bren und Zurresso nicht lange bewerkstelligen können, bevor es die ersten Hungertoten gäbe. Zuerst würden die Kinder der Armen sterben. Und gebrochene Kinderaugen waren ein Quell für rebellische Gedanken.

Bren erstarrte. Er hatte schon einmal gesehen, wie sich ein SCHATTENKÖNIG in einem dunklen Schatten manifestiert hatte. In Orgait, als ELIEN VITAN ihm den Befehl gegeben hatte, Helion zu erschlagen. Jetzt waren sie Tausende Meilen entfernt, und doch ging es mit der gleichen Schnelligkeit vonstatten. GERG nahm Gestalt an und trat zwischen sie. Anders als bei der Reise in der Nebelform war der SCHATTENKÖNIG vollständig bekleidet, sogar die Krone aus rotem Stein prangte auf SEINER hohen Stirn.

Überrascht sank Bren auf die Knie, ebenso wie die anderen drei.

GERG wandte sich an Lisanne. ER beugte sich zu ihr hinunter, legte SEINE Hände um ihr Gesicht und zog sie langsam auf die Beine. ER lächelte, als ER ihre Schönheit betrachtete.

»Erhebt euch«, befahl ER den anderen.

»Merkwürdige Nachrichten erreichen meinen Palast.« ER ließ Lisanne los und sah Jittara an. »Bren zeigt erstaunliche Kräfte.«

Jittara knickste tief. »So ist es, MAJESTÄT. Ein solcher Fall ist in unseren Schriften nicht verzeichnet.«

»Oder du hast ihn noch nicht gefunden.«

Sie beugte sich unter dem Tadel.

»Dennoch bleibt es beeindruckend. Und ihr gemeinsam, Lisanne und Bren, schient meine Erwartungen ja auch zunächst gut zu erfüllen. Diese Razzor werden ihrer Aufgabe gerecht.«

»Der Süden ist EUER, MAJESTÄT«, sagte Bren. »Die Schatten werden dieses Land bedecken.«

»Wie ich es wünsche.« Sein Blick streifte Quinné. »Wer ist das?«

Sie warf sich flach auf den Boden. »Ich bin ein Nichts, unwert EURER Beachtung!«

ER schien ihr zuzustimmen, denn ER drehte ihr den Rücken zu. »Es gibt auch Nachrichten, die mich betrüben. Ihr habt Schattenfürst Velon verloren.«

»Die Paladine der Mondschwerter haben ihren Preis gefordert«, flüsterte Lisanne.

»Ich hoffe, du willst mir nicht sagen, dass ihr ihnen nicht gewachsen seid?«

»Nein, MAJESTÄT. Wir brauchen nur noch einen kleinen Teil der Ewigkeit, über die IHR gebietet.«

»Viele Nächte sind vergangen, seit ich selbst ein Heer in die Schlacht führte«, murmelte GERG. »Aber jetzt habe ich die Fayé nach Orgait gelockt. Bald werden sie feststellen, dass ich meine Stadt in den Schatten verbergen kann. Sie werden mir ins Eis folgen, wo niemand ihre Schreie hören wird.«

»Nichts kann vor den Schatten bestehen«, flüsterte Bren.

»Ganz recht. Ich werde sie diese Wahrheit lehren, und sie werden sie in Ewigkeit nicht mehr vergessen. Drei Wochen werde ich mich dieser Sache widmen, vielleicht vier oder fünf. Erst danach will ich über euch Gericht sitzen. So lange sollt ihr Gelegenheit haben, euch meines Vertrauens würdig zu erweisen.«

»EUER Wunsch ist das Gesetz der Welt«, hauchte Lisanne.

»Das Wesen der Macht liegt darin, zerstören zu können, was andere erhalten wollen«, fuhr der SCHATTENKÖNIG fort. »Ich werde der Welt unsere Macht zeigen. Aber es war niemals unsere Art, blindwütig zu vernichten. Man muss bewahren, was man beherrschen will. Eine Welt ohne Fayé wäre ärmer. Das Volk des Nachtschattenwalds muss gezüchtigt werden, es muss seinen Platz erkennen. Als Diener werden uns die Fayé wertvoll sein.«

»Ein Wort von EUCH und das Schwarze Heer marschiert nach Amdra«, sagte Bren.

»Die Einzelheiten überlasse ich euch. Was ich begehre, ist ein Kind. Wesenheiten der Finsternis waren zugegen, als es geboren wurde. Sie berichteten mir davon. Es ist eine Tochter Anogas. Seit langer Zeit gab es keine Kinder mehr bei den Fayé, geschweige denn solche von königlichem Blut. Dieses Mädchen muss ihnen unendlich kostbar sein. Sie dulden sogar Paladine der Mondschwerter in ihrem Wald, um es zu schützen – auch von ihren Silberschwertern flüsterten die Dämonen. Bringt das Kind in unsere Gewalt.«

»So sei es«, murmelten Lisanne und Bren gleichzeitig.

»Wenn der Schlachtenlärm über dem Eis verklingt, werde ich nach Orgait zurückkehren und eure Herzen in der Kammer der Unterwerfung betrachten. Ich rate euch, mir keinen Anlass zu geben, sie mit anderen Dingen zu bedenken als mit liebevollen Blicken.«

»Ihr werdet zufrieden mit uns sein, Majestät!«, versprach Lisanne.

Nochmals legte Er die Hand an ihre Wange. »Es wäre wahrlich bedauerlich, wenn diese Schönheit verginge.« Er drehte den Kopf, bis Seine grünen Augen auf Bren gerichtet waren. »Und solches Talent zu verlieren, wäre ebenfalls schade.« Er ging tiefer in die Höhle, fort von der Laterne, die neben der noch immer flach auf dem Boden liegenden Quinné stand. »Ich bin unendlich. Meine Geduld ist es nicht.«

Für einen Moment war Bren unsicher, wo Gergs Gestalt endete und die umgebende Dunkelheit begann. Dann war der Schattenkönig verschwunden.

Bren und Lisanne sahen sich an.

»Wir brauchen einen Plan«, sagte er. »Schnell.«

»Ihr seid der Feldherr.«

Während Bren auf und ab ging, musterte Lisanne die beiden sterblichen Frauen. Er wusste, was ihr durch den Kopf ging. »Wir sollten sie leben lassen«, sagte er beiläufig. »Sie sind nützlich.«

Lisanne zuckte mit den Schultern.

»Wir haben die Heere des Südens vereinigt«, grübelte Bren. »Dazu noch die Razzor. Eine formidable Streitmacht. In Pijelas könnte sie ohnehin nicht lange bleiben. Wenn wir sie nach Norden führen, kann sie in zwei Wochen den Nachtschattenwald erreichen. Aber das löst unser Problem nicht. Ein Kampf gegen die Fayé in ihrer eigenen Heimat, wo sie sich auskennen und Horden von Dämonen aufbieten können, wird verlustreich sein und lange dauern. Selbst wenn wir siegen, werden wenige Sklaven für den Schattenkönig übrig bleiben.«

Lisanne räusperte sich. »Diese Paladine, von denen Seine Majestät sprach ...«

»Es könnten die gleichen sein, die uns Schwierigkeiten machten. Wenn sie bei den Fayé wären, würde das erklären, warum wir im Moment unsere Ruhe haben.«

»Sie sind bei diesem Kind.«

»Das sagte ER, ja.«

Die Elfenbeinkrone schimmerte, als Lisanne sinnend das Haupt senkte. »Nehmen wir an, ich könnte sie dort fortlocken. Sie rufen, wohin immer ich wollte. Würde uns das helfen?«

Bren runzelte die Stirn. »Wieso solltet Ihr das können?«

»Sagen wir: Ich vermag Dinge zu tun, die Eure Fähigkeiten übersteigen.«

Bedächtig schüttelte er den Kopf. »Das ist es nicht. Da ist eine andere Verbindung ...«

Ihr Mund war ein Strich.

»Alle Angriffe dieser wundersam gestärkten Paladine fanden nachts statt. Seltsam, wenn man darüber nachdenkt. Sie sind sehr schnell, und einige behaupten, ihre Haut sei fahl. Jedenfalls berichtete man mir das – ich selbst konnte ja kaum mit Zeugen sprechen, so schnell, wie Ihr sie unbrauchbar gemacht habt. Silberschwerter benutzen diese Paladine, aber die Silberrüstungen auf dem Friedhof ließen sie liegen. Die beiden, die in unserem Lager besiegt wurden, hat man mit Feuer bekämpft. Vielleicht hat sie das gar nicht getötet, sondern sie nur lange genug bewegungsunfähig gemacht, um sie später endgültig zu erledigen.« Bren setzte sich auf den Hügel, der von dem Aushub von Ehlas Grab übrig geblieben war. Er hatte sich noch nicht an den Kragen gewöhnt, der die inzwischen mit Goldklammern zusammengehaltene Halswunde verbarg. Er kratzte bei jeder Kopfbewegung. »Sie haben Velon getötet. Velon hat etwas getan, das Euch missfallen haben dürfte, Lisanne. Er hat Kiretta gerettet. Oder zumindest hatte er irgendwie damit zu tun, ebenso wie Monjohr, der Ghoulmeister. Nur, dass es den Sterblichen eher erwischt hat. Seid Ihr ihm früher auf die Schliche gekommen?«

Lisanne schwieg.

»Von Velons Verstrickung weiß ich nicht sicher, aber ich vermute, Ihr wart Euch dessen sicher genug. Ich sage nicht, dass Ihr mit den Paladinen gemeinsame Sache macht. Ich weiß nur, dass ein Band eine Schattenherzogin mit den Osadroi verbindet, die sie geschaffen hat.«

Er sah zu Jittara. »Du verstehst doch so viel von diesen Dingen. Kann man einen Osadro über dieses Band rufen?«

Jittara schluckte, kniete nieder, brachte aber kein Wort heraus. Zu ungeheuerlich war Brens Spekulation. Wenn Lisanne Osadroi geschaffen hatte, ohne ihre Herzen zu entnehmen und nach Orgait zu schicken …

Aber das hatte sie bereits einmal getan, in Tamiod.

»Ich kann sie rufen«, sagte Lisanne. »Alles andere braucht uns jetzt nicht zu interessieren. Das können wir besprechen, wenn wir den Sieg des SCHATTENKÖNIGS im Eis überlebt haben.«

Bren war versucht, weiter in dieser Wunde zu bohren, riss sich aber zusammen. Lisanne hatte recht. GERGS Worte waren überdeutlich gewesen. Lisanne und Bren hatten die Ewigkeit zu verlieren.

»Vermögt Ihr auch noch mehr? Könnt Ihr die Paladine dazu bringen, das Kind zu entführen und uns zu übergeben?«

»Das wäre nun doch etwas viel verlangt.«

Brens Hand griff ins Leere, als sie nach seinem Morgenstern suchte. Er spielte noch immer gern mit der Waffe herum, wenn er nachdachte, aber jetzt hatte er sie nicht dabei.

»Nehmen wir an, wir bringen das Heer in Eilmärschen nach Norden. Könntet Ihr es in den Nachtschattenwald führen? In eine Schlacht, wenn es sein müsste?«

Sie bedachte ihn mit einem müden Lächeln. »Sicher. Aber dürfte ich erfahren, warum Ihr diese Aufgabe nicht selbst übernehmen wollt?«

»Ich habe Wichtigeres zu tun. Ich werde mich um das Kind kümmern.«

»Darf man auch wissen, wie das vonstatten gehen soll?«

»Auch ich habe besondere Fähigkeiten, wie Ihr wisst. Es gibt Dinge, obwohl es nicht viele sein mögen, die ich zu tun vermag und die Euch unmöglich sind.«

Lisanne lüpfte eine Augenbraue.

»Meine Kräfte sind anders als Eure. Wenn Ihr Euch in der Heerführung übt, werde ich der Magie frönen. Ich brauche Jittara dazu.«

»Ich bin Euer«, beteuerte die Nachtsucherin.

»Quinné wird auch eine Aufgabe haben.«

Dankbar verneigte sich die Genannte.

»Nun sagt schon, was Ihr vorhabt«, verlangte Lisanne.

»Zuvor noch eine letzte Frage: Ihr hängt doch nicht an General Zurresso?«

Das Heer stand zwei Tagesmärsche vor dem Nachtschattenwald. Die Späher waren schon auf leichte Verbände der Fayé gestoßen, was einige Ondrier nicht überlebt hatten.

Lisannes Verbindung zu den Paladinen war weniger fest, als sie behauptet hatte. Sie sagte, dass es fünf von ihnen gäbe, aber nur zwei waren ihrem Ruf gefolgt. Sie hatte sich mit ihnen getroffen und wünschte nicht, vom Inhalt ihres Gesprächs zu berichten. Immerhin hatte sie die Einwilligung der beiden erreicht, in dieser Nacht mit Quinné zu sprechen.

Dunst stieg von dem nächtlichen Fluss auf. Er war weit über die Ufer getreten, im Schilf stand das Wasser beinahe still. Der Boden um das Lagerhaus an dem kleinen Anleger, das als Treffpunkt ausgemacht war, schmatzte bei jedem von Quinnés Schritten. Ihre schwarze Kutte mochte durch den Wollumhang verdeckt werden, war aber kein Kleidungsstück, mit dem man sich hier leicht hätte bewegen können. Es war für die dunklen Kammern in den Tempeln des Kults geschneidert worden, nicht für die Wildnis im Niemandsland zwischen zwei

Heeren. Zudem schleppte sie an dem Sack, den sie auf dem Rücken trug. Sie war nicht Kiretta, hatte ihre Muskeln nie gekräftigt.

Bren glitt in seiner Nebelform hinter ihr her. Nur ein sehr aufmerksamer Beobachter hätte erkannt, dass er sich durch die vom Wasser aufsteigenden Schwaden bewegte, ohne dass ein Windhauch spürbar gewesen wäre. Er hörte Quinné unter der Anstrengung ächzen, aber sie kämpfte sich wacker vorwärts. Brens Sinne nahmen die greifbare Welt erstaunlich klar auf. Seit er beinahe gestorben wäre, konnte er in der Nebelform annähernd so deutlich sehen und hören wie in fester Gestalt, solange er sich nicht zu sehr ausdehnte. Zusätzlich sah er Dinge, die in der mystischen Welt existierten. Quinné war tatsächlich nicht weit gekommen bei ihren Versuchen, die Finsternis zu erkunden, aber immerhin sah Bren so etwas wie dunklen Dampf, den ihre Haut verströmte.

Am Giebel des Lagerhauses war ein Kran angebracht, mit dessen Hilfe man Boote entladen konnte, die am Anleger festmachten. Jetzt hing die Kette herab wie ein Seil an einem Galgen. Die Regale und Stauplätze im Innern waren leer. Bren konnte erkennen, wo Truhen und Fässer gelagert hatten, nur wenige waren zurückgeblieben. Offenbar war der Besitzer umsichtig genug gewesen, rechtzeitig das Weite zu suchen, sodass er seine Güter hatte mitnehmen können. Quinné stellte ihren Sack ab. Sie nahm eine Laterne heraus, löste die Tücher, in die sie gewickelt war, und platzierte sie so, dass sie einen großen Teil zumindest mit Dämmerlicht beschien, nachdem Quinné die Kerze entzündet hatte. Mit einiger Mühe zog sie ein kurzes Regalbrett aus der Halterung. Sie schob es in die Feuerstelle, scheiterte aber bei dem Versuch, es anzuzünden. So legte sie den Mantel ab, wrang die Nässe aus dem Saum ihrer Kutte und setzte sich so auf den Boden, dass sie den Eingang im Blick hatte. Bren hielt seinen Nebelkörper im Dunkeln, nah an einem offenen Fenster.

Die Paladine standen plötzlich in der Tür. Sie waren schnell, wenn auch nicht so, wie Bren es bei Lisanne, Gadior oder anderen Alten beobachtet hatte. Ihre muskulösen Körper zeugten davon, dass sie als Krieger gelebt hatten, und einer von ihnen hatte ein Ohr verloren, bevor er in die Schatten getreten war. Brens mystische Sinne sahen die Finsternis, die ihr Wesen prägte. Dies waren Osadroi, kein Zweifel.

Obwohl ihre Schwerter in Scheiden steckten, wusste Bren, dass die Klingen aus Mondsilber geschmiedet waren. Er konnte es spüren und bildete sich sogar ein, es zu sehen und doch nicht zu sehen, wie ein gleißendes Licht, das die Augen blinzeln ließ und mehr verbarg als offenbarte. Das musste ihren Trägern ebenso gehen. Es sprach für ihre Disziplin, dass sie diesen Preis für ihre Schlagkraft akzeptierten.

»Du bist die Verräterin«, stellte der mit den unverletzten Ohren fest, als sich Quinné erhob. Er kam Bren vage bekannt vor. Zum Schwarzen Heer konnte er nicht gehört haben. Vielleicht einer der Gardisten, denen er in Orgait begegnet war, als er auch Dengor kennengelernt hatte?

Nein, kein Gardist. Das war ein absurder Gedanke, schließlich war dieser Mann ein Paladin der Mondschwerter. Aber Orgait fühlte sich richtig an. Welche Krieger hatte Bren dort getroffen?

Wenn er sich die Haut dunkler vorstellte, sich die typischen Merkmale eines Osadro wegdachte …

Natürlich! Das war der junge Mann aus der ilyjischen Delegation! Derjenige, in dem Bren den Sohn der Priesterin Nalaji vermutete.

»Sieh dich draußen um«, sagte er jetzt zu seinem Gefährten, der sich mit einem Nicken zurückzog.

»Mein Name ist Quinné.« Ihre Stimme war zu verführerisch! Sie sollte den Paladin doch nicht betören, sondern ihn überzeugen, dass sie beabsichtigte, sich den Feinden Ondriens anzuschließen!

Der Paladin ging einige Schritte in den Raum, wobei er sich gründlich umsah. Brens Respekt vor ihm wuchs. Dieser Mann würde nicht so leicht in einen Hinterhalt geraten. »Keliator«, stellte er sich vor. »Silberträger.«

Dabei trug er eben *kein* Silber, wie sein Rang impliziert hätte. Nur eine Lederrüstung mit einzelnen Eisenplatten schützte den unsterblichen Körper.

»Ich bin so froh, Euch zu sehen!« Quinné strich ihr Kleid glatt, womit sie ihre sanften Rundungen betonte. Sie war eine Verführerin, keine Schauspielerin. Vielleicht war es sogar von Vorteil, dass sie nichts versuchte, worin sie keine Erfahrung hatte. Zudem war Keliator eine attraktive Erscheinung, und viele Frauen fühlten sich zu der Aura von Macht und Nacht hingezogen, die einen Osadro umgab.

»Ob auch ich mit Freude an dieses Treffen zurückdenken werde, hängt davon ab, wie ehrlich deine Absichten sind«, sagte Keliator. »Uns wurde mitgeteilt, du beabsichtigst, mit uns gegen die Schatten zu kämpfen?«

Quinné nickte eifrig.

Vielleicht ein wenig *zu* eifrig, wie Bren fand. Sie war froh, dass die Frage, auf die sie sich vorbereitet hatte, so schnell kam. »Ich kann die Schrecknisse der Finsternis nicht mehr ertragen. All die Kinder, deren Essenz geerntet wird. Wie Blumen, die noch vor der ersten Blüte gebrochen werden. Manche müssen sterben …«

Sie sprach schnell. Man merkte ihr an, dass sie auswendig gelernt hatte, was sie sagte. Das mochte nicht schlimm sein, schließlich hätte sich auch eine echte Überläuferin ihre Antworten zurechtgelegt. Aber das Bedauern über das Kinderleid spielte sie so theatralisch, dass jede fahrende Schauspieltruppe sie wegen mangelnden Talents abgewiesen hätte.

»… und den anderen mag ein noch schlimmeres Schicksal bevorstehen. Viele, von denen einmal Essenz genommen wurde, sehnen sich den Rest ihres Lebens danach, diese Erfahrung zu wiederholen. Mir selbst ging es so! Deswegen trat ich in den Kult ein.«

Bren hatte sie erzählt, ihre Eltern hätten sie den Klerikern überantwortet. Wobei das eine das andere nicht ausschloss.

»Einige werden sogar von den Schattenherren erwählt!« Sie konnte die Verehrung in ihrer Stimme nicht unterdrücken. »Sie begleiten sie ein kurzes Leben lang, werden noch als Kinder zu Greisen und verrotten mit zehn oder zwölf Jahren.«

»Dieses Nehmen der Lebenskraft ist eine schreckliche Sache«, meinte Keliator. »Vor allem für uns. Es gab …« Er zögerte. »Todesfälle. Bei frommen Menschen, die uns helfen wollten. Und im Nachtschattenwald müssen wir uns von Gefangenen nähren. Frauen, die man geraubt hat, als sie schwanger waren, und die man nie wieder gehen ließ.«

Natürlich! Die Paladine hatten keinen Kult, der sie mit Kristallen versorgt hätte, und an die jungen Mütter erinnerte sich Bren von seinem Aufenthalt bei den Fayé.

»Wenigstens blieb es uns bislang erspart, von Kindern zu nehmen. Es ist so überwältigend, wenn die Lebenskraft einen ausfüllt. Man vergisst alles, wie ein Volltrunkener!« Der Selbstekel war ihm anzuhören, aber in Quinnés Blick lag Neid. Sie hatte nie gelernt, solche Gefühle zu verbergen, galten sie dem Kult doch als erstrebenswert.

Quinné wrang die Hände. »Ihr müsst mir helfen, den Schatten zu entkommen! Ich will ein neues Leben beginnen. Ein Leben«, sie zögerte, »in der Gnade der Götter.«

»Haben wir nicht alle die Gunst der Höchsten verloren?«, flüsterte Keliator und sah auf seine eigenen, bleichen Hände. »Welchen Platz haben sie für uns, die wir zu dem geworden sind, was sie verdammen?«

Quinné biss sich auf die Unterlippe und trat von einem Fuß auf den anderen. Auch Keliator musste ihre Unsicherheit bemerken.

»Es scheint, dass du deinen Oberen entkommen bist. Wozu brauchst du uns dann noch?«

»Ich will mit Euch gehen!«

»Der Nachtschattenwald ist ein schlechter Ort für Sterbliche. Schlage dich zur Küste durch und nimm dir ein Schiff. Auf einer Insel im Meer der Erinnerung kannst du glücklich werden.«

»Nein, ich muss zur Königin der Fayé!«

»Was willst du von Anoga?«

»Ich habe mich versprochen! Nicht zur Königin, zum König. Ich muss ihn beraten. Das Schwarze Heer ist nicht weit hinter mir. Ich kenne die Zauber, die es stärken. Mit meiner Hilfe kann Ilion die Schatten schwächen!«

»Welchen Rang hattest du im Kult?«

»Ich bin eine Seelenbrecherin.« Auch wenn die Paladine mangels magischer Ausbildung kaum in der Lage wären, die Schwäche ihrer Aura zu erkennen, wäre es angesichts ihrer Jugend leichtsinnig gewesen, sie als Dunkelruferin auszugeben. »Aber ich war die Vertraute von Nachtsucherin Jittara. Ich habe die Schriften studiert, mit denen sie arbeitete. All die finsteren Rituale – ich kenne sie. Mehr noch: Ich half bei der Vorbereitung der verderbten Zauber, die sie zu wirken beabsichtigt.«

»Das könnte nützlich sein. Ich werde dich mit jemandem zusammenbringen, dem du dieses Wissen anvertrauen kannst. Er wird es dem König übermitteln.«

Heftig schüttelte sie den Kopf. »So wird es nicht gelingen. Das ist kein Wissen, das sich in Worte fassen lässt. Ich muss zugegen sein, wenn die Schutzzauber gewoben werden. Und Ilion ist doch der höchste Magier der Fayé?«

Bedächtig nickte Keliator. »Aber er ist nicht an der Front. Er weilt bei seiner Königin.«

Das hörte Bren mit Erleichterung. Die Möglichkeit, dass sich Ilion wegen der Kämpfe von seinem Kind getrennt hatte, war die Lücke in ihrem Plan gewesen. Die rührselige Anhänglichkeit des Fayékönigs spielte ihnen nun in die Hände. Lisanne hatte recht behalten mit ihrer Annahme, dass er weder die Mutter noch das ersehnte Kind allein ließe.

»Das ist ohne Bedeutung, solange er im Nachtschattenwald ist.« Quinné unterstrich ihre Aussage mit den Händen. »Der Nachtschattenwald ist eine Einheit, wir werden spüren können, was an seinen Rändern vor sich geht. Das Gewebe der Finsternis ist dort stark genug.«

Keliator rieb sich das bartlose Kinn. »Sicher gibt es eine andere Lösung.«

»Ihr traut mir nicht!«, warf Quinné ihm vor.

»Kein kluger Mann würde das tun. Was du sagst, könnte jeder behaupten.«

Stolz reckte sie ihr Kinn vor. »Ich zeige Euch etwas, das Eure Zweifel beseitigen wird.« Sie schritt zu dem Sack, den sie mitgebracht hatte, und öffnete ihn, um einen Beutel zu entnehmen. Diesen übergab sie dem Paladin.

»Was ist das?«

»Ein Geschenk. Öffnet es.«

Er löste die Verschnürung. Der Stoff fiel herab und entblößte General Zurressos abgeschlagenen Kopf.

»Der Heerführer der südlichen Dunkelheit!«, rief Quinné triumphierend.

»Wie ist dir das gelungen?«

»Er hatte eine Schwäche für junge Frauen, und so legte mich der Kult in sein Bett. Gegen meinen Willen.«

Zurressos fette Wangen schwabbelten herab, sodass sie Keliators Hand verdeckten. Der Paladin stellte das Haupt in ein Regal. Der Widerwille war ihm anzusehen. »Das gab den Ausschlag für deinen Verrat?«

»Ich tötete ihn, um seinem verschwitzten Körper zu entkommen. Das gebe ich zu. Aber ich will dem Kult schon lange entfliehen. Und so nahm ich seinen Kopf und sprach mit der Schattenherzogin, um endgültig frei zu werden.«

»Damit hast du tatsächlich alle Brücken zu den Ondriern verbrannt. Zurück kannst du keinesfalls«, räumte Keliator ein.

Wie Bren erwartet hatte, überschätzte er den Wert, den ein Sterblicher für die Osadroi hatte – und war es nicht Aufgabe eines Generals, für den Sieg zu sorgen? Wenn Brens Plan gelang, vermochte Zurressos Kopf das am besten, wenn er von den Schultern getrennt war.

»Was hat Lisanne eigentlich von dieser Sache?«

Quinné zuckte mit den Schultern. »Wer weiß schon, was in ihrem finsteren Verstand vorgeht? Manche sagen, sie sei wahnsinnig geworden und würde alles tun, um Bren zu schaden. Wenn der Feldzug im Süden misslingt …«

»Uns hat sie Velon ausgeliefert, aber von Bren sollten wir uns fernhalten«, wandte er nachdenklich ein.

»Habt Ihr nicht versucht, zu ihm vorzudringen?«

»Ohne ihr Wissen, geschweige denn ihre Einwilligung.«

»Wie soll ich ahnen, was hinter Augen vorgeht, die die Nächte von Jahrtausenden gesehen haben? Wir müssen hinnehmen, dass Lisanne tut, was sie tut. Wahnsinnig oder nicht.«

Keliator schritt durch den Raum. Er starrte in den hinteren, dunkleren Teil, wo sich auch Bren verborgen hielt. Sein Blick glitt über den Nebel, blieb aber nicht daran haften. Bren bezweifelte, dass er ihn übersehen hatte. Er verstand wohl nur nicht, was er sah, so wie jemand ein klares Gift für harmloses Wasser halten konnte.

»Ich spüre eine finstere Präsenz«, flüsterte er.

»Das bin ich!«, rief Quinné. »Die Finsternis klebt an mir wie der Morast eines Sumpfs! Es wird lange dauern, bis dieser Brodem von mir weicht.«

Zweifelnd sah er sie an, wandte sich dann wieder in Brens Richtung, trat einige Schritte in die Dunkelheit.

Bren senkte sich ab. Sein Nebel glitt auf den Boden, so weit es ging auch zwischen die Bohlen. Das schien ihm unauffälliger, als durch das Fenster zu entschwinden. Er zog sich auch nicht dicht zusammen, sonst wäre er kompakter erschienen, schwerer zu übersehen. Dennoch bereitete er sich vor, schnell seinen festen Körper anzunehmen und zu kämpfen. Keliators Mondsilberschwert konnte ihm auch in der Nebelform gefährlich werden. Wenn er die Schwaden damit zerteilte, würde er Bren schwer verletzen.

Als Keliator näher kam, bewegte sich Bren zur Seite, wo angeschraubte Truhen ihm Sichtschutz boten. Er wagte nicht, schnell über den Boden zu gleiten. Das wäre dem Paladin als unnatürlich aufgefallen.

»Hier wird es stärker«, sagte Keliator. Begleitet von einem schleifenden Geräusch zog er seine Waffe. Die Mondsilberklinge gleißte in der mystischen Wirklichkeit, in der greifbaren leuchtete sie in einem gedämpften Rot, aber das mochte Bren noch nicht verraten. Schließlich war Keliator selbst ein Osadro, und an Quinné konnte nach allem, was der Paladin wusste, Magie haften. Bren dankte der Finsternis dafür, dass Lisanne nicht darauf bestanden hatte, ihn zu begleiten. Die Anwesenheit der Schattenherzogin hätte das Blut in der Klinge aufschreien lassen.

Bren beschleunigte seine Bewegung nun doch. Wenn Keliator noch drei Schritte entfernt wäre, würde sich Bren materialisieren müssen, um ihm entgegenzutreten. Einem Paladin mit einem Silberschwert! Er selbst unbewaffnet! Er würde noch nicht einmal nach der Essenz seines Gegners rufen können, schließlich war dieser kein Mensch mehr! Wie hatte sich Bren nur in diese Situation begeben können? Er vertraute auf seine kämpferischen Fähigkeiten, aber Keliator war kein Frischling!

Jetzt war er noch sechs Schritt entfernt.

Jeder Treffer mit der Silberklinge schlüge eine unheilbare Wunde. In diesem Moment fühlte sich Bren sehr sterblich. Er wusste, dass er seine Angst zurückdrängen musste. Dafür entwickelte jeder Krieger seine eigenen Rituale. Brens bestand darin, den Griff seines Morgensterns zu kneten. Aber in der

Nebelform hatte er keine Hände, und die Waffe hing am Gestell in seinem Feldherrenzelt.

Keliator wandte sich zu der Bren gegenüberliegenden Ecke. Vorsichtig zog sich Bren weiter zurück, versuchte, einen möglichst kleinen Bereich einzunehmen, ohne sich so weit zu verdichten, dass der Nebel zu einer milchig hellen Wolke geworden wäre.

Der Paladin wirbelte herum. Er starrte Bren an. »Da ist etwas!« Energisch schritt er aus.

Quinné warf sich in seinen Weg. »Sagtet Ihr nicht, Ihr hättet Schwierigkeiten, Euch bei der Aufnahme von Essenz zu bezähmen? Ich habe Erfahrung damit! Ich kann Euch zeigen, wie es geht! Nehmt von mir!« Ihr Körper verkrampfte in gespannter Erwartung, als sie die Schnüre der Kutte über ihrer Brust zerriss.

Keliator verharrte. Er starrte sie an, als sähe er das erste Mal eine entblößte Frau.

Er konnte nicht widerstehen. Bren sah, wie der silbrige Schaum Quinné verließ. Keliator schloss seufzend die Augen, als er ihn einsog.

Das nutzte Bren, indem er durch eine Ritze in die Truhe glitt. Nun sah er nichts mehr, aber er hörte noch, was vor sich ging.

»Schmecke ich Euch?«, fragte Quinné.

Mehr als ein gehauchtes »Ja« bekam Keliator nicht heraus.

»Ihr macht das sehr gut, Herr. Was fühlt Ihr?«

»Wie meinst du das?«

»Ihr könnt die Gefühle schmecken, die meiner Essenz als Brücke dienen. Merkt Ihr es?«

»Ja. Ja, da ist etwas. Das kommt nicht aus mir.«

»Dieses Fühlen entstammt meinem Herzen, nicht Eurem. Aber Ihr könnt es kosten.«

»Du ... bist von einem Willen beseelt. Einem Wunsch.«

»Mein Ehrgeiz«, half ihm Quinné. »So schmeckt Ehrgeiz.«

»Du suchst zu gefallen. Du willst Anerkennung.«

»So ist es. Eure Wertschätzung. Die eines Kämpfers wider die Schatten.«

Das bezweifelte Bren. So, wie er sie kannte, sehnte sich Quinné nach nichts mehr als nach einem winzigen Schatten Respekt im Kult oder, und davon wagte sie kaum zu träumen, von einem Osadro. Einem, der für Ondrien stand. Jemandem wie Bren. Nicht diesem von schwächlichen Komplexen gebeugten Paladin. Aber für die Übertragung der Essenz spielte das keine Rolle. Emotionen, die auf die Schatten im Allgemeinen gerichtet waren, taugten beinahe so gut als Brücke wie solche, die sich direkt auf den Empfänger konzentrierten. Jedenfalls, solange es um geringe Mengen ging.

»Das reicht«, hauchte Quinné. »Es ist genug. Ihr schadet mir.«

Einen Moment herrschte Stille.

»Genug!«, rief Quinné dann erneut. Bren hörte, wie eine flache Hand auf eine Wange klatschte.

Ein tiefes Grollen war die Antwort.

Noch eine Backpfeife.

Stille.

Dann ein Räuspern. »Verzeih mir. Ich hätte nicht allein … Ich muss noch viel lernen.«

»Ich wäre geehrt, Euch dabei helfen zu dürfen. Aber dazu müsst Ihr mich mit Euch nehmen. Und wir sollten uns beeilen. Zurressos Tod wurde bestimmt schon entdeckt.«

Keliators Stimme klang benommen, das Erlebte musste ihn beeindruckt haben. »Du hast mich überzeugt. Wenn du Ilion von ebenso großem Nutzen sein kannst wie mir in dieser Nacht, wirst du der Sache der Götter eine echte Hilfe sein.«

Bren spürte, wie sich das Mondsilber entfernte.

Noch deutlicher spürte er Kirettas Haken, der sich in einer Schatulle in dem Sack befand, den Quinné mit sich nahm.

»Müssen es wirklich Kinder sein?«, flüsterte Bren.

»Sie haben die reinste Essenz«, antwortete Jittara.

»Sind die Astralströme in dieser Nacht nicht schon stark genug?« Nur Vejata war am Himmel zu sehen. Stygron und Silion verbargen sich beide im Neumond. An der Küste hatte es am Mittag eine Springflut gegeben, und immer wieder zitterte die Erde unter leichten Beben.

Jittara schwenkte unbestimmt ihren Zeremonialstab. Der Kinderschädel an seiner Spitze beschrieb einen Halbkreis. »Ihr entscheidet, Herr. Aber warum ein Risiko eingehen?«

Ja, warum?

Bren sah die gefesselten Kinder an. Neununddreißig waren es, drei mal dreizehn. Es war nicht genug Zeit gewesen, um sie unter Drogen zu setzen. Deswegen mussten sie mit Lederriemen auf den Positionen gehalten werden, die Jittara ihnen entlang des Zauberkreises zugedacht hatte. Seelenbrecher waren dabei, die letzten Runen mit Knochenasche auszustreuen.

Die Magie war eine komplexe Kunst mit eigentümlichen Gesetzen. Die Schattenherren waren deswegen so mächtige Zauberer, weil sie Jahrhunderte hatten, um sie zu studieren. Zudem fanden viele, dass die Magie genug Rätsel bot, um als Beschäftigung für die Ewigkeit zu taugen. Nach den vergleichsweise wenigen Unterweisungen, die Bren bisher darin erhalten hatte, traute er sich nicht zu, die Festigkeit eines magischen Gitters zu beurteilen, geschweige denn, ein Ritual wie dieses zu verstehen. Er konnte nur die Äußerlichkeiten beobachten, die nicht mehr waren als die Rinde an einem Urwaldriesen. Nach dem wenigen, das er wusste, hatte er den Eindruck, dass alles vorbereitet war und der Ritus beginnen konnte. Wie immer war Jittara sorgfältig gewesen – nicht die kleinste Unregelmäßigkeit war an dem Kreis, den Runen, der Aufstellung der Dunkelrufer oder der Positionierung der Kinder auszumachen.

Die Kinder. Bren erinnerte sich daran, dass ihm unwohl gewesen war, wenn er früher Schattenfürst Velon junge Frauen zugeführt hatte. Dabei hatte dieser keine von ihnen getötet, manche hatten sich ihm sogar aus freien Stücken gegeben, wie Quinné und Siérce es später bei Bren getan hatten. Den Gedanken an Kinder, denen man die Lebenskraft raubte, hatte Bren früher verdrängt.

Aber damals war er ein Mensch gewesen.

Jetzt betrachtete er die kleinen, runden Gesichter und wartete auf die Anklage des Gewissens in ihm. Beinahe hoffte er darauf. Er wusste, dass sich etwas hätte regen sollen. Mitleid mit den Unschuldigen. Oder mit den Eltern, die sie nie wieder in die Arme schließen würden.

»Das sind Sprösslinge betuchter Häuser«, stellte er fest. Bei keinem der Kinder waren Spuren von Hunger oder harter Arbeit zu entdecken.

Wieder zitterte die Erde. Das Grummeln des Bebens übertönte für eine Weile die Geräusche der einige Meilen entfernten Schlacht. Der Zauberkreis war in einem Ausläufer des Nachtschattenwalds gezogen worden, wo die dämonischen Kräfte noch nicht so stark waren. Die Truppen hatten sich weiter in seinem Inneren ineinander verbissen. Die ondrischen Linien würden stehen, als wüssten sie eine Steilklippe in ihrem Rücken. Sie hatten Lisanne bei sich. Es war besser, für die Schattenherzogin zu sterben, als um den Preis zu leben, sie enttäuscht zu haben.

»Ihr Tod wird uns nützen«, erklärte Jittara, als sich die Erde beruhigte. »Ihre Eltern haben die Schatten mit unzureichendem Enthusiasmus begrüßt. Andere waren zuvorkommender. Deren Kinder haben wir verschont. Der Tod von diesen hier wird jedem eine Lehre sein, dass nur jene bestehen, die in den Schatten leben, während die Trotzigen leiden.« Sie zeigte auf ein Mädchen. »Die hier hat noch einen jüngeren Bruder. Ihre Eltern sind Priester einer erbärmlichen Meeresgottheit, die schon zehn Meilen weiter niemand mehr kennt, aber in ihrer Stadt sind sie angesehen. Jetzt werden sie von Haus zu Haus gehen und die Macht der Finsternis predigen. Und ihre Herde dazu bringen, ihren Gott zu vergessen.«

»Weil sie wenigstens ihren Sohn retten wollen.«

Jittara nickte. »Er wird in der Obhut des Kults aufwachsen. Wir werden ihn in einen Tempel in der Nähe schicken, damit sie ihn besuchen können.«

»Und sehen, dass ihr ihm jederzeit antun könnt, was immer ihr wollt.«

»›Wir‹. Nicht ›ihr‹. Wir können mit ihm nach unserem Belieben verfahren.«

»So wie mit diesen hier.« Noch immer wartete Bren auf eine Regung seines Gewissens. Er erinnerte sich daran, einmal eines gehabt zu haben. Hatte er ihm gleichzeitig mit Kiretta den Kopf abgeschlagen? Oder war es schon vorher gestorben? Vielleicht war es auch nur betäubt und würde irgendwann wieder erwachen. Was würde er dann über diese Nacht denken?

»Noch ist Zeit«, sagte Jittara. »Wir können sie freilassen. Es gibt genug Eiferer, die begierig wären, Euch zu Diensten zu sein, indem sie Euch ihre Essenz darbringen. Aber wenn wir diese Nacht nutzen wollen, müsst Ihr jetzt entscheiden.«

Nochmals sah er in die Gesichter. Einige waren apathisch, manche weinten, viele Augen starrten schreckgeweitet. Kinder waren nicht so dumm, wie Erwachsene oft glauben wollten. Diese hier verstanden genau, dass sie ihre Eltern niemals wiedersähen und schon bald an einem Ort sein würden, der noch viel dunkler war als jener, an dem sie sich jetzt befanden. »Du sagst, ihre Essenz ist besser als die von Erwachsenen?«

»Sie ist potenter«, bestätigte Jittara. »Und es geht darum, einen Wunsch des SCHATTENKÖNIGS zu erfüllen.«

Da war kein Gewissen. Nicht in dieser Nacht. »Die Welt erzittere vor SEINEM Namen.« Bren trat in den Zauberkreis.

Der Singsang hob an. Die ersten Strophen hatten noch keine magische Wirkung, sie dienten nur dazu, die Sänger aufeinander einzustimmen. Bren wechselte in die Nebelform. Ihres Halts beraubt, sackte seine Kleidung zu Boden. Er war froh, die Halskrause loszuwerden.

Seit Quinnés Aufbruch hatte er Kirettas Haken niemals ganz aus seinem Bewusstsein gleiten lassen. Er vermutete, dass diese Verbindung selbst während des Tagschlafs bestanden hatte. Zwar konnte er sich an keine Träume erinnern, aber wenn er erwacht war, hatte er stets die Präsenz des Hakens gefühlt, seine ungefähre Distanz und grobe Richtung. Seit gestern Nacht hatte sich Quinné kaum bewegt. Sie musste am Ziel angelangt sein.

In der Nebelform war Brens mystisches Gespür stärker ausgeprägt. Er machte den Haken sofort aus, wie einen Berg Kohle, der in einiger Entfernung aus einem Schneefeld ragte. Er hätte sich als Nebel dorthin begeben können, aber auf diese Weise hätte er die ganze Nacht dafür gebraucht, und die zauberkundigen Fayé hätten ihn sicher entdeckt und aufgehalten. Um so zu reisen, wie er nach Guardaja gelangt war, musste er abwarten, bis Jittaras Ritual wirkte.

Er sah, wie sich die Runen am magischen Gitter ausrichteten. In der greifbaren Welt lösten sie sich dadurch vom Boden. Die Asche, aus der sie geformt waren, erhob sich in die Luft, blieb aber dennoch dem Wirken des Windes entzogen. Essenz löste sich aus den Kindern und verband sich in einem Wirbel, der den Zauberkreis einschloss. Die magischen Zeichen rauchten. Schnell fingen sie Feuer.

Jenseits des Greifbaren war der Effekt noch stärker. Die Runen brannten mit solcher Gewalt, dass es Bren schien, als ob er inmitten einer Feuersbrunst stünde. Er verstand nicht, was Jittara tat, aber er spürte, wie sie immer mehr magische Kraft herbeibefahl, die Atmosphäre auflud wie vor einem Gewitter. Sie bediente sich auch arkaner Quellen des Nachtschattenwalds.

Hier war die Mauer brüchig, die die göttergewollte Ordnung von den Gefilden der Dämonen trennte. Mit den Kenntnissen einer Nachtsucherin war sie leicht einzureißen. Jittara tat es ohne Zurückhaltung. Wie Ströme schwarzen Blutes ergoss sich die Macht in das Muster des Rituals. Eine Schwächere wäre davon fortgerissen worden, aber Jittara hielt stand, auch wenn sie wankte, körperlich wie geistig. Obwohl sie den Umgang mit Kräften solchen Ursprungs nicht gewohnt sein konnte, zwang sie ihnen ihren Willen auf. Vollständig kontrollieren ließ sich solche zerstörerische Magie jedoch nicht. Zwei Kleriker brachen zusammen und husteten blutigen Schaum aus. Andere nahmen ihre Positionen ein. Das Ritual der heutigen Nacht musste zu Ende geführt werden, egal, welchen Preis die Finsternis dafür verlangte. Es war der Wille des SCHATTENKÖNIGS.

Bren hörte das Weinen der Kinder, denen ihr Leben genommen wurde. Leise erst. Dann immer lauter. Schließlich dröhnte das Wimmern und Schluchzen wie ein Orkan.

Es schmerzte Bren. Nicht hier, denn sein Nebelkörper hatte keine Ohren, die hätten strapaziert werden können. Aber er fühlte, wie sich sein Herz verkrampfte. Der einzige Teil seines Körpers, der noch Fleisch war, ein zuckender Muskel in der Kammer der Unterwerfung. Es zog sich zusammen, wurde zu einem harten Klumpen und drückte das letzte Blut hinaus, das noch darin gewesen war. Dann begann es flatternd wieder zu schlagen.

Zugleich wurde Bren klar, dass Jittara die Wahrheit gesprochen hatte. Die Essenz, die für dieses Ritual geerntet wurde, war rein und kraftvoll, mehr noch als Siérces. Jittara musste sie sogar an einigen Stellen zurückhalten, damit keine Unregelmäßigkeit in den Zirkel kam. Was sie nicht verwerten konnte, diffundierte als silbriger Schaum in der Luft. Einiges davon trieb ins Innere des Kreises, zu dem Nebel, der Bren war. Er konnte die Essenz nicht so gut aufnehmen, als wenn er sie eingeatmet hätte. Dennoch schmeckte er sie. Es war eine nie dagewesene Erfahrung. Er fühlte sich gerechtfertigt, reingewaschen von aller Schuld und vollkommen begnadet im Angesicht der Götter.

Aber das war nur ein kurzes Empfinden. Dann kehrte die Gewissheit zurück, dass diese Kinder seinetwegen starben, und zwar unter großen Schmerzen. Da Lisanne beim Heer war, war Bren der einzige Schattenherr in einigen Meilen Umkreis. Jeder würde tun, was er befahl. *Noch konnte er die Kinder retten!*

Und dann?

Auf die Milde des SCHATTENKÖNIGS hoffen? Ein absurder Gedanke! Weder Jittara noch irgendwem sonst war es gegeben, diesen Kindern eine Qual zu bereiten, die dem, was GERG Bren und Lisanne antäte, auch nur ähnlich gewesen wäre. Diese Kinder litten, aber am Ende der Nacht wären sie aller Pein entkommen. Bren und Lisanne waren unsterblich. Sie würden ewig leiden, wenn sie versagten.

Wieder streifte ein Schwall kindlicher Essenz den Nebel. Wieder fühlte sich Bren wie ein Seliger. Und fiel zurück in die Schatten.

Bren widerstand dem Drang, die Regung seines Gewissens zu unterdrücken. Sie schmerzte ihn, aber sie war ihm zugleich wertvoll. Abgesehen von seiner Liebe zu Kiretta, die mit jeder Nacht weiter verblasste, war sie das stärkste Gefühl, das er empfand, seit er in die Schatten getreten war. Wenn sie auch unangenehm war, ließ sie ihn doch bewusst werden, dass er lebte, mehr war als ein Hammer, den die Hand eines Mächtigeren schwang.

Und hatte er diese Folter denn nicht verdient? Er hatte für die Unsterblichkeit gemordet, einen Wehrlosen erschlagen. Und das war erst der Beginn gewesen. Wer die Ewigkeit in den Schatten fand, der zog eine Spur von Blut und Tränen durch die Menschen, die ihn umgaben. Jahrhundertelang. Jahrtausendelang.

Bren war ein Osadro geworden, und das war ein anderes Wort für ›Monstrum‹. Aber er konnte es nicht ändern. Er konnte diesem Ritual keinen Einhalt gebieten. Gequält wand sich der Nebel.

Er stellte sich seinem Schmerz, ließ sich vom Weinen der Kinder durchdringen, hörte genau hin. Ihre Schreie waren eine Anklage, gegen die Finsternis, gegen den SCHATTENKÖNIG, gegen Bren selbst. Aber ob in Recht oder Unrecht, ob es ihm gefiel oder nicht – Bren hatte seine Wahl getroffen, spätestens, als er in die Schatten getreten war. Damals hatten ihn die Götter unwiderruflich verdammt. Jetzt war er mit der Finsternis verbunden, teilte ihre Schuld und ihr Schicksal. Das war der Preis für Macht und Unsterblichkeit.

Aber die Finsternis war in sich vielfältig. Es gab diverse Wirklichkeiten neben jener, die die Götter den Menschen zugedacht hatten. Die Finsternis war eher ein Reich der Möglichkeiten als des Tatsächlichen, eine ständige blutige Rebellion statt einer Ordnung, die einer Form von Harmonie zustrebte. Waren auch alle Geschöpfe der Finsternis Feinde der Götter, bedeutete das dennoch nicht, dass sie geeint zusammengestanden hätten. Die Dämonen, die die Fayé in den vergangenen Jahrtausenden beschworen hatten, betrachteten den Nachtschattenwald als ihren Besitz. Nicht alle davon hießen den Einfluss der Schattenherren willkommen. Und manche waren zu dumm, um zu verstehen, was in dieser Nacht vorging. Sie waren wie Bullen oder Ghoule – kraftvoll und geistlos.

Der Zauberkreis war viel stärker als jener, der Bren nach Guardaja gebracht hatte. Aber als Jittara versuchte, ihn auszubreiten und in eine weitere Dimension zu öffnen, drängten Wesenheiten aus eben jener Dimension dagegen. Ihre Domäne war so weit von der greifbaren Welt entfernt, dass ihnen das Konzept der Körperlichkeit fremd war. Bren konnte sie lediglich mit seinen mystischen Sinnen erfassen, die auch Kirettas Haken in der Ferne erspürten. Diese Unkreaturen waren wie giftiger Rauch, aber hier – jenseits des Greifbaren – konnten sie die Zauberzeichen attackieren. Sie taten es hirnlos, wie Raubtiere, die Fangzähne in den Hals ihrer Beute gruben. So fraßen sie die arkane Kraft des Zirkels, berauschten sich daran. Ihre ekstatischen Schreie ließen das magische Gitter erzittern. Sie lockten weitere ihrer Art an.

Bren spürte, wie Jittaras Ärger zu Besorgnis wurde, als die Schläge, mit denen sie die Angreifer zu vertreiben suchte, nur schwache Wirkung zeigten. Einige der Dämonen verloren den Halt, aber sie kamen rasch zurück, verstärkt von neuen Gefährten, deren Gier nach magischer Kraft ihrer eigenen gleichkam. Bald waren es so viele, dass nicht mehr alle an dem bebenden Zirkel Platz fanden. Die Verdrängten folgten den Strömen der Essenz zu ihren Ursprüngen. Bren sah, wie eine der Unkreaturen in einen Jungen fuhr und Besitz von ihm ergriff. Bren hatte sich so weit von der greifbaren Welt gelöst, dass er nur verschwommen wahrnahm, wie das Fleisch des Knaben kochte und Blasen warf, aus denen sich unförmige Glieder wanden, die nach den anderen Kindern schnappten. Gardisten eilten herbei, stießen ihre Schwerter in den kleinen Körper.

Jittara begab sich nun beinahe völlig in die arkanen Gefilde, wodurch die zierliche Gestalt ihres fleischlichen Körpers kraftlos zusammensackte. In der mythischen Wirklichkeit dagegen wuchs ihre Macht an, sodass ihre Präsenz das Licht schluckte und Finger von Dunkelheit aussandte, die über den Zirkel griffen und ihn hielten, wie ein Schmied ein Wagenrad fassen mochte. Das stabilisierte das Gebilde, aber die Dämonen blieben dennoch daran hängen, saugten seine Kraft aus, schwächten es.

Bren spürte Jittara verzweifeln. An diesen Gegnern würde sie scheitern, und das würde nicht mehr lange dauern! Mit jedem Moment wurden die Runen schwächer.

Bren musste es wagen. Er fixierte Kirettas Haken und konzentrierte sich auf das Bild, das in seinem Gedächtnis eingeprägt war. Bevor er den Haken an Quinné übergeben hatte, hatte er ihn mehrere Stunden lang genau betrachtet, befühlt, nach allen Seiten gewendet. Er kannte ihn weit besser, als es bei der Festung Guardaja der Fall gewesen war. Das musste reichen! Er stieß sich ab wie jemand, der von einer Klippe in einen Abgrund sprang.

Es gelang ihm, den Kreis zu verlassen. Wie durch einen Brunnenschacht fiel er auf sein Ziel zu.

Aber er war nicht allein.

Der Nachtschattenwald war von dämonischen Kräften getränkt, wie ein Schwamm vor Wasser troff, der eine Woche auf dem Grund des Meeres gelegen hatte. Zum Teil waren diese Kräfte ungeformt, gleich Morast in einem Sumpf. Ein anderer Teil war personifiziert, ohne sich seiner bewusst zu sein. Aber es gab auch jene Dämonen, die keine ebenbürtigen Feinde hatten und wie riesenhafte Alligatoren immer hungrig die Sümpfe durchstreiften. Einige davon überraschte Bren – er war schon vorbei und verschwunden, bevor sie ihn hätten aufhalten können. Aber der Nachtschattenwald war groß, Brens Reise weit und der Feind zahlreich.

Er fühlte sich wie ein Ritter, der in vollem Galopp von der Lanze eines Gegners in die Brust getroffen wurde, als eine gehörnte Wesenheit ihre Pranke in ihn schlug. Es fühlte sich nach einem Schlag in den Bauch an, obwohl Bren gar keinen Körper hatte. Genauso wenig wie der Dämon, der dennoch deutlich zu erkennen war: Schwarz glänzende Haut, ähnlich dem Panzer eines Hirschkäfers, bedeckte einen muskulösen Torso, der auf nach hinten abgewinkelten Beinen stand. Er hatte drei Arme, zwei auf der rechten, einen auf der linken Seite. Nur ein Auge prangte auf der Stirn. Ansonsten war das Gesicht menschenähnlich, offenbarte aber in einem vorfreudigen Grinsen mehrere Reihen unterschiedlich großer, schief stehender Zähne. Das gab dem Maul etwas von einem Hai. Am auffälligsten waren die Hörner, ein Kranz aus einem Dutzend Dornen, beinahe so lang wie der restliche Körper. Wären sie nicht so offensichtlich dem Schädel entsprungen, hätte man sie für eine gewaltige Krone halten können.

Bren versuchte, eine Abwehrhaltung einzunehmen, aber so weit reichte die Festigkeit seiner eigenen Gestalt nicht. Vielleicht hätte er feste Form annehmen können. Dann wäre sein fleischlicher Körper wohl irgendwo im Nachtschattenwald materialisiert, doch zum Haken wäre er so nicht vorgedrungen.

Sein Gegner breitete die Arme aus und schritt über einen von violetten Nebeln verdeckten, aber festen Boden auf ihn zu.

Bren versuchte, die Fäuste zu ballen, doch auch das gelang ihm nicht. Wut stieg in ihm auf. Sollte denn alles umsonst gewesen sein? Der ganze Plan? Das Ritual mit seinen Opfern? Wer war dieses Wesen, das ihn so leicht in die Schranken wies, als sei er ein Rotzlümmel, der mit einem Stecken herumfuchtelte, und nicht einer der besten Fechter Ondriens?

Zwei Spitzen züngelten aus dem Dämonenmaul.

Bren hatte weder Morgenstern noch Schwert. Aber er besaß eine andere Waffe: die Stärke in sich. Er erinnerte sich an all die Schlachten, die er geschlagen hatte. Die Reise über das Ende der Welt hinaus. Die Entschlossenheit, mit der er die Unsterblichkeit an sich gerissen hatte. Den Sieg über seine Skrupel, als er Kiretta erlöst hatte.

Diese Stärke schrie er dem Dämon entgegen. »Du brichst mich nicht! Du nicht!«

Sein Gegner krümmte sich wie unter einem unerwarteten Hieb. Hatte Brens Instinkt wieder etwas über die Regeln der mystischen Welt erkannt, das seinen Verstand noch niemand gelehrt hatte? Dass hier Emotionen Waffen waren?

Doch so leicht war der Dämon nicht zu überwinden. Brüllend richtete er sich zu voller Größe auf. Die Muskeln an seinen Oberarmen spannten sich, als er die Pranken ballte. Er senkte den Kopf und richtete die Hörner auf Bren.

Noch einmal warf Bren seine Stärke gegen ihn.

Der Erfolg dieser neuerlichen Attacke erschöpfte sich in einem leichten Zittern.

Bren erkannte, dass er diesen Kampf nicht mit Stärke allein zu gewinnen vermochte. Aber wenn ein solches Gefühl hier als Waffe eingesetzt werden konnte, dann vielleicht auch ein anderes. Eines, mit dem sein Gegner sicher nicht rechnete.

Bren holte den Schmerz hervor, den er beim Leid der Kinder empfunden hatte. Sein Mitleid. Seine Reue. Und schleuderte sie wie Wurfäxte.

Jaulend brach der Dämon zusammen und griff sich ans Auge.

Sicher würde er sich wieder erholen, wenn Bren ihm nicht den Todesstoß versetzte, aber es galt lediglich, an ihm vorbeizukommen. Das Ziel war der Haken. Bren hastete weiter.

In der unmittelbaren Umgebung des Hakens gab es keine dämonischen Präsenzen. In diesen Bereich schienen sie nicht vordringen zu können, was ihnen deutlich spürbares Ungemach bereitete. Dennoch durfte sich Bren nicht zu hastig bewegen, er spürte mehrere Mondsilberklingen. Sicher waren das die Schwerter der Paladine.

Vorsichtig näherte er sich dem Haken. Bren materialisierte im Schatten eines moosbewachsenen Felsens.

Quinné kniete auf dem Boden und drückte den Kopf in ein Gras, das von einem fluoreszierenden Schimmer überhaucht war. »Mein Herr und mein Meister!«

Quinné bot ihm Kirettas Haken mit beiden Händen dar, wie eine zerbrechliche Reliquie. Entblößt von der Halterung, mit der er am Arm befestigt gewesen war, ähnelte er einer Sichel mit kurzem Griff, bei der die Außenseite des Bogens messerscharf geschliffen war. Eine ungewöhnliche, aber effektive Waffe, wie Kiretta bewiesen hatte. Bren nahm sie an sich.

»König Ilion erwartet mich außerhalb der Enklave«, flüsterte Quinné. »Er und seine Magier wollen die mystischen Gefilde erkunden. Sie haben mich nur kurz weggeschickt, zu dieser Mondpriesterin.« Sie spie das Wort aus. »Sie soll mich reinigen. Wieder einmal. Ilion meint, die Finsternis habe mich zu sehr besudelt. Nalaji versucht, mich zurück in die Gnade der Götter zu führen, indem sie mir kindische Vorträge über Güte und Harmonie hält.« Quinné sah aus, als hätte sie einen Schluck verdorbene Milch im Mund.

»Wo ist das Kind?«

»Königin Anoga lässt das Mädchen nicht aus den Augen. Ihr findet sie in dieser Richtung.« Quinné zeigte. »Dort steht eine Handvoll Bäume beisammen, alle beherbergen Unterkünfte. Menschliche Frauen wohnen dort, gemeinsam mit kleinen Kindern, viele noch Säuglinge. Anoga scheint zu glauben, das sei die richtige Gesellschaft für ihr Blag.«

»Nur ein paar Frauen und Kinder?« Die Spitze von Kirettas Haken blitzte.

»Die Mondpriesterin ist auch oft dort. Vielleicht sucht sie mich noch, aber irgendwann wird sie denken, ich sei zurück bei König Ilion.«

»Und sich wieder zur Königin begeben.«

Demütig nickte Quinné. »Sie ist so etwas wie eine Amme. Auch die Paladine sind ständig dort.«

»Ich habe ihre Mondsilberschwerter gespürt. Sie sind zu fünft?«

»Ja, Herr.«

Er nickte. »Ich werde schnell sein müssen.«

»Wie kann ich Euch helfen?«

»Geh zu König Ilion. Er soll keinen Verdacht schöpfen.«

»Wollt Ihr von meiner Essenz nehmen?«

Er schüttelte den Kopf. »Es ist Zeit zu kämpfen.«

»Werdet Ihr mir später die Gnade erweisen, von mir zu nehmen, Herr?«

Bren war noch immer verwirrt davon, wie sehr sich manche Menschen danach sehnten, ihr Leben an die Schatten zu geben, nur um wenige Momente lang von Bedeutung für einen Osadro zu sein.« »Wir werden sehen«, beschied er.

Er schlich zu der Baumgruppe. Seine Nacktheit war ihm ungewohnt. Wenigstens wurden so die katzenartigen Bewegungen seines unsterblichen Körpers von keiner Rüstung behindert. Von einem leichten Beben begleitet, huschte er schnell und lautlos über das saftige Gras, nutzte Felsen und Bäume als Deckung. Er kannte diesen Ort von seinem ersten Aufenthalt im Nachtschattenwald. Dennoch musste er sich selbst ermahnen, nicht innezuhalten und die Schönheit der Umgebung zu betrachten. Für die feinen Sinne eines Osadro war sie noch viel überwältigender als für die eines Menschen. Er sah in allen Einzelheiten, wie das Licht gleich Blütenstaub aus dem silbrigen Laub sickerte, und hörte das Klingen der Blumen nicht nur wie Glöckchen, sondern durch den vielfältigen Nachhall wie eine Symphonie, die sich nur dem offenbarte, der aufmerksam lauschte.

Bren fand alles so, wie Quinné es geschildert hatte. Ein kristallklarer Bach schlängelte sich durch die Wiese zwischen den bezeichneten Bäumen, um schließlich in einen nahen See zu münden. Auf einer Wurzel saßen zwei Frauen und schwatzten leise miteinander. Eine hatte ihr Mieder geöffnet und einen Säugling an die Brust gelegt. Weitere Menschen sah Bren nicht, aber die Nacht war ja auch schon einige Stunden alt. Sie würden schlafen, wenn ihre Kinder sie ließen und die Beben des Doppelneumonds sie nicht weckten. Dafür entdeckte er zwei Paladine, die nebeneinander hergingen. Wohl eine Streife. Gab es noch eine weitere? Falls ja, war sie nicht in Brens Blickfeld, und auch die Mondsilberschwerter spürte er nicht. Das galt aber auch für die Waffen der beiden, die er sah. In seinem fleischlichen Körper waren Brens mystische Sinne nicht so scharf wie in der Nebelform, und die göttliche Kraft dieses Ortes übersättigte sie zudem.

Die beiden Paladine passierten eine Gruppe Fayé, die mit geschwungenen Klingen und Bögen bewaffnet waren. Sie schienen keinen Ärger zu erwarten, denn die Sehnen ihrer Waffen waren nicht eingehängt. Das mochte die Garde der Königin sein.

Doch wo war Anoga selbst?

Hatte auch sie sich zur Ruhe gelegt? Falls sie sich dazu entschlossen hätte, wäre offensichtlich, wo sie sich befinden musste. Die Bäume waren so angeordnet, dass einer von ihnen in der Mitte stand, ein prächtiger Riese mit beinahe weißer Rinde und goldenen Blättern. Ein Palast, würdig einer Königin.

Wenn die Fayé, die so unbesorgt beieinanderstanden, als herrsche tiefster Friede im Nachtschattenwald, tatsächlich Anogas Leibwache waren, konnte sie nicht weit sein. Auch das sprach dafür, dass sie sich in dem Baum befand und niemand damit rechnete, dass sie ihn in dieser Nacht noch verließe.

Bren beobachtete noch einen Moment, damit ihm nichts Offensichtliches entging. Aber die Ungeduld trieb ihn, und je länger er wartete, desto mehr musste er fürchten, entdeckt zu werden. Hinter dem Gebüsch, das ihm Sichtschutz bot, konnte er ohnehin nicht bleiben, sonst würde die Streife ihn aufspüren.

Also suchte er nach einem möglichst verborgenen Weg zu dem Baum, in dem er die Königin vermutete. Es gab einige moosbewachsene Felsen, ein paar Bäumchen, aber im Wesentlichen trennte ihn eine offene Grasfläche von seinem Ziel. Er schätzte die Entfernung. Die Beherrschung seines Körpers war seit seiner Umwandlung fortgeschritten, er konnte sich schneller bewegen, als es einem Mensch möglich gewesen wäre. Aber würde das reichen, um unbemerkt zu dem Hausbaum zu gelangen?

Falls nicht, würde er sich den Paladinen stellen müssen. Sie könnten ihn mühelos am Verlassen des Hauses hindern. Und sie hatten Silberschwerter.

Er könnte die Königin und ihr Kind als Geiseln benutzen, aber wenn sie doch nicht dort war, wo er sie vermutete, sähe er sich einer kaum zu überwindenden Übermacht gegenüber.

Er hätte in die Nebelform wechseln können. Das hätte bedeutet, seine einzige Waffe zurückzulassen, und die Begegnung mit Keliator hatte gezeigt, dass die Paladine durchaus in der Lage waren, ihn zu erspüren. Vielleicht war seine Finsternis hier, in dieser von den Göttern geliebten Enklave, sogar noch deutlicher als anderswo.

Noch immer überlegend bewegte sich Bren von Deckung zu Deckung. Dadurch kam der Eingang des Hausbaums in sein Blickfeld. Zwei Paladine wachten davor.

»Die Finsternis über euch!«, fluchte er.

Er vertraute auf seine Fähigkeiten als Fechter. Möglich, dass er diese zwei überwinden könnte, trotz der Mondsilberschwerter. Aber sicher war das nicht, und der Kampf würde die beiden anderen Paladine auf den Plan rufen. Wo war überhaupt der fünfte? Die Waffen der Fayé würden ihn nur oberflächlich verletzen können, aber wenn sie mit ihrer Magie eingriffen … Es war nicht ausgeschlossen, dass in der Garde der Königin Zauberer Dienst taten.

Immerhin bestätigte diese Wache Brens Vermutung, was den Aufenthaltsort Anogas und damit wahrscheinlich auch ihres Kindes anging. Aber die beiden mussten weg!

Er musste sie fortlocken. Nur wie? Sollte er Quinné rufen, damit sie für Unruhe sorgte? Quinné war bei Ilion, irgendwo außerhalb der Enklave. Es würde einige Zeit dauern, sie zu finden und eine Gelegenheit herbeizuführen, unbeobachtet mit ihr zu sprechen. Er hatte zu selten Essenz von ihr genommen, als dass er sie mit der Kraft seiner Gedanken hätte rufen können. Und was sollte sie dann machen? Sie würde vor nichts zurückschrecken, aber ihre Möglichkeiten waren begrenzt. Einen Brand legen vielleicht? Das hier war ein Hain, keine Stadt, wo ein Feuer Panik hätte auslösen können.

Nachdenklich sah er sich um. Sein Blick fiel auf die beiden Frauen und den Säugling. Ein Kind hatte sich dazugesellt, ein

Junge von vielleicht vier Jahren. Die zweite Frau hatte den Arm um ihn gelegt.

Bren erinnerte sich daran, wie sehr Keliator von der Essenz berauscht gewesen war, die Quinné ihm zugeführt hatte. Damals hatte Brens Gegner sogar die finstere Präsenz vergessen, die er gespürt hatte. Die Paladine hatten niemals Anleitung durch den Kult erfahren, niemand hatte ihnen gezeigt, wie man die Sucht nach der fremden Lebenskraft einigermaßen unter Kontrolle hielt. Wie musste erst die Essenz eines Kindes auf sie wirken? Schon Bren, der ein Leben in Disziplin geführt hatte, älter war und dem eine Nachtsucherin Unterstützung bot, konnte sich nicht beherrschen, wenn ihm solche Reinheit zufloss.

Er sah das Kind bei seiner Mutter. Ein Bild perfekten Friedens, als könnte die Dunkelheit der Welt sie niemals erreichen. Vielleicht wäre das auch so gewesen, wenn der Befehl des SCHATTENKÖNIGS nicht gewesen wäre. Und Bren, der ihn ausführen musste.

War es nicht immer so? Zumindest für Bren, den Krieger? Wer im Schwarzen Heer diente, befolgte Befehle. Das war seit jeher das Gesetz seines Lebens.

Dennoch war ihm unwohl, als er sich ein Stück zurückzog, einen Bogen ging, sich seinen Opfern näherte. Von der Streife war nichts mehr zu entdecken, sie war durch das Buschwerk seinem Blick entzogen. Auch die beiden Wachen hatten keine Sichtlinie zu den Frauen.

Bren wusste, dass es nur schwerer werden würde, wenn er länger wartete. Er richtete sich auf und schritt zielstrebig auf die Gruppe zu.

Die Frau mit dem Säugling sah ihn zuerst. Überraschung stand auf ihrem Gesicht, man sah nicht oft einen nackten Mann mit einer Sichel durch das Gras schreiten. Einen Augenblick später erkannte sie, dass er ein Osadro war, und zwar einer, der eine Narbe unter der Brust trug, die seine Loyalität zu den Schatten bezeugte. Sie schrie.

Angst war eine ausgezeichnete Brücke für die Essenz. Bren riss die Lebenskraft aus ihrer Brust.

Er hatte unterschätzt, wie viel Kraft ihn das Ritual dieser Nacht gekostet hatte. Als er die Essenz schmeckte, sog er sie unwillkürlich ein, nutzte sie, um seine Stärke zurückzugewinnen. Drei tiefe Züge nahm er, bevor er bemerkte, was er tat. Als er die Augen öffnete, war das Gesicht der Frau schon von Falten zerknittert. Ihr Busen hing schlaff herab, der Säugling war ihrem Arm entglitten und auf ihren Schoß gerutscht. Er verstand nicht, was geschah, nuckelte an einem Däumchen.

Die andere Frau und der Junge dagegen begriffen sehr wohl, in welcher Gefahr sie sich befanden. Ihr Kreischen gellte zwischen den Bäumen.

Das erste Opfer hatte nicht mehr viel zu bieten. Bren griff nach der Essenz der zweiten Frau. Diesmal hatte er sich besser unter Kontrolle. Statt sie einzuatmen, setzte er die Lebenskraft frei, entließ sie als glitzernden Schaum in die Luft, verteilte diesen, so weit er konnte. Jeder Osadro in hundert Schritt Umkreis würde sie riechen.

Aber reichte das aus? Zweifelnd sah Bren auf den Jungen, der die nun altersfleckige Hand seiner sterbenden Mutter hielt. War es wirklich nötig, auch sein Leben zu nehmen?

Bren hatte nur einen Versuch. Der SCHATTENKÖNIG duldete kein Versagen.

Er tat, was er tun musste. So schnell wie möglich, und dabei redete er sich ein, dass er auch das Leiden des Knaben verkürzte.

Hatte er sich einmal gefragt, ob Unsterbliche weinen konnten? Als er auf den verständnislos schauenden Säugling blickte, wurde ihm diese Frage beantwortet. Er wischte seine Tränen fort. Der Säugling konnte nicht begreifen, was um ihn herum geschah. Er konnte keine Angst vor Bren oder den Schatten haben. Dadurch war es unmöglich, seine Essenz zu rufen. Dieser Umstand rettete ihm das Leben.

Bren rannte zurück in seine Deckung und weiter, entfernte sich von den Toten. Ein schneller Blick zeigte ihm, dass sich jemand der Essenz näherte. Er hörte Rufe. Kurz darauf sah er, dass der Eingang zu dem Hausbaum, in dem er die Königin und ihren Abkömmling vermutete, unbewacht war. Er verschwendete keine Zeit. So schnell er konnte, die Kraft der frisch aufgenommenen Essenz nutzend, rannte er hinein.

Er gelangte in einen großen, natürlich gewachsenen Raum. Entlang der Wände zogen sich leuchtende Ranken. Anoga lag auf einem Moosbett, gestützt von lebenden Gräsern. Sie trug ein weites, taubenblaues Gewand, das nicht verbergen konnte, wie ungewöhnlich groß ihre Brüste waren, vor allem für eine Fayé.

Wenn sie damit das Kind säugen musste, das auf dem Boden mit Nalaji spielte, war das kein Wunder. Es war weiter entwickelt als das vierjährige Menschenkind, das Bren gerade getötet hatte, stand auf den eigenen Beinen und hatte die goldenen Augennebel auf Bren gerichtet. Keliator dagegen stand am Fenster, er hatte wohl den Grund für die Rufe erfahren wollen. Es sprach für seine kriegerischen Fähigkeiten, dass er ohne Zögern das blutrote Schwert aus der Scheide riss und sich auf Bren warf.

Durch die ungestüme Attacke hatte er jedoch keine Möglichkeit, raffiniert zu schlagen. Mühelos fing Bren die Schwertklinge mit dem Innenbogen des Hakens.

Keliator war zu erfahren, um sich auf ein Kräftemessen einzulassen. Hätte er versucht, die Klinge mit roher Gewalt in Brens Körper zu drücken, hätte Bren ihn entwaffnen können. Stattdessen löste sich der Paladin und positionierte sich zwischen Bren und seinen Schützlingen.

Bren täuschte hoch an, führte den Haken aber in einem weiten Bogen und angelte nach der Wade seines Gegners.

Keliator prellte den Angriff mit einem Schlag gegen Brens Unterarm fort. Er traf mit der flachen Seite des Schwerts, nur ein winziger Schnitt ritzte den nackten Arm. Er fühlte sich an, als glühe das Silber. Auch die Wunde im Hals sandte plötzlich wieder eine heiße Welle durch Kopf und Brust.

Bren war gewohnt, Schmerzen zu verdrängen. Dennoch zeigte schon dieser Schlagabtausch ein wesentliches Problem: Keliator führte eine Waffe, die für einen Osadro tödlich war, während Bren ihn mit seinem Haken nur ärgern konnte. Wenn Keliator das erst begriffe, würde er Bren ohne Rücksicht auf die eigene Deckung angreifen können. Im Grunde hatte er Brens Krallen mehr zu fürchten als den Stahl, denn im Körper eines Osadro lag genug Magie, um einen anderen Unsterblichen zumindest zu verletzen. Dennoch konnte Bren nicht auf seine Waffe verzichten, sonst hätte er nichts mehr gehabt, was er in die Bahn des Schwerts hätte halten können, um sich vor dem Mondsilber zu schützen. So wie jetzt, als Keliator ihn vor sich hertrieb.

Bren nahm eine Serie von Schlägen auf, dann sah er seine Gelegenheit zum Ausbruch und tänzelte seitlich aus der Angriffslinie.

Wieder stellte sich Keliator zwischen ihn und die anderen drei. Er sah auf die Tür, die in Brens Rücken war. Keliator hatte es nicht nötig, Bren allein zu besiegen. Er konnte warten, bis seine Kameraden einträfen.

Bren musste die Entscheidung herbeiführen. Er täuschte einen Angriff an, was Keliator ein Stück zurückweichen ließ. Bren machte nun seinerseits einen weiten Schritt nach hinten. Er holte aus und schleuderte den Haken.

Keliator duckte sich unter dem Wurfgeschoss. Es taumelte über ihn hinweg.

Aber Bren hatte auch nicht auf Keliator gezielt. Der Haken krachte gegen Nalajis Kopf. Schreiend brach die Alte zusammen, hob die Hand zur blutenden Wunde.

»Die Macht der Schatten über dich!«, brüllte Bren und riss an ihrer Essenz.

Sie war geschützt, durch Silber in ihrem Schädel, durch den Segen ihrer Göttin oder wodurch auch immer. Was es auch war, es verhinderte, dass Bren ihre Lebenskraft in den Griff bekam. Nur ein kümmerliches Rinnsal löste sich aus ihrer Brust.

Aber die Not seiner Mutter war genug, um Keliators Konzentration zu brechen. Unwillkürlich zuckte der Kopf des Paladins herum, um zu sehen, wie es Nalaji erging.

Dieser kurze Moment reichte Bren. Er stürzte sich auf seinen Gegner. Mit der Linken fasste er das Gelenk der Schwerthand, die Krallen der Rechten schlug er durch den Lederpanzer in den Bauch. Entschlossen drückte er die ganze Hand in den Leib. »Kein Osadro darf sein Herz behalten!«, rief er. »So lautet das Gesetz des SCHATTENKÖNIGS!«

Keliators Augen wurden glasig unter dem Schmerz, den Brens Eindringen in seine Brust verursachte. Er ließ das Schwert fallen.

Bren fühlte das Flattern des Herzens. Er griff zu. Zweimal glitt er ab, dann bekam er den zitternden Muskel zu fassen. Er riss ihn heraus.

Keliator brach in die Knie.

Bren nahm das Silberschwert und schlug ihm den Kopf ab.

Schluchzend warf sich Nalaji auf den enthaupteten Körper.

Bren ließ das Herz fallen, stieg über sie hinweg und griff das Kind.

Stöhnend versuchte Anoga, sich aufzurichten, aber die Schwangerschaft hatte sie wohl sehr geschwächt. Sie sank zurück, streckte einen Arm in einer hilflosen Geste aus.

Bren setzte die Schneide an den dünnen Hals des Kindes und zog es mit sich hinaus. Die vier verbliebenen Paladine hatten sich offensichtlich von der Essenz losreißen können. Mit gezogenen Schwertern rannten sie auf den Baum der Königin zu. Als sie Bren und seine Geisel sahen, hielten sie inne, fünf

Schritt von ihm entfernt. Die Garde der Königin war nicht so schnell, sie trennte noch die dreifache Distanz. Immerhin musste man den Fayé zugestehen, dass die Bogenschützen ihre Sehnen eingehängt und Pfeile in den Händen hatten.

»Halt!«, hörte Bren Anogas melodische Stimme hinter sich rufen. »Er hat Espera!«

Bren machte zwei vorsichtige Schritte zur Seite, um die Tür für die Königin freizugeben. Sie schien in seinem Sinne agieren zu wollen.

Zwei Bogenschützen legten ihre Pfeile auf die Sehnen und richteten die gespannten Bögen auf ihn.

»Versucht nur Euer Glück!«, rief Bren. »Sind Eure Pfeilspitzen auch aus Silber?«

Widerwillig entspannten sie die Bögen.

»Was immer Ihr tut, Ihr tötet mich besser beim ersten Versuch! Wenn ich auch nur zucke, rollt der Kopf dieses Mädchens ins Gras!«

Espera war starr in ihrem Schrecken. Das war auch in ihrem Sinne. Hätte sie gezappelt, hätte die Silberklinge leicht in ihren Hals schneiden können.

Anoga stützte sich schwer an das Holz des Baums, als sie in der Türöffnung erschien. Hinter ihr schwankte Nalaji heran. Die Kopfwunde blutete heftig. Die Alte brach hinter der Fayé zusammen.

»Seit wie vielen Jahrtausenden ist dies das erste Kind, das Euer Volk zur Welt gebracht hat?«, fragte Bren.

»Es ist so lange her …«, stöhnte Anoga.

»Ihr seid gescheitert! Das Heer, das Ihr gegen Orgait geschickt habt, erfriert im Ewigen Eis! Unterwerft Euch der Gnade des SCHATTENKÖNIGS, um wenigstens zu retten, was von Eurem Volk übrig ist!«

»Garantiert Ihr für Esperas Leben?«, fragte Anoga.

»Das könnte nur GERG. Aber ich garantiere für ihren Tod, wenn Ihr nicht tut, was ich von Euch will!«

»Und was wäre das?«, fragte Ilion, der an der Spitze seiner Magier herbeieilte. Auch Quinné war bei ihm. Sie blieb jedoch nicht stehen, als der König anhielt, sondern rannte zu Bren.

»Ihr könnt uns nicht entkommen!«, rief Ilion, aber seine Stimme zitterte.

»Oh doch!«, fauchte Bren. »Ihr werdet uns gehen lassen. Ich werde das Kind bei Nacht bewachen, Quinné bei Tag. Da Eure Truppen im Süden des Nachtschattenwalds kapitulieren werden, werden wir die unsrigen schnell erreichen. Ihr seid doch gut bekannt mit Schattenherzogin Lisanne. Sie wird die genauen Bedingungen mit Euch aushandeln, während ich Eure Tochter nach Orgait bringen werde. Und das ist die einzige Möglichkeit, wie sie überlebt.«

Ilion hob eine Hand. Jetzt wurden alle Bögen gespannt.

Der Pfeil eines Fayé fliegt dreihundert Schritt, durchschlägt einen Eichenschild und findet das Herz, dachte Bren. Sollte er das Kind ermorden, bevor die Geschosse ihn träfen? Er würde die Wunden, die sie schlügen, ausheilen können, aber die Zeit, in der die Pfeile in ihm stecken würden, wäre vielleicht ausreichend, um ihn zu überwältigen und ihn daran zu hindern, den Willen des SCHATTENKÖNIGS zu tun. Sicher würde GERG von ihm erwarten, die Prinzessin zu töten, wenn es keine Möglichkeit gab, sie in die Gewalt der Schatten zu bringen.

Bren kannte seine Pflicht.

Aber in dieser Nacht waren schon zu viele Kinder gestorben.

Ilion zeigte auf die Paladine. »Erschießt sie!«

Die Schützen rissen ihre Bögen herum und ließen die Pfeile sirren. Auch die Paladine waren durch solche Waffen nicht zu töten, aber die Schnelligkeit der Fayé war beachtlich. Im Nu waren sie über ihren Gegnern, entwanden ihnen die Silberklingen und erschlugen sie. Auch das Volk des Nachtschattenwalds zahlte einen Blutpreis in diesem kurzen, heftigen Kampf, aber am Ausgang änderte das nichts.

Bren und Ilion sahen sich an.

»Es wird geschehen, wie Ihr es wollt«, sagte der Fayékönig. »Meine Tochter muss leben.«

Bren nickte ernst.

Nalaji schluchzte.

»Lasst mich die Priesterin töten, Herr«, bat Quinné und schmiegte sich dabei an sein Bein.

»Nein. In Akene versprach ich ihr, sie werde leben.« Sein Murmeln wurde unhörbar, als er sich abwandte. »Diese Alte hatte recht. Die Liebe zu Kiretta war das Beste in mir.«

EPILOG

Ewigkeit

»Das Weiß passt zu Euch«, sagte Lisanne mit einem spöttischen Lächeln.

Bren hatte akzeptiert, dass seine Zukunft mit Guardaja verbunden war. Schattenherzogin Widajas Banner war sein Schicksal, ebenso wie das von Gadior und Jittara. Es wäre töricht gewesen, sich dagegen zu wehren. Also hatte er Kleidung schneidern lassen, die seine Zugehörigkeit kenntlich machte. Sein Wams hatte die gleiche Farbe wie die vereinsamten Flocken, die aus dem nachtschwarzen Himmel über Orgait fielen.

Der Schnee knirschte unter Lisannes Füßen, als sie auf die Plattform des runden Turms heraustrat. Ihre Schleppe verwischte die Spuren. »Warum wollt Ihr mich sprechen, so kurz vor der Audienz beim SCHATTENKÖNIG?«

»Auf meine Art bin ich ein Freund von Traditionen.«

»Ja, richtig.« Sinnend legte sie eine Hand in den Schnee auf einer Zinne. Sie war zu kalt, um ihn zu schmelzen. »Hier haben wir uns auch getroffen, als ich Euer Spielzeug kaputt gemacht hatte.«

»Damals ließt Ihr mich rufen.« Er hob Kirettas Haken aus der neuen Schatulle. Die Spitze hatte er versilbern lassen, was Lisanne sogleich bemerkte und mit einem Stirnrunzeln bedachte.

»Seid Ihr meines Geschenks überdrüssig?«

Kalt lächelnd schüttelte er den Kopf, ging aber nicht auf ihre Frage ein. »Attego war also ein Verräter. Er hat Euch davon berichtet, wie Kiretta überlebte und dass Velon und Monjohr damit zu tun hatten.«

»Am Tod des Ghoulmeisters war ich unbeteiligt. Ich nehme an, dass Velon ihn zum Schweigen gebracht hat. Sterbliche sind so unzuverlässig. Sie werden schnell nervös.«

»GERG würde das ungern hören, sie waren Männer, die die Schatten gestärkt haben.«

»Wie Ihr Euch denken könnt, habe ich kein Verlangen danach, den SCHATTENKÖNIG mit Erzählungen über solche Lappalien zu langweilen. Außerdem waren die beiden nicht stark genug, sonst hätten sie überlebt.«

»Ich habe überlebt, als Ihr mir den Arriek schicktet. Den Wahnsinnigen, der mit Silberwaffen zu einem Übungskampf kam.«

»Ach, der. Er war nicht wahnsinnig, als er mich traf. Nur auf der Suche nach einem guten Kampf. Dann habe ich in seinen Verstand gegriffen, und danach …« Sie malte eine geschwungene Linie in den Schnee. »Ja, ich denke, ›wahnsinnig‹ ist nicht ganz falsch.«

»Ich dachte, Ihr wolltet mich nicht töten.«

»Ich hatte nicht erwartet, dass er Euch solche Probleme machen würde. Er sollte nur eine Warnung sein, damit Ihr Euch unsicher fühlt, mehr nicht.« Ihrem Lächeln war nicht anzusehen, ob sie wirklich amüsiert war oder ob es Nervosität überdeckte. »Nehmen wir an, Eure Vermutungen sind richtig. Dann sind wir uns ähnlich, Bren. Ich hätte Velon getötet, so wie ihr Attego. Wir beide hätten Schwächere auf ihren Platz verwiesen – auf unsere Weise.«

»Gut«, sagte Bren. »Nehmen wir an, ich hätte recht.«

»Nur ein Gedankenspiel.«

»Natürlich. Und in dieser Fantasie würde sich der SCHATTENKÖNIG fragen, wie Ihr es wagen konntet, wieder Osadroi ohne SEIN Einverständnis zu erschaffen. Und ihnen wieder die Herzen zu lassen, wie bei den Brüdern in Tamiod. ER würde sich fragen, ob Ihr niemals dazulernt.«

Ihr Lächeln erstarrte. Bren sah die Mordlust in ihren graublauen Augen. Ihre Stimme jedoch war nach wie vor samten. »Vielleicht wäre in dieser Fantasie auch GERG von Velon enttäuscht gewesen.«

»Ihr seid die Gefahr eingegangen, gegen das bekannte Gebot des SCHATTENKÖNIGS zu handeln, um einen einzelnen Gegner aus dem Weg zu räumen?«

»Seine Feinde muss man schätzen, Bren, vor allem, wenn sie würdige Gegner sind. Die kommen selten, man sollte sich ihnen mit ganzer Hingabe widmen. Außerdem hätten diese Paladine auch noch anderen ihre Aufmerksamkeit schenken können. Sie wären nützlich gewesen, wenn sie sich besser hätten kontrollieren lassen.«

Bren lachte. »Warum sollte ich Euch nicht verraten?«

»Warum sollte ich Euch nicht töten? Wegen der Strafe, die mich ereilen würde, weil ich die Ewigkeit eines Osadro beendete?« Stolz hob sie das Kinn. »Vergesst nicht, ich bin tausendfach älter als Ihr, ich habe schon viele SCHATTENKÖNIGE gesehen. Mag sein, dass GERG mich einige Jahrzehnte in den Schlaf schicken würde, und sicher mit unangenehmen Träumen.«

Bren zweifelte nicht daran, dass das Wort ›unangenehm‹ eine völlig neue Qualität erhielte, wenn sich der SCHATTENKÖNIG damit befasste.

»Je länger ich darüber nachsinne«, fuhr Lisanne fort, »desto attraktiver erscheint mir diese Vorstellung. Es gilt zu bedenken: Nach meinem Erwachen würdet Ihr mir nicht mehr zur Last fallen.«

»Da kann ich Euch nur zustimmen, aber zugleich muss ich Euch enttäuschen. Ich habe Schatullen verteilt, in denen Pergamente verschlossen sind, die von meinem Wissen künden. Sollte mir etwas zustoßen, werden sie geöffnet. Ihr könnt mich zum Schweigen bringen, aber nicht meine ...«, er sah ihr tief in die Augen, »... Fantasien.«

»Ich könnte in Euren Geist greifen, um den Aufenthaltsort zu erfahren. Oder glaubt Ihr, Euer kümmerlicher Verstand könnte mir widerstehen?«

»So vermessen bin ich nicht. Aber mir ist selbst unbekannt, wo sich meine Dokumente befinden. Ich habe sie zu den Heerführern des Westens geschickt, einige sind in Orgait, andere in Guardaja und Karat-Dor. Manche sind durch verschiedene Hände gegangen, gemeinsam mit den Anweisungen für den Fall meines Ablebens.«

»Ihr wärt nicht so töricht, so brisante Informationen unbeaufsichtigt zu lassen!«, rief Lisanne.

»Wollt Ihr es darauf ankommen lassen? Jugend ist töricht.«

Lisanne ballte die Fäuste und entspannte sie schließlich mit sichtlicher Willensanstrengung. »Gut, dass wir einander so wertvoll sind«, flüsterte sie. »In der Ewigkeit braucht man etwas, woran man sich festhalten kann. Ein starkes Gefühl. Unsere Liebe haben wir beide verloren. Geblieben ist nur der gegenseitige, innige Hass. Hass ist ohnehin verlässlicher als Liebe. Hass kann nie enttäuscht werden. Bedenkt, wie leer Ihr ohne ihn wärt.«

Bren erschienen Lisannes graublaue Augen kälter als der Nordwind. »Könnt Ihr Euch noch daran erinnern, einmal geliebt zu haben, Schattenherzogin?«

Ihre Hand zuckte zu dem Platincollier. Leise klickten die filigranen Krallen auf dem Rubin, als sie den roten Edelstein streichelte. Davon abgesehen war ihr Körper unbewegt wie eine Statue. Unter ihrem Gesicht dagegen schien etwas, das sehr tief aus ihr selbst kam, die Maske der Perfektion abwerfen zu wollen. Sie kämpfte es nieder. Wurde wieder zu der unsterblichen, allem Greifbaren enthobenen Schönheit. Aber ihre Stimme zitterte. »Ihr habt nicht den Hauch einer Ahnung, was Ihr mir genommen habt. Nach so vielen Jahrhunderten, die nur Kampf und Vervollkommnung kannten. Oh, ich sehe Euch an, dass Ihr glaubt, ich sei keine Kriegerin und verstünde nichts von Feldzügen. Aber in den Kämpfen, die ich meine, steht man gegen unsichtbare Gegner. Und es sind mehr, als man zählen kann.«

Sie wandte sich ab, bevor sie fortfuhr. Ihre Hand blieb an dem Rubin.

»Manche Dinge muss man von einem anderen hören, um sie zu begreifen, obwohl man sie selbst ständig erfährt. Helion hatte einen Marschall, Giswon. Ich kenne Helions Gedanken zu einem Gespräch zwischen den beiden. Von Giswon hat er gelernt, dass die Geschicke von Königreichen an Fürstenhöfen entschieden werden, nicht auf Schlachtfeldern. Das stimmt. Ohne GERGS Befehl wäre ich nicht zu Euch nach Karat-Dor gekommen, es hätte keine Razzor gegeben, Akene wäre nicht gefallen.«

Bren wusste, dass sie die Wahrheit sprach. Das höfische Parkett war zweifellos das entscheidende Gelände für die Gefechte, die einen Osadro aufsteigen oder abstürzen ließen.

»Helion hatte ein so kurzes Leben. Er hat nie die Unsterblichkeit angestrebt. Im Gegenteil, er vertraute seinem Schwertrubin an, dass jeder ein Feind sei, der unsterblich sein wolle.«

»Er war ein Mondschwert.«

»Was wisst Ihr schon von ihm, Bren? Ihr seht die Rüstung eines Paladins und denkt, damit sei alles über einen Menschen gesagt. Aber Menschen sind vielfältig, und die meisten ihrer Facetten tragen sie in ihrem Innern, wo man sie nur mit Geduld entdecken kann. Das vergessen wir leicht, weil die meisten von ihnen so erbärmlich sind, dass sie nichts anderes verdienen, als uns zu Gefallen zu sein. Aber manchmal gibt es ...«

»Was?«

»Helion war nicht so flatterhaft wie Eure Metze, Bren. Diese Kiretta war so schrecklich billig. Ihr werdet sehen, wie Tausende Bessere geboren werden und nach einiger Zeit wieder verrotten.«

Bren presste die Zähne aufeinander.

»Helion hat für ein höheres Ziel gelebt, eines, das über sein Leben, sogar seine Zeit hinauswies. Er wollte einen Unterschied machen in einem Krieg, den er schon verloren wusste. Indem er mich tötete. Das ist ihm beinahe gelungen, und damals, in den Katakomben von Guardaja, war es seine Lebenskraft, die mich rettete. Eine Ironie, nicht wahr?«

Ein dünnes Lächeln zierte ihre Lippen, als sie sich wieder zu Bren umwandte. »Es war kein Hass, der ihn gegen mich geführt hat. Es war der Wunsch, sein Volk von der Finsternis zu befreien. Das ist ein Unterschied. Der Wunsch zu bewahren, nicht zu zerstören. Das hat er selbst nicht vollständig erfasst. Er war kein Träumer, aber er erlaubte sich, das Gute zu genießen, das das Leben ihm gab. Er liebte das Essen und er liebte eine junge Frau. Ajina. Eine Freundin von Nalaji, die Eure Kiretta entführte. Seltsam, wie alles immer wieder zusammenfindet. Und seine Liebe zu Ajina war letztlich sein Verderben, damals, im Nachtschattenwald. Seine Liebe war zu stark. Ich habe niemals eine solche Liebe gespürt. Ich werde bewundert, wohin ich komme. Doch geliebt? Nein. Ahnt Ihr, wie viel Essenz ich genommen habe? Und wie viele Gefühle geschmeckt? Ich weiß mit Gewissheit, dass Ihr den Menschen erschlagen habt, der tiefer zu lieben vermochte als alle, die jemals die Pfade meiner finsteren Nächte kreuzten. Er konnte sie nicht aufgeben. Durch seine Liebe konnte ich ihn verwunden.«

»Aber wie ist das möglich, wenn diese Liebe nicht Euch galt, sondern einer anderen Frau?«

»Sogar einer Toten, die gar nicht zugegen war.« Ihr Lächeln erstarb. Ihr Gesicht glich nun wieder dem einer weißen Marmorstatue. »Alles, was ich Euch zur Liebe beibringen konnte, habt Ihr inzwischen gelernt. Uns Osadroi gleitet sie durch die Finger wie eine Skulptur aus Asche, wenn wir sie festhalten wollen. Jetzt ist es an der Zeit für Euch, etwas über den Hass zu lernen.«

»Ich glaube, auch dort wart Ihr eine gute Lehrmeisterin.«

»Wartet nur ein wenig ab, dann werdet Ihr begreifen, dass ich noch nicht einmal richtig begonnen habe.«

Bren betrachtete Kirettas Haken. Das Silber glänzte matt in dem wenigen Licht, das die Nacht bot. Tatsächlich wusste er, dass Lisanne recht mit dem hatte, was sie über die Liebe sagte. Letztlich hatte Helions Liebe sogar dazu geführt, dass er jetzt mit Lisanne in dieser Nacht stand. Ohne sie hätte er Lisanne nicht angegriffen. Ohne diesen Angriff wäre Lisanne dem Paladin nicht verfallen. Ohne Lisannes Anhänglichkeit hätte sie den SCHATTENKÖNIG nicht erzürnt, ER hätte sie nicht verbannt, sie wäre nicht hinter den Seelennebel geflohen. Bren hätte sie nicht zurückgebracht, er hätte Helion nicht erschlagen, wäre nicht zum Lohn dafür in die Schatten geführt worden. Und Lisanne hätte keinen Grund gehabt, Kiretta zu zerstören, um Bren zu verletzen. Nun, am Ende dieser Reise, war alles, was Bren als Mensch angestrebt hatte, verloren oder schal geworden. Seine Liebe zu Kiretta, der Ruhm der Schlachtfelder, die Kunstfertigkeit mit dem Schwert. Wenn jemandem nichts mehr von Bedeutung war, dann wurde er selbst bedeutungslos. Bren verstand jetzt gut, warum manche Unsterbliche einfach verwehten, dahingingen und selbst noch nicht einmal Bedauern darüber empfanden. Allein der Hass auf Lisanne brannte noch heiß in ihm. Wenn dieses Feuer erlosch, würde seine Seele erkalten.

»Ihr sollt Euch an Kiretta erinnern, wann immer Ihr in einen Spiegel seht.«

Ihre Lider zitterten, aber dann nickte sie und stellte sich aufrecht vor ihn. »Treibt Euer kleines Spiel, wenn das der Preis des Schweigens ist.«

Bren ließ sich Zeit dabei, die Seite des Hakens an Lisannes Wange zu drücken. Ihr helles Fleisch warf schwarze Blasen, während die geschwungene Form hineinsank. Es würde sicher nicht lange offen klaffen, dafür war Lisanne zu mächtig. Aber eine Narbe würde bleiben. Ganz gleich, welche Salben sie darüberlegen würde, wäre diese Verletzung ihrer Schönheit eine Lektion, die sie keinen Augenblick vergäße. Wen auch immer sie in den kommenden Jahrhunderten und Jahrtausenden träfe – er würde wohl noch immer von ihrem Charisma niedergedrückt werden. Aber die Perfektion ihres Gesichts war dahin. Auch für jene, die sie kannten, würde Lisannes Makellosigkeit ab jetzt nur noch Erinnerung sein.

Bren betrachtete sein Werk. Dann kniete er vor Lisanne nieder. Ihr gebührte Respekt, denn sie war eine Schattenherzogin.

Vor GERGS Thron trug Lisanne einen ausgefallenen Hut, der mit breiten Seidenbändern unter dem Kinn befestigt war. Seidenbändern, die Brens Werk verdeckten. Wenn dieser Kopfputz den SCHATTENKÖNIG verwunderte, sagte ER nichts dazu.

Stattdessen rief ER Bren vor seinen Thron. »Ich bin zufrieden mit dir«, verkündete ER den versammelten Edlen Ondriens. »Mit deinem Sieg in einem Krieg, der unseren Verbündeten zeigte, welche Existenz ihnen angemessen ist«, ER sah zu Ilion und Anoga hinüber, »hast du bewiesen, dass du dir anvertraute Aufgaben zu erfüllen vermagst. Deswegen gefällt es mir, dir mehr Eigenständigkeit zuzugestehen. Von dieser Nacht an sollen die Chronisten Guardaja als Baronie verzeichnen, und du bist ihr Schattenbaron.«

Bren verneigte sich.

»Komm zu uns, Lisanne.« GERG winkte. Hinter dem Thron kam Jittara hervor. In den letzten Wochen hatte sie Espera, die Fayéprinzessin, in ihrer Obhut gehabt. Jetzt führte sie das Mädchen dem SCHATTENKÖNIG zu.

»Lisanne, Bren, ihr beide habt mir gedient, wie ich es verlangt habe. Offensichtlich vermögt ihr gemeinsam viel zu erreichen. Darum sollt ihr auch gemeinsam dieses Kind als euer Mündel annehmen, es hüten, erziehen und beschützen«, Er sah das Königspaar der Fayé an, »solange es mir gefällt.«

Bren verstand sehr wohl, dass der Zusatz sich insbesondere auf das ›beschützen‹ bezog. Bei der nächsten Rebellion der Nebelaugen würde dieses Mädchen sterben, womöglich von seiner, Brens, Hand. Und es gab nichts, was er dagegen würde tun können. Trotz wider den Schattenkönig war nichts als Wahnsinn. Aber Bren hatte erfahren, dass das Leid, das er Kindern zufügte, etwas von ihm zerstörte, das so zart war, dass er es kaum erfassen konnte. Und es war unendlich kostbar. Sicher war der Hass auf Lisanne das, was ihn in der Welt der Schatten überleben ließ. Brens letzte Verbindung zu dem Leben, in dem noch ein Herz in seiner Brust geschlagen hatte, war dieses Mitleid. Eine Regung, von der er kaum zu hoffen wagte, dass sie mehr war als eine verblassende Erinnerung. Künftig würde er, wann immer er eine Wahl hatte, Kinder verschonen. Mehr noch, er würde dafür sorgen, dass in seiner Baronie keine Essenz von Kindern geerntet würde.

Er sah zu Lisanne hinüber, dem schönsten Wesen, das er je erblickt hatte, und tat einen weiteren, stillen Schwur. Eines Nachts würde er sie vernichten. Aber noch nicht jetzt. In einem halben Jahrhundert vielleicht, oder in einem ganzen. Wenn er einen neuen Hass gefunden hätte, der ihm die Lust an seiner Existenz erhalten würde.

Dramatis Personae

Anoga: Die Königin der Fayé.
Attego: Ein Dunkelrufer mit Ambitionen, der sich Bren Stonner andient.
Barea: Verstorbene Gildenmeisterin von Ejabon.
Boldrik: Ein Hauptmann im Schwarzen Heer. Er ist Bren Stonner hinter den Seelennebel und zurück gefolgt.
Bren Stonner: Osadro, Baronet von Guardaja, ehemals General der westlichen Dunkelheit, ausgezeichneter Einzelkämpfer.
Chialla: Eine Hure aus Orgait.
Dengor: Der aus dem barbarischen Bron stammende Hauptmann von Brens Garde.
Ehla: Brens Mutter, inzwischen Dunkelruferin im Kult und von Verehrung für ihren Sohn erfüllt.
Espera: Nach Jahrtausenden das erste Kind, das die Götter den Fayé gewährten. Tochter von König Ilion und Königin Anoga.
Ferron: Ein Waldläufer, der gegen die Schattenherren kämpft.
Gadior: Schattengraf, der sich im Silberkrieg verdient gemacht hat. Herr von Karat-Dor. Gefolgsmann Widajas.
Gerg: Der Schattenkönig.
Helion: Paladin der Mondschwerter. Lisannes Geliebter. Von Bren Stonner auf Geheiß Schattenkönig Elien Vitans getötet.

Herst: Ein Schmied, der den Feinden der Schattenherren in Wetograd Zuflucht bietet.
Ilion: Der König der Fayé.
Jeeta: Hersts Frau.
Jittara: Nachtsucherin in Karat-Dor und Kind eines dreifachen Neumonds. Unterrichtet Bren in der finsteren Kunst der Magie.
Keliator: Paladin der Mondschwerter. Sohn von Narron und Nalaji.
Kiretta: Brens Geliebte, ehemals Piratin.
Lisanne: Eine jahrtausendealte Schattenherzogin, das schönste Wesen der Welt.
Lukol: Ein Schattenherr, der sich von der Zusammenarbeit mit Ondriens Feinden Vorteile verspricht.
Monjohr: Der Ghoulmeister von Orgait.
Nalaji: Eine siebzig Jahre alte Priesterin der Mondgöttin, als Botschafterin getarnte Spionin in Orgait. Begabte Heilerin.
Narron: Verlor vor fünfzig Jahren einen Arm im Kampf gegen die Schatten. Nun mit Nalaji vermählt, teilt er ihre Mission als Spion in Orgait.
Nerate: Eine Gildenmeisterin von Ejabon.
Quinné: Adepta im Kult. Für den Rang der Seelenbrecherin unwürdig befunden, dient sie Bren nun als Gespielin.
Siérce: Königin von Ilyjia. Versucht trotz ihres jugendlichen Alters von vierzehn Jahren ihr Volk vor dem Schlimmsten zu bewahren.
Tasor: Ein Gardist, der Lisanne die Treue geschworen hat.
Ulrik: Kapitän der *Mordkrake*, von Bren Stonner in einem Zweikampf getötet.
Ungrann: Ein Gardist Bren Stonners, der sich heimlich mit den Feinden der Schattenherren trifft.
Velon: Schattenfürst in Lisannes Gefolge.
Widaja: Schattenherzogin, die den Befehl über die Truppen des Ostens hat. Entgegen der vorherrschenden Sitten der Osadroi kleiden sie und ihr Gefolge sich meist hell.

Xenetor: Ein Schattenherzog, der sehr erfahren in der Kriegführung ist. Er führte das Ritual durch, mit dem Bren in die Schatten geholt wurde.
Zurresso: Fettleibiger General der südlichen Dunkelheit.

Glossar

Akene: Hauptstadt Ilyjias.
Amdra: Das Königreich der Fayé, das sich über den gesamten Nachtschattenwald erstreckt.
Arriek: Ein Wüstenvolk, dessen Angehörige sich in bestimmten Lebensabschnitten auf die Suche nach einem guten Kampf begeben.
Burg der Alten: Der Ort, an dem die Schattenkönige ruhen. Zwischen den Gelehrten bleibt umstritten, ob sich die Burg der Alten tatsächlich im stets unter der Nacht liegenden Eis des Nordens befindet oder in einer anderen Wirklichkeit.
Chaque: Ein insektoides Volk, das den Osadroi von Tamiod diente.
Dunkelrufer: Ein mittlerer Rang innerhalb des Kults. Hauptaufgabe der Dunkelrufer ist das Ernten der Essenz.
Ejabon-vor-dem-Nebel: Eine Insel, in unmittelbarer Nähe des Seelennebels gelegen.
Eskad: Ein Königreich südlich des Nachtschattenwalds.
Essenz: Die Lebenskraft der Menschen, zugleich einzige Nahrung und hauptsächliches Genussmittel der Osadroi.
Fayé: Unsterbliche, androgyne Wesen, die zum Teil der Geisterwelt angehören. Dies offenbaren ihre Augen, die aus nebelartigen Schlieren bestehen.
Ghoul: Verfluchter, der in einem Ritual des Kults in einen Leichenfresser verwandelt wurde und seine übermenschliche Körperkraft willenlos in den Dienst seiner Herren stellt.

Guardaja: Eine mächtige Festungsanlage, die den Falkenpass beherrscht.

Ilyjia: Königreich im Süden, regiert von einer Dynastie, die mit den Priesterinnen der Mondmutter und den Paladinen der Mondschwerter um die Macht konkurriert.

Karat-Dor: Hauptstadt von Schattengraf Gadiors Herrschaftsgebiet, Standort einer Kathedrale.

Kult: Die Staatsreligion Ondriens, die anstelle der Götter die Osadroi verehrt. Der Kult verlangt von seinen Anhängern, alle schwachen Gefühle wie Liebe und Mitleid abzutöten, um der Finsternis Raum zu geben.

Magie: Die dunkle Kunst, die Wirklichkeit entgegen der Gesetze der Götter zu formen. Der Preis dafür ist immer Lebenskraft. Wird eigene Lebenskraft eingesetzt, gilt Magie in den meisten freien Reichen als tolerabel. Fayé nutzen die Magie in der Regel, um Wesenheiten aus anderen Wirklichkeiten Zutritt in die Welt des Greifbaren zu verschaffen und über die Kräfte dieser Dämonen ihre Wünsche zu erzwingen. Osadroi verwenden die Lebenskraft, die sie Menschen geraubt haben.

Mondmutter: Schutzgottheit von Ilyjia, deren Wunder starke Heilkräfte haben.

Mondschwerter: Ein ilyjischer Ritterorden, gegründet, um die Priesterinnen der Mondmutter zu schützen.

Mondsilber: Durch ein göttliches Wunder besonders gehärtetes, deswegen waffenfähiges Silber. Bei Kontakt mit Magie, vor allem solcher der Osadroi, färbt es sich blutrot.

Nachtschattenwald: Ein nahezu endloser Wald mit riesigen Bäumen. Heimat der Fayé, die hier die Natur nach ihrem Willen gestalten. Die Auswirkungen von auf der Beschwörung dämonischer Wesenheiten basierender Magie sind vor allem in seinem Zentrum deutlich zu spüren.

Nachtsucher: Hoher Rang innerhalb des Kults.

Nebelland: Die Welt, in die die Toten gehen.

Ondrien: Das Reich der Schatten, beherrscht von den Osadroi. Ein riesiges Land mit mehreren Herzogtümern, das den Norden der bekannten Welt umfasst.

Osadro (m) / **Osadra** (w) / **Osadroi** (Mz): Magier, die durch die Anwendung eines speziellen Rituals die Unsterblichkeit erlangt haben und zu etwas geworden sind, von dem nichts in den Schriften der Götter steht. Die Herrscher Ondriens.

Paladin: Ein Ritter, der sich einer heiligen Aufgabe verschrieben hat. Der Begriff wird häufig auf die Mondschwerter angewandt.

Pijelas: Ilyjische Küstenstadt am Meer der Erinnerung.

Razzor: Insektoides Kriegervolk, erschaffen von Lisanne und Bren. Razzor ähneln menschengroßen Gottesanbeterinnen.

Schattenherr: Siehe Osadro.

Schwarzes Heer: Bezeichnung für die ondrische Armee. Manchmal für die Truppen in ihrer Gesamtheit verwendet, manchmal für große Truppenverbände.

Seelenbrecher: Niederer Rang im Kult der Schattenherren. Die Aufgabe der Seelenbrecher liegt primär darin, den Willen der Gläubigen zu formen, sodass er für die Wünsche der Schatten empfänglich wird.

Seelennebel: Eine viele Hundert Meilen lange Erscheinung, die seit Jahrtausenden unbewegt auf dem Meer der Erinnerung liegt und sich im südlichen Ilyjia sogar an Land findet. Niemand kann ihn passieren, ohne den Verstand zu verlieren. Der Sage nach sind hier die Fayé gefangen, die von den Göttern für unwürdig befunden wurden, an die Gestade des Lichts zu reisen.

Silber: Das einzige waffenfähige Material, das einem Osadro dauerhafte Wunden zu schlagen vermag.

Silion: Silberfarbener und größter Mond.

Stygron: Roter Mond. Wenn er voll am Himmel steht, gilt dies als Vorzeichen für Blutvergießen.

Vejata: Hellblauer, kleinster Mond.